# 얼룩을 가리는 손

# 얼굴을 가리는 손

서희원 평론집

문학동네

# 책머리에

어린 시절을 회상해보면, 난 많은 신뢰 속에서 자랐던 것 같다. 집에는 아무도 없었고, 학교 가는 시간을 제외하면 대부분의 하루를 나의 것으로 할 수 있었다. 라디오에서 들은 멋진 노래를 찾아 레코드 가게를 돌아다니고, 서점에 앉아 오래 책을 읽고, 시간이 허락하는 대로 자주 동네 영화관을 갔다. 동시상영관을 경험한 사람은 알겠지만, 그곳은 서사의 시간보다 관람객의 사정이 훨씬 중요한 곳이다. 서사의 중간에 아무때나 입장해서 영화를 볼 수 있었다는 말이다. 그곳에서 상영하는 영화들은 영화사의 걸작이라기보다는 B급 영화가 대부분이었는데, 나는 그걸 제멋대로 그리고 반복적으로 볼 수 있었다. 어떨 때는 들어가자마자 영화의 클라이맥스가 진행되고 대단원을 본 후에, 전혀 상관없는 다른 영화를 한 편 보고, 대단원의 흥분이 만들어지는 과정을 관람할 수 있었다. 지금은 서사의 감상에 결말이 중요하다고 말하며, 스포일러를 금과옥조처럼 여기지만, 내게 그런 것은 중요하지 않았다. 미리 보게 된 주인공의 죽음은 오히려 미래를 알고 있는 예지자의 시선을 내게 주었고, 그런 선택을 하지 말라고 아무리 외쳐도 말을 듣지 않고 예정된 죽음을 향해 묵묵히 걸어가는 주인공의 모습에선 서사시의 영웅을 만난 것 같은 감동이 느껴졌다. 마음에 드는 영화를 발견하면, 아침부터 저녁까지 어두운 상영관에 앉아 몇 번이고 그 영화를 계속 보았다. 처음 볼 때는 주인공의 행동과 대사에서 분출되는 스토리만 보였고, 두번째 볼 땐 스토리와 상관없는 주변부가 보였고, 세번째 볼 때는 거리의 세세한 풍경, 벽지의 디자인과 낙서, 계단의 숫자, 죽은 단역이 몰래 뜬 실눈 같은 것이 보였다. 밤거리를 따라 집으로 오면서, 나는 서사 주변으로 뿌려진 무수한 세목들이 만들어내는 성좌의 의미를 내 마음대로 상상하고 즐거워했다. 너무나 행복해서 회상하는 것만으로도 눈물이 날 것 같은 시절들이었다.

돌이켜보면, 나는 그 시절 텍스트를 읽는 좋은 훈련을 하고 있었다. 예술의 핵심은 반복이고, 그것을 가능하게 하는 힘은 플롯과 세목(detail)에서 발생한다고 생각한다. 시간과 감상의 반복을 견딜 수 없는 예술은 시시하다. 같은 음악을 몇 번만 반복해서 들어도 알 수 있다. 계속 반복해서 들을 수 있다면 그것이 바로 당신의 음악이다. 소설도 다르지 않다. 지금은 예전처럼 읽진 않지만, 무라카미 하루키의 『상실의 시대』에서 주인공 와타나베는 『위대한 개츠비』를 최고의 소설로 꼽으며 이렇게 극찬하였다. "나는 마음이 내키기만 하면 책꽂이에서 『위대한 개츠비』를 꺼내서 아무 페이지나 펼쳐서, 그 부분을 한바탕 읽는 것이 습관처럼 돼 있었는데, 단 한 번도 실망을 맛본 적이 없었을 만큼 단 한 페이지도 시시한 페이지는 없었다. 이렇게 멋진 소설이 또 있을까 싶었다."[1] 아쉽지만, 아직 하루키는 이 문장보다 멋진 소설을 쓰진 못한 것 같다. 생각해보면, 인생은 이미 읽어 내용을 다 알고 있는 책의 아무 페이지나 펼쳐서 읽는 것

1) 무라카미 하루키, 『상실의 시대』, 유유정 옮김, 문학사상사, 2000, 58쪽.

같은 반복의 연속이다. 같은 패턴의 시간과 계절, 사람과 공간이 반복된다. 우린 새로운 텍스트를 찾아 신간을 뒤적이지만, 내가 발견하고 싶은 것은 익숙한 감동이나 한때 나를 흥분시켰던 놀라움이다. 그걸 찾기 위해 우리는 세세한 것들의 흔적을 따라 보다 본질적인 것으로 다가간다.

세목 또는 디테일이라고 표현하는 세세한 것들. 나는 그것을 얼룩이라고, 흔적이라고, 부르고 싶다. 모든 텍스트에는 그것을 가공한 사람의 흔적이 남는다. 아무리 잘 만들어진 도자기라고 해도 자세히 보면 도공의 손길이 남아 있는 것처럼. 하지만 창작자들의 꿈은 그것을 아무런 가공의 흔적이 없는 것처럼, 마치 그렇게 태어난 것처럼 보이게 하는 것이다. 어떤 이는 얼룩 위에 덧칠을 해서 보이지 않게 하고, 어떤 이는 일부러 다른 흔적을 만들어 진위를 구별할 수 없게 한다. 그래서 텍스트는 '얼룩을 가리는(隱蔽/隱匿) 손'으로 완성된다. 하지만 읽는 일은 그 얼룩을 다시 발견하는 일이다. 읽는 사람은, 언뜻 보면 무의미해 보이는 것들, 기이하거나 괴상한 것들, 일부러 무질서하게 배열된 것들, 덮은 흔적이 보이지 않는 곳에 숨겨진 것들을 찾아 그 얼룩이 알려주는 방향으로 다가간다. 읽기는 '얼룩을 가리는(分別/搜査) 손'에서 시작된다. 손과 손이 무수히 뒤엉키는 과정이 읽는 일이다. 그래서 읽는 일은, 읽은 것을 글로 쓰는 일은, 쓰는 일보다 손이 많이 가는 일이다.

글을 쓰는 일도 반복이다. 여러 번 읽고, 오래 생각하고, 이제는 써야 할 수밖에 없을 때, 첫 문장을 쓴다. 문장이 완성되면 처음부터 문장을 읽고, 다음 문장을 쓴다. 그리고 다시 처음부터 읽고, 다음 문장을 쓰고. 반복해서 읽고 쓰다보면 지워야 할 것, 추가해야 할 것, 고쳐야 할 것들이 자연스럽게 생긴다. 그렇게 하나의 글을 완성하면, 가까운 시일 내에 그 글을 다시 읽고 싶지 않은 마음이 생긴다. 기억이 잘 나지 않을 만큼 시간이 흘러 다시 읽으면, 다행히 읽을 만하다는 생각이 든다. 고생스럽게 미리 여러 번 읽으며 쓰길 잘했다는 생각이, 약간의 자부가, 그때는 든다.

글을 쓰기 시작하고, 꽤 오랜 시간이 흘렀다. 몇 권의 책을 만들 정도의 원고가 쌓이는 동안, 한 권의 책도 출간하지 못하면서, 많은 일들이 있었다. 정리하자면, 익숙한 반복이 하나둘씩 사라지고, 새로운 반복에 적응하는 일이었다. 누구는 함께 듣던 음악이 들리지 않는 먼 곳으로 떠났고, 누구는 건강의 문제로 문학을 얘기하며 술잔을 나누던 예전의 소소한 즐거움을 함께하지 못하게 되었다. 익숙했던 반복이 사라질 때마다 정말 힘들었다. 살면서 새롭게 얻게 된 소중한 인연이 없었으면 견딜 수 없었을 것이다. 지금 내 옆을 스치며 빠르게 사라지고 있는 것은 아버지의 기억이다. 아버지는 내가 태어날 때와 같은 오래된 일들은 너무나도 잘 생각나는데, 최근의 일들이 잘 기억나지 않는다고 하셨다. 가끔은 나를 보시곤, 대견하다는 듯이, 처음 봤다는 듯이, 내 아들이 언제 이렇게 컸나, 하면서 웃으신다. 아버지의 침대 머리맡에는 현대문학상을 받았을 때 쓴 내 글이 실린 월간지가 몇 년 동안 같은 자리에 놓여 있다. 아버지의 안경집은 내 글이 시작되는 첫 페이지에 간지처럼 꽂혀 있고, 그렇게 약간의 입을 벌린 조개처럼 책은 놓여 있다. 다 읽고 다시 읽으려고 펼쳐놓으신 걸까. 아니면 읽으려는 시도만 무수히 되풀이되는 그 상태에서 멈춰 있는 걸까. 어느 것도 괜찮다. 안경을 보관할 새로운 책이 만들어진 것만으로, 안경이 그렇게 필요한 상태로 있는 것만으로도, 충분히 괜찮다.

고마운 사람들이 많다. 하지만 그들의 이름을 하나하나 호명하는 것은 가능하지도 않고, 흥미롭지도 않다. 그분들에겐 직접 책을 들고 찾아가거나 서명을 통해 고마움을 전하겠다. 어디 가지 말고, 기다려다오. 내 삶의 벗들이여.

2021년 가을

서희원

## 차례

## 3부 / Dies Irae



## 4부 / 이왕이면 책을 읽는 꿈으로

# 1부 /

# 꿈꾸기 위해서는
# 눈을 감을 것이 아니라
# 읽어야 한다

# 소설의 얼룩
—김애란의 『바깥은 여름』

**1. "여보게, 전체적인 인상에 의지하지 말고 항상 세부에 집중하게."**

"신은 세목 속에 임재한다(God is in the detail)." 독일의 예술사학자이자 문헌학자인 아비 바르부르크의 유명한 이 문장은 모든 예술에 있어서, 그중에서도 특히 소설에 있어서, 그것을 감상하고 창작하는 중요한 원칙이자 관습 중 하나가 '세목(細目, detail)'임을 분명하게 알려주고 있다. 종종 비평가의 작업과 유비 관계를 맺고 있다고 여겨지는 추리소설 속의 탐정들은 그들이 행하는 '진실 찾기'의 비법이 이 세부를 읽어내는 능력에 있다고 공공연하게 말한다. 아서 코난 도일이 창조한 탐정 셜록 홈스 시리즈의 대부분의 도입부는 짧은 만남을 통해 의뢰인의 너무 많은 것을 읽어내는 홈스와 거의 아무것도 알아내지 못하는 왓슨의 설전으로 시작된다. 작품집 『셜록 홈스의 모험』에 수록된 「신랑의 정체」도 그러한데, 왓슨은 그 어느 때처럼 의뢰인에 대한 추리의 헛다리를 멋지게 짚고는 자신이 놓친 것이 무엇인지 홈스에게 묻는다. "자네는 그 아가씨에 대해 나한테는 보이지 않았던 것을 많이 읽어낸 모양이로군." 홈스는 왓슨에게 이렇게 답한다. "왓슨, 보이지 않았던 게 아니라 자네가 알아채지 못한 걸세. 자네는 어딜 봐야 할지 몰랐고, 그래서 중요한 것을 다 놓쳐버렸어. (……) 여보게, 전체적인 인상에 의지하지 말고 항상 세부에 집중하게."[1)]

홈스의 충고는 사건의 인과를 추리하는 데 있어서도 귀기울여 들어야 하지만, 삶의 진실을 알아가는 데 있어서도 중요하다. 헝가리의 소설가 산도르 마라이는 그의 훌륭한 작품 『열정』에서 소중한 아내와 가장 친한 친구의 신뢰를 저버린 사랑 때문에 인생의 모든 것을 송두리째 잃어버린 늙은 장군의 길고 세세한 술회를 써내려간다. 노(老) 장군은 잊을 수 없는 기억의 세목들을 하나하나 친구 앞에 펼쳐놓고는 이것 외에는 어떤 방법으로도 혼자 남은 자신이 삶의 진실을 찾아낼 순 없었다는 듯이 "사십일 년하고 사십삼 일" 만에 만나게 된 친구에게 이렇게 얘기한다. "그러나 달리 어쩔 도리가 없어. 우리는 세세한 것들을 통해서만 본질적인 것을 이해할 수 있기 때문일세. 나는 책과 삶에서 그렇게 배웠네. 먼저 세세한 부분을 다 알아야 하지. 그렇지 않으면 무엇이 중요하고, 사물 뒤에서 어떤 말이 빛나는지 결코 알 수 없네."[2)] 산도르 마라이의 말처럼 우리는 세목을 통해 세상을 바라보는 시선의 초점을 잡고, 사물의 인상에 담긴 의미를 이해하고, 기억을 되짚어 갈 수 있다. 그것을 우리는 "책과 삶"을 통해 배워나간다. 이것은 순서이다. 책 그리고 삶이다. 책 또는 삶이 아니다. 먼저 문학이 삶에 대해서 알려주고, 삶의 시행착오를 통해 실습을 하고, 좀더 세목을 잘 읽는 능숙한 독자가 되어 책으로 돌아오고, 좀더 삶을 잘 읽는 사람이 되어 살아간다. 지금과는 다른, 더 많은 삶을

---

1) 아서 코난 도일, 「신랑의 정체」, 『셜록 홈스의 모험』, 백영미 옮김, 황금가지, 2002, 103~104쪽.

2) 산도르 마라이, 『열정』, 김인순 옮김, 솔, 2001, 215쪽.

살아보는 것은 어렵지만 문학을 통해 그렇게 살아본 사람처럼 세상을 읽어내는 것은 가능하다. 문학이 삶을 다채롭고 의미 있게 만든다면 그것은 아마도 이런 이유 때문일 것이다.

## 2. 소설의 얼룩

세목에 집중하라는 홈스의 조언에도 불구하고 항상 실패하는 왓슨의 경우에서 알 수 있듯이 세세한 것을 통해서 삶의 본질을 이해하는 방법은 많은 독서와 깊은 사색이 없다면 좀처럼 체득하기 어려운 독법이다. 그렇기에 어떤 작가는 독자가 알아차려야 할 세부 사항에 대해 직접적으로 말해주는 것을 선호한다. 하지만 어떤 작가는 자신의 의도를 독자들이 거의 알아채지 못하도록 하여 이를 발견한 독자들에게 독서의 기쁨을 선사하는 것을 중요하게 여긴다. 또한 어떤 경우에 세목은 문자의 자동화된 지시에 저항하고 이를 거역하는 독자에 의해 발명—그것은 작가의 의도에 의해 탄생하지 않았기 때문에 '재발명'이나 '발견'이라고 지칭할 수 없다—되기도 한다. 제임스 우드가 쓴 『소설은 어떻게 작동하는가』에는 이러한 세목의 난점에 대해 사유할 수 있는 흥미로운 에피소드가 담겨 있다. 좀 길지만 인용해보자. "1941년 3월 28일, 버지니아 울프는 호주머니들을 돌로 채우고는 우즈강으로 걸어들어갔다. 그녀의 남편 레너드 울프는 강박적으로 꼼꼼해서 어른이 되고는 매일 일기를 썼는데, 그는 거기에 하루하루의 식단과 자동차 마일리지를 기록했다. 아내가 자살한 날도 겉보기에는 평소와 다른 것이 없었고, 그는 차의 마일리지를 기입했다. 그러나 그의 전기작가 빅토리아 글렌딩의 기록에 따르면, 이날 일기가 적힌 지면은 한군데가 뚜렷이 얼룩으로 흐려져 있다. 그 얼룩은 '문질렀거나 닦아낸 황갈색 자국이다. 그것은 홍차나 커피나 눈물일 수 있다. 그것은 그 모든 세월 동안 그가 쓴 깔끔한 일기에 남은 유일한 얼룩이다.'"[3]

'얼룩'은 대상과 시선 사이에 존재하는 기묘한 흔적이다. 얼룩은 세목이 놓인 자리로 시선을 이끄는 진실의 이정표이며 어떤 경우 세목 그 자체이기도 하다. 그것은 대상 또는 대상을 통과해 바라보도록 되어 있는 이상적인 응시를 방해하고 시선을 자신에게 고정시킨다. 얼룩은 자신이 믿는 것을 보고자 하는 맹목적인 시선과 대상의 유착된 관계에 약간의 틈을 내며, 자동화된 사유를 일시 정지시킨다. 상징적 질서 속에서 얼룩은 빠르게 제거되어야 할 더러운 잉여나 불필요한 세부에 불과하지만 종종 그것은 보이지 않는 실재에 대해, 감추어진 삶의 진실에 대해, '잠시' 생각하게 해준다.[4] 마치 「신랑의 정체」에서 홈스가 방문한 의뢰인의 전체적인 복장이 아니라 소매에 남겨진 "자국"에 주목하고, 얼굴의 전체적인 인상이 만들어내는 조화를 보는 것이 아니라 양쪽 코에 남겨진 안경의 '흔적'을 통해 대상의 생활에 대해 읽어내는 것처럼 말이다.

김애란은 재능 있는 작가가 그렇듯이 이 얼룩을 드러내는 방법에서만 능한 것이 아니라 그것을 감추는 연출에도 우수하다. 김애란이 첫번째 단편집 『달려라, 아비』(2005)를 출간한 다음해에 신형철은 김애란의 특징으로 "명랑"함을 거론하며 이렇게 쓴 바 있다. "우리는 왜 그녀를 사랑하는가? 이를테면, 그녀가 '명랑'하기 때문이다. 밝을 명(明)에 밝을 랑(朗)이다. 밝다는 것은 무엇인가. 이를테면 상처가 없(어 보인)다는 것, 마음에 이지러진(傷) 자리(處)가 없(어 보인)다는 뜻이다."[5] 육 개월의 시차를

3) 제임스 우드, 『소설은 어떻게 작동하는가』, 설준규 · 설연지 옮김, 창비, 2011, 73~74쪽.
4) 슬라보이 지젝, 『당신의 징후를 즐겨라!: 할리우드의 정신분석』, 주은우 옮김, 한나래, 1997, 30~40쪽 참조.
5) 신형철, 「소녀는 스피노자를 읽는다」, 『몰락의 에티카』, 2008, 693~694쪽. 이 글은 『문학동네』 2006년 겨울호에 발표되었다.

두고 남진우는 "그 명랑함이란 타고난, 구김살 없는 천성을 가리키기보다는 지난한 노력 끝에 간신히 만들어 지니게 된 인공적인 자기 연출 내지 자기 단련의 한 형태란 의미를 띠고 있다. (……) 따라서 이 작가의 작품을 읽을 때 유념해야 할 것은 작품이 겉으로 드러내고 있는 명랑함에 속아넘어가선 안 된다는 것이다. 오히려 그러한 명랑함이 숨기고 있는 이면을 파고들어가, 그 속에 도사리고 있는 정신적 상흔을 발견하는 데까지 나아가야 할 것이다"라고 말한다.[6] 흥미로운 것은 "속아넘어가선 안 된다"라고 말했던 남진우도, "속지 않았다고 믿는 자는 길을 잃는다. 속아주는 자만이 넘어설 수 있다"[7]라고 말했던 신형철도, "상처" 또는 "상흔"을 김애란 문학의 본질로 동일하게 지적했다는 사실이다.

2017년 출간한 김애란의 네번째 단편집 『바깥은 여름』을 놓고 말하자면, 더이상 김애란은 속고 속이는 자기 연출의 모습을 통해 "상처"를 감추거나 과장하지 않는다. 이 '이지러진 자리'는 삶의 얼룩이며, 기억에서 지워지지 않는 가슴 아픈 세목이다. 마치 레너드 울프의 일기장에 남겨진 눈물의 얼룩처럼, 안 보거나 고개를 돌려 외면할 수는 있어도, 그것을 못 봤다고 말하거나 보이지 않는다고 말할 수 없는 것이다. 김애란의 소설을 통해 독자는 얼룩과 직면하게 되고, 이를 통해 공감하며 읽어가는 인물이나 우리가 살아가는 시대의 가슴 아픈 진실을 응시하게 된다. 사르트르식으로 말하자면, 최근의 김애란 소설이 독자들에게 주는 감동은 "아무도 이 세계를 모를 수 없게 만들고, 아무도 이 세계에 대해서 '나는

---

6) 남진우, 「원초적 장면의 변용으로서의 소설」, 『폐허에서 꿈꾸다』, 문학동네, 2013, 107쪽. 이 글은 『문학동네』 2007년 여름호에 발표되었다.

7) 이 문장은 신형철이 김훈 소설에 대해 쓴 「속지 않는 자가 방황한다」(같은 책, 60~61쪽)에서 가져온 것이다. 신형철이 분석하고 있는 대상은 다르지만 바라보는 시선과 방법은 동일하다고 판단되어 인용하였다.

책임이 없다'고 말할 수 없도록 만드는 데 있"는 것이다.[8]

### 3. '바깥'은 여름입니까?

"바야흐로 진짜 여름이 시작되려는 참이었다."[9] 『두근두근 내 인생』을 읽은 독자라면 이 장편의 마지막 문장을 기억할 것이다. 『바깥은 여름』이란 제목은 그것이 이 소설집에 수록된 단편의 제목이 아니라는 사실 때문에 김애란이 묶은 이 단편집을 통해 하고자 하는 말이 무엇인지 짐작하게 해준다. 그것은 자신이 보내온 시간에 대한 반추이며, 시간의 경험을 통해 다시금 이해된 진실이다. 이를 '지금은 맞고 그때는 틀리다'라는 식으로 생각해서는 안 된다. 인생은 맞고 틀림의 문제가 아니라 다름의 문제이기 때문이다. 김애란은 소설로 말하고 있기에 이것은 일종의 '다시 쓰기'로 읽을 여지를 준다.[10] 『바깥은 여름』에 수록된 첫번째 단편인 「입동」과 마지막 단편인 「어디로 가고 싶으신가요」에서 김애란은 분명하게 언급하고 있진 않지만 이 작품을 읽으며 2014년 4월 16일의 '세월호 참사'를 떠올리지 않는 것은 불가능하다.[11] 좌초되고 얼마 지나지 않아, 그리고 완전히 배가 물에 잠겨 그 누구라도 돌아오는 것이 불가능해진 시간까지 세월호의 모습은 TV를 통해 중계가 되었고, 매스컴을 통해 아주 작은 부분까지 보도가 되었기에, 우리는 '아이들'이 죽는 모습을 또

---

8) 장폴 사르트르, 『문학이란 무엇인가』, 정명환 옮김, 민음사, 1998, 33쪽.

9) 김애란, 『두근두근 내 인생』, 창비, 2011, 352쪽.

10) 특히 『바깥은 여름』에 수록된 단편 「건너편」은 김애란의 두번째 소설집 『침이 고인다』(2007)에 수록된 「성탄특선」의 후일담으로 읽을 수 있는 많은 겹침을 가지고 있다. 이런 시선으로 보자면 「입동」은 『두근두근 내 인생』의, 「가리는 손」은 「달려라, 아비」의 또다른 버전이다. 이에 대해서라면 예전에 쓴 글이 있기에 여기에서는 다루지 않았다. 서희원, 「연상과 반복」, 『현대문학』 2016년 4월호.

11) 김애란, 『바깥은 여름』, 문학동네, 2017. 이 책에서의 인용은 쪽수만을 병기하겠다.

렷하게 보았고, 그 차가운 바다를 향해 내밀었던 어떤 손길도 아무런 생명을 구하지 못했다는 무력감을 비통하게 경험하였다. 교통사고로 아이를 잃은 부모의 참담한 삶에 대해 말하고 있는 「입동」과 물에 빠진 아이를 구하려다 함께 죽음을 맞이한 교사의 아내가 그 부재를 비감하고 애도하는 과정을 담은 「어디로 가고 싶으신가요」는 우리 시대의 통점을 정확하게 관통하고 있기에 이 작품의 인물들이 경험하고 있는 지독한 고통을 개인적인 불행이나 누구나 경험하는 보편적인 삶의 비애로 쉽게 취급하며 읽어내는 것은 가능하지 않다.

「입동」에서 김애란은 "도배"(9쪽)라는 소재를 통해 '망각'이라는 공동체의 정언명령 또는 삶의 위생법에 대해 반문하며, 고통은 잊히는 것이 아니라 여전한 고통 위로 단단한 삶의 두께가 그냥 그대로 덮어지는 것임을 말한다. 「입동」은 자정이 넘은 시간에 뜬금없이 "도배"를 시작하는 부부의 모습으로 시작하며, 이 어울리지 않는 시간에 행하는 엉뚱한 작업이 지나치게 발효된 복분자액이 담긴 병을 무심결에 열어버린 시어머니의 실수로 "산뜻한 올리브색 벽지 가득 검붉은 얼룩이 낭자"(11쪽)해진 사건 때문임을 알려준다. 그리고 점차 이 집 안에 가득한 우울함의 기운이 가정의 불화나 고부간의 갈등 때문이 아니라 "지난봄"(21쪽) 후진하는 어린이집 차에, 안전하게 아이를 목적지로 데려가야 할 바로 그 차에, 아들 영우를 잃은 까닭이라는 것이 밝혀진다. "그뒤 시간이 어떻게 흘렀는지 모르겠다. 그저 떠오르는 건 어둠. 퇴근 후 딸각, 스위치를 켜면 부엌 한쪽에서 흐느끼던 아내의 얼굴과 다시 딸각, 불을 켰을 때 거실 구석에서 어깨를 들썩이던 아내의 윤곽뿐이다."(23쪽) 아이를 잃은 아내는 삶의 모든 의욕을 잃고 죽음에 이르는 것 외에는 어떤 귀착도 의미 없어 보이는 슬픔에 빠지고, 남편은 그런 "아내까지 잃게 될까 두려"(24쪽)운 마음에 어떻게든 예전의 활력을 찾으려는 노력을 한다. 그런 남편에게 도배는 그들의 삶에 남겨진 얼룩을 지워내는, 아내가 슬픔을 떨쳐버리고 생의 기지개를 펴는 일처럼 생각된다. "유리닦이로 벽면을 꼼꼼히 문지르며 울룩불룩 벽지가 뜬 자리를 반듯이 폈다. 그러곤 속으로 '오늘은 아내가 일어나는 날이구나, 이제 막 일어서려는 참이구나……' 생각했다. 그러니 오늘은 내게도 영우에게도 중요한 날이라고. 벽지 든 두 팔에 새삼 힘이 실렸다."(32쪽) 하지만 남편의 기대와는 달리 아내는 "벽에 붙은 수납함"(34쪽)을 옮기며 그 뒤에 숨겨져 있던 또다른 얼룩을 발견하고는 동물 같은 울음을 터뜨린다. 거기에는 죽은 아이가 쓴 "자기 이름"(34쪽)이, 아니 다 못 써서 '김'이란 성과 '이응'밖에 없는 짧은 삶의 흔적이 또렷이 적혀 있었던 것이다.

「입동」은 남편이 아내의 고통을 생생하게 체감하는 바로 그 순간에, 죽음으로도, 그렇다고 꿋꿋하게 삶을 지탱할 수도 없는, 비감한 슬픔의 순간에 돌연히 끝이 난다. "부엌 바닥으로 굵은 눈물방울이 툭 흘러내렸다. 하지만 그 순간조차 손에서 벽지를 놓을 수 없어, 그렇다고 놓지 않을 수도 없어 두 팔을 든 채 벌서듯 서 있었다. 물먹은 풀이 내 몸에서 나오는 고름처럼 아래로 후드득 떨어졌다. 한파가 오려면 아직 멀었는데 온몸이 후들후들 떨렸다. 두 팔이 바들바들 떨렸다."(37쪽) 이 단편의 빼어난 점은 벽지에 묻은 얼룩이 도배를 통해 감추어지기 전에, 아내와 남편이 타인들이 의례히 권하는 생활과의 화해를 받아들이기 전에, 수납함에 감춰졌던 실재의 얼룩이 노출되는 바로 그 순간에, 어떠한 희망의 기미도 없이 끝나고 있다는 사실이다. 「입동」이 알려주는 것은 우리의 삶이 벽지로 도배할 수 있는 벽처럼 다른 무엇으로 망각하거나 가려질 수 있는 그런 과정이 아니라 '얼룩' 그 자체라는 사실이다. 여기에는 그동안 김애란 소설의 특장처럼 말해지던 고통을 감내하는 어떠한 자기 연출의 모습이나 보통의 소설가들이 잘 쓰는 어설픈 희망의 제스처도 존재하지 않는다. 오히려 김애란은 이 소설을 보다 영속하는 삶으로 향하도록 기교적으로 '잘' 쓰기를 원하지 않았다고 생각된다. 이를 다루는 김애란의 태도는 기교적이라기보다는 윤리적이다. 이 얼룩을 통해 김애란은 우리의 삶이 고통을 망각하거나 위로를 통해 치유할 수 있는 것이 아니라 고통과 더불어 살아가는 과정에 불과함을 알려준다.

### 4. 얼룩은 메시지 그 자체이다

「입동」에 대해 말할 때 빼놓을 수 없는 것은 '세월호'의 인양과 진실의 규명이 진행되는 와중에 한국 사회에서 벌어진 타인들의 무심한 행동, 근거 없는 소문과 '악의'라고밖에 호칭할 수 없는 사람들의 대처를 부부가 경험하는 삶의 세목으로 재현하는 김애란의 솜씨이다. 세월호 희생자들 앞으로 발부된 신검 통지서를 연상시키는 어린이집의 한가위 선물인 "복분자액"은 "장수식품"(24쪽)이라는 상표를 달고 무심하게 배달되고, 세월호 유가족들을 가장 힘들게 했던 보상금의 문제는 "보험금"(22쪽)이란 방식으로 등장해 가난한 부부를 윤리적 혼란과 자기 경멸에 휩싸이게 한다. 이렇게 보자면, 죽은 영우가 벽에 적어놓은 채 쓰지 못한 이름은 침몰하는 선상에서 가족들을 향해 전송된 단원고 학생들의 애절한 문자메시지로도 읽을 수 있다. 김애란은 자신이 포착한 고통의 조각들을 「입동」의 '얼룩'으로 바꿔 독자들이 읽어낼 수 있는 신산한 삶의 세목으로 제시하고 있는 것이다.

「입동」이 세월호에 탑승한 학생들의 유가족이 경험하고 있는 아픔과 우울을 자식을 잃은 부부의 서사를 통해 말하고 있다면, 「어디로 가고 싶으신가요」는 학생들을 구하기 위해 기꺼이 죽음의 바다로 뛰어들어간 단원고 교사의 유가족들이 겪는 고통과 부재의 아픔을, 혼자된 아내의 이야기에 담아내고 있다. 남겨진 사람들의 고통과 하소연할 곳 없는 애절함은 작품 속 도경의 어머니가 장례식에서 흐느끼며 토로하는 세속적인 절규에 정확하게 담겨 있다. "이럴 거면 같이 나오든가, 저라도 살든가. 아이고, 우리 막내, 아까워서 어떻게 해. 허무해서 어떻게 해. 내 새끼……"(231쪽) 어머니의 말처럼 세속화된 세계에서 삶은 그 어떠한 것으로도 치환될 수 없는 절대적인 가치이다. 희생이나 정의, 측은지심 같은 오래된 가치는 죽음과 교환될 수도, 죽음을 어떠한 방식으로도 애도할 수 없는 허명(虛名)에 불과하다. 오히려 그것은 남겨진 사람들에게 고통만을 안겨주는 "허무"일 뿐이다. 이 허무와 우울에서 벗어나고자 에든버러로 떠난 '나'가 겪는 고통은 육체 위에 흉측한 반점이 되어 나타난다. 그리고 기대했던 안정이나 망각은 오지 않고 남편의 부재가 피부질환이 되어 "피부 위 허물이 새살처럼 계속 돋아"나는 것처럼 "매일매일 구체적으로 고통스럽게 감각해야 한다는"(242쪽) 끔찍한 사실과 마주하게 된다. "그건 마치 '죽음' 위에서, 다른 건 몰라도 '죽음'만은 계속 피어날 수 있다는 말처럼 들렸다."(242쪽) '나'가 조금이나마 남편의 죽음에 애도의 마음을 갖게 되는 것은 에든버러에 머무는 동안 집으로 배달된 죽은 소년의 누나 "권지은"(262쪽)이 보낸 편지를 뒤늦게 읽게 되면서이다. '나'는 스마트폰의 음성인식 서비스인 "시리"에게 경험한 "예의"(238쪽)를, 같은 종류의 고통을 앓고 있다는 사실을, 소녀의 편지에서 읽어내곤 비로소 죽은 소년의 얼굴과 눈을 보게 된다.

> 편지지 위 삐뚤빼뚤한 글씨를 좇다 나도 모르게 눈가가 흐려졌다. 눈앞에 얼룩진 문장 위로 지용이의 얼굴이 겹쳐 보였다. 살려주세요. 소리도 못 지르고 연신 계곡물을 들이켜며 세상을 향해 길게 손 내밀었을 그 아이의 눈이 아른댔다. 당신을 보낸 후 줄곧 보지 않으려 한 눈이었다. 나는 당신이 누군가의 삶을 구하려 자기 삶을 버린 데 아직 화가

나 있었다. 잠시라도, 정말이지 아주 잠깐만이라도 우리 생각은 안 했을까. 내 생각은 안 났을까. 떠난 사람 마음을 자르고 저울질했다. 그런데 거기 내 앞에 놓인 말들과 마주하자니 그날 그곳에서 제자를 발견했을 당신 모습이 떠올랐다. 놀란 눈으로 하나의 삶이 다른 삶을 바라보는 얼굴이 그려졌다. 그 순간 남편이 무얼 할 수 있었을까…… 어쩌면 그날, 그 시간, 그곳에선 '삶'이 '죽음'에 뛰어든 게 아니라, '삶'이 '삶'에 뛰어든 게 아니었을까.(265~266쪽)

'나'는 줄곧 남편이 희생자이고, 자신이 피해자라는 분노에 사로잡혀 있었다. 하지만 소녀의 편지에서 '나'는 같은 고통과 우울, 환청과 고독을 지독하게 앓고 있는 상처받은 영혼의 모습을, 마치 거울처럼 바라보게 된다. 그리고 편지 위에 떨어진 눈물은 '얼룩'이 되어 남편의 손을 잡고 다른 곳으로 가버렸으나 바라보려 하지 않았던 또다른 죽은 자의 눈으로 '나'의 시선을 이끈다. 사실 "권도경 선생님 사모님께"(262쪽)라는 받는 사람의 이름만 적힌, "우체국 소인"도, "보낸 사람 이름도 주소도(262쪽)" 없는 이 편지는 그 자체로 '얼룩'이다. 편지 위로 계속 떨어지는 "굵은 눈물방울"이 얼룩이 되어 퍼져나갈 때, 그 과정을 통해 혼자 남은 소녀가, 죽은 동생도 누나의 꿈에 나타나 끼니 걱정을 하는 소녀의 처지가 비로소 보이기 시작하는 것이다. "그날, 그 시간, 그곳에선 '삶'이 '죽음'에 뛰어든 게 아니라, '삶'이 '삶'에 뛰어든 게 아니었을까"라는 메시지는 이렇게 얼룩을 통과해 '나'에게 읽히기 시작한다.

### 5. 얼룩을 가리는 손

「가리는 손」의 '나'는 요양병원에서 영양사 일을 하며 중학생 아들—아들의 이름은 재이이기에 J라고 읽을 수도 있다. 그리고 이 이니셜은 귀중한 존재이자 야누스의 얼굴을 한 아이의 이중성을 상징한다—과 함께 살고 있다. '나'에게는 오래전 대학에서 만난, 지금은 헤어진, 외국 유학생 연인이 있었고, 아들은 그와의 만남이 남겨준 보석(Jewel)같이 귀중한 존재이다. 「입동」의 서사가 '도배'의 작업중에 담겨진 것처럼 「가리는 손」의 서사는 아들의 생일상을 준비하는 요리의 과정과 함께 한다. 피부색이 다르다는 이유로 어쩔 수 없이 주변의 주목과 편견을 받고 살아가는 아들은 '나'의 걱정이기도 하지만 큰 탈 없이 자라나는 '나'의 자부이기도 하다. '나'의 심려는 얼마 전 있었던 폐지 줍는 노인의 살인사건이다. 철없는 십대 아이들에게 훈계하던 노인을 그중 한 아이가 때려 숨지게 한 사건으로 그 일련의 과정은 "편의점 앞에 주차된 자동차 블랙박스에 찍힌 동영상"(206쪽)으로 인터넷을 떠돌고 있다. '나'의 아들 '재이'는 직접 그 일에 관여한 것은 아니지만 "맞은편 인형 뽑기 기계"(207쪽)에서 그 모든 과정을 지켜본 목격자이자 블랙박스라는 무심한 기록매체가 기계적으로 회상하는 침묵의 동영상에 등장하는 인물이기도 하다. 경찰은 재이의 진술과 동영상을 통해 그날 그곳에서 무슨 일이 있었는지, 누가 가해자이고 목격자인지를 수사하지만 동영상만을 본 사람들의 시선에 재이는 "한패"인지 "주동자"인지 "목격자"(191쪽)인지 알 수 없는 끔찍한 사건의 등장인물일 뿐이다.

'나'는 정갈한 음식을 통해 아들의 마음을 달래고 상처 입은 영혼을 정화할 마음으로 정성스럽게 생일상을 준비하지만 아들과 관련된 어지러운 생각은 쉽게 사라지지 않는다. 그것은 왜 사건이 일어난 그때 신고를 하지 않았냐는 조사관의 질문에 있지도 않은 학원 수업을 핑계로 대는 아이의 능숙한 거짓말 같은 것이다. "이 말은 내 가슴에 묘한 얼룩을 남겼다."(208쪽) 하지만 '나'는 영양사라는 직업상 조리실의 청결을 유지하기 위해 그곳에 남은 어떤 얼룩도 재빠르게 지웠던 사람이다. '나'는 재이의 일도 그것과 다르지 않다고 막연히 생각하며 생일상을 준비하고 아이를 맞는다. 그러곤 죽은 노인의 쓸쓸한 장례식에 함께 가서 "마지막 인사"(216쪽)를 드리자는 제안을 한다. '나'에게는 동영상 속 아들의 모습에서 읽었던 그 순간의 놀라움과 충격—"모자이크가 지워진 영상에 드러난 재이 얼굴엔 당황한 티가 역력했다. 처음엔 호기심 가득한 표정이다 어느 순간 한 손으로 입을 막는데 동공이 크게 벌어져 그 장면만으로도 재이가 얼마나 놀랐는지 짐작할 수 있다."(219쪽)—을 상쇄시키는 일이 무엇보다 중요했기 때문이고, 그것을 이 '애도'가 가능하게 할 것이라고 여기고 있기 때문이다. '나'는 "생각해볼게"(217쪽)라는 아들의 답변을 숙려 끝에 내리는 허락으로 받아들이고는 아들에게 들리지 않은 소리 때문에 궁금했던 대화의 내용을 묻는다. 그 살인의 순간에 아이들이 "자기들끼리 막 뭐라 하며 웃던"(219쪽) 말의 정체가 십대들이 노인들을 조롱하며 지칭하는 "틀딱"(220쪽)이란 말이고, 엄마와 같은 기성세대에게 들키고 싶지 않은 자기들만의 언어를 발화했다는 놀라움에 재이는 "재빨리 미소"(220쪽)를 거둔다. '나'는 순간 스치고 사라지는 재이의 미소를, 그 미소를 가리는 손을 어디선가 또렷이 보았음을 알게 되고, 케이크의 "노란 빛"(220쪽)을 받으며 웃고 있는 아들의 얼굴에서 그 잔상의 의미를 너무나도 분명하게 깨닫는다. "웃음 고인 아이의 입매를 보자 목울대가 매캐해지며 얼굴에 피가 몰린다. 불현듯 저 손, 동영상에 나온 손, 뼈마디가 굵어진 손으로 재이가 황급히 가린 게 비명이 아니라 웃음이었을지도 모른다는 생각에."(220쪽) 불 꺼진 방안에서 유일하게 빛을 내는 재이의 얼굴에 어린 미소는 마치 '야누스(Janus)'의 그것처럼 '나'에게 인식된다. 하지만 초가 꺼진 방안에 내린 어둠에서 '나'가 할 수 있는 유일한 일은 "잘 보이지 않는 재이 얼굴을 찾"(221쪽)아내는 일 뿐이다. 마치 어둠 같은 고통을 감내하는 삶의 유일한 의지는 아들이라는 듯이. '나'의 손을 잡고 어둠을 걸어가는 존재가 천사이든 악마이든 '나'는 그 손을 놓을 수 없는 것이다.

### 6. 고통의 축제

사람들은 흔히 '인생은 고통'이라고 말한다. 그리고 정현종은 그의 좋은 시 「고통의 축제」에서 이렇게 쓴 바 있다. "계절이 바뀌고 있습니다. 만일 당신이 생의 기미(機微)를 안다면 나는 당신을 사랑합니다. 말이 기미지, 그게 얼마나 큰 것입니까. (……) 나는 감금된 말로 편지를 쓰고 싶어하는 사람이 아닙니다. 감금된 말은 그 말이 지시하는 현상에 감금되어 있음을 의미하지만, 그러나 나는 감금될 수 없는 말로 편지를 쓰고 싶습니다. 영원히. 나는 축제주의자입니다. 그중에 고통의 축제가 가장 찬란합니다."[12] 군더더기 같은 설명이겠지만, 정현종의 말하는 "생의 기미"란 세목이며, "감금될 수 없는 말"이란 그 "기미"를 통해 자동화된 언어의 인식에서 탈출한 말이다. 그리고 그것은 김애란이 말하는 얼룩이다. 그곳에 인생의 진실이, 진실의 속살에 보석처럼 박힌 고통이, 그리고 반드시 고통을 통해서만 만들어지는 사랑이 있다.

신형철의 말처럼 명랑한 소녀를 사랑하지 않는 것은 가능하지 않은 일일지도 모른다. 하지만 그때의 그 소녀는 자라 피에로처럼 자신의 우울을 감추고 세상에 웃음을 주는 존재가 아닌 세상의 거대한 우울을 앓고 있는 비감한 여인으로 성장하였다. 닿기만 해도 그 접점이 끔찍한 통점으로 변하는, 그녀의 시선이 머무는 곳에 고통스러운 삶의 비의가 머물러 있는, 그녀를 사랑할 수 있을까? 이런 질문은 어리석은 것이리라. 김애란의 최근 소설에 담긴 윤리적인, 그렇기 때문에 너무나도 정치적인

12) 정현종, 「고통의 축제」, 『고통의 축제』, 민음사, 1984, 117~118쪽.

태도가 알려주는 것은 그 여인이 이제 사랑받는 것을 멈추고 세상을 사랑하기 시작했다는 일이다. 죽은 아들의 시신을 안고 있는 피에타의 마리아처럼 너무나도 참담한 생의 끝에서 그녀는 세상을 끌어안고 울고 있다. 김애란의 소설을 읽는 것에 대해서는 이제 이렇게 말해야 한다. "당신은 그녀의 사랑을 받아들일 수 있습니까?" 사랑을 받아들인다는 것은 고통을 함께한다는 것이며, "울음의 왕국"[13]에 그 사람을 혼자 남겨둘 수 없어 위로를, 감내를 또는 어떤 행동을 시작해야 한다는 말이다. 타인의 고통에 '참여'한다는 것, 그것이 사랑의 의미이다. 그것은 쉽게 답할 수 없는 일이다. 사랑은 혼자일 수 있지만 항상 연대를 통해 그 의미를 깊게 한다. 인생은 고통이지만 그것이 고독한 것으로 남을 때 종종 인간은 돌이킬 수 없는 선택을 한다. 함께 고통으로 공감할 때, 슬픔의 연대를 만들고 진심어린 애도와 위로의 행동을 시작할 때 그때 비로소 견디며 살아갈 수 있는 삶이 시작된다. 우리의 삶이 '고통'의 축제라는 사실을 너무나도 잘 알고 있는 정현종이라면 그녀에게 이렇게 말할 것이다. "생의 기미를 아는 당신을 사랑합니다. 안녕."[14] 글이 종결되고 책을 덮으면 끝이 난다. 안녕. 그리고 얼룩의 잔상이 고여 초점이 잘 맞지 않는 눈으로, 이제야 보이기 시작하는 세계의 세목을 더듬더듬 읽어나가면 시작된다. 안녕. 고통이 폭죽처럼 아무것도 보이지 않는 어둠 위로 터져 오른다. 부디, 안녕.

(2017)

---

13) 정현종, 「그 여자의 울음은 내 귀를 지나서도 변함없이 울음의 왕국에 있다」, 같은 책, 82쪽.

14) 정현종, 「고통의 축제」, 같은 책, 118쪽.

# 도서관의 미친 소설가들

## 1. 읽히지 않는 책

이상한 일이다. 2017년 출간된 김희선의 『무한의 책』은, 2018년 하반기에 출간된 최제훈의 『천사의 사슬』은, 그해에 등장한 어떤 장편소설보다, 아니 십 년을 단위로 시간의 나이테를 만드는 일반적 관습에 의거하더라도 2010년대에 출간된 그 어떤 소설보다 빼어난 문학적 성취를 보여주고 있고, 비교할 수 없을 만큼의 강렬한 개성을 뿜어내고 있지만 그에 어울리는 비평 언어의 수식을 받지 못하고 있다. 비평이 독자의 관심을 견인하는 안온한 시절은 얼마간 지나갔기에 이를 당연한 결과로 얘기할 순 없지만, 눈 밝은 독자들의 손에도 거의 닿지 못하고 있다. 비슷한 시기에 등장한 김금희와 최은영 같은 소설가들이 과거의 회상과 로맨스에 기반한 서사를 통해 많은 독자들의 감정을 위무해주었고, 이를 의미 있게 바라본 평론가들의 주목을 받았던 것에 비해 별다른 시선을 받지 못했던 김희선의 경우는, 그런 저반의 사정을 생각하며 이를 그것의 연장이라고 판단할 순 있지만[1], 최제훈의 사례는 이채롭다고 생각된다.

첫 단편집인 『퀴르발 남작의 성』(2010)이나 첫 장편인 『일곱 개의 고양이 눈』(2011)에 쏟아진 비평의 관심과 독자의 반응은 특별한 것이었고, 예외적으로 매스컴의 집중적인 조명을 받기도 하였다. 그렇기에 전작인 『나비잠』(2013) 이후 오랜 숙고 끝에 등장한 『천사의 사슬』이, 게다가 그것이 『일곱 개의 고양이 눈』에 버금가는 문학적 성취를 보여주고 있음에도 불구하고, 이상한 침묵에 잠겨 있다는 점은, 그것이 곧 망각될 수도 있다는 우려 때문인지, 더욱 당혹스럽게 느껴진다.[2)]

여러 가지 사정을 고려할 수 있을 것이다. 2014년 세월호 참사 이후 상처 입은 한국인의 내면을 위안하고, 영혼을 위무하는 섬세한 작품에

---

1) 김희선 『무한의 책』에 대한 비평적 주목은 책에 수록된 해설(복도훈, 「이야기의 클리나멘, 클리나멘의 이야기」), 출간되었을 때 진행된 인터뷰(김희선 · 백지은, 「엄청나게 분방하고 믿을 수 없게 현실적인」, 『현대문학』 2017년 8월호)와 신간 리뷰(노대원, 「우주적인 수다와 망상의 놀이터」, 『Axt』 2017. 11/12), 그리고 『문학동네』 작가 조명 코너에 실린 문강형준의 「가장 거대한 것은 어떻게 가장 사소한 것에 의해 구원되는가—김희선의 『무한의 책』 읽기」(『문학동네』 2017년 겨울호)가 내가 찾은 전부이다. 사실 이 글을 쓰게 된 동기는 김희선의 『무한의 책』에 대한 몰이해와 급속한 망각에 있다. 노대원은 『무한의 책』을 이루는 다양한 글쓰기와 주제를 이탈하는 이야기 진행 방식이 "묵시록적 비밀과 시간여행, 혹은 그 망상들의 진실을 다루는 서사임에도 불구하고 긴장감을 떨어뜨리게 하는 원인"이라고 지적하며, 김희선을 동시대의 "출중한 선배 작가들에 비해 아직은 아쉬운 점들"을 지닌 "미래"의 작가라고 평가하였다.(69쪽, 70쪽) 이런 평가의 연장인지 김녕은 김희선의 두번째 단편집 『골든 에이지』의 해설에서 『무한의 책』에 대한 어떠한 언급도 없이 오로지 첫번째 단편집 『라면의 황제』만을 거론하며 자신의 논지를 전개하고 있다. 판단과 취향의 다름은 당연한 일이지만, 미래의 비평가가 망각의 퇴적층에서 『무한의 책』을 발굴하기 전에 내가 가진 다른 판단과 취향을 제시해야겠다고 생각했다.

2) 2018년 10월에 출간한 최제훈의 『천사의 사슬』은 2019년 봄에 출간된 문학 계간지 중 『문학과사회』에서만 리뷰(김녕, 「소설이 되는 방법: 소설이 아닐 것」)로 언급하고 있다. 최제훈 소설의 또다른 리뷰로는 석형락, 「읽을 수 없기에 읽을 만한 소설」이 있다(웹진 문화다, 2019년 2월호, http://www.munhwada.net/home/m_view.php?ps_db=letters_ko&ps_boid=203#none).

이 글이 대상으로 하고 있는 주된 텍스트는 김희선의 『무한의 책』(현대문학, 2017)과 최제훈의 『천사의 사슬』(문학동네, 2018)이다. 문장을 인용할 때는 본문의 쪽수만 기록하겠다.

독자들과 비평가가 보다 많은 손길을 뻗고 있다는 점, 2016년 '#문단_내_성폭력'과 2017년 '미투 운동' 이후 더욱 많은 논의가 이루어진 페미니즘 서사나 퀴어 서사에 비평이나 창작의 관심이 집중되고 있으며 이런 관심에 걸맞은 성과를 보여주고 있다는 점을 먼저 거론할 수 있을 것이다. 또한 몇 년 전에 비해 문학 전문 잡지들이 현저하게 줄어들었다는 사실과 남은 몇 안 되는 문학 계간지도 좋은 문학작품이 가진 의미를 심도 있게 다루기보다는 자사에서 출간한 창작물에 비평적 헌사를 집중하며 이를 마케팅의 방식으로 사용하고 있다는 점도 지적할 수 있을 것이다. 여기에 비평의 역할이 달라져야 한다는 논의들도 고려할 수 있을 것이다. 이는 잘 알려진 것처럼 조남주의 『82년생 김지영』(민음사, 2016)과 관련된 상이한 평가와 반응에서 촉발된 논의이지만, 이를 요약하는 것은 긴 지면이 필요하기에 인상적인 제목 때문에 찾아 읽은, 그러나 인상적인 제목의 의미를 읽어내지는 못한, 글 하나를 거론하는 것으로 대신하겠다. '대중의 정동'을 파악하는 것에서 비평가의 임무를 찾는 것이 중요하다는 한 논자의 글을 요약한 후 양경언은 장류진의 등단작 「일의 기쁨과 슬픔」(『일의 기쁨과 슬픔』, 창비, 2019)을 예시로 제시하며 이렇게 말한다. "해당 소설은 많은 사람들이 호응한 작품이니만큼 '당연히' 비평의 대상으로 다뤄져야 할 것이다. 그다음 비평이 할 일은 이 작품에 대한 관심도가 왜 이렇게 높은지에 대한 분석을 시도하는 것으로 갈음될 것이다."[3] 물론 이는 독자와 소통하는 비평, 마케팅에 봉사하는 비평이 마땅히 행해야 할 긴요한 의무이며 임무이지만 이 못지않게 중요한 것은 독자들의 시선이 쉽게 닿지 않는 기저의 텍스트를 읽고 그 의미를 망각의

---

3) 양경언, 「비평이 왜 중요한가—비평이 혁명을 의미화하는 방식」, 『창작과비평』 2018년 겨울호, 47~48쪽.

심연 위로 발굴하는 작업이다.

김희선의 『무한의 책』과 최제훈의 『천사의 사슬』은 시간을 소비하는 방심한 마음으로 쉽게 읽을 수 있는 텍스트는 아니다. 오히려 그것은 보다 집중적인 시간의 사용을, 텍스트를 읽는 물리적 시간을 상회하는 지성의 활발한 작용을 요구하고 있다. 작가의 의도에 의해 구성은 복잡하고, 현실과 비현실은 빠르게 교차한다. 이 텍스트들은 당연히 독자의 주의깊은 독서를 요구한다. 최근의 소설들이 시각적 묘사나 심리에 대한 서술을 최소화하고 발화자를 명확하게 파악할 수 있는 대화체로 서사를 속도감 있게 이끌어가는 것에 비해 김희선과 최제훈의 텍스트는 서사와 심리의 극단을 추구하며 여기에서 얻어지는 현실과 허구의 무너지는 경계, 소설적 글쓰기의 관계 그리고 인간에 대한 깊은 이해를 서사화하는 것에 보다 많은 작가적 관심을 쏟고 있다. 게다가 이들은 백과사전적이라고 부를 수 있는 박식함으로 소설의 디테일을 채워놓고 있다. 기존의 문학작품, 영화, 대중음악, 철학, 종교학, 신화학, 물리학 등에서 가져온 지식들은 그것의 새로운 배열과 결합으로 하여금 소설의 비현실을 현실로 만드는, 허구가 실제 세계를 대체하는, 놀라운 효과를 자아낸다. 의심할 나위 없이 『무한의 책』과 『천사의 사슬』은 근대적이라고 부를 수 있는 소설가적 열망으로 지어진 지성의 기념비적 건축물이며, 그것은 19세기 이후 발견한 도서관이라는 "상상력의 한 공간"을 골자로 하고 있다.

도서관. 이 공간을 찬미하며 푸코는 이렇게 썼다. "이 새로운 환상의 공간은 더이상 밤이거나 이성의 휴면 혹은 욕망 앞에 열려진 이름 모를 어떤 허공이 아니라 오히려 깨어 있음, 끊임없는 주의, 박식에의 열정, 세심한 경계라고 할 어떤 것이다. 몽상적인 것은 이제는 인쇄된 기호들의 희고 검은 표면에서, 그리고 망각된 단어들의 비상으로 열리는, 먼지 앉은 닫힌 책에서 태어난다. 그것은 조용한 도서관에서, 그리고 그 도서관을 사방으로 둘러막으면서 또다른 한쪽의 불가능의 세계에로 입 벌리고 있는 줄지어 선 책들과 그 제목들, 그리고 선반들 사이에서 조심스럽게 펼쳐지는 것이다. 상상적인 것은 책과 램프 사이에 놓인다. 이제 환상을 더이상 가슴속에다 품지 않으며 더이상 자연의 부조화에서 그것을 찾지 않는다. 반대로 지식의 정확함에서 길어올리며 그것의 풍요로움은 기록 문서들 속에 남아 있는 것이다. 꿈꾸기 위해서는 눈을 감을 것이 아니라 읽어야 한다. 진정한 이미지란 다름 아닌 인식이며, 또한 이미 말해진 단어들, 정확한 조사, 무수한 세밀한 정보들, 기록의 미세한 조각들이며, 근대적 경험에 불가능에의 힘을 가져다주는 재현들의 복제들이다."[4] 남진우는 최제훈에 대한 글에서 "인용, 차용, 전유의 수사학은 이 작가의 소설 전반에 걸쳐 가장 현란하고 화려하게 구사되는 기법이다"라고 쓰며, "그의 소설은 상호텍스트성의 놀이터이자 실험실이라고 할 수 있다. 작가는 거대한 도서관의 미로 속에서 즐거이 길을 잃고 헤매는 아이와 같다"라고 지적한 바 있다.[5] 등단작에서부터 이미 "브리콜뢰르(bricoleur)로서의 소설가"[6]라는 특성이 주목된 김희선 또한 최제훈과 유사하게 기존의 지식들을 가지고 유희하며, 여기에 새로운 질서를 부여하는 방식을 통해 자신의 작가적 개성을 뚜렷하게 보여준 작가이다. 김희선은 정신적 이력을 쓴 글에서 자신을 우울이 사라진 미래에 드물게도 꿈을 꾸는 "국립정신병원 부설 비정상심리연구소 제2격리실"에 수감된 환자라고 소개하며, 이를 "그곳"에 갔기 때문에 생긴 결과라고 말한

4) 미셸 푸코, 「도서관 환상」, 『미셸 푸코의 문학비평』, 김현 편역, 문학과지성사, 1989, 219쪽.

5) 남진우, 「부유하는 서사 증식하는 세계—최제훈, 미로소설/무한소설을 향하여」, 『문학동네』 2012년 봄호, 150쪽, 151쪽.

6) 서희원, 「'브리콜뢰르'로서의 소설가—김희선, 「교육의 탄생」」, 『문예중앙』 2012년 봄호, 592쪽.

다. 그곳은 말할 것도 없이 도서관이다. "현대의 도서관은, 어떤 의미에선 사원과도 같다. 그 사원은 한결같은 빛과 어둠에 싸여 있으며, 그곳을 찾는 이들은 종교를 믿는 자들이 자신들 종교의 사원을 찾는 것과 같은 이유로—그러니까, 탄생과 죽음과 생명과 사랑에 대하여 알고 싶다는 열망에 가득차서—도서관의 입구를 향한 기나긴 계단을 오르는 것이다. 또한 도서관은, 마법과 아무도 풀 수 없는 비밀이 아직도 남아 있는 세상의 유일한 장소이며, 그렇기에 지금도, 여전히 사람들은 설렘과 기쁨과 슬픔과 흥분에 빠져 서가 사이로 난 미로를 찾아 걸어들어오는 것이다. 그렇게 미로로 들어간 이들 중에 어떤 이들은 다시는 되돌아오지 않았으며, 그래서 도서관은, 비록 아무리 작은 도서관일지라도, 위풍당당했다. 그들—도서관들—은 세상이 끝나는 그 순간까지 자신이 영원하리라는 것을 알고 있는 존재들만이 가지는 어둡고 부드러운 우아함을 내뿜었다."[7)]

도서관의 미로를 헤매는 소설가, 도서관의 것인 동시에 도서관 그 자체가 될 수 있는 단 한 권의 책을 쓰기 위해 광적으로 집착하는 소설가인 최제훈과 김희선의 지적 계보를 따지고 올라갈 때 반드시 언급되어야 할 작가는 쉽게 짐작할 수 있는 것처럼 아르헨티나의 작가 호르헤 루이스 보르헤스이다. 그는 「바벨의 도서관」이란 단편에서 자신이 상상하는 도서관의 모습을 이렇게 묘사한 바 있다. "우주(다른 사람들은 '도서관'이라 부르는)는 부정수 혹은 무한수로 된 육각형 진열실로 구성되어 있다." 책으로 가득한 이 육각형의 진열실은 비좁은 현관을 통해 똑같은 형태와 크기를 지닌 다른 진열실로 연결되는데, 흥미롭게도 "현관의 왼편과 오른편에는 각기 다른 방이 하나씩 있다." 그리고 그곳은 "하나는 서서 잠

7) 김희선, 「웰컴 투 마이 월드」, 『문학동네』 2017년 겨울호, 90~91쪽.

을 자는 곳이고, 다른 하나는 용변을 보는 곳"이라고 설명한다.[8] 처음 이 단편을 읽었을 때는 보르헤스의 유머라 생각하며 웃었지만, 지금은 조금 다르게 생각한다. "서서 잠을 자는 곳"이 있다면 그곳은 당연하게 서서 잠을 자는 인간을 위해 만들어진 장소일 것이다. 서서 잠을 자는 인간에게 숙면은 허락되지 않으며, 잠은 결코 안락한 도피처 같은 곳이 아니다. 그것은 현실과 비현실이 자세를 바꾸거나 약간의 방심 속에서도 연속적으로 점멸하는 환상의 인큐베이터 같은 공간일 것이다. 아니 그런 끔찍한 상태에 놓인 개인만이 지속적으로 창조적 상상을 배양할 수 있을 것이다. 창작의 과정은 열반과 같은 일체의 번뇌와 고통이 사라진 지극한 평안과 정신적 쾌락의 상태가 아니다. 오히려 그 반대에 가깝다. 꿈을 꾸기 위해 끊임없이 읽으며, 서서 잠을 자는 인간. 보르헤스에게 소설가란 그런 광적인 상태를 기꺼이 자신의 운명으로 수긍한 인간이다.

### 2. 소설가는 언제나 실패하고 이야기만이 승리한다—최제훈, 『천사의 사슬』

『천사의 사슬』은 최제훈이 자주 사용하는 이야기 속의 이야기 속의 이야기, 즉 다중 액자소설의 구조를 능숙하게 활용하고 있는 소설이다. 사실 『천사의 사슬』에 사용된 복잡한 플롯, 무질서해 보이지만 고도로 계산된 이야기 전개 방식, 유니크한 등장인물의 설정 등은 최제훈의 이전 작품에서도 어렵지 않게 찾을 수 있다. 피조물인 셜록 홈스가 자신의 창조자인 코난 도일의 죽음을 수사하는 개성적 설정을 가진 「셜록 홈스의 숨겨진 사건」(『퀴르발 남작의 성』)이나 한쪽 벽이 반사유리로 되어 있는 취조실에

8) 호르헤 루이스 보르헤스, 「바벨의 도서관」, 『픽션들』, 황병하 옮김, 민음사, 1994, 129쪽, 130쪽.

서 펼쳐지는 형사와 소설가의 설전, 합리와 허구, 증거와 진술이 서로의 꼬리를 물기 위해 달려드는 뱀처럼 뒤엉키는 「현장 부재 증명」(『위험한 비유』, 문학과지성사, 2019) 등은 쉽게 거론할 수 있는 예시가 될 것이다.

누군가는 최제훈의 소설을 읽으며 유사한 아이디어와 설정이 반복되고 있다는 사실을 거론하고 이를 비판적으로 지적할 수 있을 것이다. 하지만 이는 도자기를 구운 후 파괴하고 다시 흙을 반죽해 굽는 지난한 작업을 반복하며 보다 완벽한 형태의 작품을 만드는 것에 자신의 삶을 기꺼이 소진하는 예술가의 열정으로 이해하는 편이 온당하다. 『일곱 개의 고양이 눈』을 발표한 이후 눈에 띌 만큼 더뎌진 작업 속도는 그의 열망이 자기복제를 통한 생산량의 증가에 있는 것이 아니라 보다 완벽한 형태를 가진, 그리고 보다 잘 읽히는, '단 한 권의 책'에 맞춰져 있다는 사실을 분명하게 알려준다. 이러한 점을 이해하기 위해서는 『천사의 사슬』을 이전 장편인 『일곱 개의 고양이 눈』과 비교하는 것만으로도 충분할 것이다.

『일곱 개의 고양이 눈』은 각기 개별적인 작품으로 읽을 수 있는 네 편의 중편이, 마치 연작처럼, 마치 하나의 장편처럼, 아니 이 모든 방식으로 읽어도 가능하게 구성되어 있다. 네 마리의 뱀이 자신의 꼬리를 물고 있는 동시에 서로의 꼬리를 물고 있는 환상적인 우로보로스(Ouroboros)의 그림처럼 구성된 것이다. 그렇기 때문에 독서에서 단순한 즐거움만을 찾는 사람들에게는 지나치게 복잡하고, 작품을 감상하는 데 비효율적일 정도로 많은 시간이 소요되는 난해한 소설로 취급되었다. 이에 비해 『천사의 사슬』은 독자들이 충분히 따라 읽을 수 있을 만큼 장르화된 수사(搜査)와 범죄의 단일한 이야기를 통해 전개되고 있지만, 하나의 서사에 중첩된 이야기의 밀도는 오히려 증가하였고, 문장의 디테일은 더욱 세밀해졌다. 최제훈이 익숙한 장르의 서사를 가져오는 이유는 명확한데 그것이 그가 추구하는 구조적 복합성과 시점의 끝없는 다변화를 지탱할 수 있는 안정적인, 그리고 독자들이 따라 읽을 수 있는, 뼈대가 되어주기 때문이다. 프랑코 모레티는 문학적 실험과 독자의 성숙을 함께 진행되는 문화의 과정으로 보는 사유—바흐친과 로트만 같은 비평가들에 의해 정리되었던—를 "몽상"이라고 비판하며, 문학의 발전과 독자의 성숙이라는 앙상블은 "평균적인 소설 독자들이 아니라 특별히 난해한 강의를 준비하고 있는 문학비평가"에게서나 가능하다고 판단한다. 그러면서 스탕달이나 발자크의 성공한 걸작들이 왜 대중문학의 스토리와 장면들로 이루어졌는지 분석한다. "너무나 아이러니하고 문제적인 담론은 순진하고 멜로드라마틱한 스토리를 필요로 한다. 그 작품이 그리되는 것은 오로지 스토리가 정반대의 원칙에 기초하고 있기 때문이다."[9] "정반대의 원칙" 즉, 이야기의 제약과 인식의 규약을 파괴하려는 예술가적 열망을 담아내기 위해서는 멜로드라마와 같은 익숙하며 안정적인 스토리와 서사적 타협을 할 필요가 있다는 것이다. 최제훈에게 있어 그것은 멜로드라마가 아니라 범죄, 수사, 탐정 같은 대중문학의 장르적 서사, 그리고 취조실에서 펼쳐지는 거짓말의 난장을 보여준 〈유주얼 서스펙트〉(1995), 태초의 인간이며 모든 이야기의 근원인 아담을 상상하는 데 활용한 〈맨 프롬 어스〉(2007) 같은 대중문화의 텍스트들이다.

『천사의 사슬』은 "상내동 99-1번지에 사는 손안나씨"에게 배달되어야 할 택배가 "상매동 99-1번지"에 사는 소설가인 '나'에게 오배송된 사건으로 시작된다. '나'는 택배를 포장하고 있는 신문에 묻은 얼룩을 발견하고, 이것이 가리키는 하나의 기사를 읽어나간다. "안산 낚시터 창고 화재, 신원 미상 남성 시신 한 구 발견"(9쪽)이란 소제목의 이 기사는 '나'의 흥미를 자아내고, 창작 욕구를 강렬하게 자극한다. '나'는 이 과정을

9) 프랑코 모레티, 『세상의 이치』, 성은애 옮김, 문학동네, 2005, 189쪽.

몽환적인 목소리로 이렇게 말한다. "언제나 이야기는 사소한 우연에서 시작된다. 우연은 변신에 대한 꿈이자 가능성, 필연적으로 시들어 떨어질 꽃들 위를 날아다니며 꽃가루를 옮기는 한 마리 나비이다."(10쪽) 그러곤 소설에 대한 구체적인 상상을 펼쳐나간다. "신문지를 얼굴에 덮고 숨을 깊이 들이마셨다. 탑탑한 종이 냄새에 스며든 비릿한 잉크의 잔향. 이 냄새는 언제나 누런 모래언덕이 끝없이 이어지는 사막으로 나를 데려간다. 세상에서 가장 큰 캔버스가 내 앞에 펼쳐진다."(11쪽) 인용에서 쉽게 감지할 수 있는 것처럼 창의가 발현되는 출발점을 묘사하고 설명하는 '나'의 단어와 비유는 지나치게 낭만적이며, 허세로 가득하다. '나'는 자신이 구상한 세계에서 서사를 전개하는 인물을 "인형"이라고 지칭하며, 이들을 부리는 과정을 "창조라기보다는 심령술"(30쪽)이란 말로 표현한다. '나'는 신문 기사에 등장하는 인간들의 고통이 어떤 기원을 가지고 있는지, 어떤 사회적 모순을 내포하고 있는지, 자신의 소설이 현실에 어떤 균열을 일으키고 변화를 촉구하는지, 전혀 관심이 없다. "스파크, 그거면 충분하다. 사회면의 기괴한 삽화가 일으킨 스파크에 상상력을 땔감으로 밀어넣고 풀무질을 하면 세상에 없던 이야기가 화락화락 피어오른다."(19~20쪽) 이런 방식으로 '나'는 살인사건을 추리하고, 서사를 전개할 형사 '이석'을 만들어내어 그의 수사 과정을 통해 스토리를 전개시킨다. 여기에 등장하는 소설가의 계보를 이해하자면 아마도 소설가를 자신이 창조한 세계를 주관하는 신으로 격상시키며, 자신의 인물을 인형처럼 조정하여야 한다고 주장했던 김동인을 떠올릴 수 있을 것이다.[10] 하지만 '나'는 김동인이 열망했던 '신인합일(神人合一)'의 상태는 아니고 자신의

10) 김동인의 예술관, 소설관에 대해서는 김동인, 「소설에 대한 조선 사람의 사상을」 「자기의 창조한 세계」(『김동인 전집 16』, 조선일보사, 1988) 등을 참조할 것.

어설픈 주문으로 불러낸 지하 세계의 영혼을 적절히 통제하지 못하는 아마추어 마법사와 같다.

어설픈 열정의 풋내기 소설가, 그가 심령술로 불러낸 냉철한 형사 이석. 『천사의 사슬』의 초반부는 소설가의 일인칭 시점으로 작품을 구상하고 상상을 전개하는 장면과 소설가가 구상하는 삼인칭 소설의 주인공 형사 이석이 사건을 수사하는 장면이 교차하며 전개되지만, 이내 새로운 인물이 주도적으로 이끌어가는 장면이 추가되며 한층 복잡해진다. 그는 이석이 사건 현장 주변에서 발견한 혼혈 소년 김마롤리이다. 소설가 '나'는 김마롤리의 등장에 적지 않게 당황하는데 마롤리는 "소설의 얼개를 짜다보면 의식의 사각지대에서 불쑥 튀어나와 멋대로 배역을 꿰차는 인물"(40쪽)이기 때문이다. '나'는 이를 "이야기의 생태계가 건강하게 살아 움직인다는 증거"(40쪽)라며 대수롭지 않게 여기지만, 소년의 등장과 함께 이야기는 '나'가 통제할 수 없는 방향으로 전개되고 서사의 주도권은 '나'에서 마롤리로 넘어간다.

마롤리는 취조실에서 형사 이석에게, 스리랑카에서 코리안드림을 찾아온 엄마, 그리고 그녀가 운명적으로 만난 아버지에 대해 그리고 둘의 비극적 헤어짐, 엄마의 죽음, 예전에 죽었다고 알려준 아버지의 생존을 알게 되고 그를 찾아 떠돌아다니는 현재의 상황을 진술한다. 그러고는 이 여정을 함께한 신비로운 남자 "아담 르페브르"에 대한 이야기를 들려준다. 마롤리가 들려주는 이야기 속의 "아담"은 그 이름이 떠오르게 하는 성경의 인물처럼 아주 오랫동안 전 세계를 떠돌아다니며 "사람들의 사연을 수집"(107쪽)한 사람인 동시에 "연금술사"(127쪽)이다. 마롤리는 아담의 이야기를 들으며 그가 단순히 "사연을 수집하는 게 아니라 나눠주면서 다니는"(127쪽) 사람 즉 이야기 수집꾼인 동시에 모든 이야기의 시작이라는 사실을 알게 된다. 즉 그는 인류의 시조 그렇기에 최초의

이야기에 등장하는 주인공 아담(adam)이자 모든 것이 이야기로 이루어진 인간 아담(我談)이다.[11)]

마롤리에 이어 아담까지 등장하자 이야기의 주도권을 완전히 상실한 소설가 '나'는 자신에게 오배송된 상자를 원 수령인인 손안나씨에게 직접 전달할 생각을 한다. 그리고 이 계획이 "우연에서 시작해 내 의지를 거쳐 필연으로 끝나는"(92쪽) 소설의 아름다운 완성을 가능하게 할 것이라는, 밑도 끝도 없는 확신을 갖는다. '나'는 손안나의 첫인상을 "평범한 중년 여성"(262쪽)이라고 말하지만, 그녀의 광범위하고 환상적인 여행 이야기를 시간 가는 줄 모르고 듣고는 그녀를 『천일야화』의 이야기꾼 셰에라자드에 비유한다. 손안나가 준 홍차를 마시던 '나'는 갑작스럽게 몸이 마비되고 있으며 환각제를 마신 것처럼 정신이 주체할 수 없이 흐트러지는 것을 깨닫는다. 의식을 잃어가는 '나'에게 손안나는 모든 것을 다 들여다보고 있는 사람처럼 행동하며, "주어진 역할에 맞춰 사는 게 당신 역할"(266쪽)이란 알 수 없는 말을 중얼거린다. 그리고 갑자기 '나'를 이석과 마롤리가 있는 소설 속으로 던져버린다. 마롤리가 이야기한 아담, 아니 그와는 다르면서도 충분히 형사들에게 아담이라는 의심을 주는 소설가 '이담'[12)]

11) 약간의 언어유희를 허락한다면, 아담은 최초의 이야기인 「창세기」의 아담(adam)이며, 이야기로 이루어진 인간(我談), 그리고 마롤리가 만들어낸 '나의 이야기'(我談)이다. 아담은 자신의 직업을 연금술사라고 말하고 있지만 이야기(談)야 말로 뜨거운 불길(炎) 속에서 단련된 말(言)에서 탄생한 고귀한 것이다. 이야기는 삶의 모든 것을 소재 삼아 만들어지지만 삶을 더욱 의미 있는 것으로 변모시키며, 소설가는 그런 놀라운 일을 행하는 사람이다. 작품의 마지막 장에서 이러한 유희는 보다 분명한 사실로 증명되는데 거기서 아담은 그것이 자신의 본명이 아님을 말하며, 자신은 "이름으로 구분해야 할 정체성 자체가 없"(333쪽)는, "예정된 종말을 향해 달려가는 시간의 흐름에서 그 누구도 벗어날 수 없는"(334쪽) 삶에 희망을 주는 "조커 카드" 같은 존재라고 말한다. 아담은 이곳이 아닌 다른 곳을 꿈꾸게 해주는 이야기 즉 허구이다.

12) 한번 더 언어유희를. 아담이 我談이라면, 이담은 너의 이야기(爾談)이며, 다른 이야기(異談)이다.

이 되어 '나'는 이석의 취조실에 앉는다. 손안나가 준 홍차에 주입되어 있던 환각제에 취한 상태로 '나'는 이담의 역할을 수행한다. 이담의 수첩에는 '나'가 구상한 소설의 내용이 어지럽게 담겨 있고, 이는 이석이 수사한 범죄의 증거들과 일치한다. 범행에 대해 묻는 형사의 질문에 이담은 환각제에 취한 상태로 횡설수설하며 이 모든 것이 자신이 쓴 소설이라고 말하지만 그 말은 누구도 납득시키지 못한다. 그리고 이석은 이담의 수첩에서 "상내동 99-1, 손안나"(279쪽)라는 메모를 발견하고 이것을 사건의 퍼즐을 풀 유일한 조각이라 판단하며 그곳으로 찾아간다.

손안나는 자신을 찾아온 이석에게 마롤리가 어머니 라디샤에 대해 물으러 찾아온 적이 있고, 과거 그녀가 끔찍한 윤간을 당했음을 그리고 그 비극의 결과로 탄생한 것이 마롤리라는 사실을 알려주었다고 말한다. 그뿐만 아니라 자신이 보관하고 있는 자료, 라디샤를 윤간한 범인들의 신상 자료와 그들이 찍은 범행의 전말이 담긴 "녹화 테이프"를 마롤리에게 주어 이 모든 방화 살인 사건을 추동한 사람임을 고백한다. 손안나의 진술로 인해 "의문의 화재 현장, 그 현장을 설명하는 마롤리의 황당무계한 진술, 그 진술의 골자가 고스란히 담긴 수첩, 범죄소설을 쓰는 중이라는 황당무계한 해명, 현실과 허구가 공모해 겹겹으로 진실을 에워싸고"(270쪽) 있던 소설은 결말로 빠르게 진행된다. 사람들은 이석에게 손안나가 "불법체류 노동자들의 인권 보호"에 앞장서는 "백발의 성녀"(279쪽)라고 말하지만, 이석은 손안나가 계획한 거나 다름없는 살인의 전모를 알게 된 후 그녀를 "노망난 할망구"(296쪽)라고 판단한다. 하지만 이러한 수식은 모두 손안나에 대한 정확한 지칭은 아니다. 그녀는 소설가 '나'의 머리에 담긴 생각을 읽고, 그를 서사의 한복판에 던져 넣을 수 있는 초자연적인 힘을 가진 존재이며, 도저히 해결될 수 없을 정도로 복잡해진 서사를 단번에 정리하여 이를 결말로 이끌어가는 장치이다. 오래전 그리스인들은 이러한 존재를 '기계장치의 신(deus ex machina)'이라고 불렀다. 이러한 사실은 소설 뒤에 붙은 「작가의 말」을 읽으면 보다 분명해진다. 최제훈은 작품에 대한 작가의 소회를 쓰는 방식이 아니라 마치 마블 영화의 엔딩 크레디트 뒤에 붙는 쿠키 영상처럼 「작가의 말」을 활용하는 기법을 『퀴르발 남작의 성』에서부터 즐겨 사용하였다. 『천사의 사슬』에서도 「작가의 말」은 독립된 에피소드인 동시에 소설 전체의 구성을 이해하는 데 긴요한 힌트로 역할한다. 이 에피소드에서 손안나는 이 모든 것이 자신이 쓴 소설임을 말한다. 그녀야말로 김동인이 말한 '신인합일'의 소설가, 자신의 서사를 구원하기 위해 작품으로 강림한 소설가, 바로 '기계장치의 신'이다. 아마추어 소설가 '나'의 상상에서 시작해, 이석의 추리, 마롤리의 이야기를 거쳐, 공모전을 준비하는 또다른 아마추어 소설가 '손안나'의 진술로 마무리되는 이야기, 그리고 '기계장치의 신'. 아리스토텔레스는 『시학』에서 이야기의 결말은 어디까지나 이야기 자체의 힘으로 마무리지어져야 한다고 강조하며 '기계장치의 신'을 사용하는 극작술을 비판하였다. 하지만 아리스토텔레스가 『천사의 사슬』을 읽었다면 그렇게 쉽게 일반화하진 못했을 것이다. 그리고 최제훈이라면 감탄하는 아리스토텔레스 앞에서 담배를 청해 피우며 이렇게 말했을 것이다. "저, 보기보다 치밀한 놈이에요."(118쪽)

### 3. 인간은 이야기를 지으며 진화하는 유일한 동물이다—김희선, 『무한의 책』

김희선의 『무한의 책』은 그 야심찬 제목이 과장처럼 읽히지 않는 압도적인 소설이다.[13] 하지만 오백 페이지에 달하는 방대한 분량으로 씌어진

13) 『무한의 책』에 담긴 흥미로운 요소들을 하나하나 거론하는 상세한 글을 쓰자면 너무 많은 지면이 필요하기에, 그리고 지금 쓰고 있는 이 글의 구성에 따르자면 김희선에게 할애할 수 있는 지면은 하나의 장에 불과하기에, 되도록 요약적으로 글을 쓰겠다.

이 장편의 서사는 비교적 간단하고 익숙하다. 그것은 '지구의 종말을 막기 위해 과거로 시간여행을 떠나 자신이 죽인 아버지를 구원하고, 그 숭고한 희생을 통해 세계와 자신도 구원받는 스티브의 이야기'라고 간단하게 정리할 수 있을 것이다. 김희선이 과거를 고쳐 미래를 수정하는, 아마도 대중들에게는 〈백 투 더 퓨처〉(1985)와 같은 영화의 서사로 잘 알려진 시간여행의 이야기를 사용하고 있는 이유는, 앞에서 설명한 것처럼 최제훈이 구조적 복합성과 시점의 끝없는 다변화를 안정적으로 전개하기 위해 장르의 문법에 충실한 서사를 사용하는 것과 다르지 않다. 김희선은 이 튼튼한 뼈대 위에 허구와 역사적 사실, 망상과 환상, 의지하고 있는 만들어진 기억과 트라우마에 의해 왜곡되기 이전의 진짜 기억, 종교학과 인류학, 진화론과 물리학, 문학작품이나 영화, 음악 등에서 가져온 다양한 문화적 기호들을 조합한 거대한 이야기를 올려놓는다. '도서관 환상' 또는 '백과사전적 열망'이라고 부를 수 있는 이러한 상상력과 기법의 지적 계보를 따질 때 반드시 참조해야 하는 보르헤스는 「바벨의 도서관」에서 도서관에 소장된 "모든 것"을 특유의 유머와 혜안이 담긴 문장으로 다음과 같이 분류하였다.

> '도서관'이 총체적이고, 그곳의 책장들은 이십여 개가 넘는 그 철자 기호들의 가능한 한 모든 조합(그 숫자는 아주 방대하지만 무한하지는

---

하나의 예를 들자면, 김희선은 「이야기에 대한 이야기의 이야기」(『Axt』, 2017. 11/12)라는 자전 에세이에서 『무한의 책』에 사용된 "엘름가(街) 1408번지"가 웨스 크레이븐의 1984년 영화 〈나이트메어: 엘름가의 악몽〉에서 가져왔으며, 1408이라는 숫자 역시 "스티븐 킹의 소설을 원작으로 미카엘 하프스트롬이 만들고 존 큐잭이 출연한 유명한 공포영화" 〈1408〉(2006)에서 가져왔음을 밝히고 있다. 이런 예에서도 알 수 있듯이 『무한의 책』은 작가가 읽고, 관람하고, 들었던 모든 경험, 한 인간이 직접 경험한 삶의 양상과 지식을 상회하는 소설이다.

않다), 즉 모든 언어로 표현할 수 있는 가능한 모든 것을 총망라하고 있다는 것을 추론해냈다. 모든 것. 미래의 아주 세세한 역사, 대천사들의 자서전, '도서관'의 신실한 목록, 셀 수 없이 많은 거짓 목록들, 그러한 목록들이 가진 오류에 대한 증거, 진실한 목록이 가진 오류에 대한 증거, 바실리데스의 그노시스 학파적 복음, 이 복음에 대한 주석, 당신의 죽음에 관한 진정한 이야기, 갖가지 언어들로 씌어진 모든 책들의 번역, 모든 책들과 한 권의 책 사이의 중첩, 베다가 색슨족의 신화에 대해 쓸 수 있었으면서도 쓰지 않았던 논문, 타키투스의 소실된 책들.[14]

보르헤스에게 '도서관'은 곧 '우주'이며, '우주'야말로 인간의 눈으로 바라볼 수 있는 '무한'의 공간이라는 사실을 이해한다면, 『무한의 책』이 도서관의 모든 것을 담아내려는 작가적 열망의 구현물이라는 것도 어렵지 않게 받아들일 수 있을 것이다. 흥미롭게도 보르헤스가 도서관의 "모든 것"이라고 말하고 있는 세목들에서 많은 영감을 받은 것이 분명한 다양한 이야기들을 김희선은 『무한의 책』에서 펼쳐놓는다. 그 이야기들은 이러한 것인데, 2015년 12월 21일로 예정된 종말과 지구에 강림한 신, 그리고 멸종한 거대 파충류의 모습을 하고 있는 신의 섬뜩한 외형, 종말을 예시하는 다양한 문자들과 그것의 의미를 추정하는 무수한 시도들, 신과 신의 대리물인 천사를 거대 파충류와 기괴한 외형의 조류로 표현했던 미술사의 숨겨진 걸작들에 대한 이야기, 신이라는 하나의 정신이 되어 살아갈 수밖에 없었던 거대 파충류들의 슬픈 자서전, 스티브(박성철)의 아버지 박영식의 죽음에 관한 망상과 역사적 배경, 그리고 아버지를

14) 호르헤 루이스 보르헤스, 「바벨의 도서관」, 같은 책, 135~137쪽. "바실리데스" "베다" "타키투스" 등과 같은 단어들에 대한 설명은 「바벨의 도서관」에 수록된 각주를 참조할 것.

살해(혹은 살해했던 것으로 강하게 짐작되는)해야 살아나고 살아갈 수 있었던 스티브의 비극적인 과거, 세상을 구원하기 위해 자신의 모든 것인 생명을 버려야 하는, 그리고 이것을 선택하기까지의 과정을 담은 스티브의 이야기, 다종다양한 글쓰기로 작성된 종말과 구원의 과정을 담은 노트, 이 노트를 번역하며 세계의 균열을 짐작하는 '아르바이트생'의 모습, 이야기들의 퍼즐을 맞춰줄 조각들과 그것들이 소실된 모습 등이다. 이러한 이야기들은 『무한의 책』에 소설, 희곡, 대화, 회고, 신문기사, 칼럼, 책의 인용, 보고서, 포스트, 노래 가사, 진단서, 편지, 이메일, 문자메시지, 각주, 부록, 위키피디아의 세목, 참고문헌 등과 같은 다양한 글쓰기의 형태로 담겨져 있다. 『무한의 책』은 진실과 허구의 경계를 끊임없이 진동하는 이야기의 총합인 동시에 이를 의미 있게 전달하려는 글쓰기의 총합이기도 한 것이다.

산문 픽션이라는 용어를 사용하며 이를 노블, 로맨스, 고백, 아나토미로 분류한 그리고 이러한 형식의 순수한 실례는 결코 발견되지 않으며 산문 픽션은 이러한 형식들의 혼합으로만 존재한다고 했던 노스럽 프라이의 견해에 따르자면, 『무한의 책』은 아주 드물게도 이 모든 형식과 연관되는 요소를 가진 작품이다. 노스럽 프라이는 산문 픽션의 모든 형식이 고르게 담긴 유일한 텍스트로 제임스 조이스의 『율리시스』를 거론하며 이렇게 쓴다. "이처럼 『율리시스』는 이 네 가지 형식 전부를 사용하고 있는 완전한 산문 서사시이며, 그 형식은 전부가 실제로 똑같이 중요성을 갖고, 또 서로서로에 필요 불가결한 것이다. 그러므로 이 작품은 여기저기서 주워모은 집합적인 그 무엇이 아니라 하나의 통일체인 것이다."[15] 노스럽 프라이의 용어를 그대로 사용하여, 『무한의 책』을 "완전한

---

15) 노스럽 프라이, 『비평의 해부』, 임철규 옮김, 한길사, 2000, 593쪽.

산문 서사시"라고 지칭하는 것도 가능할 것이다. 아니면 이를 살짝 변형한 프랑코 모레티의 사례를 가져와 "근대 서사시"라고 부르는 것도 무리는 아닐 것이다. 물론 우리들에게 가장 편한 호칭은, 다양한 글쓰기의 형태를 자신의 내부로 흡수하며 성장한 노블의 장르적 특성을 이해하며, 소설이라 부르는 것이다. 이러한 문학적 호칭이 불편하다면, 『무한의 책』을 지구의 종말이라는 '묵시록'으로부터 시작해 한 아이가 자신이 적어갈 "새하얀 백지"(488쪽)를 받는 새로운 '창세기'로 끝나는, 뒤집혀진 형식의 『성경』으로 지칭하는 것도 나쁘지 않을 것이다. 물론 김희선이 가장 흡족할 호칭은 『무한의 책』을 "모든 언어로 표현할 수 있는 가능한 모든 것을 총망라"한 '도서관'이라 부르는 것이겠지만.

『무한의 책』을 흥미롭게 만드는 소재 중 하나는 신의 강림이라는 현상이다. 『성경』에 신의 강림은 최후의 심판이라는 묵시록의 이야기로 담겨 있기에 인간들은 하늘에서 내려온 거대한 파충류를 '날개를 가진 불가사의한 생물(지천사 케루빔)'로 받아들이고는 곧 세계가 멸망할 것이라는 직감을 어쩔 수 없는 현실로 인정한다. 이런 일종의 체념과 수긍을 이해하기 위해서는 『무한의 책』에 구체적으로 등장하는 두 개의 공간인 미국의 '트루데'와 한국의 '용인'에 대해 고찰할 필요가 있다. 스티브의 이웃이며, 그에게 처음으로 세계의 비밀을 알려준 로버트 와인버그에 따르자면, "트루데를 세운 사람은 윌리엄 와인버그 3세라는 이름을 가진 시카고 출신의 목사"(101쪽)이다. 윌리엄 목사는 마치 성경 속의 아브라함이 그랬던 것처럼 신의 계시를 받고 이곳을 찾아낸다. 윌리엄은 계시를 받기 며칠 전 비몽사몽의 상태로 읽었던 이탈로 칼비노의 『보이지 않는 도시』에 등장하는 동명의 도시 이름을 무의식 속에서 견인하여 신이 알려준 이곳을 트루데란 이름으로 부른다. 그리고 이곳은 "어마어마하게 거대한 도축장과 햄, 소시지 공장이 줄지어 늘어선"(101쪽) "서부 내륙의 축산업 중심지"(103쪽)로 발전한다. 잠시 도시는 퇴락을 경험했지만 1980년 이후 "세계 각지에서 몰려온 저임금 노동자"(103쪽)들을 통해 새롭게 부흥한다. 스티브의 아버지가 다녔던 곳도, 스티브가 근무하고 있는 곳도, 트루데에 위치한 "브리티시 미트 앤 컴퍼니의 도축 공장"이다. 이곳은 겉으로 보기에는 말끔하고 깨끗한, 어떠한 도축의 흔적도 "보이지 않는 도시"이지만, "공기 중에 떠도는 끔찍한 악취"(69쪽)는 이곳이 "피비린내와 뭔가가 썩어가는 냄새 속에서, 땅속 어딘가를 흐르고 있을 돼지들의 피와 체액, 내장"(69쪽) 위에 세워진 도시라는 것을 알려준다. 이는 단순히 트루데란 가상의 공간이 가진 특수한 상황이 결코 아니다. 우리가 문명이라고 부르는 것도 사실은 이러한 끔찍한 야만과 피의 흔적을 눈에 보이지 않게 하는 테크놀로지의 발전을 말하는 것이 아니던가. 김희선은 이렇게 말한다. "거기서 멀리 떨어진 시내에 사는 사람들, 저녁에 뒷마당에서 숯불 바비큐 파티를 할 맛좋은 고기와 햄을 사는 사람들은, 결코 그 냄새를 맡을 수 없으리라. 왜냐하면 그곳은 보이지 않는 땅이었고, 설혹 보인다 해도 제대로 눈감는 법만 배우면 굳이 보지 않아도 되는 그런 장소였으니까. 그러니까 그곳은 지상에 있지만 지하에 존재하는 거나 마찬가지였고, 도축 공장보다는 '언더월드'라는 말이 더 어울리는 땅이었다."(69쪽)

그렇다고 스티브가 인류를 구원하기 위해 시간여행을 통해 넘어가는 1958년의 한국 용인을, 자신을 희생하는 조건으로 아버지를 보내게 되는 2015년의 용인을 새로운 문명의 공간으로 이해하는 것은 어리석은 일이 될 것이다. 용인은 소년 박영식이 시간여행을 통해 홀연히 나타난 장소, 에버랜드로 상징되는 공간이다. 에버랜드는 세계에 존재하지 않는 사랑과 모험, 정의를 체험하기 위해 디즈니랜드가 있는 것처럼 "언더월드" 위에 건축된 위선의 사육장이며, 동물의 유토피아 행세를 하고 있는 사설 감옥이며, 거짓된 자비와 사랑을 구경하는 고통의 서커스장에 불과하다. 인간이 도달할 수 있는 미래는 이 지옥 속에서 하루하루 살아가는 것이다. 하지만 모든 비참에 눈감고, 모든 것이 보이지 않는다는 착각 속에 살아가는 것이 아니다. 그것은 '보리스'와 '아르까지'라는 이름으로 불리는 신이 들려주는 "그럼에도 불구하고 살아 있는 것은 계속 살아가야 한다는 것"(372쪽)의 의미나 자신의 아버지를 시간의 수면 위로 올려버린 스티브가 선택한, 속죄와 구원을 위해 노인이 될 때까지 살아남아 자신보다 어린 모습으로 현재에 등장한 아버지를 찾아가는 일과 같다. 보리스와 아르까지는 오래전 거대 파충류의 고도로 발달된 문명이 있었다고, 하지만 소행성과의 충돌로 이 모든 문명은 사라졌고, 목숨을 건진 소수의 공룡들은 "만약 어떤 생명체가 에너지를 거의 쓰지 않는다면, 즉 물리적인 실체에서 벗어나 순수한 사고의 형태로 존재할 수 있다면, 영원히 사는 것도 가능하다는 걸"(370쪽) 알게 되었다고 스티브에게 이야기한다. 그리고 이 연구를 위해 그들은 "살아남은 공룡들 중 당대 최고의 위대한 과학자"(370쪽)의 식량이 되는 것을 자처한다. 그리고 과학자는 동족의 고기를 먹으며, 슬픔과 고통과 죄책감과 모멸과 비참을 견디며 연구를 진행하고 마침내 이를 완성한다. 하지만 그는 "갑자기 슬픔에 가득차 비명"을 지르며, '신'이 되어버린다. 신이 된 과학자가 알게 된 "생명의 비밀"은 이런 것이다. "시공간에 뚫린 종말의 구렁텅이에 단 한 존재, 다른 이들을 살리기 위해 자신의 모든 것을 내놓을 수 있는 단 하나의 존재만 제물로 바친다면, 애초부터 이런 식의 완전한 멸망은 일어나지도 않았을 거라는 것."(371쪽) 스티브는 신이 알려준 "생명의 비밀"을 실현하며 세계의 종말을 막아낸다. 하지만 그는 아버지 대신 소멸하는 것을 선택하지 않고 아버지가 살아온 끔찍한 한국의 현대사를 아버지 없이 혼자 살아간다. 그렇게 살아남아 노인이 된 스티브는 미래로 간

어린 아버지의 보호자가 되는 것을 선택한다. 누군가를 구하기 위해 희생하고, 그 누군가를 돌보기 위해 시간의 고통을 견디는 일, 이것이 바로 김희선이 말하는 "그럼에도 불구하고 살아 있는 것은 계속 살아가야 한다는 것"의 의미이다.

### 4. "꿈꾸기 위해서는 눈을 감을 것이 아니라 읽어야 한다."

마크 포스터 감독의 2006년 영화 〈스트레인저 댄 픽션〉은 세르반테스가 『돈키호테』 2부에서 사용한, 소설의 인물이 살아가는 세계와 소설을 읽는 독자들의 세계가 하나의 시공간에 겹쳐질 때 생기는 인식의 혼란, 현실과 비현실이 서로 대면할 때 발생하는 환상의 감각을 활용한 작품이다. SF 장르를 선호하는 사람들이라면 기꺼이 '평행우주'라 지칭할 서로 다른 시공간의 중첩이 이 영화를 흥미롭게 만드는 요소인데, 줄거리는 이렇다. 안정적이지만 단조롭고, 경제적으로 부족함은 없지만 쓸쓸한 일상을 살아가고 있는 국세청 직원 해럴드 크릭은 평소와 다름없는 아침을 시작하다가 자신의 내면을 정확한 문어체로 설명하는 낯선 목소리(보이스 오브 내레이션)를 듣게 되고, 비평가 줄스 힐버트의 도움으로 이것이 결말에 등장인물을 죽이는 것으로 유명한 캐런 아이플이라는 소설가의 목소리라는 놀라운 사실을 알게 된다. 해럴드의 삶은 갑자기 캐런이 쓰고 있는 소설의 내용이 되고, 그의 미래는 캐런이 구상하는 소설의 스토리에 따라 변화하는, 비극의 주인공이 된다. 해럴드는 이 혼란스러운 과정 중에 안나 파스칼이라는 여인을 알게 되고, 그녀와 사랑에 빠진다. 사막과 같은 일상에 내린 사랑의 단비는 해럴드에서 삶에 대한 열정으로 피어나고, 그는 캐런을 찾아가 예정된 비극적 결말로 소설을 마무리하지 말 것을 당연하게 요구한다. 난처해하는 소설가에게 집필을 도와주는 비서는 쓰고 있는 미완성의 소설을 읽게 하라는 충고를 한다. 독서를 머뭇거리는 해럴드는 비평가 줄스에게 아직 타이핑되지 않은 소설의 비극적 결말을 포함한 모든 원고를 주고는, 먼저 읽어보라고 한다. 줄스는 캐런의 소설을 읽고, 이것은 십 년에 한 번 나올까 말까 하는 걸작이라는 판단을 한다. 그리고 해럴드에게 위대한 문학의 탄생을 위해 기꺼이 죽음을 받아들이라고 설득한다. 해럴드는 말할 수 없는 서운함을 느끼며 캐런의 원고를 들고 나와 버스에 앉아 읽기 시작한다.

그리고 내가 생각하는 이 영화의 가장 감동적인 장면이 펼쳐진다. 버스에 앉은 해럴드는 문장으로 서술된, 플롯으로 의미화된, 자신의 삶을 읽기 시작한다. 몇 번이나 종점을 드나드는, 소설과 인생이 만나 충만해지는 시간이 아름답게 펼쳐진다. 해럴드는 자신이 너무나도 잘 알고 있는 자신의 삶을 오래 기다려온 작가의 작품을 읽는 독자처럼 매혹되어 정신없이 그것을 읽어나간다. 그리고 캐런을 찾아가 소설의 결말대로 자신이 죽는 것이 옳다고 말을 한다. 해럴드는 연인의 집으로 가서 담담하게 마지막 사랑의 밤을 보낸다. 평소와 다르지 않게 함께 TV로 오래된 영화를 보고, 자신이 없는 미래를 살아갈 연인에게 탈세를 절세로 바꿀 수 있는 비법을 알려주고, 팔베개를 해주며 숙면을 유도한 후 잠든 연인을 두고 집으로 돌아와 출근 준비를 한다. 다른 날과 다를 바 없이 이를 닦고, 넥타이를 매고, 그리고 평소라면 그냥 맨 위의 것을 집던 소반에 담긴 사과를, 멈칫거리며 인생의 마지막 사치를 한다는 심정으로 한번 고르고는 자신이 죽음을 맞을 곳으로 서사시의 주인공처럼 걸어간다. 해럴드에게 예정된 결말은 버스와 충돌하는 어린 소년의 죽음을 대신하는 것인데, 이 모든 것을 알고 있는 해럴드는 예의 있는 표정과 말투로 버스 정류장의 맨앞으로 간 후 달려오는 버스와 충돌하는 소년을 밀어내고 대신 사고를 당한다.

나는 지금도 책을 읽는다는 것은, 문자와 시선의 마주침에 의해 생겨나는 사유는, 해럴드가 보내는 버스의 시간과 다르지 않다고 생각한다. 정류장을 계속 오가는 버스의 내부는 인생의 축소판인 듯 번잡하다. 승객은 끊임없이 들어왔다 나가고, 거리의 소음과 버스의 진동, 자리를 찾거나 대화 상대를 원하는 시끄러운 사람들에 의해 독서는 방해받는다. 잠시 책에서 고개를 들고 밖을 바라볼 수 있지만 그것은 풍경을 감상하기 위한 것이 아니라 독서를 계속할 수 있는 휴식을 얻기 위한 행동이다. 책을 다 읽으면, 우리는 그것을 읽기 전의 과거의 그 사람과는 달라진다. 해럴드처럼 극적이진 아닐지라도 아주 조금은 달라진다. 조금 달라진 세상은 김희선이 말하는 열려진 "우주의 틈새"(106쪽) 같은 것이다. "내가 모든 비밀을 알아낸 덕분에, 그 작고 좁은 균열이 입을 벌렸어. 그리고 거기서 시간과 공간은 다시 태어났지."(106쪽) 『무한의 책』에서 "T 신부"의 필사본 『종교와 생물학의 통일장 이론에 관하여』에 담긴 믿을 수 없는 신의 비밀과 구원의 이야기는 이것을 읽은 로버트 와인버그를 거쳐 스티브의 손으로 넘어간다. 스티브도 이것을 읽고는 자신의 마지막 일주일을 스쳐가는 상념과 기억과 슬픔과 고독, 종말의 비밀과 구원의 이야기를 노트에 적는다. 그 노트는 소년 박영식에게 전해지고, 다시 그를 에버랜드 앞에서 발견한 "다람쥐 탈을 쓴 아르바이트생"에게 전해진다. 아르바이트생은 "노트에 적힌 이상한 이야기에 완전히 빠져들"(106쪽)고 노트의 안쪽 표지에 적힌 간곡한 부탁—"제발 이걸 번역해주십시오. 그런 다음 그 번역본을 아이에게 전해주길 바랍니다."(107쪽)—을 어떤 일이 있어도 지키려 한다. 그리고 자신에게 주어진 임무를 수행하기 위해 노인이 된 스티브와 소년 박영식을 만나러 가던 중 트럭에 치여 의식불명의 상태가 된다. 배달원을 잃은 노트는 이를 읽은 적이 있는 강승현 경장의 손으로 넘어가고, 결국 스티브와 박영식의 손에 전달된다. 읽는다는 것은 그런 것이다. "왜냐하면 어떤 책은 사람의 운명을 바꿔놓기도 하니까."(57쪽)

롤랑 바르트는 신경증을 작가들이 선택한 임시방편이라고 지칭한다. "모든 작가는 이렇게 말하리라. 미치광이는 될 수 없으며, 감히 건강하다고 말하지는 못하며, 그래서 신경증에 걸린 것이라고." 하지만 작가의 신경증은 임시방편이지만 "글을 쓰게 하는 (또 읽게 하는) 유일한 것이다." 롤랑 바르트는 받아들일 수밖에 없는 운명 같은 것이 거기에 있다는 듯 이렇게 이어서 말한다. "광기 한가운데서 신경증에 맞서 씌어진 텍스트들—바타유의 텍스트나, 혹은 다른 텍스트들—은 만약에 그것이 읽혀지기를 원한다면, 그 안에 자신의 독자를 유혹하기에 필요한 약간의 신경증을 간직하고 있"어야 한다고. 바르트는 이를 "무서운 텍스트"라고 부르길 주저하지 않는다.[16] 무서운 텍스트가 탄생하는 상징적 공간은 도서관일 것이다. 이곳을 부르주아의 가정으로 들어온 도서관의 소세계인 서재라 불러도 될 것이다. 아니면 새로운 아카이브와 인간을 연결하는 스마트폰이라 불러도 좋을 것이다. 이 모든 것들은 도서관과 연결된 또다른 "육각형의 진열실"이기 때문이다. 그곳에서 읽으며, 서서 잠자는 인간, 그 광기와 신경증의 모호한 경계 속에서 벼려진 예민한 정신으로 몽상하며 무언가를 필사하고, 무언가를 끊임없이 써내려가는 인간. 도서관의 미친 소설가들에게서 무서운 텍스트는 탄생한다. "꿈꾸기 위해서는 눈을 감을 것이 아니라 읽어야 한다."

(2019)

16) 롤랑 바르트, 「텍스트의 즐거움」, 『텍스트의 즐거움』, 김희영 옮김, 동문선, 1997, 53쪽.

# 노인을 위한 문학은 아직 젊다

## 0. 낡고 오래된 모든 것은 대기 속으로 녹아 사라진다

모든 사람들은 나이가 들어감에 따라 노화를 경험한다. 노인이 되어가며 인간은 육체적으로는 쇠약해지지만 대신 지난 시절을 뒤흔들어놨던 욕망은 점점 사라지고, 그만큼 타인에게 너그러워지며, 지혜는 삶의 축적된 경험을 통해 풍부해지고, 덕성은 인간사의 어려움을 포용할 수 있을 만큼 넓어진다고 말한다. 노인에 대한 이러한 신화를 형성하는 데 결정적인 영향을 준 문장은 아마도 공자의 『논어』「위정」편에 나오는 이러한 구절일 것이다. "나는 열다섯에 학문에 뜻을 두고, 서른에 서고, 마흔에 불혹하고, 쉰에 천명을 알고, 예순에 이순하고, 일흔에 하고 싶은 바를 좇되 법도를 넘지 않았느니라."[1] 사람들은 공자의 말을 마치 누구나 자연스럽게 경험하는 인생의 통과의례처럼 생각하며 자신의 나이를 대입해 '불혹'이니 '지천명'이니 칭한다. 하지만 이 문장의 주어가 일반적

1) 공자, 『논어』, 김범부 교열·표문태 해제, 현암사, 1967, 98쪽.

인 사람이나 군자가 아니라 일인칭이라는 사실을 잘 인지하지는 못한다. 다시 말하자면, 이는 성현 공자의 개인 경력을 요약해놓은 것이다. 서른 살 이후 예수가 깨달음을 얻고 기적을 행했다고 모든 인간이 서른 이후 그렇게 행동할 수 있는 것은 아닌 것처럼 말이다. 노인을 둘러싸고 있던 아우라가 사라진 자리에서 우리가 냉정한 감각으로 보게 되는 것은 인생사의 고통에 그대로 노출된 채 늙어버린 자기 자신이다. 의학이 지연시키고 있는 노화의 속도, 기대수명의 증가, 출산율의 감소로 인한 고령화 사회의 도래 등은 자본주의 모순이 해소되지 않고 있는 한국 사회를 지금과는 다른 형태로 변모시킬 것이다. 이 글은 노화하는 사회와 문학에 대한 정리되지 않은 시론이다.

### 1. 근대의 상징적 형식 '교양소설' 그리고 '젊음'

일반적으로 사용하는 '근대(Modern)'라는 시대 개념은 잘 알려진 것처럼 동양의 전통적인 시간의 구분 방법이나 창세기에서 시작해 묵시록으로 끝나는 기독교적 시간 관념과는 다른 이질적인 시간에 대한 인식에 근거하고 있다. 전근대 사회에서는 주로 기년법(紀年法)과 역법(曆法)으로 시간을 표기했다. 기년법은 어떤 특정한 연도를 시간의 기원으로 삼고 이로부터 지나간 햇수를 세는 방법이고, 역법은 천체의 주기적 현상에 따라 시간을 정하는 체계이며, 이를 일상에서 사용할 수 있게 만들어놓은 것이 달력이었다. 짧게 정리하자면, 시간에 의미를 부여할 수 있을 정도의 권위를 가진 집단이나 시간과 공간을 통제할 수 있다고 여기는 정치·경제적 지배권력에 의해 시간이 헤아려지고, 일상이 분할되었던 것이다. 1755년(흔히 사용하는 서기 역시 예수 탄생을 기점으로 사용하는 종교적 시간 인식이다) 서울에 살던 유만주라는 유생의 일기는 다음과 같은 구절로 시작된다. "요임금의 갑진년(B.C. 2357)으로부터 지금에 이르기까지 4132년이 흘렀고, 숭정제의 갑신년(1644)으로부터 지금에 이르기까지 132년이 흘렀으며, 강헌대왕(조선 태조) 임신년(1392)으로부터 지금에 이르기까지 384년이 흘렀다."[2] 유만주에게 시간은 유교문화의 기원이 되는 요임금으로부터, 중화의 마지막 적통인 명나라 황제 숭정제로부터, 그리고 조선의 개국의 순서로 서열화된 것이며, 아무런 의미 없이 물 흐르듯이 자연스럽게 과거로부터 흘러나오는 것은 아니었다.

이에 비해 근대라는 개념은 시간을 형식적으로 그 이전 단위와 나누는 것 이상의 의미를 지니고 있다. '근대'의 역사성을 연구한 라인하르트 코젤렉에 따르자면, 근대라는 개념은 르네상스와 종교개혁, 프랑스혁명과 산업혁명의 시간적 경험이 축적된 16~19세기까지의 기간 동안 형성된 것으로, 그것은 지난 시대에 비해 오늘날의 시대가 새롭다는 '문턱' 개념에서, '신기원' 개념으로, 마지막으로는 '기간' 개념으로 변모하며 정착되었다. 근대는 이전 시대와는 질적으로 완전히 다른 새로운 시대가 시작되었다는 인식을 담고 있었으며, 그것은 '새로운 시대(Neue Zeit)'에서 '더 새로운 시대(Neuere Zeit)'로, 그리고 '최신의 시대(Neueste Zeit)'라는 용어에 이르면서 기간으로서의 근대(Neuzeit)라는 개념으로 정착되었다. 코젤렉은 근대 개념이 단순히 여기에 머무르지 않고, 역사적 운동이나 역사의 시간화를 진행시켰으며, 대략적으로 1800년대 이후의 역사를 특징짓는 구체적인 정치적·사회적인 운동의 핵심적인 동력원이 되었고 설명한다. "역사는 시간화되었다. 그것은 시간이 흐르고 있기 때문에 오늘의 역사가 변하며, 또한 과거에서 멀어지면서 과거의 역사도 변한다는 뜻이며, 더 정확히 말하자면 역사의 진리는 그때그때 다르다는 뜻이다. 근대는 과거 전체에 세계사적 질을 준다. 그와 함께 그때그때의

2) 유만주, 『일기를 쓰다 1 — 흠영 선집』, 김하라 편역, 돌베개, 2015, 21쪽.

역사의 새로움은 새로운 것으로 성찰되면서 진보적으로 전체 역사를 요구했다. 역사를 세계사로 다시 써야 한다는 것은 당연했다."[3] 근대의 인간은 이제 과거와 현재, 그리고 미래가 질적으로 동일하다는 생각에서 벗어나 새로운 목표와 목적을 향해 시간을 통과하여야 하며, 이러한 이행의 속도, 즉 가속을 통해 의미 있는 시간과 삶으로 자신을 향상시킬 수 있다는 믿음을 갖게 되었다.

변모된 시간의 개념은 문학에서도 그대로 반영되었다. 18세기부터 19세기까지의 유럽 교양소설을 연구하며, 이를 "근대의 상징적 형식"이라고 지칭한 프랑코 모레티는 이렇게 썼다. "'근대의 특정한 이미지', 이는 이동성과 내적인 불안정성이라는 '젊음의' 특성에 의해 정확하게 전달되는 그런 이미지이다. '커다란 기대'와 '잃어버린 환상'으로 가득한 매혹적이고도 위험한 과정으로서의 근대, 전통 속에 축적된 경험이 쓸모없이 무겁게 억누른다고 느끼고, 따라서 장년기로는 재현될 수 없는, 더군다나 노년으로는 재현될 수 없는, 마르크스의 말을 빌리면 '영구혁명'으로서의 근대."[4] 근대의 '정수(精髓)'로서의 젊음, 과거에서보다는 미래에서 그 의미를 찾는 세계의 표상으로서의 청춘은 유럽의 교양소설에서만 찾을 수 있는 것은 아니고, 당연히 자본주의의 서열화된 시간 속으로 세계를 이끌어간 근대화의 과정을 겪은 모든 국가의 서사에서 동일하게 발견할 수 있는 상징적 표상이었다. 한국 최초의 근대소설이라고 평가받는 『무정』의 첫 장면이 선형에게 영어를 개인지도 하기 위해, 그리고 이것이 초래할 미국 유학과 개인적·사회적 진보를 위해, '달려가는 젊은이' 형식의 모습에서 시작하는 것은 결코 우연이 아닌 것이다.

---

3) 라인하르트 코젤렉, 『지나간 미래』, 한철 옮김, 문학동네, 1998, 364쪽.

4) 프랑코 모레티, 『세상의 이치』, 성은애 옮김, 문학동네, 2005, 29~30쪽.

## 2. 노인, 근대의 낙오자들

『무정』의 이형식은 과거의 언약을 상징하는 영채와 진보한 미래를 약속하는 선형, 전통의 도시 평양과 발전하는 도시 경성 사이를 끊임없이 이동하며 자신을 새롭게 변모시키려는 열망을 삶의 원동력으로 삼고 있는 인물이다. 그의 눈에 정체된 것, 이 역동 관계에서 벗어난 버려진 것들은 과거의 찌꺼기이며, 좀더 가혹하게 말하자면 말도 글도 통하지 않는 시간의 "낙오자"와 다르지 않았다. 『무정』의 에피소드 중 잘 알려진 것이 이형식이 평양 칠성문 앞에서 과거에 알던 노인을 바라보는 장면이다. 이광수는 여기서 변화의 욕망으로 약동하는 젊음의 시선을 통해 정체된 노년을 바라보며, "갑오년 을밀대 대포 한 방에 그가 꿈꾸던 태평시대는 어느덧 깨어지고 마치 캄캄한 밤에 번개가 번적하는 모양으로 새 시대가 돌아왔다. 그래서 그는 세상에서 버린 사람이 되고 세상은 그가 알지도 못하던 또는 보지도 못하던 젊은 사람의 손으로 돌아가고 말았다. 그는 철도를 모르고 전신과 전화를 모르고 더구나 잠항정이나 수뢰정을 알 리가 없다"라고 말하며, 이 노인은 "영구히 이 세상이 무엇인지를 깨닫지 못하리니 그는 이 세상에 살아 있으면서도 이 세상 밖에 있음과 같다"라고 쓴다.[5)]

칠성문 앞의 노인을 바라보는 이형식의 시선은 진보나 발전이라는 이름을 앞세우는 까닭에 세상의 모든 진리나 사유를 전유하고 있는 것처럼 당당하지만 사실은 근대라고 하는 특정한 테두리에 갇힌 편협한 시각이다. 이는 전근대적인 것과 진보의 속도에서 탈락한 인간을 타자화하는 전형적인 근대화의 논리를 담아내고 있는 재현이라고 할 수 있다. 노년의 역사에 대해 연구를 진행한 최근의 학자들에게 비판받는 이 근대화

5) 이광수, 『무정』, 문학과지성사, 2005, 243쪽.

론의 전형적인 서사는 이렇다. "근대 이전 전통사회에서 노인은 희귀한 존재였고, 강력하고도 존경받는 구성원이었다. 그들은 축적된 경험과 지식을 통해 공동체 생활에 참여하고 권위를 누렸으며, 가부장적 가족구조와 긴밀한 친족관계에서 노후 지휘를 보장받았다. 반면 근대화를 계기로 노인의 지위와 권위가 하락했으며, 노인은 가족과 사회에서 소외와 차별의 대상이 되었고, 궁핍과 외로움에 당면하게 되었다."[6] 근대와 젊음의 시선에 비추어진 타자화된 노인의 모습과 노화의 과정을 통해 관찰된 수동성이나 우울함의 증가와 같은 인간 심리의 변화는 문학작품 속에서 격렬하게 반응하며 결합하였고, 이는 '신파'라는 강력한 독서의 코드로 등장하였다. 한국 근대소설에서 하나의 계보를 형성하고 있는 우울하며 쓸쓸한, 그리고 젊은 자식들에 의해 폐기되는, 노년에 대한 애잔한 찬미는, 간략하게 몇 작품만 거론하자면, 박완서의 「이별의 김포공항」(1974)이나 송하춘의 「청량리역」(1993) 등의 단편을 통해 재현된 익숙한 주제이기도 하다. 그리고 이러한 근대화론의 시각에서 노인을 형상화하며 여기에 엄마의 실종이라는 약간의 미스터리 코드를 삽입해 변주한 것이 신경숙의 잘 알려진 신파 『엄마를 부탁해』(창비, 2008)이다.

근대화론을 통해 제시된 노인의 수동성과 짝패를 이루는 또다른 방식의 형상화는 염상섭의 『삼대』(1931)나 채만식의 『태평천하』(1937), 황순원의 『신들의 주사위』(1982)에 등장하는 욕망하는 늙은이들이다. 그들은 18세기 말 브란덴부르크 지역의 일부 성문에 걸려 있던 몽둥이에 적힌 문구—"자녀에게 먹을 것을 의존하거나 가난에 시달리는 자는 이 몽둥이로 죽도록 얻어맞을 것이다"—를 경험의 축적을 통해 자연스럽게

6) 안병직, 「역자 서문」, 슐람미스 샤하르 외, 『노년의 역사 —고정관념과 편견을 걷어낸 노년의 초상』, 팻 테인 엮음, 안병직 옮김, 글항아리, 2012, 9쪽.

체득한 늙은이들이다. 『삼대』의 조의관과 『태평천하』의 윤직원, 『신들의 주사위』의 두식 영감은 시간의 풍화 속에서 건져낸 깊은 통찰이나 내면의 도야를 통해 아래 세대 사람들의 존경을 받는 인물들이 아니다. 그들은 자신들이 이룩한 재산에 대한 경제적 권리를 포기하지 않고, 이를 통해 아들과 손자 세대 위에 군림하는 강력한 노인들이다. 그들은 젊은이 못지않게 욕망하며, 자신의 방식으로 세상을 살아가려 하고, 게다가 성적으로도 탐욕적이다. 하지만 그들은 자신들이 억압하는 젊음과의 투쟁에서 결코 승리하지 못한다. 『삼대』의 조의관은 재산을 노린 가족에 의해 살해되고, 『태평천하』의 윤직원은 자신이 바라던 태평성대의 붕괴를 경험하고 울부짖으며, 『신들의 주사위』의 두식 영감은 손자의 사고 이후 정신적으로 붕괴하여 실성해버린다. 젊음을 억압한 대가를 비극적으로 치르는 노인들의 모습은 이들이 근대의 강력한 안티테제로 등장하고 있으나 결코 서사의 주인공으로 등극할 수도, 세상의 이치를 다투는 싸움에서 승리할 수도 없는, 쇠락해가는 인간 군상의 전형임을 보여주고 있다. 이러한 점에서 그들은 또다른 판본의 근대화론을 형상화하고 있다고 말할 수 있다. 그것은 목가적이며, 전통적이고, 가족적인 가치가 붕괴하고 있다는, 하지만 그것을 다시 복구할 수도, 그곳으로 복귀할 수도 없다는 것을 알려주는 전형적인 노스탤지어의 감각에 기반을 두고 있는 것이다.

오히려 주목할 만한 노년의 목소리나 서사가 등장하기 시작한 것은 유럽을 보편적 모델로 하고 있던 근대에 대한 믿음이 흔들리기 시작한 1990년대 이후이다. 이 시기에 철학적으로는 포스트모더니즘을 둘러싼 다양한 논쟁들을 통해 근대에 대한 재인식과 반성이 진행되었으며, 역사학적으로는 코젤렉이 말했던 “동시적인 역사들의 비동시성” 또는 “비동시적인 것의 동시성”[7]에 대한 인식을 통해 다양한 시간개념과 경험이 존재하고 있다는 이해가 진행되기 시작하였다. 시 장르에 있어 특히 주목해야 할 것은 기형도이다. 잘 알려진 것처럼 기형도는 1989년 서른의 나이로 요절하였고, 그가 남긴 유일한 시집 『입 속의 검은 잎』(문학과지성사, 1989)도 유고 시집의 형식으로 사후에 출간되었다. 하지만 기형도는 그의 시 전체를 관통하는 관조적인 어투와 삶에 대한 체념과 경험이 뒤섞인 통찰을 통해 늙어 죽은 젊은 시인이라는 역설적인 동시에 압도적인 이미지를 만들었다. "나는 일생 몫의 경험을 다했다"(「진눈깨비」), "나는 이미 늙은 것이다"(「정거장에서의 충고」) 등과 같은 구절을 아무렇지도 않게 내뱉으며 노동과 산책, 사랑과 일상, 젊음과 늙음, 기억과 열망에 대한 깊은 성찰을 전하는 기형도는 마치 젊은 육체 속에 깃든 노쇠한 정신의 파우스트가 그랬던 것처럼 동시대 독자들을 매혹시켰다. 소설에 있어서는 김애란의 『두근두근 내 인생』(창비, 2011)을 주목할 필요가 있다. 김애란은 열일곱에 아이를 낳고 서른넷에 자식을 잃는 한대수와 조로증을 앓는 열일곱 살 소년 한아름을 통해 인간이 경험할 수 있는 시간의 형태를 뒤섞는다. "아이들은 무럭무럭 자란다. 그리고 나는 무럭무럭 늙는다. 누군가의 한 시간이 내겐 하루와 같고 다른 이의 한 달이 일 년쯤 된다. 이제 나는 아버지보다 늙어버렸다. 아버지는 자기가 여든 살이 됐을 때의 얼굴을 내게서 본다. 나는 내가 서른넷이 됐을 때의 얼굴을 아버지에게서 본다. 오지 않은 미래와 겪지 못한 과거가 마주본다."[8] 인용한 구절은 『두근두근 내 인생』의 「프롤로그」에서 가져온 것으로 김애란이 조로증이라는 육체의 급변을 통해 보여주고자 했던 것이 동시적인 것들의 비동시성 또는 비동시적인 것들의 동시성이라는 사실을 명확하게 보여주고 있다.

---

7) 라인하르트 코젤렉, 같은 책, 360쪽, 362쪽.

8) 김애란, 『두근두근 내 인생』, 창비, 2011, 6~7쪽.

### 3. 망상하는 몽테뉴 혹은 살인자의 수상록

키케로가 『노년에 관하여』에 쓰고 있는 "유년기의 연약함, 청년기의 격렬함, 중년기의 장중함, 노년기의 원숙함"[9]은 육체의 노화에 대한 보답처럼 찾아오는 내면의 성숙과 정신적 안정을 찬미하는 대표적인 문장이다. 하지만 프랑스의 인문주의자 미셸 에켐 드 몽테뉴는 노년에 대해 설파했던 선현들과 동시대인들의 사유를 그대로 답습하기보다는 자신의 시간과 경험에 자문하는 방식으로 이를 새롭게 기술하였다. 그에게 노년을 찬미했던 플라톤이나 키케로의 진술은 지나친 낙관으로 인식되었으며, 노화의 선물처럼 주어지는 지적인 성숙은 믿을 수 없는 과장에 불과했다. 그는 삼십오 세가 겨우 넘은 나이에 "오래전부터 나는 서서히 늙어가고 있다. 그러나 조금도 현명해지지는 않았다"라고 쓰며, "늙는다는 것, 그것은 비틀거리며 어지러운 술꾼의 불안정한 움직임, 혹은 바람이 제멋대로 조종하는 막대기일 뿐이다"라고 덧붙인다. 몽테뉴의 이러한 불만은 노화가 본격적으로 진행되며 더욱 깊어졌는데, 그는 『수상록』의 세 번째 책에서 우연히 찾아오는 회한, 사라지지 않는 관능적 쾌락에 대한 욕망과 사라지는 또다른 욕망, 그리고 이와 함께 찾아오는 무능력, 나이를 먹어감에 따라 현명해지기보다는 이성이 오히려 둔화되고 감소하고 있다는 사실 등에 대해 불평하며 "슬픔과 나약함은 우리에게 비열하고 불건전한 덕을 야기시킨다"라고 쓴다. 몽테뉴는 자각하지 못했지만 후대의 철학자 시몬 드 보부아르는 여기에서 그 자신이 "몽테뉴의 역설"이라고 부른 흥미로운 부분을 찾아낸다.

> 몽테뉴의 경우에는 흥미로운 역설이 존재한다. 그 자신은 그것을 눈

---

9) 마르쿠스 툴리우스 키케로, 『노년에 관하여』, 오흥식 옮김, 궁리, 2002, 60쪽.

치채지 못했다 하더라도 독자의 눈에는 금방 눈에 뜨인다. 그것은 몽테뉴의 『수상록』이 그가 나이를 먹어감에 따라 더욱더 풍요하고 내밀하며 독창적이고 심오해졌다는 점이다. 노년에 대한 환상이 전혀 없이 신랄하게 써내려간 이 명문들은 30세 때는 쓸 수 없었을 것이다. 몽테뉴의 위대함은 그가 스스로 능력이 감소했다고 느끼는 순간 최고에 달한다.[10)]

김영하가 2013년에 출간한 『살인자의 기억법』에는, 보부아르가 "몽테뉴의 역설"이라고 지칭했던 말을 변형해서 쓰자면, "살인자의 역설"이라고 부를 법한 은퇴한 연쇄살인범의 개성적인 통찰과 삶을 바라보는 심오함이 존재한다. 소설의 주인공인 김병수는 수양딸 은희와 함께 살아가고 있는, 두 번의 은퇴를 경험한, 그리고 마지막 은퇴를 경험하고 있는 칠십 세의 노인이다. 하나는 평생을 해오던 수의사의 일이며, 다른 하나는 삼십 년 동안 꾸준히 해오다 교통사고로 뇌를 다쳐 대략 이십오 년 전에 그만둔 살인자의 일이고 마지막 하나는 스스로 인정하고 있진 않지만 알츠하이머의 진행을 통해 기억과 망상, 현실과 환상이 온통 뒤섞인 노화의 상태이다. 김병수는 견딜 수 없는 치매의 고통을 늦추기 위해 하루하루를 기록하며 살아가고 있다. 그런 그의 주변에 젊은 연쇄살인범 박주태가 등장하고 그가 표적으로 삼고 있는 딸 은희를 지키기 위해 박주태와의 대결을 기꺼이 선택한다. 하지만 서사에 대한 간략한 설명이 별 의미 없을 정도로 소설의 후반에 가면 도대체 어떤 이야기를 믿어야 할지 모를 정도의 대혼란이 벌어진다. 연쇄살인범의 상념과 통찰이 어쩌면 치

10) 시몬 드 보부아르, 『노년』 1, 홍상희 · 박혜영 옮김, 책세상, 1994, 220쪽. 몽테뉴 『수상록』의 구절들은 이 책에서 재인용하였다.

매를 앓고 있는 노인의 망상일지도 모른다는 김영하의 장치를 통해 모든 서사는 어떤 하나를 선택하여 믿고, 다른 것들을 거짓이나 환상으로 치부할지 알 수 없는 지경에까지 이른다.

그렇기 때문에 이 소설을 매혹적으로 만드는 것은 살인의 서사나 살인자들의 격돌에서 찾을 수 있는 대중적인 공포와 서스펜스가 아니다. 오히려 그 반대이다. 『살인자의 기억법』에 감탄하게 되는 것은, 가족을 지키기 위한 은퇴한 연쇄살인범의 복귀라는 흥미로운 서사가 철저히 무너지는, 하나의 지점에 가해진 약간의 힘을 통해 전체가 송두리째 무너져 내리는, 기묘한 서사 건축술이며, 이러한 파괴의 아름다움이다. 마치 도미노의 그것처럼 김영하는 장면과 장면을 교차하거나 약간의 틈을 두고 서로 다르게 배치하여 모든 것이 일거에 무너지는 순간을 설계하고 그것이 순식간에 폐허로 변하는 매혹을 만들어낸다.

『살인자의 기억법』이 독자에게 제공하는 매력의 다른 하나는 이 서사 전체를 절제와 윤리로 평생을 통제해오던 고독한 노인이 써내려간 망상의 기록, 노년의 슬픔과 나약함이 야기시킨 비열하고 불건전한 욕망의 발현으로 읽어내는 것이다. 김병수의 말처럼 "기억과 기록, 망상이 구별이 잘 안 된다"[11]면 살인자의 기억을 메인에 배치하고 알츠하이머의 상태를 환상으로 치부할 어떠한 근거도 이 소설엔 존재하지 않는다. 게다가 김병수는 지방 문예지로 등단한 시인이고, 그가 가진 문학적 교양은 스스로 "내가 읽은 소설은 국어 교과서에 실린 것이 거의 전부"(8쪽)라고 밝히는 것과는 달리 종교, 철학, 소설, 시, 영화, 비극과 서사시에서 봉준호의 영화 〈살인의 추억〉, 최근의 좀비 영화까지 다방면으로 넓게

11) 김영하, 『살인자의 기억법』, 문학동네, 2013, 109쪽. 앞으로 이 책에서의 인용은 구절 옆에 쪽수를 병기하는 방식으로 처리하겠다.

펼쳐져 있다.[12] 특히 "몽테뉴의 『수상록』. 누렇게 바랜 문고판을 다시 읽는다. 이런 구절, 늙어서 읽으니 새삼 좋다"(14쪽)는 대목은 주의깊게 읽어야 할 부분이다. 이미 오래전에 절판된 문고판 『수상록』을 '다시' 읽는다니 게다가 "늙어서 읽으니 새삼 좋다"는 구절은 절대 망상일 수 없기 때문이다. 또한 김병수는 공항 입국 심사대의 직원과 영어로 농담을 주고받을 정도로 외국어에 대한 이해를 가지고 있으며, 박주태가 살인범임을 암시하기 위해 "푸른 수염"이라고 지칭하자 "무슨 수염? 그 사람 수염 안 길러"라고 되묻는 은희의 대답에 딸은 "교양이 부족하다"(100쪽)고 푸념할 정도로 박식하다. 하지만 대부분의 독자들이 이렇게 독해하는 것을 주저하는 이유는 분명하다. 살인자가 되었다고 착각하는 늙은 교양인의 망상보다 시인이 된 꿈을 꾸는 살인자의 몽상이 보다 흥미롭기 때문이다. 하지만 이 흥미는 살인과 시체 유기, 폭력 등의 끔찍한 상황을 현실에 위치시킨 후에야 시작되는 도착적인 것임에는 분명하다.

『살인자의 기억법』에 등장하는 김병수의 독서 목록 중 중요하게 언급되어야 하는 것은 무엇이 실상인지 무엇이 허상인지 구분할 수 없는, 아니 구분하는 것이 의미를 갖지 않게 만들어진 서사에 형이상학적 외피를 제공하는 『반야심경』과 같은 불교 서적이 아니라 몽테뉴의 『수상록』이다. '공즉시색, 색즉시공' 등과 같은 불경의 구절은 불교를 접하지 못한 외국인이나 교양이 낮은 초심자들에게는 흥미로울지 모르지만 장자의 '호접몽' 이래로 지나치게 많이 반복된, 새로울 것이 없는 서사적 형식이

12) 『살인자의 기억법』에 거론되고 있는 김병수의 독서 경험은 그가 소박하게 "국어 교과서" 운운하며 진술하는 것과는 달리 방대하다. 언급된 것만 간추리자면, 『금강경』 『반야심경』, 몽테뉴의 『수상록』 『미당 시집』, 니체의 『차라투스트라는 이렇게 말했다』, 김경주의 『나는 이 세상에 없는 계절이다』, 영국 시인 프랜시스 톰프슨, 소포클레스의 『오이디푸스』, 호메로스의 『오디세이아』, 러시아 소설 등이다.

다. 오히려 『살인자의 기억법』은 서사적 흥미보다는 한 인간의 삶을 반추하는 과정을 통해 얻어지는 순간의 깨달음과 감각적 사유의 장면들을 주의깊게 읽을 수 있는 단편적인 에세이 형태의 구성을 가지고 있다. 늙은 화자가 자신이 보낸 시간과 경험에 입각하여 세상의 사물을 관찰하고 사유하는 장면이나, 전통적이며 완곡한 상투적 표현이 아닌 개성적인 표현으로 인류의 교양을 헤집는 촌철살인의 장면은, 다른 소설에서 찾기 힘든 매혹적인 감각을 독자에게 제공한다. 마치 몽테뉴가 『수상록』에서 보통 사람들이 현실을 에둘러 표현하고자 하는 것을 거부하고 이를 자신의 내면에 투영시켜 직시했던 것처럼 김병수의 사유는 날카롭게 진실을 덮고 있는 수사와 비유를 뚫고 들어간다. "미안하지만 그것들은 비유가 아니었네, 이 사람아."(11쪽) 『살인자의 기억법』을 관통하는 흥미와 유머의 핵심은 인용한 이 구절이 지칭하는 다양한 장면에 분포되어 있다.

### 4. 노인을 위한 나라는 없다

『살인자의 기억법』에는 박형서의 『당신의 노후』를 소개하는 데 적절한 하나의 장면이 있다. 김병수는 자신의 치매와 간병이 길어져 은희의 삶이 망가질까를 걱정하며 예전에 들어놓은 거액의 생명보험을 회상한다. 보험설계사는 남겨진 후손만이 아니라 "본인의 노후"도 대비하라며 이렇게 말한다. "요즘 평균수명이 옛날보다 훨씬 길어졌잖아요. '너무 오래 사는 위험'에도 대비를 해두셔야 해요."(50쪽) 『당신의 노후』는 보험설계사의 염려처럼 고령화사회에서 노인들이 직면하게 되는 "너무 오래 사는 위험"에 대한 서사이다.

『당신의 노후』의 배경은 대략 2031년으로 추정되는 한국이다. 소설에 설명된 것처럼 팔십 세 이상의 노령 인구의 비율은 전체 인구의 사십 퍼센트에 이르고 국가는 더이상 국민연금을 지급할 수 없는 형편에 이른다. 국가는 적체되는 노령 인구의 증가를 마치 "노화라는 국가적 동맥경화"[13]로 취급하며 은밀하게 이를 해소할 방법을 찾는다. 주인공인 장길도는 국민연금관리공단의 "기금합리화지원실" "TF팀"(59쪽)에 속해 있지만, '합리화지원'이라는 말과는 무색하게 연금의 수혜자들을 암살하는 직무를 수행하고 있다. 『당신의 노후』는 정년을 채우고 퇴직한 칠십 세의 장길도가 자신과 상의 없이 국민연금에 가입해 상당한 금액을 수령하게 된 칠십구 세의 아내 한수련을 지키는 서사로 구성되어 있다. 자신이 속한 조직에 충성을 다하며 복무했던 요원이 개인적 이유로 조직을 적으로 돌리게 되고, 한때는 동료였던 조직원들과 대결하는 서사는 사실 그렇게 새로운 것은 아니다. 영화로만 한정하여도 〈본 아이덴티티〉(2002), 〈본 슈프리머시〉(2004), 〈본 얼티메이텀〉(2007)과 같은 '본 시리즈' 3부작이 있고, 한국 영화 〈회사원〉(2012) 등이 있다. 익숙한 서사를 소설로 읽는다고 해서 새로운 서사의 흥미가 생기는 것은 아니기에 『당신의 노후』가 안겨주는 독서의 즐거움은 다른 요소에서 기인하고 있다고 보는 편이 적절하다. 그중 하나는 국가의 살인을 추동하는 이유가 고전적인 이데올로기의 충돌이나 국가 간의 정치적·경제적 입장의 대립에서 발생하는 것이 아니라 현재 한국 사회를 비롯한 전 세계의 경제대국들이 직면하고 있는 고령화사회라는 '새로운 위기'에서 오고 있다는 사실이다. 다른 하나는 '본 시리즈'나 〈회사원〉 같은 영화가 관객들에게 제공하는 액션의 흥미, 즉 육체와 육체가 빠른 속도로 격렬하게 충돌하는 시각적 쾌감에 대한 풍자적 재현이 주는 재미이다.

먼저 고령화사회라는 새로운 위기에 대해 살펴보자. 언제부터인가 한

---

13) 박형서, 『당신의 노후』, 현대문학, 2018, 59쪽. 앞으로 이 책에서의 인용은 구절 옆에 쪽수를 병기하는 형식으로 처리하겠다.

국 사회에는 고령화사회라는 유령이 출몰하기 시작했다. 고령화사회가 초래할 것이라고 여겨지는 두려움의 서사는 이렇다. 곧 한국은 출산율의 감소와 평균수명의 증가로 인해 고령화사회를 맞이할 것이고 그때가 되면 경제의 성장은 멈출 것이며, 국민의 노후를 위해 준비해둔 국민연금이 불균형한 인구의 비율을 견디지 못할 것이다. 노동할 수 있는 모든 인구가 노동할 수 없는 노인을 부양하는 사회, 젊음이 국가의 발전을 도모할 수 있는 효율적인 노동 가치를 창출하지 못하고, 비유하자면 무덤을 파는 일에 시간을 허비하는 것과 같은 사회가 도래할 것이라는 논리가 그것이다. 장길도를 죽음으로 안내하는 사십대 초중반의 "연금 이사"(123쪽)는 약간의 사정을 봐달라는 장길도의 말에 다음과 같이 분노하며 답한다. "연금이 저축해둔 돈 찾는 게 아닌 거 알잖아. 생산 인구 소득을 거둬 비생산 인구들에게 나눠주는 거야. 요새 청년 세 명이 노인 일곱 명을 부양하고 있어. 청년들이 100만원씩을 벌면 너희 늙은이들한테 쪽쪽 빨려서 집에는 대략 50만원씩 가져간단 말이다. (……) 이봐 장길도씨, 양심이 좀 있어야지!"(125~126쪽)

하지만 이러한 위기의 논리는 근대의 개념이 만들어낸 허구에 가깝다. 『살인자의 기억법』에서도 고령화사회를 언급하며 "너무 오래 사는 위험"을 거론하는 것은 보험설계사이지 은퇴한 김병수가 아니다. 장길도 역시 은퇴하였지만 자기보다 어린 동료들의 위협에서 자신을 지킬 수 있을 만큼 충분히 건강하며 노동의 숙련도도 훌륭하다. 그의 노후를 걱정하는 것은 그 자신이 아니라 노동시장에서 오랫동안 떠나 있어 국가의 프로파간다에 세뇌된 아내 한수련이나 노인을 국가의 동맥경화로 취급하는 논리에 포섭되어 있는 동료들이다. 진짜 문제는 연금의 고갈이 아니라 연금을 바닥나게 만든 국가의 허술한 운영이며, 충분히 노동할 수 있는 나이에 직장을 떠나게 되는 조기 정년의 사회적 시스템이다. 나이든 노동자가 효율적이지 못하다는 인식이 잘못된 선입견에 불과하다는 사실은 소설 속에서 은퇴한 장길도의 활약이 충분히 보여주고 있고, 현실에서는 노령 노동자에 대한 연구가 분명하게 알려주고 있다. 오히려 최근의 연구는 "70대나 그 이상의 노령자도 새로운 기술을 배우는 데 뒤처지지 않는다는 사실을 증명해보였다. 사실 그들은 육체적 힘보다는 지적 능력을 요구하는 20세기 말 첨단 기술 노동시장에 좀더 수월하게 적응할 수 있었다"[14]며 알려진 사실과는 다른 결과를 말하고 있다. 노인을 퇴물 취급하고, 고령화사회를 자본주의가 맞이하는 경제적 종말로 취급하는 근본적인 이유는 근대의 개념과 자본주의 시스템을 통해 설계된 국가라는 공장 형태의 공동체, 그리고 젊음과 속도를 맹신하는 인간들의 심리적 상태에서 찾아야 할 것이다. 연금 이사는 노인을 부양하는 젊은이에 대해 일장연설을 늘어놓은 후에도 분노가 풀리지 않는다는 듯 속에 담아놓은 불만을 장길도에게 쏟아붓는다. 그리고 여기에는 경제적 논리에 감추어진 분노와 혐오의 감정이 담겨 있다.

왜 안 죽어? 응? 늙었는데 왜 안 죽어! 그렇게 오래 살면 거북이지 그게 사람이야? 요즘 툭하면 100살이야. 늙으면 죽는 게 당연한데 대체 왜들 안 죽는 거야! 온갖 잡다한 병에 걸려 골골대면서도 살아 있으니 마냥 기분좋아? 기분 막 째져? 어제도 출근하다보니 어떤 노파가 횡단보도를 점거하고는 5분 동안 건너더라고. 영락없이 지각을 해서 이사장님한테 꾸중 들었지 뭐야. 나라 전체가 그래. 사방이 꽉 막혀서 썩어가고 있어. 하는 일이라고는 영혼이 떠나지 않도록 붙들고 있는 게 전부인 주제에 당신들 대체 왜 우리 사회에 아직 남아 있는 거야!

---

14) 슐람미스 샤하르 외, 같은 책, 423쪽.

(126~127쪽)

장길도는 연금 이사의 분노에 찬 말을 들으며 "문득 젊음의 정체가 의아"(127쪽)해진다고 느끼는데, 이는 단순한 경제의 논리만으로는 설명되지 않는 모순이 국가라는 집단의 운동을 가능하게 하는 시스템의 진면목이라는 사실을 어렴풋하게 알게 되었기 때문이다. 설명하자면 더 최신의 것을 추구하며 이를 진보와 발전이라고 믿는 근대의 개념은 이 불안정성과 이동성을 견뎌낼 수 있는 젊음의 에너지에서 자본주의 국가의 원동력을 찾아냈다. 비유하자면 불안정하고 위험하지만 매혹적인 엔진이 바로 자본주의 국가의 정체이다. 젊음을 연료로 끊임없는 가속을 가능하게 하는 엔진. 하지만 불완전 연소로 지나치게 효율이 낮은, 끊임없는 가속이 사실은 브레이크가 없다는 결함을 감추기 위한 환상에 불과한, 계속 젊음만을 급유해야만 가동될 수 있는 잘못 설계된 엔진. 이러한 엔진을 고령화사회의 인구 비율에 맞게 개조하자면 주행을 멈추고 엔진을 내린 후 재화의 대량생산과 소비보다는 재화의 적절한 분배가 우선시되는 형태의 새로운 엔진으로 바꾸어 달아야 한다. 그러나 이러한 사회의 시스템은 결코 자본주의가 아닌 사회주의와 같은 형태로 지칭될 것이다. 자본가가 지금과 같은 국가의 시스템을 그대로 유지할 수 있는 유일한 방법은 엔진을 멈추는 것이 아니라 더욱 가속하며 문제의 여지를 인식하지 못하게 하는 일이다. 연금 이사가 보여주는 노인에 대한 분노는 근대라는 개념의 밖에서 사유할 수 없는, 다른 방식의 시간이 존재한다는 것을 이해할 수도 견딜 수도 없는, 인간이 보여주는 맹목의 결과이다. 박형서의 설명처럼 "사람들이 상처받은 서로에게 더 관심을 갖지 않는 한 이러한 죽음은 끝없이 계속될 것이다. 그 덕에 사회는 숨통을 트고, 한층 젊어진다."(83쪽)

『당신의 노후』를 흥미롭게 만드는 또다른 요소는 소설의 모든 장면에서 찾아볼 수 있는 블랙코미디적인 육체의 파괴와 폭력의 향연이다. 소설의 첫 장면은 "충남 공주의 강씨(77세, 남)"(9쪽)의 죽음으로 시작된다. 그의 육체는 "매트리스와 벽 사이 20cm쯤 되는 공간"(11쪽)에 억지로 구겨져 들어간 것처럼 되어 있고, 그의 손톱과 벽에는 그곳에서 맞이한 죽음의 과정이 얼마나 길고 가혹했는가를 알려주는 흔적으로 가득하다. 첫 장면을 단순한 사고의 기록으로 읽을 수 없게 만드는 것은 박형서가 공들여 써내려간 뼈가 부러지고 살이 찢긴 육체에 대한 기괴한 묘사이다. 게다가 주인공 장길도는 육체와 육체가 충돌하고 부러지는 서사의 중심에 있는 인물답게 지나칠 정도로 튼튼하다. "칠순을 맞았지만 40대의 신체 나이를 지니고 있었다. 100미터를 13초에 뛰었다. 턱걸이나 팔굽혀펴기는 도대체 몇 번까지 하는지 셀 수 없었다. 근력의 척도인 악력으로 말하자면, 단지 꽉 쥐는 것만으로도 성인 여성의 팔목을 부러뜨릴 정도였다."(16쪽) 박형서는 이런 장길도의 육체를 조금씩 박살내고, 근육이 너덜너덜해질 때까지 새로운 사건으로 몰아붙이며 다른 인물들과 충돌시킨다. 장길도는 마치 대역을 거부하는 액션 스타처럼 박형서가 공들여 준비한 액션 신을 맨몸으로 모두 수행한다. 골다공증을 앓고 있는 늙은 뼈와 뼈가 맞붙고, 가만히 놔둬도 곧 늙어죽을 것 같은 인간을 건물의 옥상에서 집어던지고, 제대로 들 수도 없을 것 같은 목을 돌려 경추를 부러뜨리고, 치매가 올 두뇌를 돌로 산산조각 낸다. 장길도는 몸에 박힌 총알을 살을 찢어 빼어내고 그곳에 독한 술을 붓는 고통을 아무렇지도 않게 견디는 특수 공작원처럼 성인병 약과 퇴행성관절염 패치로 자신을 치료하며 버틴다. 이 아이러니한 블랙코미디적 상황이 빠른 속도로 충돌하는 늙은 육체들과 어우러지면서 만들어내는 기괴한 스펙터클은 지금까지 경험하지 못한 독서적 쾌감을 주는 동시에 노쇠한 몸을 이끌고 고된 노동을 하는 노인을 보는 것 같은 깊은 페이소스를 자아낸다. 특히 겨울밤 아내를 위해 사십 킬로미터의 눈길을 다섯 시간에 걸쳐 뛰어 구해왔던 "사과 두 알"(54쪽)의 에피소드는 장길도의 상황이 난감해질수록 더욱 감동적으로 회상되며, 그가 누구보다 성실하게 노인들을 처리해왔던 전직 암살자였다는 사실을 알고 있음에도 불구하고 독자들이 연민을 갖게 되는 주된 원인으로 작동한다.

### 5. 포스트모던 사회의 상징적 형식, 노화

한국이 고령화사회에 진입했다는 것을 알려주는 듯이 『살인자의 기억법』과 『당신의 노후』는 모두 칠십 세의 노인을 주인공으로 하고 있다. 두 소설의 서사는 노인들이 필연적으로 경험하는 두 가지 종류의 은퇴, 노화와 소외로 시작된다. 『살인자의 기억법』에서 김병수의 은퇴는 노화의 끔찍한 악몽에 가까운 알츠하이머이다. 그것은 육체를 통제하는 이성이 깃들어 있는 뇌의 질환이며 그렇기에 정신의 노화로까지 독해된다. 김영하는 뇌신경에 대한 다양한 연구와 의사 올리버 색스의 저서에서 참조했음이 분명한 다양한 사례를 언급하며, 뇌의 노화가 초래하는 인지부조화의 상태를 서사적 흥미로 창안한다. 김병수가 살인을 멈추게 되는 이유가 노화에 따른 인격의 성숙과 타인에 대한 공감의 증대가 아니라 교통사고로 인한 뇌수술의 결과라는 사실은 의미심장하다. 하지만 김병수의 치매는 서사의 혼란을 만들지만 사유의 어지러움을 발생시키진 않는다. 김영하는 자신의 노화 과정을 하나하나 적어내려간 몽테뉴의 『수상록』을 연상시키는 에세이적 서술의 방식을 통해 하나의 장면을 통찰하는 개성을 아포리즘의 형태로 전달한다.

박형서의 주인공은 육체의 노화가 아닌 사회적인 은퇴를 통해 노인이 된다. 『당신의 노후』에서 장길도는 국가의 명령을 받고 이를 기계적으로 처리하는 관료제의 충실한 하부 조직원이었으나 사회적으로 은퇴를 경험한 이후 자신의 아내가 처리 대상이 되자 이 시스템의 모순을 빠르게 깨닫게 된다. 박형서는 상업영화의 문법에서 차용한 서사를 장길도의 노쇠한 육체에 이입한 후 근대의 개념에 적합하게 설계된 자본주의 국가의 모순을 풍자하며 조롱한다.

2000년대 이후 한국 사회의 인구 비율은 변화했으며, 노령화의 비중이 늘어가는 형태는 분명히 지금보다 빠르게 진행될 것이다. 한국만의 예외적 상황이라고 볼 수 없는 고령화사회의 현상을 반영하는 듯이 전 세계의 다양한 장르에서 노인이 서사의 주인공으로 등장하고 있다. 가장 빠르게 노인의 이미지와 서사를 대중적으로 활용한 것은 영화이다. 영화배우들은 소설의 주인공과는 달리 시간의 흐름 속에서 관객들과 함께 늙어간다. 늙은 배우의 얼굴에는 그가 연기한 다양한 서사와 배역의 흔적이 남아 있고, 이를 지켜본 관객들의 추억이 녹아 있다. 대표적으로는 클린트 이스트우드가 연출하고 주연한 〈용서받지 못한 자〉(1992), 〈스페이스 카우보이〉(2000), 〈그랜토리노〉(2008) 등의 영화를 거론할 수 있다. 여기서 클린트 이스트우드는 자신의 노화를 단순한 개인의 차원이 아니라 사회적 경험의 차원으로 형상화하여 관객들에게 제시하는 데 성공한다. 특히 〈용서받지 못한 자〉 같은 경우는 젊은 시절의 그가 주인공으로 활약한 스파게티 웨스턴의 이데올로기에 대한 통렬한 반성이자 성찰을 담아낸 수작이다.

외국 소설 중에는 『오베라는 남자』나 『창문 넘어 도망친 100세 노인』과 같은 장편이 한국에서 대중적으로 성공하였으나 이는 잭 니콜슨이 연기한 〈어바웃 슈미트〉(2002)나 〈버킷리스트〉(2007) 또는 〈포레스트 검프〉(1994) 서사의 소설적 판본에 불과하기 때문에 이를 의미 있는 문학의 단독적인 성과라고 보기는 어렵다. 하지만 독자의 취향이 그동안 별

관심을 두지 않았던 노인의 이야기를 읽는 데 너그러워지고 있다는 사실만은 분명하게 지적할 수 있다.

2000년대 이후의 한국 소설로 한정하자면 강영숙의 「아령 하는 밤」과 같은 일련의 단편에 등장하는 육체적으로 노화의 흔적을 찾기 어려운 불길한 형상의 노인들이나, 김애란의 『두근두근 내 인생』이 서사화한 시간적 불균형의 상태, 『엄마를 부탁해』의 강력한 대중적 파급력을 가진 신파 등이 있다. 그리고 이제 막 노화의 문제를 사회적으로 형상화한 『살인자의 기억법』과 『당신의 노후』가 있다. 아이러니하지만, 노화하는 인간을 서사의 주인공으로 하고 있는, 그렇기 때문에 필연적으로 인간의 죽음을 서사화하고 있는 문학은 이제 시작되고 있다. 어쩌면, 새로운 변화를 거부하고 장기 지속하며 연명치료에 의존하고 있는 포스트모던 사회의 상징적 형식은 노인의 성숙과 죽음을 다루는 소설이 될 수도 있다. 역설적인 표현이 될 수 있겠지만, 노인을 위한 문학은 아직 젊다.

(2018)

# 헤테로토피아의 설계자들 혹은 희망적 괴물
## —오한기와 정지돈의 단편소설에 대하여

### 1. 세계문학, 세계시장, 월드와이드웹

1827년 1월 31일 수요일 괴테는 그의 비서이자 문하생이었던 에커만과 식사를 하며 최근에 읽게 된 중국 소설을 화제로 긴 대화를 시작하였다. 괴테는 중국 소설을 통해 중국인의 감정, 행동, 사고를 알게 되었고, 이는 중국인이 독일인인 자신과 약간의 문화적 차이만을 보일 뿐 보편적 가치를 지향하는 데 있어 다르지 않은 인류의 일원이라는 판단으로 귀결되었음을 말했다. 괴테의 이야기는 프랑스 시에 대한 언급을 거쳐 계속 이어졌다. "시는 인류의 공유재산이라는 것, 또한 어느 시대 어디에서도 수없이 많은 인간들이 있는 곳에서 탄생하고 있다는 것을 나는 요사이 더욱더 확실하게 깨닫게 된다네. (……) 나는 즐겨 다른 나라 국민에게 눈을 돌리고 있고, 또 누구에게나 그렇게 할 것을 권하고 있어. 오늘날에는 국민문학이란 것이 큰 의미가 없어. 이제 세계문학의 시대가 시작되고 있지. 그러므로 우리 각자는 이런 시대의 도래 촉진을 위해 노력을 다하지 않으면 안 되네." "세계문학"[1)]이라는 새로운 언어의 범주에 대한 견해를 늘어놓은 후 괴테는 좋은 작가라면 자신의 언어와 사고를 자국의 협소한 역사의 틀에 귀속시키는 것을 경계해야 한다고 하며 이렇게 덧붙인다. "만약 시인이 그저 역사가가 쓴 역사를 그대로 되풀이하여 글을 써야 한다면, 도대체 시인은 무슨 필요가 있다는 것인가! 시인은 한 걸음 더 나아가 가능한 더 고상하고 더 훌륭한 것을 창작해야 하지." 이날의 대화는 세계문학의 시대를 도래하게 할 "현대의 시인"에 대한 당부로 끝이 난다. 괴테는 "역사적 사실에 충실하였는가보다는 역사적 사실을 어떻게 취급하였는가를 더 중요시"할 것, "높은 예지"를 가져야 할 것과 함께 세계를 범위로 하는 방대한 독서와 관심을 '현대' 작가의 덕목으로 강조했다. "어떤 주제가 이미 취급되어 있는지도 알아야 하지. 또 멀리 남국과 북국에서 일어난 미증유의 사건은 없는가, 혹시 그런 곳에서 일어난 야만적이면서도 단순한 일들이 감명을 주는 소재가 될 수 있는 것은 아닌가 고민해야 하는 걸세. 그러나 단순한 주제를 훌륭하게 취급하고 이것이 제구실을 할 수 있는 것으로 마무리하기 위해서는 위대한 정신과 재능이 필요하지. 그러나 이런 것이 현재에는 결여되어 있네."[2)]

괴테에게 "세계문학"이란 사유를 가능하게 만든 것은 일차적으로는

---

1) 괴테의 식탁에서 처음 등장한 이래 '세계문학(Weltliteratur, World literature)'이란 용어는 뚜렷한 개념 정의가 이루어지지 않은 채 여러 이론가들에 의해 사용되었다. 하지만 '세계문학'을 사유함에 있어 핵심적인 것은 이 단어가 역사성을 가진 고유명사가 아니라 '세계'와 '문학'이란 개념'들'의 조합임을 이해하는 것이다. 어떠한 방식으로 세계는 상상되고, 이해되고, 존재하는가? 세계는 아직 하나가 되지 못한 제국(帝國)인가, 아니면 공존하는 제국(諸國)인가? 세계는 상품이 유통되는 매대(賣臺)인가, 환경적 재해를 겪고 있는 전체(global)인가? 아니면 우주적 만남을 간절히 바라는 쓸쓸한 행성(Lonely Planet)인가? 그리고 문학은 무엇이고, 그것은 사유인가 상품인가? 특정한 대상에게 문학은 어떠한 역할을 '하는가/할 수 있는가/하지 못하는가'? 아마도 '인문학(人-文學, humanities)' '민족문학(民族-文學, national literature)'이란 단어의 조합과 번역을 그 결을 읽으며 사유한다면 어렵지 않게 이해할 수 있을 것이다. "세계문학"은 '세계-문학'이다.

2) 요한 페터 에커만, 『괴테와의 대화』, 곽복록 옮김, 동서문화사, 2007, 231~236쪽.

각국의 문학작품에 대한 깊은 이해였지만, 그것을 가능하게 한 실질적 기반은 출판과 교통의 발전이었다. 유럽 각국에서 발간되는 서적이 괴테의 명망에 헌납되기 위해 배송되고 있었고, 변화된 출판시장은 독자의 요구에 부응하기 위해 세계 각지의 문학작품을 번역하여 출간하고 있었기 때문이다. 괴테는 이를 통해 자국의 역사적 한계에서 벗어난, 인간과 문학을 연결 짓는 거대한 공간을 상상할 수 있었다. 하지만 괴테가 요청한 "현대의 시인"보다, 세계문학이 상상할 수 있게 해준 인간에 대한 '공감'의 공동체보다, 더 빨리 역사에 도래한 것은 걷잡을 수 없는 속도로 발전하고 있었던 시장과 기술이었다.

1847년 11월에서 1848년 1월 사이에 작성된 「공산주의당 선언」에서 마르크스는 다음과 같이 썼다. "자신의 생산물의 판로를 부단히 확장하려는 욕구는 부르주아지를 전 지구상으로 내몬다. 부르주아지는 도처에서 뿌리를 내려야 하며, 도처에서 정착하여야 하고, 도처에서 연계를 맺어야 한다. 부르주아지는 세계시장의 개발을 통해서 모든 나라들의 생산과 소비를 범세계적인 것으로 탈바꿈시켰다. (……) 낡은 지방적 및 민족적 자급자족과 고립 대신에 민족들 상호 간의 전면적 교류와 전면적 의존이 등장한다. 개별 민족들의 정신적 창작물은 공동재산이 된다. 민족적 일면성과 제한성은 더욱더 불가능하게 되고, 많은 민족적, 지방적 문학들로부터 하나의 세계문학이 형성된다."[3] 마르크스에게 세계문학은 부르주아가 창조하는 세계시장의 예기치 못했던 부산물 중 하나였던 것 같다. 아쉽게도 마르크스는 세계문학에 대한 더이상의 언급을 하고 있진 않지만, 그가 자본의 발전 속도와 같이 성장하는 노동자계급에 혁명의 희망을

3) 칼 마르크스 · 프리드리히 엥겔스, 「공산주의당 선언」, 『칼 맑스 · 프리드리히 엥겔스 저작 선집』 1, 최인호 외 옮김, 박종철출판사, 1991, 403~404쪽.

걸었던 것을 참조하여 추론하자면 프롤레타리아의 성장과 "세계문학"의 관계는 그리 멀리 떨어져 있지 않다. 또한 1848년 2월 처음으로 인쇄된 이래 유래가 없을 정도의 빠른 속도로 전 세계 언어로 번역되어 읽히기 시작한 「공산주의당 선언」이 최초의 세계 텍스트—"1918년 이전에 이미 35개 언어, 544개의 독립된 판본으로 번역되었으며, 그 이후의 것은 셀 수 없을 정도로 많다"[4]—가 되었다는 다소 아이러니한 사실과 이를 통해 전파된 공산주의 운동의 역동성을 이해한다면 이는 그리 무리한 연결은 아닐 것이다. 조금 과장해서 말하자면, 19세기와 20세기 전 세계에서 진행된 사회 변혁 투쟁에 기꺼이 자신을 던지고 부르주아가 설파한 물신의 가치가 아닌 인간의 가치를 주장했던 거룩한 패배자들의 지적 기반은 이러한 세계문학의 토양에서 길러진 것이라고 할 수 있다.

논지를 조금 빨리 진행시키기 위해 시간을 현재로 돌리고 주변을 바라보면 세계문학에 정신적 뿌리를 둔 인간의 공동체는 아직 저 멀리에 있는, 분명히 있으나 이제는 도래할 수도, 도달할 수도 없는 것처럼 느껴진다. 자본은 모든 싸움에서 승리하였고, 세계는 하나의 시장으로 통합되었다. 그리고 1969년 10월 29일 미국 스탠퍼드대학의 연구실에서 간단한 메시지를 전달하는 것으로 시작된 컴퓨터 연결망은 채 오십 년도 되기 전에 부르주아지처럼 도처에서 뿌리를 내리고, 정착하고, 연계를 맺었다. 어떻게 지각하든 간에 세계시장과 결합된 월드와이드웹(인터넷)은 '지금 우리'에게, 세계를 이해하고 상상하고 체감하는 데 있어 가장 핵

4) 피터 오즈번, 『HOW TO READ 마르크스』, 고병권 · 조원광 옮김, 웅진지식하우스, 2007, 138쪽. 피터 오즈번은 모레티를 언급하며, 일반적인 문학작품(허구적 텍스트)과는 다른 성격으로 독자들에게 읽힌 「공산주의당 선언」을 "문학적 압축의 실천 논리"를 기반으로 작성된 진정한 "세계 텍스트(world text)"라고 지칭한다. "「선언」은 근대 서사시 이상이며, 적어도 다른 근대 서사시들 이상이다. 일종의 초근대(über-modern) 서사시라고 할까"(같은 책, 139쪽).

심적인 인식의 근간이 되었다는 사실은 부인할 수가 없다. 찰리 채플린의 〈위대한 독재자〉(1940)에서 히틀러를 모델로 한 독재자 힝켈이 풍선으로 만들어진 지구본을 들고 세계 정복에 대한 망상을 온몸으로 보여주는 장면과 최근의 영화 〈킹스맨〉(2015)에서 세계를 자신만의 방식으로 파괴하고 다시 창조하려는 열망에 들뜬 IT 사업가 밸런타인의 모습을 비교하면 이 차이는 분명하게 보인다. 밸런타인에게 세계는 통제실 컴퓨터의 거대한 모니터 위에서 존재하며, 세계 정복을 가능하게 하는 방법은 모든 인간이 접속하고 그들을 연결시키는 인터넷과 스마트폰이다. 피를 보면 구토를 일으키는 밸런타인이 수많은 인간을 학살할 수 있는 이유는 그가 이들을 모니터 위에서 조감하고, 접촉할 수 있기 때문이다. 이 인상적인 에피소드는 인터넷을 통해 세계는 압축되고 밀착되었지만 아이러니하게도 인간이 타인에게 느끼는 실감과 동감은 그것과 반비례하여 사라졌다는 사실을 분명하게 알려준다.

생산과 교류 양식의 변화에 주목하여 역사의 단계적 변천을 사유하는 마르크스의 테제에 따르자면, 생산과 소비의 전면적 디지털화는 자본주의의 영토 내에 거주하는 모든 인간을 지금까지의 방식과는 전혀 다른 형태의 개체로 재창조한다. 단적으로 말해, 인간은 이제 디지털의 속도로 작동하는 자본의 운동에 종속된다. 프랑코 베라르디 비포는 디지털 자본주의가 초래한 암울한 현재를 이렇게 진단한다. "자본의 가치 증식이라는 관점에서 보면 흐름이 지속적이지만, 인지 노동자들의 실존과 시간이라는 관점에서 보면 생산 활동은 재조합 가능한 세포 형태로 파편화되는 특성을 가진다. 맥박이 뛰는 노동 세포들의 전원은 전 지구적 생산의 거대한 통제실에서 켜졌다 꺼졌다 한다. 정보 노동은 본질적으로 불안정하다. 고용주들의 예측할 수 없는 사악함 때문이 아니라 노동시간이 노동자라는 개별적·법적 개인과 분리되어 할당될 수 있기 때문이다. 즉 정보 노동은 자본의 주관에 의해 재조합되고 마치 휴대폰 통신처럼 연결되는 가치화하는 세포들의 바다이다."[5] 사유보다는 감각에 기초한 자본의 욕망과 이를 연결하는 네트워크에 접속해 불안정한 삶을 유지하는 현대의 개인을 지칭하는 '세포'라는 비유는 꽤 적절하게 읽힌다. 이제 인간은 사유하고 공감하기보다는 디지털 신호에 즉각적으로 반응하며 이것이 가져오는 말초신경의 감각—인터넷을 통해 무한정으로 제공되는 포르노그래피, 디지털 게임, 스마트폰에 수신되는 정보와 메시지, 캐릭터를 통해 전개되는 단순한 서사와 이를 통해 전도되는 현실의 감각 등—에 중독된 채 하루하루를 살아간다. 디지털 자본주의가 제공하는 감각의 과부하는 정신적 공황을 필연적으로 야기하고, 이와 맞설 정치적 연대와 적대를 상실한 인간에게 이는 우울함이라는 병든 상태로 표출된다. 비포에게 우울은 인간의 정신을 잠식하는 현대의 페스트와 다를 바 없다.

비포가 상상한 이 불편한 서사의 끝은 무엇일까? 비포는 솔직하게 "행복한 결말은 없다"라고 말한다. 그러곤 조심스럽게 이 현대의 페스트가 인간의 정신에 뚫어놓은 블랙홀에 대해 언급한다. 그는 이 거대한 구멍(우울증) 안에 "개인적인 것, 사회적인 것, 지구적인 것이 구별되지 않"고, "민족, 인종, 군중이 항상 분열증적 의식(그리고 무의식)의 정신적 풍경 안에 항상 존재"하는 "세계의 혼돈"이 위치하고 있다고 하며, 이를 서사의 끝이자 시작—이런 점에서 비포의 사유는 기독교의 시간 인식과 유사하다고 할 수 있다. 묵시(黙示)는 끝인 동시에 시작이다—이라고 말한다. 창대한 결말과 미약한 시작일지 모르지만 비포는 단호하게 주장한다. 이 파국과 혼돈이 눈앞에 있지만 이것이 어떠한 '이후'를 만들어낼지 모르기 때문에 인간은 마지막까지 "저항해야 하고 사회적 연대, 인간적

5) 프랑코 베라르디 비포, 『미래 이후』, 강서진 옮김, 난장, 2013, 143쪽.

공감, 무상의 활동, 자유, 평등, 우애 등에 관한 의식과 감수성을 지켜야 한다"라고. "근대성의 미래 다음에 올 텅 빈 공간에서 무슨 일이 일어날지 우리는 모르기 때문에, 이것이 내 스스로가 평화로워지는 유일한 길이기 때문에 나는 저항해야만 한다. 자기애의 이름으로 우리는 저항해야 한다." 비포는 이 최후의 인간이 자기의식을 창출할 힘을 시(문학)에서 찾는다. 그는 자신의 주장을 압축한 「포스트 미래주의 선언」에서 "아름다움은 오직 자율 속에만 존재한다. 가능한 것의 지성을 표현하지 않는 걸작은 없다. 시는 다양한 상상의 공유를 가능케 하고 특이성들을 해방시키기 위해 무의 심연 위에 가로놓인 다리이다"라고 문학을 찬미한다.[6)]

비포의 희망이 너무나도 보잘 것 없다고 여기는 사람도 있을 것이다. 그렇다면 역사의 특정한 과정은 그 체제에 순응하는 인간과 저항하는 인간을 함께 배양한다는 마르크스의 테제—"부르주아지는 자신에게 죽음을 가져올 무기들을 벼려낸 것만이 아니다. 그들은 이 무기를 쓸 사람들도 만들어내었다—현대 노동자들, 프롤레타리아들을"[7)]—와 괴테가 언급한 '세계문학'의 도래를 가능하게 할 현대적 작가의 성장 조건을 디지털 자본주의 내에서 찾아보는 것은 어떨까. 괴테는 세계를 아우르는 범위의 독서의 경험과 정보의 지속적 습득을 물질적 토대로 이야기하며 여기에 자국의 협소한 역사에서 벗어날 것과 높은 예지를 가질 것을 현대적 작가의 조건으로 주문하였다. 2000년대의 한국은 책이라는 형식을 통해 존재했던 문학을 고사(枯死)시키기 충분한 시장 환경과 "현대의 시인"이 등장할 수 있는 특별한 조건을 제공하였다. 한국문학에 의해 충족되었던 낡은 욕구들을 대신할 새로운 욕구들이 등장하였고, 이를 충족

---

6) 프랑코 베라르디 비포, 같은 책, 242~252쪽.

7) 칼 마르크스·프리드리히 엥겔스, 같은 글, 406쪽.

시키기 위해 과거에는 그 이름조차 알지 못했던 세외(世外) 작가들의 문학작품이 번역 출간되었다. 1990년대 이전에 출간된 세계문학 작품들의 대부분은 사실 '세계'라기보다는 특정한 헤게모니를 행사하며 자신들이 더 '세계적'임을 주장하는 일련의 지역 문학들이었으나, 2000년대 이후 세계문학은 조금 더 세심해졌고, 탈중심화되었다. 인터넷은 세계의 모든 공간과 시간을 디지털화하여 인간이 자신의 책상 위에서 조감할 수 있는 새로운 창(windows)을 열어주었다. 또한 인터넷은 인간의 기억력을 훨씬 능가하는 데이터베이스와 연결하며 과거 소수의 전문가만이 접근할 수 있었던 지식의 탐색과 수치적 사례에 대한 분석을 가능하게 하였다. 이와 동시에 인터넷은 대량의 정보를 무작위적으로 추출할 수 있게 해주었다. 검색하려는 단어와 몇 가지의 연관 검색어만으로 인간은 결코 연결될 수 없을 것처럼 보이는 텍스트들이 같은 화면 속에서 조합되는 것을 보게 된다. 일종의 '텍스트적 몽타주'라고 부를 수 있는 이러한 결합과 해체는 과거에는 초자연적인 직관과 예지를 가진 사람만이 가능했던 인식의 혁명적 국면이다.[8] 이 글에서 주목하고자 하는 오한기와 정지돈의 소설적 특징은 그들이 성장기를 보낸 2000년대의 글로벌한 문화적

---

8) 테크놀로지의 발전이 인간의 지각에 어떠한 변화를 발생시키는지는 벤야민이 영화의 시각적 기법을 지적한 다음과 같은 구절을 참조하면 쉽게 이해될 것이다. "클로즈업된 촬영 속에서 공간은 확대되고 고속촬영 속에서 움직임 또한 연장되었다. 우리는 확대촬영을 통해 '어차피' 불분명하게 보는 것을 분명하게 볼 수 있게 되었을 뿐만 아니라 오히려 전혀 새로운 물질적 구조들을 볼 수 있게 되었다. 마찬가지로 고속촬영을 통해 이미 알려져 있는 움직임의 모티프들만 드러나는 것이 아니라 이러한 알려진 모티프들 속에서 전혀 알려지지 않은 모티프들, 다시 말해 '빠른 움직임을 진행시켜 보여주는 것이 아니라 미끄러지는 듯한, 공중에 떠 있는 듯한, 그리고 이 세상 밖에 있는 듯한 움직임'을 발견하게 된다. 따라서 카메라에 나타나는 것은 육안으로 보는 것과는 다른 성질의 것임이 분명하다. 다르다는 것은 무엇보다도 사람의 의식이 작용하는 공간의 자리에 무의식이 작용하는 공간이 대신 들어선다는 점에서이다." 발터 벤야민, 「기술복제시대의 예술작품(제3판)」, 『발터 벤야민 선집 2—기술복제시대의 예술작품/사진의 작은 역사 외』, 최성만 옮김, 길, 2007, 138~139쪽.

환경에 깊은 연관을 맺고 있다.[9)]

## 2. 헤테로토피아, 아니 어쩌면 '세계 없음(worldless)'

2000년 이후 한국 문단에 출현한 작가들 중 일군의 무리들은 기존 한국문학의 권위와 계보를 통해서는 설명이 힘들다는 특징을 가지고 있다. 가장 앞에는 박성원을 들 수 있고, 2000년대 이후로는 김중혁과 박형서, 최제훈, 조현, 그리고 최근으로는 손보미, 김희선, 오한기, 정지돈 등을 거칠게 분포시킬 수 있을 것이다. 이와 관련해서는 주목할 만한 몇 가지 의견이 제시된 바 있다. 김형중은 "특정 시기, 가령 2000년대 후반부터 2011년 여름까지, 한국 소설의 새로운 경향 같은 것을 추출"하기 위해 "주관의 연역적 개입을 최소화"하는 일종의 "단면도"를 사유한 후, 이 단면에 확고한 흔적을 남기는 일군의 작가들의 특징을 주어진 재료들을 가지고 "그것들의 순서와 배치를 요리조리 달리 조립"하는 "브리콜라주적인 글쓰기 방식"이라고 지칭하였다.[10)] 손정수는 신인인 손보미, 오한기, 이상우 등을 주목하며 이들의 단편이 현실을 반영하기보다는 "중첩시킨 허구의 회로를 통해, 꿈처럼 혹은 게임처럼 동일한 상황을 반복하는 순환적인 구성을 통해 현실 반영의 의지를 차단하고" 있는 특징을 가지고 있으며, 이것이 "기존의 소설들과 결정적으로 분기되는 조짐"이

---

9) 이 글에서 다루고 있는 오한기와 정지돈의 단편은 다음과 같다. 오한기: 「탈주자」(『현대문학』 2014년 1월호), 「파라솔이 접힌 오후」 「더 웬즈데이」 「나의 클린트 이스트우드」 「유리」 「햄버거들」 「볼티모어의 벌목공들」 「열네 살」 「의인법」(『의인법』, 현대문학, 2015). 정지돈: 「눈먼 부엉이」 「미래의 책」 「여행자들의 지침서」 「뉴욕에서 온 사나이」 「건축이냐 혁명이냐」 「창백한 말」(『내가 싸우듯이』 문학과지성사, 2016). 이들 작품에서의 인용은 꼭 필요한 경우가 아닌 경우에는 번다함을 피하기 위해 작품명만 밝히겠다.

10) 김형중, 「프랑켄슈타인 박사의 소설 쓰기」, 『살아 있는 시체들의 밤』, 문학과지성사, 2013, 173~184쪽.

라고 설명하였다.[11] 남진우는 최제훈을 역사가 아닌 도서관에서 성장한 "라이브러리 키드"라고 말하며, "그의 문학관과 세계관을 결정지은 문화적 DNA의 상당 부분이 아르헨티나 작가 호르헤 루이스 보르헤스에서 유래한 것"이라고 쓴 바 있다.[12] 백지은은 손보미, 오한기, 이상우, 김희선 등의 신인 작가들의 특징에 대해 논하며, 2000년대 이후의 인간이 경험하게 된 인터넷과 같은 "소통 환경의 변화"에 주목하였다. 백지은은 이를 통해 소설이란 장르의 글쓰기 방식이 맞이하게 된 위기와 어쩔 수 없는 생존 전략의 특징을 "간접 현실, 비체험, 인공적 허구"로 정확하게 지적한 바 있다.[13] 이러한 논의는 이 글이 집중하고 있는 오한기와 정지돈의 단편소설을 이해하는 데 있어서도 긴요하다.

오한기와 정지돈은 그들 텍스트의 소재를 문화적, 역사적 기성품에서 슬쩍 가져와 이를 새롭게 조합하는 방식으로 즐겨 쓰고 있으며, 현실보다는 그들이 만들어내는 불완전한 허구에 관심이 많다. 또한 그들은 인터넷이라는 소통 환경의 변화 속에서 성장한 '아카이브와 네트워크의 아이들'이다. 무엇보다 그들은 다양한 소설의 절대적 영향 속에서 성장한 '책의 아이들'이다. 이러한 사실은 오한기와 정지돈이 독일의 낭만주의 작가 E.T.A. 호프만을 동경하며 그의 작품명을 차용해 자신들의 연대를 설명한 소비에트의 젊은 예술가 집단 '세라피온의 형제들(Серапионовы братья)'[14]처럼 로베르토 볼라뇨의 장편 『야만스러운 탐정들』에 등장하

---

11) 손정수, 「허구 속의 허구, 꿈속의 꿈—현실을 반영하지 않는 소설들」, 『현대문학』 2012년 7월호, 308쪽.

12) 남진우, 「부유하는 서사 증식하는 세계—최제훈, 미로소설/무한소설을 향하여」, 『폐허에서 꿈꾸다』, 문학동네, 2013, 462쪽, 463쪽.

13) 백지은, 「공감 의지 2012」, 『독자 시점』, 민음사, 2013, 105~122쪽.

14) '세라피온의 형제들'에 관해서는 『현대 러시아 문학사』(에드워드 J. 브라운, 김문황 옮김, 충북대학교출판부, 2012, 126~153쪽)를 참조하였다.

는 '내장사실주의'를 패러디한 '후장사실주의' 그룹으로 스스로를 규정하는 것에서도 분명하게 드러난다.

하지만 '책 든 손은 아름답고' '책 도둑은 도둑도 아니다' '하루라도 책을 읽지 아니하면 입안에 가시가 돋친다(一日不讀書口中生荊棘)' 등의 표어와 옛말을 들으며 성장한 작가 중에 누군들 '책의 아이들'이 아니겠는가마는 오한기와 정지돈은 좀 유별난 데가 있다. 정지돈의 등단작인 「눈먼 부엉이」에는 "1980년대 초반 남한에서" "문고본"으로 출판된 사데크 헤다야트의 『눈먼 부엉이』를 찾아 '나'를 방문한 노르웨이의 소설가 에릭 호이어스가 등장한다. 여기에는 '나'가 에릭을 이해하는(혹은 에릭이 자신을 설명하는) 기이한 연대기가 있다.

> 1991년은 걸프전이 발발한 해이며, 노르웨이에선 올라브 5세에 이어 하랄 5세가 즉위한 해이다. 에릭은 그해 여덟 살이었으며, 부모님과 노르웨이 북부 로포텐 제도의 호수로 휴가를 떠났다. 아버지가 즐겨 듣던 브람스 교향곡 제4번과 어머니의 붉은 손톱이 기억난다고 했다. 어머니는 에릭의 금발머리를 쓸어넘기며 이렇게 말했다. 아들, 넌 교향곡 따위를 듣는 사람이 되지 말려무나. 에릭의 아버지가 죽었을 때 어머니는 눈물을 보이지 않았다. 아마 그것이 교향곡 때문은 아닐 것이다. 에릭의 아버지가 죽은 것은 1991년 4월 4일이다. 테헤란 출신의 작가 사데크 헤다야트가 죽은 날은 1951년 4월 4일이다.(「눈먼 부엉이」, 13~14쪽)

실제 '역사'의 사건은 우연성 속에서 불가피하게 발생한다. 그것은 어떠한 구조의 외부에 존재하고 있기 때문에 오로지 인과를 가지지 않는 연대기를 통해서만 기록될 수 있다. 하지만 역사가는 자신의 입맛에 따라 선택한 몇 가지 사실을 애호하는 구조 안으로 끌어와 인과를 부여하고, 이를 언어로 쓴다. 이런 의미에서 서사화된 역사는 일종의 '이야기'이며, 이야기는 특정한 역사의 자장에서 읽히기 마련이다. 그렇다면 에릭에게 1991년은 어떠한 의미를 가진 해인가. 1991년은 세계사의 관점에서는 "걸프전이 발발한 해"이며, 노르웨이 국가사의 측면에서는 "올라브 5세에 이어 하랄 5세가 즉위한 해"이다. 에릭의 개인사에 따르자면, 1991년은 그에게 "아버지가 즐겨 듣던 브람스 교향곡 제4번과 어머니의 붉은 손톱"으로 회상되는 "여덟 살"이 된 해이다. 에릭의 가족사의 맥락에서 보자면 1991년은 아버지의 죽음이 있었던 해이다. 하지만 에릭을 이해하는 데 있어 중요한 것은 그와 아무런 관련을 맺은 적이 없는 "테헤란 출신의 작가 사데크 헤다야트"이다. 이후 정지돈은 에릭(에릭은 정지돈과 같은 해에 태어났다)의 성장을 문학사의 구조 내에서 기술한다. "대부분이 그렇듯 에릭은 추리소설에서 고전으로 넘어가 토마스 하디(『테스』는 죽이는 작품이다), 톨스토이(고루했다), 입센(정신병자), 스탕달(쥘리앵 소렐!)을 읽었고 머리가 굵어진 뒤로는 누보로망 계열의 작가나 영미권의 포스트모더니즘 작가를 읽었다(그것들 대부분은 완전한 시간낭비였다). 그렇게 읽다보니 에릭은 어느새 글을 쓰고 있었다. 본격적으로 소설을 쓰기 시작한 뒤로는 카프카와 사데크 헤다야트의 작품만 정독했으며 다른 작가의 책은 발췌해서 읽거나 참조만 했다(독서는 시작할 때와 멈출 때가 있는 법이다)." 이후 정지돈은 에릭이 출간한 소설의 목록과 사데크 헤다야트의 연보를 자세하게 쓴다. 에릭이 읽으며 성장한 도서 목록의 변천은 1990년대 이전 한국에서 출간되었던 세계문학전집의 구성—'세계문학전집'이라고 말하지만 대부분은 지속적인 헤게모니를 행사하는 지역 문학의 텍스트들이다—에서 1990년대 이후 세계문학의 대열에 편입된 소설들의 목록과 거의 일치한다. 에릭의 성장은 특별한 인과적 설명 없이 자연스럽게 독서에서 창작으로 연결된다. 작가 에릭의 독서가 멈춘(이것은 에릭의 성장을 설명하는 마지막 지점이다) 지점이 카프카와 사데크 헤다야크인 것은 흥미롭다. 그들은 제국주의 시기 자국의 문학작품을 전 세계에 유통하며 스스로를 세계라고 자부한 몇몇 국가의 문학에 소속되지도 않았고, 협소한 민족문학의 테두리에서는 이해보단 비난을 받았던 작가들이기 때문이다. 이들의 작품을 '발견'한 것은 소설의 미학적 가치를 찾아 보헤미안처럼 도서관의 서고와 텍스트의 각주, 인터넷의 검색창을 떠돌던 '책의 아이들'이다. 오한기와 정지돈의 단편소설에서 등장인물들이 찬미해 마지않는 로베르토 볼라뇨, 찰스 부코스키, 이상, 레이날도 아레나스, 보리스 빅토로비치 사빈코프 등은 자신이 태어난 공간을 문학적 고향과 고정된 공간적 배경으로 여기지 않은 작가이며, 생전의 이해보다는 사후의 열광적 지지로 세계문학의 반열에 오른 소설가들이다. 오한기는 훨씬 더 직접적이다. 그는 "후장사실주의라는 모임"의 명칭과 「열네 살」이라는 실제 발표한 단편의 제목을 의도적으로 노출시키며 화자인 '나'와 작가 '오한기' 사이의 거리를 인위적으로 밀착시킨 「의인법」에서 '나'의 성장과 작가가 된 과정을 이렇게 압축시켜 진술한다(당연히 '나'와 오한기의 나이는 같다).

> 1994년 3월 소설가 찰스 부코스키가 죽었다. 나는 당시 열 살이었고, 아는 소설이라곤 『삼국지』와 『셜록 홈스』뿐이었다. 하물며 나중에 소설을 쓰게 될 거라는 사실은 짐작하지도 못했다. 왜 대학생 때 소설가가 되고 싶어졌는지, 왜 지금 찰스 부코스키의 죽음 따위를 소설의 서두에 언급하게 됐는지 잘 모르겠다. 내가 이 세상에 태어나 여태까지 살아온 것처럼 말이다.(「의인법」, 245쪽)

인용한 문장들의 연결에서 오직 한 명의 작가만이 의미에 절대적인 영향을 미친다. "잘 모르겠다"라고 말할 수밖에 없는 인생의 우연은 찰스 부코스키의 이름을 통해서만 희미하게 연결된다. 물론 그것이 연관된다고 이에 대한 설명을 할 수 있는 것은 아니지만. 그렇기에 작가 오한기를 비롯해 「의인법」에 등장하는 모든 인물들은 텍스트 내에서 태어나고 성장한 사람들이라고 말할 수 있다. 오한기와 정지돈이 발표한 대부분의 작품들은 그것이 실제의 공간을 서술하고 텍스트 바깥의 세계와 역사를 개입시키고 있다고 해도 근본적으로는 허구에 불과하다. 이들은 오로지 텍스트 내부에서만 살아갈 수 있는 가공의 것이다. 사람이 아닌 것을 사람에 빗대 표현한다고 해도, 아무리 생동감 있게 서술한다고 해도 의인법이 수사하고 있는 대상은 사람이 될 수 없는 법이다(흥미롭게도 「눈먼 부엉이」의 에릭에게 작가의 명성을 부여한 두번째 소설의 제목은 '의인법'이다).

조세희는 「난장이가 쏘아올린 작은 공」에서 가난 때문에 다른 곳으로 이주할 수도, 다른 곳에서 생존할 수도 없는 철거민 가족의 장남 영수의 목소리로 그들의 비애를 이렇게 말한 바 있다. "우리는 보이지 않는 보호를 받고 있었다. 남아프리카의 어느 원주민들이 일정한 구역 안에서 보호를 받듯이 우리도 이질 집단으로서 보호를 받았다. 나는 우리가 이 구역 안에서 한 걸음도 밖으로 나갈 수 없다는 것을 깨달았다."[15] 백지은은 겨우 한두 편의 단편만을 발표한 이상우, 김희선, 오한기 등의 작품을 읽으며 지각한 내용을 독자의 동감을 예상(혹은 상상)하며 이렇게 쓴 바 있다. "거기에, 꿈속에서도 부질없는 미망과 지독한 공허에서 벗어나지 못하는 영혼들의 우수, 꿈과 깸, 저편과 이편을 불안히 떠도는 망령 같은 의식의 편린들이 건져진 것이 아닐까요? 그러나 이 소설을 읽으며 마음

---

15) 조세희, 「난장이가 쏘아올린 작은 공」, 『난장이가 쏘아올린 작은 공』, 문학과지성사, 1986, 75쪽.

을 흐리는 안개, 눈 밑을 적시는 습기, 머리카락을 날리는 바람소리를 느낀 독자라면, 다른 어떤 소설보다 이 소설과 덜 소통했다고 말하지는 않을 것입니다."[16] 조세희와 백지은의 연결은 오한기와 정지돈의 단편소설에 담긴 쓸쓸함을 이해하는 데 유용하다. 그들이 아무리 현실의 것들을 가져와 텍스트 내에 유머러스하게 펼쳐놓는다고 해도(오한기는 「나의 클린트 이스트우드」에서 이 근엄한 할리우드의 노배우를 한국의 싸구려 펜션을 전전하는 국제 노숙자이자 치졸한 범죄자로 그리고 있으며, 「더 웬즈데이」에서 68혁명 당시 시위의 대열에 참여한 젊은이들의 우상이었던 체 게바라를 귀마개를 착용하고 세계 볼링 대회에서 우승한 "마르크스 붐"으로 패러디한다. 정지돈은 「뉴욕에서 온 사나이」에서 1990년 자살한 쿠바의 망명 작가 레이날도 아레나스를 이십 년도 더 지난 2010년대로 데려와 '나'의 동성 애인으로 만든다. 이 설정은 "헤밍웨이가 플로베르를 왜 죽이려고 했을 거 같아?"라는 질문에 플로베르 사후 이십 년 후에 헤밍웨이가 태어났기 때문에 "그들이 만나는 건 불가능하다"라고 대답하는 '나'에게 소설가의 상상력이 부족하다고 비난하는 킬러 유리가 등장하는 오한기 단편 「유리」의 한 장면에 대한 작가적 농담처럼 읽힌다), 소설 쓰는 일을 햄버거 만드는 작업이나 포르노 소설을 쓰는 일에 비유하며 문학을 조소하고 냉소를 던져도(오한기의 「더 웬즈데이」, 「햄버거들」), 외설적인 단어들을 동원해 그들의 단편을 펄프 픽션 같은 것으로 읽히도록 덧칠을 해도, 요즘의 독자들이 소설의 문체보다는 선호하는 다양한 글쓰기 방식(영화나 문화 전반에 걸친 각종 지식서의 문법, 황색 저널의 너절한 기사체, 인물에 대한 전기적 약술, 위키피디아식의 정보 기술, 번역소설의 문체 등)과 인터넷을 가득 채운 아티클의 어투를 차용해 문장을 보다 읽기 편한 것으로 변형해도, 이

16) 백지은, 같은 글, 118쪽.

쓸쓸함의 정서는 사라지지 않는다. 오한기와 정지돈의 단편소설에 등장하는 인물들은 작가가 그런 것처럼 다국적(多國籍)적인 동시에 무국적(無國籍)적이다. 현실과는 격리된 일종의 '텍스트 보호구역' 내에서 다양한 국가의 인간들은 언어의 구애 없이 서로 대화하고, 싸우고, 성교하고, 술 마시며 웃고 떠들고, 죽어간다. 그것은 마치 인큐베이터에서 태어나 그곳에서 성장하고 살아가다 죽음을 맞는 인공적 피조물의 모습을 지켜보는 것처럼 쓸쓸하며 무상하다.

레비스트로스는 외부에서 흘러들어온 다양한 기술이나 소재를 재래의 것들과 기이하게 결합시켜 자신의 것으로 만드는 일본 수공업자나 예술가들의 솜씨를 "가공의 이국주의"라고 지칭하며, "각각이 동시에 여러 음역대를 내는 것 같"은 능력을 "모노노아와레(物の哀れ)라는 수수께끼 같은 표현"으로 지칭한 적이 있다.[17] 어쩐지 애달프게 느껴지는 감정이나, 세계에 대한 무상한 느낌, 감상자의 내면으로 부지불식간에 젖어드는 쓸쓸한 정취라는 뜻을 가진 "모노노아와레"는 '이곳'에 존재하지 않는 어떤 다른 장소나 시간을 동경하는 이국주의(exoticism)의 가공물에 흐르는 덧없음의 감각이다. 미셸 푸코는 이러한 "장소 없는 지역들, 연대기 없는 역사들"에 대해 사유하며, 이를 본질적으로는 비현실적인 공간인 "유토피아"와 구분해 "헤테로토피아(hétérotopies)"라고 불렀다. "아마도 모든 문화와 문명에는 사회 제도 그 자체 안에 디자인되어 있는, 현실적인 장소, 실질적인 장소이면서 일종의 반(反)배치이자 실제로 현실화된 유토피아인 장소들이 있다. 그 안에서 실제 배치들, 우리 문화 내부에 있는 온갖 다른 실제 배치들은 재현되는 동시에 이의제기 당하고 또 전도된다. 그것은 실제로 위치를 한정할 수 있지만 모든 장소의 바깥에

---

17) 클로드 레비스트로스, 『달의 이면』, 류재화 옮김, 문학과지성사, 2014, 60쪽, 72쪽.

있는 장소들이다. 이 장소는 그것이 말하고 또 반영하는 온갖 배치들과는 절대적으로 다르기에, 나는 그것을 유토피아에 맞서 헤테로토피아라고 부르고자 한다." 푸코에 따르자면 "일반적으로 헤테로토피아는 보통 서로 양립 불가능한, 양립 불가능할 수밖에 없는 여러 공간을 실제의 한 장소에 겹쳐놓는 데 그 원리가 있다." 소설은 현실의 바깥에 위치한 대표적 헤테로토피아이다.[18]

오한기와 정지돈의 단편소설을 레비스트로스를 따라 가공의 이국주의라고 부르든, 푸코의 용법을 빌려 헤테로토피아라고 지칭하든 그 결과는 다르지 않다. 레비스트로스의 그곳과 푸코의 저곳은 '지금 우리'가 있는 이곳의 바깥에 있는 장소이지 고유한 장소를 명시하지 않기 때문이다. 그렇기 때문에 오한기와 정지돈의 단편이 구축하고자 하는 장소는 한국이라는 공간에 고정되지 않는 세계인 동시에 외부 어디에서도 찾을 수 없는 세계 없음(worldless)의 장소이다. 그들은 "숱한 책에 둘러싸여 있으면서 정작 찾으려 하는 단 하나의 책을 찾지 못하는 무능력한 사서(司書)이거나 책 중의 책을 쓰기 위해 시행착오를 거듭하는 불완전한 필경사일 뿐이다."[19]

### 3. 안다고 가정되는 소설가와 하드보일드 글쟁이

오한기와 정지돈은 서로 닮아 있지만 그렇다고 동일한 방식으로 독해하거나 유사한 대상으로 취급해서는 안 된다. 그들이 자신을 '후장사실주의자'라고 지칭하는 방식의 차이는 이를 단적으로 알려준다. 이 입에 담기 거북한 외설스러운 명칭이 처음 등장한 것은 정지돈의 「당선

18) 미셸 푸코, 『헤테로토피아』, 이상길 옮김, 문학과지성사, 2014, 11쪽, 47쪽, 18~19쪽.
19) 남진우, 같은 글, 462쪽.

소감」이다. 정지돈은 이렇게 썼다. "작년 여름 오한기와 후장사실주의(analrealism) 그룹을 결성했다. 통화중에 우연히 나온 것으로 내가 후장사실주의를 결성하자고 말하자 오한기는 핸드폰을 손에 쥐고 데굴데굴 굴렀다."[20] 이후 정지돈은 자신이 발표하는 소설에 첨부하기 마련인 작가의 약력에서 자신을 명백하게 '후장사실주의자'라고 밝히고 있다.[21] 하지만 오한기는 작가의 약력 어느 곳에서도 자신을 '후장사실주의자'라고 적지 않는다. 2014년에 출간된 테마소설집 『첨벙』에 오한기의 「볼티모어의 벌목공들」과 정지돈의 「여행자들의 지침서」는 함께 수록되어 있지만, '후장사실주의자'라는 명칭은 정지돈의 약력에만 인쇄되어 있다. 일반적인 독법에 따라 허구(로 읽히는 텍스트)와 현실(로 읽히는 텍스트)을 텍스트의 내부와 외부로 거칠게 구분하자면 오한기는 오직 텍스트 내부에서만 '후장사실주의자'이다. 그는 「의인법」에 이렇게 썼다. "우리가 만난 곳은 상수동의 어느 카페였다. 3월이었나 4월이었나 어쨌든 로베르토 볼라뇨의 『2666』이 출간될 무렵의 봄날이었고, 우리가 모여 있는 테라스는 너무 따뜻했다. 후장사실주의라는 모임이었다. 『야만스러운 탐정들』에 나오는 내장사실주의를 패러디한 것이었다. 볼라뇨 전집 편집자, 소설가 셋, 펜싱 선수처럼 생긴 소설가 지망생이 모인 자리였다. 애딸린 서평가도 있었지만 뭐가 그리 바쁜지 오지 않았다. 나로서는 그나마 다행이었다." 이에 비해 정지돈은 자신이 발표한 단편소설의 어느 곳에서도 '후장사실주의'에 대한 언급을 하지 않는다. 이러한 차이는 사소해 보이지만 자세히 들여다보면 분명하고 결정적인 분기점으로 인식된다. 오한기, 정지돈과 함께 '후장사실주의자'의 모임을 구성하고 있는 서

20) 정지돈, 「당선 소감」, 『문학과사회』 2013년 여름호, 448쪽.

21) 예외도 있다. 「미래의 책」과 「창백한 말」의 작가 약력에는 이 명칭이 들어 있지 않다.

평가 금정연은 정지돈의 「건축이냐 혁명이냐」를 해설하는 글을 녹번동에서 있었던 우연한 만남—"지난겨울 나는 녹번동의 한 카페에서 정지돈과 마주쳤다"—으로 시작한다. 해설은 정지돈과의 수다, '후장사실주의'의 기원에 대한 농담, 그리고 「건축이냐 혁명이냐」에 대한 긴 사유를 거쳐, "겨울 해는 짧았고 아무리 기다려도 오한기는 나타나지 않았다"[22]란 문장으로 끝이 난다. 이들이 만나지 못하는 이유는 분명하다. 오한기는 텍스트 내부에서만 '후장사실주의자'로 존재하는 반면 정지돈은 텍스트 외부에서만 그 이름을 사용하기 때문이다. 다른 방식으로 말하자면, 오한기의 '나'는 픽션의 세계에서만 존재하는 소설가인 반면, 후장사실주의자 정지돈은 픽션의 내부로 들어가지 않고 외부에서만 존재하고 있다. 소설가는 결코 소설의 인물을 현실에서 만날 수 없는 법이다.

각자의 방법은 다르지만, 정지돈과 오한기는 그들만의 방법으로 후장사실주의자임을 주장하고 있고, 이러한 짝패의 관계는 그들의 단편에서도 유사하게 반복된다. 오한기의 단편에는 주로 소설가(경우에 따라 시인으로도 등장한다)인 '나'와 '한상경'이, 정지돈의 소설에서는 '나'와 '장'이 등장하여 서사를 진행시키고 있다. 얼핏 보기에 이들의 관계는 후장사실주의자란 이름으로 오한기와 정지돈이 맺고 있는 '현실'의 유대와 유사한 것으로 읽히지만, 이는 주의깊게 고찰할 때만 발견할 수 있는 결정적 차이를 가지고 있다.

2012년 6월 『현대문학』에 「파라솔이 접힌 오후」란 작품이 '신인 추천'으로 당선되어 소설가의 길로 접어든 오한기는 같은 달 '문장 웹진'에 「더 웬즈데이」를 발표하는 드문 과정을 겪었다. '나의 마지막 소설'

---

22) 금정연, 「녹번동에서」, 정지돈 외, 『2015 제6회 젊은작가상 수상작품집』, 문학동네, 2015, 57쪽, 67쪽.

이란 제목의 「신인추천 당선 소감」에서 오한기는 보통의 문학 지망생들이 예절처럼 늘어놓는 스테레오타입의 '감사의 말' 대신에 「더 웬즈데이」의 '나'와 작가 오한기를 동일한 인물로 읽히게 하는 문구를 적어놓는다. "나는 볼링장에 손님이 없을 때면 레인 위를 멀거니 바라보며 소설을 구상한다. 지난 삼 년 동안 볼링장에 딸린 햄버거 가게에서 일하며 얻은 습관이다. 퇴근 후에는 집에서 포르노 소설을 쓴다. 몇 권의 책을 냈지만 내 소설을 읽은 사람은 드물다. 불만은 없다. 누가 요새 소설로 욕정을 풀겠는가."[23] 「더 웬즈데이」에는 한상경도 함께 등장한다. 여기서 한상경은 난해한 포르노 소설을 쓰는 작가로, '소설 중의 소설'을 완성하기 위해 세계를 떠돌아다니며(혹은 아무 곳도 가지 않으며), 소설의 창작에만 몰두하는(혹은 "칠레의 포르노 소설가로 현대 포르노의 대부"인 "미구엘 페레의 장편소설 『하차장의 창녀들』"을 끊임없이 필사하는) 정신 나간 인물로 기술된다. 하지만 '나'와 한상경의 관계는 고정되어 있지 않다. 그들은 작품에 따라 서로의 역할을 바꾸거나, '나'에게 오한기의 현재 삶에서 추출한 정보를 덧씌우는 방식으로 독자에게 혼동을 준다. 「햄버거들」에서 '나'는 "볼링장에 딸린 햄버거 가게에서 일하는 포르노 작가 이야기"인 "「더 웬즈데이」"를 쓴 소설가이지만 실제로는 "회사에 출근해서 사보 교정을 봐주고 사장의 자서전을 쓰는" 일을 하고 있다고 말한다. 오히려 한상경이 "집 근처 햄버거 가게에서 일하며 시를 쓰는 친구"로 등장한다. 「의인법」에서 '나'는 "국문학과 대학원을 졸업한 뒤 생계를 해결하기 위해 자그마한 홍보 대행사"를 다니고 있는 소설가로 등장한다. 이 단편에도 한상경은 등장하는데 그는 후장사실주의자이며, "왕족이자 시인이자 건축가인 이구에 대한" "단편소설"을 쓴 작가이다. 이는 정지돈의 발표

23) 오한기, 「신인추천 당선 소감—나의 마지막 소설」, 『현대문학』 2012년 6월호, 217쪽.

한 「건축이냐 혁명이냐」의 내용과 동일하다.

텍스트의 내부와 외부에 위치하며 서로를 호명하는 방식으로 글을 쓰고 있는 오한기와 정지돈의 역할과 그 의미에 대해 좀더 분명하게 이해하기 위해서는 전통적인 리얼리즘 소설과 근대소설의 차이를 탐정소설의 변화로 설명한 지젝의 방법을 사용하는 편이 효과적이다. 지젝은 코난 도일의 홈스가 등장하는 고전적 탐정 이야기(story)와 레이먼드 챈들러의 주인공 필립 말로가 등장하는 하드보일드 소설(novel)을 구분한다. 지젝의 설명에 따르자면, 홈스형 탐정은 사건에 연루되어 있지 않다. 그는 초월적인 시점으로 사건의 외부에서 모든 것을 내려다보며 경찰이나 풋내기 탐정이 흔히 저지르는 오류를 바로잡고, 범인에 의해 조작된 어지러운 증거의 미로를 산책이라도 하듯 유유히 헤쳐나간다. 지젝은 이러한 홈스형 탐정을 "알고 있다고 가정되는 주체"인 정신분석가로 지칭한다. 이에 비해 말로형 탐정은 생계를 위해 돈을 받고 고용된 사람이며, 이 때문에 싫든 좋든 사건과 깊이 연루된다. 흔히 하드보일드 탐정소설은 일인칭으로 서술되며, 그가 고군분투하며 도달하려는 '진실'은 단순히 추리의 영역에 있는 것이 아니라 윤리적인 방식으로 그의 삶과 고통스럽게 연관되어 있다. 그렇기에 하드보일드 탐정소설에서 "일종의 '현실(reality)의 상실'을 겪는 이도, 누가 어떤 게임을 벌이고 있는지가 전혀 분명치 않은 꿈같은 세계에 자신이 처해 있음을 발견하는 것도, '용의자들 집단'의 겁먹은 구성원들이 아닌 탐정 자신이다."[24)]

지젝의 흥미로운 분석을 소설로 좀더 밀착시켜보자. 전통적인 리얼리즘 소설은 흔히 삼인칭으로 기술되며, 작가는 전지적 작가 시점이라는 초월적 시선을 통해 텍스트의 외부에서 서사를 진행시키고 의미를 형

24) 슬라보이 지젝, 『삐딱하게 보기』, 김소연·유재희 옮김, 시각과 언어, 1995, 130~131쪽.

성한다. 작가가 독자에게 전달하려는 '의미'는 텍스트를 어지럽히는 등장인물들의 영역 너머에 있는 것이 아니라 작가의 '의도' 속에 있다. 이에 비해 근대소설, 특히 예술가 소설은 보통 일인칭의 방식으로 진술되며 '나'는 텍스트 내부의 서사와 깊게 결부된 삶을 살아간다. 예술가 소설에서 작가의 분신처럼 등장하는 작품 속 '소설가'는 분명한 것처럼 인식되던 현실과 '소설'이 조금씩 서로에게 삼투되는 것을 경험하게 된다. 이 하드보일드 '소설가'가 쓰고 있는 '소설'은 텍스트 내부의 사건과 깊이 연루되어 있으며, 그는 종종 소설 속의 '소설'을 완성하지 못한 채 자신이 만든 허구와 현실의 공간에서 길을 잃고 끔찍한 고통을 체험한다. 소설은 끝이 나지만, '소설가'가 텍스트 내부에서 쓰고 있는 '소설'은 결코 완성되지 못하고, 그의 삶은 그가 쓰고 있는 '소설'의 운명과 동일한 상태로 전락한다. 이러한 방식으로 지금까지 발표한 두 사람의 소설을 볼 때, 정지돈 단편에 등장하는 '나'는 고전적인 소설가의 역할을, 오한기 단편에 등장하는 '나'는 하드보일드 소설가의 역할을 수행하고 있다.

먼저 정지돈의 등단작인 「눈먼 부엉이」를 보자. 서사는 '나'가 보관하고 있는 '장'의 책 중에서 "백 부 한정"으로 출판된 "사데크 헤다야트"의 "『눈먼 부엉이』"를 찾아온 노르웨이의 소설가 에릭 호이어스의 방문으로 시작된다. 책은 '장'의 서고에서 발견되지 않고 '나'는 외국에 있는 '장'을 대신해 의뢰인 에릭의 책을 찾는 모험에 동행한다. '나'는 에릭에 대해 알고 있는 모든 것을 에릭이 말해줬다고 하지만 이는 전지적 시점이나 정신분석가의 위치가 아니면 쉽게 알 수 없는 내면의 은밀한 어둠까지도 바라본다는 점에서 '나'는 안다고 가정되는 주체와 다르지 않다. "나는 그가 조증이라도 있는 게 아닌가 의심했지만 에릭은 자신이 정상이라고 했다. (……) 에릭은 온갖 망상에 시달리는 불안한 아이였다. 그는 책을 너무 많이 읽은 나머지 현실과 소설을 구분하지 못했고 있지도 않은 소리를 있을 법하게 꾸며댔다." 책의 소재는 "웹서핑"을 하던 '나'에 의해 쉽게 검색되고 책을 찾은 에릭은 노르웨이로 떠난다. 사건은 해결되고 '나'의 삶은 일상으로 귀환한다. 여기서 흥미롭게 볼 것은 '장'의 예전 여자친구이며 에릭의 예전 여자친구이기도 한 미주라는 여인의 존재이다. 그녀는 육체를 매개로 '장'과 '에릭'을 연결하고 있지만, '나'는 끝끝내 그녀와 연루되는 것을 거부한다. 「눈먼 부엉이」를 코난 도일의 소설과 비교를 하자면, '장'은 지금 이곳에 부재하고 있는 홈스의 역할을, '나'는 부재한 홈스를 대신해 추리(웹서핑)를 하며 사건을 해결하는 왓슨의 역할을, 에릭은 불안과 망상에 시달리는 의뢰인이다. 미주는 말로형 소설에 등장하는 팜므파탈처럼 보이지만 '나'의 거절에 의해 서사 밖으로 안전하게 축출된다.

이러한 구조는 정지돈의 다른 소설에서도 쉽게 발견할 수 있다. 「미래의 책」은 "장의 원고"를 들고 한국에 입국한 "프랑스 출신 문학평론가" 알랭의 방문으로 시작된다. 소설가인 '나'('나'의 이름은 '진'이다)는 알랭에게서 장이 쓴 "무한한 대화"라는 장편과 제목이 없는 "단편소설 두 편"을 꼭 읽고 "뭔가 특별한 것"을 발견해달라는, "자신의 한국어 실력으로는 이 소설에 확신이 서지 않는다"는 기묘한 의뢰를 받는다. '나'는 '장'의 "서툰 문장" 때문에 이것이 가진 의미를 언어로 맥락화시켜 이해하지 못하고, 알랭의 집착을 둘 사이의 육체관계로 이해하려는 생각을 "논리적인 추리인 양" 전개한다. 하지만 프랑스로 돌아간 알랭의 갑작스러운 죽음을 알게 된 '나'는 일 년의 시간을 보낸 후 '장'을 찾아가게 되고 그의 집에서 알랭에 대한 꿈을 꾼다. 알랭의 최후를 초월적인 시선에서 바라보는 꿈속에서 '나'는 "에세이이자 소설이며, 그만의 비평서가 될" 알랭의 결코 완성되지 못한 책을 알랭의 시선으로 읽는다. "알랭에게 책이란 바로 사랑이었다. 그러니까 책을 통해 작가와 독자가 연결되는 것처럼 사랑을 통해 개개인이 연결되는 것이다. 우리는 책-사랑이라는 매개가 없다면 닿을 수 없었다. 우리는 책-사랑이란 매개를 통해서만, 그것이 만들어낸 공간 속에서만 서로를 느끼고 만지고 생각할 수 있었다. 그렇지 않다면 우리라고 말할 수 있는 관계조차 존재하지 않으리라. 우리가 끊임없이 글을 쓰고 글을 읽는 것은 바로 그런 맥락이었다." 사르트르가 읽기와 쓰기의 무한한 연속을 통해 문학을 성립시킨다고 지적한 작가와 독자 간의 '고매함의 협약'을 연상시키는 꿈의 체험을 통해 혹은 분석을 통해 '나'는 "그리고 비가 내리기 시작했다"란 문장으로 끝나는 글을 "뭔가에 홀린 듯" 쓴다. 「미래의 책」은 "그리고 비가 내리기 시작했다"라는 문장으로 끝이 난다. 「미래의 책」은 끝나고, '나'의 고통은 해소되고, '장'의 소설과 알랭, 그리고 '나'에 대한 사건도 문장으로 정리된다. 대단원이란 말이 어울릴 정도의 완결이다.

이에 비해 오한기 단편의 '나'는 소설쓰기가 서사와 깊게 연루된 비루한 삶을 살아간다. '나'에게 삶은 살아가는 것인 동시에 '소설'을 완성하는 작업의 일환이다. 타락한 세상에 적응해야 한다는 현실의 이치와 글쓰기의 윤리는 현실과 허구처럼 구분되지 않고, 자주 서로 충돌하며 '나'의 일상을 파국적인 국면으로 몰아간다. 「유리」에 등장하는 '나'는 "여배우들의 시시콜콜한 잠자리 습관에서부터 정치, 경제, 역사, 예술, 철학을 아우르는 잡스러운 지식까지 돈벌이만 된다면 모든 걸 다루는 월간지" "『매시노프』의 기자"로 일을 하다 소설을 쓰기 위해 퇴직한 상태이다. '나'는 자신의 과거 직장에 대해 "소수의 독자만 기억하겠지만 『매시노프』는 얼마 전 『더 웬즈데이』로 이름을 바꿔 단편의 소재로 활용하기도 했다"고 언급한다. 『매시노프』에서 기자로 일한 경험은 '나'에게 돈이 되는 글을 쓰는 방법을 알려주었다. 그것은 아이러니하게도 정지돈과 오한기의 소설적 특징이라고 할 수 있는 "서로 다른 두 사실을 접목시키거나 허구를 만들어내 현실 속에 삽입하"고 "외국을 배경으로 하거나 외국인을 등장시키"며 선정적이고 자극적인 방식으로 "아무런 관계가 없"는 것들을 연결시키는 방식이다. '나'는 독자의 욕망에 영합하는 『매시노프』와 결별하고 "언제나 잘 써지지 않는" 소설을 쓰기 위해 전처가 있는 프랑스로 떠난다. '나'의 구실은 전처의 결혼식에 참석하는 것이지만 사실은 한적한 파리의 교외에서 소설을 완성하려는 계획을 가지고 있다. '나'는 제발트 책을 같이 읽고 있다는 우연을 계기로 비행기 옆 좌석에 앉은 남자를 알게 된다. 그는 자신의 이름을 '유리'라고 말하며, 직업은 킬러라고 설명한다. 유리는 자신이 의뢰받은 사건에 어떠한 감정도 개입시키지 않는 냉혹한 킬러이다. '나'는 소설에나 등장할 법한 킬러를 현실에서 만났다는 기묘한 느낌에 자신이 "문득 허구와 현실이 또는 허구와 허구가 뒤섞인 채 덕지덕지 기워져 있는 『매시노프』적 상황에 들어온 것 같은 기분"을 느끼며 현실에 대한 감각을 상실한다. 처음 '나'는 "의미 없는 소설이 존재하지 않는 것처럼 살인하는 데 이유가 없는 건 말이 되지 않"는다고 말하며, 자신의 직업과 연루되지 않으려는 유리의 비정함을 비난한다. 하지만 입장은 점점 역전이 된다. 유리는 의뢰받은 타깃의 신상이 적힌 수첩을 보며 살인의 이유와 곤란함을 토로하고, '나'는 "돈만 받으면 아무 생각 없이 사람을 죽이는 게 더 편하지 않냐고" 대답한다. 이에 유리는 불쾌한 표정을 지으며 "너는 원고료를 받기 때문에 소설을 쓰는 거야?"라고 되묻는다. 모든 것은 엉망이 되고, '나'는 소설을 완성하지 못한 채 귀국한다. 흔히 오한기 소설에 등장하는 '나'는 하드보일드 소설의 탐정처럼 추리력이 아닌 윤리를 시험하는 서사에 깊이 연루된다. '나'는 자본주의 세계의 타락한 보수를 쉽게 용납하지 않으며 고통스럽게 소설 쓰기를 고집한다. 하지만 소설의 완성도, 삶의 회복도 불가능한 상태에서 서사는 끝을 맺는다.

홈스형 탐정과 말로형 탐정이라는 구분은 정지돈과 오한기 소설에 등장하는 예술가적 주체를 이해하는 데 있어 요긴한 방법을 제공한다. 정지돈의 단편에서 '소설가'는 서사와 자신을 연루시키지 않으며 어떠한 방식으로든 '소설'을 완성시킨다. 이에 비해 오한기 단편의 '소설가'는 자신이 만든 허구와 현실의 미로에서 쉽게 길을 잃으며, '소설'을 결코 완성하지 못한다. 단순하게 말하자면 텍스트 외부에 존재하고 있는 정지돈은 서사에 직접 개입하지 않으며 현실의 소재를 동원해 세상을 기술하거나 읽힐 수 있는 그럴듯한 허구로 건축한다. 이에 비해 오한기는 텍스트 내부에 자신을 깊게 연루시키고 허구의 방식으로 소설을 써가지만 그의 허구는 쉽게 현실을 오염시키고 마침내는 서사마저 불가능한 것으로 전락시킨다. 오한기의 소설가는 결코 텍스트 내에서 '소설'을 완성시키지 못한다는 점에서 필경사이거나 한낱 글쟁이에 가깝다.

#### 4. 희망적 괴물

지금까지 다소 거칠고, 요약이라는 능숙한 문장의 요령을 거치지 못한 나의 분석이 틀리지 않는다면, 오한기와 정지돈의 단편은 많은 유사점을 공유하는 동시에 거울을 마주보고 서 있는 형상처럼 대조적인 면모를 분명하게 지니고 있다. 두 사람이 텍스트의 내부와 외부를 오고가며 벌이는 픽션의 작법은 그 정교함에 있어 가히 복잡하게 설계된 건축물과 비교하는 데 부족함이 없다. 아니, 지금까지 한국문학사에 등장한 어떠한 문인들의 연대와 비교해도 손색이 없을 정도로 수준이 높다.

오해가 있을까 염려가 되어 말하자면, 정지돈의 예술가적 주체가 고전적이라고 해서 작품의 수준이 낮은 것은 아니고, 오한기의 작중인물인 소설가 '나'가 근대적이라고 해서 그 이유만으로 텍스트의 가치가 높은 것도 아니다. 문제는 작품의 완성도와 그것이 담지하고 있는 미학적 가치, 그리고 독자와의 관련성이지 작가가 활용하고 있는 기법이 아니기 때문이다. 게다가 2015년의 문학이 맞이한 상황은 작품의 미학적 가치를 견주는 것이 의미를 갖지 못할 정도로 절망적이다. 소설은 더이상 독자들의 흥미를 독점하는 독서시장의 우세종이 아니다. 소설이 갖고 있던 지위는 영화나 게임 같은 미디어에 대부분 잠식당했고, 그나마 남아 있는 몫도 스마트폰에 넘쳐나는 기사와 조잘대는 잡담에 대항할 엄두를 못 내고 있다. 아주 약간의 영역마저, 자국의 문학시장에서 살아남은 경험을 가진 외국의 소설들에게 대부분 내준 형편이다. 바야흐로 한국소설은 종의 쇠락을 아주 빠르게 체험하고 있다.

하지만 생태계에서 벌어지는 멸종과 시장에서 진행되는 상품의 몰락은 시간의 장구한 흐름을 생각하자면 흔히 일어나는 과정에 불과하다. 문학, 특히 한국 소설의 위기를 특별히 애석하게 여기고 이를 지연시키기 위해 분투를 벌이는 것은 일반 사람들의 관심을 전혀 끌지 못하는 문학 종사자들만의 난리법석에 불과할 지도 모른다. 다행인 것은 소설이 작금에 경험하고 있는 위기가 결코 처음은 아니라는 사실이다. 소설(novel)은 로맨스와 성경이 모든 출판시장을 잠식하고 있는 상태에 태어났으며, 서사를 전달하는 또다른 장르인 영화와 충분히 경쟁하여 작지만 자신의 영역을 지켜냈다. 소설은 로맨스가 위세를 떨치던 시대엔 로맨스의 글쓰기와 결합하며 경쟁력을 찾았고(세르반테스의 『돈키호테』가 그렇고, 브론테의 『폭풍의 언덕』이 그렇지 않은가), 근대의 철학이나 종교와도 대등한 대결을 벌일 수 있을 만큼의 심미적 가치도 획득하였다(톨스토이, 도스토옙스키의 소설, 괴테의 『파우스트』 등이 그렇지 않은가). 영화의 시대에는 아무리 확장된 시각도 쉽게 투시하지 못하는 인간의 내면에 귀를 기울이며 영화가 할 수 없는 인간의 내밀한 사유와 감정을 담아내며 장르적 가치를 증명하였다(제임스 조이스의 『율리시스』, 마르셀 프루스트의 『잃어버린 시간을 찾아서』, 그리고 넓게 보자면 스릴러와 호러 장르에서 영화를 능가하는 독자의 지지를 받고 있는 스티븐 킹의 소설이 그렇지 않은가).

지금의 한국 소설은 과거의 영광을 가져다줬던 리얼리즘의 방식을 보수적으로 유지할 것인가 아니면 소설 글쓰기의 새로운 전복과 변화를 통해 새로운 희망을 사유할 것인가의 기로에 놓여 있다고 해도 과언이 아니다. 이는 이것이냐 아니면 저것이냐의 선택이 아니다. 두 가지 방법 모두 지금의 위기를 타개하기 위한 궁구의 결과이며, 그다음은 누구도 쉽게 예측할 수 없다. 이것보다 더 분명하게 상상할 수 있는 미래는 책의 형태로 유통되는 독서의 절멸이 아닐까.

이러한 상황에 비평가가 할 수 있는 최선의 방식은 무엇일까. 뭐라고 단정적으로 말하긴 어렵지만, 적어도 환경 변화에 따른 멸종의 경험과 성공적 적응의 데이터가 훨씬 많은 진화생물학자의 방법에서 어떤 사유의 단초를 얻을 수 있지 않을까. 스티븐 제이 굴드에 따르자면 다윈은 진화의 증거를 자연계의 경이로움이라고 할 수 있는 변이의 성공적 사례에서 찾지 않았다. 그는 일반의 방식과는 정반대로 "기이한 것과 불완전한 것"에서 진화의 희망을 보았다. "왜냐하면 완전한 것은 역사를 반드시 필요로 하지 않기 때문이다. 요컨대 생물체가 갖는 설계상의 완전함은, 그 완전무결한 공학적 설계 속에서 신이라는 조형자의 개입을 찾아왔던 창조론자들이 예로부터 즐겨 주장했던 논거"이기 때문이다. 그러나 다윈은 "만약 생물이 역사를 가지고 있다면 선조 여러 단계의 '흔적'이 남아 있을 것이라고 생각했다. 현재에는 아무런 의미도 없는 과거의 흔적—무용한 것, 기묘한 것, 특이한 것, 불균형한 것 등—은 역사의 존재를 입증할 수 있는 징후인 것이다. 그것들은 세계가 지금의 형태로 만들어진 것이 아님을 입증해준다. 만약 역사에 끝이 있고 세계가 완성될 수 있다면 그런 흔적들도 사라질 것이다."[25] 여기에 더해 스티븐 제이 굴드는 신다윈주의자들이 주장한 소진화와 대진화의 완벽한 연결에 반발하며 학계에서 사라진 리처드 골드슈미트의 주장을 복원시켜야 한다고 주장한다. 골드슈미트는 "새로운 종이 불연속적인 변이, 즉 대돌연변이에 의해 갑작스럽게 나타난다는 주장을 제기"했다. 물론 대부분의 대돌연변이는 환경에 적응하지 못해 비참한 재앙을 맞이하기에 그는 이를 '괴물'이라고 지칭하였다. "그러나 아울러 골드슈미트는 아주 드물게, 순전히 행운에 의해 어떤 대돌연변이가 특정 생물을 새로운 생활양식에 적응하도록 한다는 이론을 제기했다. 그는 그런 운좋은 돌연변이가 발생한 생물을 '희망적인 괴물'이라고 불렀다."[26]

'희망적인 괴물'이라. 이 시선을 한국 소설의 '지금'으로 돌릴 때, 나는 정지돈과 오한기의 소설이 우리가 찾을 수 있는 '희망적 괴물'의 근사치가 아닐까 판단한다. 세계문학의 넓은 영역을 헤집고 다니는 독서의 풍부한 경험과 인간의 인지에 새로운 혁명적 조합을 가능하게 하는 인터넷을 자유롭게 활용하는 것은 그들의 분명한 장점이다. 게다가 그들은 인터넷을 단순히 정보의 검색과 조합을 위해 사용하지 않는다. 이러한 점에서 보다 뛰어난 기예를 선보이는 것이 정지돈의 「건축이냐 혁명이냐」이다. 흥미롭게도 그는 인간과 컴퓨터를 연결해주는 인터넷의 인터페이스의 방식을 소설의 구조에 도입하고 있다. 멸망한 대한제국의 황족이자 시인 지망생이었고, 건축가가 되어 귀국한 비운의 황세손 이구의 인생은 정지돈의 손을 거치며 지금까지 경험하지 못했던 형태로 재배열된다. 이구의 개인적 삶을 관찰하는 세밀한 시선에서 시작한 소설은 "박길룡의 『한국현대건축의 유전자』(2005)"를 거쳐 건축가 이구가 경험한 미국에

25) 스티븐 제이 굴드, 『판다의 엄지』, 김동광 옮김, 세종서적, 1998, 30쪽.

26) 같은 책, 233~234쪽.

서의 생활로, 독재정권의 전시행정이 만들어낸 이구의 귀국은 동시대를 살아간 건축가 김중업의 인생과 겹친다. 여기서 정지돈은 인터넷의 정보 분석 능력이 아니면 알 수 없을 만한 정보, "장뤼크 고다르"가 "〈김중업 *Kimchungup*〉(1972)이라는 기록영화를 만들었다는" 이야기를 삽입한다. 소설의 에피소드는 단편을 위한 것이라고 할 수 없을 정도로 풍성하기에 이를 다 나열할 필요는 없을 것이다. 중요한 것은 이 에피소드와 에피소드를 연결하는 방식이 기존의 소설과 같은, 서사에 의존하는 형태가 아니라는 점이다. 소설에서 서사는 다채로운 에피소드를 지탱할 수 있는 뼈대와 같다. 보통 건축의 철골을 서사에 비교하는 것은 이러한 이유이다. 소설의 구조는 단단하고 규격에 맞게 만들어져야 하며, 풍성한 내용을 내장할 수 있는 혁신적 구조의 연구와 개발에 소홀해서는 안 된다. 그러나 구조의 혁신은 새로운 소재의 적용이나 내부 공간 설계의 발전보다 뒤늦게 온다. 정지돈의 「건축이냐 혁명이냐」는 그러한 점에서 혁신적인 구조의 변화를 읽어낼 수 있는 놀라운 에피소드의 조합을 보여준다. 그것은 마치 인터넷에 이구의 항목을 검색하고, 이를 통해 얻어진 정보를 다시 연관 검색어로 입력하는 방식과 같다. 정지돈이 복잡하게 연결시키고 있는 소설의 장면과 장면이 그리 무리 없이 읽힌다면, 아니 오히려 기존의 소설보다 더 잘 읽힌다면 이는 정지돈이 이 소설에 인터넷 검색의 방식을 결합하고 있기 때문이다. 2000년대의 디지털 자본주의에서 성장한 사람 중에 인터넷 검색에 익숙하지 않은 사람이 있을까. 오히려 어떤 사람들에게는 소설의 독서가, 과도하게 기술된 개인의 내면이, 의식과 무의식을 넘나드는 장면의 연결이, 보다 불편하게 느껴질 것이다.

디지털 자본주의는 문학이 자신을 향한 비판의 칼날을 거두지 않고 있는 것에 그리 큰 신경을 쓰지 않는다. 세계시장의 측면에서 보자면 문학은 너무나도 하찮은 한낱 좌판에 불과하기 때문이다. 그리고 누구도 이

싸움의 결과가 어떻게 판가름날 것인가를 예상하며 기민하게 그 상황을 주시하고 있지 않다. 결과를 쉽게 예상할 수 있기 때문이다. 그렇다면 문제는 불리한 전세에서 어떻게 싸움을 지속시키며 새로운 방안을 모색할 수 있는 시간을 벌 수 있는가 하는 것이며, 그것이 아니라면 디지털 자본주의의 네트워크 환경에 적응하거나 공존할 수 있는 문학의 새로운 변이를 창안하는가에 달려 있다. 이제 문학의 운명은 디지털 자본주의가 장악한 세계에서 우연하게 발생하는 대돌연변이들에 의해 결정될지도 모른다. 지금의 한국문학에서 발견할 수 있는 소설의 '괴물'은 분명 정지돈과 오한기이다. 세계의 비참 속에서 고군분투하고 있는 그들에게 좀더 많은 행운이 있기를, 나는 바란다.

(2015)

# '괴물'과 공모한 인간들의 불안
## —나홍진의 〈추격자〉를 읽는다

### 1. 불안과 공포, 그 이상한 가역반응에 대한 탐색

마르크스의 오래된 구절에서부터 시작해보자. "부르주아적 생산관계들 및 교류 관계들, 부르주아적 소유관계들, 즉 그토록 강력한 생산수단과 교류 수단을 마법을 써서 불러내었던 현대 부르주아 사회는, 주문을 외워 불러내었던 저승의 힘을 더이상 감당할 수 없게 된 마법사와 같다."[1] 저승의 압도적인 힘에 기대 역사의 수레바퀴를 굴리고 있지만, 자신이 이를 제어할 수 없다는 것과 결국 이 힘이 모든 것을 파괴할 것이라는 사실을 알게 된 마법사. 이는 부르주아 문명이 가지고 있는 불안과 두려움의 사회학적 기원을 설명한다. 지구상의 모든 것을 고갈시켜버릴 듯 무섭게 혁신하는 생산력과 아귀처럼 이를 받아 삼키는 소비의 욕망, 신뢰와 우애가 사라지고 오직 냉혹한 현금 계산 이외에는 어떠한 연결 고

1) 칼 마르크스·프리드리히 엥겔스, 「공산주의당 선언」, 『칼 맑스—프리드리히 엥겔스 저작 선집』 1, 최인호 외 옮김, 박종철출판사, 1991, 405쪽.

리도 남지 않은 인간들의 관계는 부르주아 문명이 얻게 된 풍요로운 삶에 드리운 파멸의 그림자이다.

아마도 21세기 한국(인)의 정치·경제적 움직임에 합리적인 설명을 제공할 수 있는 단어 중 하나는 분명 '불안'일 것이다. 미국에서 시작된 신용경제의 위기가 전 세계적인 실물경제의 연쇄적인 몰락으로 옮겨가는 과정을 목도하며 경험하는 정부와 국민의 히스테리컬한 반응. 빅토리아 시대 런던이라는 대도시에서 기원한 자본주의적 범죄 양식인 연쇄살인과 돈에 대한 욕망만이 설명해줄 수 있는 끔찍한 범죄들의 만연. 산업과 육식 문화의 결합 속에서 출현한 각종 질병(광우병, 조류독감 등)을 통한 공멸의 느낌. 정치적 지도자와 대표자를 선출하는 과정에서 보여준 윤리적 공통감각의 사멸 그리고 이런 선택이 현실화시키고 있는 자본주의적 욕망의 국가적 현현. 여기에서 기인하는 불안과 두려움의 감정을 고려하지 않고 이천년대의 한국(인)을 설명한다는 것은 불가능하다.

2008년 최고의 문제작으로 손꼽힐 〈추격자〉란 텍스트와 이 텍스트를 둘러싼 사회적 신드롬을 분석할 때 사유의 출발점으로 삼아야 할 것도 한국(인)의 내면에 깊게 뿌리박힌 '불안'이다. 〈추격자〉는 "웰메이드 장르 영화"(강상준), "올해의 발견"(주성철), "걸작 스릴러"(김봉석)라는 평자들의 지적처럼 뛰어난 영화적 완성도를 가지고 있다. 게다가 김윤석과 하정우 두 주연배우들의 연기는 영화 속 장면들과 절묘하게 호흡하고 있다. 하지만 영화적 완성도와 배우들의 열연이 흥행성적과 반드시 정비례하지 않는다는 것은 잘 알려진 사실이다. 〈추격자〉가 주목을 받는 이유는 작품의 완성도와 흥행 모두에서 괄목할 만한 성과를 보여주었다는 점이다. 오백만을 상회하는 흥행 스코어는 이 영화가 전문적인 마케팅 업체의 성과를 넘어서는 어떤 공감대를 관객들 사이에 형성시켰다는 사실을 알려준다. 관객들은 〈추격자〉가 상영되는 두 시간의 어둠 속에서 무엇을 보았으며, 그들이 본 처연하고 끔찍한 장면과 결말에서 어떻게 영화적 쾌감을 찾았는가?

이 질문이야말로 〈추격자〉를 얘기할 때 가장 먼저 거론되어야 할 것이다. 여기에 대한 답은 〈추격자〉를 논평한 대부분의 글에서 지적되었던 장르적 완성도나 배우들의 호연 등에서 찾아지지 않는다. 오히려 영화의 장점이 아닌 단점을 지적한, 즉 몇 번의 작위적인 우연을 통해 끔찍한 죽음을 맞는 미진(서영희)의 시퀀스에서 시작해 정치적으로 〈추격자〉를 분석하는 허문영의 글에서 해답의 근사치가 만들어 지고 있다.[2)] 분명하게 말하지만, 〈추격자〉는 정치적(le politique)으로 읽어야 하는 영화다. 〈추격자〉를 지배하고 있는 전면적이라고 불러도 될 만큼 거대한 불안의 에너지, 두려움의 자장은 영화적인 것이 아니라, 정치·경제적인 것이며, 동시대 한국에서 그 원인을 찾아야만 하는 사회적이며 역사적인 것이다. 더욱 중요한 것은 이러한 압도적 공포에 대다수의 관객과 평자들이 매혹되었다는 사실이다. 이들이 〈추격자〉의 불편함을 읽지 못하고 있다는 점은 이미 그 불안과 두려움의 한복판에 우리들이 들어와 있다는, 좀더 자극적으로 말해 그 거대한 불안과 함께 즐겁게 살아가는 나름의 건강법을 체득하고 있다는 사실의 반증이다. 니체의 말처럼 오직 "타락의 초기에만 타락을 참을 수 없다고 느끼기" 때문이다. 우리는 이미 연쇄살인이 자연스럽게 소비되는 일상을 살고 있으며, 가난의 처참한 모습을 자본주의의 일상적인 풍경처럼 바라보는 일에 익숙하다. 사회적 시스템은 무능하며, 정치인에 대한 풍자는 언제나 즐겁다. 하지만 반드시 지적해야 할 것은 이 모든 것이 우리와 대상의 공모 속에서 발생

2) 허문영은 〈추격자〉의 결말부에서 몇 번의 우연이 겹치면서 미진(서영희)을 죽음으로 인도하는 시퀀스에 대한 이의를 제기하며, 이를 통해 〈추격자〉에 담긴 신자유주의적 논리를 분석하고 있다. 허문영, 「최종 승리자는 괴물이다」, 『씨네21』, 2008. 5. 8.

한다는 점이다. 우리는 정치적 무능에 정치적 무관심으로 응답하고, 가난의 사회적 확산을 바라보며 이를 보다 전면적인 신자유주의의 확충으로 해결하려 한다. 우리는 사회의 모습에 불안을 느끼지만, 이것을 풍요로운 삶에 내재하는 필수적인 불편함으로 인식한다. 하지만 불안이 임계점을 넘어 전면적인 사회적 공포를 형성할 때, 현재의 시스템이 그것을 통제할 수 없다고 판단될 때, 그것은 사회를 규제하는 어떠한 체제를 호출한다. 불안을 통제하기 위해 더 강력한 공포를 소환할 수밖에 없는 것이다. 후자의 공포를 나는 전면적 신자유주의를 목표로 하는 "권위적 국가주의"[3]의 재등장이라고 생각한다. 〈추격자〉를 정치적으로 읽을 때 이러한 해석은 분명해진다. 지영민(하정우)이란 살인자의 잔혹한 범죄와 죄를 인식하지 않는 섬뜩함을 단죄하기 위해 우리는 엄중호(김윤석)를 긍정하며 그의 손에 쥐어진 망치가 지영민의 이마를 강타할 때 미묘한 쾌감을 느낀다. 그리고 지영민의 목숨을 끊는 마지막 한 방을 제지하는 사회적 시스템의 뒤늦은 개입에 분노하며, 이를 시스템이 가진 한계로, 무능의 증거로 인식한다. 하지만 엄중호는 민주화라는 역사적 운동을 통해 제도 밖으로 축출되었던 '과거'의 시스템이다. 불안을 공포로 변모시키는 지점은 바로 여기이다.

이 글은 〈추격자〉가 재현하고 있는 잔혹한 풍경의 의미, 죽음을 향유하는 동시대적 시선, 불안에 대한 부정이 공포에 대한 긍정으로 전환되는 "이상한 가역반응"에 대한 탐색이다.

3) 니코스 폴란차스에 의하면, 권위적 국가주의는 "정치적 민주주의 제도의 급격한 쇠퇴와 이른바 '형식적' 자유에 대한 엄격하고 다양한 제한과 접합된 경제적-사회적 활동 영역 전체에 대한 국가의 독점"을 특징으로 한다. 니코스 폴란차스, 『국가·권력·사회주의』, 박병영 옮김, 백의, 1994, 264쪽.

## 2. 자본주의의 압도적 풍경

〈추격자〉에서 엄중호가 느끼는 절망에 가까운 심리적 막막함을 시각적으로 재현하고 있는 것은 그 크기를 짐작할 수 없을 만큼 거대한 형상으로 제시되는 서울이라는 공간이다. 영화의 중반 엄중호는 자신의 부하직원 오좆(구본웅)에게 한 꾸러미의 열쇠를 주며 사람 살 만한 모든 집을 뒤지라고 명령한다. 밀집한 주택들로 뒤덮인 산동네의 모습은 웅크리고 앉아 고된 숨을 내뿜고 있는 무심한 짐승의 형상으로 제시된다. 굶주린 짐승의 내장처럼 어둡고 텅 빈 골목길에서 지영민의 집을 찾는 엄중호와 오좆의 모습은 "어디서 풀어야 할지 모르는, 사방이 무심함이라는 적으로 둘러싸인 듯한 중과부적의 느낌"을 넘어 "동시대를 살아가는 우리가 마음속 깊은 곳에서 억누르고 있는 좌절의 어떤 시각적 대응물"로 확장된 감정을 불러일으킨다.[4] 김영진이 대체가 어려울 만큼 정확한 단어로 지적한 동시대적 좌절과 두려움은 〈추격자〉를 이해하기 위해 반드시 짚고 넘어가야 할 대목이다.

종종 우리는 한 사물의 대척점에 위치한 다른 사물을 통해 대자적으로 사물의 진실에 접근하곤 한다. 주체의 병리학적인 현상과 욕망을 타자가 설명하듯이, 근대적 발전과 진보의 진면목을 빈곤과 질병이 말해주듯이. 어디인지 모를 고객의 집을 찾아 밤의 골목을 내달리는 엄중호의 모습은 자본주의의 변방이라고 할 수 있는 이란에서 제작된 〈내 친구의 집은 어디인가〉(1987)의 주인공 아마드의 반영(反映)이라고 할 만하다. 정확하게 말해 〈추격자〉는 〈내 친구의 집은 어디인가〉의 신자유주의 버전이며, 묵시록적 변형이다. 〈내 친구의 집은 어디인가〉에 등장하는 어린 주인공 아마드는 우애, 사랑, 책임감 등 아마도 '신뢰'라고 부를 수 있는 인간에

---

4) 김영진, 「〈추격자〉, 동시대의 얼굴」, 『FILM2.0』, 2008. 3. 6.

대한 믿음 속에서 가파른 언덕길을 넘어 친구 네마자데의 집을 찾아 헤맨다. 결국 친구의 집을 찾는 일은 실패로 끝나지만 그 과정에서 만나게 되는 이웃 주민들의 모습은 현대사회가 상실한 이상향의 시각적 재현처럼 읽힌다. 앞에서도 인용했던 마르크스의 표현처럼 부르주아 문명은 인간관계를 "냉혹한 현금 계산"으로 대체했다. 부르주아사회가 실물경제와 신용경제로 나뉘어 운용되고 있는 것처럼 인간들을 연결시키는 끈은 현금과 신용으로 변모한 지 오래이다. 신용(信用)은 말 그대로 신뢰의 자본주의적 변형이다. 신용불량자는 그 이전 시대 광인이나 나병환자가 담당했던 역할을 현대사회에서 수행한다. 이 단어는 무절제, 실패, 부적응과 같은 어떤 상황에 대한 지칭을 넘어 사회에서 특정한 개인을 배제시키는 규율적 코드로 활용된다. 〈추격자〉가 재현하고 있는 사회의 모습은 신용이라는 자본주의적 규율이 지배하고 있는 신자유주의 사회이다. 은행 혹은 사금융은 신용으로 규율되고 있는 현대사회를 감시하고 있는 가장 강력한 팬옵티콘(panopticon)이다.

영화 속에 등장하는 엄중호의 매춘 업소도 이러한 자본주의적 신용을 존립의 바탕으로 하고 있다. 여인들은 더이상 납치와 감금 없이도 매춘을 한다. 오히려 인신매매를 통해 이루어지는 업소의 운영은 그들의 상품을 생산(납치)하고 유통(매춘)시키는 데 필요 이상의 비용과 위험을 요구한다. 한마디로 비효율적이다. 엄중호의 업소는 한 명의 직원을 가지고 있을 뿐이며, 거리에 널린 숙박업소와 고객들의 집을 자신의 사업장으로 활용하고 있다는 점에서 효율적이다. 엄중호는 변태적 행위를 자행하는 진상 고객에게 합의금을 도출하고, 몸이 아픈 미진에게 성실성을 요구하며, 지영민의 누나를 협박해 자신의 손실을 보충하려 한다. 엄중호는 업소에 전화를 건 고객들에게 그들의 개인정보와 관련된 어떠한 질문도 하지 않는다. 대부분의 고객들이 엄중호가 배달한 상품을 통해 욕망을 충족하면 그것을 그대로 반납한다는 것을 알고 있기 때문이다. 엄중호는 기술혁신과 노동 합리화, 노동자의 직업윤리 강화, 고객 우선 정책을 통해 생산과 판매를 촉진하는 자본가형 인간이다. 하지만 그는 노동자를 고려하지 않고 자신의 이윤만을 추구한다는 점에서 국가에 의해 유지되었던 전시대의 흡혈귀 같은 자본가를 대표한다고 할 수 있다.

잘 지적되고 있진 않지만, 〈추격자〉에서 엄중호는 은행(혹은 사금융)이라는 자본주의적 팬옵티콘이 제시한 삼일의 변제기한에 강한 압박을 받고 있다. 영화는 평범해 보이는 도시적 일상에서 시작되며, 곧 엄중호가 처한 경제적 곤궁을 보여준다. 그는 선불금을 지불했던 두 명의 여인이 사라짐으로써 경제적 위기를 맞고 있다. 그런 그에게 "상무님"이라고 호명되는 대상은 전화상으로 빚 독촉을 하고 있으며, 삼일 안에 변제할 것을 강압적으로 통보한다. 영화 내내 광폭한 에너지를 내뿜는 엄중호를 애걸복걸하게 만드는 것은 자본주의적 금융 시스템의 변종인 사채업자로 추측된다. 삼일이라는 채무이행의 기간은 지영민을 찾아 어두운 골목길을 뛰어다니는 엄중호의 다급함과 끈질긴 추격의 동기를 설명해준다. 여관에서 카메라를 든 남자들에게 봉변을 당한 성희(오우정)에게 자신은 돈을 뜯는 일방적인 가해자가 아니라 오히려 피해자라는 엄중호의 변명처럼 그는 거미줄처럼 얽힌 자본주의의 관계망에서 자유로울 수 없는 사람이다. 그에게 인간의 모든 행위를 설명하는 단어는 오직 하나, 바로 돈이다. 돈만이 그의 여인들을 어느 곳으로든 부를 수 있고, 돈만이 사라진 여인들의 이유가 될 수 있으며, 돈만이 그의 다급한 경제적 상황을 해결해줄 수 있다. 그리고 돈만이 맹렬한 그의 추격과 지영민에 대한 증오를 설명해줄 수 있다. 사라진 여인들이 모두 한 명의 남자에게 부름을 받았다는 사실을 알았을 때 그는 한 치의 의심도 없이 실종의 이유를 인신매매로 확신하며, 이를 통해 경제적 손실을 보상받으려 한다. 이런 그의 확고한 믿음은 영화의 서사가 중간 정도 진행되고, 지영민이 자신의 범죄를 태연하게 자백한 후에도 지속된다.

지영민은 엄중호의 입장에서는 이해가 불가능한 인간이다. 그는 발기불능이라는 점에서 엄중호의 상품을 정상적으로 사용할 수 없는 인간이다. 또한 엄중호의 추측처럼 그의 상품을 강탈하고 이를 교환가치로 활용하려는 인간도 아니다. 그는 여인(상품)들을 사용하지도 않고 살해하며 이를 자신이 점거하고 있는 집 마당에 매장한다. 인간은 죽는 순간 상품으로서의 가치를 상실한다. 오히려 시체는 가장 처리하기 곤란한 '쓰레기'이다. 영화 속에서 끊임없이 교환 가능한 상품(때론 현금)으로 표현되는 여인을 파괴하고, 고작 그 상품을 어항 속에 넣고 바라보는 데 그의 목적이 있다는 점에서 지영민은 돈을 불태우며 즐거워하는 〈다크 나이트〉(2008)의 "조커"와 같은 아나키적인 인물이다. 지영민은 자본주의적 시스템에 대한 폭력을 통해 그 시스템에 무질서와 혼돈을 발생시킨다. 이런 점에서 지영민은 자본주의 사회가 가장 두려워하는 '괴물'의 모습을 가지고 있다. 그는 자본주의 시스템 외부에 위치하는 자이며, 자본의 순환에 대한 절대적 부정이기도 하다. 상품의 강탈과 밀매는 자본주의의 어두운 면모이지만, 이는 전적으로 시스템 내부에 내재하고 있는 방식이다. 하지만 상품의 파괴는 자본주의 시스템의 순환에 직접적으로 가하는 테러에 가깝다. 그렇기에 지영민은 영화 속 자본주의 윤리를 대변하는 엄중호에게 단죄를 받아야 한다. 시스템은 반드시 정상화되어야 한다. 이것은 사회 속에서 공포가 소비되는 방식이기 때문이다.

이제, 영화의 시작과 끝을 장식하는 서울이라는 공간, 영화 내내 수많은 죽음을 생산하고도 아무런 비극적 흔적도 내보이지 않는 무심한 공간이 주는 거대한 불안의 정체를 말할 수 있다. 현대 자본주의사회는 신용을 매개로 형성된 가상의 풍요와 안정, 인간관계 속에 놓여 있지만, 그 신용은 임계점에 다다른 풍선처럼 약간의 충격으로도 폭발할 것처럼 위태롭다. 신뢰가 사라진, 빈곤이 질병처럼 출몰하고 범죄가 만연한 사회는 불안과 두려움의 전면적 확산을 피할 수 없다. 현재의 시스템은 무능하고, 사람들은 스스로 문제를 해결할 연대를 갖고 있지 못하다. 누가 이것을 해결할 것인가? 이러한 위기가 거대한 과거의 망령을 소환한다. 인간에 대한 직접적인 규제와 감시, 안정과 안전이라는 미명하에 도입되는 전면적인 관료제의 도입, 국가경제라는 절대선을 위해 동원되고 있는 권위적 국가주의의 부활. 영화 속에 등장한 시스템 외부의 괴물 지영민은 처단된다. 하지만 그를 처단하는 것은 현재의 시스템이 아니라, 과거로부터 소환된 악착같은 자본가이며 권위적 국가주의의 구현자 엄중호다. 하지만 더 많은 괴물들이 대도시라는 무심한 공간 속에서 지속적으로 배양되고 있다면 어떻게 이것을 제거할 것인가? 더 많은 엄중호가 우리에겐 필요한가?

### 3. 죽음과 시체를 향유하는 동시대적 시선들

〈추격자〉는 나홍진 감독이 밝히듯 "오 년여의 준비 기간"과 삼 년 동안 무려 30고를 거친 시나리오를 통해 제작되었다. 숙려한 시간의 길이와 수없이 수정되었던 서사가 〈추격자〉에 담겨 있기 때문에 우리는 영화 속에 등장하는 에피소드와 인물에 대해 질문할 수 있고, 책임감 있는 대답을 요구할 수 있다. 그것이 즉흥적인 수정을 통해 재현된 우연이 아니고 그렇게 만들어져야만 하는 필연이기 때문이다.

가장 핵심적인 미진의 죽음에 대해 질문하자. 그녀는 왜 죽어야만 하는가? 아니 꼭 죽여야만 했는가? 처음 영화를 접했을 때, 미진의 역할은 알프레드 히치콕이 서스펜스와 서프라이즈의 차이를 설명하면서 얘기했던 테이블 밑에 장치된 폭탄이라 여겨졌다. 영화 내내 미진은 그 역할을 수행한다. 지영민의 망치질에 의해 죽었다고 여겨지던 미진은 경찰차로 호송되어가던 지영민의 입을 통해 살아 있음이 밝혀진다. 하지만 경찰은 지영민의 말을 믿지 않고 범행의 증거가 될 유기된 시체를 찾을 것을 지시 받는다. 바로 그 장면에 이어지는 잔혹한 욕실 풍경에서 미진은 처음으로 미약한 숨을 내쉰다. 경찰이 망원동의 성미산으로 전 병력을 동원해 있지도 않은 시체를 찾을 때, 그녀는 첫 숨을 쉰다. 이후 엄중호가 처음으로 지영민이 여인들을 죽였을지도 모른다는 사실을 알았을 때, 미진의 어린 딸 은지(김유정)도 어렴풋이 미진에게 발생한 끔찍한 일의 진상을 알고 통곡할 때, 그녀는 의식을 차리고 시체들이 놓인 욕실에서 비명을 지르며 결박을 풀려고 몸을 움직인다. 히치콕의 시한폭탄처럼 그녀는 서사의 중간중간에 등장하며 관객들의 서스펜스를 증폭시킨다. 몇 차례 수사의 방식이 변화하고 그때마다 욕실에서 타일을 조각내 줄을 끊으려는 미진의 안타까운 장면이 삽입된다. 마침내 지영민이 무혐의로 풀려나고 엄중호가 호송차에서 탈출해 망원동으로 달려가는 순간 미진을 결박하고 있던 견고한 끈은 끊어지고 그녀는 거리로 나온다. 모든 주인공들이 한 공간에서 만나 최후의 대결을 벌일 듯 힘차게 이어지던 서사는 미진이 개미슈퍼로 들어가는 장면에서 활력을 잃고 멈춘다. 허문영의 지적처럼 이 시퀀스는 서사적 단점을 가진 인위적 우연의 연속이다. 메트로폴리스 서울에서 찾아보기 어려운 텅 빈 거리, 잠든 경찰, 때마침 떨어진 지영민의 담배, 돌아서는 지영민에게 도움을 요청하는 슈퍼 주인, 시간이 지나도 밖에서 기다리기만 하는 오형사. 서스펜스의 증폭을 위해 장치되었던 시한폭탄이 제 역할을 충분히 했음에도 불구하고 심장이 서늘할 정도로 참혹하게 터져버리는 이 장면에는 충분한 해명이 필요하다. 허문영이 인용한 나홍진 감독의 대답과 부가적으로 덧붙인 봉준호 감독의 대답을 빌려서 이 문제를 보다 깊게 생각해보자. 미진을 꼭 죽여야 했느냐는 관객의 질문에 나홍진 감독은 "그렇다"라고 말하며 "밝은 대낮에 평화로운 주택가에서 한 여자가 살해되어야 한다는 것이 이 영화의 시작이었다"고 대답했다. 〈괴물〉(2006)에 제시된 현서의 죽음에 대해 묻는 평론가에게 봉준호 감독은 이렇게 답했다. "〈친구〉(2001)나 〈공동경비구역 JSA〉(2000)처럼 오히려 비극적 엔딩이 한국에서는 상업적 감각처럼 받아들여지는 측면도 있었던 것 같다."[5] 여기에 〈추격자〉의 결말에 대한 평론가의 코멘트를 첨가해보자. 김영진은 나홍진 감독과의 인터뷰에서 "해피 엔딩을 원하는 관객의 기대를 무참하게 부수면서도 관객으로 하여금 졌다라고 생각하게 만드는 절실함을 그려낸 것이 이 영화의 가장 의기양양한 업적일 것이다"라고 〈추격자〉의 결말부를 고평했다.[6] 서사적 단점이 영화적 장점으로 전도된다. 여기엔 이상한 연대가 있다. 〈추격자〉는 작품의 완성도와 흥행 모두에서 괄목할 만한 성과를 얻었다. 이는 한국영화 사상 최고의 흥행을 기록한 〈괴물〉도 마찬가지이다. 봉준호의 명민한 지적처럼 "비극적 엔딩이 한국에서는 상업적 감각처럼 받아들여"지는 것이다. 이를 받아 나홍진은 "평화로운 주택가에서 한 여자가 살해되어야 한다"는 비극적 엔딩에서 출발한 영화를 만들었다. 그리고 김영진은 이를 "의기양양한 업적"이라 논평한다. 관객들은 해피 엔딩에 대한 기대를 접고 비극적 엔딩과 이를 통해 완성도를 획득한 문화상품을 왕성하게 소비한다. 감독-평론가-관객이 맺고 있는 이 이상한 연대를 어떻게 설명할 수 있을까.

다시 한번 미진의 죽음에 대해 생각해야 한다. 그녀는 지영민에게 "딸이 있어요"라고 생존의 이유를 절실하게 말한다. 그녀는 그 이유 하나만으로도 영화 속의 어떤 등장인물보다 삶을 지속해야 할 감정적 동의를

---

5) 김소영 · 봉준호, 「오른발은 코미디 왼발은 비극…그냥 걷는 리듬으로 찍었다」, 한겨레신문, 2006. 7. 10.

6) 김영진, 「〈추격자〉의 나홍진 감독 인터뷰」, 『FILM2.0』, 2008. 2. 26.

획득했다. 그녀가 감독, 관객, 평자의 공통감각 속에서 반드시 죽어야 했다면, 영화의 중반부터 엄중호를 따라 끔직한 모험을 했던 미진의 어린 딸의 의미는 무엇인가? 은지가 관객들의 감정선을 자극하기 위한 하나의 맥거핀에 불과하다면 대답은 분명해진다. 우린 타락을 감지할 수 없을 만큼 너무 깊게 들어와 있는 것이다. 우리는 희망의 재현보다 절망의 재현이 예술적 완성도가 높다고 판단하고, 하층민 성매매 여성의 죽음이 리얼하다고 여기며, 가련한 아이의 소망보다 강력하고 잔혹한 살의의 충돌에 매혹되어 있다. 파괴된 작은 가정, 희생자의 잘려진 신체, 맹렬한 살의 속에서 서로의 육체를 가격하는 망치(잘 알려진 것처럼, 원래의 시나리오에는 지영민을 가격하는 물건이 잘린 미진의 머리였다)와 골프채, 이러한 참혹한 결말의 주위에 앉아 이것을 감상하고 있는 우리는 도대체 무엇인가? 어떻게 호칭해야 하는가? 이 지점에서 잘린 미진의 신체를 어항에 넣고 감상하는 지영민과 우리는 어떤 차이를 갖는가?

### 4. 권위적 국가주의라는 망령의 부활 혹은 공포의 정치학

〈추격자〉에는 두 명의 괴물과 이를 향유하는 이상한 연대가 있다. 하나는 영화를 본 대부분의 사람들이 지적하는 것처럼 '지영민'이라는 괴물이다. 그는 '현재'의 괴물이다. 그는 동시대적이며 현실적인 공간에서 탄생하였다. 전과자라는 그의 신분, 안산 지영민의 누나 집에서 엿보이는 처연한 가난의 흔적, 발터 벤야민의 지적처럼 가장 고독한 현대 남성의 심리상태를 상징하는 '발기불능'이라는 증상, 종교(윤리)가 인간이 사는 모든 공간에 만연해 있지만 전혀 종교(윤리)적이지 않은 삶에서 그는 탄생한다. 하지만 그중 어떠한 것도 그의 범죄를 명확하게 설명해주진 않는다. 지영민은 미진에게 실존적 질문(생존의 이유)을 하지만 아이가 있다는 대답(인간적 윤리)에는 수긍하지 않는다. 지영민의 정체가 감춰지고 범죄를 설명하던 그럴듯한 논리들이 무의미한 것으로 변하는 순간 범죄자 지영민은 인간적 윤리와 자본주의적 시스템의 외부에서 이를 파괴하기 위해 틈입하는 '괴물'로 탈바꿈한다. 그것도 우리와 같은 기원을 갖는 현실 사회적 존재이며, 황망한 서울의 골목길과 반지하 빌라 그 어디에서 생활하는 괴물이다.

또하나의 괴물은 그를 맹렬히 추격하며, 지영민이 희생자들을 살해한 망치를 들고 그를 단죄하는 엄중호이다. 그는 전직 형사이며, 현직 포주이다. 그는 이윤만을 사고의 중심에 놓고 있는 지극히 자본주의적인 경영자이다. 그는 자신의 이익을 위해 쉽게 경찰을 사칭하며, 이것이 통하지 않을 때는 폭력과 협박으로 상대방을 굴복시키는 인간이다. 그는 용(괴물)과 싸우기 위해 스스로를 어둠에 함몰시켜 동일자로 변해가는 니체적 의미의 기사(괴물)가 아니다. 오히려 국가독점자본주의라는 시스템에서 체계적으로 교육된 인간이며, 시스템의 윤리적 변모에서 축출당한 비리 형사이다. 그는 1987년 민주화 이후 행해진 지속적인 정치투쟁과 부정부패의 근절, 사회적 윤리의 회복을 통해 간신히 축출해냈던 역사적 '망령'이다. 그런 점에서 그는 '과거'의 괴물이다. 하지만 이상한 사실은 누구도 그를 괴물로 지칭하지 않는다는 점이다. 오히려 엄중호는 미진을 찾는 노력을 멈추지 않고, 미진의 어린 딸을 보호하며, 미진이 죽은 후에도 분노를 멈추지 않고 지영민을 추격해 그를 단죄한다는 점에서 관객들의 적극적인 지지를 얻어낸다. 하지만 엄중호의 노력(고문)이 사건을 해결하고 있는지 생각해야 한다. 엄중호의 폭력은 지영민이 검거된 지점을 중심으로 망원동 주택가를 탐문하려는 수사 지시—이것은 현재의 시스템이 몇 번의 시행착오를 거쳐 도달한 사건의 해결 방식이었다—가 내려지는 그 순간 시작되며 거짓 자백을 받아내 경찰력을 분산시킴으로써 미진의 비극적 결말을 촉진한다. 또한 지영민의 육체에 남은 폭력의 흔적은 그의 석방에 결정적 계기가 된다. 하지만 누구도 엄중호가 범한 실수를 지적하지 않는다. 무능력한 것은 오로지 현재의 시스템이라고 여긴다.

더욱이 은지의 병실을 지키고 있는 엄중호에게 어떤 부성의 모습을 읽어내는 것은 합당하지 않다. 그런 호칭의 의미는 이미 영화의 초반부에 자신을 성매매 여성의 "애비"라고 밝히며 합의금을 뜯는 장면을 통해 밝혀지고 있지 않은가. 엄중호를 긍정하고, 그에게서 무능해 보이는 사회적 시스템을 보완할 강력한 수호자의 모습을 찾아내는 순간, 그에게 죽은 미진의 어린 딸을 무책임하게 맡기고 사유하기를 멈추는 순간, 그는 민주주의적 열망이 축출했던 '과거'에서 소환되어 현실로 귀환한다. 불안과 두려움을 소거하기 위해 과거로부터 거대한 공포가 호출되고 있는 것이다. 그는 현실로 돌아와서는 안 될 친자본주의적이며 권위적인 국가주의의 망령이다.

마지막으로 거론할 것은 〈추격자〉의 어느 지점에서 더이상 사유하는 것을 멈추고 공포의 스펙트럼에 매혹되어 이를 긍정하고 있는 이상한 연대이다. 이는 창밖으로 엿보이는 처참한 가난과 끔찍한 범죄의 현장을 바라보며 오로지 시각적 쾌감만을 느끼는 관음증적인 인간들의 커뮤니티이다. 우리에게 두 가지 두려움이 놓여 있었다. 하나는 윤리적 올바름을 버리고 욕망의 노예로 살아가는 처연한 삶에 대한 두려움, 다른 하나는 풍요로움에서 탈락되어 가난의 나락으로 떨어질 것 같은 두려움. 프로이트의 지적처럼 윤리와 욕망의 양가감정에서 벗어나는 길은 하나다. 두 가지 감정 상태 중 하나, 즉 사회적으로 억압이 더 심한 상태를 억압해야 한다. 이러한 억압으로부터 두려움이 나온다. 허나, 압도적 불안이 형성한 공포의 감정은 억압을 통해 형성한 인간적 윤리를 잠식하며, 공포의 노예로 만든다. 파스빈더의 말처럼 불안이 영혼을 잠식하는 것이다. 영혼이 잠식당한 인간이 스스로를 주체화하는 방법은 두 가지이다.

공포를 더 큰 기제로 억압하며, 영혼을 회복하든지, 아니면 완전히 공포를 내면화하여 두려움을 모르는 공포의 행위자로 재탄생하는 길이다. 다시 한번 묻겠다. 우리는 도대체 무엇인가? 어떻게 호칭해야 하는가?

한국 사회는 신자유주의가 만들어낸 약육강식, 하층민의 증대, 빈곤에서 기원한 징후적 범죄에 불안을 느끼면서 여기서 감각적 쾌락을 얻고 있다. 불안은 이를 제어할 과거의 시스템을 호출한다. 경제적 몰락에 대한 공포는 보다 전면적인 세계화로, 범죄의 증가는 자유의 억압과 권위적 경찰 수사권의 확대로, 정당한 정치적 요구와 시위는 반공 이데올로기 강화와 전면적인 원천봉쇄로, 의사 표현에 대한 개인의 자유는 국가적 이익을 위한 억압으로, 비정규직 노동자나 농민의 권익 강화보다는 자본가의 이윤 우선으로, 국가 시스템이 전환되고 있다. 〈추격자〉 전체를 지배하는 강렬한 불안의 감각과 두려움의 자장은 '괴물'과 공모한 '우리'들 내부의 욕망이 아무런 여과장치 없이 스크린에 투사될 때 느끼는 공포이다. 〈추격자〉에서 공포를 느끼지 못한다면, 우리는 무심한 눈으로 어항에 담겨진 미진의 잘린 신체를 바라보는 지영민과 스스로를 구분할 수 없다. 여기서 우리는 단호하게 멈춰야 한다. 풍요란 이름으로 끊임없이 쌓이고 있는 역사의 잔해 위에서 죽은 자들의 사체를 찾아야 한다. 그들의 신체가 증거하는 끔찍한 폭력의 단면에서, 그 처절한 고통에서, 남겨진 자들의 통곡에서, 사유와 실천을 시작해야 한다. 공포가 내면화되고 육체를 규율하는 현실 정치적 원리가 되면, 지금까지 들리던 비명은 사라진다. 노예제가 합법적인 사회에선 누구도 노예의 공포를 감각하지 못한다. 약육강식의 사회에선 아무도 먹이가 되는 약자의 고통에 공감하지 못한다. 밀란 쿤데라의 말처럼, "지옥은 비극이 아니다. 어떠한 비극적 흔적도 없는 공포, 그것이 바로 지옥이다." 바야흐로 공포의 정치가 시작되고 있다.

(2009)

2부 /

# 한낱의 인간

# 유랑하는 인간, 세계의 개인
## —김영하의 『검은 꽃』

### 1. '검은 꽃' 혹은 시간의 유령들

1905년 4월 4일 제물포항에서 영국 상선 일포드(Ilford)호를 타고 멕시코로 떠난 1033명의 사람들이 있었다. 그들의 대부분은 일반 농민과 노동자들이지만 그중에는 대한제국의 퇴역군인 이백여 명과 몰락한 양반계급(유길준의 삼촌인 유진태 등), 무당, 신부, 내시, 대륙식민회사에서 반강제적으로 승선시킨 도둑, 걸인, 부랑아 등도 상당수 포함되어 있었다. 그들은 멕시코의 에네켄 농장주들과 사 년 계약을 맺었지만, 사전에 고지받은 계약의 조건은 대부분 거짓이었고 그들은 노예와 다를 바 없는 삶을 살아가게 되었다. 계약이 만료된 후에도 그들은 고국으로 돌아오지 못했다. 고향은 너무 멀고, 여비는 감당할 수 없게 비싸고, 돌아가봐야 별다른 대안이 있는 것도 아니었다. 결정적으로 그들이 그리워하던 나라는 식민지가 되어 역사에서 사라져버렸던 것이다. 멕시코에서 노동자로 살아가던 그들 중 누군가는 멕시코혁명의 소용돌이에 휘말려 혁명군이 되었고, 1916년 과테말라 혁명군에 용병으로 팔려가 무정부상태의 밀림에서 '신조선'을 건국하고는 사라졌다. 1921년 멕시코에 살고 있던 한인들 중 288명은 설탕 무역의 호경기를 맞아 노동자를 모집하고 있던 쿠바로 떠나게 되었다. 그들 중 누군가는 카스트로, 체 게바라와 함께 혁명에 참가해 성공했고 누군가는 혁명을 피해 미국으로 탈출했다. 그리고 그들은 아직도 그곳에 살고 있다.

20세기 한국인의 다수가 겪었던 수난과 인생유전(人生流轉)의 삶을 상징적으로 보여주는 이 멕시코 이민에 얽힌 이야기는 많은 작가들을 강렬하게 매혹시켰다. 김삼열의 희곡 「애니깽」(1988), 김선영의 여섯 권짜리 장편 『애니깽』(1990), 김호선의 영화 〈애니깽〉(1997), 그리고 가장 최근에 제작된 송일곤의 영화 〈시간의 춤〉(2009) 등이 그렇다. 이 가운데 지금부터 이 글에서 다루고자 하는 김영하의 『검은 꽃』(2003)이 있다. 이 이야기의 무엇이 이들을 사로잡아 백 년도 지난 아득한 시간의 퇴적층을 더듬게 하였을까? 김영하에 한정 지어 말하자면, 이렇다. "먼 곳으로 떠나 종적 없이 사라져버린 사람들의 이야기에 나는 언제나 매료되었다. 이번에도 예외는 아니었다. 1905년에 제물포를 떠나 지구 반대편의 마야 유적지, 밀림에서 증발해버린 일군의 사람들, 그들은 시종일관 나를 사로잡았다. 나는 자료를 뒤지기 시작했다."[1] 하지만 김영하의 언급에는 자세히 들여다보지 않으면 읽히지 않는 결절이 존재한다. 조금 과장되게 비유하자면 마치 "편지가 도착된 시간은 8시 40분이었다. 그리고 내가 그 편지를 읽으라고 설득하다 지쳐서 그 서재를 나왔을 때는 8시 50분이었다"라는 두 문장 사이에, 그 짧은 시간과 드러낸 인과 사이에 살인을 은닉한 『애크로이드 살인사건』의 화자 제임스 셰퍼드의 문장처럼.[2] 아

1) 김영하, 「작가의 말」, 『검은 꽃』, 문학동네, 2003, 353쪽. 이 책에서의 인용은 쪽수만을 병기하겠다.

2) 애거서 크리스티, 『애크로이드 살인사건』, 유명우 옮김, 해문출판사, 2002, 50쪽.

무리 부지런한 소설가라고 해도 자신이 매료된 모든 것을 소설로 쓰지는 않는다. 미혹은 순간이지만 소설을 쓴다는 것은, 특히 장편을 쓴다는 것은 일정 기간 지속되는 정신의 집중이며 생활의 노동이기 때문이다. 여기에는 매혹과 글쓰기 사이의 길항하는 여백을, 사라진 과거에 대한 순간적 상념과 노동을 통해 지속되는 현재를 연결하는 하나의 단계가 필요하다. 김영하가 쉼표 하나 없이 생략했다고 실망할 필요는 없다. 이런 물음에 대한 현명한 답을 해줄 대가가 문학사의 어느 곳에는 있기 때문이다. 프루스트 말이다.

프루스트에게 과거는, 의미에 대해 물어오는 누구에게나 비밀스러운 삶의 이야기 한 자락을 들려주는 무료한 노인 같은 대상이 아니다. 과거는 오직 그 심연을 탐색하며 자기초월적인 노력과 정신적 집중을 쏟아내는 사람들에게만 스스로의 말을 내어주며, 그것이 현재와 맺고 있는 관계를 알려준다. 프루스트의 소설 『잃어버린 시간을 찾아서』에는 이러한 생각을 잘 보여주는 장면이 있다. 마차를 타고 달리던 프루스트는 친숙한 패턴으로 서 있는 세 그루의 나무를 보고 "콩브레 이후 그다지 느끼지 못했던 깊은 행복감, 특히 마르탱빌의 종탑이 주었던 것과 비슷한 어떤 행복한 느낌"에 휩싸인다. 그는 이 나무들이 망각된 자신의 유아기나 어디선가 읽었던 소설의 장면, 혹은 지난밤의 꿈에서 보았을지도 모른다는 생각에 빠지지만 쉽게 그 실체를 찾아내지 못한다. 이 기시감과 함께 그는 "과거의 환영, 나의 어릴 적 친한 친구, 사라져간 친구들"이 자기를 부르고 있다는 것을 감지한다. 그는 "망령처럼 나무 세 그루가 나에게 저희들을 데리고 가달라, 생명을 돌려달라고 청하는 듯"한 목소리를 듣는다. 이 "신비스러운 유령의 출현"이 그의 몸을 빌려 전하려고 하는 말은 무엇일까? 그는 나무들이 전한 메시지를 이렇게 듣는다. "나는 나무가 죽을힘을 다해 팔을 흔들면서 멀어져가는 걸 보았는데, 나한테 이렇게 말하고 있는 듯싶었다. 네가 오늘 우리에게서 배우지 않은 것, 그것을 너는 영영 모르고 말리라, 이 길의 구석에서 네 몸까지 뻗어오르며 애쓰고 있는 곳에 우리를 그대로 뿌리치고 가면 우리가 네게 가져다준 너 자신의 일부는 영영 허무에 빠지리라고." 프루스트는 이 나무들이 필사적으로 전달하려고 했던 메시지가 자신의 어떤 어두운 기억 속에서 출몰했는지, 그리고 이것이 어떻게 그의 현재의 자아와 연결되어 있는지 분명한 대답을 하진 않는다. 하지만 그는 과거를 향한 "정신의 노력"이 주는 기쁨이 얼마나 소중한지 그리고 "이 기쁨의 유일한 실물에 집착하면 마침내 참다운 삶을 시작할 수 있으리라"는 사실만은 분명히 말한다.[3] 마치 데리다가 시간의 어긋난 이음새에서 출몰하는 유령들에 주목하며 이들이 알려주는 바를 "다르게, 더 낫게 살기. 아니 더 낫게 살기가 아니라 더 정의롭게 살기. 그러나 그들과 함께"[4] 살기라고 말하는 것처럼 프루스트는 과거의 유령들을 이에 대한 감지와 정신적 탐구를 통해 촉발되는 현재의 진정한 삶과 연결시킨다.

김영하에게도 과거와 현재를 연결하는, 현재의 자아와 삶의 진실에 손을 뻗는 시간의 형상은 유령들처럼 출몰하며 그를 매혹시켰던 것 같다. 김영하가 자신이 쓴 소설에 붙인 제목은 이러한 사실을 분명하게 알려준다. 자연계에서는 존재할 수 없는 '검은 꽃'이라는 말은 비유하자면 '산송장'이라는 단어처럼 의미들의 상상적 조합일 뿐 실제에서는 가능하지 않은 결합이다. '검은 꽃'은 상징적으로는 존재하지만 실제적으로는 존재할 수 없는 형상, 즉 유령들의 다른 이름이다.

『검은 꽃』은 죽어가는 김이정의 감긴 눈으로 쏟아져들어오는 기억의

---

3) 마르셀 프루스트, 『잃어버린 시간을 찾아서』 I , 민희식 옮김, 동서문화사, 2010, 803~806쪽.

4) 자크 데리다, 『마르크스의 유령들』, 진태원 옮김, 이제이북스, 2007, 12쪽.

형상들, 비가시적인 것들의 현현, 그렇기 때문에 환영이라고 또는 유령이라고 부를 수 있는 것들의 풍경을 보여주며 시작된다. "오래전에 잊었다고 생각한 제물포의 풍경이었다. 사라진 것은 없었다. 피리 부는 내시와 도망중인 신부, 옥니박이 박수무당, 노루피 냄새의 소녀, 가난한 황족과 굶주린 제대군인, 혁명가의 이발사까지. 모든 이들이 환한 얼굴로 제물포 언덕의 일본식 건물 앞에 모여 이정을 기다리고 있었다. 눈을 감았는데 어떻게 이 모든 것들이 이토록 선명할까. 이정은 의아해하며 눈을 떴다. 그러자 모든 것이 사라졌다."(11쪽) 이 풍경은 김이정이 사진처럼 기억하고 있는 과거의 한 장면이 아니다. 여기엔 산 자와 죽은 자, 사라진 자들이 뒤섞여 있고, 서로 다른 시간대에서 추출한 형상—굶주린 제대 군인과 혁명가의 이발사와 같은—이 공존하고 있다. 어쩌면 이것은 김영하를 매혹시켜 시간에의 치열한 탐구를 이끌어낸 원초적 이미지일지도 모른다. 『검은 꽃』은, 잊었다고 생각했지만, 사라진 것은 없었고, 눈을 뜨자 다시 모든 것이 사라지는, 과거와 현재의 연관에 대한 이야기이며, 죽어가는 찰나에 모든 것이 떠오르고, 잡으려 하면 다시 망각되는 기억의 유령들이 다양한 인물의 몸을 빌려 말해주는 현재의 이야기이다.

## 2. 역사와 현재가 뒤엉키는 '리얼리티'

이동성, 항구적 불안과 역동성 흔히 모더니티를 정의할 때 사용하는 이 용어들이 알려주는 것처럼 현대인에게 현재와 미래는 불안하고 예측할 수 없는 시간들의 연속과 같다. 종교에 기탁해서 앞날을 생각하지 않으면 미래는 어떤 아늑함도 주지 않으며 도래할지조차 알 수 없는 어둠처럼 보인다. 이에 비하면 과거는 분명하고 확실하다. 어떤 사람들은 과거란 고정되어 있으며, 바뀔 수도 결코 지워질 수도 없는 사초(史草)와 같다고 생각한다. 게다가 과거의 삶은 지금과는 상이한 존재 방식과 믿음에 기초해 있기 때문에 그때의 사람들은 멀리서 바라본 풍경 속의 인물들처럼 익숙하지만 낯설다. 널리 사용되는 말처럼 과거는 낯선 나라와 같다. 지나간 시대의 영화나 음악, 의상 등이 유행 상품이 되고, 익숙한 역사적 사실에 로맨스나 판타지에서 추출한 인물이나 서사를 결합한 팩션(faction) 소설이나 드라마에 대중이 열광하는 것은 어쩌면 당연한 일이다. 불안한 현대인들에게 이와 같은 역사의 가공품들은 카페인이 없는 커피나 중독성이 없는 마약처럼 고통이 소거된 기억을 제공한다. 과거에 대한 향수를 기획하고 판매하는 시간 사업자들은 정성 들여 물건에 시간의 흔적을 새기고, 오래된 옷을 입힌 배우들에게 옛말을 가르쳐 그들이 마치 그때 그 장소에 있었던 것처럼 치장한다. 이런 점에서 역사소설을 읽는 것은 독자들에게 낯선 외국으로 떠나는 여행의 감각을 제공한다.

김영하는 『검은 꽃』의 첫 장면에서 죽어가는 김이정의 망막에 오래된 필름처럼 빛바래고 아련한 장면을 영사한다. 피리 부는 사나이의 음률에 홀려 어딘가로 걸음을 옮기는 아이처럼 독자는 김영하가 들려주는 "피리 부는 내시"의 애잔한 곡조를 따라 1905년의 제물포로 여행을 시작한다. 하지만 부드러운 모피에 박힌 날카로운 가시 같은 하나의 단어가 독자들을 찌르며 몰입을 방해한다. "그의 폐 속으로 더러운 물과 플랑크톤이 밀려들어왔다."(11쪽) 플랑크톤은 모든 자연의 물에 존재하지만 눈으로는 볼 수 없는 생명체이며, 과학적 기술이 존재를 알려준 미생물이다. 김이정의 폐로 플랑크톤이 밀려들어왔다는 것을 알 수 있는 것은 김이정 자신은 분명히 아니며 군홧발로 그의 목덜미를 누르고 있는 과테말라의 정부군도 아니다. 오로지 서술자만이 알려줄 수 있는 사실이다. 하지만 플랑크톤은 서술자가 공들여 고른 "내시" "옥니박이" "노루피"와 같은 단어가 만들어내고 있는 아련하고 아늑한 과거의 분위기를 한순간에 박살낸다. 마치 가야금의 애잔한 음색이 은근하게 흐르는, 잘 조성된 민속촌의 체험 코스에서 울리는 휴대전화의 기계음처럼 이 단어는 독자들의 몰입을 방해하며 그들에게 이 소설을 읽는 시간과 장소가 어디인지를 분명하게 인식하게 한다. 이것은 주의깊지 못한 소설가의 실수가 아니라 역사를 다루는 소설가의 분명한 의도를 알려주는 계획된 노출이다. 흔히 역사소설의 서술자는 그가 살고 있는 현대의 어휘나 어법보다는 서사의 배경이 되는 시대의 어휘나 어법을 사용하며, 소설을 읽어가는 독자의 시점에 맞춰 진행될 사건의 결과나 인물들이 맞이할 운명을 짐짓 모르는 척 가장한다. 그리고 이를 통해 독서의 흥미와 몰입을 발생시킨다. 하지만 김영하의 태도는 이와는 전혀 다르다. 김영하는 서사의 핵심적인 요소가 되는 몇몇 인물의 미래만을 감출 뿐 대부분의 사건과 장면에 개입하고 설명하며 논평을 단다. 그는 독자들을 과거의 어느 순간으로 데려가려 하는 것이 아니라 정반대로 과거를 현재에 연결시키고 있다. 『검은 꽃』에서 중요한 것은 아득한 시간의 저편에서 비틀거리며 필사적으로 손을 흔드는 형상에 육체와 이야기를 부여하고 이를 생생하게 감각하는 것이 아니다. 보다 정신을 집중해야 하는 일은 이것이 현재의 자아에게 '삶'에 대해 가르쳐 주고 있는 목소리를 듣는 것이며, 이 메아리를 현실의 '삶'이 요구하는 사유와 행동에 연결하는 것이다.

그때부터 장윤은 스스로 정립한 숭무(崇武)의 사상을 주변에 전파하기 시작했다. 그가 유카탄의 한 농장에서 상상해낸 새로운 국가의 모습은, 1960년대 박정희 소장에 의해 현실화될 군부정권이나 아랍 세력과 쉼없이 전쟁을 지속하는 이스라엘의 형태에 가까웠다. 동시대로는 중국에서 출현한 위안 스카이 등의 군벌정치를 닮아 있었다. 나라는 강력한 카리스마를 가진 군인 또는 전직 군인에 의해 통치되고, 자주적 군사력을 기르는 데 온 힘을 쏟는다. 개병제 아래에서 국민은 모두 국방의 의무를 진다. 언론(그는 상소나 올리는 백면서생들을 떠올리고 있었다)은 적절한 제한을 받아야 한다. (……) 혹시 미국과 일본이 전쟁을 벌일 수도 있는 거 아닙니까? 러시아와도 붙은 일본이 미국이라고 못 붙으리란 법이 없지요. 그렇게만 된다면 미국에서 우리에게 무기를 줄 것이요. 저 함경과 평안의 산과 강을 우리보다 더 잘 아는 사람이 어디 있습니까? 우리는 미국 군대의 일원으로 당당하게 고향으로 돌아가 일본놈들을 무찌르게 될 겁니다.(224~225쪽)

멕시코로 이주한 대한제국의 공병 하사 이근영의 주도로 실제 1909년에 설립된 숭무학교는 소설에서 조장윤이란 가공의 인물에 의해 세워진다. 김영하는 이 학교의 구상에서 망국인 조장윤이 상상한 국가의 모습을 대략적으로 서술하고 이를 박정희의 군사정권과 유사한 것으로 언급한다. 이러한 논평은, 소설 후반부에 300만 달러라는 거액에 홀려 과테말라 밀림으로 김이정 일행을 이끌어 그들을 죽게 만들지만 정작 자신은 탈영에 성공해 한평생 "한인들의 지도자"(318쪽)로 살아간 조장윤의 모습을 미국의 경제원조를 대가로 베트남에 한국군을 파병했던 박정희의 역사적 결정과 자연스럽게 연결시킨다. 또한 미국 군대의 일원으로 고향으로 돌아가 일본군과 독립전쟁을 수행할지도 모른다는 상상은 일제 말기 중국에서 활동하던 광복군이나 재미 한인들을 훈련시켜 한반도에 투입하려 했으나 미완에 그친 미국의 독수리 작전(Eagle Project)이나 냅코 작전(NAPKO project)을 떠올리게 한다. 김영하는 조장윤의 국가 구상에 한국의 근현대사에서 찾아낸 역사적 절망과 바람을 투영하여 이를 설명하는 데 그치지 않고 여기에 이스라엘이나 위안 스카이의 군벌정치 같은 현대 세계사에 등장했던 국가와 군사집단을 비교한다. 소설 후반부에 조장윤이 과테말라의 밀림에 "신대한(新大韓)"을 건국하며, "새로운 나라는 모두 평등하며 정체는 공화국이 될 것이다. 원하는 마야인들은 들어와 살 수 있으나 우리의 지배를 받는다"(300쪽)고 선포할 때, 이 "평등"과 "지배"의 아이러니는 앞선 김영하의 논평과 합쳐지며 흐릿하지만 괴기스러운 형체를 드러낸다. 제국주의에 의한 이산이나 식민의 경험을 통해 탄생한 국가가 억압이나 고통의 경험을 반영하지 않고 지배와 착취의 희열을 추구하는 형태가 되는, 결국 식민지를 통치했던 근대국가의 또다른 쌍생아가 되는, 세계사의 패턴이 여기서 회귀한다.

김영하는 기존의 역사소설과 비교할 때 낯선 것이 분명한 자신의 서술방식을 "베르톨트 브레히트의 소외효과와는 좀 다른" 소설의 작가와 인물과 독자의 "거리에 관한 제 나름의 실험"이라고 부른다. 그는 허구인 것이 분명한 이야기에 독자들의 몰입을 유도하는 작법을 "낡은, 가짜 리얼리티"라고 하며 예민한 독자들의 사유와 의문을 도출시키는 "리얼리티와 감정이입에 대한" 자신의 "창작관"을 담은 새로운 문체가 필요했다고 말한다. 또한 "백 년 전의 이야기, 십여 년에 걸쳐 벌어진 수십 명의 이야기, 현재의 독자들이 쉽게 이해하기 어려울 그 시대 상황들을 단 한 권의 소설에 담아 전달하려"는 "기술적 문제"를 해결하기 위한 방책으로 "판소리의 창자(唱者) 같은 역할"을 하는 서술자를 고안했다고 밝힌다.[5)]

자신의 "다른 단편이나 장편에서도" "실험이 이루어져오고 있었"다는 김영하의 "창작관"은 『검은 꽃』의 형식, 그리고 이후의 소설에서도 보다 완성된 형태로 관찰되는 중요한 특성 중 하나이기에 좀더 세밀하게 볼 필요가 있다. 『검은 꽃』의 서술자는 멕시코 이민사가 가진 역사적 선후나 정치적 맥락뿐만 아니라 인물들이 경험하는 사건이 놓인 세계사적

---

5) 황종연 · 김영하 대담, 「고난 속에 벌어지는 카니발, 그 쾌활한 지옥도」, 『문학동네』 2003년 겨울호, 227~229쪽.

의미와 인물들의 장거리 이동을 견인한 근대 세계 체제의 시스템 등에 대한 대단히 박식한 지식을 가지고 있다. 그는 멕시코의 대농장을 하와이나 쿠바의 "자본주의적 대량생산의 정신에 따라 설계된 흑인 노예 중심의 플랜테이션"과 다른 다분히 "봉건적"(101쪽)인 형태임을 독자에게 알려주고, 멕시코혁명의 발단과 전개에 대한 일목요연한 설명도 덧붙인다. 그는 일포드호를 "신화 속 괴물의 내장 같은 선실"(28쪽)이라고 지칭하며 요동치는 태평양 위에서 한국인들이 경험하게 되는 전통적 질서의 붕괴와 새로운 근대적 질서의 탄생을 상징적으로 표현한다. 여기서 말하는 "신화"가 한국인의 민족사에 자리잡은 단군신화 같은 것이 아님은 명백하다. 또한 문학이론이나 대중문화에서 가져온 듯한 어휘나 이미지 등은 서술자의 정체를 파악하는 데 있어 중요하다. 예컨대 이런 것들. 신분과 성별이 다른 사람들, 환자의 오염된 피와 씻지 못한 육체에서 흘러나온 땀과 임산부의 양수, 장소의 구분 없이 넘쳐나는 배설물, 십자가에 수음하는 도둑과 근친에 대한 욕망을 자제하지 못하는 정욕 등이 마구 뒤엉킨 선실에서 탄생하는 육체적이며 관능적인 비루한 신인(新人)을 "육체의 명백한 동물성"(56쪽)으로 설명하는 방식이 상기시키는 푸코를 위시한 현대 철학의 영향들. 전염병과 망망대해의 선실이라는 폐쇄된 공간이 주는 "죽음의 공포에 사로잡힌 군중들"이 박수무당의 목소리와 내시의 "피리 가락"을 좇아 몸을 흔들고 통곡하고 울고 웃고 노래하는 장면을 설명하는 "카니발적 열기"(65쪽)라는 미하일 바흐친의 어휘. 곰소의 무당에게 납치되어 강신을 강요받았던 신부 박광수의 회상에 등장하는 "신의 분노"(149쪽) 같은 조어나 농장에서 벌어지는 굿판을 보고 분노하는 농장주 이그나시오와 그의 폭력에 쓰러지는 박광수의 입에서 동시에 터져나오는 "그들은 자기가 하는 일을 모르고 있습니다"(176쪽) 같은 문장에서 연상되는 다양한 텍스트들. 스파게티 웨스턴에 등장하는 인물처럼 "싸구려 시가를 껌처럼 질겅질겅 씹"으며 "국가야말로 만악의 근원이다" "혁명을 지속하려면" "영원한 혁명"밖에 없다고 김이정에게 자신의 신념을 피력하는 "기이한 무정부주의자"(258쪽) 미겔 같은 인물의 도상.

김영하의 『검은 꽃』에는 멕시코 이민자들의 수난이 애잔한 정조를 자아내는 민족의 범위에 한정된 교양뿐만 아니라 지금까지의 인류가 생산한 역사, 시, 소설, 영화, 문학이론, 음악 등과 같은 문화적 고안품들에 대한 지식과 이해가 가득하다. 아니 좀더 다르게 말하자면 이러한 지식과 이해를 바탕으로 창안된 서사, 장면, 인물이 따분한 전형성에서 벗어난 이채로운 장면과 예외적인 인물, 돌발적인 사건과 개성적인 서사를 만든다. 김영하는 이러한 방식으로 독자들에게 "마치 자신이 주인공이 된 것처럼 경험하고 슬퍼하는" "낡은, 가짜 리얼리티" 대신 허구와 현실에 대한, 소설의 형식과 문체에 대한 그리고 궁극적으로는 지극히 넓은 동시에 놀라울 정도로 압축된 현재의 삶에 대한 새로운 "리얼리티"를 제공한다. 그것은 동시대가 공간적인 측면뿐만 아니라 시간적인 측면에서도 엄청나게 확장되고 있으며, 집약된 지식과 욕망, 생산과 소비의 변증법적 도가니에서 끊임없이 분출하며 이동하고 있다는 사실을 알려준다. 어떤 돌발적인 사건이나 형상을 마주쳤을 때 과거의 사물들과 시간들은 그 순간을 향해 한꺼번에 몰려드는 것처럼 느껴진다. 현재의 순간은 자기보다 앞선 모든 시간을 포함하고 있다. 그렇다면 진실로 현재 속에 살아가고 현재를 형성한 초국가적이며 초시간적인 텍스트들과 더불어 사유하는 사람만이 과거 삶의 핵심에 도달할 수 있을 것이다. 김영하에게 역사의 '리얼리티'는 과거의 사라진 순간을 그대로 재현하는 것에 있지 않다. 그는 과거를 끊임없이 현재의 순간과 장면에 연결시킨다. 지나간 시간의 서로 무관해 보이는 경향들, 정념들, 활동들은 과거를 몰입하며 바라보는 현재의 순간으로 모여 새로운 인간과 세계에 대한 감각, 지식,

이해, 서사가 된다. 진정한 현재적 사유는 과거라는 토양에서 돌연 피어나는 어지러운 꽃들과 같다.

### 3. 유랑하는 인간의 쓸쓸함, 한낱의 인간(個人)

1905년 4월 4일 제물포에서 출항한 일포드호는 5월 15일 멕시코 남부의 항구 살리나크루스에 도착한다. 태평양의 파도 위에서 끊임없이 요동하는 선박이 의미하는 것처럼 선실에 탑승하고 있는 한 무리의 한인들은 그들을 단단하게 규정하고 있던 정체성의 속박에서 조금씩 벗어난다. 민족적, 신분적, 문화적, 종교적 예속과 질서는 흔들리는 항해의 과정에서 온통 뒤엉키고 기묘한 덩어리로 뭉쳐져 결국에는 휘발된다. 독일인과 영국인 선원과 일본인 요리사, 한국인 승객이 함께 있는 일포드호는 20세기 한국이 편입한 근대의 열국 체제이며 작가의 말처럼 "하나의 세계"(28쪽)이다. 신분과 성별에 따른 귀천이 사라진 용광로와 같은 선실에서 한인들은 자신이 가진 "육체의 명백한 동물성"(56쪽)을 인식하며 새로운 인간으로 탄생한다. 작가는 이곳을 "신화 속 괴물의 내장 같은 선실"(28쪽)이라고 지칭했지만 정확히 말하자면 그곳은 한인을 멕시코로 실어나르는 배(船)이며, 사라진 가치 위로 육체적 욕망이 착상되는 배(胚)이고, 온몸에 피와 땀, 양수와 배설물을 묻힌 새로운 근대적 인간이 탄생하는 여성의 배(腹) 즉 자궁이다.[6]

모든 열망과 바람, 삶의 의미를 알려주던 가치는 뒤섞이고 전복된다. 제물포를 떠나 멕시코에 도착한 사람들은 그 이전의 자신 혹은 그가 되고 싶었던 사람이 아닌 다른 사람이 되어 살아간다. 자영농이 되고자 했

---

6) 이러한 사실은 2003년 『검은 꽃』의 해설을 쓴 비평가 남진우도 지적한 바 있다. 남진우 해설, 「무(無)를 향한 긴 여정」, 『검은 꽃』, 331쪽.

던 한인들의 최초의 기대는 노예와 다를 바 없는 삶으로 전락한다. 새로운 권세를 찾아 멕시코로 떠난 황족은 망국(亡國)의 몽상가가 된다. 신부 박광수는 무당이 되고, 통역 권용준은 아편중독자가 된다. 십자가를 훔친 도둑 최선길은 가톨릭 광신도 농장주의 조력자가 되어 십자가 위에서 처참한 죽음을 맞는다. 포수 출신의 명사수 박정훈은 멕시코 장군의 이발사가 된다. 그리고 천민 고아 김이정과 황족 규수 이연수가 있다. 『검은 꽃』을 채우고 있는 무수한 서사의 선들이 김이정과 이연수를 연결하거나 이들을 중심으로 교차되고 있다는 사실은 김영하가 이 소설을 통해 현재로 견인하고자 했던 인생유전의 핵심이 이들에게 있다는 것을 알려준다.

조실부모하고 보부상의 손에서 장쇠란 이름으로 자라난 소년은 일포드호에서 만난 제대군인 조장윤에게 김이정이라는 새로운 이름을 받는다. 그에게 멕시코는 "이름과 돈을 갖고 돌아와 땅을 사고 거기에 벼를 심"(17쪽)으려는 희망의 목적지 미국으로 가기 위한 일종의 경유지이다. 일포드호에서 그는 자신의 단순한 바람보다 훨씬 근원적이고 강렬한 육체의 열망을 경험한다. 하나는 이연수와의 만남을 통해 알게 된 "여자에 대한 갈망"이고, 다른 하나는 기묘한 활기로 선실의 주방을 채우고 있는 남자들만의 세계, 즉 "날카로운 쇠붙이의 원초적 매력"(49쪽)이다. 멕시코의 농장에 도착한 김이정은 무엇이 되거나 어떤 의미를 삶에서 구현하고 싶다는 생각보다는 그의 육체를 뜨겁게 순환하게 하는 세 개의 지향점을 향해 농장을 탈출하고 이동한다. 문명을 향한 이상, 이성을 향한 정념, 남자들만의 세계가 알려준 "순정한 기쁨"(251쪽), 이 세 가지의 지향 속에서 김이정의 여정은 끝없이 길항한다. 우여곡절 끝에 이연수를 만나 짧은 해후를 나눈 김이정은 다시 다른 농장으로 팔려가고, 농장을 탈출해 미국으로 향한다. 월경을 시도하다 미국 국경 경비대의 총격에 상처를 입은 김이정은 우연히 멕시코 혁명군의 일원이 된다. 그곳에서 김이정은 난생처음으로 총을 잡고 그것이 주는 흥분에 중독된다. "그것은 요시다의 주방에서 맛본 것과 비슷했다. 남자들만의 세계. 세상의 모든 의무로부터 면제된 세계. 그들은 더럽고 지저분하고 시끄러웠지만 그 안에는 어떤 편안함이 있었다."(251~252쪽) 그는 혁명이 타겟으로 하는 지배계급이 아닌 "자신과 다를 바 없는 소농"이나 "빈민"(257쪽)에게도 무심히 방아쇠를 당기는 "용병"이자 "이방인"(260쪽)이 되어 살아간다. 그는 혁명의 혼돈이 결국 국가에서 발생한 것이라 생각하며 "국가가 영원히 사라질 수 있을까? 그렇게 된다면 어떻게 될까?"(258쪽) 상상하지만 정치의 도살장에서 벗어나지 못한다. 김이정을 국가와 정체(政體)가 끊임없이 쟁투하는 일종의 "꿈"(276쪽)에서 깨어나게 한 것은 셀라야의 성당에서 울리는 종소리였다.

그 엉뚱한 종소리는 이정의 리듬을 심하게 교란했다. 그것은 그의 내면에 잔잔하게 가라앉아 있던 어떤 침전물을 휘저어놓는 듯했다. 그제서야 그는 깨달았다. 그의 고요함, 무심함은 역설적으로 전쟁으로부터 빚진 것이었다. 전쟁 덕분에 그는 내면의 모든 욕망과 갈등을 감추고 억누를 수 있었던 것이었다. 사격과 기동, 지휘가 요구하는 엄격한 긴장 덕분에 그는 떠나온 과거로부터 자유로웠다. 그런 그를 누구도 비난하지 않는 곳, 그곳이 바로 전장이었다. 그런데 갑자기 영롱한 셀라야의 종소리가 그를 흔들어놓은 것이다. 총탄이 오가는 종탑 아래에서 그는 춘추쿠밀 농장의 불꽃 모양 아치와 연수의 뜨거운 몸을 떠올렸다.(276~277쪽)

김이정은 이연수가 자신의 아이와 함께 박정훈과 살고 있다는 조장윤의 말을 듣고 베라크루스의 이발소로 찾아가지만 행복한 가정이 요구하는 조용하고 안정된 삶을 살기엔 자신의 피가 너무나 뜨겁다는 사실만을 확인하고는 이연수를 만나지 않고 돌아온다. 그리고 김이정은 용병이 되어 과테말라의 밀림으로 들어가고 그곳에서 죽음을 맞는다. 그는 죽기 전 띠깔의 신전에서 "신대한"(306쪽)을 건국하지만 그에게 나라를 세우는 행위는 새로운 삶의 기틀을 만들기 위한 필수적 과정이 아니라 죽음으로 뛰어들기 전 들르는 마지막 안식처와 다르지 않다. 그에게 국적은 그저 묘비명 이상의 의미를 갖지 않는다. "우리는 모두 어떤 국가의 국민으로 죽는 거야. 그러니 우리만의 나라가 필요해."(306쪽) 김이정과 한인 용병들은 "신대한"의 성지에서 환각에 빠져 마야인과 섹스를 하거나 아이들처럼 놀이를 하며 최후의 전투를 기다린다. 그리고 김이정은 "모든 것을 녹여버릴 것이 분명"한 "용광로 같은 밀림"(310쪽)에서 정부군과 전투를 벌이고 자신의 육체가 원했던 단 하나의 열망처럼 뜨거운 피를 대지에 분출하며 죽는다.

고종 황제의 조카인 이연수는 미국과 근접한 멕시코에 "어느 정도는 발전된 문명"이 있을 것이고, 이를 배워 자신을 제약하고 있는 신분과 여성의 "굴레"(25쪽)에서 벗어날 것을 희망하며 일포드호에 승선한다. 하지만 "나는 나 자신을 위해 산다"라는 고백하지 못한 내면을 중심으로 맴돌던 삶에 대한 "관념적이고 추상적인" 이연수의 사유는 "먹고 마시고 배설하는"(55쪽) 육체의 절박한 요구 앞에서 무너진다. 씻지 못한 그녀의 몸에서는 "노루피에 사향을 담가놓은 듯한"(71쪽) 체취가 발산된다. "그녀가 지나가면 잠든 사람들이 일어났고 아이들이 울음을 그쳤다. 수년 동안 발기하지 못했던 남자는 몽정을 했고 어린 사내들은 밤잠을 설쳤다."(58쪽) 몸의 체취가 알려주는 여성의 요구에 따라 이연수는 김이정과 관계를 맺는다. 멕시코의 농장에서 다시 김이정과 재회한 이연수는 그의 아이를 갖게 되고 이를 지키기 위해 통역 권용준의 첩이 되는 치욕을 스스로 선택한다. 그녀는 이 과정에서 여자의 삶을 의미 있는 것으로 만들어준다고 믿어왔던 재래의 가치를 버리게 되고 가정과 공동체에서 축출된다. 가족과 동족에게서 받는 노골적인 경멸을 견디며 이연수는 마야인 마리아와 함께 권용준의 여인으로 살아간다. 이러한 치욕적인 생활 속에서 그녀는 삶에 대한 새로운 진실을 알게 된다.

> 용준이 평온한 표정을 지으며 사정하였다. 그의 성기가 빠져나가고 질을 통해 정액이 흘러내리는 순간 그녀는 지난 몇 년간의 모든 것이 자기 육체의 구멍을 통해 그대로 쏟아져내려가는 것 같았다. 환상이 그녀를 방심케 하였고 그 순간 그녀는 자신도 모르게 너무도 큰 소리로 방귀를 뀌었다. 이 의외의 소동에 둘 다 놀랐다. 용준이 킬킬거리며 침대에 쓰러졌고, 그녀도 그런 용준 위에 엎드려 얼굴을 가렸다. 그가 손으로 연수의 엉덩이를 때렸다. 그러자 그녀가 다시 한번 방귀를 뀌었다. 그것은 그녀를 기이한 편안함으로 몰고 갔다. 지긋지긋했던 그와의 인연이 마치 한 편의 소극처럼 느껴졌다. 그녀의 내부에서 끊어질 듯 팽팽하게 조여 있던 무언가가 풀려버렸던 것이다. 그녀는 처음으로 낄낄거리며 제 육체의 희극성을 마음껏 누렸다.(220~221쪽)

아름답고 고상하며 윤리적인 이상적 가치에서 이연수를 해방시킨 카니발적 육체의 경험은 웃음으로 터져나오고, 이것은 그녀에게 삶에 대한 새로운 활기와 행동력을 준다. 그녀는 가족과 절연하고 권용준을 따라 농장을 벗어난다. 샌프란시스코로 떠나는 베라크루스항에서 그녀는 술에 취한 권용준의 돈과 의복을 훔쳐 달아나지만 중국 상인의 노예가 되어 박정훈이 그녀를 구출할 때까지 음식점의 점원으로 살아간다. 박정훈의 도움으로 아들 섭이를 농장에서 데려온 이연수는 김이정의 마지막을 알리는 편지가 도착할 때까지 이발사의 아내로 살아간다. 김이정의 죽음을 알게 된 이후 이연수의 삶은 이렇다.

> 그녀는 손톱을 잘근잘근 깨물었다. 그리고 다시는 울지 않았다. 정훈은 삼 년 후, 이발을 하다 심장마비를 일으켜 급사했다. 연수는 남편이 남긴 돈으로 고리대금업을 시작했다. 몇 년 만에 그녀는 베라크루스에서 아무도 넘볼 수 없는 큰손이 되었다. 그녀는 곧 멕시코시티로 올라가 극장을 겸한 술집 몇 개를 사들이고 무희들을 고용했다. 그녀는 유흥가의 거물로 성장해 어떤 자선사업도 벌이지 않고, 어떤 종교에도 의탁하지 않고, 오직 갈퀴처럼 돈을 긁어들이는 일에만 전념했다. 경찰과 행정당국은 그녀에게 매춘 알선 혐의를 적용하려 여러 번 시도했지만 끝내 실패하였다. 그녀는 멕시코시티에서 75세의 나이로 죽었다. 모든 유산은 그녀의 아들 박섭이 물려받았다.(320쪽)

김영하는 일체의 감정도 느껴지지 않는 하드보일드한 문체로 그녀의 남은 일생을 기술한다. 그리고 이연수는 그런 문체에 어울리는 건조한 모래와 같은 삶을 살아간다. 이연수는 웃지도, 울지도 않고, 타인에 대한 일말의 동정도 없이, 영혼이나 죽음 이후에 대한 약간의 머뭇거림도 없이, 고리대금업자이자 포주로 살아간다. 그녀가 상실한 어떤 것도 되돌려주지 않지만 더이상 그녀가 가진 것을 빼앗기지 않게 하는 돈에 대한 아귀와 같은 열망, 그리고 모성이라는 최소한의 동물적 감정을 가진 인간. 자연계에서 이와 같은 습성을 가진 동물은 근대 세계 체제에서 태어난 자본주의적 인간이 유일하다. 어떤 공동체에 대한 소속감도, 감정도, 종교도, 교우도 없이 그렇게 이연수는 세계라는 공간의 절대적 개인(個

人)으로 쓸쓸하게 살다 죽는다. 한 배(船/腹)에서 나온 김이정과 이연수의 인생유전이 말해주는 것은 무엇일까.

몇 년 후 그는 멕시코의 지도를 펼쳐놓고 자신이 북쪽으로 전진한 속도를 계산해보았다. 메리다에서 북쪽 국경의 시우다드후아레스까지, 사 년 동안 3400킬로미터를 이동했으니 하루에 430미터 꼴로 이동한 셈이었다.

(……)

멕시코엔 희망이 없습니다. 대농장의 주인들만 배를 불리고 나머지 국민들은 배고픔과 중노동에 시달리고 있습니다. 여기 국민들도 그럴진대 우리 같은 외국인이 어디 비집고 들어갈 틈이 있겠습니까. 우리는 엉뚱한 곳으로 와버렸습니다.(235~236쪽)

에네켄 농장을 탈출한 김이정은 미국으로 향하던 와중에 자신이 이동한 거리에 기간을 나눠 속도를 계산한다. 이곳저곳의 농장에서 최소 육개월 이상은 머물며 미국으로 조금씩 움직이고 있다고 생각한 그는 사실 매일 "430미터"씩 이동하는 경이로운 삶을 살고 있었던 것이다. 혁명군의 일원이 된 후 그의 속도는 더욱 빨라졌을 것이다. 이연수의 삶도 이와 다르지 않다. 경성에서 제물포로 멕시코의 살리나크루스로 다시 유카탄반도를 거쳐 베라크루스로 그리고 마지막 멕시코시티로, 그녀는 자신이 원하는 곳을 향해 출발했으나 그 사이에서 길을 잃고 알 수 없는 곳으로 흘러간다. 김이정의 "430미터"라는 하루의 속도가 알려주는 인생유전의 삶은 그만의 것도 그리고 이연수만의 것도 아니다. 그것은 제물포에서 멕시코로 떠난 1033명이 약간의 차이는 있지만 공통으로 경험한 표류의 속도이며, 21세기를 살아가는 모든 인간이 아찔하게 경험하고 있는 삶의 속도이다. 현대를 살아가는 인간은 자신의 이상, 정념, 육체의 욕망이 가리키는 방향 사이에서 길항하며 흘러가고, 번져 퍼지며, 맴돌고, 쓸쓸히 살아간다. 이 와중에 인간은 문득 자신이 잘못되었다는 것을 깨닫지만, 그것은 하나의 고독한 대답만을 줄 뿐이다. "우리는 엉뚱한 곳으로 와버렸습니다." 인생유전은 모든 가치가 사라진 이 시대의 인간에게 남은 유일한 삶의 진실이다.

### 4. 오르페우스의 우울

김영하는 「작가의 말」에 소설을 끝낸 후 자신을 사로잡았던 하나의 감정을 "우울"이란 말로 표현했다. "이 글(「작가의 말」-인용자)을 쓰기 바로 직전에 소설의 제목을 정했다. 그러고 나니 갑자기 우울했다. 어떤 것도 돌이킬 수 없게 되었고 이 모든 과정이 비로소 끝난 것이다. 이제 다음 소설을 생각해야한다."[7] 이 문장은 내게 오래된 신화의 한 구절을 떠올리게 했다. 아내를 잃고 그녀를 찾아 저승으로 내려간 노래 부르는 시인에 대한 이야기의 한 대목 말이다. 오르페우스의 아내 에우리디케는 혼례식을 마친 직후 들판을 거닐다가 뱀에 발목을 물려 죽는다. 죽은 아내를 도로 데려오기 위해 오르페우스는 저승으로 내려가 자신의 사연을 노래로 부른다. 슬픈 음악을 들은 하데스는 오르페우스에게 아내를 이승으로 데려가는 것을 허락한다. 단, 에우리디케가 저승을 다 벗어나기 전까지 뒤를 돌아봐서는 안 된다는 조건을 걸고. 에우리디케는 오르페우스의 리라 소리를 따라 뱀에 물린 다리를 절룩거리며 심연의 오르막길을 오른다. 오르페우스는 이승의 공기와 햇빛에 안착한 그 순간 오래 참았던 조바심으로 그녀의 안위를 확인하기 위해 고개를 돌린다. 그리고 그

---

7) 김영하, 「작가의 말」, 『검은 꽃』, 356쪽.

녀를 영원히 잃는다. 로마의 시인 오비디우스는 이 장면을 이렇게 노래했다. "두번째로 죽어가면서도 에우리디케는 남편에게 불평 한마디 하지 않았다. 하기야 그같이 극진한 사랑을 받았는데 불평할 까닭이 어디에 있었겠는가? 에우리디케는 남편에게 작별인사를 했지만 그 소리는 오르페우스의 귀에 들리지 않았다. (……) 오르페우스는 다시 한번 저 저승의 강 스틱스를 건너려 했으나 허사였다."[8]

죽은 존재들을 되살리기를 바라는 시인은 오르페우스처럼 시간의 흐름을 멈추고 과거의 것들로 가득찬 삶의 피안으로 길을 나서야 한다. 그곳에서 그는 저승의 모든 유령들에게 전력을 쏟아 자신의 목소리를 들려주며 그들을 이끌어야 한다. 하지만 유령들이 시인의 초혼가(招魂歌)를 따라 다리를 절룩거리며 갈 수 있는 곳은 이승과 저승의 경계점, 과거에 대한 정신의 집중이 멈추는 바로 그 지점까지이다. 다 왔다고 생각하며 시인이 현실의 문턱에서 고개를 돌릴 때 죽은 존재들은 그의 손을 놓고 다시 어두운 망각으로 사라진다. 다시는 그들을 볼 수도 목소리를 들을 수도 없다. 프루스트는 시간의 여행자라면 누구나 체험하게 되는 이 깊은 우울과 절망을 "나는 이제 막 나의 벗을 잃었거나, 나 자신이 죽었거나, 어느 주검을 모르는 이라고 말하거나, 어느 신령을 노하게 한 것처럼 침울했다"고 표현했다.[9] 김영하가 솔직하게 토로한 "우울"은 소설을 준비하고 쓰면서 "지금 이 순간 나는 1905년생이다"(354쪽)라고 느꼈던 자아의 한 부분이 사라졌다는 사실과 그 슬픔에도 불구하고 그 순간으로 다시 돌아갈 수 없다는 것을 알려준다.

개인적으로 『검은 꽃』에서 가장 아름답다고 여기는 장면은 김이정과

---

8) 오비디우스, 『변신 이야기』 2, 이윤기 옮김, 민음사, 1998, 67~68쪽.

9) 마르셀 프루스트, 같은 책, 806쪽.

박광수의 비참한 죽음으로 끝나는 결말이, 소설에 등장한 대다수의 인물의 남은 삶을 간략하게 설명하는 「에필로그」와 이어지는 순간이다. 「에필로그」에서 사람들은 그 흔적조차 찾을 수 없는 망각의 어둠으로 빨려 들어가고 과거의 모든 삶의 공간으로 뿌려진다. 띠깔에서 가까스로 탈출한 십여 명의 용병들은 멕시코 전역으로 흩어진다. 조장윤은 마야인에게 속았다고 말하며 한인들의 지도자로 살아간다. 함께 탈영한 김석철은 마야의 유적을 발굴하는 작업에 참가한다. 권용준은 아편중독자가 되어 미국에서 행려병자로 죽는다. 농장주 메넴은 각종 정치활동에 투신했으나 실패만 맛보고 결국 종교에 귀의한다. 황족 이종도는 왕조의 복귀를 꿈꾸다 뇌졸중으로 사망한다. 이연수의 동생 이진우는 쿠바로 건너가 많은 돈을 모으나 쿠바 혁명을 피해 플로리다로 탈출해 그곳에서 죽는다. 과테말라의 독재자는 실각하고 혁명군 마리오는 다른 게릴라의 총에 죽는다. 박정훈은 심장마비로 이발을 하다 급사를 하고, 이연수는 고리대금업자로, 포주로 살다가 쓸쓸하게 죽는다. 1033명의 한인들이 일을 하던 유카탄반도는 관광지가 되었고, 김이정이 죽은 띠깔의 유적지는 발굴과 복원의 과정을 거쳐 박물관이 된다. 그리고 흔적은 풍화되고 결국 사라진다.

어떤 소설가도 자신이 매료된 유령들에 대한 정신적 집중을 평생 지속할 수는 없다. 그것이 중단되는 순간, 힘들게 이끌어오던 서사의 마지막 끝이 잘려지는 순간, 모든 것들은 어두운 망각의 저편으로 흩어진다. 마치 『검은 꽃』의 모든 인물들이 「에필로그」에서 그들이 살았던 그곳으로 싸늘한 바람에 실려 사라지는 것처럼 말이다. 김영하는 노력을 다해 '검은 꽃'을 피워냈지만 꽃은 어쩔 수 없이 시들고 결국엔 죽는다. 그리고 씨방에 남은 씨앗들은 바람에 실려 시간의 대지에 다시 흩뿌려진다. 언젠가 다른 시인에 의해 꽃을 피울 때까지 땅속에 묻혀 있을 것이다. 과거에서 그들을 견인하던 정신의 역사는 자연의 역사가 되어버린다.[10] 역설적이지만 소설가가 시간의 유령들을 처음 소유하게 되는 때는 고개를 돌려 그들이 영원히 떠나는 것을 처연히 바라보는 이 순간이 아닐까. 비록 작별의 인사도 들을 수 없고 다시 그곳으로 돌아갈 수도 없지만 말이다. 인간의 형이상학이 자연의 유물론으로 돌아가는 이 우울하지만 멋진 순간을 어떠한 어휘로 표현할 수 있을까. 다윈이라면 기꺼이 이 순간을 진화(evolution)라고 지칭했을 것이다. 다윈은 『종의 기원』(1856)에서 진화라는 단어를 변이를 수반한 유전(descent with modification)이라는 말로 대체하고 있으며 그 책의 결말에 가서야 단 한 번 사용했다. 이것은 이미 '진화'라는 어휘가 당대에 점진적인 발전의 개념을 함축하고 있는 일상어로 사용되고 있었으며, 역사철학적인 인간의 발전 내러티브를 설명하는 학술용어로, 즉 '진보'의 동의어로 활용되고 있었다는 사실 때문이었다. 다윈은 개체의 생식과 번식, 종의 변이와 자연의 생존경쟁에 대한 자신의 연구를 담은 책의 마지막 결말을 이렇게 쓴다. "이 혹성이 확고한 중력의 법칙에 의해 회전하는 동안에 그토록 단순한 발단에서 극히 아름답고 이와 같이 가장 경탄할 만한 무한의 형태가 생겨나고 또한 진화되고 있다는 이 견해 속에는 장엄함이 깃들여 있다."[11] 다윈의 표현처럼 『검은 꽃』에 담긴 인물들의 덧없고 쓸쓸한 인생유전에는, 그 먼 곳으로 떠나 흔적도 없이 사라진 사람들의 이야기에는, 그것이 현재의 삶에 던져주는 어떤 장엄함이 담겨 있다. 자연사로서의 역사가 알려주는 것처럼 진화란 진보가 아니라 다양성의 증가이기 때문이고, 『검은 꽃』에는 역

10) 국가를 벗어나기 위해 어쩔 수 없이 국가의 범위 내에서 사유할 수밖에 없는 아이러니의 문체로 『검은 꽃』을 분석하고 이를 통해 산출되는 자연사로서의 인간사에 주목한 글로는 서영채, 「질주하는 아이러니」(『문학의 윤리』, 문학동네, 2005)가 있다. 특히 204~208쪽.

11) 찰스 다윈, 『종의 기원』, 홍성표 옮김, 홍신문화사, 1988, 500쪽.

사에서 우연히 피어난 예외적 인물들의 삶이 서사의 선을 따라 다채롭게 펼쳐져 있기 때문이다.

이제 한 가지의 질문만이 남았다. 모든 것이 끝난 후 우울 속에 남겨진 소설가는 어떻게 될까? 오르페우스처럼 깊은 상실과 절망에 빠져 죽음을 맞게 될까. 글쎄 아직은 알 수 없다. 알 수 있는 것은 1905년으로 내려갔다 2003년으로 올라오는 그의 여행이 단순한 왕복의 의미만을 갖지는 않았다는 점이다. 그 의미에 대해서 이 글은 김영하의 소설과 동시적으로 작성된 것이 아니라 십 년의 격차를 두고 쓰였기 때문에 '김영하의 여행이 그의 영혼에 남긴 짙은 흔적에 대해서라면 앞으로의 소설이 말해줄 수 있을 것이다'라고 에둘러 말할 수는 없다. 하지만 이렇게는 쓸 수가 있다. 『빛의 제국』(2006), 『살인자의 기억법』(2013)에서 우리들이 읽은 것이 바로 그 여정의 후일담이라고. 긴 여행을 마치고 돌아온 자의 새로운 여행은 더욱 넓어지고 깊어지는 법이다. 다시 여행을 떠나는 자의 배낭은 전보다 작아지지만 더욱 단단해진다. 거기에는 긴요한 것만이 담기기 때문이다.

(2014)

# 근대 세계 체제의 알레고리 혹은 가능성의 비극
## —강영숙의 『리나』를 읽는다

### 1. 『리나』가 가진 두 개의 달—문제는 알레고리이다

강영숙은 그녀의 첫번째 장편소설 『리나』에 통상 있을 법한 '작가의 말' 대신 수수께끼 같은 문장을 써놓았다. "리나는 두 개의 달을 갖고 있습니다. 한 개의 달은 비록 피를 흘리지만 또다른 한 개의 달은 워낙 스펙트럼이 다양해 도무지 속을 알 수가 없습니다."[1] 『리나』는 강영숙의 언급처럼 두 개의 상이한 해석 층위를 가지고 있다. 하나는 국경을 넘은 '리나'가 경험하게 되는 참혹한 성장(成長)과 월경(越境)의 서사이며, 다른 하나는 다양한 스펙트럼을 가지고 있어 쉽게 의미가 파악되지 않는, "도무지 속을 알 수가 없"는 서사이다. 하나는 쉽게 알 수 있고, 하나는 그것과 연관되지만 쉽게 파악할 수 없는 이야기. 여기서 오랜 전통

1) 강영숙, 『리나』, 랜덤하우스, 2006, 7쪽. 앞으로 이 책에서의 인용은 인용된 문장 옆에 간략하게 쪽수를 병기하는 방식으로 처리하겠다. 강영숙의 소설집 『흔들리다』(문학동네, 2002), 『날마다 축제』(창비, 2011)를 인용할 경우 소설 제목과 해당 책의 본문 쪽수만 밝히겠다.

을 가진 수사학적 비유법을 상기하는 것은 자연스럽다. 바로 '알레고리(allegory)'가 그것이다. 강영숙 소설 전반에 산포된 알레고리들을 이해하지 않는 한 그녀의 소설은 익숙한 습관적 해석의 한계 속에 놓이거나, 아니면 해석되지 않는 난해한 이미지의 모습으로 남는다. "『리나』를 읽어가는 과정은 클리셰와의 힘겨운 투쟁 과정이었다"[2]는 한 평론가의 고백은 절반의 시사점을 주고 있다. 진부해서 해석의 여지도 없을 것 같은 기호와 익숙한 에피소드, 이미지 들은 정확하게 말해 클리셰(cliché)가 아니라 알레고리이다. 다시 말해 『리나』는 문학적 관습과 상식 속에 위치하는 것이 아니라, 해석을 기다리는 기호와 같다. 정확한 위치에 알레고리적 이미지의 조각과 에피소드가 위치할 때 거대한 형상을 드러내는 자본주의적 스펙터클의 비극적 퍼즐, 그것이 바로 『리나』이다.

일반적으로 알레고리는 상징에 비해 하급한 문학적 기법으로 취급받았다. 괴테의 잘 알려진 설명에 따르자면, 알레고리는 보편을 위해 특수를 구하는 방식이며, 상징은 특수 속에서 보편을 보는 방식이다. 그중 상징이야말로 시인이 추구할 진정한 포에지(詩)의 방식이며, 알레고리란 저급한 예술의 형태라고 괴테는 생각했다. 알레고리는 의미가 가질 수 있는 다채로운 양상을 축소시킴으로써 빈약한 하나의 해석만을 만든다는 이유 때문이었다. 이러한 경향의 전도는 바로크 비극과 보들레르의 시를 알레고리로 독해한 발터 벤야민의 작업에서 시작되었다고 해도 과언이 아니다. 벤야민은 상징과 알레고리를 구분하는 방식, 즉 특수를 보편에 관련짓는 방식이 적절치 못하다고 파악하고, 그곳에서 '시간의 범주'를 추출한다. 즉, 알레고리에서 역사는 부패해가는 시체들이 묻힌 공동묘지나 폐허에 가까운 풍경으로 나타나지만, 상징에서 시간은 경험적인 것과 초

2) 이혜령, 「국경과 내면성」, 『문예중앙』 2006년 가을호, 235쪽.

월적인 것이 자연적 형태로 융합되는 즉각적 현재의 모습으로 나타난다고 보았다. 그에 따르자면, "예술가가 알레고리를 자신의 미학적 장치로 선택하는 것이 아니라 객관세계가 주체에게 알레고리를 인식적 명령으로 강요한다고 말할 수도 있다. 특정한 경험(따라서 특정한 시대)이 알레고리적인 것이지, 특정한 시인이 알레고리적인 것이 아니다."[3] 여기서 알레고리적이라고 지적한 특정한 경험 또는 시대란 정확하게 말해 자본주의적 근대이다. 벤야민은 마르크스의 상품 분석과 알레고리의 내적 형식이 맺고 있는 구조적 유사관계를 지적하며 보들레르의 상징적이라고 알려진 작품들을 알레고리로 분석한다. 이러한 이론적 기반 위에서 프랑코 모레티는 『파우스트』『율리시스』 등을 '세계 텍스트(world text)'로 파악하고 이들이 '근대'라는 시스템과 맺고 있는 관계를 정밀하게 분석하며 이들 작품의 성격을 알레고리로 해석한다. 그에 따르자면, 알레고리는 권위를 가진 독법의 통제를 벗어나는 해석을 창출하고, 독자의 문화 수준에 따라 "다의적" 성격을 가진다. 이는 "근대문학만이 드러내는 자의식의 징후"이자 "자본주의적 근대의 시적 비유법"이다.[4]

알레고리는 앞으로 살펴볼 『리나』뿐만 아니라 다소 난해해 보이는 강영숙의 다른 소설을 독해하는 핵심적인 방식이다. 이런 점에서 "강영숙의 소설들을 개개 작품 단위로 분절하지 않고 마치 한 편의 연작 장편을 읽듯" 읽어야 그 의미들이 명확해진다는 김형중의 지적은 옳다.[5] 강영숙의 언어와 이미지들은 작품에서 재현된 세계의 코드 전체에 대한 이해

---

3) 수잔 벅 모스, 『발터 벤야민과 아케이드 프로젝트』, 김정아 옮김, 문학동네, 2004, 220쪽.

4) 프랑코 모레티, 『근대의 서사시』, 조형준 옮김, 새물결, 2001, 131쪽. '세계 텍스트'와 '알레고리'의 관계, 이들 텍스트에서 알레고리가 보여주는 양상에 관해서는 이 책 1부 4장을 참조할 것.

5) 김형중 해설, 「변장한 유토피아」, 『날마다 축제』, 창비, 2004, 222쪽.

속에서 의미를 드러내기 때문이다.

## 2. 폐허의 공간을 부유하는 여인들, 달리다

먼저 『리나』 이전의 강영숙 소설을 보자. 그녀의 첫번째 소설집 『흔들리다』에서 재현된 소설적 공간은 건조하고 퇴락한 폐허의 이미지를 하고 있다. 철거를 기다리는 아파트를 바라보며 자신의 인생을 옥죄는 '그'가 함께 사라지기를 바라보는 여인(「불빛과 침묵」), "바람 부는 풀밭에 누워 단 십 분만이라도 쉬고 싶"어하는, 소박하기에 절박한 소망을 지닌 여인(「바다에서 사막을 만나면」), 아이를 냉면 기계에 넣어 분쇄하려다 미수에 그치고 고향을 영원히 떠난 소녀(「검은 밤」)에게 있어 삶은 죽음의 다른 이름에 불과하다. 마치 바로크 비극에서 해골을 인간의 우의 형상으로 제시하며 이를 통해 영혼이 사라진 인간과 부패해가는 자연을 보여주는 것처럼 이들에게 도시와 가정은 소멸을 앞둔 쇠락한 공간에 불과하다.

강영숙은 여기에서 멈추지 않고 이러한 알레고리적 세계 인식이 어떤 특정한 경험에서 기인하고 있는가를 심도 있게 고찰한다. 흥미로운 소설 「청색 모래」에는 상이한 라이프스타일을 가진 부부가 등장한다. 이 둘은 동전의 앞면과 뒷면처럼 서로 다른 면모를 가지고 있지만, 분리될 수 없는 짝패이다. 남자는 공무원이라는 직업이 설명해주는 것처럼 실용적인 가치를 최우선으로 하는 말 그대로 세속적 인간이다. 그는 공무원이라는 신분, 출산에 대한 고려, 남성을 돋보이게 하는 수동성을 기준으로 여자를 선택해 결혼에 이른다. 이에 비해 여자는 와인보다는 와인 잔에, 실용적인 가구보다는 비실용적인 장식품을 구입하는 것에 극도로 집착한다. 남자는 여자의 과도한 비실용적 소비를 참지 못해 가학적인 폭력을 선사하지만, 여자는 이를 피학적인 자세와 섹스로 받아넘긴다. 흥미로운 것은 여자가 가진 소비의 양상이다. 이는 물신숭배(物神崇拜)를 넘어, "물건이 들려주는 이야기를 들을 수 있는" 접신(接神) 또는 물아일체(物我一體)의 경지까지 보여준다. 남자는 여자의 비정상적인 소비를 멈추게 하려고 장기휴가를 얻어 "그녀를 자극할 아무런 표지도, 이미지도 없는 어떤 무기질의 장소"인 "사구(砂丘)"로 떠난다. 이후 이어지는 이야기는 다소 몽환적이다. 사막에서 가학/피학적 관계를 유지하며 여자의 "중독"이 치유되기를 바라던 남자는 어느 날 모래에 집 전체가 묻힌 것을 알게 된다. 모래를 퍼내 길을 만드는 고된 노동의 과정에서 남자는 "단단하게 언 강물"을 뚫고 올라오는 환각을 겪고, 지독한 "열병"을 앓는다. 여자는 움직일 수 없는 남자를 간호하며 천천히 소비할 물건을 찾아 사막을 돌아다닌다. 소설은 자신의 영혼을 팔아 "16세기 러시아의 이콘화"를 산 여자가 사지가 절단된 시신으로 박제처럼 벽면에 걸려 있는 그로테스크한 장면으로 끝난다. 명확해 보이는 전반부와 몽환적인 후반부, 이 둘의 관계는 의심할 것 없이 '알레고리'이다. 여자의 '소비'는 자신을 사회적 관계에서, 가정에서, 삶에서 고립시키고, 마침내 자신의 영혼마저 육체에서 분리시킨다. 「청색 모래」의 이야기는 상품과 교환가치가 맺는 관계의 의미, 즉 자본주의사회에서 소비가 초래하는 핵심적인 의미를 드러낸다. 그것은 '소외'다. 자본주의사회 속에서 '소외'는 극복이 불가능하다. "영혼을 팔아서 물건을 사"는 악마와의 거래 그 자체가 상품사회의 구조이기 때문이다.[6] 이런 독법에 따르자면, 강영숙 소설에 자주 등장하는 고독과 고립, 결핍의 양상들은 예술가적 천분의 표출보다는 자본주의적 '소

6) 현대 자본주의적 '소비'와 '소외'에 대해서는 장 보드리야르의 『소비의 사회』(이상률 옮김, 문예출판사, 1991), 특히 「결론: 현대의 소외 또는 악마와의 계약의 끝」을 볼 것. 흥미로운 것은 결론에서 보드리야르가 분석하고 있는 스텔란 리(Stellan Rye)의 영화 〈프라하의 학생(Der Student von Prag)〉이 「청색 모래」의 후반부와 대단히 흡사하다는 점이다. 〈프라하의 학생〉에서 야심만만한 학생은 거울 속에 비치는 자신의 모습을 악마에게 팔고 돈을 얻는다. 결국 이러한 악마와의 거래는 그 자신을 죽음으로 내몬다.

외'를 보여주는 방식으로 보는 것이 정확하다.

강영숙의 두번째 소설집 『날마다 축제』는 한국이란 사회를 총체적인 불모지대로 파악하고 있다. "공항 폐쇄 조치"가 예고된 이후 이웃나라의 비행기에서 한국으로 투하되는 "오만 가지 배양 세균들, 실험 도중 알 수 없는 이유로 죽어버려 용도 폐기된 일단의 희귀동물들"(「씨티투어버스」), 매직 스노 랜드로 대표되는 도시의 인공성(「봄밤」), 죽었는데도 죽지 않고 도시를 배회하는 시체들(「봄밤」의 "줄무늬 블라우스"를 입은 여인, 「태국풍의 상아색 쌘들」에 나오는 자살한 일가족), 사라져버린 아이(「날마다 축제」), 하늘에서 비와 함께 쏟아지는 미꾸라지(「빙고의 계절」) 등은 쉽게 찾을 수 있는 그로테스크한 공간적 재현의 예이다. 그중 「오아시스」는 이런 총체적 불모성의 기원에 대한 성찰을 보여준다. 소설 속의 남녀는 과거 낙태를 경험했음에도 불구하고 아이가 생기지 않는 지독한 불임의 상태에 빠져 있다. "이제 사람들을 바꿔놓는 건 다름 아닌 날씨"라는 지적처럼 이들을 변화시킨 것은 환경이다. 특히 "황사"는 작품 속에서 황폐한 도시를 형상하고, 에피소드를 촉발하는 주된 요인으로 작용한다. '그녀'는 '나'에게 황사를 얘기하며, "이건 무슨 메시지가 있는 것 같아"라고 언급한다. "바람을 타고 미국까지 날아간 모래들이 싣고 가는 메시지"와 인물들의 불모성이 보여주는 긴밀한 의미 구조는 단지 '황사'가 중국에서 들불처럼 번지고 있는 국가자본주의의 심각성만을 보여주는 것이 아니라, 이것이 근대세계와 현존재 전체가 맞이할 파국을 보여주는 자본주의적 '증상(symptom)'이라는 점을 명확히 한다.

이러한 분석에서 볼 수 있는 것처럼 강영숙의 소설은 자본주의적 삶의 양식이 사회를 총체적으로 지배하고 있는 현실에 대한 전체적인 인식이 있어야 독해가 가능하다. 『리나』는 연작소설에 가까운 단편들로 현실세계를 재현하던 강영숙이 처음 시도한 장편이자 거대한 근대적 체계에 대한 고찰이다. 리나가 가진 "두 개의 달" 중 인물에 집중하여 이를 단순히 성장, 월경, 이산(diaspora)의 서사로 읽어내는 것은 『리나』를 절반만 이해하는 일이다. 작품에 표현된 것처럼 리나는 성장하지 않는다는 점에서 '반(反)성장소설'이고, 국경을 넘는 일은 순환적이며 그렇기에 아예 불가능하다는 점에서 '반(反)월경 서사'이며, 떠나온 고국에 대한 노스탤지어가 언급되지 않는다는 점에서 통상적인 이산의 서사와 구별된다. 강영숙의 『리나』를 읽기 위해서는 그녀가 산포해놓은 문학적, 언어적 클리셰의 유혹을 극복해야 한다. 하지만 강영숙의 의도적 감춤으로 인해 소설은 단순한 탈출자 리나의 이야기에서 근대 세계 체제에 대한 서사적 재현으로, 결말에서 종결되는 것이 아니라 또다른 탈주 그 자체를 결말로 제시하는 저항의 서사로 전환된다. 자, 이제 여기 열여섯 살 소녀 리나(俐娜)가 경험하는 착취, 강간, 매음, 살인, 절도, 질병의 이야기가 있다. 리나가 국경을 넘어 도착한 곳은 자본주의적 라이프스타일이 존재의 내면을 완전히 잠식한 "아주 이상한 나라"(91쪽)이다. 이야기는 국경을 넘으면서 시작된다.

### 3. 풍요의 낙원, 망상, 프리즘, 그리고 초원

리나의 가족을 비롯한 스물두 명의 탈출자들이 처음으로 도착한 곳은 적막한 산길의 일부처럼 보이는 "국경"이다. 그들은 인솔자를 따라 P국으로 입국하는 것을 공동의 목적으로 하고 있다. 어렵지 않게 독자는 작가가 의도적으로 감춘 지명과 이니셜을 습관적으로 독해한다. 이를 통해 P국은 남한으로, 대륙은 중국으로, 리나가 국경을 넘다 잡혀 끌려간 화공약품 공장은 "목에 놋쇠 고리"(64쪽)를 하고 살아가는 빠동족이 거주하는 태국과 미얀마의 국경 근처로 인식한다. 작가는 이런 독자들의 유추가 소설적 배경과 그다지 다르지 않음을 알려주는 정보들을 의도적으로 서사 전반에 배치한다. 국경을 넘어 도착한 대륙의 사람들이 "책상 다리만 빼고 다리 달린 건 모두 잡아먹고 산다"(48쪽)거나, "기름기에 절어 떡이 된"(29쪽) 두발의 형태를 가지고 있다고 묘사하는 것 등이 그것이다. 하지만 독자에게 주어진 정보에 끊임없이 저항하는 것은 남한으로 추정되는 P국의 이니셜이다. 대륙이 암시되었기 때문에 명시적인 것과는 반대로 P국은 명시되었기 때문에 더욱 암시적이며, 이를 통해 독자의 지정학적 견인에 저항한다. 또한 서사의 진행 과정에서 P국은 다채로운 스펙트럼으로 제시된다. 'P'는 단순한 이니셜이라기보다는 『리나』의 다양한 의미를 해독하게 하는 열쇠이며, 해석을 요구하는 기호이다. 기호 P가 변화하는 스펙트럼을 따라 그 의미를 쫓아갈 때 리나의 서사는 보다 명확해지며, 그녀가 왜 그곳으로 끝내 가지 못하는지, 아니 왜 가서는 안 되는지 알 수 있게 된다.

처음 국경을 넘은 리나는 다소 몽상적인 모습으로 P국을 상상한다. "내가 가서 살게 될 P국은 이 나라보다 더 잘산다고 했어. 나도 저 여자들처럼 청바지와 구두를 신겠지. 정말 대학에도 갈 수 있을까. 배가 터지게 먹기는 할거야."(26쪽) 풍족한 재화, 리나의 낡은 운동화와 대비되는 구두, 그리고 낭만적으로 제시되는 대학 등은 그곳이 하나의 국가라기보다는 풍요(Plenty)의 공간이자 자본주의적 낙원(Paradise)으로 상상되고 있다는 것을 알려준다. 스물두 명의 탈출자들 역시 정도의 차이는 있지만 그곳을 낙원의 이미지로 자신에게 투사한다. 하지만 낙원의 'P'는 조금씩 몸을 뒤틀면서 움직인다. 화공약품 공장을 탈출한 리나는 "늘 머릿속을 꽉 채우고 있던 P국에 대한 환상이 조금씩 빠져나가"(83쪽)는 것을 느낀다. 리나가 처음으로 만난 P국의 국민은 선교사이다. 인상이 좋고, 잘생긴 선교사들은 리나 일행을 "흰색의 교회 건물"로 이끈다. "악몽 끝에 다다른 낙원의 모습이 비현실적으로 아름다운 것처럼, 넓은 뒤뜰에는 꽃

나무들이 가득했고 꽃향기로 충만했다."(84쪽) 리나는 대부분의 제3세계 사람들이 선교사를 통해 서양을 접했던 것처럼 개신교(Protestant)를 통해 P국의 모습을 처음 보게 된다. 막스 베버(Max Weber)에 의해 자본주의적 정신의 핵심으로 지목된 사상적 원류가 프로테스탄티즘이라는 것을 상기한다면 이 장면은 대단히 알레고리적이며 흥미롭게 읽힌다. 상상하던 모든 것이 상상 이상으로 펼쳐지는 비현실적인 광경 속에서 리나는 사람들을 "알 수 없는 어둠으로 이끌고 가는" 무언가를 본다. 그러곤 자신의 부재에 대한 아무런 결핍 없이 햇볕을 쬐고 있는 가족들을 발견하지만 이내 시선을 돌린다. 리나는 화공약품 공장에서 같이 탈출한 소년 '삐'와 함께 변장한 남자들의 행렬을 따라 천막의 여가수가 있는 곳으로 간다. 가수라기보다는 샤먼에 더 가까운 공연을 보여주는 할머니를 만나 그곳에 머물게 된 리나는 곧 몸이 아픈 그녀를 대신해 무대에 오르며 아마추어 가수로서의 삶을 시작한다. 이곳에서 리나는 자신과 같은 나라 출신의 탈출자인 '프로듀서 김'과 전에 만났던 선교사들과는 전혀 다른 종교인 '장'을 만나게 된다. '장'은 리나에게 말한다. "너네 나라는 미쳤고 P국은 썩었어." 부패(Putrefaction)는 새롭게 P국을 재현하는 단어이다. 그리곤 '선교사 장'은 리나에게 P국보다는 제3국행을 권유하곤, 그녀를 속여 창녀촌에 팔아버린다. '시링'이라 불리지만 지명은 아니라고 하는 창녀촌을 거쳐 다시 인근의 도시에 정착한 리나는 또다시 팔려 경찰에 넘겨지고, 대륙으로 소환된다. 마침내 리나가 도착한 곳은 자신이 처음 넘은 국경에서 그리 멀지 않은 "경제자유구역"이다. 타워크레인과 오십 미터가 넘는 가스 분리탑이 있는 그곳은 새까맣고 거대한 플랜트(Plant)이다. 발전을 위해 땅속 깊은 곳에 있는 악마라도 불러올 것처럼 주변을 검게 물들이던 공장은 그리 오래지 않아 하늘로 거대한 불덩이를 쏘아내곤 폭발한다. 이후 폐허가 된 공장지대에서 부랑자처럼 살던 리나는 다시 '선교사 장'을 만나 무사히 P국에 정착한 가족의 편지를 전달받는다. "P국에 들어가자마자 입소한 탈출자 교육원의 정치 교육, 별것도 아닌 것을 가지고 까다롭고 자존심 상하게 하는 입국 절차, 엄청나게 많을 거라 예상했지만 생각보다 많지 않아 실망한 정착금 액수, 자전거를 타고 아파트 경비실로 출근하는 아버지 소식, 탈출한 미성년들만 모아놓은 학교에 다니며 영어를 공부하는 남동생 소식 등이 담담하게 적혀"(333쪽) 있는 편지를 보며 리나는 자신이 P국에 입국하면 가능할 것으로 보였던 인생의 비전들—"대학생이 되어 공부를 열심히 하고 싶어요. 훌륭한 사람이 되어서 저 같은 탈출자들의 인권을 보호하는 일을 하고 싶어요. 돈을 많이 벌어서 부자가 되겠어요"(311쪽)—이 한낱 망상증(Paranoid)에 불과했다는 사실을 알게 된다. 그러곤 자신이 가진 돈을 '선교사 장'을 통해 P국의 가족들에게 보내고 초원(Plain)이 펼쳐진 북쪽의 국경으로 떠난다.

서사의 진행을 통해 남한의 이니셜 'P'는 풍요(Plenty)의 공간에서 부패(Putrefaction)한 공간으로, 낙원(Paradise)의 모습에서 사막과 다를 바 없는 초원(Plain)의 모습으로, 경제적 부유함을 통해 얻게 될 것이라고 여겨졌던 삶의 순수한 비전들은 망상증(Paranoid)으로 전환된다. 이 밖에 리나가 경험하게 되는 창녀(Prostitute, 여기에는 '돈의 노예'라는 뜻도 있다), 그리고 그녀가 살인자와 돈의 노예로 전락하는 플랜트 단지의 클럽 퍼즐(Puzzle) 등은 P의 구체적인 이미지를 형상하는 단편적인 의미들이다.

이제 P국은 다양한 스펙트럼의 기호들을 통해 실재의 모습을 드러낸다. 그곳은 리나가 소설의 결말부에 도달한 사막과 같은 폐허에 불과하다. 하지만 보다 더 본질적 것은 자신의 황폐함을 위장하고 감추는 실재의 시스템이다. 인간은 그 속에서 실재의 모습을 쉽게 인식하지 못한다. 어렵게 진실을 알고 난 후에도 자발적으로 그 시스템 속으로 복귀해 가상의 쾌락을 감각적으로 즐기며 살아간다.[7] 이는 보들레르를 통해 잘 알려진 '인공 낙원(Les Pradis Artificels)'이라는 개념을 떠올리게 한다.[8] 보들레르가 지적한 것처럼 근대 이후 인간은 스스로 인공적이고 인위적인 낙원을 구축한다. 자본주의의 거친 삶은 알코올과 마약이 제공해주는 말초신경적인 환락으로 흥청거리고, 순수한 믿음은 쉽게 종교적 광신으로 바뀐다. 사람들은 비참함 속에서도 그 참혹한 현실을 인지하지 못하는 과대망상증 환자에 불과하다. 낙원의 실재를 감추는 인공의 투시관은 가시광선을 무지개로 굴절시키는 거대한 프리즘(Prism)과 같다. 프리즘을 통한 빛은 세상의 모든 실상을 보여주는 본래의 목적을 상실하고 다채로운 스펙트럼 속에 진실을 감춘다. 소설 속에서 클럽 퍼즐의 주인 오빠와 뚱보, 그리고 미샤를 살해한 리나 일행이 끔찍한 기억에서 벗어나기 위해 사용하는 방법이야말로 인공낙원을 살아가는 인간들의 대표적인 정신 건강법이라고 할 수 있다. 리나 일행은 시신을 암매장하고 돌아와 가게의 핏자국을 닦는다. 쉽게 지워지지 않는 핏자국처럼 가슴속 깊숙이 남아 있는 살인의 기억에서 벗어나기 위해 그들은 "화사한 천을 구해다 갈기갈기 길게 잘라 색깔별로 늘어뜨려 달았다. 천들은 마치 색동 무지개 같았다. (……) 리나는 그 묘한 무지개색 천들을 볼 때마다 살인을 했다는 사실을 잊고"(264쪽) 새로운 삶에 대한 희망으로 부푼다. 빛이 무지

---

7) 이런 점에서 『리나』는 워쇼스키 자매의 〈매트릭스(The Matrix)〉(1999)를 연상시킨다. 특히 동료였던 사이퍼(Cypher)가 가상의 세계로 복귀하는 것을 조건으로 동료들을 배신하는 대목은 의미심장하다. 또한 자신이 인식하던 현실이 시스템이 만들어낸 허상에 불과하다는 사실을 알아낸 네오(Neo)가 영화의 마지막에 선글라스를 쓰는 모습과 소설의 결말부에 리나가 쓰게 되는 "주홍색 보안경"은 단지 패션이 아니라 저항을 가능하게 하는 스타일이다.

8) 류보선은 강영숙의 단편소설을 분석한 글 「숙면에의 꿈, 혹은 인공 육체와의 교전」(『문학동네』 2004년 가을호)에서 인공 낙원으로 형상화되는 세상과 교전하는 글쓰기를 작가의 서사적인 전략이자 모험이라고 지적한 바 있다.

개로 변하면 죄의식은 희망으로 바뀌고, 망상은 너무나도 자연스럽게 삶의 목적이자 건전한 계획으로 전환된다.

소설의 마지막에서 리나가 "광과민성이 된 피부와 햇볕을 제대로 쳐다보지 못하는 두 눈"(318쪽)을 가지게 된 것은 이런 점에서 너무나 당연하다. 리나는 매일 "일곱 가지 눈물"을 흘린 후에야 세상의 실재를 보게 된다. 인공 낙원을 영롱하게 빛내주던 프리즘이 사라진 후 리나는 무지개 빛깔의 현실이 실제로는 무채색의 사막에 불과함을 알게 된다. 소설의 결말부에서 리나가 "선글라스"(330쪽)를 쓴 후에야 안식을 얻는 장면은 이런 점에서 중요하다. 리나는 모든 것과 이별하고 국경을 넘어 사막과 초원이 펼쳐진 북쪽으로 간다. 하지만 생각해보자. P국이 인위적이고 인공적인 낙원의 모습으로 자신을 가장(假裝)하고 있다면, 그 시스템의 구동원리는 무엇이며, 존재의 영속이 가능하도록 현실의 고통을 쉽게 망각하게 만드는 힘은 또 무엇일까? 먼저 『리나』의 서사를 살펴보자.

### 4. 근대 세계 체제의 서사적 재현

소설의 서사 속에서 리나는 반복적으로 국경을 넘는다. 그러나 넘는 것은 '리나'라는 자율적이고 독립적인 주체인가, 아니면 상품으로 치환된 '리나'인가? 정확하게 말해 넘는 것은 리나가 아니라, 돈(자본)이다. "남자든 여자든, 노인이든 어린애든, 리나에게는 누구나 다 똑같았다. 그들은 항상 리나를 주시하고 몸값을 담보로 시비를 걸 준비가 되어 있었다."(102쪽) 리나는 그녀가 가진 교환가치를 발견하는 사람이라면 누구든 바로 현금화할 수 있는 매혹적인 상품, 화폐 그 자체이다. 몇 번의 에피소드들에서 리나가 보여주는 언어적 불통과는 상반되게 리나의 육체(화폐)는 너무나도 쉽게 유통되고 소통된다. 첫 에피소드부터 소설의 끝까지 돈은 아무런 경계도 국적도 없다. 리나가 국경을 넘는 순간부터 다채로운 사람들을 만나고 헤어지지만 그들과의 관계를 맺고 끊는 것은 그녀가 아니라 화폐이다.

국경을 넘는 리나의 이야기가 국가와 국가 사이의 경계를 너무나도 쉽게 넘나드는 자본의 이동이라면, 잔혹하고 고통스러운 월경의 서사가 결국 거대한 자본의 흐름에 대한 알레고리라면, 명확해지는 것은 무엇이고, 감춰지는 것은 무엇인가? 단적으로 말하자면, 전자는 소설의 모호하게 느껴지는 구조이고, 후자는 소설의 결말이며 삶의 실재(real)이다.

소설의 구조? 리나의 서사는 일반적 소설의 구성과는 판이한 구별점을 가지고 있다. 그것은 리나의 서사가 아리스토텔레스적인 시학(poetics)의 원칙에 위배된다는 것이다. 탈출의 동기가 단순한 상식과 주변인들의 방만한 진술을 통해 주어졌다는 점에서 시작은 그 기원으로 소급되고, 동일한 서사를 반복한다는 점에서 중간은 특별한 순서를 갖지 않고, 결말은 다시 시작으로 돌아간다는 점에서 순환적이다. 결말로 이야기를 이끌지 않는 서사, 작고 독립적이며 반복적인 에피소드들의 조합. 『리나』를 쉽게 해석되지 않는 것으로, 어렵게 접근한 독해의 결론마저 부정하는 것으로, 그러므로 이 소설을 독창적이고 매력적인 작품으로 만드는 것은 난만(爛漫)한 에피소드들이다. 여기서 이매뉴얼 월러스틴(Immanuel Wallerstein)의 말은 경청할 필요가 있다.

> 세계 경제가 500년 이상 살아남았지만 아직도 세계 제국으로 변형되지 않은 것이야말로 근대 세계 체제의 독특함이라고 할 수 있다. 이 독특성은 동시에 이 체제가 갖고 있는 힘의 비밀이기도 하다. 이러한 독특성은 자본주의라고 불리는 경제 조직 형태의 정치적 측면이다. 자본주의는 다름 아니라 세계 경제가 하나가 아니라 복수의 정치 체제로

되어 있기 때문에 번영을 구가할 수 있었다.[9)]

전 지구적인 자본주의의 번영을 가져온 비밀은 자본과 국가들의 결합 양상, 즉 월러스틴이 근대 세계 체제라고 지적한 '시스템'에 있는 것이다. 자본과 국가가 소설 속에서 어떻게 표현되는지, 그리고 『리나』는 그 비밀스러운 결합 양상을 어떤 모습으로 알레고리화하는지 살펴보자. 국경을 넘은 리나는 곧 가족과 이별하고, 화공약품 공장으로 끌려간다. 이곳에서 리나가 경험하게 되는 강간, 폭행, 착취는 초기 자본주의를 특징적으로 재현했던 서사이며, 지금도 자행되는 동시대적 사실이다. 그러곤 창녀의 서사와 국가 개발을 위한 철거의 서사가 펼쳐진다. 다시 리나는 "경제자유구역"으로 거래되고, 참혹한 노동자의 서사가 끝나지 않을 것처럼 진행된다. 분량이 긴 이 에피소드를 세분하자면, 자본에 중독된 국가에 의해 자행되는 혹독한 노동의 서사, "술에 물을 타며" 노동자를 기만하고, 살인을 자행하는 환락의 서사, 그리고 땅 밑에 감춰져 있던 자연의 폭발적인 힘을 통제하지 못해 처참한 폐허로 변해버리는 자본의 종말 서사로 나눌 수 있다. 모든 에피소드는 작고 독립적이며 익숙하다. 『리나』의 에피소드들은 근대라고 불리는 시대를 재현하고자 했던 서사물에 등장하는 대표적인 이야기들이기 때문이다. 경계할 것은 이러한 에피소드들이 쉽게 리나의 생물학적 변화에 따른 성장의 서사로 독해되고, 이것이 당연한 자본주의적 진보와 발전의 서사처럼 이해된다는 사실이다. 비근한 예로 이러한 과정을 통해 남한은 전근대국가에서 개발도상국으로, 그리고 산업 발전국가로 이행하였다. 때문에 독자는 무의식적으로 이러한 에피소드들에 시간적 순서를 짓고, 의미를 부여한다. 독자의 익

9) I. Wallerstein, *The Modern World-System*, Academic Press, 1974, p.348.

숙한 독서를 가능하게 하는 강렬한 힘에는 노동자의 고통과 착취를 마치 경제적 번영을 위해 반드시 지불해야 하는 선납금으로 규정하는 인식이 깔려 있다. 이것은 자신을 보편화하는 자본주의의 경향이며, 이를 바탕으로 형성된 근대 서양의 역사(역사주의)이다. 초기 자본주의 단계에서 부르주아지가 그랬던 것처럼, 자신을 보편화시키는 자본주의는 미개와 야만을 문명에, 전근대와 농촌을 도시에 편입시킨다. 『리나』의 주된 공간적 배경이 되고 있는 대륙(중국)은 이러한 변화의 과정을 마치 당연한 역사의 코스처럼 생각하며 국가자본주의의 광풍 속에서 전 국토를 개간하고 있지 않은가.

하지만 조금 더 생각한다면 『리나』의 에피소드가 변방이라고 불리는 주변부 국가들에서 지금도 전형적으로 등장하는 서사임을 알 수 있을 것이다. 동시적으로 고찰되는 세계는 사실 절대적으로 비동시적이다. 『리나』의 에피소드들은 공시적이며, 이를 통시적으로 배열하는 무의식적인 역사의 독법에 저항한다. 『리나』의 서사를 보다 주의깊게 보면 작가가 어떠한 방식으로 근대의 보편사와 싸우고 있는지 알 수 있다. 그것은 자주 뒤바뀌고 있는 리나의 신체적 나이와 외모의 변화에 대한 묘사, 자신의 경험을 진술하는 리나의 노래, 그리고 '삐'와 맺고 있는 유사 가족관계이다.

화공약품 공장의 에피소드에서 "리나는 국외자 같지도 않았고 열여섯 살 같지도 않았다"(62쪽)라고 묘사된다. "천막의 여가수" 에피소드에서 리나는 "오늘의 이야기. 열여덟 살에 국경을 넘어 당신들의 나라에 들어와 스물네 살이 된 여자 이야기"(93쪽)라고 노래의 서두를 시작한다. '프로듀서 김'은 리나를 "어떻게 보면 서른 살이 넘은 것 같기도 하"(101쪽)다고 말한다. 그렇지만 마지막 공연에서 리나는 자기 얘기를 하고 싶다며, "오늘의 이야기. 열여섯 살에 국경을 넘어 지금은 열여덟 살이 된 여자애 이야기"(112쪽)를 시작한다. 게다가 리나 자신은 "매일매일 거짓말을 했"다고 진술하며 이야기의 신빙성을 다시 원점으로 돌린다. 창녀촌의 서사를 보자. '시링'에 도착해 앞머리를 자른 리나는 "훨씬 나이가 들어" 보인다. 심지어 리나는 '삐'를 "내 아들"(125쪽)이라고 소개한다. 가상의 모자 관계를 승인한 순간 실제로 리나의 신체는 노화하기 시작한다. "침대 위에 걸린 거울 가까이 다가가 얼굴을 들여다본 순간, 리나는 아주 빠르게 늙어가고 있는 낯모르는 여자의 얼굴이 자신의 앞에 서 있는 걸 보았다."(128쪽) '시링'의 사람들마저 리나를 '삐'의 엄마라고 믿는다. "경제자유구역"의 에피소드에서 가수 할머니는 창녀촌을 지어보라는 주변의 권유에 리나와 '삐'의 관계를 모자에서 부부로 전환시킨다. "할머니는 리나의 머리채를 잡아 뒤로 올려 묶은 뒤 일자로 된 핀을 찔러 올렸다. 리나는 이제 제 나이보다 열 살쯤은 많아 보이게 펑퍼짐한 바지를 입었다. 그 순간 리나는 정말로 삐와 부부인 것처럼, 혹은 결혼한 여자처럼 핏속도 몸속도 다 변하길 원했다."(194~195쪽) "경제자유구역"의 에피소드가 지속되면서 리나는 성숙한 노동자로 변해가는 '삐'와 그의 진짜 아내처럼 구는 자신의 모습에 짜증을 내며 "백발의 할머니가 되어서야 공단 지대에서 벗어나게 될지도 모른다는 불길한 생각"(212쪽)을 한다. 이 지극히 자연스러운 시간의 흐름을 역전시키는 것은 리나의 화장이다. "리나는 머리를 묶었던 손수건을 풀고 빗질을 하고" "립스틱"을 꺼내 화장을 시작한다. "몸의 감각이 되살아나는 느낌"을 갖고 그녀는 "클럽 퍼즐"로 향한다. 리나와 같은 부서에서 일하는 남자는 한참 동안 그녀를 알아보지 못하다가 겨우 알아내곤 추파를 던진다. "아저씨, 어디다 대고 반말이세요. 도대체 여기선 왜 다 나한테 반말이야."(222쪽) 하지만 사람들이 무례한 것이 아니라, 그녀가 젊어진 것이다. 공장이 폭발하는 대참사 후에도 리나는 변함없이 젊음을 유지한다. 그러나 리나는 목숨처럼 소중하게 지켰던 깡통 속의 돈이 "열기를 견디지 못하고 통

속에서 다 타버려 재"(314쪽)가 되었다는 사실을 알고는 "폭삭 늙어"버린다. 늙어버린 리나가 "반파된 집에 갇혀 나직나직 노래만" 부르는 동안 "도시에서 데리고 온 네 명의 남자애들은 어느새 훌쩍" 커서 "우울한 표정의 청년"(320쪽)으로 성장한다. 서사의 마지막에 다시 국경에 도착한 리나는 자신에게 "어느 나라 사람"이냐고 묻는 군인 앞에서 자신의 여정을 회고하며, "도대체 난 얼마나 걸었을까요? 내가 몇 살처럼 보여요?"(345쪽)라고 묻는다.

에피소드에 따라, 그리고 헤어스타일의 변화나 화장 여부에 따라, 진실과 거짓말을 섞어가며 만들어내는 자신의 이야기에 따라, '삐'와 맺는 남매, 모자, 부부를 넘나드는 유사 가족관계의 조합에 따라 리나의 육체적 시간과 서사는 자유롭게 변형된다. 리나의 이야기는 에피소드의 통시적인 배열에 저항하며, 그것이 순서 없이 동시다발적으로 근대 세계 체제 내에서 과거에 있었고, 바로 지금 자행되고 있으며, 그리고 미래에도 벌어질 비극이라는 것을 보여준다. 『리나』의 서사를 쉽게 지역적이며, 보편사적으로 읽는 방식에 강영숙은 리나에 대한 혼돈된 묘사와 '거짓말'로 대항하며, 순서의 권위를 박탈한다. 이것이 '근대 세계 체제' 내에서 주변부 국가들에게 문명을 교육시키며, 저개발의 비극을 진보와 선진으로 가기 위해 당연히 지불해야 하는 고통으로 위장시키는 서구적 보편사의 비밀이다. 강영숙은 이에 저항하며 과거의 프롤레타리아가 그랬던 것처럼 자신의 육체만으로 힘든 투쟁을 벌인다. 강영숙은 자신의 육체에서 기인한 언어를 무기로 저 견고한 근대의 보편적 시스템과 외롭고 힘겨운 싸움을 하고 있는 것이다.

### 5. 실재를 위장하는 푸른 가면, 가능성(Possibility)의 이데올로기

그렇다면 무엇이 감춰지고 있는가? 앞에서 나는 소설의 결말과 삶의 실재(real)라고 말했다. 소설의 마지막 문장을 보자. "리나는 또다시 저만치 앞 허공에 푸른 둑처럼 펼쳐져 있는 국경을 향해 달리기 시작했다."(348쪽) 이 문장은 소설의 첫 장에서 묘사된 국경의 모습과 동일하다. 허공에 펼쳐진 푸른 둑은 그 청량한 느낌의 색채감으로 독자를 현혹시킨다. 마치 마술처럼 리나의 삶이 그녀가 바라던 근사한 것으로 변화할 것이라고 독자(그리고 리나 역시)는 쉽게 믿는다. 이미 리나는 몇 세대가 경험할 충분한 고통을 겪었으니 이에 대한 보상을 받을 거라고 생각한다. 하지만, 강영숙의 소설 전략 중 하나가 습관적 해석에 대한 저항인 것을 상기해보라. 그리고 국경의 푸른 둑을 넘어 대륙으로 이동한 리나의 삶이 어떠했는가를 살펴보라. 그녀의 삶을 상징적으로 보여주는 육체는 "화학 가스에 오염된 몸"이 되었고 그녀가 "낳는 아이들은 대대손손 병신이고 불임"(313쪽)의 천형을 앓게 될 거라고 말해진다. 리나를 강간하려는 남자마저 그녀의 "아랫도리에서부터 올라오는 지독한 화공약품 냄새"(301쪽)에 도망가버린다. "그 푸른 둑이 이쪽을 향해 파도처럼 몰려와 하늘이 열리듯 저절로 열릴 거라고 믿었다. 그리고 보이지 않는 손이 나타나 탈출자들을 고스란히 빨아들인 후 안전한 투망에 넣어, 마술처럼 국경 너머로 데리고 갈 거라고 믿었다."(11쪽) 처음 국경을 넘어 대륙으로 달리던 그녀가 가졌던 "보이지 않는 손"에 대한 믿음은 강간과 착취, 폭행, 매음, 타락, 질병의 에피소드들을 통해 순진하고 헛된 구원에 대한 신념으로 밝혀진다. 리나가 믿었던 "보이지 않는 손"은 그녀를 어떤 목가적이고 동화적인 세계로 데리고 가는 것이 아니라 냉혹한 현금 계산밖에 존재하지 않는 자본의 시장으로 이끄는 애덤 스미스의 손이다.

하지만 리나가 경험하는 삶의 처참한 양상에도 불구하고 무엇이 소설을 읽는 사람들로 하여금 또다른 국경을 넘는 리나의 이야기를 폐허가 된 공단지역에 남아 인생을 살아가는 결말보다 더욱 희망적인 해피 엔딩으로 읽게 하는가? 무엇이 주어진 결말을 넘어 또다른 푸른 판본의 『리나』를 만드는가? 근대는 매스미디어와 다양한 서사 매체를 통해 삶의 근사한 레퍼토리들을 쏟아낸다. 마치 국경을 넘지 않은 리나가 "탄광촌의 삶"과 "창녀의 삶"을 비교하며 판단을 유보하는 것처럼 말이다. "창녀"의 삶을 살더라도 자신이 하고 싶은 것을 마음껏 할 수 있는 국경 너머의 삶은 보다 많은 가능성을 리나에게 전해준다. 이제 인간의 모습을 한 야만에 불과한 자본주의의 자기 치장술, 실재를 인공낙원으로 형상화하는 방법이 밝혀진다. 그것은 프랑코 모레티가 "20세기의 가장 전형적인 이데올로기"라고 지칭했던 "바로 가능성을 억압하기보다는 그것을 열어주는 이데올로기"[10]이다. 대학생도, 인권운동가도, 부자도, 아무리 못해도 밥은 배부르게 먹을 수 있을 것 같은, 모든 것이 손에 잡힐 듯 생생하고, 실현가능할 것 같은 P국은 실은 푸르고 영롱한 가능성(Possibility)의 이데올로기로 위장한 가짜 낙원이다. 낙원의 위장술은 환상적으로 체현된다. 끔찍한 고통의 "소금밭"이 끝나고 "주홍색 불기둥"이 치솟는 "사막"에서 리나는 "파란 하늘을 머리에 이고 이쪽을 향해 다가오는 거인"을 본다. 거인은 "부드러운 발걸음"(74쪽)과 통증을 사라지게 하는 마술과 같은 힘으로 리나를 이끈다. 그리고 리나가 맞이하는 고통의 순간에 환청처럼 북소리가 들린다.

> 그 조용한 순간에 리나는 갑자기 뱃속 저 안쪽에서부터 들려오는 둥둥둥 북소리를 들었다. 북소리는 처음엔 아주 작게 시작해서 온몸을 통처럼 커다랗게 울려 때리고는 리나의 귓가에 머물러서야 다시 작은 소

---

10) 프랑코 모레티, 『근대의 서사시』, 조형준 옮김, 새물결, 2001, 88쪽. 프랑코 모레티는 이 책의 전반을 통해서 근대를 '가능성의 공간'으로 만드는 것이 20세기의 가장 전형적인 이데올로기라고 지적하고 있다.

리로 잦아들었다. 리나는 북소리를 들을 때마다 낯선 나라의 도시 한가운데로, 뜨거운 사막으로, 심지어 다시 국경으로 나가 서 있고 싶은 충동에 입술을 달싹거린다. 온몸의 핏줄들이 팽팽하게 곤두서고 팔과 다리는 벌써 허공을 짚고 혼자서 저만치 앞으로 성큼성큼 걸어나가고 있다. 입을 커다랗게 벌리고 목청껏 노래라도 부르지 않으면 둥둥둥 북소리에 휘말려 귀가 터져버릴 것만 같다.(145~146쪽)

리나의 내면에서 울리는 북소리는 그녀를 다시 국경을 넘어 새로운 세계로 인도하는 근원적 힘이다. 두려운 것은 그 거짓된 힘을 따라가면 말로 표현할 수 없을 만큼 참혹하고 비참한 삶이 펼쳐진다는 것이다. "거인"은, "북소리"는, "푸른 둑" 같은 국경은 조금만 더 참으면 더 좋은 삶이 펼쳐진다며 그녀를 유혹하고, 삶을 겨우겨우 견뎌내게 한다. 리나가 국경을 넘는 마지막 장면은 리나의 자발적 의지라는 점에서 희망적으로 보이지만 사실 비극일 수밖에 없다. 그녀의 육체는 이미 오염되었고, 그녀가 가진 선글라스는 현실의 관계 속에선 무기력하다. 아무도 없어 보이는 초원은 이미 자본주의의 시장이 된지 오래이다. 강영숙의 「청색 모래」에서 본 것처럼 "아무런 표지도, 이미지도 없는 어떤 무균질의 장소"인 사막에서도 시장을 짓고 영혼을 팔아 물건을 사라고 유혹하는 것은 악마와 같은 상인들이 아니던가. 그러나 비극이 존재한다 하더라도, 악마와 같은 자본주의가 모든 곳을 지배하고 있더라도, 마침내 리나에게 목숨을 요구하더라도, '탈주'를 중단해서는 안 된다. 저항을 멈추고 정주하는 순간, 인간은 하나의 객체로 변하며, 수단으로 전락하기 때문이다.

이것이 2000년 이후 한국문학계에 등장한 많은 장편소설 중에서 강영숙의 『리나』를 주목하는 이유이다. 동시대의 소설들이 국가의 경계 밖에 위치한 공간을 낭만적 시선의 여행이나 자본주의적 교역, 혹은 또다른 한국적 현실을 재현하기 위해 사용했다면, 강영숙은 조지프 콘래드가 『암흑의 핵심』에서 그랬던 것처럼 이국의 공간 깊숙이 들어가는 여정을 통해 전 지구적인 '암흑'의 핵심으로 우리를 이끈다. 물론 강영숙이 선택한 알레고리적 구조는 『리나』를 근대 세계 체제의 전체적 코드에 대한 이해 없이는 쉽게 해석할 수 없는 텍스트로 만든다. 독자는 쉽게 자신의 문학적 관습에 따라 해석과 타협하고 싶은 욕망에 직면한다. 하지만 아직 멈춰서는 안 된다. 다소 고통스럽게 『리나』를 읽어야 하고, 간신히 얻은 해석에서 다시 한번 의심하며 사유를 지속해야 하는 이유는 그것의 구조가 자본주의의 본질을 보여주기 때문이다.

국경을 넘어 초원과 사막으로 달려가는 리나는 이제 어떻게 될 것인가? 동화의 행복한 결말처럼 어미 양이 나타나 구해줄 거라 믿는가? 아직도 당신은 "보이지 않는 손"으로 그녀를 번쩍 들어 국경 너머의 안전한 어딘가로 데려가고 싶은가? 처음부터 인솔자는 탈출자들에게 말했지 않는가. "당신들한테 안전한 데가 어딘데?"(20쪽)

(2009)

# 역사의 폐허를 재현하는 실재의 시선
## —편혜영과 백가흠의 소설

### 1. '초과'하는 이미지와 이야기

무라카미 하루키의 소설 『바람의 노래를 들어라』의 주인공 '나'는 친구 '쥐'가 보내온 소설에 대해 "쥐의 소설에는 탁월한 점이 두 가지 있다. 우선은 섹스 신이 없다는 것, 그리고 한 사람도 죽지 않는다는 것이다"라고 말하며 그 소설이 가진 미덕을 설명한다. 섹스와 죽음이 등장하지 않는 소설에 대한 '나'의 지적은 현대 예술이 편집증적으로 집착하고 있는 소재가 무엇인지에 대한 반증이며, 현대 예술이 창조적 영감을 발견한 특정한 지점을 알려준다. 섹스에 대한 과감한 묘사는 빅토리아시대로 대표되는 19세기의 엄격한 사회적 분위기에 규율되었던 인간의 육체와 감각을 해방시켰다. 플로베르의 『보바리 부인』이나 헨리 밀러의 『북회귀선』과 같은 소설은 당대엔 포르노그래피로 평가되었지만, 시간이 흐른 후 육체를 규율하는 이데올로기에 속박되어 있던 인간 본성의 분출로 재평가되었다. 현대 예술에서 죽음은 단지 한 개인의 실존만을 표상하는 것이 아니라, 죽음을 통해 밝혀지는 사회적 구조로 확대되었다. 죽음은 죽을 수밖에 없는 상황 또는 죽음을 동반하는 부조리한 장면을 통해 인간과 사회에 대한 폭넓은 해석을 견인한다. 표현적으론 섹스와 죽음, 인물적으론 광인, 범죄자, 패륜아에 대한 현대 예술의 열렬한 지지는 특정한 경계를 넘어서고자 하는 인간 의지의 표상이었으며, 주어진 삶의 조건이나 체계로부터의 해방을 의미했다. 현대 예술은 이러한 '초과'에 대한 열광을 통해 이전 시대의 것들과 스스로를 변별했다.

여기서 경계를 넘어서는 행위, 즉 초과(超過)의 운동성만을 취한 것이 대중문화이다. 재장전 없이도 끊임없이 총알을 쏟아내는 총, 배우들의 거대한 육체와 스태미나로 표현되는 사랑, 혈관과 장기를 헤집는 인체에 대한 해부학적 묘사들, 비현실적인 부의 재현과 소모에 가까운 소비. 대중문화는 TV, 영화, 소설 등 장르를 가리지 않고 목적과 방향이 소거된 '초과'의 자극적 재현에 몰두하며, 대중은 '초과'에 대한 광적인 환대로 이를 일상적으로 소비한다. 이런 재현에 익숙해진 관객은 더이상 뤼미에르 형제의 〈열차의 도착〉(1895)을 보며 현실과 영화를 구분하지 못하고 비명을 지르며 달아나지 않는다. 오히려 영화라는 가상의 안전벨트마저 소거된 스너프 필름(snuff film)까지 아무렇지도 않게 소비하고 있다.

하지만 2000년 이후 한국문학에 등장한 편혜영과 백가흠은 대중문화적 표현에 익숙한 독자들도 쉽게 다가갈 수 없을 만큼 죽음과 섹스에 대한 강박증적 '초과'의 이미지와 이야기를 제시한다.[1] 먼저 편혜영의 소설을 보자. "그녀는 마취된 고양이의 배를 잘도 갈랐다. 붉은 피로 둘러싸

---

1) 이 글에서 인용하고 있는 편혜영과 백가흠의 작품들은 다음과 같다. 편혜영, 『아오이가든』(문학과지성사, 2005), 『사육장 쪽으로』(문학동네, 2007), 「산책」(『저녁의 구애』, 문학과지성사, 2011); 백가흠, 『귀뚜라미가 온다』(문학동네, 2005), 『조대리의 트렁크』(창비, 2007), 「그런, 근원」(『힌트는 도련님』, 문학과지성사, 2011). 본문에 인용할 경우 작품명만 표시하겠다.

인 내장들이 여전히 벌떡벌떡 뛰고 있었다. (……) 마침내 복강에 도달한 모양이었다. (……) 누이는 복강 안으로 손을 넣어 쓸개며 위장, 신장 따위를 만져댔다. 부러운 나머지 피로 붉게 물든 누이의 장갑을 쳐다보았다. 복강에 손을 넣어, 그리하여 따뜻한 혈관에 둘러싸인 내장을 보게 되면 나라도 그것들을 만져보고 싶을 터였다. (……) 떼어낸 자궁은 금세 악취를 풍기기 시작했다."(「아오이가든」) 편혜영의 소설을 경험해본 사람이라면 이 작품집의 어느 곳을 펼쳐도 이와 동일한 이미지들을 읽어낼 수 있다는 사실에 동의할 것이다. 오감을 자극하며, 구역질을 유발시키는 이런 묘사를 견디기 위해서는 특정한 맥락이 필요하다. 이런 장면을 요구하며, 때론 당연한 것으로 이해시키는 서사가 바로 그것이다. 날카로운 칼을 담는 단단한 칼집처럼 안정된 서사 안에서 과도한 이미지들은 소비될 수 있는 것이다. 하지만 편혜영 소설의 배경이 되는 시공간은 짐작하기도 어렵고, 역병과 죽음의 원인은 풍문처럼 떠돌며, 인물들에 대한 정보는 거의 없다. 편혜영의 다른 소설인 「저수지」는 시체를 찾는 수색대의 모습과 유기된 아이들(시체들)의 웅성거림이 서사의 전부이다. 「아오이가든」의 인물들은 집 밖을 나가지도 못한다. 왕피천에서 떠오른 시체에서 출발한 「문득,」의 서사는 죽음 이후 일상을 살아가는, 원한도 없는 여인(유령)의 모습을 담고 있다. 서사가 이미지를 포함한다기보다 오히려 이미지가 서사를 이용한다고 말하는 편이 정확하다.

그렇다면 백가흠의 이야기는 어떤가? 「배꽃이 지고」는 장애인 학대와 아동 살해라는 끔찍한 소재를 경어체 문장으로 담담하게 묘사한다. 퇴락한 농촌에서 과수원을 경작하는 중늙은이 사내는 "하얀 배꽃이 눈처럼 흩어"지는 풍경 속에서 일급 장애인 병출에게 모진 매질을 하며 그의 노동력을 착취하고, 병출의 아내인 개순을 상습적으로 겁탈한다. 과수원 일을 하러 온 일꾼에게 일당 대신 개순의 육체를 제공하고, 자신의 관절염 약이라고 개순의 젖을 탐하는 늙은 사내의 모습은 일반적인 탐욕의 형상화를 초과한다. 특히 자신의 아이일지도 모르는 개순의 아이를 마루 위로 집어던져 죽이고, 이를 병출과 함께 묻는 장면은 기괴함을 넘어 상황에 대한 공포, 서사에 대한 분노까지 불러일으킨다. 게다가 소설의 결말은 장애인 실태조사를 나온 공무원에게 아무렇지도 않게 보조금을 받고, 과수원 대숲에서 개순이를 겁탈하는 늙은이, 이를 지켜보는 병출이의 모습으로 끝난다. 다른 소설은 어떤가. 「웰컴, 베이비!」의 공간적 배경이 되는 퇴락한 웰컴 모텔의 객실에서는 각자의 불행이 싹트고, 입밖에 없는 유기된 아이를 안고 빈 젖을 물리는 동성애자의 웃음과 204호에서 선풍기에 목을 매는 사내의 모습이 병기되어 결말로 제시된다. 「굿바이 투 로맨스」에서 사내에게 감금된 두 여인은 가학적인 성행위와 폭력이 주는 치욕을 담담하게 받아넘기며 지옥 같은 방안에 누워 벌거벗은 채로 잠이 든다. 이는 폭력이나 부조리에 저항하거나 사회적으로 해결될 수 있는 여지를 남기는 문학적인 결말을 기대한 독자에게 먹먹한 충격을 준다. 소설의 완결에 대한 독자들의 기대는 사회화라는 특정한 방식에 속한 것이다. 불균등과 착취, 폭력은 사회를 통해 단죄되어야 하며, 범죄자는 처벌받아야 한다. 소설이 사회의 구조에 대한 미메시스인 이상 사회화의 경계를 넘는 소설은 위험하다.

분명한 것은 편혜영과 백가흠의 소설이 현대사회가 문학을 소비하는 방식을 초과하고 있다는 사실이다. 편혜영의 묘사는 너무 끔찍하고, 서사는 부족하게 느껴진다. 백가흠의 폭력은 과도하며, 서사는 쉽게 사회로 봉합되지 않는다. 악인은 처단되지 않고, 모든 폭력이나 패악은 때가 되면 꽃이 피고, 열매를 맺는 것처럼 자연적으로 순환된다. 이들의 소설은 기존의 소설을 읽는 방식에 대한 위반(違反)의 독법을 견인한다. 문명화된 사회를 유지하고 발전시키는 방식에 대한 불안, 사회화의 경계 밖에 위치한 하루하루가 지옥과 다름없는 삶, 보편적 주체에서 탈각된 인간들에 대한 인식을 통해 편혜영의 서사는 충족되고, 백가흠의 소설은 완결된다. 이들은 말한다. 현실의 단단한 그물을 찢고 간헐적으로 모습을 드러내는 실재를 보라고. 이 소설을 해석하기 위해 현실(reality)을 참조하지 말고, 실재(the real)의 틈새를 통해 바라보라고. 이것이 바로 우리가 살고 있는 진정한 현실이라고. 정확히 이 지점에서 이야기를 시작해보자.

## 2. 편혜영, 실재를 통한 현실의 전복

편혜영이 『아오이가든』에서 구축한 공간은 분명 낯설고 기괴하다. 유래(由來)를 찾을 순 있지만 유사(類似)를 찾을 수 없는 이 공간을 지칭하기 위해서는 "하드고어 원더랜드"[2]와 같은 별칭이 필요하다. 이러한 공간을 이해하기 위한 로드맵으로는 「산책」이 유용하다. 「산책」의 주인공 '그'는 생산 공장이 있는 지사 근무를 제안받는다. 임신한 아내도 이것이 경력과 승진에 유리하다는 것을 알고 동의한다. 그와 아내는 "익숙하고 편했지만 무신경해도 티 나지 않을 만큼 재미없고 지루"하던 일상이 변화할 것이라고 기대한다. 지사장이 소개한 111번지를 찾아 구획정리가 잘된 주거지를 헤매지만, 그들이 이사갈 집은 좀처럼 보이지 않는다. 결국 지사장과의 통화를 통해 "111번지는 외부에서 보이지 않고 109번지를 통해서만 들어갈 수 있다"는 사실을 알게 된다. 109번지의 지하를 통과한 후 도착한 111번지에서 그와 아내는 현실을 전복하는 불안한 실재의 단편들과 조우한다. "실재한다는 실감이 없"지만 멧돼지의 울음소리

2) 이광호 해설, 「시체들의 괴담, 하드고어 원더랜드-편혜영 소설과 모더니티의 엽기전」, 『아오이가든』, 문학과지성사, 2005.

는 그에게 불면의 밤을 선사하고, "사람 그림자 한 번 문 적이 없는 개"에게 아내는 지옥문을 지키는 케르베로스의 이미지를 읽고 두려워한다. 불면과 불안은 가정과 직장을 잠식한다. 하지만 현실의 세계와 실재의 세계는 그리 명확하게 구분되지 않는다. 그는 109번지에 사는 후배에게 멧돼지 울음소리를 들었냐고 묻지만 후배는 아무렇지도 않게 숙취를 말한다. 현실에서 개는 충실하고, 멧돼지는 인간의 주거지에서 격리되어 있지만, 이를 실재로 느끼는 순간 개는 이빨을 드러내며 짖고, 멧돼지의 울음은 일상을 틈입한다. 『아오이가든』에 펼쳐진 기괴한 공간이 전면화된 실재의 세계라면, 『사육장 쪽으로』의 세계는 현실에 틈입한 실재의 감각이 현실을 파괴하고 이를 전복시키는 과정을 담고 있다.[3] 「소풍」에서 여자와 남자의 여행을 잠식하는 안개, 「사육장 쪽으로」에서 전원주택에 살고 싶은 일상의 욕망을 파괴하는 개의 이빨과 울음소리, 「분실물」에서 인물의 구분을 무화시키는 안경의 분실 등은 109번지(현실)에 살고 있는 사람들을 111번지(실재)로 인도하는 장치들이다.

편혜영에게 현실을 구성하고 있는 사회는 "기계처럼 균일하게"(「산책」) 작동되는 안정된 공동체가 아니다. 사회는 하나의 픽션이며 평등, 자유, 분배, 합리라는 단어의 공통적 감각 위에 구축되었다고 여기는 상상의 공동체(imagined community)에 불과하다. 서로가 공평하게 숙지하고 있고, 균등한 기회가 주어진다고 믿고 있는 사회적 제도들은 「금요일의 안부인사」에 나오는 카드 게임과 같다. 서로 경제적 지위도, 가정 형편도 다른 세 명의 사내 '김'과 '박' '조'는 매주 금요일 '김'의 집에서

---

3) 신형철은 '실재의 미학'에서 '실재의 정치학'으로의 편혜영의 작품이 진화하고 있다고 설명하고 있다. 여기서 사용하고 있는 '실재의 정치학'은 낯익은 것(일상)을 낯선 것(악몽)으로 전화시키는 방식을 지칭한다. 신형철 해설, 「섬뜩하게 보기」, 『사육장 쪽으로』, 문학동네, 2007.

카드 게임을 하며 밤을 보낸다. 그들이 처음 만난 것은 '조'의 치킨집이었다. 막연히 술 한잔 더 하자고 '김'은 '박'과 '조'를 자기 집에 초대했지만, 그들 사이엔 대화가 오가지 않는다. 어색한 분위기를 깨기 위해 그들은 카드 게임을 시작한다. '박'에 의하면 카드 게임은 "서로 다른 무늬와 숫자를 사용해서 여러 가지 변수들을 경제적으로 다루는 게임이죠. 집약적이고 정교해요. 게다가 창의적"이다. 그들이 친교의 매개로 삼고 있는 카드 게임은 사회적인 것(the social)을 상징한다. 하지만 '김'의 딸이 마루에 떨어져 있는 "하트 에이스" 카드 한 장을 내미는 순간, 견고한 사회적 규칙은 깨어진다. "이게 왜 마루에 떨어져 있죠? 누가 숨겨놓기라도 한 건가?" 게임을 하는 도중에 바닥에 떨어진 것일 수도 있는 한 장의 카드가 전체 게임을 전복하는 것이다. '김'의 딸아이가 내민 한 장의 카드는 사회의 시스템(카드 게임)에서 탈각된 것일 수도, 아니면 교묘하게 시스템 전반을 지배하기 위해 감춰진 것일 수도 있다. 이것은 현실의 단단한 그물을 찢는 실재이다. 실재가 현실과 다른 외계에서 온 것이 아니라, 이것이 시스템의 일부이고, 시스템에서 탈락된 것이며, 혹은 시스템 전체를 지배하기 위해 감춰진 것이라는 사실은 중요하다. 전복된 카드 게임을 앞에 두고, '김'은 안절부절못하며, '조'는 불안해하고, '박'은 흥미로워하지만, 누구도 카드를 뒤집어 현실에 틈입한 한 장의 카드가 알려주는 실재의 모습을 확인하지 않는다. 그렇게 하는 순간, 그들이 나누었던 친교는 가상의 우애로, 게임을 지배하는 것은 어떠한 방법을 사용해서든 상대방을 이기고 싶다는 천박한 욕망으로 밝혀지기 때문이다.

이제 『아오이가든』 이후 편혜영이 친절하게 설명한 로드맵을 숙지했으니, 그 길을 따라 "하드고어 원더랜드"로 들어가보자. 이곳은 문명의 "거대한 쓰레기 하치장"이며, 역겨운 시취(尸臭)와 끔찍한 질병, 참혹한 가난이 일상처럼 만연한 곳이다. "아오이가든"으로 들어가는 입구는

「저수지」이다. 여학생의 실종을 알리며 「저수지」는 시작된다. 여인들의 실종은 더욱 빈번해지고, 그들의 사체는 발견되지 않는다. 저수지 근처를 뒤지던 수색대원들은 저수지 한가운데서 "기다란 생물체"를 목격한다. "그것은 순간적이고, 흐릿하고, 불분명했으며 비현실적인 형체를 띠고 있었다." 대원들은 그들이 본 것을 부정하고, 이를 저수지의 "시커먼 물"과 짙은 "안개"를 통한 착시라고 판단한다. 저수지 속의 생물체가 현실을 결절하고 그 간격을 벌리는 순간, 문단은 단락되고 살았는지 죽었는지 판단이 되지 않는 세 아이들의 웅성거림이 시작된다. 이들은 "현실감 없는 생물체"를 "괴물"이라고 지칭한다. 이들은 돈을 벌기 위해 도시로 떠난 "엄마"에 의해 유기된 아이들이다. 아이들이 나누는 대화는 비현실적이며, "시궁쥐 냄새"와 "화상"으로 썩어가는 육체의 묘사는 끔찍하다. 결국 소설의 마지막에 수색대에 의해서 밝혀지듯이 이 아이들은 "썩을 대로 썩어버린 시체"들이다. 실재(괴물)는 현실에 "순간적이고, 흐릿하고, 불분명하게" 등장하지만, 실재가 만든 현실의 틈으로 방갈로 속에 유기된 시체들의 진실이 서사 전면으로 등장한다. 아이들의 역겨운 입냄새와 방갈로를 진동하는 시취는 단순한 물리적 현상이 아니라, 버려진 아이들이 죽어가는 순간 남긴 고통의 흔적이며, 끔찍한 세계의 진실이다.

「아오이가든」에서 현실에 균열을 가하는 실재는 "역병"이다. 역병이 출몰하자 도시는 언제 문명의 모습을 하고 있었는지 찾아볼 수 없을 정도로 급격히 폐허로 변한다. "도시 전체를 내다버린 것처럼 많은" 쓰레기가 거리를 채웠고, 하늘에선 "시커먼 개구리들이 비에 섞여 바닥으로 떨어졌다" "도시 전체가 부식되면서" 풍기는 악취는 구역질과 편두통을 일으킨다. "아오이가든"은 철저히 고립된 공간이다. "팔 개월" 만에 집으로 돌아온 누이는 임신을 하고 있으며, 지독한 냄새를 풍긴다. 폐경기가 지난 늙은 어미는 생리혈을 집안에 묻히며 돌아다닌다. "연하면서도 깊고, 화려하면서도 더러운 색"이 도는 늙은 어미의 생리혈에서는 "거울을 흐리게 하고, 칼날을 무디게 하고, 유리 접시에 금을 내고, 점토 아래의 지렁이를 불러모으고, 다락의 쥐들을 미쳐 날뛰게 한다는 냄새가 났다." 집안은 죽음과 부패, 광기와 공포, 불안과 두려움으로 가득하다. 자궁을 적출당한 고양이는 '나'의 뱃속으로 기어들어가고, 누이는 "가늘고 몸통이 큰 개구리"를 낳는다. 늙은 어미는 베란다 유리창을 열고 누이의 아이들인 개구리를 쏟아버린다. 나는 "붉은 내장"을 쏟아내며 쓰레기가 가득한 거리로 떨어진다. 「아오이가든」의 대강의 내용이 환기하고 있는 것은 "역병"에 대한 두려움과 이를 통해 격리된 공간이 만들어내는 인간들의 공포와 광기이다. 실재(역병)가 전면적으로 등장하자 문명의 시계는 거꾸로 돌아간다. 우애나 가정, 사랑 등으로 지칭되던 단어는 즉각적으로 가면을 벗어 그 단어 뒤에 감춰둔 시취와 살의, 폭력을 들이민다. 편혜영에게 문명이란 「저수지」의 범죄, 「마술피리」의 가난, 「아오이가든」의 역병, 「문득,」의 폭력을 사회 외부의 것으로 감추는 시스템의 자기 건강법에 지나지 않는다. 이 작가가 창조한 악취와 야만의 세계는 부르주아 문명이 감추고 있는 진실의 모습이며, 이는 실재가 만드는 균열을 통해 그 모습을 보인다.

### 3. 백가흠, 폭력과 섹스를 재현하는 무심한 카메라의 시선

남자는 육중한 엉덩이와 벌겋게 벌어진 여자의 음부를 보며 손으로 자신의 것을 애무한다. 여자는 고개를 모로 돌려 텔레비전을 본다. 텔레비전을 보며 웃는 여자의 웃음소리가 창을 빠져나가 달구분식으로 전해진다.

달구의 늙은 노모가 달구에게 매를 맞고 있다. 노모의 검버섯 곱게 핀 빰이 벌그죽죽하다. 바람횟집의 남자가 막 여자의 질 안에 삽입을 시작했을 때, 달구분식의 노모는 가지런히 쪽찐 머리가 일순 헝클어지도록 세차게 귀빰 한 대를 아들에게 얻어맞았다. 천장으로 넘어온 여자의 웃음소리는 가는 신음소리로 변하고 있다. 바람횟집 여자는 자신의 신음소리가 새어나가지 못하게 엎드려서 손으로 입을 막고 있다. 달구의 노모도 비슷하다. 손으로 입을 막지는 않았지만, 어금니를 단단히 물어 거친 숨소리만 코로 새어나온다. 두 집의 여자들이 자신의 신음소리를 막는 이유는 서로에게 들키지 않기 위해서가 아니다. 혹 들을지도 모를 이 집 밖의 사람들 때문이다.(「귀뚜라미가 온다」)

인용한 대목은 백가흠의 단편 「귀뚜라미가 온다」의 일부분이다. 원래 무인도였던 능도(陵島)가 관광지로 개발되자 이곳에 몇 개의 횟집과 모텔, 슈퍼가 생겼다. 이곳에서 바람횟집을 운영하는 살찐 여인과 그녀를 "엄마"라고 부르며 동거중인 젊은 사내가 있다. 그들의 횟집은 얇은 벽을 사이에 두고 달구분식과 맞닿아 있다. 달구분식에는 술만 먹으면 어머니에게 폭력을 휘두르는 노총각 달구와 노모가 살고 있다. 이들은 섹스의 교성과 폭력의 신음이 혼재된 삶의 변방에 놓여 있다. 섹스만이 소통의 전부로 보이는 비정상적인 관계에서 벗어나기 위해 사내는 아이를 갖고 가정을 꾸릴 희망을 꿈꾸며, 달구의 노모는 바람횟집의 여인에게 얻은 졸복의 내장으로 담근 젓갈을 이용해 동반자살을 계획한다. 한 지붕 밑의 두 세대가 가진 가정의 희망과 동반자살만이 해결책인 절망은 등을 맞대고 공존하는 최하층 계급의 사회적 상태를 보여준다. 이들의 희망과 절망은 태풍이 접근하고 있는 능도의 풍경처럼 위태롭다. 결국 섬으로 차올라온 바닷물에 의해 달구의 노모는 죽고, 여자마저 파도에 떠밀려 바람횟집과 함께 바다로 사라진다.

「귀뚜라미가 온다」에 등장하는 이들은 백가흠 소설의 전형적인 인물들이다. 백가흠은 마르크스에 의해 사회를 변혁시킬 보편적 주체로 상정된 프롤레타리아트 계급보다 더 하층에 위치한 정치적·경제적 변방의 인물들을 소설에 등장시킨다. 인터넷을 통해 매춘을 하는 여자, 비정규직 노동자, 정신적 또는 신체적 장애인, 쓰레기가 가득한 방에 유기된 아이, 고아, 동성애자, 범죄를 저지르고 외국으로 달아난 선원, 폐품 수집으로 생계를 연명하며 철거를 앞둔 연립주택의 반지하방에서 곤궁한 삶을 살아가는 노인, 가학적인 남성에 의해 연금되어 모진 매질과 치욕을 견디는 여인 등이 이 작가의 소설에 등장하는 인물들이다. 백가흠은 이들이 처한 참혹한 사회적 환경을 무심하게 묘사한다. 보통의 소설이 사건과 인물들을 설명하고 있는 것과는 달리 백가흠은 이들의 처참한 일상과 서로에게 가하는 폭력의 세목들을 무심하게 보여준다. 백가흠이란 관찰자가 카메라로 포착한 것 같은 인물들의 자잘한 모습은 독자들에게 건조하다못해 차가운 느낌을 준다. 이러한 보여주기 기법은 이 작가가 영화에서 많은 영향을 받았다는 사실을 알려준다. 특히 인용한 「귀뚜라미가 온다」의 대목은 섹스와 폭력의 움직임을 분절하여 하나의 장면으로 제시한다. 이들의 상이한 행위는 바람횟집에서 달구분식으로 '이동하는 시각(shifting perspective)'과 장면의 교차 배열을 통해 얇은 벽을 사이에 둔 동시적 상황으로 제시된다. 섹스와 폭력이, 애욕과 적의가 동일한 청각적 효과를 통해 하나로 합쳐지며 독자에게 증폭된 감정을 전달한다. 이는 몽타주(montage) 기법의 문학적 활용이다.

백가흠에게 소설이란, 감정을 최대한 절제한 시선에 의해 포착된 장면들의 조합이다. 그는 비루한 인간 군상들의 세목들을 설명하고, 인물들의 심리를 직접적으로 토로하는 소설가가 아니다. 백가흠은 사회에서 배제된 인물들의 세세한 일상을 따라가며, 이를 사진 찍듯이 포착하고, 연속적으로 배열하며, 특정한 효과를 위해 편집한다. 이러한 백가흠의 소설 기법은 인물이나 사물의 진실을 설명하는 일반적 소설의 방식에 대한 거부를 반증한다. 인간은 다른 누군가에 의해 말해질 수 없다. 특히 자신의 처지와 상황을 설명할 어떠한 사회적 언어도 소유하지 못한 최하층의 빈민들은 더욱 그러하다. 오로지 그들은 표정과 몸짓, 행동이 만드는 가시적인 장면을 통해 재현될 수 있을 뿐이다. 이 작가의 소설에 유독 언어장애, 사투리, 말더듬이, PC통신 말투, 하층민의 은어·속어 등을 사용하는 인물이 많은 것은 이런 점에서 자연스럽다. 가야트리 스피박의 표현에 따르자면 백가흠의 인물들은 하위주체인 '서발턴(subaltern)'에 가깝다. 하지만 이 작가는 스피박이 비난받았던 방식을 되풀이하지 않는다. 백가흠은 스스로 서발턴의 심리와 상황을 대변하는 중개자라고 상정하지 않으며, 이들의 세목을 무심하게 묘사한다.

이런 가시적 효과에 통한 영화적 작법은 백가흠의 다른 소설 「웰컴, 베이비!」에서 보다 전형적으로 드러난다. 이 소설을 구성하고 있는 스물여섯 개의 소단락들은 동일한 맥락에 의해 조합된 각각의 시퀀스(sequence)이다. 이 소단락에 제시되는 인물들의 행동이나 상황 등은 숏(shot)에 해당하며, 이런 영화적 기법에 맞게 백가흠은 냉정한 카메라의 시선으로 포착된 사물과 인물들을 묘사한다. 이 소설의 공간적 배경인 퇴락한 "웰컴 모텔"은 각기 다른 방안에 제각각의 불행을 간직한 비참한 인간들의 사회이다. 동성애자이며 모텔을 운영하고 있는 '미스터 홍', 이런 그를 사랑하는 종업원이자 현재의 애인인 '재영', 여관방의 옷장을 전전하며 어른들의 성교를 엿보는 아이, 동네 피시방을 돌아다니며 게임 대회의 상금으로 연명하는 201호의 부부, 콜걸을 호출해 섹스를 하는 204호의 남자. 이 경제적으로, 젠더적으로, 정신적으로, 가정적으로 불안정한 인물들은 퇴락한 웰컴 모텔에서 어두운 삶을 살아간다. 재영은 옛 애인의 아이를 기르며 그를 잊지 못하는 미스터 홍의 곁을 떠나고, 임신중독증에 시달리던 201호의 부부는 입밖에 없는 기형아를 변기에 낳고 사라진다. 미스터 홍은 사라진 부부 대신 침대 밑에 유기된 아기에게 빈 젖을 물리며 웃음을 짓는다. 하지만 그 순간 아이는 204호실의 남자가 선풍기에 목을 매는 광경을 목도한다. 실낱같은 사랑과 끔찍한 절망이 공존하는 사회의 모습을 백가흠은 담담하게 전한다.

이런 점에서 볼 때, 「배꽃이 지고」에 사용된 경어체 문장은 장애인에 대한 착취와 폭력이 넘쳐나는 퇴락한 시골 마을의 괴담을 동화적으로 진술하며 어조와 내용의 대비를 통해 효과를 증대하고 있는 것만은 아니다. 정확하게 말해 「배꽃이 지고」에 사용된 경어체 문장은 〈인간극장〉이나 〈긴급출동 SOS 24〉의 화면들에 하나하나 의미를 달고 이를 자세히 알려주는 아나운서의 내레이션(narration)이다. 하지만 일반적으로 방송국의 카메라가 가난과 절망의 장면에서 사랑과 신뢰라는 가상의 해결책을 찾아내고, 이를 궁핍한 삶에서도 버려서는 안 될 방식으로 강조하는 내레이션을 통해 상처를 봉합한다면, 백가흠은 현실의 갈라진 틈으로 카메라를 집어넣고 렌즈 앞에 펼쳐지는 실재의 압도적인 모습들을 가감 없이 묘사한다. 그는 반사회적인 내레이터이다. 이는 사회화의 욕망이 소거한 인물과 사물의 진실을 전달하려는 작가의 리얼리즘적 신념을 보여준다. 백가흠에게 사회화의 과정에서 탈각당한 인물 군상들의 모습과 처지는 세계의 진실을 알려주는 실재이며, 이들의 심리와 상황은 무심하게 묘사하는 가시적인 방식을 통해 전달될 수 있을 뿐이다.

### 4. 가냘픈 연대와 미약한 사랑

편혜영과 백가흠은 현실을 전달해주는 신문과 방송의 엄청난 정보 속에서 실재의 모습을 발견하고 이를 포착한다. 2003년 3월 홍콩의 '아모이가든(淘大花園)'[4]에서 집단 발병한 사스(SARS)와 질병의 확산을 막기 위해 홍콩 정부가 주민을 격리 조치한 사건은 부르주아 문명이 악취를 풍기는 거대한 쓰레기 더미에 불과함을 알려준 「아오이가든」의 소재가 되었으며, 동물원을 탈출한 코끼리와 야생동물들의 단신은 「퍼레이드」와 「동물원의 탄생」의 모티브가 되었다. 백가흠의 소설 역시 〈긴급출동 SOS 24〉에 빈번하게 소개되는 장애인에 대한 경제적 착취와 폭력의 참상, 쓰레기가 가득한 집안에서 살아가는 아이들의 이야기를 모티브로 하고 있으며, 그가 다루는 주된 인물들은 신문의 단신에서 자주 언급되는 사회적 최하층민들이다. 신문과 방송은 이들을 보도하고 사회의 현실로 제시하는 과정을 통해 이들의 문제를 사회적으로 봉합한다는 환상을 심어준다. 하지만 그들은 현실을 빠르게 스쳐지나가는 하나의 이미지일 뿐이다.

편혜영과 백가흠에게 실재의 모습은 비록 "순간적이고, 흐릿하고, 불분명했으며 비현실적인 형체를 띠고 있"지만, 이들은 '괴물'처럼 현실의 단단한 시스템에 충격을 주고 미세한 균열을 만들어낸다. 이들은 현실의 틈새가 벌어지는 찰나의 순간을 놓치지 않고 감각을 집중시켜 그 틈에서 흘러나오는 사회적 피억압자들의 고통을, 질병에 가까운 빈곤을, 그들의 육체에서 풍기는 죽음의 체취를 포착한다. 이들의 소설에 전면화된 실재의 처연한 풍경은 쉽게 스쳐지나가던 낯익은 광경을 기괴하며 끔직한 것으로 변모시킨다. 이러한 변모를 통해 우리들이 살고 있는 현실의 공간은 문명의 풍요가 아닌 폐허로 인식된다. "거대한 쓰레기 하치장"의 악

4) 몇몇 평론가들의 글과 소설 관련 기사에서 사스가 집단 발병한 홍콩의 아파트 단지를 편혜영의 소설 제목과 동일한 '아오이가든'으로 기술하고 있지만, 정확한 아파트 단지의 이름은 '아모이가든'이다. 「홍콩, 아모이가든 주민에 격리령」, 연합뉴스, 2003. 3. 31.

취를 풍기는 도시(「아오이가든」), "전쟁 때 떼죽음을 당한 사람들"의 유골이 뒤섞인 거대한 고분(古墳) 위에 건설된 지방 소도시(「밤의 공사」), 능도(陵島)라 불리는 무덤의 형상을 한 섬(「귀뚜라미가 온다」), 철거를 기다리는 퇴락한 연립주택(「매일 기다려」) 등은 현실의 공간이 부르주아 문명의 처참한 잔해에 불과하다는 사실을 알려준다. 편혜영은 기괴함을 뛰어넘는 '초과'의 묘사를 통해, 백가흠은 사회적 봉합에 저항하며 현실을 패덕과 폐허의 중첩으로 재현하는 '초과'의 서사를 통해, 실재를 전면화한다. 이러한 실재의 재현을 통해 독자들은 우리가 살고 있는 현실의 처참한 광경이 예외적인 "비상사태(ausnahmezustand)"가 아니라 삶의 상례(常例)임을 깨닫는다.

'비상사태'를 통한 역사의 인식은 잘 알려진 것처럼 발터 벤야민이 「역사철학테제」[5]에서 주장한 바이다. 벤야민은 파울 클레의 그림 〈새로운 천사〉를 '역사의 천사'로 설명하며, 천사가 도래하는 메시아적 시간을 동질적이고 공허한 시간이 아니라 "현재 시간(Jetztzeit)"에 의해 충만한 시간으로 상정한다. 벤야민이 인식한 지금까지의 역사는 잔해 위에 또 잔해를 쌓이게 하는 단 하나의 파국이었다. "천사는 머물러 있고 싶어하고, 죽은 자들을 불러 일깨우고 또 산산이 부서진 것을 모아서는 이를 다시 결합시키고 싶어한다." 하지만 진보라고 위장된 유럽의 보편주의적 역사관과 속류 마르크시즘적 역사관에 의해 천사의 도래는 절망적으로 보인다. 그가 말한 천사의 도래는 "과거를 향해 내딛는 호랑이의 도약"이며 이는 "마르크스가 혁명으로 파악한 변증법적 도약"이다. 이를 위해 역사가는 승리자의 시선이 향하고 있는 미래가 아니라, 피지배계급의 고

---

5) 발터 벤야민, 「역사철학테제」, 『발터 벤야민의 문예이론』, 반성완 옮김, 민음사, 1983, 343~356쪽.

통과 억압받은 자들의 비명이 들려오는 과거를 바라봐야 한다.

발터 벤야민이 "획 스쳐지나가버린다"고 말했던 과거의 진정한 상(像)은 편혜영과 백가흠이 포착한 실재와 그리 다르지 않다. 언제나 승리자의 입장에서 기술되는 역사와 달리 비루한 인간들의 실패담에 주목하는 것이 소설의 본령임을 생각한다면 오히려 과거의 진정한 상은 편혜영과 백가흠이 포착한 실재에 담겨 있다고 해도 과언이 아니다. 하지만 편혜영과 백가흠이 빠르게 스쳐가는 현실의 이미지들 속에서 진정한 과거의 상(실재)을 포착하고 이를 소설로 재현했다고 해서, 쉽게 사회적으로 격리된 비참한 인간들이 하나의 주체화를 이루고 정치의 전면에 등장하는 것은 아니다. 그들은 이제 타인에 대한 적의를 멈추고 주변을 돌아보며 죽은 사람의 고통에 공감하기 시작했고(「조대리의 트렁크」), 쓸쓸하게 죽어간 시체를 안장할 무덤을 파기 시작했으며(「그런, 근원」), 폐허가 된 도시의 풍경을 바라보며 사랑의 낌새를 미약하게 느낄 뿐이다(「첫번째 기념일」). 이제 비참한 인간들의 가냘픈 연대가, 미약한 사랑이 시작되고 있다.

(2009)

# 페스트 시대의 소설

## —김애란, 윤이형, 강영숙의 소설에 대하여

### 1. 자본주의라는 페스트의 창궐

재난의 상상력이란 말이 하나의 역설처럼 들리는 시대가 되었다. 2011년 일본에서 발생한 대지진과 그 여파로 발생한 쓰나미는 해안도시를 덮쳐 말 그대로 그곳에 거주하는 사람들의 모든 것을 쓸어 갔다. 후쿠시마의 원자로는 녹아버리고 지금도 유출되고 있는 방사능은 인간을 벌거벗기고 그 육신을 죽음에 노출시켰다. 지진이 발생한 순간 CCTV에 촬영된 흔들리는 세간과 사무실의 집기는 현대적 삶의 유동적 모습을 보여주는 극명한 이미지이다. 이보다 먼저 있었던 아이티 대지진은 삼십만 명 이상의 사상자와 백육십만 명의 이재민, 콜레라의 창궐을 통해 한 국가를 무질서의 상태로 만들었다. 더이상 사례를 드는 것이 크게 의미가 없을 만큼 전 지구를 강타한 재난은 현재 진행형의 모습으로 세계 곳곳을 흔들고 있다. 상상을 압도하는 재난의 스펙터클을 통해 더욱 절실해진 것은 재난의 묘사력이 되었다.

하지만 이보다 더 거대한 규모로 인명을 앗아가고 지구를 파괴하고 있는 지속적인 재난이 있다. 이 재난은 전쟁과 테러, 기아, 기후변동에 따른 환경의 파괴, 자원의 고갈, 투기 자본에 의한 경제적 도산, 종교적 갈등이다. 인위적 재난이라고 부를 수 있는 현대문명의 파국을 조장하고 심화시키는 핵심에는 많은 연구자들이 지적하고 있는 것처럼 자본주의가 있다. 자본주의는 주변의 모든 것을 일회용품처럼 재빠르게 쓰고 버리며 머무른 곳을 황무지로 만들고는 다른 곳으로 이동한다. 자본주의는 몇 세기 동안 지속된 중세의 페스트가 그랬던 것처럼 사람이 사는 모든 곳으로 확산되며 전통적인 사회구조와 인간에 대한 인식을 붕괴시킨다. 페스트에 대해 과학적으로 사유할 수 없었던 중세의 유럽인들은 거지나 집시, 유대인, 한센병 환자, 외국인들에게서 발병과 구체적인 전파의 원인을 찾았고, 질병의 근절이란 명목으로 이들에게 집단적 폭력을 행사하거나 심지어는 학살을 하기도 하였다. 수도원은 고행을 통한 엄격한 수행에서 구원을 찾았으며, 동시에 마녀사냥과 같은 집단적 광기를 인정하고 주도하는 모순적 태도를 취했다. 만연한 페스트는 삶에 대한 태도마저 변화시켰다. 세상은 파멸하고 있고, 죽음은 막을 수 없기에 삶의 모든 시간과 재화는 쾌락과 생존에 바쳐진다. 이상이 소멸된 텅 비어버린 공동(空洞)의 세계를 살아가는 니힐리즘의 형식이 인간의 존재론이 된다. "지금 이 순간을 즐겨라(carpe diem)"라는 호라티우스의 시구는 스쳐가는 시간에 대한 통찰력과 신실함을 강조하는 경구가 아니라 생존의 순간적 감각에 충실하라는 동물적 삶의 태도를 말하는 페스트 시대의 슬로건으로 변형된다.

재난과 이에 따른 묵시록적 결말인 파국은 이 시대를 살아가는 모든 이들의 삶에 영향을 미치는 하나의 근대적 시스템의 작동 방식이 되었다. 한 연구자는 이를 "파국-장치"라고 표현하며, 이 다양하고 이질적인 시스템의 네트워크를 다음과 같이 지적한다. "이 안에는 철학, 정치학, 경제학, 물리학, 기상학과 같은 분과 학문이 있고, 문학, 영화, 음악, 그래픽노블, 엔터테인먼트 등의 (대중)문화가 있으며, 심지어 노스트라다무스나 2012년 지구 종말설 등과 같은 비과학적 언술 혹은 유언비어, 일상적 언표("만약 내일 세상이 끝난다면 당신은 무엇을 하겠습니까?"), 아포칼립스를 강조하는 종교 집단, 종말에 집착하는 망상증자들까지도 포함될 수 있다."[1] 근대의 정치·경제적 시스템에 재난과 파국이란 주제어가 입력되면 이를 통한 문제 설정과 인간 행동양식이 서사화된다. 종말의 시대를 살아가고 있다는 감각이 실체화되고 언론을 통해 반복적으로 학습되면 일상의 모든 시스템은 그 바탕 위에서 전개가 된다. 자본주의는 페스트의 방식을 다시 한번 반복하고 있는 것처럼 보인다. 그러나 중세의 페스트가 대상에 대한 무지에서 비롯된 것이라면 지금의 '파국-장치'는 분할과 배제를 통해 이윤을 생산하는 자본주의 시스템의 은폐와 위장을 위해 사용되고 있다는 점이 다르다. 좀더 심각한 문제는 이러한 지적을 통해 자본주의 체제에 대한 비판은 가능하지만 이를 끝장내기 위한 시도나 사유가 불가능한 것처럼 보인다는 점이다. 비판적 사유는 놀이가 되어버리고, 진지한 연대는 개인의 자유를 억압하는 획일성이라고 비판하는, 포스트모더니즘적 사유가 이 시대를 대표하고 있다는 사실이 알려주는 것처럼 이론은 자본주의에 대한 비판과 변혁의 시도를 멈추었고, 문화는 자본주의가 지휘하는 파국의 서사를 재생산한다. 테리 이글턴은 포스트모더니즘이 보여주는 포스트-비극적인 세계의 모습을 사뮈엘 베케트의 희곡을 통해 다음과 같이 말한다.

일례로 사뮈엘 베케트의 희곡에는 어떤 형태로라도 구원에 대한 믿

---

1) 문강형준, 「허무를 허물기—파국 시대의 정념에 대하여」, 『문학동네』 2011년 여름호, 580~581쪽.

음이 존재하지 않는다. 다만 시급히 구원이 필요해 보이는 세계를 보여 줄 뿐. 베케트 희곡은 뭔가 대단히 위안거리가 될 만한 것이 가까이에 없어도 어떤 참을 수 없는 것들을 외면하려 들지 않는다. 그렇지만 구원이 진정 존재하지 않지만 구원되어야 할 것도 전혀 존재하지 않는 그런 세상을 그려보면 이와 같은 긴장에서 곧 홀가분해질 수 있다.[2)]

구원에 대한 믿음이 사라진 세계에 울려퍼지는 구원에 대한 기도, 곡소리는 들리나 통절한 고통과 눈물이 없는 애도, 개인의 자유가 사라진 신자유주의적 자본주의의 지배, 타자에 대한 진지한 사유와 인정이 없는 다문화주의, 자본주의에 대한 비판이 소거된 재난의 자연화 등은 이글턴이 말하는 포스트-비극적 소설의 공통적 특징이다. 이천년대의 소설에서 재난을 소재로 삼고 있는 작품을 찾는 것은 그리 어려운 일이 아니다. 강영숙, 박민규, 편혜영, 최수철, 윤이형, 김애란, 김사과, 김현영, 배명훈, 김성중 등의 작품은 재난과 파국을 중요한 배경으로 하고 있으며, 그 위에서 가치 있다고 여겨지는 질문과 해결을 서사적으로 제시한다. 이 글은 이들 중 김애란, 윤이형, 강영숙의 소설을 대상으로 하고 있다. 이들의 소설에서 재난은 운명에 가까운 자연의 형태로, 종말론적 사유에 대한 농담으로, 자본주의의 상례적 사건이자 상처로 재현된다. 이는 재난을 인지하고 재현하는 각기 다른 작가적, 문화적 태도를 보여준다.

### 2. 묻지 마 종말—김애란의 경우

소설의 상상력은 현실의 시계보다 빠르거나 늦다. 그 시차가 만들어내는 균열에서 사유의 의미가 발생하기 때문이다. 소설에는 균열의 재현

2) 테리 이글턴, 『이론 이후』, 이재원 옮김, 길, 2010, 87쪽

과 이를 통해 발생하는 서사가 제출하는 질문, 그 질문에 대한 해결 혹은 결말이 필수적으로 요구된다. 하지만 상상을 압도하는 현실의 엄청난 충격은 사유가 생산되는 균열마저 뒤흔들어놓은 것처럼 보인다. 김애란이 발표한 재난을 소재로 한 소설에는 이 균열을 표현하고자 하는 어떠한 '강박'과 '초과'(이것은 상상력의 측면에서도 고찰이 가능하고, 유행의 측면에서도 관찰이 가능하다)가 담겨 있다. 김애란의 「물속 골리앗」을 보자.

소설은 성경의 대홍수를 연상시키는 지루한 장마로 시작한다. 철거 명령이 내려진 아파트에서 엄마와 단둘이 살고 있던 '나'는 이 비 때문에 잠시나마 용역회사 사람들의 폭력과 전기가 끊긴 아파트가 내뿜는 열기에서 벗어날 수 있다고 안도하지만 그 생각은 곧 지독한 고립감으로 변한다. 지구는 "정신병"[3]에 걸린 것처럼 비를 쏟아내고, 타워크레인에서 실족사한 아버지의 죽음에 정신적 충격을 받은 엄마는 서서히 미쳐간다. 시간을 감각할 수 없을 만큼 똑같은 풍경의 날들이 지나가고 결국 엄마는 죽음을 맞는다. '나'는 구조할 사람들이 올 것이라고 믿지만 이 생각은 세상에 의해 버림받았다는 두려움으로 변한다. '나'는 나무 문짝으로 만든 배에 엄마의 시신을 싣고 아파트를 탈출한다. '나'는 곧 안전한 곳을 찾을 수 있을 것이라고 생각했지만 도시의 흔적은 보이지 않는다. "세상은 온통 물에 잠겨 있었다."(112쪽) 타워크레인만이 "마치 지구상에 살아남은 유일한 생물처럼 가지를 뻗고 물안개 사이로 음산하게 서 있었다. 그것들은 대부분 한쪽 팔이 길었다. 그래서 마치 한쪽 편만 드는 십자가처럼 보였다. (……) 세계는 거대한 수중 무덤 같았다."(112쪽) 급류에 엄마의 시신마저 떠내려가고 "우주의 고아"(117쪽)가 된 '나'는 타워

3) 김애란, 「물속 골리앗」, 『비행운』, 문학과지성사, 2012, 97쪽. 이후의 인용은 간략하게 쪽수만을 병기하겠다.

크레인에 매달려 신에게 묻는다. "왜 나를 남겨두신 거냐고. 왜 나만 살려두신 거냐고, 이건 방주가 아니라 형틀이라고."(118쪽)

김애란은 소설에 나타난 대홍수가 인류의 종말인지 사회의 가장 낮은 곳에 위치한 빈민 소년이 맞이한 재난인지에 대해서는 구체적으로 설명하지 않는다. 하지만 소설에 산재한 종교적 상징물들(신, 십자가, 다윗의 별, 골리앗, 방주, 기도서 등)은 이를 성경에 기록된 대홍수와 흡사한 의미를 가진 것으로 읽게 한다. 망망대해로 변해버린 세상은 타락한 인류가 도달한 "세계의 끝"(123쪽)이다. 그러므로 소설의 마지막 장면에서 타워크레인의 꼭대기에 홀로 앉은 '나'가 간절하게 기다리는 것은 구조가 아니라 구원이며, 그를 그곳으로 이끈 아버지의 환영은 신의 현현과도 같다. 엄밀하게 말해 「물속 골리앗」은 재개발과 철거민, 한국의 노동문제를 상징하는 타워크레인 위의 노동자 같은 소재를 통해 '지금 여기'의 한국인들이 맞이한 현실을 알레고리적으로 서술하고 있는 소설이 아니다. "강산아파트"가 단전(斷電)되고 홍수에 의해 고립되는 것과 동시에 이 소설의 시공간은 현실에서 신화적이며 종교적인 곳으로 변한다. 만약 이 소설을 읽고 대홍수와 구원의 의미를 해석해야 한다면 그 근거는 소설에 기술된 독특하고 개별적인 문장과 개념에서 찾아지는 것이 아니라 성경이나 대중적으로 만연된 묵시록적 서사물에서 빌려와야 한다. 그렇기 때문에 「물속 골리앗」에 나오는 홍수는 재난이지만 '지금 여기'의 재난은 아니다. 이 재난은 지구의 모든 것을 탕진하고 있는 산업자본주의 문명이 만든 환경의 파괴와 자원의 고갈에 따른 필연적 결과가 아니라 인류의 오만과 타락을 심판하는 신의 분노이기 때문이다.

세계는 비 닿는 소리로 꽉 차가고 있었다. 빗방울은 저마다 성질에 맞는 낙하의 완급과 리듬을 갖고 있었다. 하지만 그것도 오래 듣다보니 하나의 소음처럼 느껴졌다. 자연은 지척에서 흐르고, 꺾이고, 번지고, 넘치며 짐승처럼 울어댔다. 단순하고 압도적인 소리였다. 자연은 망설임이 없었다. 자연은 회의(懷疑)가 없고, 자연은 반성이 없었다. 마치 어떤 책임도 물을 수 없는 거대한 금치산자 같았다.(94~95쪽)

수많은 사람들의 목숨을 앗아간 재난을 하나의 '자연'으로 인지한다면 이를 초래하고 증폭시킨 사회적 구조나 문화에 대해서는 반성을 할 수 없다. 일본의 재난은 지진에서 시작되었지만 가장 강력한 여진은 원자로에서 방출되고 있는 방사능이다. 고갈되는 화석연료를 대체할 수 있는 효율적이며 통제할 수 있는 에너지로 포장된 원자력은 사실은 인간이 감당할 수 없는 "자연"과 같다. 망설이고 회의하고 반성해야 할 것은 자연이 아니라 인간이며 그가 근간하고 있는 산업자본주의이다. 자본주의는 "어떤 책임도 물을 수 없는 거대한 금치산자"처럼 행세하지만, 이것은 인간이 적응하고 생존해야 할 '자연'이 아니라 반성하고 변혁해야 할 '문화'이다.

「물속 골리앗」에 표현된 재난의 자연화(naturalize)를 지적하는 것은 이것이 예술가의 고유한 개성이라기보다는 이천년대 한국 사회의 문화적 현상에서 배태된 것은 아닌가 하는 의심 때문이다. 소설에서 재난을 신화적이며 종교적인 형태로 재현하고 이를 변혁 불가능한 자연적 현상처럼 서술하는 것은 언론에서 범죄의 이유를 개인의 정신적 장애로 설명하는 것과 대단히 흡사하다. 이천년대 한국 언론이 만든 '사이코패스(psycho-path, 반사회성 인격장애)'나 '묻지 마 살인'이라는 유행어에는 그 범죄가 발생한 사회학적 원인이나 구조적 모순을 은폐하려는 음험함이 있다. 범죄에 '묻지 마 살인'이라는 수식어가 붙고, 범인에게 '사이코패스'란 설명이 제시되면 그 죄가 배양된 사회적 모순은 사라지고, 원인은 개인의 정신병리학적 심리상태에서만 탐구된다. 무한한 욕망의 환상을 제공하면서 이를 충족하기 위해서는 엄격한 요금을 지불하라고 말하는 자본에 대한 비판이나 재화의 유무를 기준으로 인간을 소외시키는 사회에 대한 개혁보다는 이를 조절하지 못하는 개인의 성격이나 정신적 장애가 범죄의 원인이 된다. 인간은 교양과 가치의 제시, 교육을 통해 형성되는 것이 아니라 선인 혹은 악인으로 탄생한다. 성경 속에 기록된 선과 악의 끝없는 투쟁으로 역사는 신화화되고, 사회는 감시나 억압을 통해 유지될 수 있는 변혁 불가능한 생태계로 인지된다. 「물속 골리앗」에서 투기를 목적으로 한 아파트의 철거를 "강산아파트는 지금 스스로를 서서히 허물어뜨리며 자살하고 있다"(90쪽)고 말하거나, 대홍수를 지구의 "정신병"(97쪽)으로 설명하는 등장인물들의 인식 구조는 범죄의 원인을 개인에게 내재된 심리적 품성에서 찾는 언론의 방식과 그리 다르지 않다.

'묻지 마 살인'에서 묻지 말라고 말하는 주체는 범죄를 저지른 범인이 아니다. 그것은 범죄에서 사회의 모순을 발견하려는 의미 있는 질문을 중단시키는 자본주의의 고함이다. 일본 정부는 방사능 유출에 따른 피해와 그 개선 방안을 묻는 국민에게, 한국 정부는 집중호우에 따른 산사태와 물난리의 책임을 묻는 시민에게, 이것은 인간의 힘으로는 어찌할 수 없는 자연적인 현상이니 더이상 묻지 말라고 대답한다. 소설이 의미 있는 것은 그 서사 안에 가치 있는 질문이 담겨 있기 때문이다. 묻지 말라고 하는 곳에서 소설은 더 큰 목소리로 질문을 던져야 한다. 그것이 소설의 숙명이다.

### 3. 파국과 구원이라는 농담—윤이형의 경우

「물속 골리앗」의 '나'는 스티로폼 조각을 잡고 표류하며 짧은 꿈을 꾼다. "꿈속에서 나는 쾌청하게 갠 하늘을 봤다. 살면서 그렇게 푸른 하늘은 본 적이 없었다. (……) 그건 그냥 완벽한 파랑이었다."(119쪽) 꿈속에서 들리는 목소리는 이 "완벽한 파랑"의 이름을 "옛날 화가들이 그린 기도서의 색깔"이라고 알려주지만, 이내 '나'는 "기도가 그렇게 푸를리 없다고. 내가 아는 기도의 색은 비천한 색이라고. 닳고 닳아 너절하고 더러운 색이라며"(120쪽) 화를 내고 잠에서 깨어난다. "음울한 회색 하늘"(120쪽)과 "푸른 하늘" "너절하고 더러운 색"이라는 세 가지 이미지는 각각 거대한 종말과 순간적이며 미약한 구원, 벗어날 수 없는 현실이라는 의미를 가진다. 이 장면은 재난을 종말로 형상화하는 소설의 전형적인 서사구조를 알려 준다.

윤이형의 「큰 늑대 파랑」에서도 묵시록 서사가 가진 전형적인 형태는 반복된다. 먼저 몇 가지 용어를 정의하고 시작하자. "'종말론적(apocalyptic)'이라는 단어는 보통 파멸적 사건을 의미하지만 성서에서 사용하는 용어는 '드러냄(unveiling)'을 의미하는 그리스어에서 파생하였다. 즉 '종말(apocalypse)'은 시간의 종말에 하늘에 쓰인 신비를 드러내는 계시고, '선택받은 자들(the elect)'에게 종말은 파국이 아니라 구원을 의미한다."[4] 종말이라는 단어에는 일반적으로 알려진 것과는 달리 파국과 구원의 이미지가 공존하고 있다. 윤이형은 종말의 원인이 되는 재난을 종교가 아닌 대중문화에서 전유해 온다. 흔히 좀비 묵시록(zombie apocalypse)이라고 불리는 B급 문화의 소재를 사용하며 윤이형은 더 나쁜 쪽으로 흘러가는, 변혁의 희망은 사라졌다 말하며 자본주의적 타락을 자연적 진화의 과정이라고 여기는, 한국 사회를 비판한다. 「큰 늑대 파랑」은 구원보다는 파국을 종말의 형태로 상상하는 것에 익숙한 한국인의

---

4) 존 그레이, 『추악한 동맹—종교적 신념이 빚어 낸 현대 정치의 비극』, 추선영 옮김, 이후, 2011, 14쪽.

집단적 죄의식과 성경에 근거한 종말론적 신앙에 던지는 작가의 거대한 농담처럼 읽힌다.

소설은 노파를 습격하는 소년 좀비의 모습으로 시작한다. 좀비의 발생 원인은 "이상 바이러스로 추정"[5]되지만 정확한 이유는 소설에서 제시되지 않는다. 좀비의 출현과 동시에 파랑이 벽에서 뛰쳐나와 생명을 얻고 구체적인 형상을 드러낸다. "인기척이 사라지자 파랑은 마침내 벽에서 빠져나왔다. 작고 짧은 네 다리가 땅을 딛자 오랫동안 불가능하게만 여겨지던 그 일이 다시 일어났다."(97쪽) 소설에 등장하는 좀비는 조지 로메로 영화에 나오는 전형적인 이미지보다는 이천년대 공포영화에 나오는 활동력 있는 좀비의 모습을 가지고 있다. 좀비는 사람을 공격하여 내장을 뜯어먹고, 좀비에 물린 사람은 "빠르면 삼 분에서 길면 스물네 시간"(103쪽) 후에 좀비로 변한다. 좀비는 서울 전역으로 확산되고 늑대 파랑은 자신에게 "살과 피를 선사한"(98쪽) 아버지와 "숨을 불어넣은"(99쪽) 어머니들을 찾아 도시를 헤맨다. 파랑의 간절한 바람과는 달리 아버지와 두 명의 어머니는 이미 좀비의 습격을 받은 후이다. 파랑은 아버지와 어머니의 육체를 뜯어먹으며 더 큰 늑대로 자라나고 유일하게 살아남은 어머니 아영을 구해낸다. 아영은 "작은 섬"(144쪽)만큼 자라난 파랑을 타고 뜨겁게 사랑했으나 헤어진 "K"를 찾아 도시의 어둠을 내달린다.

읽는 사람에 따라 다르겠지만 이 소설은 두 개의 결말 중 하나의 방식으로 기억될 것이다. 하나는 끔찍한 파국의 실현이다. "이해할 수는 없었지만, 언제나 찾아올 것 같기만 하고 정작 오지는 않던 세상의 끝이 어딘

5) 윤이형, 「큰 늑대 파랑」, 『큰 늑대 파랑』, 창비, 2011, 102쪽. 이후의 인용은 쪽수만을 병기하겠다.

가에서 이미 시작된 듯했다. 땅과 하늘 모두가 천천히 죽음에 먹히고 있었다."(137쪽) 다른 하나는 살아남은 사람들이 살아갈 "작은 섬"처럼 자라난 구원이다. "도끼를 든 어머니가 등에 올라타자 파랑의 몸은 더욱 거대해졌다. 멀리서는 작은 섬 하나가 움직이는 것처럼 보일 만한 크기였다. 세상을 가득 채운 죽은 사람들은 그들을 보지 못한 채 깜깜한 길을 걷고 있었다. 파랑은 새파란 네 다리를 움직여 어둠 속을 달리기 시작했다."(144쪽) 좀비의 창궐과 파랑의 출현은 "오랫동안 불가능하게만 여겨지던 그 일"이지만 독자에게 보다 실감을 주는 것은 좀비에 의한 세계의 소멸일 것이다. 이 소설이 허무맹랑하게 읽힌다면 그것은 늑대 파랑의 존재 때문이지 좀비의 출현과 이로 인한 세계의 종말이라는 결말 때문은 아니다. 이미 우리에게 "세계의 끝"과 좀비는 문학과 영화, 게임, 애니메이션을 통해 반복적으로 소비되고 있는 매혹적인 상품이다. 오히려 현실적이지 못하다고 비난받는 것은 낙관적 희망의 제시이며, 이는 예술가의 안이한 창의력으로 인지된다. 그렇기 때문에 늑대 파랑의 의미에 대해서는 다시 한번 고찰해야 한다.

파랑의 부모인 사라, 재혁, 정희, 아영은 학생운동이 소멸하던 1996년 특별한 이유 없이 시위대를 따라 거리로 나선다. 하지만 이내 네 사람은 그들의 행동이 미지의 세계에 대한 호기심에서 촉발하였다는 사실을 깨닫고 영화관으로 간다. 그들이 쿠엔틴 타란티노의 〈저수지의 개들〉(1992)을 보고 있을 때, 시위대의 학생이 경찰의 과잉진압으로 죽는다. 그날 밤 파랑은 현실과 가상의 짙은 피 냄새 속에서 탄생한다. 이 네 대학생이 선택한 것은 사회적 변화의 실현이 아니라 "에로틱한 강렬함, 예술이 주는 우아한 쾌락, 기호가 자아내는 즐거운 육감"[6]이었다. 이들은 이 선택에

6) 테리 이글턴, 같은 책, 79쪽.

답하듯 이후의 십년을 순간적 감각에 충실한 동물적 형태로 살아간다. 사라는 "다량의 독서 덕분에 정치적으로 올바른 견해를 가질 수 있었고, 온힘을 다해 자신을 흩뜨려놓으려는 소모적인 감정에 맞서 자신과 사람들을 사랑할 줄도"(105쪽) 아는 히키코모리(引きこもり)이자 프리랜서 작가로 살아간다. 재혁은 성공을 위해서라면 서슴지 않고 비윤리적 행동을 선택하는 동시에 그런 "자신을 비웃는 일의 위악적인 즐거움"(115쪽)에 빠진 비판적 속물이며, 정희는 밥벌이가 되어버린 직업에 "부끄러움과 자괴감"(128쪽)을 느끼면서도 이를 벗어나지 못하는 직장인이다. 아영은 삶의 선택권을 상실한 부모의 인형처럼 살아간다.

> 우리가 뭘 잘못한 걸까? 그 사람들처럼 거리로 나가 싸워야 한 걸까? 그때 그러지 않아서 지금 이렇게 되어버린 걸까? 난, 무언가를 진심으로 좋아하면 그걸로 세상을 바꿀 수 있을 줄 알았어. 재미있는 것들이 우리를 구원해줄 거라고 생각했어. 그런데 이게 뭐야? 창피하게 이게 뭐냐고? 이렇게 살다가 그냥 죽어버리라는 거야? 정희의 말은 아영이 가끔 읽는 자기계발서 속 문장들보다도 앙상하고 힘이 없어 보였다. 하지만 공허하게 느껴지지는 않았다.(138~139쪽)

파랑의 부모인 네 명의 대학생들은 코제브(Alexandre Kojève)가 20세기 중반 미국과 일본에서 목격한 역사의 종말 이후를 살아가는 '최후의 인간'과 다르지 않다. 이들에게 삶은 동물적 생존과 속물적 자의식의 만족을 의미한다. 정희는 사회적 변혁을 선택하지 않은 과거를 후회하는 듯 말하지만 그 이유는 자신의 삶이 멋지지도 재밌지도 않기 때문이다. 듣는 아영에게도 정희의 말은 설득력이 없지만 공허하게 느껴지진 않는다. 그것은 멋지게 들린다.

파랑은 이들이 아직 속물 또는 동물적 삶을 선택하기 전, 사회적 참여와 문화적 향락의 기로에 서 있던 그 순간의 정념이며, 순간적으로 인생을 관통한 청춘의 빛나는 이미지이다. 이는 재혁이 파랑을 그린 모니터에 적어놓은 다음과 같은 문구에서 잘 알 수 있다. "늑대의 이름은 파랑이다. 파랑은 우리를 지킨다. 우리는 파랑을 지킨다. 언젠가 우리가 우리를 잃고 세상에 휩쓸려 더러워지면, 파랑이 달려와 우리를 구해줄 것이다."(141쪽) 하지만 이 구원은 사이비 종교에서 설파하는 망상적 휴거처럼 따스하고 다정한 손길에 의한 선택적 '들림'이 아니다. 윤리와 정의에 대한 믿음은 평생 그들을 따라다니는 죄의식의 정체이며, 좀비가 된 산송장의 마지막 남은 육신을 찢어발기는 가혹한 안락이다. 이들 중 아영이 목숨을 보존한 까닭은 그녀의 삶에 특별한 의미가 있기 때문이 아니라 충동적으로 구매한 "대만제 손도끼"(138쪽)가 말해주듯, 우연이다. 구원이 있다면 그것은 종교에서 강조하는 것처럼 경건한 삶과 신앙의 결합에 따른 필연적인 이끌림이 아니라 대형 사고의 생존자들이 입을 모아 말하는 것처럼 우연이다.

윤이형은 「큰 늑대 파랑」에서 대중적으로 소비되는 종말론의 서사에 담긴 파국을 좀비에 의한 것으로, 구원을 모니터에 그린 늑대 파랑의 모습으로 형상화한다. 자본주의적 성공을 향해, 더 큰 향략을 향유하기 위해 동물-속물적 삶의 형태를 기꺼이 선택한 우리 시대의 인간은 이 세계가 만들어내는 고통과 비극에 자신이 어느 정도는 참여하고 있다는 죄의식을 가지고 있다. 그러나 우리는 이를 반성하고 변혁하기보다는 한꺼번에 공멸하는 평등한 심판을 선택하며, 이를 통해 죄의식을 상쇄하고 죽음마저 유쾌하게 소비한다. 윤이형의 「큰 늑대 파랑」은 종말을 두려워하는 동시에 갈구하는 동물-속물적 인간을 향한 거대한 농담이다. 좀비에 의한 세계의 파괴와 늑대 파랑에 의한 구원 중 어떤 것을 더욱 터무니없는 농담으로 읽어낼지는 독자의 몫이다.

### 4. 낯선 지옥에서의 삶—강영숙의 경우

강영숙은 한국 작가로는 드물게 세계를 하나의 지역적 단위이자 인식의 층위로, 그리고 서사의 배경으로 사유하는 소설가이다. 강영숙의 소설에는 낯선 지명과 이방인들, 다른 지역에서 발생한 국가적 재난이 많이 등장한다. 이는 익숙하지 않은 것을 다루려는 작가의 소재주의나 이국 취향이 아니라 국가적 경계를 초월하는 삶이 이 시대를 살고 있는 인간의 보편적 조건이 되었다는 작가의 인식에서 기인한다. 국가적 경계를 초월하는 삶에 대해서는 약간의 설명이 필요하다. 소련의 붕괴 이후 세계는 빠른 속도로 자본주의화되었고, 자본의 네트워크는 전 세계를 하나의 시장으로 묶어냈다. 전 세계 국가는 시장의 요구에 따라 시스템을 가동한다. 정치가들의 주된 업무는 복지나 민생이 아니라 국가 간의 관세와 무역협정이 되었다. 자원의 안정적 확보나 지속적 이윤을 위해 국가는 기꺼이 전쟁을 수행한다. 낮은 임금의 노동자를 원하는 기업의 요구에 따라 저개발 국가의 국민들은 상품이 되어 국경을 넘는다. 그들은 쉽게 불법체류자와 같은 불안정한 신분으로 전락하며, 이는 저임금과 억압적 고용 시스템을 지탱하는 중요한 축으로 작용한다. 사스(SARS)와 같은 신종 감염병은 국가 간의 교통로를 따라 쉽게 전 세계로 확산된다. 비인도적인 축산 시스템이 만들어내는 동물들의 질병은 축산물의 국제적 이동 경로를 따라 움직이며, 이는 자연스럽게 사회적 감염병이 된다. 공황과 같은 경제위기, 기아와 전쟁, 환경의 파괴로 인해 더욱 거대해진 자연재해 등은 인간을 벌거벗기며 그들을 범죄자나 부랑자, 국제적 난민으로 만든다.

월경(越境)하는 삶을 대표하는 유형은 공동체의 구획에 구애받지 않고 자유롭게 이동하는 과거의 유목민이 아니라 난민 혹은 이주노동자이다. 강영숙의 장편 『리나』의 주인공 소녀는 난민에서 곧 불법체류 노동자가 되며, 그녀의 불안정한 신분은 어딘가에 뿌리내리지 못하는 신세를 일시적인 것이 아닌 운명으로 만든다. 난민에서 노동자로, 다시 유랑극단의 가수에서 창녀로, 마지막엔 살인자에서 쓰레기장의 부랑자가 되어버리는 리나의 인생유전이 말해주는 것은 무덤이 아닌 쓰레기장을 최종목적지로 하는, 마치 산업화된 사회의 상품이 경험하는 주기(cycle)가 이 시대의 인간을 설명하는 상례가 되었다는 사실이다.

강영숙 소설의 중요한 축은 이러한 정치적, 사회적, 경제적, 자연적 재난이 만들어내는 불안정한 기반 위에서 끊임없이 흔들리는 인물들을 서사화하는 것이며, 이를 통해 유동적 삶을 살아가는 인간의 불안한 내면을 민감하게 기록하는 일이다. 과도한 불안과 예민함, 집착에 가까운 의심 등은 강영숙 소설의 인물이 가진 중요한 특징이며, 이는 소설의 인물들이 겪는 중요한 갈등으로 작용한다. 이러한 인물들을 통해 강영숙이 보여주고자 하는 것은 이들에게 구체적 실감으로 다가오고 있으나 대부분의 인간들은 무심하게 넘겨 보내는 전 지구적 재난의 징조이다. 지진과 같은 자연재해를 사전에 미리 예감하거나 감지하는 일은 동물적이라고 부를 수 있는 특수한 능력을 요구한다. 이론과 통계 등에 의해 예측이 가능하다고 여겨지는 사회적 재난도 그리 다르지 않다. 한국의 IMF나 미국의 경제위기가 닥치기 전에 이를 미리 인지하고 준비한 사람이 과연 얼마나 되는가. 대표적 지진 발생 국가인 일본에서조차 후쿠시마 원전사고가 있기 전까지는 원자력 발전소가 초대형 재난의 진원지가 될 것이라고 예상한 사람은 드물었다. "거의 모든 것을 일단 의심해보고 나서야 받아"들이는, "바람 부는 풀밭에 누워 단 십 분만이라도 편안"하기를 소망하는, 강영숙의 인물들이 보여주는 의심과 불안은 그들이 느끼는 사회적

재난에 대한 실감을 이해하지 않으면 설명될 수 없다.[7)]

최근 강영숙의 관심은 산업사회의 부산물처럼 발생하는 재난에서 홍수, 쓰나미 등의 자연적 재해로 옮겨간 것처럼 보인다. 하지만 이를 좀더 면밀하게 살펴보면 강영숙의 사유가 그리 달라지지 않았다는 사실을 알 수 있다. 「재해지역투어버스」의 '나'는 "최고의 관광도시"라는 뉴올리언스로 여행을 떠난다. 허리케인 카트리나가 지나간 이곳에서 '나'를 맞은 건 거리에 넘쳐나는 홈리스와 거지, 그리고 재난의 역겨운 냄새이다. '나'는 "재해지역투어버스"를 타고 운전기사의 설명을 들으며 태풍이 쓸고 지나간 도시의 상처를 탐방한다. 운전기사는 카트리나의 희생자들이 대부분은 차가 없어서 제 시간에 대피할 수 없었던 사람, 일자리에 대한 걱정 때문에 피신 대신 출근을 선택한 하층민, 오래되고 낮은 주택에서 살던 빈민이었다고 설명한다. 이들은 뉴올리언스의 흑인들이다. 그들은 "대대로 노예"였으며, "한 달에 이십 달러를 받는, 이름과 나이만 간신히 기억되는" 삶을 살던 사람들이다. 카트리나가 파괴한 도시보다 더 큰 상처는 이들을 직접적으로 타격한 공포와 죽음, 그리고 내면의 상처이다.

> 수많은 사람들이 아직도 그때의 고통에서 벗어나지 못하고 덜덜 떨고 있습니다. 저기 시내 거리로 나가보십시오. 그때의 충격 때문에 머리가 돌아버린 사람들이 길거리를 배회하고 있을 겁니다. (……) 그러나 어쩌면 그런 건 문제가 아닙니다. 아이들은 말을 잃고 여자들은 웃음을 잃었어요. 수많은 사람들이 그때 본 시체들의 모습을 평생 잊지

---

7) 강영숙, 『흔들리다』, 문학동네, 2002, 14쪽, 107쪽. 이 글에서 다루고 있는 강영숙의 소설집은 『흔들리다』와 『아령 하는 밤』(창비, 2011)이다. 이후의 인용은 제목과 쪽수만을 병기하겠다.

못하고 불안과 우울 증세에 시달리고 있습니다. (「재해지역투어버스」, 119쪽)

운전기사는 도시의 모든 곳에 비가 내려도 수해를 경험하는 사람은 언제나 가장 낮은 계층의 사람들, 그중에서도 신체적으로 취약한 노약자들이란 점을 강조한다. 그리고 백인들의 재산을 지키기 위해 도시로 들어온 "주 방위군"의 무차별적 폭력이 재난 직후에도 일정한 수준의 균형을 유지하던 흑인들의 분노를 자극하였고, 이를 폭발하게 하였다는 사실을 지적한다. 역설적이지만, 뉴올리언스의 흑인들은 주 방위군에 "재해 지역에서 약탈을 일삼는 악당들로 규정"되고 그렇게 취급받자 자율적인 질서와 자정의 노력을 망각하고 진짜 약탈과 살인을 자행한다. 소설의 마지막에 연주되는 암스트롱의 〈What a Wonderful World〉는 80년대 전쟁영화 〈굿모닝 베트남〉에서 그랬던 것처럼 우리가 살고 있는 이곳의 실상에 대한 역설에 가까운 아이러니를 보여준다.

「라디오와 강」은 대홍수를 통해 유일한 친구이자 동포인 '킴'을 잃어버린 '오'의 쓸쓸한 휴가를 다루고 있다. 오하이오의 외국인 노동자인 '오'는 여름휴가를 혼자 보내기 위해 킴의 무덤을 방문하고, 시골의 작은 마을로 내려간다. 처음 이곳에 도착했을 때 '오'는 거대한 기차 소리에 놀라 "두 손으로 귀를 틀어막은 채 이빨까지 달달" 떨거나 귀를 막고 나무 밑으로 도망가 웅크린다.

세번째 날인가, 네번째 날쯤 되었을 때 그는 기차 소리가 들려도 더이상 귀를 틀어막지 않는 자신에게 깜짝 놀랐다. 기차 소리는 수시로 들려왔지만 그는 이상하게도 더이상 귀를 틀어막지 않았다. 기차가 오거나 말거나 편안하게 신문을 볼 수 있었지만 문제는 제 날짜의 신문이 없다는 것이었다. 그는 이 동네가 자기를 닮았다고 생각했다. 기차가 수시로 오고 가는 것 말고 아무 일도 일어나지 않는.(「라디오와 강」, 73쪽)

시골 마을을 처음 방문한 '오'는 귀를 찢고 피를 흘리게 하는 기차 소리에 너무 놀라지만 이내 적응을 하고 기차 소리를 들으면서도 아무렇지도 않게 신문을 보게 된다. 타락의 초기에만 그 부정과 부패를 감지할 수 있다고 한 니체의 말처럼 '오'는 소음에 쉽게 적응한다. 흥미로운 것은 끔찍한 소리를 내며 기차가 왕래하는 시골 마을을 자신과 닮았다고 여기는 '오'의 판단이다. 자본주의의 위기와 파국은 쉴 틈 없이 반복되며 그 영토에 살고 있는 사람들을 무심하게 만든다. 사람들은 실제 재난이 와도 뉴스에 피해 규모나 진행 상황이 보도되기 전까지는 이것의 심각성을 감지하지 못한다. '오'는 자신의 삶에서 "아무 일도 일어나지 않"았다고 말하지만, 낯선 곳에서 익숙하지 않는 공장 노동을 선택한 이민, 가족과 소통하지 못하는 불구적 관계, 오랜 세월 우애를 나눈 친구의 상실 등이 어떤 끔찍한 일인지, 이것이 자신의 인생을 어떠한 방식으로 황폐하게 만들었는지를 감각하지 못한다. 그가 소설의 마지막에 킴의 환영을 보고 대화를 나누는 것은 어찌 보면 당연한 일이다. 산송장과 유령은 아주 오래전부터 친구이다.

강영숙은 재해가 직접적으로 타격하는 사회의 하층, 파국을 경험한 사람들의 황폐한 내면, 재난을 상품화하는 자본주의의 방식, 2차 재난이라고 부를 수 있는 사회적 여파 등을 통해 재난과 이 시대의 은밀한 연관을 통찰한다. 그 핵심에 자본주의가 놓여 있는 사회적 재난은 스스로를 어찌할 수 없는 자연재해와 같은 것으로 위장하며 인간의 삶을 타격한다. 반복되는 충격과 자극은 지금의 인간을 고통과 아픔의 의미마저 깨닫지 못하는 마취 상태로 만들어버린다. 강영숙의 수작 「프리피야트 창고」에 등장하는 '나'는 자신을 체르노빌 원자력 발전소 사고가 있었던 프리피야트를 자신의 고향이라고 믿으며 황사와 같은 환경의 변화를 체르노빌에서 날아온 메시지로 감각한다. 방사능에 피폭된 사람처럼 삶의 다른 경계에서 살아가는 '나'의 모습은 "노이로제 증상을 보이는 것처럼 여겨지지만 사실 그러한 병적 상태를 유지하기 위해서는 초인적인 힘이 필요하다."[8] 세상은 병들었는데 아무도 아파하지 않는다. 상처에서 흐르는 피와 고름의 냄새가 진동하는 데 아무도 비명을 지르지 않는다. 불안과 의심, 특유의 예민함으로 이를 감지하는 강영숙의 인물들이 "바람 부는 풀밭에 누워 단 십 분만이라도 편안"하게 쉬고 싶어하는 것은 어쩌면 당연하다. 그들에게 세상은 언제나 낯선 지옥이다.

(2011)

8) M. 호르크하이머 · T. W. 아도르노, 『계몽의 변증법』, 김유동 · 주경식 · 이상훈 옮김, 문예출판사, 1995, 326쪽.

# 키치적 구원과 구원 없는 삶

## 1. 소설의 결말에 대한 질문들

흔히 소설가들은 소설의 첫 문장을 쓰는 것이 가장 어렵다고 고백한다. 하지만 김미월의 단편 「질문들」에 등장하는 등단하지 못한 소설가 '나'는 소설의 첫 문장보다는 어떻게 이 소설을 결말지을 것인가를 고민한다. "죽일까, 말까. 이도 저도 탐탁지 않았다. 죽인다면 모든 갈등이 끝나겠지만 결말이 작위적으로 흐를 위험이 있고, 죽이지 않는다면 열린 결말을 제시할 수 있겠지만 인물들의 갈등을 어떻게 봉합해야 할지 알 수가 없었다."[1] 아르바이트로 연명하며 소설을 써서 등단하는 것을 목표로 삼고 있던 '나'는 경제적인 문제를 고민하는 오빠에게 월세 보증금을 빌려주기로 하고 고향으로 돌아갈 결심을 한다. '나'는 고향으로 돌아가면 더이상 소설을 쓸 수 없다는 것을 직감한다. 하지만 보증금 없는 서

1) 김미월, 「질문들」, 『옛 애인의 선물 바자회』, 2020, 문학동네, 159쪽. 같은 텍스트에서 인용할 경우 간략하게 쪽수만을 표기하겠다.

울에서의 생활을 감당할 여력은 없다. 구상하던 소설의 결말 '죽일까, 말까'는 '나'의 삶으로 들어와 '귀향할까, 말까'의 문제가 된다. '나'는 궁핍하더라도 서울에서 머물면서 소설을 쓸 것을 결심하고 자기 소설 속 인물에게도 똑같은 결말을 부여한다. 이 소설의 결말은 이렇다.

> 왜였을까. 순간 나는 결심했다.
>
> 그래. 살리라.
>
> 주인공은 이제 겨우 서른 살이었다. 서른이면 이미 겪은 것보다 앞으로 겪어야 할 것이 많은 나이였다. 아직 모르는 것이 많고 그래서 궁금한 것도 많고 자연히 알아야 할 것도 많을 때였다. 딱히 죽어야 할 이유가 없다고 살기에는 늦은 나이가 아니지만 마땅히 살아야 할 이유가 없다고 죽기에는 이른 나이였다. 물론 그런 일에 적당한 나이가 따로 있다고 할 수는 없겠지만. 어쨌거나 단순하게 생각해도, 살리기로 했다가 나중에 마음이 바뀌어 다시 죽일 수는 있어도 일단 죽이고 나면 나중에 다시 살리고 싶어도 그럴 수가 없는 것이다.
>
> 주인공을 살리기로 마음을 바꾸고 나니 나는 갑자기 사기가 충천해졌다. 이번에는 정말로 결말이 술술 잘 풀릴 것 같았다. 어서 책상 앞에 앉아 노트북 자판에 열 손가락을 올려놓고 싶었다.(181~182쪽)

김미월이 즐겨 쓰는 액자식 구성으로 인해, 그리고 소설의 마지막을 장식하는 가능성에 대한 언급, 순간적으로 감각하는 창작에 대한 충만한 의욕으로 인해 이 "열린 결말"은 흥미로운 문제를 발생시킨다. 먼저 질문하고 싶은 것은 이것이 속칭 말하는 행복한 결말인가 아니면 불행한 결말인가 하는 점이다. 누군가는, 그리고 대다수는, 이것을 행복한 결말이라고 말할 것이다. 이 판단의 근거가 되는 것은 혈육의 고통을 기꺼이 자기의 것으로 끌어안는 '선함'과 내놓은 방을 보러 온 방문객들에게 주거공간의 결점을 가감 없이 말하는 '정직함'이 결국 '나'의 삶을 행복하게 만들고, 궁핍한 삶에서도 끈을 놓지 않는 '예술에 대한 열정'이 '나'의 삶을 의미 있게 완성해줄 것이라는 믿음이다. 이 믿음이 「질문들」의 마지막에 적힌 구절들과 결합하여 낙관적 감각을 발생시킨다. 이 결합은 연금술과 같다. 선함과 정직함은 그 가치를 신뢰하고 이를 인간의 기본적인 덕목으로 인정하는 사회의 정치·경제적 시스템 속에서만 의미를 갖는다. 하지만 21세기의 한국인이 살아가는 사회는 어떠한가. 우리가 살고 있는 사회는 극심한 생존경쟁 때문에 종종 정글이란 말로 비유가 된다. 정글에서 선하고 정직한 동물이 맞이할 운명은 단 하나다. 좋은 먹잇감.

지금의 한국 사회에서 '예술에 대한 열정'은 한 개인의 삶을 의미 있게 만들어주는가. 그것이 의미를 갖기 위해서는 예술이 삶을 유지할 만큼의 재화를 어렵지 않게 생산하거나 아니면 경제적 조건을 다른 직업에서 충족하고 예술은 취미로 향유할 때뿐이다. 「질문들」에 등장하는 '나'를 실제 사람으로 가정하고 주변에 평가를 부탁한다면 들을 수 있는 일반적인 답변은 '자기계발을 도외시한 사람' '무능력자' '몽상가' '게으름뱅이' '루저' 중 하나나 둘일 것이다. 관념 속의 예술과 실생활에서의 예술은 엄연히 다른 단어이다. 신자유주의를 극명하게 표방하는 지금의 한국에서 예술에 대한 열정은 가난한 예술가의 외딴방을 비추는 따스한 등불이 되기보다는 그의 마지막 순간을 밝혀줄 조등(弔燈)이 될 가능성을 보다 많이 가지고 있다.[2]

2) 이런 점에서 김미월의 소설은 2011년 초 쓸쓸한 죽음을 맞이한 가난한 예술가를 떠올리게 한다. 김미월의 소설을 이 예술가의 프리퀄(prequel)로 읽고 싶다.

「질문들」의 "열린 결말"은 분명 행복과 불행의 갈림길 앞에서 멈춰 있다. 하지만 소설에 적힌 '나'의 성품과 경제적 조건, 직업 등을 따진다면 그 길은 불행의 방향으로 진행될 여지가 훨씬 많다. 그리고 이 결말은 엄밀하게 말해서 '나'가 구상하는 소설 주인공의 운명에 대한 결정이다. 소설의 주인공이 살아난다고 해서 '나'의 삶이 행복해지진 않는다. 종종 작품에 대한 전문적인 해석을 직업으로 삼고 있는 사람들마저 교과서를 통해 교육받은 이데올로기나 동화에서 빌려 온 서사나 가치를 신봉하지만 이것이 현실 사회의 정치·경제적 시스템에 대한 비현실적인 긍정을 기반으로 하고 있다는 사실은 망각한다.

결말에 대한 하나의 예를 더 들어보자. 『인 콜드 블러드』란 논픽션 소설의 결말과 시급한 출간을 위해 인터뷰 대상이 되었던 범인들의 사형을 묵인했던 트루먼 커포티는 "책을 끝내는 일은 아이를 뒤뜰로 데려가서 총으로 쏴버리는 것과 같다"고 했다. 소설의 시작은 수없는 망설임이지만, 그것의 결말을 쓰는 일은 냉정하고 단호한 결단의 행위이다. 소설이 지지하는 정치·경제적 시스템과 인간에 대한 이해는 그 소설이 어떠한 결말을 선택했는가를 통해서 비교적 명료하게 관찰할 수 있다. 소설의 인물들이 겪는 갈등은 어떤 식으로든 결말을 가진다. 그러나 그 결말은 현실의 인간에게 죽음이 어느 순간 갑자기 찾아오는 것처럼 급작스럽거나 예측할 수 없는 일이 아니다. 소설은 작가가 의도한 완결을 통해 하나의 미학적인 또는 특정한 형태의 가치를 갖는다. 이 의미는 소설에 사용된 단어나 문장, 시공간 등을 통해 설명되어야 한다. 소설의 결말을 이해하는 일은 말처럼 쉽지 않다. 교육받거나 독서를 통해 체득하거나 관념적으로 이해하고 있는 현실의 언어는 소설에 사용된 단어와 쉽게 혼용된다. 어느 순간 소설의 인물은 아주 쉽게 그가 속한 세계를 뛰어넘어 소설과는 무관한 세상의 언어나 관념과 결합한다. 소설의 마지막을 읽어내기 위해서는 과학적 엄밀함과 윤리적 신념이 동시에 요구된다. 이쯤에서 질문할 수 있다. 2011년의 한국 소설은 어떻게 결말을 맺고 있는가.[3)]

## 2. 유한과 무한의 미학

김애란의 장편 『두근두근 내 인생』은 열일곱 살에 아이를 낳고 서른넷이 된 부모와 조로증에 걸려 열일곱에 생을 마치는 자식의 이야기이다. 이 소설을 이해하기 위해서는 17이라는 숫자들의 조합이 마주보고 있는 구조, "가장 어린 부모와 가장 늙은 자식의 이야기"(7쪽)라는 설명이 알려주는 대조적인 구절의 미적 이미지를 먼저 살펴봐야 한다. 유한한 것과 무한한 것, 순간적인 것과 지속적인 것, 짧은 것과 긴 것, 무의미한 것과 의미 있는 것이 서로 마주보는 순간의 시각적 아름다움은 김애란의 모든 소설에 날인된 작가의 서명과 같다. 『두근두근 내 인생』은 이러한 미적 이미지를 보다 강렬하게 완성하기 위해 구상된 이야기로 읽힌다. 주인공 '한아름'이 걸린 조로증이란 병을 통해 김애란이 말하고 싶은 것은 자연의 속도보다 빠르게 늙어가는 한 인간의 고통이나 어느새 자신보다 늙어버린 자식을 보는 부모의 통절한 아픔이 아니다. 김애란은 이 고통과 아픔을 기분 상하지 않을 정도의 규모로 축소한다. 김애란이 만들고자 하는 것은 조로의 육체를 빠르게 스치고 지나가는 시간의 흐름, 부자(父子)의 절대적 시간의 격차를 초월한 늙은 자식과의 마주침 등이 보여주는 덧없고 애잔한 미적 감각의 현현이다. 소설의 첫 페이지부터 등장하는 이러한 이미지들은 소설의 곳곳에 산재해 있다.

---

3) 이 글은 2011년 출간된 장편소설 중 김애란의 『두근두근 내 인생』(창비, 2011), 김이설의 『환영』(자음과모음, 2011)을 대상으로 한다. 이 텍스트에서의 인용은 간략하게 쪽수만을 표기한다.

아버지는 자기가 여든 살이 됐을 때의 얼굴을 내게서 본다. 나는 내가 서른넷이 됐을 때의 얼굴을 아버지에게서 본다. 오지 않은 미래와 겪지 못한 과거가 마주본다.(7쪽)

나는 십칠 년 전 부모님과 두 눈을 맞추며 애잔하게 웃었다. 어쩐지 두 사람이 사진기가 아닌 그 너머에 있는 시공, 즉 현재의 나를 보며 웃어주고 있는 것만 같은 기분이 들어서였다.(77쪽)

한 개의 눈을 가진 나와 만 개의 눈을 가진 그가 서로 응시했다. 기이한 긴장감이 돌았다. 두 존재가 아닌, 두 시간이 마주하는 느낌이었다. 그것도 수백만 년 전의 시공과 현재가 대면하는 듯한.(196쪽)

이 인용에서 중요한 것은 "본다" "마주본다" "맞추며" "보며" "응시" "마주하는" 등의 단어이다. 이 단어는 대조적인 대상이 하나의 꼭짓점을 마주대고 바라보고 있는 구조와 이를 묘사한 아름다운 이미지의 구현, 그리고 시각이라는 감각에 대한 김애란의 특별한 애착을 알려준다. 유한한 것과 무한한 것이 마주보고 있는 이미지 중 가장 대표적인 것은 별을 바라보는 사람의 모습일 것이다.[4] 하지만 이를 미적 초월을 통해 인간의 초자연적인 도덕성을 고양하는 칸트적 의미의 '숭고'로 이해해서는 곤란하다. 김애란은 무한과 유한이 마주치며 형성하는 초월적 예술의 이미

4) 단편 「자오선이 지나갈 때」는 지하철 노선도의 불빛을 바라보며 별자리를 연상하는 '나'의 상상으로 시작한다. "도시의 이름을 가진 점과 그 사이를 잇는 직선. 나는 그것이 카시오페이아나 페르세우스, 안드로메다라 불리는 이국 말로 된 성좌처럼 어렵고 낯설었다. 내가 모르는 도시의 별자리. 서울의 손금"(김애란, 「자오선이 지나갈 때」, 『침이 고인다』, 문학과지성사, 2007, 117쪽). 주인공이 경험하는 실패와 좌절의 순간마다 반짝이는 별은 그의 삶에도 아직 찬란한 희망이 남아 있다는 느낌을 주며, '88만원 세대'의 절망을 미적으로 순화한다.

지를 생활에서 수용이 가능한 인간적 규모로 축소한다. 김애란의 인물들은 삶의 일정한 국면에서 마주치는 대상을 예술적으로 감각한다. 그들이 겪는 경제적이거나 육체적인 고통과는 무관하게 일상은 예술과 삶의 융합으로 충만하다. 예술과 삶의 융합, 이것을 가능하게 만드는 것은 키치(kitsch)이다. 아브라함 몰르에 따르자면, "키치는 본질적으로 민주적이다. 키치는 소위 교만한 '예술'과는 달리 함께하는 예술이다. 예술은 일상생활의 영역 밖에서 자신의 초월적인 미로 우리로 하여금 정신적인 치욕을 맛보게 한다. 우리는 때때로 그 초월적인 미를 이해하고자 현재의 자신을 부정하며 초월해야 한다. (……) 키치는 인간을 척도로 삼지 않는 '고급' 예술과는 달리 인간을 척도로 하는 예술이다."[5] 키치는 자신의 주변을 둘러싼 세계에서 미적 재료를 채집해 집으로 가져간다. 근대적 가정이 추구하는 행복이라는 가치를 돋보이게 하는 필수불가결한 예술품이 바로 키치이다. 키치는 물질적 행복을 가져오는 자본주의의 문명을 예찬하며 그 안락함을 가능하게 하는 정치적 제도를 함께 찬양한다. 키치가 "본질적으로 민주적"이라는 사실은 김애란의 소설이 한국의 정치적 시스템과 불편한 관계를 갖지 않는다는 점을 이해하는 데 중요하다. 민주주의가 강조하는 평등은 비범한 인간이 가진 특출한 개인성을 강조하고 증진하는 것에는 관심이 없다. 민주주의는 중산계급의 평범한 개인들이 가진 보편적이고 표준화된 가치들을 중요하게 여긴다. 민주주의는 모험과 변혁보다는 안정의 감각 위에서 번성한다. 민주주의적 문화에서 생산된 소설의 주인공은, 그들이 특별히 사회와 불화하지 않는 이상 이러한 신분을 대표하고 가치를 구현한다. 조로증에 걸린 한아름이 비범하다고 느낀다면 그것은 잘못된 판단이다. 수전 손택이 말했듯이 질병은

5) 아브라함 몰르, 『키치란 무엇인가?』, 엄광현 옮김, 시각과 언어, 1995, 36쪽.

은유에 불과하다. 모든 결핵 환자가 낭만주의적 천재 예술가가 아닌 것처럼 조로증은 한아름에게 현자의 지혜를 주지 않는다. 그의 말이 예사롭지 않게 읽힌다면 그것은 그의 비범함에서 기인하는 것이 아니라 그 말을 듣고 있는 사람들의 비속함과 대비되면서 발생한다. 소설에서 한아름은 동시대의 청춘들이 겪는 절망과 고통을 체험해보고 싶다고 말한다. "실패해보고 싶었어요. 실망하고, 그러고, 나도 그렇게 크게 울어보고 싶었어요."(172쪽) 하지만 그의 이러한 바람과는 달리 그가 하는 최대한의 탈선은 육체적 노화를 통해 우정을 쌓은 장씨 할아버지와 "팩소주"(303쪽)를 홀짝거리는 일이다. 『두근두근 내 인생』에 등장하는 인물들은 공동체의 정치체제에 대한 깊은 고민 없이 민주주의를 지지하는 대중들이 그렇듯 이미 존재하는 세계를 변혁하거나 새롭게 재정립하려는 의지를 가지고 있지 않다. 김애란은 이러한 서사가 가진 무미건조함을 키치적 아름다움으로 치장한다.

『두근두근 내 인생』의 가장 큰 아이러니는 소설 속에 "이웃에게 희망을"(178쪽)이란 리얼리티 TV 프로그램을 등장시키고 여기에 문학을 대조하고 있다는 점이다. 김애란식으로 말하자면 좀더 고상한 가치를 지니는 소설과 세속적이고 쇄말적인 일상의 희로애락에 봉사하는 방송이 서로를 응시하는 것이다. 공익성을 가진 방송이지만 시청률을 의식하며 제작하는 방식에 대해 김애란이 보이는 비판적 태도와 가벼운 혐오는 이 대조에서 소설이 차지하는 우월적인 위치를 짐작할 수 있게 한다. 아름은 카메라 앞에서 포즈를 취하며 촬영되는 자신의 모습이 방송에서 어떠한 이미지로 제시되어야 하는가를 고민한다. "나는 내가 너무 괜찮아 보여서도, 지나치게 혐오감을 줘서도 안 된단 걸 알았다. 사람들이 직시할 수 있을 정도의 불행, 기부 프로그램을 움직이는 건 그런 것이어야 한다고 생각했다."(150쪽)

김애란에겐 뜻밖의 지적일지도 모르지만 아름이 인지하는 방송 제작 형태와 김애란의 소설 작법은 그리 다르지 않다. 기부 프로그램은 사람들에게 피사체가 된 사람들보다 자신의 삶이 상대적으로 안정적이고 자기의 선의가 "세상을 좋은 쪽으로 변화"(162쪽)시킨다는 느낌을 준다. 가정의 브라운관을 미적으로 만드는 이 프로그램의 정체 역시 키치이다. 김애란은 소설과 방송의 마주침이 대조라고 생각할지 모르지만 그것은 다른 곳에서 자란 쌍둥이가 서로를 바라보며 차이점을 찾는 것과 같다.

『두근두근 내 인생』은 흥미롭게도 두 개의 결말을 가지고 있다. 『두근두근 내 인생』의 「에필로그」와 마치 단편처럼 삽입된 한아름의 소설 「두근두근 그 여름」의 결말이 그것이다. 「에필로그」는 아름의 소설 「두근두근 그 여름」을 읽고 있는 아버지와 임신한 어머니의 모습, 그리고 이를 바라보며 죽음을 맞는 아름의 모습을 담고 있다. 「두근두근 그 여름」의 결말은 열일곱 살 적 부모들의 충만한 성욕과 반복적 성교를 거부감 없이 제시하며 끝이 난다. 이 두 결말에서 죽음과 탄생의 순간은 서로를 마주보며 회귀(回歸)한다.

『두근두근 내 인생』은 자식의 죽음을 경험하게 되는 한 가정의 이야기이다. 자식이 자연으로부터 부여받는 단 하나의 운명이 있다면 그것은 부모보다 긴 수명의 육체를 가지고 있다는 점이다. 이 자연적 순환의 고리가 끊어질 때 말로 형언할 수 없는 고통과 아픔이 온다. 김애란은 비극적 소재를 낙천적인 태도로 다루고 있지만, 이것이 문제적인 것은 약간의 눈물과 적절하게 감상할 수 있는 애잔함, 그리고 키치적 아름다움으로 이를 순화시켜 제시한다는 점이다. 김애란 소설의 결말이 눈물을 동반한 해피 엔딩으로 읽히는 것은 이러한 이유 때문이다. 아름의 죽음이 만들 가정의 빈자리는 새롭게 태어날 동생이 채울 것이다. 아름의 상실이 준 고통은 그가 남긴 소설의 웃음이 대체한다. 현실에서도 이러한 일

대일 교환이나 치환이 가능할까. 『두근두근 내 인생』의 회귀가 가능하고 간직할 만한 의미를 갖는 것은 오직 종교적 우화나 동화의 세계 속에서만이다.

### 3. 노동은 신성하다

김이설의 『환영』은 "돈을 벌기 위해 몸을 써야만 하는 사람들, 몸 아니면 돈 버는 방법을 모르는 사람들, 다른 방법을 차마 꿈꿔보지 못한 사람들, 다른 이들에게는 가능한 꿈이라는 것도 모르는 사람들"(77쪽)의 이야기이다. 『환영』의 결말은 "다시 시작이었다."(193쪽)라는 문장으로 끝난다. 소설의 결어인 새로운 시작을 알리는, 이 '반복'의 의미를 이해하는 것은 중요하다. 소설은 크게 두 가지 형태로 반복되고 있다.

가장 거대한 반복은 문학사적 순환이라고 부를 수 있다. 이 소설의 서두만 읽어도 연상되는 하나의 소설이 있다. 1925년 『조선문단』에 발표된 김동인의 「감자」이다. 아내의 매음을 묵인하고 그 원초적 노동에 기생하며 살아가는 무능하고 게으른 남편의 존재. 왕서방을 염두에 두고 지었을 왕사장이라는 작중인물의 이름. 돈과 육체를 교환하며 사라지는 도덕적 감각. 두 소설의 내용이 어떠한 동이(同異)를 가지고 있는가를 상세하게 대조하는 것보다 의미 있는 작업은 이 '반복'에 대해 탐색하는 것이다. 이는 문학사의 우연이 아니라, 김이설의 명백한 의도가 담긴 겹침이다.

「감자」가 발표된 후 팔십여 년의 시차를 두고 다시 『환영』이 등장했다고 판단하는 것은 순진하다. 이 시간의 격차 사이에는 자신의 육체를 상품으로 내다팔아야 생존이 가능한 여성이 등장하는 참혹한 소설들이 상당수 존재한다. 이는 식민지 자본주의가 반(半)식민지 자본주의를 거쳐 신자유주의가 되었음에도 생활의 극한으로 내몰린 여성의 삶과 그 생활 방식은 전혀 변하지 않았다는 사실을 알려준다. 공간을 달리해서 생각해도 이러한 타락의 서사는 자본주의가 유입된 모든 국가에서 소설로 창작되고 있다는 사실을 쉽게 발견할 수 있다. 지금을 후기 자본주의로 지칭하는 학자들이 있다. 자본주의를 수식하는 '후기'라는 단어는 지금의 자본주의가 그 이전과는 확연히 구분된다는 사실을 말하기도 하지만 자본주의라는 역사적 단계가 그 끝으로 가고 있음을 열망하는 마르크스적 신념도 담고 있다. 하지만 정치적 시스템이라는 기구만 변하고 자본주의라는 본질은 변하지 않는다면, 자본주의가 과거 원시공산제나 노예제만큼 오랜 시간 지속하는 강고한 정치·경제적 제도라면, 이 반복은 우리 시대를 살아가는 사람들에게 부여된 거부할 수 없는 비극적 '운명'과도 같다.

두번째는 희망과 환멸이 교차되는 세월의 반복이다. 주인공 서윤영은 삶의 비참한 순간마다 기대할 수 있을 정도의 작은 물질적 풍요를 욕망한다. "많이는 아니고, 조금만. 그건 욕심이 아니라 희망이라고 생각했다."(29쪽) 그 희망을 가능하게 만들 수 있는 것은 남편이 공무원 시험에 합격하는 일이다. 그런 윤영에게 왕백숙집의 이모님은 "희망이 있으니 고생도 할 만하겠다"(42쪽)고 말한다. 백숙집의 노동은 가혹하고 돈에 대한 가족들의 요구는 필사적이다. 윤영은 "참을 만큼 참고도 더 참아야 하는 건 가족"(46쪽)이라 생각하며 돈이 요구하는 방식에 몸을 맡긴다. 하지만 남편 책상 위의 책은 펼쳐지지 않고 확인할 수 없으나 짐작할 수 있는 무위의 생활이 이어진다.

윤영의 삶은 약간씩 개선될 때마다 더 크게 무너진다. 윤영은 "모든 일은 한꺼번에 터지곤 한다. 어떤 일이 더 생겨야 최악이 되는 걸까"(154쪽)라고 생각하며 최선과 최악이 될 상황을 상상한다. "아이가 평생 걷지 못하고 엉덩이로 기어다녀야 한다면. 내가 죽어 무능한 남편 혼자 아이를 맡는 건, 최악이 될까, 최선일까. 피식 웃음이 났다. 최악을 생각해보니 지금의 상황이 그리 나쁜 것 같지 않았다."(154~155쪽) 마지막으로 아이와의 동반자살을 생각하던 윤영은 이젠 더 나빠질 게 없다는 듯 정성껏 음식을 차려 먹고 뱃속의 아이를 낙태하러 병원으로 간다. 하지만 기대와는 달리 삶의 추락은 끝이 없다.

이 악무한적 반복을 이해하기 위해서는 소설의 제목이 동음이의어라는 사실을 인지해야 한다. 소설의 제목은 환영(歡迎)인가 환영(幻影)인가. 서윤영은 물질적 풍요를 바라는 희망이 언젠가는 내게 올 것이라고 믿으며 이를 고대하지만(歡迎), 희망은 먼 곳에서 아련하게 모습(幻影)을 드러내며 그녀를 더욱 처참한 노동으로 내몬다. 소설 속의 가족은 마땅히 환대해야 할 대상이지만 그들은 윤영의 돈을 뜯어먹고 짐작조차 할 수 없는 절망으로 내모는 악령과 다를 바 없다. 소설의 마지막에 윤영은 어렴풋이 알게 된다. 모든 희망은 가짜이고 계단을 내려가는 것 같은 추락은 내 생명을 집어삼킨 후에야 끝날 것이라는 사실을. 그녀는 이 지옥 같은 삶을 참고 버텨야 할 뿐이다. "나는 누구보다 참는 건 잘했다. 누구보다도 질길 수 있었다. 다시 시작이었다."(193쪽) 김이설의 『환영』에는 대상에 대한 미적 묘사를 찾을 수 없다. 한 편의 소설은 오래된 흑백 다큐멘터리를 보는 것처럼 차갑고 단조롭다. 김이설은 치욕적인 노동을 마치고 잠을 줄여 소설을 쓰는 노동자처럼 부사나 형용사가 거의 없는 최소한의 단문으로 『환영』을 적어나간다. 「감자」의 '칠성문 밖 빈민굴'에 해당하는 시 외곽의 "물가"(16쪽)는 전혀 다른 노동과 윤리의 세계이다. 그곳에선 「감자」의 매음녀들이 그랬던 것처럼 돈과 무엇을 교환하든 그것을 도덕적으로 비난하지 않는다. 그것은 "물가"에서 살아가는 인간들의 방법이고, 그렇기에 누구도 이 비난에서 자유로울 수 없기 때문이다.

"저기, 돈은 많이 법니까?"

나는 용선을 빤히 쳐다봤다. 쟁반을 들고 있는 용선의 손이 바들바들 떨렸다. 손톱 끝이 뭉툭했다. "왜 이렇게까지 돈을 벌려고? 결혼도 안 했으니, 남편도 없고, 애도 없을 거 아냐. 부모나 형제자매가 속썩여?"

"사람대접 받고 싶습니다."

"그럼 많이 벌어야겠다."

"네." (148쪽)

「감자」의 복녀는 왕서방의 새 신부가 영향을 미칠 구매자 감소로 인한 궁핍을 두려워하며 난동을 피우다 죽음을 맞지만 『환영』의 여인들은 처지에 대한 농밀한 이해를 통해 서로를 인정한다. 그들은 돈을 버는 것만이 이 사회에서 사람답게 살 수 있는 유일한 방법임을 알고 있기 때문이다. 역설적이지만 노동은 신성하다.

### 4. 퀼트와 누비

공교롭게도 『두근두근 내 인생』과 『환영』에는 비슷한 처지의 가족이 등장한다. 이 두 소설 모두 교육받지 못하고 육체노동에 종사하는 부부와 병약한 아이를 주요 등장인물로 하고 있다. 『두근두근 내 인생』이 죽어가는 아이의 시점으로 소설을 전개하고 있다면, 『환영』은 노동하는 엄마의 눈을 통해 정황을 전달받는다. 『두근두근 내 인생』에서 가사노동만을 책임지던 엄마는 『환영』에서 음모까지 반지와 교환하는 처연한 노동자로 등장한다. 『두근두근 내 인생』의 엄마가 소설의 마지막에 성스러운 수태를 한다면, 『환영』의 엄마는 어둡고 습한 산부인과에서 낙태를 하고 바로 왕백숙집으로 일을 하러 간다. 『두근두근 내 인생』의 생리가 수태를 통한 아름의 회귀와 경건한 구원의 이미지를 갖고 있다면, 『환영』의 생리는 영원히 치유되지 않을 오염된 육체의 상처에서 흘러나오는 고름과 같다. 김애란이 바라보는 인간의 일생은 하늘의 성좌들이 만들어내는 거대하고 아름다운 회귀이지만, 김이설에게 그것은 채 치유되기 전에 다시 덧난 상처에서 흘러나오는 고름처럼 비루하고 역겨우며 육체가 일정 부분 소진되기 전까진 멈추지 않는다.

김미월의 단편 「질문들」에 등장하는 '나'가 김애란과 김이설의 소설을 읽는다면 아마도 이런 질문을 할 것이다. "인물을 죽이지 않는 열린 결말을 제시하면서 어떻게 인물들의 갈등을 봉합하는가?" 『두근두근 내 인생』의 한아름은 분명히 죽지 않았냐고 반문할 수 있겠다. 하지만 그의 죽음은 타인보다 빠른 노화에 의한 자연적인 현상이지 어떠한 사건의 결과가 아니다. 그리고 한아름이 만드는 빈자리는 자신이 탄생하는 순간을 기술한 소설로 메워지고 동생의 수태로 회복된다. 그는 자연의 장엄한 회귀를 보여주며 이는 종교적 구원의 느낌마저 들게 한다.

다시 "봉합"의 문제로 돌아가자. 김애란은 아름다움의 순간을 포착하려는 소설가이다. 그는 파우스트처럼 세상을 향해 외친다. "멈추어라! 너 정말 아름답구나!" 메피스토펠레스와의 계약에 따라 파우스트는 인생의 단 한 순간 이 문장을 말할 수 있다. 하지만 김애란은 지하철의 노선표를 보면서도, 잠자리의 눈을 응시하면서도 이 문장을 사용하여 이를 회화적 이미지로 포착한다. 키치적 파우스트라고 부를 수 있는 이 소설가의 문장은 집을 뒤덮고 일상생활의 구석구석을 아름답게 디자인한다. 인물들의 갈등이나 슬픔, 고통은 이 아름다움으로 봉합된다. 김애란의 소설은 이 모든 것이 미적으로 봉합된 퀼트와 같다. 누군가에게 이것은 색동처럼 다채로운 아름다움으로 보이겠지만 어떤 이의 눈에는 서로 다른 것들을 누빈 누더기처럼 보일지도 모른다.

김이설은 갈등이나 상처를 봉합하지 않는다. 서윤영이 낙태를 하고도 왕백숙집으로 늦은 출근을 하는 것처럼 김이설은 상처에 무심하다. 인물들의 오염된 상처는 노동을 통해 다시 훼손된다. 김이설의 인물들은 악무한의 세상에서 아무리 벗어나려 노력해도 제자리를 맴돌 뿐이다. 계급 간의 이동은 불가능하고 격차만 공고해진다. 세상은 참혹하고 삶은 지옥인데 벗어나거나 이 사회를 변혁할 방안은 없다. 김이설의 인물은 패배한 혁명의 잿더미 속에서 발견한 한 조각의 종이에 적힌 구절을 불길한 주문처럼 되뇌고 있다. 잿더미에서 발견한 팸플릿 조각에는 다음과 같이 적혀 있다. "자신을 토막 내어 팔지 않으면 안 되는 이 노동자들은 다른 모든 판매품과 마찬가지로 하나의 상품이며, 따라서 마찬가지로 경쟁의 모든 부침들, 시장의 모든 변동에 내맡겨져 있다."[6] 김이설은 무심하게 결론을 누빈다. 하지만 '누비'라는 단어가 종교적 법복인 납의(衲衣)에서 유래한 것처럼 김이설의 누벼진 결말에는 어떠한 윤리적 경건함이 있다.

(2011)

6) 칼 마르크스, 「공산주의당 선언」, 『칼 맑스 · 프리드리히 엥겔스 저작 선집』 1, 최인호 외 옮김, 박종철출판사, 1991, 406쪽.

# 누구에게는 모든 것인 우연 또는 시적 상상력의 소설
—조현론

하늘에는 그를 이끌어줄 별 하나 없고,

그의 방향감각은 기괴해졌다……

—머빈 피크, 『고먼가스트』 중에서

## 1. Stargazer is a stranger

오래전 멀고 먼 은하계 어디에서든, 사유할 수 있는 생명체는 시간과 존재에 대한 의문을 가졌을 것이며, 그 사색은 우주의 어둠 속에서 반짝이는 별을 통해 보다 명징하고 풍성하게 다듬어졌을 것이다. 지구에서의 시간은 밤과 낮이라는 명암의 구별로 인지되었고, 이것의 반복으로 그 대략적인 흐름이 감지되었다. 인간에게 시간은 태어나고, 자라나며, 죽음을 맞는 육체의 구체적인 모습을 통해 특정한 순환의 주기를 갖는 일정한 형식으로 이해될 수 있었다. 시간의 형식이 물질을 통해 인지되었기에, 물질 그중에서도 인간과 같은 유기체의 죽음은 하나의 신비를 자아낼 수밖에 없었다. 인간의 육체를 순환하던 시간은 죽음에 직면하는 순간 소멸되지만, 죽기 전과 그리 다르지 않은 육체는 처치하기 어려운 거죽으로 남겨진다. 인간은 육체에 깃들었다가 사라지는 시간을 영혼이라고 불렀다. 자연의 시간이, 그 시작과 끝을 인식하기 어려운 무한의 형태를 가진 것처럼, 그 흐름과 순환의 진의를 파악하기 어려운 것처럼, 영혼은 불멸과 신비의 대상이며, 사유의 닿을 수 없는 지향으로 여겨졌을 것이다.

인간이 영혼과 육체를 지닌 것처럼, 인간의 시간은 영혼의 지향을 좇아가는 보편적 삶과 육체의 결핍을 채워야 하는 구체적 살아감으로 구분되었다. 보편적 삶은 밤하늘에 빛나는 별로 상징되는 우주의 시간으로, 구체적 살아감은 인간이 결코 한 발짝도 벗어날 수 없는 대지의 시간으로 말해질 수 있을 것이다. 이 양자는 하나인 동시에 둘이기도 하였다. 모든 인간의 삶에는 그 경험의 양식이나 체험의 깊이에 있어 차이가 있을 수밖에 없지만, 이 두 요소가 함께 담겨 있다. 인간은 밤하늘의 별을 바라보며 그 빛과 함께 타오르는 영혼의 충만함에 한껏 고양되지만, 새벽의 한기는 나약한 육체를 떨게 만들고, 내일의 고된 노동에 대한 염려는 육신의 피곤함이 되어 그를 쓸쓸하게 거처로 이끈다. 인간의 역사가 생존을 위해 필요한 재화 이상을 생산하고 이를 끝없이 갈망하는 방향으로 진행되었다는 사실은 별을 바라보는 영혼의 시간이 점점 사라지고 있음을 말해준다. 육체의 욕망과 만족을 지상의 목표로 하는 자본주의의 도래와 함께 밤하늘의 별이 탁해진 대기로 인해 잘 보이지 않고, 별을 볼 필요도 이유도 없게 되었다는 사실은 영혼의 가치를 상실한 현대인의 상태와 그 불행을 극명하게 상징하는 일이리라.

그 어느 시대에도 그리 다르지 않았겠지만, 물질이 삶의 의미를 대신하고 살아감의 목적이 되어버린 자본주의 시대에 별을 바라보는 사람들은 현실의 영원한 이방인으로 살아갈 수밖에 없다. 정주민이 대지를 경작하고, 그 위에서 번성한다면 이방인은 시를 짓고, 노래를 부르며 영혼을 충만하게 한다. 정주민의 살아감이 행복을 목적으로 한다면, 이방인의 삶은 자유를 찾아간다. 이방인의 살아감이 대개 외롭고 쓸쓸한 것은 그것이 자유의 이면이며, 별에 홀린 자의 운명이기 때문이다. 여기 조현이라는 지구의 이름으로 불리는 소설가가 있다. 그는 자신을 "클라투행성의 지구 주재 특파원"[1]이라고 말한다.[2] 이것이 유머라면 이 언급은 텍스트의 성격을 알려줄 것이다. 하지만 이것이 고백이라면 이는 소설에 운명으로 새겨질 것이다. 외계인 운운하는 문장의 진위를 따지는 가장 빠른 방법은 조현을 잡아 미국 로스웰 지역의 수술대로 보내는 것이겠지만, 그럴 수는 없는 일이 아닌가. 게다가 그것은 세속의 처리이지 예술의 방식은 아니다. 우아한 방식은 조현의 텍스트를 읽으며 이것이 그의 성격인지 운명인지를 고찰하는 일일 것이다. 별을 바라보듯이 우아하게……

대중문화에서 기원한 상상의 행성을 자신의 고향이라고 주장하는 조

1) 조현, 「은하수를 건너—클라투행성 통신1」, 『현대문학』 2011년 9월, 127쪽. 조현은 첫 번째 소설집 약력에서도 자신을 "클라투행성 지구 주재 특파원"이라고 소개하고 있다. 이 글에서 다루는 조현의 텍스트는 다음과 같다. 『누구에게나 아무것도 아닌 햄버거의 역사』(민음사, 2011), 『유니콘』(『자음과모음』 2009년 여름호, 2009년 가을호, 2010년 봄호, 2010년 여름호). 이하 인용할 경우 본문에 작품명만 표시한다.

2) 그의 고향 '클라투(Klaatu)'를 지구에 가장 널리 알리는 데 공헌한 사람들은 캐나다의 아트락 그룹 '클라투'이다. '클라투'는 1975년 결성되어 1981년 해산할 때까지 총 다섯 장의 앨범을 발표했다. 외계 생명체와의 만남을 주제로 하고 있는 데뷔 앨범 〈3:47 EST〉와 멸망한 클라투인들이 다른 행성을 찾아가는 내용을 담은 두번째 앨범 〈Hope〉를 들은 사람들은 우아하고 애틋한 사운드와 우주적인 신비한 가사로 인해 그들을 비밀스럽게 재결성된 비틀즈로 오인했다고 한다. 이 캐나다 밴드의 이름은 1951년 미국에서 제작된 〈지구 최후의 날(The Day The Earth Stood Still, 로버트 와이즈)〉(원제의 정확한 번역은 '지구가 멈추는 날'이지만 한국에는 '지구 최후의 날'이라고 소개되었다. 2008년 스콧 데릭슨 감독에 의해 리메이크되었다. 외계인 '클라투' 역은 키아누 리브스가 맡았다)에 등장하는 외계인 '클라투'에서 가져온 것이다.

현은 클라투인의 미덕이라고 할 수 있을 법한 크로스오버적 감성과 우주적 지식을 자신의 소설에서 흥미롭게 구현하며, 특파원이라는 직업의 특성상 필요한 세밀한 관찰과 기술의 성실함으로 이를 서사화한다. 「라팜파, 초록빛 유형지」를 보자. 이 소설에 등장하는 젊은 외계인 도제는 별자리를 만드는 지구인의 방식에 감탄하며 "정말 대단해요. 이곳 사람들은 어쩌면 밤하늘에 이렇게 그림을 그릴 줄 알까요!"라고 말한다. 경험 많은 외계인 소울마스터(Soul Master)에 따르자면, "어느 존재나 자신의 내부에는 범우주적 신성을 품고 있는 법"이기에 존재가 지닌 "생명의 본질"을 파악하기 위한 방법으로 지구인은 "꿈과 상상력이라는 매개체를 통해" 이를 다른 것들과 결합하여 이야기를 만든다고 한다. 이는 소울마스터가 우주에서 존재하는 이유와도 그리 다르지 않다. "소울마스터란 무엇인가? 하나의 영혼을 다른 영혼에 덧대어 존재의 영적 자각을 돕는 조정자"이다. 조현이란 존재, 게다가 자신을 클라투인이라고 주장하는 이 소설가를 이해하기 위해서는 독자의 영적 자각을 도울 소울마스터가 필요하다.

「라팜파, 초록빛 유형지」에서 읽을 수 있는 것처럼 그들은 별에 홀린 사람이며 이방인이고, 예술가이다. "호모사피엔스의 육신"으로 윤회를 거듭하고 있기에 그들의 이름은 수없이 많고, 읽는 사람에 따라 조현의 소설 곳곳에서 흔적을 남기고 있는 다수의 소울마스터를 찾을 수 있을 것이다. 나는 지금부터 이 늙은 소울마스터를 죄르지 루카치(Georg Lukács)라는 이름으로 부를 것이며, 별에 담긴 "모험담이나 로맨스"에 매혹된 젊은 도제에게는 늙은 소울마스터의 이름을 따와 조지 루카스(George Lucas)라고 부를 것이다. 이렇게 존재의 성좌에 조현을 위치시키는 것이 그의 소설을 이해하는 가장 좋은 방법이라고 말하기는 어렵겠지만, 흥미롭게 만들 것은 분명하다. 게다가, 이것은 지구인의 방법이 아니던가.

## 2. 클라투로 가는 길

죄르지 루카치는 『소설의 이론』의 첫 문장을 이렇게 시작한다. "별이 총총한 하늘이 갈 수 있고 또 가야만 하는 길들의 지도인 시대, 별빛이 그 길들을 훤히 밝혀주는 시대는 복되도다. 그 시대에는 모든 것이 새롭지만 친숙하며, 모험에 찬 것이지만 뜻대로 할 수 있는 소유물이다. 세계는 넓지만 마치 자기 집과 같은데, 영혼 속에서 타오르고 있는 불이 하늘에 떠 있는 별들과 본질적 특성을 같이하기 때문이다."[3] 『소설의 이론』을 집필할 당시 루카치를 사로잡고 있었던 감정은 사라져가는 세계에 대한 애수와 살아가고 있는 세계에 대한 지독한 혐오감, 그럼에도 살아갈 수밖에 없는 비루한 자아에 대한 모멸감이었다. 루카치는 작가가 경험하는 시대의 사회적 원료가 작품의 내용뿐만 아니라 형식에도 반영된다고 판단했다. 그는 서사적 형식들에 대한 역사철학적 사유를 통해 서구의 역사를 호메로스의 서사시가 대표하는 고대 그리스, 서사시라는 장르가 로만스로 바뀌는 단테의 중세, 부르주아의 서사시인 소설(novel)이 등장하는 근대 자본주의, 그리고 도스토옙스키의 작품 속에서 얼핏 감지되는 부르주아지 소설 이후의 시대로 구분한다. 루카치가 삶과 살아감의 불협화음이 존재하지 않는 충만하고 유기적인 공동체로 칭송한 고대 그리스는 역사적 과거라기보다는 이념적 지향이 닿아 있는 과거였다. 이는 인류의 "전(全) 시대를, 피히테의 말을 사용해서 완전한 죄악의 시대"[4]로 인지하며 지독한 우울에 빠져 있던 루카치가 찾아낸 인류의 유일한 '황금시대'였다. 마르크시즘에 매료되기 전까지의 루카치에게 역사의 진행은 이러한 충만함의 상실이며 타락으로 인지되었다.

3) 죄르지 루카치, 『소설의 이론』, 김경식 옮김, 문예출판사, 2007, 27쪽.

4) 죄르지 루카치, 『맑스로 가는 길』, 김경식 · 오길영 편역, 솔, 1993, 83쪽.

『소설의 이론』에서 『역사와 계급의식』을 거치며 루카치는 역사의 우울을 사회주의 혁명과 마르크시즘에 대한 신념으로 대체하고 일평생 '마르크스로 가는 길'을 걸어간다. 루카치는 하늘에서 바라보았던 유토피아의 빛을 사회주의 혁명의 붉은 별로 대체하고, 이를 대지 위에서 건립할 역사적 필연으로 인지했다. 이는 루카치가 마르크스의 공산주의 사회에서 자신이 갈망하던 황금시대의 단면을 보았기 때문이다. 마르크스는 『독일 이데올로기』에서 소외가 완전히 사라진 공산주의 사회를 이렇게 묘사한다.

> 공산주의 사회에서는 아무도 하나의 배타적인 활동 영역을 갖지 않으며, 모든 사람이 그가 원하는 분야에서 자신을 수양할 수 있다. 그리고 사회가 생산 자체를 규제하므로 각 개인은 자신이 하고 싶은 대로 하루는 이 일을 또 하루는 저 일을 할 수가 있다. 즉 아침에는 사냥하고, 오후에는 낚시하고, 저녁때는 소를 몰며, 저녁식사 후에는 비평을 하면서, 그러면서도 사냥꾼으로도, 어부로도, 목동으로도, 비평가로도 그 위치가 고정됨이 없이 일할 수가 있는 것이다.[5)]

마르크스가 상상했던 공산주의 사회는 혁명적인 열정과 투쟁으로 갈등을 봉합하는 남성적 사회라기보다는 루카치의 총총한 별들이 반짝이는 목가적이고, 예술과의 결합을 통해 인간 영혼의 충만함을 알려주는 미적 공동체에 가깝다. 흥미로운 것은 마르크스와 루카치가 추구했던 이념적 사회가 조현이 떠나온 고향 "클라투행성"과 아주 유사하다는 점이다.

---

5) 칼 마르크스 · 프리드리히 엥겔스, 『독일 이데올로기』 I, 박재희 옮김, 청년사, 1988, 64쪽. 원문을 참조하여 번역을 약간 수정하였다.

내 고향 클라투행성은 굉장히 목가적인 곳이다. 이미 천 년 전에 원자력 시대를 넘기고 지금은 이를테면 자연친화적인 문명을 구가하고 있다. 당연히 지구와 같은 메트로폴리스는 없다. 중세 유럽의 전원풍 소도시를 상상하면 좋을 듯하다. 다른 게 있다면 생계를 위해 노동에 종사하는 시절은 내연기관 시대나 화폐경제 시대와 함께 종식되고 이제는 누구나 생의 의미를 탐구하며 인생을 살아가는 곳이다. 이런저런 종류의 미학적 성취와 지적 모험이 삶의 중심이 되고 우주에서 발견한 수많은 문명을 탐구하며 인생을 보내는 곳이다. 아니, 탐구라고 하니 좀 어감이 부적절하게 느껴진다. 어쩌면 즐긴다고 해야겠다.

—「은하수를 건너—클라투행성 통신1」

조현의 설명에 따르자면 "사실 한 문명권의 기술이 핵융합을 할 수 있을 정도의 수준에 이르면 의식주라는 기초적인 생존을 위한 노동은 거의 사라지고 지성체들은 이런저런 심미적 활동으로 여가시간을 보내는 게 문명 진화 과정에서 나타나는 보편적 현상"이다(「돌고래 왈츠」). 물론 마르크스와 루카치가 어린 시절 읽었던 『일리아드』의 고대 그리스에서 자신들이 추구하는 이상사회의 모습을 찾았다면, 조현은 이를 어린 시절에 본 미야자키 하야오의 애니메이션에 등장하는 "중세 유럽의 전원풍 소도시" 이미지에서 찾고 있다는 작은 차이점이 있다.[6] 하지만 보다 분명하게 인지해야 하는 것은 마르크스와 루카치의 이상사회가 역사의 새벽과 황혼에 위치해 동일한 태양의 영향 아래에서 황금빛으로 빛나고 있다면,

6) 여기에 한 명의 소울마스터를 추가하자면, 그는 일본의 애니메이션 감독 미야자키 하야오와 그가 설립한 지브리 스튜디오의 예술가들이다. 『유니콘』은 조현의 유년기를 사로잡은 일본 애니메이션(〈미래소년 코난〉 〈천공의 성 라퓨타〉 등)에 대한 동경과 그곳에 기원을 두고 있는 이미지로 가득하다.

조현의 목가적 고향 "클라투"는 어딘지 위치도 알 수 없는 우주 저 멀리에서 빛나고 있다는 점이다. 루카치의 지구적 시간과 조현의 우주적 시간 중에 어떤 것의 심리적 거리가 더 멀다고, 어느 것이 더 실현 가능성이 있다고 말하기는 쉽지 않다.

하지만 루카치는 '마르크스로 가는 길'을 역사의 필연이라고 판단하고 있고, 조현은 '클라투로 가는 길'을 "우연 내지 시적 상상력의 역사"(「누구에게나 아무것도 아닌 햄버거의 역사」)라고 말하고 있으니 이를 비교해보자. 루카치는 어느 글에서 에밀 졸라의 발언을 변형하여 이렇게 말했다. "진리는 서서히 진행되어서 결국에는 아무것도 그것을 멈추게 할 수 없다."[7] 마르크시즘에 대한 루카치의 신념이 담긴 멋진 말이지만, 과연 무엇인 진리인가라는 점에 대해서는 신중히 생각해야 한다. 어떤 신념이 진리가 되는 순간 이와 경쟁하던 많은 가치들은 어쩔 수 없이 진리가 아닌 것으로 되어버리기 때문이다. 루카치는 스탈린 체제의 소비에트를 긍정하며 이를 역사의 진리라고 믿었다. 하지만 역사가 알려주는 것처럼 스탈린의 소비에트에서는 상상할 수 없을 만큼의 인간이 숙청이나 유배, 이주를 통해 희생되었고, 인민의 피는 가혹한 독재의 토대가 되었다. 아이러니하지만, 루카치의 말처럼 어떤 신념이 진리가 되고 이것이 역사와 결합하여 구르기 시작하면 이를 쉽게 멈출 수 없는 것이다.

말년의 루이 알튀세르는 서구의 철학적 전통을 "본질의 철학, 즉 이성의 철학, 따라서 기원 및 목적의 철학"이라고 지칭하며 이것이 지닌 배타성과 폭력성을 강하게 비판했다. 그는 이에 대한 대안으로 "마주침의 유물론"을 제시한다. "철학사 속에서 거의 완전히 진가를 인정받지 못했던 유물론적 전통 하나가 실존한다. 비의, 편차의, 마주침의, 응고의 '유

---

7) 죄르지 루카치, 같은 책, 337쪽.

물론'이 그것이다."[8] 알튀세르는 하나의 사회가 존재하기 위해서는 모든 구성원들에게 무수히 마주칠 수 있는 조건이 부여되어야 한다고 말한다. 시간이 누적되고, 이 마주침이 만들어내는 언어, 감정, 애정관계, 투쟁 등이 완만한 변증법을 이루고 이를 통해서 사회의 변화 과정이 전개된다. 하지만 스스로를 진리라고 주장하는 철학, 정치적 신념, 경제적 제도 등은 이러한 인간 경험의 본연적 축적을 강제하고 여기에 특정한 방향성을 부과한다. 인간이 이성을 소유했다고 자신했던 근대 이후의 역사가 말해주는 것은, 역설적이지만, 위험한 진리와 폭력적 진보의 진행을, 더 늦기 전에, 멈추어야 한다는 것이다.

1986년 체르노빌 원전 사고가 있은 후 그 주변 도시는 인간의 출입이 철저히 통제되었다. 이십여 년이 지난 후 그곳을 방문한 일군의 연구팀은 자연이 다시금 복원해놓은 도시의 모습을 보곤 놀라움을 금하지 못했다. 자연적인 상태와 조건에서 만들어지는 우연한 마주침의 축적은 어떤 시대의 이성이 사유하며 설계한 것보다 뛰어나고 아름답다. 자연이 만들어내는 우아한 우연의 역사에 인간이 덧붙일 수 있는 것은 '마주침'을 의미 있게 만들어줄 "시적 상상력"뿐이다. 조현은 이 우연이 만들어내는 놀라운 변증법에 "시적 상상력"이 더해진 역사를 상상하며 이렇게 말한다. "아무래도 인간에게 세계는 사랑의 기억에 대한 애틋한 연민이나 가족에 대한 이해심, 혹은 시적 상상력과 진보에 대한 점진적인 확신이 적절하게 버무려지면서 조금씩 사랑스러워지는 법인 모양이다. 물론 그렇지 않은 우주도 있을 터이지만 말이다."(「누구에게나 아무것도 아닌 햄버거의 역사」)

8) 루이 알튀세르, 『철학과 맑스주의』, 서관모 · 백승욱 편역, 새길, 1996, 36쪽, 73쪽. 영역본을 참조하여 번역을 약간 수정하였다.

한 시대의 사회를 문학 특히 그 형식에서 고찰했던 루카치의 방법론이 틀리지 않는다면, 조현의 소설이 특징적으로 보여주는 "우연 내지 시적 상상력"의 플롯, 그리고 외계인과 지구인 사이에서 벌어지는 연애의 형태는 그가 구상한 '유토피아(클라투)'에 대한 보다 폭넓은 이해와 그것이 지구의 운명과 어떤 연관을 맺을지를 예상하게 할 것이다. 하지만 루카치가 역사의 전 시대를 통찰할 수 있었던 것은 특정한 시대에 번성했던 서사적 형식(서사시와 노블)이 있었고, 그 시대의 다종다양한 텍스트 안에 인간과 사회에 대해 깊이 있게 관찰할 수 있는 충분한 사건, 시간, 인물이 내재되었기에 가능했던 것이다. 아쉽게도 조현의 소설, 그중에서도 "클라투"를 다루거나 "우연 내지 시적 상상력"의 플롯을 채용하고 있는 작품은 서사적 형식에 대한 충분한 연구의 텍스트가 되기에 다소 적절하지 않은 단편소설(short story)이며, 그 대부분의 경우도 외계보다는 인류 사회 속에서 벌어지는 충돌을 다루고 있다.

지금까지 발표한 조현의 소설을 통해 읽어내자면, 소설의 구조적 형식보다는 사랑이라는 주제를 다양하게 변주하는 형태에 주목하는 것이 효율적일 것이다. 조현에게 있어 사랑이란 감정은 인간을 타인의 영혼이 위치한 내면 깊숙한 곳까지 진입하게 만드는 유일한 힘이며, "사랑은 존재의 본질에 어울리는 참다운 이름을 찾아 미세한 부유물처럼 존재와 존재 사이의 빈 공간을 떠도는 브라운운동"이다. 사랑이 만드는 육체의 자연스러운 이끌림은 루카치의 황금시대에 울려퍼졌던 "오비디우스의 노래처럼 하나의 우주가 다른 우주로 변신"하는 것을 가능하게 만든다(「옛날 옛적 내가 초능력을 배울 때」). 이렇게 사랑은 "하나의 영혼을 다른 영혼에 덧대어 존재의 영적 자각을 돕는" 소울마스터의 직분과 다르지 않으며(「라 팜파, 초록빛 유형지」), 인간으로 하여금 "생의 얼룩을 건너 존재의 본질에 다다를 수 있"게 하는 "시의 작용이나 은유의 현상학"과 같다(「생의 얼룩을 건너는 법, 혹은 시학」).

아쉽지만 조현의 소설에 등장하는 모든 자아와 타인은, 지구인과 외계인은, 서로에게 다다르지 못하고 이별한다. 그들은 사랑을 영혼의 만남이라고 강조하지만 이것이 구체적인 육체의 형식이기도 하다는 사실을 종종 간과한다. 고향 행성의 아름다운 석양빛을 지구의 언어로 "가장 적절하게 번역하는 방법은 같이 황혼을 바라보던 때 그녀에게 깊고 따뜻한 키스를 하는" 일인 것처럼(「돌고래 왈츠」), "사랑의 본질에는 아름다운 시어와 함께 아늑한 입김도 필요"한 것처럼, 사랑이라는 "하나의 상징은 하나의 행동으로 연결될 때 우아하게 빛난다."

하지만 영원한 결합이 사랑의 완전한 이데아가 아닌 것처럼, 이별이 사랑의 불완전한 형태는 결코 아니다. 오히려 감정의 강도와 이해의 진폭에서 보자면 이별이 만들어주는 그리움과 상실만큼 강렬한 사랑이 어디 있겠는가. 맨살이 찢긴 것 같은 통절한 이별의 아픔과 사랑을 앗아가 버린 상대에 대한 심연의 증오야 말로 삶과 우주의 비밀이 담긴 "잉크빛 어둠"이며, "사물의 이면"이자 "달의 뒷면"이다. "사랑이 아닌 사랑 혹은 죄 아닌 죄에 괴로워하던" '현'에게 특별한 관심을 보이던 전도사의 말에 따르면 그것이야 말로 "상상력"의 원천이며, 가능하지 않다고 여기던 일을 가능하게 만드는 "초능력"이다(「옛날 옛적 내가 초능력을 배울 때」).

### 3. 다스 베이더의 잉크빛 어둠

역사적 우연에 시적 상상력을 덧붙여 말해보자. 죄르지 루카치가 부다페스트에서 죽음을 맞이하던 1971년, 같은 이름을 가진 젊은 도제 조지 루카스는 자신의 첫번째 장편영화 〈THX 1138〉을 대중에게 공개하며 소울마스터로서의 직무를 시작한다. 생산만을 독려하기 위한 목적으로 약물과 종교를 통해 개인의 감정은 물론 사랑까지 철저하게 통제하는 암울한 미래의 디스토피아적 풍경을 담아낸 〈THX 1138〉은 조지 오웰의 『1984』를 연상시킨다는 평론가들의 호평과 난해하고 지루하다는 대중의 외면을 동시에 받았다. 베트남전쟁이 한창이던 1971년의 관점에서보자면 〈THX 1138〉이 만들어내는 숨막힐 것 같은 무채색의 통제 사회는 루카치가 칭송해마지 않았던 소비에트 사회주의에 대한 비판으로 읽혔을 것이다. 하지만 사회주의 국가의 소멸로 자본주의의 독주를 견제할 제도적 기제가 사라진 지금의 관점에서 보자면 이것이 꼭 사회주의 국가만을 대상으로 하는 비판이라고 확신하기는 어렵다. 생산과 효율이 국가가 지향하는 단 하나의 가치가 되어버린 기계적 관료제, 예술은 사라지고, 사랑은 금지되고, 종교마저 노동을 장려하는 세뇌 장치가 되어버린 산업사회의 모습은 자본주의를 근간으로 하는 모든 근대국가가 추구하는 최종적 진화의 형태이며, 이들이 가까운 미래에 도달할 역사의 종말처럼 읽힌다.

이 영화의 실패로 경제적 좌절을 맛본 루카스는 비판적으로 형상화한 암울한 미래 세계에서 돌아와 어린 시절 자신을 매료시킨 환상의 세계로 주저 없이 들어간다. 1960년대 미국 청년 세대의 자화상인 두번째 장편영화 〈American Graffiti〉(1973)를 흥행시킨 루카스가 오랜 시간 기획하고 준비했던 『암흑의 핵심』의 영화화 판권을 프란시스 포드 코폴라에게 넘겨버렸다는 사실은 더이상 이러한 방식으로 자본주의의 심연에 대한 탐색을 하지 않겠다는 의지와 이런 종류의 비판이 결코 대중의 선택을 받을 수 없다는 상심과 좌절을 보여준다.[9]

조지 루카스는 “중요한 것을 상실한 열 살에서 열두 살까지의 아이들

---

9) 조지프 콘래드의 『암흑의 핵심』은 1979년 프란시스 포드 코폴라에 의해 〈지옥의 묵시록(Apocalypse Now)〉으로 만들어진다.

을 위한" "〈2001 스페이스 오디세이〉와 '007 시리즈'를 합성한 영화"의 기획과 제작에 몰두한다. 우주를 배경으로 미국의 서부극과 조지프 캠벨의 영웅 신화, 로맨스를 온통 뒤섞은 〈스타워즈〉(1977)는 모든 사람의 우려를 뒤집고 전례가 없는 압도적 흥행을 거두었다. 루카스 스스로가 〈스타워즈〉를 놓고 "새로운 신화를 창조하려 한 의식적인 시도였다. 나는 일종의 기초적인 도덕률을 소개할 아동 영화를 만들고 싶었다"고는 말한 적이 있지만, 그가 만든 영화는 이 언급을 훨씬 뛰어넘는 문화적 제국을 구축했다.[10] 조지 루카스는 루카치를 비롯한 서구의 지식인들이 열망해 마지않던 '황금시대'의 이미지를 로맨스의 동화적 구조와 결합시켜 우주에 펼쳐 놓았다. 우주의 빛과 내면의 불이 일치될 때 발생하는 제다이 기사의 '포스(The force)'와 '광선검(Lightsaber)', 공주와 해적, 신화 속 괴물을 떠올리게 하는 외계의 생명체, 고대 그리스의 도시국가 연합과 페르시아제국의 갈등을 연상시키는 공화국과 은하 제국의 전쟁 등을 기반으로 한 아홉 편[11]의 〈스타워즈〉 시리즈는 대중문화의 신화가 되었다.

조지 루카스의 세계관과 상상력의 흔적을 조현의 소설에서 찾는 것은 그리 어려운 일이 아니다. 시인들의 미발표 작품을 "마이클 버거"의 증정품으로 사용하며 전 세계 패스트푸드 시장을 장악하는 맥도날드의 성공과 회사의 품질관리 대상이 되어버린 "시적 상상력"이 만들어내는 "기형"적 미래에 대한 소설인 「누구에게나 아무것도 아닌 햄버거의 역사」는 〈THX 1138〉에 표현된 기계적 관료제 국가의 탄생에 대한 프리퀄처럼 읽힌다. 게다가 시를 감상하는 영혼은 사라지고 시를 비평하는 형식만 남아 이를 향유하는 "휴머노이드"의 모습은 약물로 인해 사랑의 감정을

---

10) 피터 비스킨드, 『헐리웃 문화혁명: 어떻게 섹스-마약-로큰롤 세대가 헐리웃을 구했나』, 박성학 옮김, 시각과 언어, 2001, 452쪽.

11) 2021년 현재 〈스타워즈〉 시리즈는 총 아홉 편이 제작되었다.

느끼지 못하면서도 포르노그래피를 보는 습관을 버리지 못하는 〈THX 1138〉의 인물들과 그리 다르지 않다(「종이 냅킨에 대한 우아한 철학」).

영화 〈스타워즈〉가 시작될 때 올라오는 자막, "옛날 옛적 멀고 먼 은하계 저편에서는(A long time ago in a galaxy far, far away)"을 연상하게 하는 「옛날 옛적 내가 초능력을 배울 때」에 등장하는 초능력 훈련소는 제다이 기사의 수업 과정에 대한 패러디로 읽어도 무리는 아닐 것이다. 특히, 제다이 기사가 지닌 우주적 에너지의 원천인 '포스'는 이 소설에서 인간의 의지를 투사하는 "시적 상상력"으로 변형되어 뜻하지 않는 웃음과 애절한 이별의 감정을 독자들에게 전해준다. 늙은 소울마스터와 젊은 도제의 여정을 다룬 「라 팜파, 초록빛 유형지」는 제다이 마스터 오비완 케노비(혹은 마스터 요다)와 그의 제자 루크 스카이워커의 수련 과정에서 생긴 에피소드로 읽어도 손색이 없을 정도이다.

70~80년대 유년기와 성장기를 보냈던 한국인들이라면 누구나 기억하고 있는 〈들장미 소녀 캔디〉 〈은하철도 999〉 〈미래소년 코난〉 등의 다양한 재패니메이션(japanimation)이 인물의 지향과 관계, 성장의 중요한 함의로 사용되고 있는 조현의 첫번째 장편소설 『유니콘』은 화가가 된 '나'의 현재와 십오 년 전 그림과 사랑, 문학을 배웠던 성장의 과정을 교차적으로 그리고 있다. 소설은 일본의 청춘만화와 같은 작품을 그리고 싶은 소년 '나'와 그를 사랑하는 일본 소녀 시즈미, 시즈미와 함께 살며 그녀의 오빠를 사랑하는 은주 누나, 은주 누나에게 그림을 배우며 점점 그녀를 사랑하게 되는 '나' 그리고 시즈미의 오빠인 '선생님'에게 깊은 정신적 가르침을 받지만 은주 누나에 대한 사랑 때문에 생긴 '선생님'에 대한 양가적 감정에 괴로워하는 '나'의 이야기를 중심으로 전개된다.

조현은 마녀에게서 공주를 구하지만 왕자와의 사랑을 지켜볼 수밖에 없는 유니콘의 이야기를 「프롤로그」에 삽입함으로써 이 소설이 청춘만

화보다는 중세의 로맨스적인 구조를 가지고 있다는 것을 알려준다.[12] 이런 점에서 볼 때 지금까지 연재된 『유니콘』은 한 소년이 공주를 지켜줄 수 있는 힘을 가진 기사(유니콘)로 성장하는 과정과 공주(혹은 마녀)의 초대를 받고 모험을 떠나기 전까지의 과정을 담고 있다고 판단된다. 다소 로맨스적인 소설 구조를 아나킨 스카이워커(다스 베이더)의 사랑과 성장의 좌절을 담고 있는 〈스타워즈〉의 프리퀄 3부작과 비교하는 것은 미완의 내용을 추측할 수 있다는 새로운 흥미를 발생시킨다. 독일의 문학과 미술, 음악에서부터 다양한 하위문화까지 두루 섭렵한 '선생님'은 문답을 적극 활용하는 교육의 방식으로 '나'를 신중하고 사려 깊은 소년으로 성장시키는 동시에 감당하기 힘든 "녹청과 잉크빛 암흑을 보게" 하여 견고하게 성장한 내면을 붕괴시킨다. 그 시절, '나'는 문화적 교양을 통해 천국을 내면에 담지만, 욕망이 깃든 "사물의 그늘"을 통해 연옥의 나락으로 떨어지는 경험을 하게 된다. 소설은 이러한 성장기의 회상을 마친 '나'가 은주 누나로부터 온 엽서를 들고 히로시마에 도착하는 것으로 끝이 난다. 만약 이 소설이 보다 긴 분량으로 완성된다면 이후의 이야기는 '나(유니콘)'가 경험하게 되는 모험과 환멸, 살인의 서사가 담길 것이다. 「프롤로그」에서 살인이 예고되어 있기에 이후의 이야기는 로맨스라기보다는 스릴러의 형태가 될 것이다.

『유니콘』의 첫 장면은 "피범벅이 된 손"에 책을 들고 바다로 들어가는 '나'의 모습으로 시작된다. 소설이 결말지어지지 않았기 때문에 이 「프롤

---

12) 『유니콘』이 연재가 끝난 지 십 년이 지났음에도 아직 출간되지 않고 있다는 사실은 이 소설이 미완성이라는 점을 짐작하게 한다. 『유니콘』은 살인을 저지른 '나'의 모습이 담긴 「프롤로그」에서 시작하지만, 소설의 결말은 은주 누나를 찾아 일본으로 떠나는 '나'의 모습으로 끝난다. 「프롤로그」에서 알려준 살인이 아직 자세히 등장하지 않았다는 점과 「에필로그」 없는 결말의 형태는 이 소설이 최종적으로 완결된 상태가 아님을 보다 분명하게 알려준다.

로그」부터 다시 짚어보아야 한다. '나'의 손에 묻은 피는 누구의 것일까, 도대체 '나'에게는 무슨 일이 생긴 건가. 아마도 다스 베이더가 된 아나킨 스카이워커가 오비완 케노비를 죽인 것처럼, 젊은 도제 조지 루카스가 소울마스터 죄르지 루카치의 신념을 따르지 않고 '황금시대'를 역사가 아닌 우주로 옮겨간 것처럼, '나'의 손에 묻은 피는 선생님의 것일 테다. 이것은 각자의 신화 속에서 문화적으로 새롭게 탄생하는 세대의 모습과 그 등장을 구조적으로 보여준다. 아늑하고 정다운 시절과 결별한 눈만이 "사물의 그늘"을 볼 수 있고, 피범벅이 된 손만이 "끝까지 읽으면 불가해한 생의 비밀을 엿볼 수나 있을 듯이 클립으로 묶인 책장의 후반부"를 펼칠 수 있다. 소년은 운명처럼 "잉크빛 어둠"을 보고, 기사가 아닌 다스 베이더로 성장한다. 그는 "슬픔의 파수꾼"이 되어 내면의 어둠으로 글을 써내려갈 것이다. 어둠 속에서 볼 때 별은 더욱 빛나는 법이다.

### 4. 우주를 가로질러

2011년 발표된 소설 중 가장 중요한 단편임이 분명한 「은하수를 건너—클라투행성 통신1」에서 조현은 이전 작품에서 직접적으로 말하지 않았던 '클라투'에 대한 얘기를, 그리고 특파원으로서의 직무를 기술한다. "클라투행성의 지구 주재 특파원"인 '나'는 지구의 소식을 클라투에 전하거나 행성에서 의뢰가 들어온 일을 처리하면서 살고 있다. '나'는 일종의 유체이탈이라고 할 수 있는 "루시드 드림"을 통해 상상할 수 있는 모든 시간과 장소로 이동할 수 있다. '나'는 "클라투행성 통신"이라는 웹사이트에 접속해 "김채원의 「초록빛 모자」(1979)에 제목만 등장하는 시를 찾아 그 내용을 전송"하라는 의뢰를 검색하고, 이를 수임한다. 그가 맡은 일이란 다음과 같았다.

1. 김채원의 「초록빛 모자」는 1979년 6월호 『현대문학』에 발표된 중편소설로 당시 이 작품을 인상 깊게 읽은 지구 주재 특파원이 본국 행성으로 전송한 바 있다.

2. 이 소설의 화자는 김기정이란 서른 살의 여성으로 어린 시절 고아가 되어 고생스럽게 성장했다. 그녀에게는 한 살 터울의 언니가 있는데 자살로 삶을 마감했다. 어린 시절 언니는 사고로 손가락 하나를 잃고 나서 자신의 초록빛 모자를 어떤 남자가 주워갔다고 동생인 주인공에게 말했다. 성인이 된 언니는 모든 것이 완벽했지만 손가락이 없다는 이유로 결국 스스로의 삶을 포기한다. 그리고 이는 동생에게 커다란 트라우마가 되고 그녀는 비루한 삶의 유일한 탈출구로 시를 꿈꾼다.

3. 이 소설에는 주인공이 시인으로 등단하기 위해 김호라는 예명으로 잡지사에 응모한 두 편의 시가 제목만 등장한다. 본국 행성에서는 어떤 필요에 의해 이중 「은하수를 건너」라는 시의 내용을 파악하고자 한다.

—「은하수를 건너—클라투행성 통신1」

'나'는 '루시드 드림'을 통해 여러 번 읽어 그 내용과 배경을 숙지한 「초록빛 모자」의 1979년 서울로 이동한다. '나'는 남장을 했다가 소매치기로 오인받아 파출소에서 심하게 얻어맞은 김호를 찾아 그에게 다가간다. "조개구름이 가득 끼어" 별마저 사라진 탁한 하늘을 바라보며 김호는 다리 "난간 옆에 쭈그리고 앉아" 있다.[13] 이렇게 조현과 김채원이, 2011년과 1979년이, '나'와 '김호'가, 시적 상상력의 공간에서 조우한다. 김채원은 이렇게 쓰고, 김호는 이렇게 말한다. "그때 문득 다리 끝에 초록

---

13) 김채원, 「초록빛 모자」, 『초록빛 모자』, 나남, 1984, 117쪽. 이후 인용은 작품명과 쪽수만 표기하겠다.

색 모자를 쓴 아까 낮에 만난 남자가 보였다. 남자는 한가닥 연기처럼 어둠속에서 출렁이고 있었다. 바로 저것이다."(「초록빛 모자」, 119~120쪽) 조현은 이렇게 꿈꾸고, '나'는 이렇게 행동한다. "내가 다리를 건너자 그제야 인기척을 느꼈는지 김호가 쳐다보았다. 난 초록빛 모자를 살짝 들어 아는 척을 했다. 난 김호의 놀라는 표정에서 그는 어쩌면 오래도록 초록빛 모자를 되찾는 이 순간을 기다려왔을 거란 생각을 하였다." '나'는 김호에게 다가가 모자를 주고 「은하수 건너」를 외워달라고 부탁한다. 김호는 천천히 자기 시를 외우고, '나'는 그 언어가 안개처럼 퍼져가는 다리 난간에 앉아 하늘을 바라본다. "조개구름이 가득" 낀 「초록빛 모자」의 탁한 밤하늘을 「은하수 건너 — 클라투행성 통신1」의 '나'가 올려본다. 구름은 맑게 걷히고 "뭇별이 반짝이기 시작했다."

잠깐 『유니콘』으로 이동했다 돌아오자. 『유니콘』의 은주 누나는 '나'에게 "시련을 이겨내고 기어이 꿈을 찾아내는 주인공은 어떻게 그려야 할까"라는 문제를 낸다. 답을 쉽게 찾지 못하던 '나'는 "달콤하고 괴로운 심정으로 밤하늘을 올려다"보고 영감을 얻어 펼쳐든 라이너 마리아 릴케의 시에서 그 답을 찾아낸다. '나'는 "주인공의 눈에 별을 그려넣어야" 한다고 대답한다. 은주 누나는 환하게 미소를 지으며, "주인공의 눈에 별을 그려넣을 때 작가는 자신의 가슴에도 별을 담아야 한다는 것을!" 잊지 말라고 한다. 다시 「초록빛 모자」. 어린 시절 친구들은 김기정(김호)의 눈을 보며 "초롱별 두 개가 떠 있는 것 같다"며 감탄을 금하지 못했다. 지금의 김기정(김호)은 그 빛나던 꿈을 모두 상실하고 "치유가 될 수 없는 병"에 걸린 사람처럼 비참하고 쓸쓸하게 살아간다.(「초록빛 모자」, 106쪽, 110쪽) 조현이 '나'를 통해 김호에게 건내 준 '초록빛 모자'는 어린 시절 그녀의 두 눈에서 아름답게 빛나던 두 개의 "초롱별"이며, 지금의 그녀가 상실한 희망이다. '나'는 이것으로 김호를 옭아매던 "운명의 줄"이 끊기기를 상상한다.

소설은 어떤 이에게는 "누구에게나 아무것도 아닌" 의미 없는 것들의 나열이며, 언어의 낭비로 이해될 것이다. 하지만 밤하늘의 별처럼 흩뿌려진 소설 속 무수한 단어와 문장들이 우연처럼 만나 축적되는 상상력의 거대한 흐름은, 창작과 독서와 사유의 과정을 통해 운명처럼 조우하는 개인들의 만남은, 누구에게는 모든 것인 가능성의 우주이다. 조현의 눈에 빛나는 별이 순정만화에서 가져온 캔디의 것이면 어떻고, 루카치의 것이면 어떤가. 경도와 위도에 따라 볼 수 있는 별이 다르듯이, 한 시대에는 그 시대의 별이 존재한다. 하나의 영혼이 다른 영혼에 덧대어지고, 애틋한 연민과 이해심, 시적 상상력이 우연한 마주침을 끌어안는다. 이렇게 우주는 조금씩 사랑스러워진다. 이는 "소울마스터"의, "클라투행성의 지구주재 특파원" 조현의, 그리고 별에 홀린 사람의 직무이며 운명이다.

글은 끝났다. 나는 책을 덮고 턴테이블에 오래된 엘피를 올린다. 1969년에 녹음된 이 작은 블랙홀은 33$\frac{1}{3}$의 아르피엠(rpm)으로 돌며 그 안에 말려 있는 시간을 음악으로 풀어놓는다. 스탠드가 켜진 창가로 "말들은 끊임없이 내리는 비처럼 종이컵 속으로 흘러들어가고, 지나가면서 스르르 미끄러지고, 우주를 가로질러 사라진다(Words are flying out like endless rain into a paper cup. They slither while they pass, they slip away across the universe)"로 시작하는 비틀스의 〈Across the universe〉가 흘러나간다. 멀리서 보면 내 책상 위의 이 빛도 별처럼 보일까. "자이 구루 데바 옴(Jai guru deva om)."[14]

(2011)

---

14) 비틀스가 1969년 녹음하고 1970년에 발표한 앨범 〈Let it be〉에 수록된 〈Across the universe〉에 나오는 산스크리트어 가사이다. "Jai guru deva om"은 "성스러운 스승이여(진정한 깨달음을 주셔서) 감사합니다" "모든 것은 신의 뜻입니다" 등으로 번역할 수 있다.

# 3부 /

# Dies Irae

# 분노의 날

## 1. '현실'의 시차(時差/視差)

괴테의 『파우스트』는 기이한 텍스트이다. 『파우스트』를 읽었거나, 읽었더라도 2부까지 통독한 사람은 거의 찾아보기 힘들지만, 『파우스트』를 모르는 사람 역시 거의 없다. 『파우스트』는 세계문학사의 신화처럼 존재한다. 모든 신화가 그렇듯이 이해와 오해의 중간 지점에서, 유령처럼 흐릿하지만 강렬하게. 세속적 이해의 방식으로 보자면, 『파우스트』는 생의 의욕을 잃고 비탄에 빠진 늙은 파우스트 박사와 악마 메피스토펠레스가 맺는 젊음과 영혼의 맞교환 계약이다. 젊음, 이 단어가 연상시키는 향락, 욕망, 쾌락과 근대적 사유의 도래로 용도 폐기가 된 영혼의 교환으로 대부분의 사람들이 『파우스트』를 토막 내서 이해하고 있다는 사실은 그것이 자본주의적 삶과 밀착된 하나의 상징적 의미를 가지고 있다는 것을 말해준다. 만약 마음의 재활용 쓰레기통에 팽개쳐진 영혼을 사겠다는 사람만 있다면 판매자들을 구하는 것은 일도 아니다. 문제는 그런 거래를 할 악마가 내 앞에 나타나지 않는다는 것이다. 악마에 동조하거나 거래한 사람들을 사악하다고 말할 수 있다면, 지금의 모든 인간들은 타락한 악귀와 다를 바 없다.

『파우스트』에 대한 세속적 이해 또는 오해에 대해 논의를 하는 것도 흥미롭겠지만, 이 글이 원하는 바는 아니다. 『파우스트』의 시작점으로 돌아가서 천천히 이 글을 시작해보자. 현명하고 박식하지만 이미 늙어버린 파우스트는 "새롭고 찬란한 삶"을 다시 살고 싶은 욕망에 사로잡혀 있다. "아아, 우리들의 비좁은 방에/등불이 다시 정답게 켜지면/우리의 가슴속도 밝아진다./자신을 아는 마음속도/이성은 다시금 말을 시작하고/희망도 다시 피어난다."[1] 이 초현실적인 갈등에 사로잡힌 파우스트는 자신의 충동을 억누르기 위해 성경을 "사랑하는 독일어"(63쪽)로 번역한다. 번역이라고 말하지만 파우스트가 하는 일은 거의 다시 쓰기(rewriting)에 가깝다. 그는 첫 문장부터 새롭게 쓴다. "태초에 말씀이 계셨느니라!"라는 구절은 "뜻"과 "힘"을 거쳐, "태초에 행위가 있었느니라!"로 씌어진다(64쪽). 갈망하며 갈등하는 파우스트에게 찾아온 메피스토펠레스는 "모든 속박에서 벗어나/ 인생이 어떤 건지 체험할 수 있"(77쪽)게 해주겠다고 그를 유혹한다. 파우스트는 메피스토펠레스의 제안을 기꺼이 받아들이며, "내기"이자 "약속"인 계약을 하게 된다. 그 계약의 조항은 이렇다. "내가 순간을 향해/멈추어라! 너 정말 아름답구나!라고 말한다면,/그땐 자네가 날 결박해도 좋아./나는 기꺼이 파멸의 길을 걷겠다!/그땐 조종(弔鐘)이 울려도 좋을 것이요,/자넨 내 종살이에서 해방되는 것이다./시계를 멈추고 바늘이 떨어질 것이며,/나의 시간은 그것으로 끝나게 되리라!"(83쪽) 계약을 마친 메피스토펠레스는 자신이 판매한 상품의 특

---

1) 요한 볼프강 폰 괴테, 『파우스트』, 정서웅 옮김, 민음사, 1997, 62쪽, 이하 / 표시는 인용자. 앞으로 이 책에서의 인용은 간략하게 쪽수만 표기하겠다.

성에 대해 설명하는 들뜬 세일즈맨처럼 "당신에겐 어떤 규준도 제한도 정해져 있지 않"(85쪽)으니 욕망의 최대치를 향락하라고 흥분하며 소리친다. 이런 메피스토펠레스에게 파우스트는 훈계하듯이 자신의 바람을 이렇게 외친다.

> 다시 말하지만, 쾌락이 문제가 아닐세.
> 이러한 도취경에 내 몸을 맡기는 것일세.
> 고통스러운 향락, 사랑에 눈먼 증오, 속이 후련해지는 분노에.
> 지식에의 갈망에서 벗어나 나의 마음은
> 앞으로 어떤 고통도 감수하면서
> 인류 전체에게 주어진 것을
> 내 내면의 자아로 음미해보려네.
> 내 정신으로 가장 높고 가장 깊은 것을 파악하고,
> 그 기쁨과 슬픔을 내 가슴에 쌓아올리면서
> 나 자신의 자아를 온 인류의 자아로까지 확대시키려네.
> 마침내 인류와 더불어 나 역시 파멸에 이르기까지.(85~86쪽)

약간의 비약은 있겠지만, 자신의 인생을 통째로 다시 쓰고 싶어하는 파우스트의 바람을, 주어진 세계의 질서에 대한 회의와 개인이 가진 창조적 주체성에 대한 자각을 통해 허구의 세계를 창작하는 작가(특히 소설가)의 욕망이라고도 부를 수 있을 것이다. 에드워드 사이드가 말했듯이, 노블의 저자는 시작을 향한 욕망, 즉 기성 세계의 실재성을 파괴하고 새로운 세계를 창조하고자 하는 욕망을 구현하는 창조적 주체이다.[2] 그런데, 파우

2) Edward W. Said, *Beginning: Intention and Method*, Basic Books, 1975, pp. 81-83.

스트라는 창조적 주체가 가진 욕망은 에드워드 사이드가 말한 작가의 욕망과는 조금 다르다. 파우스트가 욕망하는 것은 시작(beginning)이 아니라 끝(ending)이다. "멈추어라! 너 정말 아름답구나!"라는 계약의 문구가 말해주는 것처럼 파우스트가 메피스토펠레스에게 요구한 것은 그의 욕망을 추동하는 장소들에서 항상 새롭게 무언가를 시작하는 능력이 아니다. 이런 점에서 파우스트는 구경꾼에 가깝다. 그는 메피스토펠레스가 이끄는 데로 순순히 따라가며, 말 그대로 "주어진 것"을 "내면의 자아로 음미"한다. 파우스트가 메피스토펠레스와의 계약을 통해 갖게 된 것은 가능성을 상징하는 '젊음'이나 영원한 '생명'이 아니다. 오히려 정반대이다. 파우스트가 가진 진정한 권위(authority)는 그가 계약을 통해 소유하게 된 '죽음'에서 비롯된다. 파우스트라는 근대적 주인공(이자 영웅 hero)이 가진 진정한 힘은 그가 원하는 순간에 삶의 서사를 종결시킬 수 있다는 사실에서 발현된다. 파우스트와 메피스토펠레스의 만남을 지켜보는 정령들이 "세계가 무너진다, 세계가 붕괴된다!/ 반신(半神)이 세계를 때려 부쉈다!"(79쪽)고 한탄하는 것처럼, 파우스트는 자신의 '죽음'을 주관할 수 있는 "반신"이다. 과장해서 말하자면, 파우스트가 진정으로 욕망하는 것은 자신과 더불어 인류를 끝없이 확장시키고 결국에는 "파멸"에 이르도록 하는 대단원(역사의 종말)이다.

여기까지 보면 파우스트는 제법 현명한 계약을 맺은 것처럼 보인다. 끝이 없으면 계약을 이행할 필요가 없다. 끝은 오직 파우스트만이 말할 수 있다. 하지만 메피스토펠레스는 이것을 문제 있는 불공정 계약으로 여기지 않는다. 그는 이러한 자아 확장의 열망이 그리 오래가지 않을 것임을 알고 있다. 『파우스트』 2부의 2막이 시작하자마자 메피스토펠레스는 계약 초기의 파우스트를 연상시키는 치기 어린 청년 학사를 만난다. 창조의 열망에 들떠 "세계는 내가 창조하기 전엔 존재하지 않았습니다"(321쪽)라고 말하는 학사를 비웃으며 메피스토펠레스는 다음과 같이 냉소적으로 말한다. "떠나라, '독창적인' 열성분자여!/이러한 통찰이 너를 얼마나 화나게 할 것인지./인간이 둔하든 똑똑하든, 무슨 생각을 하더라도/그것은 그전에 있었던 과거의 생각이다. 얼마 있으면 젊은이는 이미 바뀌어 있을 것./위험할 것은 없다. 괜찮을 것이니. ……보다시피 악마는 꽤 나이가 많단다. 나이들어봐, 알게 될 터이니."[3] 마치 늙은 보수주의자가 변화를 원하는 젊은 진보주의자들에게 말하듯, 나이든 어머니가 선대의 삶을 부정하는 어린 딸에게 말하듯, 진정한 냉소주의자 메피스토펠레스는 사는 게 다 그렇다고, 아무리 노력해도 세상은 바뀌는 게 없다고 말한다. 세상의 창조주와 동년배인 메피스토펠레스옹(翁)의 말처럼 파우스트는 "조그만 세계"에서 "큰 세계"로 진행되는 인생의 "과정"(97쪽)을 경험한 후 이제 할일은 다 했다는 듯이 자신의 죽음을 선언한다. "내게는 억세게도 항거한 놈이지만,/세월 앞엔 별수없이 백발이 되어 모래 위에 누웠구나"(543쪽)라는 메피스토펠레스의 말처럼 세계를 파멸에 이를 때까지 확장시키려던 파우스트도 결국에는 적정선에서 타협하고 지쳐서 나가떨어지는 것이다.

파우스트와 메피스토펠레스가 보여주는 시간에 대한 상이한 인식, 즉 현실에 대한 시차(時差 또는 視差)는 괴테가 남긴 위대한(동시에 악명 높은) 문학적 유산의 하나이다. 냉소적 회의주의자인 메피스토펠레스의 방식은 파우스트를 강제하거나 재촉하는 것이 아니라 시간의 타성에 젖어들게 하는 것이다. '청년' 파우스트에게 '현실'은 시간의 경과에 따라 좀 더 보완되고, 주체의 행동에 따라 점차 이성의 목적에 합치되는 형태로

3) 여기서의 『파우스트』 인용은 보다 정확하게 번역된 『세상의 이치』(프랑코 모레티, 성은애 옮김, 문학동네, 2005, 180쪽)에서 재인용하였다.

변모하는 대상이다. 반면 '늙은' 메피스토펠레스에게 '현실'은 아무리 노력해도 변하는 것은 없는, 몇 번의 쳇바퀴를 돌리고 나면 누구라도 지쳐 나가떨어지는, 그냥 그렇고 그런 대상일 뿐이다.

'현실'은 지금 눈앞을 스쳐지나가는 순간이 아니다. '현실'은 어떤 의미(또는 무의미)를 알려주는 시간의 패턴이며 인생의 주조음(主調音)으로 느껴지는 시간의 리듬이다. 인간이 소설에서 '현실'을 읽어내는 것은 당연하다. 소설은 흔히 서사의 전개와 패턴만으로 이해되고 있지만, 엄밀하게 말하자면 소설은 구조화된 서사 또는 서사의 구조화인 동시에 구조화된 시간이며 시간의 구조화이기도 하다. 폴 리쾨르의 말처럼 "시간은 서술적 방식으로 진술되는 한에 있어서 인간의 시간이 되며, 반면에 이야기는 시간 경험의 특징들을 그리는 한에 있어서 의미를 갖는" 것이다.[4] 소설이 현실을 반영한다고 말할 때, 그 반영을 읽어내는 방법은 사회적(또는 반사회적)으로 의미가 있다고 여겨지는 에피소드나 소재의 분별에 있지 않다. 오히려 그것이 어떻게 패턴화되고 있는지, 어떠한 리듬을 만드는지를 해석하는 것이 중요하다. 문제는 내용이 아니라 형식이다.

## 2. "소년들은 시간과 겨루는 법이지."

문제를 형식으로 놓고 볼 때, 특히 서사의 구조보다는 시간의 구조를 살피는 방식으로 볼 때, 최근의 소설(novel)이나 단편에서 공통적으로 발견되는 것은 현실의 '반복'이다. 은희경의 『소년을 위로해줘』, 김애란의 『달려라 아비』에 수록된 「나는 편의점에 간다」나 「노크하지 않는 집」, 김미월의 단편과 『여덟번째 방』, 김사과의 「매장」이나 「더 나쁜 쪽으로」를 비롯한 대부분의 소설들, 최제훈의 『일곱 개의 고양이 눈』, 박민규의

4) 폴 리쾨르, 『시간과 이야기』 1, 김한식 · 이경래 옮김, 문학과지성사, 1999, 25쪽.

『핑퐁』과 「루디」 「코작」, 윤이형의 「큰 늑대 파랑」, 김태용의 『포주 이야기』나 윤성희의 『웃는 동안』에 수록된 단편, 박성원의 「우리는 달려간다」 연작이나 「얼룩」 「하루」, 정용준의 「가나」나 「벽」, 백가흠의 「더 송(The Song)」 연작 등에서 '현실'이라는 문제적 시간의 구조는 '반복'의 형태로 제시된다.

먼저 은희경의 『소년을 위로해줘』(문학동네, 2010)를 보자. 이 소설의 줄거리를 간략하게 요약하자면 이렇다. 편모가정에서 성장한 연우는 새롭게 전학 간 학교에서 실패한 조기 유학생인 문제아 태수를 만난다. 태수를 통해 힙합의 세계에 입문하게 된 연우는 이를 통해 자아에 대한 강렬한 각성을 하게 되고, 이는 억압적인 아버지와 갈등하는 채영과의 사랑을 확인하는 중요한 계기로 작동한다. 하지만 서로에 대한 소유와 오인의 문제로 갈등을 겪던 연우와 채영을 화해시키려던 태수는 사고로 죽고 연우와 채영은 그 상실감에 이별하게 된다. 소설은 삼 년의 시간이 지난 후 우연히 만나게 된 연우와 채영의 모습을 보여주며 끝이 난다.

『소년을 위로해줘』의 서사는 지극히 평이하고 단조롭다. 극적인 사건이라고 할 수 있는 것은 오직 하나 태수의 죽음뿐이다. 만약 이 소설이 서사에 초점이 맞춰져 있다면 태수의 죽음은 죽는 순간까지 예측할 수 없는 것이어야 한다. 연우와 태수가 맺는 우정의 연대가 깊고 긴밀할수록, 이들이 만들어가는 세상에 대한 기대가 크면 클수록, 태수의 예기치 못한 죽음은 강한 충격으로 독자를 강타할 것이며, 여기에서 서사적 재미라고 부를 수 있는 감각이 분출되기 때문이다. 하지만 은희경은 이런 재미에는 관심도 없다는 듯이 소설의 도입부에서 대부분의 독자들이 짐작할 수 있을 만큼 명백하게 태수의 죽음을 암시한다. 당황스러운 이러한 도입부를 어떻게 이해해야 할까. 은희경이라는 소설가가 그동안 보여준 작품의 성취도를 생각할 때 이를 소설가의 미숙한 기법이나 사려 깊지 못한 실수로 이해하는 것도 용이하진 않다. 만약 태수의 죽음을 독자에게 알려줄 필요가 있었다고 작가가 판단했다면 그뒤의 서사는 친구에 대한 기억으로 충만한 과거와 상실감을 극복하려는 노력이 제시되는 현재로 나뉘어져 진행되었어야 한다.

소설을 시작하자마자 공개된 태수의 죽음이라는 결말이 은희경의 명백한 의도라면 서사를 따라 읽는 익숙한 독서 방식은 이 작품의 의미를 해석하는 데 그리 큰 참조가 되지 않는다. 오히려 서사를 해석하는 데 도움이 되지 않아 보이는 특이한 구성이나 진술, 에피소드 등이 더욱 중요하다. 가령, 소설의 차례 같은 것 말이다. 『소년을 위로해줘』는 「INTRO-겨울」로 시작해 「HIDDEN TRACK-봄눈」으로 끝난다. '히든 트랙'이란 용어는 흔히 음반의 재킷에는 인쇄되어 있지 않으나 음반에 비밀스럽게 수록된 곡을 지칭한다. 문자의 가시성 때문에 소설에서는 결코 숨길 수 없는 하나의 장을 히든 트랙이라고 지칭하고 있다는 사실, 기억이나 시간을 비유하는 데 빈번하게 사용되는 음원 저장장치나 재생장치와 같은 음악 용어 등은 은희경이 『소년을 위로해줘』를 회전, 반복, 재생의 속성을 가진 음반의 형상으로 사유하고 있음을 알려준다.

> 되돌릴 수만 있다면…… 그렇다면 나는 모든 걸 새로 시작하고 싶다. 그래, 그애가 곁에 있었던 나의 지난 세 계절을 조금도 다르지 않게, 그대로 반복할 것이다. 내가 앞으로 살아갈 날들, 그 시간의 길고 긴 선을 뒤따라가는 게 아니라 지금 다시 지난여름으로 돌아가서 짧았던 세 계절을 언제까지나 반복하여 살고 싶다.(11쪽)

「INTRO-겨울」에 제시된 이와 같은 진술은 흥미롭다. 연우가 되돌리고자 하는 것은 시간이다. 하지만 그것은 태수의 사고 이전으로 시간을 되돌리자는 것이 아니고 함께했던 시간의 반복이 가능한 지점으로의 회귀이다. 이 반복을 통해 연우가 하고자 하는 것은 "내 머릿속과 마음에서 태수를 깡그리 지워버리는 일"(13쪽)이다. 즉, 반복을 통해 상실감을 극복하고자 하는 것이다. 여기에 하나의 에피소드를 추가하자. 어린 시절 연우의 옆집 노인은 엘리베이터와 달리기 시합을 하는 연우에게 "소년이라면 시간과도 겨뤄봐야지"(411쪽)라고 말한다.

> 소년들은 시간과 겨루는 법이지.
>
> 그 말이 무슨 뜻인지는 지금도 잘 모른다. 하지만 왜 그런지 늦가을 나뭇잎이 떨어지기 시작하면 한 번쯤은 떠오르는 말이다. 시간의 흐름에 따라서 생겨났다가 사라지는 것들. 그 시간의 질서 속에서 정해진 대로 흘러가는 데에 저항하고 싶어진 걸까. 자기만의 시간의 속도를 만들어보고 싶은 소년다운 호기심과 고집?(411~412쪽)

『소년을 위로해줘』에서 '소년'은 육체적 정신적으로 미성숙한 개체를 지칭하는 말이 아니다. 소년은 반복되는 시간의 흐름과 질서에 저항하는 인간, 끊임없이 세상을 그렇고 그런 것으로 만들어버리는 세속의 이치에 맞서 자기만의 시간을 창출하려는 주체를 지칭하는 다른 말이다. 연우 엄마의 연인인 재욱이 "우리 모두는 궁극적으로 우주의 어린 아들, 즉 소년들이다. 서로 위로해주자"(389쪽)라고 말할 때, 엄마가 위로를 "전쟁, 천재지변, 교통사고, 심각한 질병, 절망, 빈털터리 상태, 지금과 같은 극진한 슬픔의 발생"과 같은 "비상시"(19쪽)에 함께 하는 굳건한 개인들의 연대로 말할 때, 『소년의 위로해줘』의 의미는 명확해진다. 개인은 연대와 위로를 통해 부여된 시간의 질서와 싸우는 소년이다. "우리 모두는 낯선 우주의 고독한 떠돌이 소년"(485쪽)이다.

## 3. 반복과 죽음의 이야기

김태용의 소설은 대개 이런 식으로 시작한다. "이런 식이 가능할까. 불가능하게 시작할 수는 없을까. 시작은 없고 중간과 끝만 있는 이야기는 어떨까. 끝도 필요 없다. 시작과 끝을 연상하고, 연상이 무한히 확장되고, 끊어져 중간의 얼굴을 치장할 수 있다면. 흠집 낼 수 있다면. 시작을 지연시키는 혹은 끝에 다다르기 위한, 불가능의 이름으로 가능한, 이야기의 중간. 중간 이야기."[5] 김태용이 고안하려는 머리도 없고, 허리도 없으면서 "연상"으로 무한히 확장하는 이야기의 패턴을 지칭하는 정확한 명칭은 '반복'이다. 김태용에게 현실은, 억압된 과거의 상흔이 삶의 모든 구비에서 유령처럼 출몰하듯, 이야기와 글쓰기에 대한 강박적인 반복으로 귀환한다.

『포주 이야기』에 수록된 어떠한 단편을 읽어도 확인할 수 있는 사실이기에 맨 앞에 수록된 「포주 이야기」를 펼친다. 「포주 이야기」의 '나'는 "나에서 시작되어 나로 끝나는 이야기"(11쪽), 처음엔 자서전으로 시도되지만 마지막엔 "유서의 운명"(34쪽)으로 귀속되는 글쓰기를 하고 있다. 하지만 글을 쓰려는 모든 시도는 "나는 포주였다"(11쪽)라는 첫 문장에서 한 걸음도 더 나아가지 못한다.

나는 포주였다. 다음 문장은 떠오르지 않는다. 벌써 몇 달째 이러고 있다. 매일 같은 시간 같은 자리에 앉아서. 책상에는 백지와 볼펜 한 자루. 그리고 한 시간 느린 분홍색 손목시계. 언제부터 시계가 느려지기 시작했나. 태엽을 앞으로 감아도 시계는 잠시 후 다시금 느려진다. 한

5) 김태용, 「허리」, 『포주 이야기』, 문학과지성사, 2012, 163쪽. 앞으로 이 책에서의 인용은 쪽수만 표기하겠다.

시간에서 더이상 느려지지 않는다.(11쪽)

김태용은 「포주 이야기」의 모든 단락을 "나는 포주였다"라는 문장으로 시작하며, 화자가 직면한 요령부득(要領不得)의 상태를 형식적으로도 보여주고 있다. '나'는 "나는 포주였다"라고 쓰고, 더이상 어떤 문장도 자신을 변호하거나 의미 있게 만들어주지 못하리란 것에 절망하며, 상념을 통해 인생을 회고한다. "누구도 내 이름을 불러준 적이 없다. 구청에 등록된 이름은 이병춘이다. 나는 여전히 이병춘이라는 이름이 낯설다."(18쪽) 이러한 고백처럼 '나'는 이름이라는 고유명으로 호칭되는, 우연한 만남의 하나하나가 모두 개별적인 의미를 갖는, 삶을 살아오지 못했다. "포주에게 이름은 필요 없다"(17쪽)고 단언할 정도로 '나'는 고유명을 가진 개인의 삶이 아니라, 보통명사로 통칭해서 불리고, 다른 이들을 호명하는 것이 가능한 전형적이며 종속적인 삶을 살아왔다. 죽음 직전에 "낡은 책"을 한 권 들고 집으로 돌아온 아버지는 글을 가르쳐달라는 '나'의 요청에 "나는 너의 아버지가 아니다. 너의 아버지를 찾아 이 집을 떠나라"(21쪽)고 말한다. 거리의 궁핍에 시달리던 '나'를 거둬준 포주는 자신을 아버지라고 호명하라고 하고 '나'는 기꺼이 그의 아들이 된다. 이런 '나'에게 모든 여자는 성욕의 대상이며, "돈벌이의 수단이자 사업 파트너"(25쪽)일 뿐이었다. 평생을 포주의 아들이자 문맹으로 그리고 아버지를 죽이고 포주가 되어 살아온 '나'는 도시정비사업의 과정에서 "악덕 포주로 몰려 금고에 모아놓은 재산을 몰수당하고"(25쪽) 감옥에 수감된다. 출감 후의 "삶은 노숙과 날품팔이 노동의 반복과 연속"(26쪽)이었다. 이런 '나'에게 "마지막 남은 희망"이란 "축축하고 허름한 방에서 비릿한 추억의 냄새를 맡아가며 천천히 죽어가는"(16쪽) 것이었다. 독거노인이 되어 살고 있는 '나'는 사회봉사 활동을 하는 아이를 만나게 되고,

그녀를 통해 글을 배우게 된다. 아이 앞에서 시큰둥한 태도를 보였지만 '나'는 언어가 창출하는 의미의 황홀경에 금세 매혹된다. '나'는 "언어의 포주가 되어가고" 결국엔 "언어의 포로"가 된다(19쪽).

> 나는 포주였다. 어둠과 패악으로 물들어 있는 지난 시절을 왜 글로 옮기려 하는가. 글을 통해 나의 죄를 고해하려고 하는가. 어리석은 생각이다. 글을 쓸수록 나의 죄는 점점 부풀려지고 가중되어가는 것만 같다. 글 속에 은폐된 더 고약한 죄의 이력이 나를 괴롭힌다. 이상하게도 멈출 수가 없다. 기억을 불러내어 글을 쓸수록 기억에서 멀어지는 것만 같다. 지난 시절은 모두 거짓이라고 증명하기 위해 최대한 사실에 가까운 기억을 불러내야만 한다. 기억을 지우기 위해선 우선 기억을 해야만 하는 것이다. 기억하는 것을 글로 옮기는 그 찰나의 시간 동안 기억들은 휘발되거나 뒤엉켜버린다. 완벽한 기억의 복원으로서의 글쓰기. 그것이 불가능하다는 것을 알면서도 점자책을 읽는 맹인처럼 더듬거리며 시간을 자꾸만 뒤로 돌리려 애쓰고 있다. 글이란 오묘하다. 몇 십 년 동안의 이야기를 몇 문장으로 요약할 수 있다니. 아니 단 한 문장이면 족할지 모른다. 나는 포주였다. 이 글을 끝마치기 전에 죽게 된다면 어떻게 될까. 죽기 전 완성해야만 하는 글. 나는 지금 유서를 쓰고 있다. (26~27쪽)

'나'의 글이, 자신을 정의하고 창안하려는 시도가 강박적 반복을 통해 자서전에서 유서로 전이되고 있는 과정은 흥미롭다. 자서전은 자아의 시선과 언어를 통해 자기 자신을 표현하는 글쓰기이다. 고백할 수 있는 자아가 있어 글을 쓰는 것이 아니고, 개인의 자아는 글을 쓰는 과정 중에 형성된다. 근대적 개인의 탄생을 말할 때 흔히 루소에서 비롯되는 자아의 글쓰기를 연관 짓는 까닭은 여기에 있다. 하지만 자서전적 글쓰기를 통해 진실한 자아가 형성될 것이라는 믿음은 헛되다. 왜곡되고, 망각되며, 재해석되고, 재배열된 이야기를 통해 자아는 창조된다. "기억을 불러내어 글을 쓸수록 기억에서 멀어지는 것만 같다"는 '나'의 고백처럼 기억은 현실에 의해 왜곡되고 재해석되며, 자아를 고통스럽게 하는 트라우마는 죄의 은폐를 요구한다. 하지만 '나'는 "나는 포주였다"라는 한 문장 이후에 전혀 진행되지 않는 진퇴양난의 글쓰기를 통해, 그 끝없는 반복강박을 통해, 현실과의 타협이 불가능하다는 것을 인지한다. 결국 자서전은 "죽기 전 완성해야만 하는 글" 즉 "유서"로 전이된다. 프로이트의 방식으로 설명하자면 자서전은 자기보존 본능에 의해 움직이는 '쾌락원칙'의 결과물이고, 유서는 '쾌락원칙을 넘어서' 유기체를 반복강박 이전의 무기체적 상태로 되돌리려는 죽음 충동의 언어적 등가물이다. '나'는 "결국 죽음 말고는 생각할 것이 없다"는 "아버지의 문장, 아버지의 유언"(32쪽)을 생각해내고는 죽음을 맞는다. 프로이트에게서도 그랬지만, 김태용에게도 반복강박은 죽음 충동이 가져오는 결과이다.

### 4. 분노의 날(Day of Anger)

김미월의 첫번째 장편 『여덟번째 방』은 책의 표지에 적힌 "내 청춘의 마트료시카"라는 표현처럼, 본문에 등장하는 겹쳐지는 방의 이미지처럼, 각기 다른 시간대에서 젊음의 한때를 보내고 있는 인물들이 반복적으로 형상화하는 희망 없는 시대의 생존기이다. 소설의 말미에 주인공인 영대는 현수에게 "행복하냐"고 묻는다.[6] 현수는 대답한다. "행복이 뭐 별거냐. 너 아직 살아 있잖아."(239쪽) 가난이 가난을 산출할 수밖에 없는 절

6) 김미월, 『여덟번째 방』, 민음사, 2010, 237쪽. 앞으로 이 책에서의 인용은 쪽수만 표기하겠다.

망의 사회에서 꿈도 없이 살아가는 김미월의 인물들이 가진 마지막 밑천은 생명이다. 이 처절하지만 아름다운 목숨 앞에서 이들은 끝을 이야기하는 것은 성급하다고 말한다. "그는 아직 살아 있었다. 이렇다 할 꿈도 없고 열심히 살았던 적도 없지만 어쨌거나 이대로 끝은 아니었다. 그는 아직 살아 있었으므로."(239쪽)

차이가 있음에도 불구하고, 거칠게 분류하자면 김미월의 소설은 은희경 『소년을 위로해줘』와 '현실'에 대한 유사한 패턴을 공유하고 있다고 할 수 있다. 『소년을 위로해줘』의 연우는 채영과 만난 마지막 장면에 "우리는 할말이 아주 많다. 이야기는 이제부터 시작되는 거다. (……) 나의 노래를 싣고 시간이 우주 저편으로 흘러가고 있군"(483쪽)이라고 생을 수긍한다. 어떠한 근거를 가지고 있는지 알 수는 없지만 이들 소설의 인물들은 삶의 모든 희망과 의지를 퇴색시키는 '세상의 이치'에, 반복에 의해 무의미해지는 삶의 그렇고 그런 결말에, 아직 끝나지 않은 생명과 육체를 긍정하거나(은희경) 부정하지 않으며(김미월) 개인적 결말을 유예한다. 다소 거칠게 말하자면 이러한 결말은 문학을 통해 '현실'을 인지하고, 이를 통해 지금의 세상에 만연한 냉소주의와 회의주의를 타개할 새로운 시간의 패턴을 궁구하는 독자들에게 그리 만족스러운 제시안으로 인식되지는 않을 것이다. 세상은 변화하지 않고 그렇고 그렇게 진행된다는 늙은이의 충고처럼 이러한 문학적 '현실'의 제시도 오래전부터 거듭 말해지던 '이치'와 그리 다를 바가 없는 판본으로 보이기 때문이다.

파우스트를 근대적 영웅이라고 말할 수 있다면, 이는 개발의 욕망에 사로잡혀 노부부의 오두막에 불을 질러 죽이는 것을 승인한 말년의 모습이 아니다. 그보다는 인류의 "기쁨과 슬픔을 내 가슴에 쌓아올리면서/나 자신의 자아를 온 인류의 자아로까지 확대시"키고 "마침내 인류와 더불어 나 역시 파멸에 이르"려 하는 청년 파우스트의 모습에서 새로운 "행위"

와 '현실'의 출구를 찾을 수 있지 않을까 한다. 프로이트를 통해 말하자면, '쾌락원칙을 넘어서'는 죽음 충동에서 어떠한 대안을 찾을 수 있지 않을까. 죽음 충동은 쾌락원칙을 통해 맺어진 개인과 사회의 협의나 통일을 와해시키고 유기체가 가진 욕망을 폐기한다. 이는 서사에서 이전에는 생각하지 않았던 이상한 결말이나 파국 또는 대단원(종말)을 만든다.

이런 관점에서 볼 때 반복적으로 제시되는 '현실'의 강박과 죽음 충동이 공존하는 김태용, 박민규, 김사과, 박성원 등의 텍스트나, '세계의 끝'을 상상하는 김애란의 「물속 골리앗」이나 윤이형의 「큰 늑대 파랑」, 김성중의 「허공의 아이들」 등은 자신의 죽음과 세계의 파멸을 함께 말하는 청년 파우스트의 창조적 열망이 서사적인 형태로 재현된 것이라고 말할 수 있다. 문제는 개발을 추구하는 개인적 욕망을 제어하지 못하고 타인을 죽음으로 내모는, 그리고 추악한 욕망을 인류의 이상과 구분하지 못하는, 맹목적 상태의 노년 파우스트가 보여주는 결말(죽음 충동)과 어떠한 방식으로 이를 구분하는가이다.

아직 한국문학에서 구체적인 행위를 얻진 못했지만, 여기에 대한 답은 2011년 이후 전 세계적으로 분출되고 있는 분노하는 군중들의 정치적 투쟁을 사유의 출발점으로 해야 한다고 생각한다. 세계를 1%의 부자와 99%의 빈자로 구획하며 경제적 정치적 불평등을 조장하는 신자유주의적 질서에 항거하는 시위대들이 '월가(街)를 점거하라(Occupy Wall Street)'는 구호를 내걸고 지구의 경제 수도에서 벌이는 시위와 아랍의 민주화 혁명을 이끈 '분노의 날(Day of Anger)' 시위 등이 그것이다. 2011년 10월 26일 서울 시장 선거로 대표되는 한국의 정치적 변혁을 가능하게 하는 힘도 이러한 분노의 표출에서 비롯되었다고 볼 수 있다. 동시대의 한국 소설에서 확인할 수 있는 것은 예시가 무의미할 정도로 산재한 불만, 기존 질서에 대한 맹렬한 거부, 그리고 해소할 수 없는 정념의 축적이 만들어내는 분노이다. 아직 한국 소설은 이 분노를 정치적으로 표출할 수 있는 행동의 모델을 만들지는 못했다. 하지만 폭발할 것 같은 육체와 죽음으로 벼려진 언어, 수치와 굴욕의 형태로 축적되는 분노에서 확인할 수 있는 것은 이들이 태초의 인간이 그랬던 것처럼 곧 "행위"를 시작할 것이라는 사실이다. 한국문학은 분노라는 도약대를 통해 시간의 반복을 파괴할 것이다. 바야흐로, 전 세계적인 분노의 날이 도래하고 있다.

(2012)

# 폭력의 미래 혹은 문학의 진화

## 1. 폭력의 진화

분노(rage)를 사유함에 있어, 그리고 그것이 지속되는 심리적 상태인 광기와 행동적 표출인 극단적 폭력을 고찰함에 있어 흥미로운 이미지가 있다. 대니 보일의 영화 〈28일 후〉(2002)는 영국 케임브리지 영장류 연구 센터에 침입한 동물보호 운동가들의 모습으로 시작된다. 그들이 연구소에서 목도하게 되는 것은 침대에 묶여 세계 각국의 다양한 폭력 장면(민족 분규, 학살, 폭동의 장면 중 하나는 벌거벗겨진 시위대를 곤봉으로 구타하는 한국 경찰의 모습이다!)에 직접적으로 노출된 침팬지이다. 연구원의 설명에 따르면, 이 침팬지는 '분노' 바이러스를 배양하기 위한 숙주이며, 이는 타액과 혈액을 통해 인간에게도 전염된다고 한다.

이 실험의 방식과 목적을 이해하는 것은 어렵지 않다. 연구자들은 침팬지에게서 순도 높은 '분노' 바이러스를 배양하려는 것이다. 여기서 침팬지는 인간에게서 찾을 수 없는 자연의 심성을 가진 '고귀한 야만인'으로 읽힌다. 흔히 폭력적인 인간은 야수로 비유되곤 한다. 인간이 지닌 파괴적인 속성은 이성에 미달하는 동물적인 반응 양식으로 말해진다. 하지만 인간이 보여주는 폭력의 강도가 동물의 그것과는 비교할 수 없을 정도로 높다는 사실은 새삼 비밀이라고 말할 것도 없다. 현대의 산업화된 축산 시스템은 생태계가 만든 그 어떤 먹이사슬보다 폭력적이고 잔인하다. 그렇다면 보다 잔인한 바이러스의 추출을 위해서는 침팬지가 인간으로 대치되어야 하는 것이 아닌가. 이것은 '분노' 바이러스의 순도를 높이는 데 있어 효율적일지는 모르지만 배양이라는 측면에서는 어려움을 겪을 것으로 보인다. 솔직히 말해 어느 인간이 이러한 실험에서 그토록 강렬한 분노를 표출하는 숙주가 될 수 있겠는가. 조금 과장되게 말하자면 이십사 시간 폭력을 재현하고 있는 다양한 미디어에 노출된 현대인의 삶이 이 실험실의 조건을 초과한 지는 이미 오래되었다. 오히려 어떤 인간은 이러한 실험실의 조건에서 심리적 안정을 취할 수 있는 병원이나 요양원의 이미지마저 느낄 것이다.

요컨대 20세기가 이데올로기적인 '폭력의 세기'였다면, 21세기는 탈정치적 폭력으로 과도하게 충만한 시대다. 미디어의 모든 장르에 폭력은 가득하다. 폭력은 목적을 달성하기 위한 단순한 수단으로 아주 쉽게 사용되고 있으며, 이 수단이라는 말조차 무의미해질 정도로 사회 전반에 흘러넘치고 있다. 이러한 폭력의 수적 증가는 폭력을 이해하는 새로운 패러다임이 대두하였다는 사실을 알려준다. 즉 폭력으로부터 의미가 상실되고 있는 것이다. 이는 20세기 이후 '정치적인 것'이 쇠퇴하는 과정과 밀접한 관련이 있다. 1980년대까지 한국에서는 정치적 폭력으로 간파할 수 있는 상황이 빈번하게 있었다. 물론 지금도 정치적 의미를 띤 폭력은 존재한다. 하지만 국가는 이것을 경제적 이익을 획득하려는 행위자의 비정치적이거나 탈정치적인 정치 이하(infra-political)의 폭력과 대화를 통한 타협이 불가능한 종교, 이데올로기, 윤리적 가치 아래 행사되는 정치

상위(meta-political)의 폭력으로 설명한다. 가령 전자가 2009년의 용산 참사를 설명하는 방식이라면, 부산의 희망버스를 향해 득달같이 달려드는 '어버이연합'의 폭력은 후자의 것이다. 하지만 이것은 폭력에 대한 정확한 이해라고 할 수 없다. 계급과 민족이라는 요소는 딱 잘라 구분하기 어려우며 대개의 경우 중복되거나 융합되어 있는 것이 사실이다. 현대 폭력의 큰 흐름은 지구적으로는 세계화, 국내적으로는 신자유주의 정책의 결과로 발생하는 빈부 격차의 확산과 중산층의 몰락을 통해 나타나는 계급간의 분열에 의해 전염병처럼 번져가고 있는 절망, 상실, 무력감 등이 계급적, 민족적, 성적, 육체적으로 더 약한 사람들에게 폭력의 형태로 표출된다는 것을 특징으로 한다. 여기에는 이러한 감정을 자신에게 극단적으로 표출하는 자살 또한 포함된다.[1] 이런 관점에서 볼 때 폭력의 의미를 정확하게 고찰하기 어렵게 만드는 원인은 국가에 의한 '폭력의 정의(定義)에 대한 독점'이다. 그렇기에 폭력과 비폭력, 적법한 폭력과 불법적 폭력이라는 대립항에 의한 분류는 폭력의 의미를 이해하는 데 적당하지 못하다. 이러한 프레임 속에서는 국가가 독점한 폭력에 대항하거나 폭력 그 자체의 종식을 가져다 줄 것으로 기대하는 반폭력이나 대항 폭력(벤야민의 용어로는 신적 폭력)을 사유하거나 이것의 정당성을 주장할 수 없기 때문이다. 메를로 퐁티는 이렇게 쓴다.

> 폭력을 행사하는 자들에 대해 폭력을 자제하는 것은 그들의 공모자가 되는 것이다. 우리는 순수함과 폭력 중 하나를 선택하는 것이 아니다. 다양한 종류의 폭력 중에서 어느 하나를 택하는 것이다. 우리가 육화된 존재인 한 폭력은 우리의 운명이다. 유혹 없는, 다시 말해, 최종적

1) 사카이 다카시, 『폭력의 철학—지배와 저항의 논리』, 김은주 옮김, 산눈, 2007, 18~37쪽.

으로 분석했을 때 경멸 없는 설득이란 없다. 폭력이란 모든 체제에 공통된 출발 상황이다. 삶, 토론, 그리고 정치적 선택은 이 기반 위에서 일어난다. 중요한 것으로 우리가 토론해야 할 것은 폭력이 아니다. 폭력의 의미 내지는 폭력의 미래이다. 이것은 미래를 향해서 현재를, 타자를 향해서 자기를 뛰어넘는 인간적인 행위의 법칙이다. 이런 침범은 정치적 삶의 사실일 뿐 아니라 사적인 삶에서도 일어난다.[2)]

폭력은 그 자체에 가치판단의 기준을 가진 것이 아니다. 폭력은 인간이 삶을 살아가는 과정 속에서 필연적으로 발생하는 하나의 운명이다. 메를로 퐁티의 말처럼, 중요한 것은 폭력이 아니라 폭력의 '의미'이며 '미래'이다. 폭력의 '의미'와 '미래'를 사유한다는 것은, 칸트나 벤야민의 표현으로 말하자면 폭력을 '비판(krinein)'한다는 것은, 비폭력과 합법적 폭력의 관점에서 폭력을 단죄하자는 것이 아니다. 이는 국가가 행하는 부정한 물리적 힘과 여기에 대항하는 폭력의 행사를 구분하는 것이며, 어쩔 수 없는 운명적 폭력과 근절되어야 할 제도적 폭력의 경계를 나누는 일이다. 이는 폭력의 명철한 비판인 동시에 미래를 향한 인간적 행위의 역사적 구원이다.

문학에 있어서도 동일한 말을 할 수 있을 것이다. 작가는 순수와 참여, 비정치적 문학과 정치적 문학, 삶의 찬미와 현실의 폭로 중에서 하나를 선택하는 것이 아니다. 그는 여러 종류의 폭력 혹은 테리 이글턴식의 표현으로 하자면 다양한 정치적 입장 중의 하나를 택하는 것이다. 폭력은 문학에 필연적으로 체화될 수밖에 없는 인간 행위이다. 주목해야 하

2) 모리스 메를로 퐁티, 『휴머니즘과 폭력—공산주의 문제에 대한 에세이』, 박현모 · 유영산 · 이병택 옮김, 문학과지성사, 2004, 146쪽.

는 것은 문학에 각인된 폭력이 아니라 이것의 의미이며 미래다. 문학에서 "미래를 향해서 현재를, 타자를 향해서 자기를 뛰어넘는 인간 행위의 법칙"을 읽어낼 때 주의해야 할 것은 이를 '진보'의 방식으로 이해해서는 안 된다는 사실이다. 잘 알려진 것처럼 '진보'는 시간의 방향에 특정한 목적을 부여하고, 이러한 진화의 요구에 대상들이 순기능을 하는 것으로 사유하는 방식이다. 이렇게 따질 때 문학사는 향상된 작가의 기법과 의식의 표출로 인해 그 자체의 흐름만으로도 완결되어가는 어떠한 직선적 진행으로 파악된다. 하지만 다윈주의의 방식으로 문학사를 사유하는 프랑코 모레티의 말처럼 "역사는 완전히 독립적인 두 경로, 즉 무작위적 변이(random variation)와 필연적인 선택(necessary selection)의 뒤엉킴"이며, 문학에서 이것은 "수사적 혁신과 사회적 선택의 뒤엉킴"으로 파악된다. "문학의 진화는 통상 새로운 주제나 새로운 방법들을 느닷없이 고안하는 방식이 아니라 이미 존재하고 있는 것들을 위한 새로운 기능을 발견하는 식으로 진행되기 때문이다."[3]

인간의 분노, 광기, 폭력 등은 문학이라는 개체에서 근절되어야 할 열성인자나 비판되어야 할 부정성의 양상이 아니다. 이것은 문학이 시작되는 순간부터 서사를 진행시키고, 의미를 형성했던, 문학에 부여된 운명이다. 모레티가 주장하고 있는 것처럼 문학이 '변이를 수반한 유전'을 통해 다양성을 증대하며, 우연히 선택된 수사적 혁신을 통해 변화한다면, 이러한 진화의 과정을 고찰하기 위한 효과적인 쇼재는 '분노' '광기' '폭력'이다. '폭력'이야말로 서사의 모든 장르에서 번성하고 있는, 가장 많은 개체를 가진 대상이기 때문이다. 이왕 진화생물학의 논의를 끌어왔으니, 좀더 참고가 될 수 있는 설명을 들어보자. 스티븐 제이 굴드는 진화

---

3) 프랑코 모레티, 『근대의 서사시』, 조형준 옮김, 새물결, 2001, 25쪽, 44~45쪽.

를 이상적 목적을 향해 진행되는 진보가 아니라 다양성의 증가 또는 감소로 설명한다. 즉, "진화란 어떤 목표 지점을 향해서 뻗어 있는 고속도로나 하나의 꼭대기를 가진 사다리가 아니라 셀 수 없이 무성한 가지들을 가진 나무"이다.[4] 그는 "자연은 뛰어난 땜장이이기는 하지만 성스러운 숙련공은 아니다"라고 하며 진화를 입증할 수 있는 대상은 "일반적으로 최고의 설계에 해당하는 여러 가지 실례들"에서 찾는 것보다 "기묘한 배치라든가 이상한 해결 방법"에서 궁구하는 편이 효과적이라고 말한다.[5] 그렇다. 문학의 진화를 살피기 위해서는 대상을 취급하는 이상주의적 방식이나 숙련되었지만 기성품의 복제에 불과한 일반적인 형태보다는 이들의 "기묘한 배치"나 "이상한 해결 방법"을 취하는 작품이 보다 효율적인 고찰의 대상이 된다.

이 글에서 대상으로 한정하고 있는 작가는 최인석과 백가흠, 최진영이다. 이는 결코 이론적 공정함이나 결과의 신뢰를 높이기 위한 세대론적 표본 추출이 아니다. 지금의 한국문학에서 어떠한 방법으로든 이들의 작품을 경유하지 않고서는 폭력의 문제를 탐구하기 어렵다. 또한 문학은 특정한 영향이나 주제, 소재의 바통을 전달하고 받는 방식으로 목적지를 향해 달리는 계주가 아니다. 비유하자면 문학은 출발선과 도착점이 없는 마라톤과 같다. 중간중간 새로운 참가자들이 게임에 뛰어든다. 이들은 각자의 방식으로 자신이 달릴 수 있는 거리를 전력으로 질주한다. 누구는 달린 시간이 길고, 누구는 그보다 짧지만, 그들은 지금 여기의 문제를 소설화하며 전력으로 질주하고 있는 '현장'의 선수들이다. 자, 이제 이들의 '질주'를 최인석과 최진영 그리고 백가흠의 순서로 보자.

---

4) 스티븐 제이 굴드, 『풀하우스』, 이명희 옮김, 사이언스북스, 2002, 39쪽.

5) 스티븐 제이 굴드, 『판다의 엄지』, 김동광 옮김, 세종서적, 1998, 19쪽.

## 2. 자기 파괴적 폭력의 희생적 전환: 최인석의 경우

2011년 한국문학에 재현된 인간 분노의 최대치는 최인석의 장편 『연애, 하는 날』에서 찾을 수 있다. 아내를 농락하고 버린 장우의 집을 찾아가 그의 얼굴에 라이터 기름을 끼얹으며 라이터를 들고 분노를 절규하는 상곤의 모습은 멀게는 경제적 궁핍 때문에 사랑하던 가족을 도륙하고 집에 불을 지른 후 식칼을 들고 거리를 폭주하는 1920년대 최서해 소설의 인물에서부터 화염병을 들고 국가의 폭력에 대항하던 1980년대 대학생을 경유해, 사회적 불만과 광기를 해소하기 위해 시너를 사들고 지하철과 남대문으로 향하는 2000년대 인간을 상징적으로 연상케 한다.

『연애, 하는 날』은 부유한 부동산업자 장우를 중심으로, 늦게 찾아온 연애에 자신의 모든 것을 내던진 주부 수진, 수진의 남편 상곤, 장우의 허드렛일들을 처리하는 처남 두영, 장우의 원룸 빌딩에 거주하는 백화점 직원 연숙과 영화감독 대일 등의 인물 군상이 펼치는 욕망과 자본주의적 일상의 풍속도다. 소설의 전반은 불륜의 관계를 진실한 '연애'로 감각하는 수진과 이것을 단순한 욕망의 접촉, 즉 '하는 날'로 여기는 장우의 내면을 기록하고 있다. 여기서 수진의 남편 상곤은 거친 남성적 교우의 방식으로 아내와 가족에 대한 사랑을 표출하는 평범한 마초로 표현된다. 상곤은 아내 수진의 출장이 잦아지고, 귀가가 늦어지는 모습을 보며 조심스럽게 의심하지만, 자신의 수입을 초과하는 아내의 봉급이 주는 경제적 안락함과 가정의 안정을 쉽게 포기하지 못한다. 상곤은 일천한 사회적 경력을 가진 아내가 받아오는 과한 봉급을 정당한 노동의 대가로 여기지는 않지만 이 비밀을 파헤칠 용기도 없다. 이러한 상곤의 불안은 부부관계를 거부하는 아내에 대한 폭력으로 표출되고 결국 수진은 가출을 하게 된다.

수진이 떠난 후 상곤은 어떠한 방법으로도 화목했던 가정을 복원시킬 수 없다는 사실을 절실하게 깨닫게 된다. 또한 장기화된 농성으로 실업자나 다름없는 상황에서 겪는 경제적 곤궁, 아버지와의 대화를 거부하는 딸 주미, 학교폭력에 시달리는 아들 주영, 본래의 푸근한 심성을 잃고 심술궂은 노인으로 변해버린 어머니 심정자의 모습은 그를 고통스럽게 짓누른다. "아, 해골이 벌어질 것 같아. 상곤은 그렇게 외치고 싶었다. 진정 크고 두껍고 완강한 겸자 같은 것이 그의 머리를 파고들어 있는 대로 벌려놓으려 하는 것만 같았다. 그의 머리가 망가진 지퍼처럼 무력하게 벌어져 흐느적거리는 것 같았다. 으으으으으으아아아아아아아아아아……발악적으로 소리라도 지르고 싶었다. 눈앞의 모든 것을 때려 부수고 싶었다."[6] 상곤은 폭발하지 않고서는 견딜 수 없는 분노를 느끼지만 이를 쉽게 표출할 나이도 사회적 신분도 아니다. 냉혹한 현실에서 이러한 분노는 "이 모든 것을 누더기 벗어던지듯 내던지고 달아나고 싶"(213쪽)은 패퇴감과 아무것도 할 수 없다는 무력감으로 체현될 뿐이다. 아내의 행복을 조심스럽게 빌어주며 상실감을 달래던 상곤은 수진이 장우의 애를 임신한 상태로 쫓겨났고, 애마저 유산하고 친정 오빠의 당구장에서 비참한 생활을 하고 있다는 사실을 알게 되자 공장 점거를 앞둔 농성장을 떠나 장우의 집으로 간다. 택배 기사를 가장한 성곤은 장우의 집 문이 열리자 "라이터 기름을 찍찍 끼얹으며 밀고 들어"(362쪽) 간다. 성곤은 장우를 의자에 결박하고 라이터 기름을 끼얹으며 세상에 대한 분노를 말로 쏟아낸다.

사람도 가정도 산산조각 망가뜨려서, 관절 하나하나, 발가락 하나하

6) 최인석, 『연애, 하는 날』, 문예중앙, 2011, 212쪽. 이후 같은 책에서의 인용이 계속될 경우 처음에만 각주를 사용하고, 이후로는 쪽수만을 인용한 구절에 병기하겠다.

나, 볼트 너트를 풀어 다 해체해서, 아무 생각도 없고, 아무 감정도 없이, 너희들 지시에나 고스란히 복종하는 톱니바퀴 같은 꼴로 만들어 팽개쳐버리면 좋겠냐? 그래서 결국은 아무때나 아무데서나 맘대로 팔아먹고 맘대로 임대해서 써먹고 고장나면 내다 버릴 수 있는 물건으로 만들어야 속이 시원하겠냐? 우리한텐 그런 게 단 하나의 삶의 방식이라고 주장하는 거냐? 도대체 우리 사는 게 무엇 때문에 그다지 못마땅한 거냐? 그렇잖아도 땅바닥에 엎어져 구정물이나 깔짝거리며 사는 꼴인데, 그마저도 못 봐주겠냐? 마누라 빼앗고 직장 빼앗고, 까딱 잘못하면, 애새끼들이고 가정이고 다 풍비박산을 내버리면 너희들 기분이 아주 삼삼해지냐? 배아지가 따땃하고 푸근하고 넉넉하냐? 도대체 어쩌라는 거냐, 이 개새끼들아.(357쪽)

성곤이 장우에게 퍼붓는 이 절규에는 국가의 경제 기획에서 일방적인 희생을 강요당하는 노동자의, 끔찍한 삶을 견디게 하는 가정이라는 작은 보금자리마저 빼앗기는 가장의, 1920년대 염상섭이 "성의 자본주의"[7] 라는 말로 표현한 성적 착취와 소외를 당하는 프롤레타리아 남성의, 지독한 무력감과 좌절이 짙게 담겨 있다. 하지만 상곤은 이 폭주하는 리비도를 방화와 살인이라는 자기 파멸적 파괴로 실행하지 않는다. 그는 이러한 죽음 충동을 개인적 원한의 해소를 위한 파괴나 폭력으로 표출하지 않고, "지붕 점거 농성"의 참여라는 연대적 행동의 육체적 고통을 견

7) "물질적 '캐피탈리즘'은 성생활에도 그 폭위를 떨치는 것이 사실이다. 성의 자본주의라는 것이다. 빈자의 연애가 금력에 빼앗기는 예는 로맨틱한 옛이야기가 아니다. 그러한 것은 원래 연애의 본질이 아니라고 하지마는, 본질이든 아니든 사실이 그러한 것이야 어찌하랴. 그리하여 빈자는 일 생애에 성생활 내지 연애생활을 희생하는 일편에 부귀의 특권계급은 일부다처주의를 실행한다." 염상섭, 「감상과 기대」(1925), 『염상섭 문장 전집』 I, 한기형·이혜령 엮음, 소명출판, 2013, 416쪽.

디는 원동력으로, 그리고 투신하는 민욱을 구하기 위한 동지애로 전환한다. "민욱이 지붕 끝을 향해 달리기 시작하자 그 뒤를 상곤이 따랐다. 그의 다리를 잡았으나 이미 늦었다. 상곤은 민욱의 다리를 잡은 채 그와 함께 지붕에서 떨어져내렸다. 상곤의 머릿속으로 한 가지 생각이 스쳐갔다. 날 수 있을지도 모른다. 그는 팔을 펴 버둥거렸다. 문득 어둠 속에 눈발이 날리기 시작했다. 어두운 하늘 멀리 날개 같은 하얀 구름이 펼쳐져 있었다."(391쪽)

타인을 위한 희생, 결과적으로 가정의 복원을 가능하게 하는 성곤의 태도 변화는 최인석의 소설에 익숙한 독자들에게는 분명 낯선 것이다. 최인석 소설에서 성곤과 같은 남성적이며 고지식한 인물들이 하는 역할은 대개 인간 존재의 어떤 끔찍한 진실을 폭력적으로 보여주며, 결말을 서사적 파국으로 몰고 가는 것이었다. 군대에서 경험한 폭력을 통해 세상이 지옥임을 확인하는 「세상의 다리 밑」이나, 수용소의 처참한 폭력을 보여주는 「노래에 관하여」, 주민 모두가 타락에 물든 매음굴의 세계를 묘사한 「심해에서」 등에 등장했던 인물군에 속하는 것으로 읽히던 성곤의 변화한 태도는 지금까지 최인석 작품이 보여줬던 결말과는 다른 형태로 소설을 이끈다. 이러한 인물의 재기능화(모레티의 표현에 따르자면 브리콜라주)는 소설의 결말을 익숙하게 기대했던 것과는 다른 탄력적인 형태로 전환하고, 최인석의 새로운 인식적 변화를 해체하지 않고 흡수하게 해준다. 물론 누군가에게 이러한 인물의 재기능화는 『연애, 하는 날』이 가질 수밖에 없다고 판단되었던 파국을 지연시키는 구조적 결함으로 인지될지도 모른다. 이들은 성곤과 수진이 재결합하여 만들어내는 가정을 결혼의 의무와 사랑의 신뢰를 상실한 오염된 유토피아로, 그리고 이러한 불신을 통해 파손될 수밖에 없는 보금자리로 이해하고 있다. 오히려 비판해야 할 것은 사랑과 가정에 대한 이러한 이상주의적 태도이다. 한 번도 수리하지 않은 제품이 고장이 나서 땜질한 제품보다 우월하고 견고할 것이라는 믿음은 헛되다. 강철이 수없는 담금질을 통해 탄생하는 것처럼, 역사가 폭력을 통해 반성하고 의미 있어지는 것처럼, 인간은 상처를 극복하며 성장한다. 소설의 결말에 등장하는 성곤과 수진의 산책은 이를 잘 보여준다. "돌부리에 부딪치면 멈춰야 했고 우회해야 했다. 성곤의 이마가 통증으로 일그러지고 수진의 이마에서는 진땀이 흘렀다. 그러나 그들은 어디까지라도 그렇게 가고 싶었다."(399쪽) 이것이 삶이다.

### 3. 수난의 삶과 폭력 비판: 최진영의 경우

2011년 하반기에 출간된 최진영의 두번째 장편 『끝나지 않는 노래』는 할머니 두자와 "어머니들"로 호칭되는 쌍둥이 자매 수선과 봉선, 그리고 그들의 아이들인 은하와 동하가 체험하게 되는 세계의 폭력적 진실을 서사적으로 기술하고 있다. 세상에 대한 좌절과 분노를 견디지 못하고 지하철에 방화를 저지른 아버지와 그런 아버지를 이해하기로 결심한 딸이 같은 지하철을 타고 있는 불운한 사례를 다룬 「아빠!」나 갑작스럽게 성폭행범으로 지목되어 검거된 남편 때문에 모든 것을 의심하는 아내의 이야기를 담은 「남편」, 의붓딸을 강간하는 아버지와 의부에 대한 살의를 갈망하다 투신하고 마는 딸의 이야기를 담은 『당신 옆을 스쳐간 그 소녀의 이름은』 등을 통해 최진영 소설의 특징으로 서로가 서로에게 무심하거나 적의를 폭력적인 방식으로 표출하는 관계를 재현한다는 점이 지적된 사실을 놓고 볼 때,[8] 『끝나지 않는 노래』는 문학적으로 주목을 받은 최진영의 소설적 개성의 자장에서 그리 멀리 떨어져 있지 않은 것으로 보인다.

---

8) 조형래, 「반사회적 상상력과 상호부조라는 간극-최진영 소설의 유아기적 경험의 문제」, 『문학동네』 2011년 겨울호 참조.

하지만 좀더 세밀하게 읽어나가면 최진영의 사유가 변화하고 있는 놀라운 지점들을 마주치게 된다.

『끝나지 않는 노래』는 두 개의 시간이 교차하는 구조를 가지고 있다. 하나는 "1927년 내성면 두릉골"에서 "장씨 집안의 넷째 딸"로 태어난 두자에서, 그녀의 사생아인 쌍둥이 자매 봉선과 수선, 그리고 두자의 외손인 은하와 동하로 면면히 이어지는 하층민의 수난사이며, 다른 하나는 서울에서 속칭 '88만원 세대'의 척박한 삶을 살아가던 은하가 고시원 화재로 목숨을 잃는 순간이다.[9] 두자, 그리고 봉선과 수선은 남성 중심주의를 신봉하는 할머니와 시어머니에 의해 지배되는 내간(內間) 속에서 억압된 삶을 살아간다. 소설의 에피소드들이 시작되는 장면마다 언급되는 징집과 해방, 전쟁과 혁명, 독재와 경제개발의 사회적 변화는 하층민 여성들의 삶이 역사와 밀접하게 맺고 있다는 사실을 말해준다기보다는 그것에서 멀찌감치 떨어진 채로 펼쳐지는 비참한 시간의 영속적 진행임을 알려준다. 얼굴도 모르는 남자와 혼약을 맺으며 팔려가듯 시집을 가는 두자는 그녀의 새엄마에게 "서방 있고 자식 있고 남자 아는 엄마는 좋으나 이 말이오"(44쪽)라며 결혼과 출산이 삶을 변화시켜주었는가를 묻는다. 새 엄마는 두자의 이러한 질문에 "거세게 맷돌을 돌리며 씹어뱉듯 말"한다. "내는 단 한 번도 좋아 산 적이 읎다."(45쪽) 새엄마의 자조적이며 체념에 가득한 이러한 답변은 가혹한 노동과 남성 중심적 사회에서 자행되는 빈번한 폭력, 성차에 따른 구조적 모순이 개선될 여지가 없는 무간지옥 같은 것임을 알려준다.

하층민 여성의 삶이 그 앞 세대가 경험한 양상과 그리 다르지 않은 장기 지속의 구조를 가지고 있음을 극명하게 보여주는 것은 쌍둥이 자매 수

9) 최진영, 『끝나지 않는 노래』, 한겨레출판, 2011, 15쪽.

선과 봉선이 선택하는 각기 다른 삶의 방향이다. 수선은 두자의 말을 어기지 않고 학업을 일찍 포기하며 취업을 선택하고, 일면식도 없는 남자와의 결혼을 숙명처럼 받아들인다. 하지만 봉선은 월급을 가지고 대구로 가출하고, 스스로의 삶을 결정하며 살아가게 된다. 그러나 기대했던 것과는 달리 이 둘의 삶은 결과적으로 그리 다르지 않다. 수선은 가식적인 시어머니와 애정이 없는 남편 사이에서 고통을 겪다가 결국 결혼에 실패하고 홀로 딸 은하를 키우며 살아간다. 대구로 간 봉선은 경제적 사정 때문에 어쩔 수 없이 공장에 취업하게 된다. 봉선은 몇몇 남자들과 자유롭게 연애하지만, 결국은 미혼모가 되어 아들 동하를 데리고 수선의 집으로 찾아온다. 봉선과 수선은 은하와 동하 남매의 "엄마들"이 되어 궁핍하지만 나름의 행복을 지닌 가정을 만들어간다. 남매와 "엄마들"로 구성된 이 기이한 형태의 가정이 이 소설에 등장하는 어떤 가정보다 행복한 모습으로 서술된다는 사실은 세상을 지탱하는 힘이 남성의 폭력보다는 여성의 모성에서 기인하는 바가 크다는 최진영의 인식을 엿보게 해준다.

이 두 겹의 모성을 통해 운영되는 가정이 지닌 비범함은 학교폭력의 표적이 되어 왕따를 당하는 동하의 문제를 해결하는 방식에서 흥미롭게 나타난다. 고3이 된 은하는 수능을 며칠 앞둔 날 놀이터 벤치에서 "허리를 깊이 숙인 채 울고"(279쪽) 있는 동하를 발견한다. 동하의 얼굴에는 동년배 아이들의 장난이라고 말하기에는 너무 심한 상처가 가득하다. 은하는 금품을 갈취 당하지는 않았냐고 묻고 동하는 "더이상 뺏을 게 없"어 "자존심을 뺏는 거"(280쪽)라고 답한다. "엄마들"은 자퇴하고 싶다는 동하의 의사를 순순히 받아들이면서도 가해 학생에게 "지가 얼마나 부끄러운 짓을 하는지 알게는 해줘야 한다"(286쪽)고 말한다. "엄마들"은 학교 앞 분식집으로 가해 학생을 데려가 폭력의 부끄러움에 대해 얘기를 하며, 동하의 사진을 건네준다.

우리 아는 이제 학교 안 간다.

손에 든 것을 매만지며 엄마가 말을 이었다.

우리는 니를 잡으러 온 것도 따지러 온 것도 아이고, 이거 하나 줄라고 왔다. 앉아라.

어정쩡하게 선 채로 가게 바깥만 쳐다보던 아이가 엄마들의 손을 흘깃 쳐다봤다.

이거이 우리 아 어릴 땐데.

엄마가 내민 사진에는 대여섯 살 무렵의 동하가 있었다. 한여름, 팬티만 입고 동네 개울가에서 찍은 사진. 이마에 물안경을 두르고 허리에 두 손을 얹은 채 활짝 핀 표정으로 정면을 응시하는 동하와, 동하의 여린 살을 환히 비추는 건강한 여름 햇살.

이거만 갖고 가라. 가가서 버리지 말고 어디 잘 넣어만 둬라. 부탁이다. 그럼 더는 안 떠들고 우리도 인나께.(289~290쪽)

말을 끝낸 "엄마들"은 가해 학생의 등을 두어 번 쓰다듬어주고 분식집을 나섰다. 아마도 보통의 부모라면 교사나 경찰의 도움을 요청했을 것이고, 자력구제를 원하는 부모는 가해 학생을 찾아가 똑같은 폭력으로 보복을 했을 것이다. 하지만 이 "엄마들"은 가해 학생에게 폭력의 대상이 된 타자를 하나의 인간으로 이해하고 기억하도록 하며 폭력과 복수의 순환을 중단시키려 시도한다. 이 방법이 학교 내 폭력을 불법으로 규정하여 단속하거나, 초법적인 형태로 돌려주는 것보다 효과가 있는지는 소설에 나와 있지 않다. 하지만 이것이 폭력과 복수, 다시 보복으로 이어지는 폭력의 흐름을 중단하려는 문학적 시도인 것만은 분명하다.

『끝나지 않는 노래』에서 읽을 수 있는 최진영의 문학적 변화의 또다른 모습은 계급적 박탈감과 상실에서 기인한 분노를 자신보다 나약한 사람들에게 표출하는 현대적 폭력의 대표적 양상에 대한 비판적 시각에서 찾을 수 있다. 은하는 고시원에서 발생한 화재를 비교적 일찍 알고 대피하지만 입구는 대피하는 사람들을 향해 무자비하게 칼을 휘두르며 공격하는 방화범에 의해 막힌 상태다. 은하는 5층 높이의 창에서 뛰어내릴 수도 없고, 그렇다고 불이 난 고시원으로 다시 들어갈 수도, 입구로 탈출할 수도 없는 진퇴양난의 상황에 직면한다. 2008년 10월 20일 논현동 고시원에서 실제 발생한 이 사건은 경제적 궁핍과 사회적 좌절이 산출하는 인간의 분노가 주변의 약자를 향해 무자비하게 분출되는 폭력의 현대적 양상을 상징적으로 보여준다고 할 수 있다. 최진영은 은하에게 활로를 만들어 주는 방식으로 소설을 완결하지 않고, 그 폭력에 희생되는 타자(은하)의 내력과 삶, 희망을 기술하며 이러한 폭력을 비판한다. 최진영이 보다 중요하다고 선택한 것은 김사과 소설에서 흔히 찾을 수 있는 폭주하는 인물의 폭력보다는 이러한 폭력의 내부에 어떤 구분선을 긋는 행위이다.

이러한 결말은 이 소설에서 "기묘한 배치"라고 불러도 좋을 시간적 구조를 만든다. 이것은 분 단위로 쪼개지는 서술을 통해 각 장과 절의 서두에 삽입된 은하의 단속적 시간과 여인 삼대로 이어지는 지속적 시간의 부조화다. 이 소설이 하층 여성의 삶을 침범하는 부단히 이어지는 폭력과 이 잔인한 운명을 강조하고 싶었다면 은하의 시간은 죽음으로 완결되어서는 안 된다. 은하는 이 여인 삼대의 맨 마지막 세대이다. 보통의 가족사 소설은 첫 세대의 죽음으로 종결되며, 후속 세대에게 아직도 경험해야 할 삶의 진실이 산재했음을 알려준다. 이러한 종결은 수선과 봉선으로, 다시 은하로 면면히 이어지는, 변화하지 않은 남성 중심의 폭력적 사회를 문학적으로 강조하며 이에 대한 비판적 사고를 확장한다. 하지만 은하의 죽음으로 끝나면 이 수난의 구조는 반복되기보다는 단절되며, 고통은 힘겹게 삶을 지탱했던 가족의 내부 구성원들의 내면을 내파한다. 문학적 경험이 풍부한 독자들은 이러한 구조가 소설의 여운을 강하게 만드는 데는 효율적일지 모르지만 소설의 의미를 풍부하게 만드는 데는 다소 안정적이지 않다는 사실에 공감할 것이다. 『끝나지 않는 노래』가 가진 구조와 결말은 최진영이 기존의 가족사 소설을 성공적으로 만든 형식을 반복하기보다는 자신의 사유에 따른 문학적 변화를 선택했음을 알려준다.

### 4. 머리에서 떠나지 않는 멜로디 혹은 망각되지 않는 폭력의 상처: 백가흠의 경우

2000년대 한국소설의 중요한 특징이라고 할 수 있는 폭력의 문제를 사고할 때 빼놓을 수 없는 작가 중 한 명인 백가흠은 빈곤, 차별, 소외의 삶을 살아가는 경제적·성적 소수자 집단의 재현을 문학적 개성으로 하고 있다. 그가 2011년 가을부터 발표하기 시작한 「더 송(The Song)」과 「한 박자 쉬고—더 송The Song2」[10]는, 그 연작이 얼마만큼의 분량으로 진행될지 가늠할 수 없는 상태이긴 하지만, 백가흠 판본의 『잃어버린 시간을 찾아서』라고 부를 법 하다. 「더 송(The Song)」의 화자인 박교수는 어느 날 아침에 "일어나며, 이제는 삼십 년이나 지나버린, 어떤 일을 기억해낸"다.[11] 그것은 대학교 1학년 때 사귀던 여자친구 해랑의 자취방에서 무위도식하던 시절 무책임하게 애완견을 맡긴 미현에 대한 증오로 그 개를 방치하여 죽음으로 몰고 간 일이다. 박교수는 갑작스러운 아내의 이혼 통보와 성추행에 의한 해직을 모두 "삼십 년 전 그 개 때문"으로 판

---

10) 「한 박자 쉬고—더 송The Song2」의 경우 소설집에 수록될 때 연작의 표시 'The song2'가 사라진 채 '한 박자 쉬고'란 제목으로 표기되었다.

11) 백가흠, 「더 송(The Song)」, 『사십사』, 문학과지성사, 2015, 50쪽. 이 책에서의 인용은 간략하게 쪽수만 표기하였다.

단하며 "오랜 시간이 지났음에도 사라지지 않는 정구에 대한 부채감, 그것이 지금까지도 자신을 되돌릴 수 없는 인생으로 살게 하고 있다는 생각"(78쪽)을 한다. 그러곤 미현이 이미 죽었다는 사실을 알았으면서도, 이와는 상관없다는 듯 그녀에 대한 복수를 다짐한다. 대략적으로 짐작은 하겠지만 '더 송' 연작은 이러한 망각과 왜곡의 방식을 통해 죄책감이나 자존감을 보존하는 기억의 방식에 대한 비판적 사유를 담고 있다. 여기서 망각 속에 잠복하고 있다가 순간적으로 떠오르는 기억이 귓가를 맴도는 멜로디의 형태로 표현된다는 사실은 흥미롭다. 페테르 센디는 음악을 듣는다는 행위의 심미적 분석을 시도한 글에서 다음과 같이 쓴다. "되돌아오는 멜로디란 우리를 따라다니는 유령과 같다. 또는 우리 내부로 들어와 끊임없이 번식하는 귀벌레나 바이러스와 같다. 우리 마음속에 열광/막힘을 일으키기 위해서. 즉 우리 정신의 한복판에서 흐름을 틀어막는 체증(이것이 바로 강박 아니겠는가?), 그러나 또한 열광의 도약이자 비할 데 없는 감정과 힘의 서정적 비상이다."[12]

페테르 센디의 지적처럼 한 인간의 머리를 떠나지 않는 멜로디는 유령과 같다. 한평생 이를 거부하거나 보지 못했다는 듯이 살았을지라도 이 기억은 견고한 망각의 벽을 뚫고 나타나는 악령처럼 출현한다. 「한 박자 쉬고」는 폭력의 피해자인 동시에 공모자이며 그렇기에 결국은 가해자와 다를 바 없는 주인공의 망각에 대한 이야기를 담고 있다. 이제는 시나리오와 소설을 쓰는 작가가 된 양재준은 우연히 카페에서 고등학교 동창 정균수를 만난다. 정균수는 양재준의 고등학교를 폭력으로 지배하던 속칭 '일진'이었다. 양재준은 그 시절 자신을 정균수의 "비서였고, 사랑스러운 애완견이었고, 똘마니였다"(26쪽)고 자조적으로 회상한다. "과거

12) 페테르 센디, 『주크박스의 철학-히트곡』, 고혜선·윤철기 옮김, 문학동네, 2012, 56쪽.

의 시간을 송두리째 잃어버렸다고 하더라도, 망각 속에 묻혀 사라진 기억이라고 할지라도, 시간이 아무리 많이 흘렀어도, 몸은 온전히 기억하고 있었다. 목소리 같은 것이 특히 그랬다."(9쪽) 이십일 년이 지났고, 잊으려고 그토록 애를 썼건만 양재준의 기억은 정균수에 의해 호명되는 순간 유령처럼 원래의 자리로 귀환한다. 양재준은 몇 번의 사양을 하지만 정균수의 제안을 거절하지 못하고 그와 함께 술을 마신다. 양재준은 정균수와 대화를 하고, 그의 인생 여력을 알아갈수록, 마음속 깊은 곳에서 참을 수 없는 분노가 들끓어오르고 있음을 알게 된다.

> 그를 우연히 만난 이후로 솟구치는 화를 계속 억누르고 있었는데, 분노를 꾹 참은 것이 꽤 오래전의 일이라는 것을, 나는 또 깨달았다. 한 살 한 살 나이를 먹으며 즉각적으로 분노를 표출하고 화를 내는 것에 익숙해져 있었다. 영화를 만들며 누구에게 싫은 소리 듣고 견디는 일에 익숙하지 않게 되었다. 가진 것은 없었지만, 얻은 것은 있었다. 물론 그가 화를 낼 만한 말을 하거나, 실수를 한 것은 아니었다. 모든 연유는 기억 속에 있었다. 과거의 시간이 나를 점점 분노케 하고 있었다. 그런데 어떻게 된 일인지 그에게 화를 낼 수가 없었다.(20쪽)

양재준은 술을 마실수록 견고한 망각의 벽이 허물어지고 있음을 깨닫게 된다. 양재준은 그토록 잊고 싶었던 기억의 저 어두운 심연으로 점점 다가가고 있음을 알게 된다. 거기에는 죽고 싶을 만큼의 치욕과 수치심을 자아내는, 그렇기에 그토록 달아나고 싶었던, 하나의 사건과 피 흘리는 이미지가 있다. 정균수가 새로 좋아하게 된 희정이라는 여학생은 재준과 함께 "어렸을 적부터 같은 교회를 다닌 남매 같은 사이"(33쪽)이다. 이 사실을 재준은 감췄지만, 우연히 균수가 알게 되자 재준은 "어떻게든 그에게 희정을 맺어주려고 안간힘을 썼"(35쪽)다. 재준은 눈물을 쏟으며 기억의 마지막으로 걸어간다. "그날 밤, 우리 셋은 술을 마시기로 했다. 아니 그가 원했다. 돌아서는 희정을 내가 억지로 잡았다"(36쪽). 그리고 그들이 자리잡은 근처 대학교 교정의 소나무숲에서 균수는 재준이 심부름 간 사이 희정을 강간한다. 희정은 이 끔찍한 장소로 자신을 유인하고 어떤 일이 벌어지고 있는지 알고 있음에도 범행을 방관한 재준에게 "……더러운 새끼. ……넌, 지옥에 갈 거야"라는 말을 뱉는다. 재준에게 희정의 말은 잊을 수 없는, 잊어서는 안 되는 "내 몸에 새겨진 첫번째 문신"(39쪽)이 된다.

> 그가 아무렇지도 않게 살고 있는 것이 화가 나고 분노가 일었다. 나는 잘살아왔고, 그를 보자 오래전의 일이 떠올랐고, 그러한 일들이 있었다는 것에 화가 난 것뿐이었다. 그러나 그렇다고 해도 그가 아무런 문제 없이 잘살고 있다는 것은 안 될 일이었다. 사실은 그를 한 번도 떠올려본 적이 없다는 것은 거짓말이었다. 외면하고, 망각하려 애쓰던 과거의 시간이 우연히 만난 그 때문에 너무나 선명해졌다.(35~36쪽)

망각과 왜곡의 상호작용 속에서 재준은 고통을 느꼈지만, 자아의 심리적 건강과 균형을 위해 성공적으로 이 작업을 수행했다. 고통 속에서 재준을 지탱한 것은 지금은 소식도 알 수 없는 균수가 이 죄의 업보를 분명 자기보다 더 많이 감당하는 삶을 살고 있을 거라는 확신이었다. 하지만 재준은 균수가 아름답고 젊은 아내와 결혼을 했고, 아이도 있으며, 구원과 회개를 말하는 건실한 교인이 되었다는 사실에 참을 수 없이 분노한다.

한국 소설에 관심을 가진 독자라면 학교에서 자행되는 폭력과 이를 강하게 거부하는 동시에 폭력의 내부에서 맛볼 수 있는 권력의 달콤함과 소속의 안온함을 갈구하게 되는 자아의 길항적 심리상태를 기록한 이 단편이 몇 차례나 반복되었던 익숙한 소재임을 알고 있을 것이다. 이 단편을 읽으며, 멀게는 손창섭의 「공포」에서부터 황석영의 「아우를 위하여」나 이문열의 「우리들의 일그러진 영웅」을 연상하는 것은 그리 어려운 일이 아니다. 하지만 「한 박자 쉬고」는 이러한 반복을 통해 학교와 사회가 가진 폭력의 구조적 상동성을 고발하는 것에서 멈추지 않는다. 「우리들의 일그러진 영웅」의 두 주인공들이 소설의 결말에서 짧게 조우한 것과는 달리 백가흠은 이 둘을 만나게 하여 과거의 사건이 어떤 의미인지, 망각이라는 행위가 지닌 비겁함이 무엇인지를 다시금 현재화한다. 이것은 "이상한 해결 방법"이다. 이렇게 되면 소설은 끝나도 사건이나 인물의 감정은 해결되지 않는다. 인간은 시간을 통해 경험을 축적하고, 성숙해간다. 이러한 과정을 통해 인간은 과거의 사건이나 충격을 감당할 수 있는 것으로 축소하거나 제어한다. 많은 문학이 사랑이나 용서, 위안 등의 이름으로 설파하는 것이 바로 이것이다. 적어도 범죄의 공소시효처럼 비록 그 죄는 사라지지 않는다고 해도 처벌은 소멸한다. 하지만 현재화된 분노는 죄를 묻고 사과를 받는 것뿐만 아니라 처벌을 하거나 단죄를 내리고 싶은 충동을 들끓게 한다. 그것 아니면 분노를 해소할 방법이 없는 것처럼 느껴진다.

이 단편의 결말에서 재준은 끔찍한 고통과 분노를 발생시키는 수치의 근원까지 모두 기억해낸다. 그의 이러한 행위를 아직은 무엇이라 말할 수 없지만, 그것이 안정적 자아의 상태를 뒤흔들 만큼의 감정적 격동이며 고통이라는 사실은 분명하다. 희정의 강간을 경험한 후 배교를 선택한 것으로 읽히는 재준과는 달리 균수는 성인이 되어 접한 기독교를 통해 참혹한 기억의 고통을 겪지 않았거나 아니면 그에 대한 면죄부를 받은 것으로 읽힌다. 이것은 한국의 역사적 상황에서 지금도 반복되고 있는 비겁한 사죄의 방식이며, 자아의 영혼을 세탁한 것처럼 보이게 하는 더러운 행태이다. 이런 점을 생각하면, 이 단편은 하나의 알레고리로 읽힌다. 백가흠의 연작이 더 진행될지, 게재된다면 그 내용은 어떨지 예상할 수는 없지만, 그 기억의 회복이 자아의 내면에서 발생시키는 분노는 분명 의미 있다. 이 분노를 극복하고 다시금 자아의 안정을 찾기 위해서 필요한 방법은 예전과 같은 망각이나 왜곡으로의 패주(敗走)가 아니다. 그것이 요구하고 있는 것이 윤리적(알레고리를 통해 역사적으로 말하자면 정치적)이라고 할 수 있는 어떠한 행동이라는 점만은 조심스럽게 짐작할 수 있다. 인간의 피부가 찢어지면 새살이 돋아도 그곳은 다른 살보다 도드라진다. 폭력은 그런 것이다. 잠시 잊거나 감출 수는 있지만 영원히 없던 일로 할 수는 없다. 몸에 남겨진 문신 같은 상처가 알려주는 것은 다시는 그런 일이 반복되어서는 안 된다는 사실이다.

(2012)

# 죽음이 말하지 못한 것, 문학이 말하는 것
## —박성원과 김유진의 소설

### 1. 죽음과 공포의 시대

2000년대 이후 한국문학이 경험한 가장 놀라운 문학적 광경 중 하나는 신진 작가들의 소설에 등장하는 참혹한 죽음 장면이다. 그중 평자들에 의해 빈번하게 지적되었던 편혜영의 작품을 보자. 편혜영의 소설은 과학, 논리, 이성 등으로 단단하게 조직화된 근대사회의 외피를 뚫고 침입한 질병, 야만, 광기에 의해 인류의 문명이 너무나도 쉽게 붕괴되는 과정을 그리고 있다는 점에서 묵시록적이다. 그녀의 소설 전반을 지배하는 분위기가 악취, 시취와 같은 후각이나 내장, 혈관을 만지작거리는 촉각에 대한 묘사에 기반하고 있다는 점은 시각 중심의 이성적 문화에 의해 형성된 근대문명에 대한 그녀의 문체적 반발의 정도를 짐작할 수 있게 한다. 이러한 편혜영의 소설을 대표하는 작품 중 하나가 「아오이가든」이다. 2003년 3월 홍콩의 '아모이가든(淘大花園)'에서 집단 발병한 사스(SARS)의 확산을 막기 위해 홍콩 정부가 주민을 격리 조치한 실제 사건에서 소재를 빌려온 이 작품은 "역병"이 출몰한 도시를 배경으로 하고 있다. 역병의 출현을 통해 국가, 종교, 과학, 인류애, 가족 등은 차례로 붕괴한다. 문명의 시계는 정반대로 돌기 시작하며, 세상은 온통 미신과 기형, 공포가 만들어낸 환상으로 가득하다. 노화는 멈추고 폐경기가 된 자궁은 다시 생의 선홍빛 기운을 내뿜는다. 인간은 신화에 등장하는 사람들처럼 쉽게 동물과 결합하거나, 짐승들을 낳는다. 물론 이것은 편혜영이 만들어낸 현대문명의 묵시록적 종언에 대한 알레고리이다. 「아오이가든」이 소재로 삼고 있는 사스라는 질병의 대유행, 조류독감이나 신종 인플루엔자의 창궐에 대처하는 국가의 방식은 현대의 문명사회가 '아오이가든'이라는 악몽의 공간과 그리 다르지 않음을 보여준다. 죽음의 공포가 만연한 사회의 비정상적인 모습을 단적으로 보여준 현실의 압도적인 예는 2008년의 '광우병 사태'이다. '광우병 사태'는 국가에 대한 아우라를 벗겨내고 그것의 진면목이 "부르주아계급 전체의 공동 업무를 처리하는 하나의 위원회"에 불과하다는 오래된 마르크스의 정의를 다시금 상기시켜줬다. 국가는 세계를 편재하고 있는 신자유주의적 규율에 맞춰 질병의 발병 가능성을 숨긴다. 웰빙(well-being)에 기반하고 있는 현대인의 문명화된 라이프 스타일은 촛불을 동반한 성난 민심으로 순식간에 전환한다. 과학과 의학은 그들에게 뒷돈을 대고 있는 자본의 복화술을 수행하는 인형처럼 입을 벌린다. 언론의 역할이란 자신과 연계된 공동체의 이익을 대변하는 선전기구에 불과하다. 국가도, 의학도, 과학도, 언론도, 자신을 지켜줄 수 없다는 죽음에 대한 공포가 전면화되는 순간, 광우병이란 질병을 창출한 야만적 축산업의 구조나 미각에 기초한 육식문화에 대한 반성은 사라진다. 학교 급식 식당에 붙어 있을 법한 '안전한 소고기'라는 문장은 정치적, 사회적 정의를 대변하는 구호처럼 사용되고, 실제 그러한 요구로 전환된다. 정부는 이성적 판단과 문제의 해결을 위한 논의의 과정조차 마련하지 않고 폭력을 통해 사태를 해결하려 한다.

경찰력의 과도한 행사와 검찰을 통한 법적 폭력의 시행, 언론을 통한 사회적 징벌. 결국 이러한 일련의 사건은 안전하고 맛있는 단백질의 생산에 대한 국민적 요구와 선택적 소비, 이에 대한 정부와 수입업체의 부분적 개선으로 귀착된다. 놀라운 것은 문제의 중심에 자리잡고 있는 육식 문화에 대한 반성이나 성찰, 변화 없이 주변부에 대한 개선과 정리로 사태가 진정된다는 사실이다. 빈부의 격차를 넘어선 육식에 대한 현대인의 욕망이 사라지지 않는 한 '광우병'과 같은 사회적 질병은 언제든지 발병할 수 있다. '조류독감'의 주기적 발병이 이러한 질병의 근원에 비윤리적인 축산산업이 놓여 있다는 사실을 무엇보다 잘 보여주고 있지 않은가.

개인적으로 '광우병 사태'를 경험하며 가장 놀라웠던 점은 육식에 대한 반성조차 하지 않는 부르주아적 욕망의 문화이며, 이 위에 출몰한 '광우병'이란 질병이 과거의 유령처럼 참혹한 진실을 알려주고 있다는 사실이다. 마치 『햄릿』의 유령이 "시간이 이음매에서 벗어나 있다(The time is out of joint)"[1]는 진실을 알려주며, 햄릿에게 그것을 바로잡는 것이 자신의 의무임을 알려주는 것처럼, 마르크스의 공산주의라는 유령이 자본주의의 모순을 성찰하게 하고, 이에 대한 무력적 전복이 프롤레타리아 계급의 성스러운 임무라는 것을 알려주는 것처럼. '광우병'이란 유령이 소환한 죽음에 대한 전면적 공포는 현대 자본주의 문명의 어긋난 지점들을 송두리째 흔든다. 육식 문화가 대변하는 부르주아적 욕망의 내면화, 국가라는 자본주의적 시스템의 비윤리성과 폭력성, '죽음'에 대한 철학적이고 윤리적인 사유의 소멸, 천박한 문명이 가진 질병과 죽음에 대한 두려움, 쉽게 망각으로 회귀하는 문화. 이는 현대문명을 유지하게 하는

---

1) 햄릿의 '유령'에 대한 정치적 분석은 자크 데리다의 『마르크스의 유령들』(진태원 옮김, 이제이북스, 2007)을 참조할 것.

유쾌함과 안락함의 배면에 죽음에 대한 망각이 도사리고 있으며, 죽음의 가묘(假墓) 위에 부르주아적 국가, 자본, 문화가 형성되었다는 진실을 보여준다.

'죽음'과 '공포'는 아마도 2000년대를 장식하고 있는 한국문학을 설명하는 데 가장 쓰임새가 많은 단어이다. 이즈음의 한국문학은 죽음과 공포를 통해 문학적 상상력을 얻고 있다. 물론 이것은 부르주아 문명의 이음새가 결절되면서 생긴 틈으로 바라본 처연한 실재의 현실에 대한 문학적 반영이다. 박성원, 김유진의 소설을 읽으면 과거의 어느 때보다 교훈 없는 죽음이 주는 공포가, 문명의 소멸을 목도하는 것이 세대의 역사적 책무가 된 두려움과 불안이, 세상을 뒤흔들고 있는 모습을 찾을 수 있다.[2] 바야흐로 문학은 죽음에 이르는 계절이 도래하고 있음을 알리고 있다.

## 2. 교훈 없는 죽음의 이상한 나라—박성원의 경우

1994년 등단한 박성원은 동시대 작가 중 가장 이지(理智)적인 방식으로 소설을 창작하며, 이에 대한 분석 작업을 가치 있는 것으로 만드는 문학적 성과를 내고 있다.[3] 그는 빅토리아시대의 환상 소녀 앨리스가 '이상한 나라'를 거쳐 '거울 나라'로 들어갔던 것과는 반대로 '거울 나라'에서 출발해 '이상한 나라'로 이어지는 지적 탐사를 진행하고 있다. 거울에

2) 이 글에서 다루는 텍스트는 다음과 같다. 박성원, 『이상(異常), 이상(李箱), 이상(理想)』(문학과지성사, 1996), 『우리는 달려간다』(문학과지성사, 2005), 『도시는 무엇으로 이루어지는가』(문학동네, 2009); 김유진, 『늑대의 문장』(문학동네, 2009). 본문에 인용할 경우 작품명만 표시한다.

3) 김형중의 「변전(變轉)하는 이항대립, 혹은 이상한 가역반응--김연수, 박성원, 정영문의 소설들에 대하여」(『켄타우로스의 비평』, 문학동네, 2004)와 신형철의 「아포리아의 제국-박성원의 소설」(『몰락의 에티카』, 문학동네, 2009) 등은 박성원 소설에 대한 흥미로운 분석 작업의 예이다.

반영된 작가의 익살스러운 사진이 실린 첫번째 창작집에 수록된 대부분의 작품들에서 이러한 출발 지점의 모습을 찾는 것은 어렵지 않다. 등단작 「유서」의 인물 설정을 보자. "나의 낙인은 엉덩이가 아닌 왼쪽 발목에 찍혀져 있었고 마주보고 있는 동생의 낙인은 엉덩이가 아닌 오른쪽 발목에 찍혀져 있다. 이것은 거울의 이치와 너무나도 흡사하다." 문학적 재능을 소유한 동생에 대한 살인과 '나'의 자살로 이어지는 서사는 진정한 자아정체성을 회복(강탈)하는 것이 불가능함을, 이러한 현실이란 거울과 주체의 악무한적 반영에 불과함을 알려준다. 이 시기 박성원이 골몰했던 소설 주제는 쌍둥이, 자아와 분열된 또다른 자아, 진실(진본)과 거짓(위작), 피분석가와 분석가 등이다. 이는 평자들의 지적을 참조할 것도 없이 1930년대 경성의 박제된 천재 이상(李箱)을 떠올리게 한다. 초기 박성원의 작품은 과거 이상이 거울을 바라보며 '거울 속의 나'와 함께 골몰한 '외로된 작업'의 포스트모던적 변주이며, 실재와 가상이 혼재된 도착적 세계에 대한 탐사 보고서이다.

이후 박성원은 이상(李箱)의 나라에서 이상(異常)한 나라로 문학적 여정을 옮긴다. '우리는 달려간다 이상한 나라로' 연작(이하 '이상한 나라' 연작으로 약술하겠다)의 첫 작품에 해당하는 「긴급피난」을 보자. 아내의 출산 소식을 듣고 폭설이 내리는 도로를 조심스럽게 운전하던 '나'는 "멀리서 견인차가 다른 견인차를 끌고 오는 것"을 본다. "의당 견인차는 견인을 하는 것이지, 견인당하는 차라고는 잘 생각"해보지 못했던 홍미로운 광경에 시선을 빼앗긴 '나'는 도로에 나타난 사슴을 보곤 급하게 핸들을 튼다. '견인당하고 있는 견인차'는 거울 나라를 가감 없이 나타내주는 상징적 이미지이다. 그리고 앨리스가 하얀 토끼를 따라 토끼 굴로 들어가 하염없이 떨어져 이상한 나라(wonderland)에 도착한 것처럼 '나'는 사슴에 놀라 핸들을 틀곤 내리막길로 한참을 낙하해 "이상한 나라"로 들어간다. 추락의 충격에 혼절했던 '나'는 낯선 사내가 건네준 "따뜻한 우유"를 마시며 정신을 차린다.[4] 사고의 현장에서 자신을 구해준 사내는 고맙지만 수상한 점이 한두 가지가 아니다. '나'의 퉁명스러운 태도에 그는 "긴급피난"과 "세상살이"에 대한 일장연설을 한다. 사내가 들려준 이야기는 이렇다. 긴급피난은 형법과 민법, 국제법으로 인정되고 있다. "긴급피난이란 급박한 위난을 피하기 위해 부득이 취한 행위는 처벌과 배상할 책임을 지니지 않는다는 얘기"다. 내가 살기 위해 남을 죽여도 아무런 책임이나 배상할 근거가 없다. 경우에 따라선 사람을 죽여도 죄가 되지 않는다. "당신이 몰라서 그렇지, 세상살이"도 어망처럼 촘촘하게 엮여 있다. "한 사람이 행복하면 다른 한 사람은 반드시 불행한 게 세상살이"다. "한 사람의 입에서 웃음이 가득하면 다른 사람의 눈에서는 피눈물이 흐르는 법"이다. 사내의 얘기를 다 듣고 난 '나'는 잠이 들고 "다시 눈을 떴을 때" 사내가 사라진 것을, 그리고 이 집에서 끔직한 일이 벌어졌음을 목도한다. 일가족 중 아버지로 보이는 남자는 이미 죽어 있고, 딸로 보이는 여고생은 피거품을 흘리며 혼절해 있으며, 어머니로 보이는 여자만이 사지가 묶인 채 '나'를 향해 피맺힌 저주를 내뱉는다. "이, 악마. 내 죽어도 네놈을 잊지 못할 거다. 너의 얼굴만은 똑똑히 기억할 것이다." 이제야 '나'는 자신을 구해준 사내의 정체가 흉악한 살인범이고, 범죄를 은폐하기 위해 '나'를 이곳으로 데려왔음을 뒤늦게 알게 되지만, 분노와 원

4) 「긴급피난」의 '나'가 이상한 나라로 진입하는 서두의 대목이 루이스 캐럴이 창안한 '앨리스' 연작에 대한 패러디라는 사실은 이 장면에서 더욱 명확해진다. 앨리스는 오랜 추락 후 도착한 이상한 나라에서 병에 든 음료와 버섯 등을 먹으며 자신의 신체가 열두 번 변하는 경험을 한다. 박성원의 주인공 역시 사내가 준 "따뜻한 우유"를 마시며 이성과 논리가 뒤바뀐 '이상한 나라'에서 악몽과 같은 체험을 시작한다. 루이스 캐럴의 '앨리스' 연작과 박성원의 '이상한 나라' 연작에 대한 비교는 흥미롭지만 여기서 중단하겠다. 이 글의 주제만으로도 지면은 한정되어 있다.

망에 사로잡힌 여자에게 이 모든 일을 설명할 방법이 없다. 그는 차분히 "이성적"으로, "합리적"으로, 이 모두를 갖춘 "인간다운" 사유를 한다. 그리곤 여자에게 "너무나 합리적인" "완벽한 판결"을 내린다. 자신의 얼굴을 기억하고 있는 여자는 사형, 자신의 혈흔과 지문을 담고 있는 이 집은 화형, 그리고 "내가 살기 위해서는 다른 사람의 희생은 절대적"이기에 '나'는 "긴급피난"이란 법조항을 적용해 무죄. 판결을 마치고 실행을 앞둔 '나'의 눈에 유리창에 비친 "합리적인 괴수"가 보인다.

「긴급피난」의 '나'가 긴 추락의 과정 후 도달한 '이상한 나라'는 동화 속의 앨리스가 도달한 고통도, 상처도, 죽음도 없는 그런 안락한 모험의 세계가 아니다. 박성원의 "이상한 나라"는 바로 지금 여기의 현실이다. 사내는 자신의 살인을 은폐하기 위해 '나'를 이용하고, '나' 역시 무죄를 증명할 수 없기에 범죄를 저지르는 현실. 그리고 이 모든 것을 "긴급피난"이란 법조항에 근거하고, 이를 통해 일말의 죄책감마저 면책받는 세상. 지금 여기의 현실은 이렇듯 윤리, 정의를 기반으로 사유하며 살아갈 수 있는 공간이 아니다. 오히려 사유하는 자만이 윤리를 가장하고, 정의를 획득할 수 있는 세상이다. 시체와 환자, 복수를 다짐하는 여인 앞에서 차분하게 빠져드는 '나'의 사유는 데카르트적 의미의 존재론적 성찰이 아니라, 아도르노에 의해 근대의 도구적 이성을 대표하는 인물로 자리매김한 오디세우스의 간교한 술책에 가깝다. 문제는 이러한 끔찍한 악행을 합리적으로 도출하는 '나'의 사유가 예외적인 상황에 처한 개인의 특수한 사례가 아니란 점이다. 박성원은 소설의 말미에 "이런 기록적인 폭설에 모두들 긴급피난을 떠난 것인지 세상은 오직 침묵 속에 잠겨 있었다"고 적는다. 세상의 침묵은 법조항 "긴급피난"이 비상식적인 사회에서 통용되고 있는 냉혹한 진실이라는 무언의 긍정인 동시에 자신이 그러한 사항에 처하면 동일한 방식으로 "긴급피난"하는 것이 상책이라는 '세상의 이치'에 대한 동조이다.

박성원의 두번째 '이상한 나라' 연작인 「인타라망」은 육십구 일간의 긴 혼수상태에서 깨어난 '나'의 기묘한 이야기이다. '나'는 자신이 방화한 집의 아들에 의해 구조를 당한다. '나'는 어렵게 정신을 차리지만 육체는 마비되었고, 기억은 상실된 상태이다. 자신의 정체성을 회복해줄 것으로 기대했던 기억이 오히려 자신을 죽음으로 몰고 가는 아이러니한 상황에 처한 '나'는 남자에게 생명을 구걸하기 위해 "이성적으로 설득"하고 "합리적으로 납득"시키려 하지만 소용이 없다. '나'는 세상을 향해 절규한다. "삶이란 게 고작 죽음을 향해 질주하는 것이라고는 하나, 그리고 이성적인 최선의 선택이란 게 결국 이기적으로 합리화하는 것이라고는 하지만 어째서 죽음은 삶을 의식하지 못하고 삶의 논리만 이 세상에 가득한 것인가." 박성원의 소설적 화자가 최종적으로 도달한 논리의 막다른 골목은 이렇다. '나'는 알게 되었다. 삶이란 죽음의 과정이며, 현실에서 인간이 내리는 이성적 판단이란 고작 죽음을 회피하기 위해 스스로를 합리화하는 이기적 선택에 불과하다. 그런데 죽음마저 윤리적이고 올바른 삶의 교훈적 형태로 존재하지 않고, 우연적이고 비상식적인 삶의 논리로 재수없는 사람의 정수리를 내리친다면 인간의 존재는 어디에 기탁해서 길을 찾아야 하는가. 결국 '나'가 할 수 있는 것은 기도뿐이다. "신은 있으라. 신은 있으라. 제발 신은 있으라. 부디, 부디 신은 있으라." 그러나 합리적 이성이 십자가 위에 누운 신을 과학의 광장으로 끌고 가 그 존재를 부정한 세상에 신이 존재할 리 만무하다. 또한 타락한 세상에서 종교란 '선인 천국, 악인 지옥'이 아니라, 특정한 종교의 선택에 의해 영혼의 종착점이 결정되는 시대—예수 천국, 불신 지옥—가 아니던가?

박성원이 독자들을 초대한 "이상한 나라"는 '사필귀정' '권선징악' 등의 고색창연한 주제가 독자들을 선도하는 교훈적 서사의 세계가 아니다. 과거의 교훈적 이야기 속에서 착한 사람에게는 복이, 악한 사람에게는 벌이 주어진다면, 근대의 세속적 이야기들은 선과 악의 다른 판본을 무수히 되풀이해서 말한다. 복은 선인의 몫이 아니라 승리자의 전리품이며, 죽음은 죄의 유무가 아니라 우연적으로 인간에게 내리는 '복불복'의 게임과 같은 것이라고. 여기엔 특별한 이유도 없고, 설명할 수 있는 논리도 없다. 근대적 주체 파우스트가 경험한 구원의 약속도 없다. 오직 예측 불가능한 죽음의 공포만 있으며, 이것을 해소할 수 있는 방법은 존재하지 않는다.

2009년 발간된 박성원의 네번째 소설집 『도시는 무엇으로 이루어지는가』에 이르면 "이상한 나라"에 대한 그의 탐색이 더욱 깊어지고 넓어졌음을 알 수 있다. '도시'란 '이상한 나라'의 법칙이 중앙집중화된 곳이고, 예측 불가능한 죽음의 논리가 만연하는 공포의 공간이며, 구원이란 결코 존재하지 않는 악무한의 세상이다. '도시'로 들어가는 익숙한 입구는 전작에서 이어지는 '이상한 나라'이다. 「논리에 대하여」는 발표 연도로 순서를 매기자면 '이상한 나라' 연작의 네번째 작품에 해당한다. 화자인 '나'는 "만약 글에서 교훈을 찾는 분이나 아님 뭔가 짜릿한 로맨스를 찾는 분이라면 이 이야기를 읽지 않아도 된다"고 언질하며 친구의 부조리한 경험담을 말한다. 친구는 "다른 사람들이 가는 대로, TV에서 하라는 대로 따라가기만"하는 것이 유행이 아니라 일종의 "시대정신"이 되어버린 세상에 권태를 느끼며, 불륜에 골몰한다. 자신의 방문을 허용하지 않는 애인의 집으로 일종의 "여행"을 떠난 그는 그곳에서 말로 설명하기 힘든 기이하고 잔인한 일을 겪는다. 애인의 집으로 비에 젖은 미숙이란 여자가 들어오고, 그녀를 찾아 도끼를 든 남자가 들어온다. 남자는 미숙이와 그가 불륜을 저지르고 있다고 판단하며 그를 윽박지른다. 이 남녀들의 이중적 오해가 벌어지는 공간은 법도, 상식도, 논리도 없는, 말 그대로 "이상한 나라"의 잔혹한 실내 극장이다. 말을 할수록 오해와 살의는 깊어간다. 그는 남자에게 "이성"과 "진실"을 말하지만, 남자는 자신에게 미숙은 "내 신앙이자 신념이다. 내 꿈이란 말이다"라며 그의 논리를 묵살한다. 마침내 남자의 도끼는 미숙의 머리를 내려치고, 죄는 그곳에 남아 있던 그의 몫으로 돌아간다. 「긴급피난」과 「인타라망」을 연상시키는 이 잔혹 실내극에서 박성원은 능숙한 솜씨로 기존 연작에서 다루었던 이성과 논리가 사라진 사회의 시스템, 우연적으로 찾아오는 죽음의 공포, 남겨진 자가 범죄자가 되는 비윤리적 세상살이의 모습을 압축적으로 서사화한다.

'이상한 나라' 연작 이후 발표한 '캠핑카를 타고 울란바토르까지'(이하 「울란바토르1」과 「울란바토르2」로 약술한다) 연작과 '도시는 무엇으로 이루어지는가'(이하 「도시1」과 「도시2」로 약술한다) 연작은 박성원이 "인타라망"이라고 지칭했던 "서로 촘촘히 엮여" 있는 "세상살이"의 소설적 재현이라고 볼 수 있다. 이들 네 편의 소설은 각기 다른 시간과 공간을 가지고 있지만 '인타라망'적으로 결속되어 있다. 여기에 등장하는 인물들은 「도시1」에서 아이에게 세상의 이치를 설명하는 엄마의 비유처럼 서사의 "바통을 받아 힘껏 달린 뒤 다음 친구에게 주"는 "이어달리기 주자"와 같다. 이것이 죽음을 향해 질주하는 인간들의 "삶이고 운명"이다. 당첨된 복권을 들고 사라진 누나, 이런 누나를 찾아 흥신소에 취직해 아동매춘부의 로드 매니저가 된 '나', 부친을 찾아 도시를 헤매지만 육체만을 탐하는 변태적 '아빠'만을 만나는 아이, 아이를 납치해 돈벌이에 골몰하는 포주 '매미' 등은 근대적 악행과 이를 합리화하는 도구적 이성, 교훈 없는 죽음과 비윤리적 성욕을 통해 근대적 '도시'가 이루어졌음을 알려준다. 이들은 선대가 남겨준 교훈을 따라 "시간의 바깥"으로 떠난다. 하지만 그것은 고작 북카페 '울란바토르'라는 허상에 안주하는 일과 같고,

냉동 인간이 되어 백 년 후의 변함없는 세상으로 귀환하는 근대적 시간의 악무한적 영겁 회귀에 불과하다.

소설 속 "울란바토르"는 타락한 시스템에서 벗어난 어떠한 이상향으로 그려지지만 등장인물들은 결코 그곳에 도달하지 못한다. 그들은 공간적으로는 동일한 이름을 가진 허상의 공간에 도달할 뿐이며, 시간적으로는 반복적 비극으로 회귀할 뿐이다. 이제 '이상(李箱)'의 나라에서 출발한 박성원의 여정은 '이상(異常)'한 나라를 거쳐 '이상(理想)'의 문턱에 도달한 셈이다.

### 3. 소멸을 기록하는 비애의 글쓰기—김유진의 경우[5)]

죽은 엄마의 발목과 함께 2000년대 문단에 등장한 김유진은 편혜영의 묵시록적 세계관을 공유하는 이복자매와 같다. 그녀의 첫 소설집 『늑대의 문장』은 이 젊고 야심만만한 작가가 깊이 있게 천착하고 있는 죽음과 공포에 대한 탐색, 언어의 한계와 서사적 경계를 오가는 소설적 실험의 과정을 담고 있다.

"아무런 인과관계 없이 찾아오는 등뒤의 섬뜩한 기운"이라는 문장처럼 공포가 가장 무서울 때는 그것이 "모든 숨겨진 것들로부터 드러난 징후들과 앞으로 닥쳐올 일들의 전조들"(「고요」) 사이에 어떤 규칙도, 합리적 이유도, 뚜렷한 형태도 없이 느껴지는 순간이다. 이러한 공포 중 단연 압도적이며 원초적인 것은 죽음이다. 인간을 포함한 어떠한 유기체도 죽음을 피할 수는 없다. 죽음은 뒤에 어떠한 희망도, 연속의 가능성도 없는 완전무결한 종지부이다.

---

5) 이 장은 『늑대의 문장』에 대한 필자의 서평인 「비애와 고독이 가득한 죽음의 책」(『문학수첩』 2009년 가을호)을 수정하고 보충한 것임을 밝혀둔다. 거의 동시에 작성된 두 글은 어쩔 수 없이 많은 분석적 아이디어와 문장을 공유하고 있다.

근대 이전의 세계란 삶의 도처에 만연한 죽음의 체취와 어둠 속에서 몸을 웅크리고 있는 불확실한 공포와 함께 살아간다는 것을 의미했다. 근대는 공포의 소거라는 면에서 위대한 도약이었다. 계몽(enlightenment)이란 말 그대로 공포의 어둠을 밝혀 그것의 법칙과 합리적 원인을 명시해주는 이성의 빛이었다. "과학의 힘을 빌려, 이 세상의 온갖 급변, 재난, 이변은 종말을 고하리라. 또한 온갖 논쟁, 환상, 기형적인 것들도 끝이 나리라"라는 빅토르 위고의 선언처럼 근대적 이성은 공포에서 인간을 해방시켰다.[6] 그러나 근대의 과학적 합리성과 철학적 이성은 공포를 영원히 소거하는 근원적 치료약이 아니었다. 그것은 고통을 망각하기 위해 주입한 모르핀에 불과했으며, 마약을 통한 진통 효과 뒤에 더 큰 고통과 환각적 공포가 밀려온다는 것을 아는 데는 오랜 시간이 걸리지 않았다. 포스트모더니즘의 철학적 담론들이 알려주는 것처럼 근대적 이성이란 "인간의 얼굴을 한 야만"에 불과했다. 이제 공포와 죽음은 어둠 속에 자신을 숨기지 않고 이성이란 가면과 과학이란 무기를 들고 대낮의 일상 공간을 활보한다.

정확히 이 지점에서 김유진의 소설은 출발한다. 먼저 등단작이자 표제작인 「늑대의 문장」을 보자. 서울에서 멀리 떨어진 남쪽 끝 섬에서 "발병의 원인이나 숙주조차도 알 수 없"고 "그 어떤 규칙성도 발견할 수 없는" 말 그대로 "예고도, 징후도 없"는 "폭사(爆死)"가 "전염병"처럼 퍼져간다. 마을 사람들은 폭사와 연관된 특정한 규칙이나 징후를 찾으려 하고, 몇몇 물건들을 터부시하며, 교회나 미신에 기대지만 불확실한 죽음을 피할 순 없었다. 섬은 뭍과 격리되고 사람들은 죽음을 언제나, 어디에나 있는 것으로 인식한다. 이 만연한 공포에서 벗어나기 위해 섬의 사람들은

6) 지그문트 바우만, 『유동하는 공포』, 함규진 옮김, 산책자, 2009, 12쪽에서 재인용.

죽음을 가시화한다. "어떠한 사물에도 죽음의 관념은 쉽게 달라붙었다. 그리고 그 사물을 죽음 자체라고 주저 없이 받아들였다. 쉽게 사물이나 타인에게 분노했고, 할 수만 있다면 부수려고 했다." 너무나도 빠르게 야만적 과거로 회귀한 사람들은 들개가 된 버려진 개들을 서울에서 탈출한 늑대로 현실화하며, 이에 대한 잔혹한 공격성을 통해 활기를 찾는다. 이제 마을의 집들은 "석기시대의 무덤처럼 돌무더기에 묻"히고 사람들은 늑대에 대한 공격성을 통해 죽음의 공포에서 탈출한다. 야만과 구분되지 않는 인간의 새로운 문명이 시작되는 신화적 공간에서 기형의 이모는 늑대 새끼들과 양육인지, "교미"인지 알 수 없는 행위를 하며, 이 광경을 목도하던 소녀는 자신의 여성성을 자각하고 문을 열어 늑대들을 맞이한다. 이제 "지상의 무덤들은 빠른 속도로 퇴적되고 그 위로 아무렇지 않게 나무가 자랄 것이었다. 그리고 그 무성한 숲속에서 늑대가, 온전한 사람의 얼굴을 하고 유일하게 어둠을 지킬 것"이다. 이 소설의 마지막 구절은 김유진이 통찰한 인간 문명에 대한 묵시록적인 동시에 창세기적인 예언이다. 여기서 소설의 제목에 대해 다시 한번 고찰해 보는 것은 중요하다. '늑대'의 '문장'은 '살인하지 말라'라는 엄격한 종교적 계율과 법률이 역설적으로 증명하고 있는 인간 내면의 강렬한 살의(殺意)를 표현하는 야수적 혈통의 문장(紋章)인 동시에 발터 벤야민이 역사라고 지칭했던 '야만의 기록'이며, 겹겹의 장막으로 가려진 세상의 비밀을 "맹렬히 물어뜯고 차지한 왕"의 "비애감과 고독감에 가득찬"(「늑대의 문장」) 글쓰기(文章)이다.

「늑대의 문장」에 대한 분석이 알려주는 것처럼 살의와 적의를 내재한 인간, 야만의 기록에 불과한 문명과 문화, 소멸하는 것들을 목도하는 주체의 비애와 고독의 글쓰기는 김유진의 소설세계에서 길을 잃지 않게 하는 삼각형의 모양을 한 표지판이다. 하지만 여기서 안심해선 안 된다.

"마녀가 돌아왔다"(「마녀」)라는 레퀴엠(requiem)의 서곡이 시작되면 이성적이며 합리적인 시공간은, 그것의 반영인 소설은 근대의 출발과 함께 종말을 고했던 "급변, 재난, 이변"(「빛의 이주민들」「마녀」)과 "온갖 논쟁, 환상, 기형"(「목소리」「움」「골목의 아이」)적인 것들의 폭력적 습격을 받는다. "모든 숨겨진 것들로부터 드러난 징후들과 앞으로 닥쳐올 일들의 전조들"(「고요」)이 가득한 소설의 서사는 난해하고, 화자의 진술은 "믿을 수도 믿지 않을 수도 없는, 믿거나 믿지 않거나, 의 범주를 벗어난 것처럼"(「목소리」) 몽환적이며, 언어는 과잉되거나 의미를 알 수 없는 "이국의 문자처럼 형체가 불분명"(「마녀」)하다.

김유진의 소설을 읽어내는 것은 그만큼 섬세한 분석의 태도가 필요하다. 다른 작품 「마녀」를 읽어보자. "엄마의 발목이 돌아왔다"라는 화자의 말로 「마녀」는 시작한다. 자살한 엄마의 발목이 돌아오고 이를 별 대수롭지 않다는 듯이 대하는 아버지의 태도는 「마녀」의 시공간이 실재와 환상이 혼재된 몽환적 장소임을 알려준다. "대지를 움켜쥐는 나무의 강한 힘이 바람으로부터 집을 지켜주고 있"는 곳에서 오랜 시간을 살아온 "우리 가문"은 자연에 의한 문명의 파괴를 지켜보는 "이른바, 소멸의 역사의 목격자"이다. 이곳에서 화자인 '나'는 팔다리가 기형적으로 약한 동생, 가문의 소명을 소중하게 생각하는 아버지와 함께 살고 있다. 역사의 "서기" 역할을 하는 '나'는 일기장에 꿈을 기록하는 문학적 작업에 매혹되어 있다. 그러나 "어둠 속에서 휘갈겨 적은 글자들은 이국의 문자처럼 형체가 불분명"해 판독이 되지 않았다. '나'는 꿈의 기록이 "다시는 보지 못하는 밤의 기록이기 때문에" "어제 날아간 소의 수나 마을 사람의 수를 기록하는 것보다는 유익"하다고 여긴다. 역사를 기록하는 서기의 소임보다 '나'를 사로잡고 있는 것은 "발목의 귀환과 순교자의 꿈"이다. 하지만 발목으로 돌아온 엄마의 의미는 기억을 더듬어도 찾을 수 없고, 순교자의 꿈은 서기의 문장으로 기록할 수 없기에 "조금씩 나를 신경질적으로 만들고 있었다." 무엇보다 '나'를 견딜 수 없게 만드는 것은 어린 동생이었다. "아이는 모든 죽음을 목격하고 싶어했"으며 실제로 죽음 이후의 상태, 즉 유령을 볼 수 있었다. 성실한 역사가인 아버지와는 달리 죽은 엄마는 몽환적이었으며, 우울했고, 꿈결의 문장처럼 낯설고 생소한 언어를 사용했다. 오로지 어린 동생만 엄마의 언어를 알아듣고 그녀의 우울을 이해했다. 그러던 어느 날 "내가 써내려간 수백 일의 기록"이 담긴 일기장이 어린 동생의 오줌에 젖어 글자들이 형체를 알아볼 수 없을 정도로 번지는 사건이 일어난다. '나'는 동생의 가느다란 뼈를 만지며, "부러뜨리고 싶"은, "약하고 힘없는 것들을 찢어버리고 싶"은 강렬한 충동을 느끼곤 동생을 방구석으로 던져버린다. 이 사건 이후 동생은 많은 것이 변한다. "동생은 예전보다 좀더 자주 환영을 보았다. 사라진 것들이 많아졌으니까. 동생의 언어는 낮고 느리게 흘러나왔다. 어느새 아이는 오래된 사람의 얼굴을 하고 있었다. 어쩌면 진정한 서기는 동생인지도 몰랐다." 동생은 소멸한 것들의 고통을 증언하고, 미래를 예견한다. '나'를 매혹시켰던 "아름다운 순교자의 꿈도, 엄마의 발목도, 모두 사라지고" 동생에게 잔혹한 폭력을 행사했다는 "죄책감만이, 썩지 않고 살아남았다." 이러한 모멸 속에서 "나는 소처럼 일했"고 "오래오래 살 것"을 다짐한다. 거친 노동의 시간은 흘러가고, 인간의 문명은 지속되며, '나'의 "일기장은 남겨졌으나, 아무도 알아보지 못했다." 오히려 "우리의 이야기"는 "노래로 구전되었다. 그 노래의 시작은, 마녀가 돌아왔다, 였다."

다소 몽환적이고 불분명한 시공간을 배경으로 하고 있는 「마녀」는 순간순간 소멸하는 시간을 기록하기 위해 인간이 고안해낸 '역사'와 '문학'이라는 글쓰기에 대한 알레고리이다. 아버지의 건강한 육체를 물려받은 '나'는 자연에 의해 소멸되는 인간의 문명을 기록하는 서기, 즉 역사가이다. 하지만 '나'를 매혹시키는 것은 꿈이나 죽은 자의 귀환이 알려주는 불가해한 의미이다. 이에 비해 엄마의 우울한 혈통을 물려받은 동생은 육체적으론 기형이지만 풍부한 감성과 감각으로 소멸한 것들의 슬픔과 고통을 이해하고, 이를 언어로 통역한다. '역사'는 바람에 날려간 사물의 수치나 피해 규모에 관심을 갖고 이를 기록하지만, '문학'은 수량적 통계보다는 사라져간 것들의 아픔과 슬픔을 담아낸다. 역사보다 오래 남아 사람들의 입에서 구전되는 것은 "노래"와 같은 문학의 언어이다.

시와 소설에 대한 메타픽션으로 읽히는 「목소리」에서도 김유진의 문학적 태도는 여전하다. "나는 먼지와 빛이 만들어낸 아이였다"라는 진술로 시작되는 「목소리」는 「마녀」가 '역사'란 타자에 의해 진술되고 관찰되는 '문학'의 이야기였던 것과는 달리, 자신의 입에서 발화되고 구술되는 '문학'이란 주체의 "목소리"이다. "목소리"와 "이야기"로 존재하는 두 자매의 서사는 상실과 애도라는 문학의 발생론이자 존재론에 대한 알레고리이다. 세상의 시원을 더듬고, 자연의 결을 읽으며, 살아가는 것들의 아픔과 고통을 말해주는 언니의 "목소리"는 동생의 "이야기"를 통해 "일정한 주제 안에서 조금씩 변주되었고, 때로 한 부분이 여러 번 반복되었으며, 어떤 부분은 건너뛰기도 했다. 그의 이야기에는 음조가 생겼고, 일정한 운율이 생겼다." 이렇게 시(문학)가 생성된다. 문학이 잊지 말아야 할 것은 '나' 앞에 등장하는 유령의 의미와 같다. "잊고 있었던 기억들이 유령이 되어 나타나, 그 존재를 인식시켰다. 잊지 말라고, 어느 것도 잊어서는 안 된다고 말하는 것만 같았다." 기억은 상실한 것들에 대한 슬픔과 사라져가는 것들에 대한 애도를 이야기에 담는다. 문학은 "사라지는 것들을 위한 것이며, 혹은 언젠가 사라지게 될 자신을 위한 것"이다. 『늑대의 문장』에 수록된 김유진의 소설들은 작가가 몽환적으로 서사화한 자신의 소설론인 동시에 죽음이 만연한 현대적 문명에 대한 기록이다.

김유진의 소설은 분명 난해하다. 살의를 유전적 특성으로 지니고 있는 인간, 야만의 기록에 불과한 인간의 문명, 소멸하는 것의 슬픔과 고통을 기록하는 주체의 고독한 글쓰기라는 이정표를 머리에 담고 있어도 독자는 쉽게 김유진의 난해한 서사와 이국의 것처럼 낯선 언어, 몽환적 공간 속에서 길을 잃는다. 하지만 분명한 것은 난독(難讀)의 고통을 안겨주는 소설의 길에서 길을 잃지 않고 살아남은 자만이 김유진이란 "마녀"와 함께 "비애감과 고독감에 가득찬 눈"(「늑대의 문장」)으로 "이미 소멸되었거나, 소멸되어가는 과정에 있"는 세상의 "그 고요한 어둠을 바라볼"(「고요」) 수 있다는 사실이다.

### 4. 현실을 부유하는 병 속의 편지

제1차세계대전이라는 끔찍한 전쟁을 바라보며 프로이트는 인간의 본성과 문명에 대한 지독한 환멸을 경험한다. 그는 자신이 할 수 있는 학문적 탐색의 결과를 한 편의 논문으로 완성한다. 1915년에 발표한 「전쟁과 죽음에 대한 고찰」이 그것이다.[7] 프로이트의 분석에 따르자면 인간은 죽음에 대한 공포에서 벗어나기 위해 예술(문학)과 종교(영혼)를 구상하였다. 인간은 예술(문학)을 통해 허구적 모험과 살인, 죽음을 만끽하며 현실의 삶을 안전하게 보호한다. 또한 영혼의 불멸성이라는 창의적 고안을 통해 종교를 형성하고 죽음이란 완전한 소멸의 의미를 소거한다. 이러한 예술과 종교에 의해 일종의 총체성을 이루던 사회가 파괴되기 시작한 것은 전쟁이 초래한 환멸과 죽음에 대한 사유의 변화를 통해서이다. 현대는 전쟁과 같은 죽음이 만연한 사회이다. '전쟁'은 경제활동과 교육 같은

---

7) 지그문트 프로이트, 「전쟁과 죽음에 대한 고찰」, 『프로이트 전집 15: 문명 속의 불안』, 김석희 옮김, 열린책들, 1997.

사회적 경쟁의 치열함을 비유하는 단어로 쉽게 사용된다. 하지만 이러한 경쟁에서 탈락한 사람들이 선택하는 자살과 같은 극단적 결과가 점차 증가하고 있다는 사실은 '전쟁'이 단순한 비유가 아님을 알려준다. 그렇다면 문학과 종교는 죽음의 공포를 치유해주는가. 이미 19세기에 신은 죽었고, 21세기에 근대문학은 종언을 선고받지 않았는가. 하지만 잊어서는 안 되는 사실이 있다. 역설적이지만 '죽음'이야말로 인간에게 있어 가장 창의적인 사유를 가능하게 하는 극한지점이라는 점이다.

다시 박성원의 소설을 펼쳐보자. 「도시2」에는 아빠를 찾기 위해 도시를 배회하던 아이가 경험하는 매춘 이야기가 담겨 있다. 아이는 상실한 부모에 대한 그리움과 자신이 처한 상황에 대한 고통을 "동화 같은 이야기"로 쓴다. 포주인 매미는 그것을 일기라 생각하며, 자신은 일기를 좋아하지 않는다고 말한다. 매미에게 일기가 알려주는 기억은 패배와 아픔, 사회적 성공을 이루기 전에 경험한 벌레와 같은 삶이다. 그러나 복권을 들고 시간 속으로 사라진 누나를 찾기 위해 "매미용역"을 찾은 차형호에게 아이의 이야기는 무언가 끔찍한 일이 벌어지고 있음을, 그곳에서 아이가 고통을 당하고 있음을 알려주는 유일한 증언이다. 그는 결국 아이를 차에 태우고 아버지가 물려준 "울란바토르"란 이름의 민박집으로 떠난다. 여기서 문학이란 세상에 구조 신호를 보내는 고립된 아이의 빈약한 문장과 같다. 그러나 소설에서처럼 문학이 그렇게 쉽게 희망의 메시지를 전하는 것은 아니다. 누군가에게 이것은 쓰레기이고, 멸시당하기 쉬운 자조적인 망각의 도구이며, 전달되지 않은 모스부호와 같다. 또한 현실은 「도시2」의 결말처럼 동화적이지도 희망적이지도 않다. 이러한 사실을 박성원도 잘 알고 있다. 그의 소설에서 글쓰기는 동일한 의미로 활용되지 않는다. 때에 따라 그것은 스스로를 자신의 글이 만든 환상적 의미망에 삽입하여 망상에 가까운 자아 인식을 하게 하는 작업이기도 하며

(「도시1」), 지긋지긋한 현재와 생각하고 싶지 않은 과거를 벗어날 수 있는 미래로의 상상적 탈주(「울란바토르2」)이기도 하다. 하지만 SF 작가를 꿈꾸는 '나'에게 들려주는 냉동 인간의 이야기는 글쓰기가 생성하는 탈주에 대한 열망이 하나의 신기루일 수도 있음을 보여준다. 1969년에 태어난 여자는 달에 꽂은 깃발을 보며 SF 작가를 꿈꾼다. 그녀에게 있어 냉혹한 현실의 사막을 탈출할 유일한 통로는 미래였다. 그녀는 당첨된 복권을 훔쳐 자신의 꿈을 이루지만, 백 년의 시간을 넘어 도착한 곳은 다시 비루한 현실이 재현되는, 탈출할 수 없는 악무한적 사회 시스템으로의 복귀였다. 문학은 어쩌면 사회적 고통을 소거하기 위해 복용하는 진통제에 불과할지도 모른다. 하지만 잊지 말아야 할 것은 그것을 통해 인식하기 어려운 타인의 고통과 슬픔이 전달된다는 점이다.

김유진은 인류의 문명의 붕괴하는 처참한 소멸의 순간에도 문학은 살아남아 사람들의 입에서 입으로 구전될 것이라고 믿는다. 상실되어가는 존재를 상징하는 김유진의 유령은 글을 쓰는 주체 앞에 현현해 자신의 고통을, 상실되어가는 존재의 아픔을, 속삭인다. 오래된 비유를 사용해 말하자면, 문학은 망망대해에 던져진 '병 속의 편지'와 같다. 편지가 누군가에게 전달될지는 알 수 없다. 어쩌면 마개의 미세한 틈을 타고 물이 들어와 심연으로 가라앉을 수도 있다. 때론 끝없이 조류를 따라 봉인된 목소리처럼 바다를 떠돌 수도 있다. 설령 그것이 누군가의 손에 들어간다고 해도 그가 글쓴이와 같은 언어를 사용할지도, 그의 의도가 제대로 전달될지도, 그 절실한 내용을 읽고 구조의 손길을 뻗칠지도 알 수 없다. 하지만 지금도 지하방의 아이들은 창틈으로 들어오는 연약한 불빛에 기대어 앉아 자신의 고통을 적고 있다. 길가에 뒹구는 무수한 쓰레기들 틈에 읽지 못한 아이의 이야기는 담겨 있다. 상실의 고통 속에서 희미한 존재의 그림자를 드러내는 문학의 유령들은 도시의 그림자 속에서 간헐적으로 등장하며 사람들에게 무언가 잘못되고 있음을 알려준다. 유령은 말한다. "잊지 말라고, 어느 것도 잊어서는 안 된다고." 그것은 '죽음'이 문학이란 '유령'의 입을 빌려 알려주는 마지막 교훈이다. 문학 또는 비판적 사상의 과제는 "과거를 보존하는 것이 아니라, 과거의 희망을 구원하는 것이다"라고 한 아도르노의 말은 아직도 시의성을 잃지 않았다.

(2009)

# 비평을 통해, 그리고 인간을 향해
## —서영채, 류보선의 비평에 대하여

판단하는 재능은 창작하는 재능보다 보기 드물다.
—오스카 뢰르케

### 1. 민주화 이후의 문학과 비평

사르트르는 어느 글에서 비평가에 대해 말하면서 그가 속해 있는 비루한 일상과 '읽기'라는 행위에 대해 다음과 같이 표현하였다. "비평가는 생계가 어려운 족속이다. 그의 아내는 그를 제대로 존중해주지 않고 자식들은 아비의 은혜를 모르고 월말이 되면 돈이 떨어진다. 그러나 그는 늘 서재에 들어가서, 책장에서 한 권의 책을 꺼내 펼쳐볼 수가 있다. 그 책에는 약간 쾨쾨한 냄새가 나는데, 그가 '읽기'라고 부르기로 결정한 야릇한 작업이 이제 시작된다."[1] 물론 이러한 냉소적 표현에는 사르트르가

1) 장폴 사르트르, 『문학이란 무엇인가』, 정명환 옮김, 민음사, 1998, 39쪽.

문학의 정치적 참여를 비난하는 속물 부르주아 비평가를 야유하는 동시에 '읽기'라는 행위를 보다 실천적이고 급진적인 것으로 전유하기 위한 전략이 담겨 있다. 그렇기에 조소가 가득 담긴 어감의 이끼를 닦고 이를 다시 읽을 필요가 있다.

사르트르에 따르자면 주체는 자신의 창조 행위를 객관적으로 바라볼 수 없기 때문에 '읽기'는 문학을 출현시키는 구체적인 행위이자 본질적인 선행 조건이 된다. 즉 "읽기는 지각과 창조의 종합"인 것이다. 비평가는 작품의 의의(意義)를 찾아내는 사람이다. 비평가가 읽어내는 의의는 애초부터 낱말 속에 담겨진 것이 아니다. 오히려 의의가 낱말들의 개별과 총화를 이해할 수 있게 해주는 것이다. 텍스트는 셀 수 없는 단어와 문장으로 이루어져 있지만 이것들을 모두 꼼꼼하게 읽는다고 해서 그 의의를 찾는다는 보장이 없기에 본래 텍스트는 낱말들의 거대한 "침묵"이며 말에 대한 "거역"이다. 사르트르는 이러한 "침묵"을 작가가 목표로 했을지는 모르지만 그 지향은 어쩔 수 없이 주관적이고 언어 이전의 것이기에, 작가는 결코 텍스트의 "침묵"을 알 수 없다고 말하며 문학은 읽는 사람의 "절대적 창조"에 의해서만 존재할 수 있다고 쓴다. 20세기 후반기의 문학에 대한 이론적 이해가 있는 사람이라면 '읽기'에 대한 사르트르의 주장이 바르트나 푸코, 데리다, 사이드에 의해 더욱 보완되고 강조되었다는 사실과 이러한 이론이 문학의 중요한 축을 지탱하는 사유가 되었다는 것에 큰 이의를 표하지 않을 것이다.

그렇기에 '지금 여기'의 문학에 대한 사유와 물음, 비판이 있다면 그것은 동시대가 산출한 시와 소설을 통해 통찰하기보다는 텍스트의 침묵을 창안하고 결을 거슬러가며 의미를 산출했던 '읽기'의 기록인 비평을 대상으로 놓고 궁구하는 편이 정당할 것이다. 문학의 영향 관계를 특정한 시기와 밀접하게 연결하는 것은, 시대와 국경을 초월해 읽는 사람들에게 변함없는 감명을 주는 텍스트—보통 고전이라고 부르는 작품—가 존재하고 있고, 그것의 가치가 훼손되지 않는 현실에서는 그리 현명한 분류가 아닐 것이다. 하지만 21세기 한국문학을 사유할 때 그것이 1990년대와 맺고 있는 특별한 영향 관계는 한국 근대문학의 영속성만큼이나 분명하게 강조되어야 한다고 생각한다. 한국문학에 있어 1990년대는 이전의 시기와 스스로를 단절시킨 시기이며, 새롭게 등장한 읽기와 쓰기의 전복적 변화가 비약적으로 시도된 시기이기 때문이다. 1987년 민주화의 명암 속에서 성장한 1990년대의 문학은 민주화 이전의 전체주의적이고 권위적이었던 시대 상황이 문학에게 요구했던 그리고 문학이 스스로의 의무라고 자임했던 사회적 참여에서 자의건 타의건 자유로운 방식으로 창작이 되었고, 이러한 '개인'의 내면과 다양한 주체가 발현하는 모더니티-포스트모더니티의 논의에서 새로운 자기 이해의 일단을 발견하였다. 또한 1990년대 등장한 작가, 비평가들은 비약적으로 팽창한 문화산업의 시장 속에서 그것에 순응하거나 저항하는 방식으로 나름의 생존을 기획하고 모색하며 지금까지도 한국문학의 중요한 부분을 담당하는 세대로 각자의 역할을 다하고 있음은 널리 알려진 사실이다. 21세기 한국문학의 기원을 찾는다면, 그 거슬러올라가는 탐사의 지점은 어떤 한정에서 벗어난 시간과 공간의 범위를 갖게 되겠지만, 강력한 영향의 자장을 탐색하고자 한다면 분명 그 사유를 위한 대부분의 노력은 1990년대 등장한, 그리고 지금도 경청할 가치가 있는 진중한 목소리를 내고 있는, 새로운 문학적 이해와 표현에 집중되어야 할 것이다.

이 글에서 주목하고자 하는 서영채와 류보선의 비평은 '지금 여기'의 문학을 역사적으로 그리고 동시대적으로 사유하기 위한 대표적인 사례라고 판단한다. 그들은 민주화 이후 진행된 역사적·사회적 변화의 징후를 분명히 인지하고 이러한 전환이 제기하는 "근대성의 문제"에 대한 비판적 사유를 비평의 핵심적 요인으로 제기하였다.[2] 서영채는 "1990년대는 고약한 존재론의 시대"라고 말하며 자명한 것으로 여겨졌던 "문학이란 무엇인가. 글쓰기란 무엇인가. 글을 쓰면서 사는 삶이란 무엇인가"에 대한 새로운 자기 이해가 비평을 위한 본질적인 질문이었음을 고백한 바 있다. 그는 자본주의의 욕망이 생동하는 "저 활기 발발한 한낮의 세계"와 문학에서 내면의 길을 찾는 "어둑신한 저녁의 이 회색 지대"로 세계가 양분되어 있음을 말하며, 자신의 운명을 어두운 서재에 "스스로를 가두고 세속 속에서 불멸을 꿈꾸는 인간들, 창문에 커튼을 치고 주검일 뿐인 활자들의 먼지 향기에 취해 눈이 멀어가는" "텍스트에 대한 독법의 안내자, 텍스트의 역사를 통해 인간 정신의 역사를 기록하는 서기"로 설명하였다.[3] 이러한 '읽기'를 통해 서영채는 근대성을 다음과 같이 정의한다. "근대성은 근대에 대한 비판과 거부까지 포함하고 있는 것, 말하자면 근대는 스스로에게 문제를 제기하며 또 그에 대한 해결책을 제시하고 있는 셈인데, 이러한 근대의 자기 전개 과정을 우리는 근대성의 변증법이라 부를 수 있을 것이다."(『운명』, 83쪽) 단순화의 오류를 무릅쓰고 말하자면 헤겔, 루카치, 아도르노의 역사철학적 사유에서 그 계보를 찾을 수 있는 "부정의 변증법", 그것이 인간의 역사를 의미 있는 것으로 진행시킨 "부정의 정신"을 자본주의라는 "교활한 야만"이 전면적으로 등장한 1990년대의 소설에서 찾아내고 이를 회복시키는 것이 서영채 비평의 핵

2) 1990년대 등장한 젊은 비평가들이 제기한 비판적 사유의 핵심을 근대성에 대한 반성적 고찰에서 찾은 글로는 황종연의 「근대성을 둘러싼 모험-서영채, 이광호의 비평에 관하여」가 있다(황종연, 『비루한 것의 카니발』, 문학동네, 2001).

3) 서영채, 「책머리에」, 『소설의 운명』, 문학동네, 1995, 5~6쪽. 이 글에서 참조하고 있는 서영채의 평론집은 다음과 같다. 『문학의 윤리』, 문학동네, 2005. 『미메시스의 힘』, 문학동네, 2012. 이후 이 책들에서 인용할 때는 간략하게 『운명』『윤리』『힘』으로 표시하고 그 옆에 인용 쪽수를 병기하도록 하겠다.

심적인 주장이라고 할 수 있다.

류보선은 1930년대 말 식민지 지식인들이 사용했던 '전환기'라는 용어를 빌려와 1990년대를 정의한다. 이것은 "근대와 근대 이후, 질서와 일탈, 현실원리와 쾌락원리, 소설과 소설 이후의 어떤 경계"이며, 이 혼란스러운 표상을 관통하는 "어떤 법칙성"도, 이를 총괄할 "어떤 새로운 진리틀"도 모습을 드러내지 않는 사유의 공백이다.[4] 류보선은 이 혼돈을 계서화할 총체성을 갈망했지만 이를 찾지 못해 선불리 문학의 죽음을 단언하며 분노했다고 말한다. 그는 이러한 상실과 맹목이 문학에 대한 자신의 관념을 문학이라는 실재로 확신했던 오만과 착시에서 기인하였다고 고백한다. 그리고 거룩한 문학의 이름이 소거된 자리에서 비로소 시작하게 된 새로운 읽기를 통해 "이전의 거대담론에 가려 보이지 않거나 침묵을 강요당했던 아주 미세한 표정과 중얼거림, 그리고 그 힘겨운 목소리에 담긴 모더니티에 대한 원망과 그 모더니티를 극복할 수 있는 잠재적 가능성들"을 보고 듣게 되었다고 말한다.(『차이들』, 6쪽) 류보선이 1990년대 비평을 정리하는 글에서 쓴 것처럼 그는 "기존의 보편성에 의해 '쓸모없는 실존'으로 격하된 타자나 하위주체들에게 새로운 생명력을 부여하"는 읽기의 방식을 통해 기존의 한국문학사에서 배제된 대상, 계층, 사물, 주체의 차이와 목소리를 민감하게 포착하고, 그 결과 형성되는 문학의 "혼성적이고 카니발적인" 풍요를 사유하며 실천하였다고 할 수 있다.(『목소리들』, 105~108쪽.)

다시 한번 말하자면 서영채와 류보선은 1987년 민주화가 한국 사회에

4) 류보선, 「전환기를 건너는 법」, 『경이로운 차이들』, 문학동네, 2002, 285쪽. 이 글에서 참조하고 있는 류보선의 평론집은 다음과 같다. 『또다른 목소리들』, 소명출판, 2006. 『한국문학의 유령들』, 문학동네, 2012. 이후 이 책들에서 인용할 때는 『차이들』 『목소리들』 『유령들』로 표시하고 그 옆에 인용 쪽수를 병기하도록 하겠다.

가져온 정치·사회·문화적 변화의 토양에서 문학이 차지하는 지위와 역할의 의미를 사유하고 촉발하는 방식으로 각자의 비평을 전개하였다. 서영채와 류보선이 문학을 통해 읽어내었던 개인의 자율성과 내면, 해방과 연대에 기인한 인문주의적 해석과 비판은 직접민주주의와 함께 민주주의의 세 가지 전통을 구성하는 자유주의와 공화주의의 가치들이다. 그들의 비평이 자본주의와 날카로운 대립각을 세우고 대결하는 것을 망설이지 않는 이유는 너무도 자명하다. 그것이 민주화 이후 진행된 자유주의와 공화주의의 가치들을 위협하고 타락하게 만드는 데 결정적인 영향을 끼쳤기 때문이다. 2002년 정치학자 최장집이 민주화 이후의 한국 민주주의가 질적으로 나빠졌다는 견해를 강력하게 제기한 후 서영채와 류보선이 최장집의 문제의식에 공감을 표하는 비평을 제출했다는 사실은 이들이 1987년 이후 전개된 한국 사회의 전락과 분열을 심각한 위기로 인지하고 있으며, 여기에 어떠한 방식으로든 책임과 의무를 통감하고 있다는 것을 말해준다고 할 수 있다.[5)]

2012년 말 서영채는 2005년 이후부터 발표한 비평을 수록한 『미메시스의 힘』을, 류보선은 2006년 이후부터 발표한 비평을 수록한 『한국문학의 유령들』을 출간하였다. 한국 사회가 이 시간을 경과하며 경험한 변화의 양상은 실로 크다고 할 수 있다. 한국인들은 민주주의적 가치에 무관심해졌으며, 정치적 자유보다는 경제적 번영을 약속한 후보를 대통령으로 선출하였다. 2007년부터 2012년 이명박 정부가 집권하던 시기 한

---

5) 최장집, 『민주화 이후의 민주주의—한국민주주의의 보수적 기원과 위기』, 후마니타스, 2002. 2008년 서영채는 「공생의 윤리와 문학-민주화 이후의 한국문학」(『미메시스의 힘』)을, 류보선은 「우리 시대의 비극-김영하 소설을 통해서 본 민주화 이후의 한국문학」(『한국문학의 유령들』)을 발표하였다. 서영채, 류보선과 동시대 비평가로 묶일 수 있는 황종연 역시 2004년 「민주화 이후의 정치와 문학-고은 『만인보』의 민중-민족주의 비판」(『탕아를 위한 비평』, 문학동네, 2012)을 발표한 바 있다.

국인들은 전직 대통령의 비극적인 죽음과 자신의 이권을 위해 권력을 사용하는 정치 브로커들의 행정을 지켜봤다. 그리고 독재의 망령에서 자유로울 수 없는 박근혜 정부가 유권자의 선택을 받는 것을 보았다. 비평은 텍스트에 대한 읽기이지만 그것은 비평가가 두 발을 딛고 서 있는 시간과 장소와 공명하지 않을 수 없다. 서영채의 말처럼 "세월이라고 말하면 너무 크고 시간이라고 말하면 너무 투명"한 "그 순간들이 나를 거쳐갔고 자취를 남겼다."(『힘』, 6쪽) 결론적으로 말하자면 이 두 권의 평론집을 관통하고 있는 문제의식은 민주화 이후 문학과 비평에 대한 무게감 있는 자기 반성적 물음과 전방위적 타락에 저항하는 답변이라고 할 수 있다. 멀리 돌아왔지만 제 길에서 벗어나지 않았다고 생각한다. 이제 서영채와 류보선의 비평이 제기하는 우리 시대의 물음과 사유를 살펴보자.

## 2. 새로운 중세를 살아가는 인문주의자의 시선

"1987년 이후로 20년이 지났다."(『힘』, 80쪽) 서영채의 『미메시스의 힘』을 독해하는 데 있어 중요한 지침의 역할을 하고 있는 글 「공생의 윤리와 문학—민주화 이후의 한국문학」은 단순한 사실의 기술처럼 보이지만 글을 읽어갈수록 그 안에 깃든 깊은 회한과 소회를 짐작할 수 있는 문장으로 시작된다. 서영채는 이십 년이라는 시간을 다중의 참여와 헌신을 통해 획득한 최소 정의 민주주의(minimal definition of democracy)의 시발점인 1987년, 민주주의의 "내용적 확인"이라고 자평하는 1997년 김대중 정부로의 정권교체, 물질적 부와 경기부양을 제시하며 보수세력의 정권교체에 성공한 2007년 이명박 정부의 등장으로 분절한다. 그리고 1997년 11월부터 3년 동안에 걸쳤던 IMF 구제금융 시기를 그 중간에 위치시킨다. 서영채는 최장집의 다음과 같은 말을 인용하며 이 시간의 경험이 한국 사회에 미친 영향을 요약적으로 정리한다. "민주화에도 불구하고 사회의 계급구조는 심화되었고 재벌 경제구조는 강화된 반면, 노동 배제는 지속되었고 우리 사회의 정신적 토양은 더욱 황폐화되었다."[6]

서영채가 최장집이 제기한 견해의 핵심적인 사항들을 빠르게 언급하고 있다는 사실은 그의 관심이 노학자가 토로한 의견의 재확인이나 단순한 첨언에 있지 않다는 것을 분명하게 알려준다. 그는 최장집이 후퇴한 민주주의의 지표로 제시한 한국인의 탈정치적 경향, 정치적 무력감과 무관심, 냉소 등을 현재의 한국 사회가 지니고 있는 문제에 대한 "상징적인 표현"으로 읽는다. 보다 분명하게 말하자면 그는 정치와 경제의 언어를 인문학의 언어로 환원하고 이를 통해 사건의 배면에 은폐되었던 인간의 문제를 다시금 사유하고 있는 것이다. 정치와 경제의 언어는 인간이나 마음을 쉽게 수량이나 가격으로 치환한다. 문제는 전쟁을 수치화하고 목숨을 계량화하는 이러한 언어가 인간에 대한 왜곡되고 타락한 방식의 이해를 발생시킨다는 사실이다. 죽음에 대한 인식이 쉽게 휘발되거나 방부처리된 장기 보존 상품처럼 감정 없이 취급되는 사태는 오늘날 인간의 삶 자체에 대한 통일된 인식이나 이를 보존하고 전달하는 '경험'이 병들었다는 극명한 징후 중 하나이다. 도로 위의 전광판에 적힌 교통사고 사망자의 숫자처럼 죽음이 하나의 정보에 불과할 때 인간의 정념이 담긴 문학의 의미도 사라진다. 어쩌면 인간은 아무런 자취도 남겨놓지 못하고 소멸할 수 있지만 문학은 그것이 그리 쉽게 사라지는 것이 아니라는 말을 전하고 있기 때문이다. 인간은 다른 어떤 것과도 치환될 수 없는 가치이며, 이러한 인간에 대한 이해는 인간적인 모든 것을 깊게 고려하는 열망을 통해 형성된 것이다. 에드워드 사이드는 이러한 사유의 방식을 "인문주의"라고 지칭하며 그것의 "목적은 해방과 계몽에 쏟은 인간 노동과 에너지의

6) 최장집, 같은 책, 174~175쪽.

산물들, 더 중요하게는 집합적 과거와 현재에 대한 인간의 오독이나 오해 등을 비판적 검토의 대상으로 만드는 것"이라고 설명한 바 있다.[7]

인문주의자의 시선. 아마도 이보다 더 정확하게 서영채의 '읽기'를 설명하는 말은 없을 것이다. 서영채는 2007년 이명박 정부의 등장을 인문학의 언어에서 경제의 언어로 인간에 대한 이해가 전환된 결정적인 증거로 보며, 전면적 변화의 계기를 1997년부터 삼 년 동안 지속된 IMF 구제금융 시기로 설명한다. 서영채는 IMF 구제금융 시기 "이후로 이루어진 변화는 그 중량감에 있어 1987년을 전후하여 벌어진 정치적 격동이나 변화를 상회한다"고 지적한다.(『힘』, 83쪽) 이를 극명하게 증거하는 것은 IMF 구제금융 시기가 지나간 직후인 2001년 12월 아름다운 여배우가 등장해 "여러분, 부자 되세요"라고 덕담을 건넨 광고이다. 서영채는 이를 한국인의 마음속에서 윤리나 도덕을 통해 조율되던 "배금주의에 대한 정화 의례"를 가능하게 한 외설적 사건으로 분석한다. 이것이 보편적인 덕담이나 축복으로 받아들여졌다는 사실은 속물성이 도덕적 부담 없이 현실을 활보하게 되었다는 것을 알려준다. "자신이 괴물이 아닌 척하는 괴물, 자신의 괴물성을 부인하는 괴물을 우리가 속물이라 부른다면, 이제 그런 자기 제한으로부터 해방된 속물, 더이상 자신을 부끄러워하지 않는 속물, 당당하면서도 냉소적인 쾌락주의, 그것을 우리는 괴물이라 부를 수 있겠다."(『힘』, 430쪽)

자본주의는 인간의 마음뿐만이 아니라 세계를 경제의 언어로 다시금 기술하였고, 그 정신의 중심에 자본주의적 세계상을 위치시켰다. 서영채는 무한경쟁이라는 사회적 키워드와 다양한 차원에서 전개되는 위기 담론을 대표적인 것으로 지적한다. 주식의 등락을 표현하는 그래프가 알려

7) 에드워드 사이드, 『저항의 인문학』, 김정하 옮김, 마티, 2012, 42~43쪽.

주는 것은 위기를 생산하고 소비하는 방식으로 유동성을 얻어내는 시장의 존재 방식이다. 시장은 팔리는 것을 전제로 생산한 상품의 유통을 통해 지속된다. 시장에서 '신용'은 미리 구매한 소비자의 욕망과 판매에 대한 생산자의 기대를 매개하는 근본적으로 불안한 믿음에 불과하다. 이 유동성이 붕괴할 때, 기대와 욕망의 담보로 대출한 금융의 계약이 파기될 때, 신용이 변제할 수 없는 채무로 판명될 때, 공황이 발생한다고 서영채는 설명한다.

> 자본주의 체제에서 생산되는 모든 위기의 근원에 신용이 있다는 것은, 물질이 아니라 마음이 중요하다는 것을 뜻하기도 한다. 좀더 정확하게는 마음의 물질성이라고 해야 좋을 것이다. 주식 시황을 나타내주는 그래프는 위기의 지수이자 불안의 지수를 표현하는 그래프이기도 하다. 자본주의의 꽃인 주식시장은 위기감과 불안과 실망과 기대를 구체적인 주가로 표현하는, 곧 경제적 언어로 번역된 마음의 시장이기도 하다. 그래서 신용의 위기는 동시에 마음의 위기이기도 하다.(『힘』, 85쪽)

서영채가 판단하기에 민주화 이후로 생겨난 탈정치화의 경향과 경제지상주의가 형성한 가장 큰 폐해는 불안과 위기에 의해 잠식당한 마음의 문제이며, 물질로 변해버린 마음이 인간의 내면을 황폐한 사막으로 만들었다는 사실이다. 세습 왕조가 되어가고 있는 한국의 재벌 기업이나 새로운 왕족이나 귀족으로 행세하는 부르주아의 등장이, 로맨스의 문법으로 이를 재현하는 TV 드라마에 바쳐지는 대중적 열광이, 서영채에게 알려주는 것은 한국 사회가 포스트모던이 아니라 "새로운 중세"로 되어가고 있다는 통절한 예감이다. 이 새로운 중세는 자본주의의 신 앞에서 모두 노예가 되는 "새로운 신정 사회"이다. 그렇다면 21세기에 도래한 이 새로운 중세에, 노골적인 속물과 괴물들의 시대에, 삶의 의미를 문제삼는 소설은 어떠한 이야기로 자기 존재의 근거를 제시할 수 있을까? 서영채는 일체의 인간관계와 삶의 유동성에서 자신을 자급자족의 밀실로 유폐시킨 황정은의 소설(「명랑한 환상의 비애」)에서 "새로운 중세 시민들의 삶과 내면에 대한 적절한 표상의 방식"을 찾는다.(『힘』, 255쪽) 서영채는 황정은 소설의 특징을 명랑성과 비애가 결합된 독특한 환상이라고 본다. 인간이 일상을 살아가면서 경험하게 마련인 고통스러운 상황의 산물인 비애는 "일종의 체념의 소산"이며, 이 불가피한 체념의 적극적 수용에서 "마조히즘적인 명랑성"이 발생한다고 그는 말한다. 다른 세상으로의 이동도, 세계를 뒤집는 혁명도, 계층 간의 유동성도 사라진 시대, 오직 자아의 최소 공간에 스스로를 유폐시킨 주체의 쓸쓸한 환상이 서사의 전부인 소설. 서영채가 이 젊은 작가의 소설에서 읽어내는 것은 "우리 시대의 서사가 당면하고 있는 근본적 질문, 곧 자기 목적적 글쓰기의 무용성에 대한 하나의 대답"이라는 씁쓸한 결론이다.(『힘』, 264쪽)

그렇다면 문학은 어떠한 방식으로 시장 근본주의에 대응해야 하는가. 서영채는 "문학 앞에 새로운 현실이 대두되었다면, 문학을 화두로 하는 우리들의 성찰은 새로운 세계 속에서 재조정되어온 문학의 자리에 대한 성찰이어야 할 것이며, 좀더 깊게는 문학의 본성과 존재이유에 대한 근본적 성찰이어야 할 것"이라고 전제한다.(『힘』, 89쪽) 서영채는 가라타니 고진의 이론을 가져와 근대국가의 시스템을 '자본제 · 네이션 · 국가'의 결합으로 제시하며, 문학은 그것의 외부자로 존재할 때 의미를 가질 수 있다고 주장한다. 국가와 국익, 정의의 패러다임을 거부하는 문학. 네이션으로 상징되는 소속된 공동체의 내부가 아닌 외부로 무한히 확장되는 문학. 그리고 문화상품이라는 존재 조건에 저항하며 예술의 독자성과 자율성을 확보하는 문학. 이것이 서영채가 말하는 근대국가 시스템의 외부에 존재하는 문학의 구체적인 형상이다. 이중 문학을 위협하는 가장 큰 요소는 말할 것도 없이 자본주의 경제체제이다. 이를 위해 서영채는 아도르노가 제기한 예술의 미메시스와 합리성의 '긴장된 불화'의 공존을 강조한다. 예술작품의 재현이 직관에 과도하게 기울어지면 이해와 수용은 어려워지고, 반대로 예술의 형식적 논리를 강조하는 합리적 작품은 사람의 마음을 흔들지 못한다. 아도르노가 예술의 평가 기준을 "예술작품이 자체에 내재하는 지적 계기에 대해 직관이 갖는 긴장 관계를 얼마나 깊이 있게 견뎌내는가 하는 것"에 달려 있다고 쓴 것은 이런 점에서 경청할 필요가 있다.[8] 자본주의가 경제의 수리적 언어로 발산하는 압도적인 위력에 저항하는 방식을 문학에서 찾을 때 서영채가 강조하고 있는 것은 이러한 합리와 공존하며 이에 맞서는 "미메시스의 힘"이다. 서영체는 미메시스를 "진짜 대상이 지니고 있는 복합적인 속성들, 더러는 모순적이고 역설적인 힘들, 근대적 이성의 영역에서 추방당한 힘들과 그 흐름을 포착해내는" 예술의 힘이며, 사막처럼 황폐해진 인간의 마음을 복원할 수 있는 인간 해방의 기록인 문학이 가진 가장 강력한 원동력이라고 강조한다.(『힘』, 127쪽)

### 3. 우리 시대의 비극 혹은 문학이라는 유령의 실존

류보선의 평론집 『한국문학의 유령들』이 제기하는 다양한 문학적 질문과 사유(민족 담론, 친일문학론, 페미니즘, 육체 담론, 비극론, 윤리학 등), 이를 위해 그가 읽어내고 있는 신채호, 이광수, 채만식에서 시작해 최인훈, 박완서, 황석영을 거쳐 2000년 이후 등단한 김언수, 배지영, 배명훈까지 포함하는, 한국 근현대문학사 전체라고 해도 과언이 아닐 텍스트의 방대한 목록은 일목요연하게 정리하는 것이 어려울 정도로 넓은 자

8) T. W. 아도르노, 『미학이론』, 홍승용 옮김, 문학과지성사, 1984, 161쪽.

장 위에 펼쳐져 있다. 또한 류보선이 의미를 두고 있는 중앙집권적인 질서화를 거부하는 사유의 다채로운 분화를 생각한다면 이러한 작업은 애초부터 무의미한 시간 낭비가 될 확률이 높다. 하지만 이것을 류보선의 비평이 산출된 실질적 시간의 범위 즉 2006년부터 2012년으로 한정 지으면 문제는 달라진다. 비평은 텍스트가 포함하고 있는 시간과 공간에 대한 읽기의 기록인 동시에 비평가가 살고 있는 구체적 장소와 사건이 텍스트와 공명하는 웅성거림의 포착이기 때문이다.

「우리 시대의 비극—김영하 소설을 통해서 본 민주화 이후의 한국문학」은 1987년 민주화 이후 21세기를 맞은 한국 사회에 도대체 무슨 일이 벌어졌는지를 김영하 소설을 통해 고찰하는 글이며, "한국문학의 유령들"과 조우한 비평가의 내면을 관찰할 수 있는 평문이다. 이 글의 서두에서 류보선은 주체가 갑작스럽게 실재와 외상적으로 마주칠 때 그가 세상의 전부라고 믿었던 상징적 현실의 상은 깨어지고 그것이 얼마나 자의적이며 비실재적인가를 깨닫는다고 말하며, 종종 이러한 일은 한 사회나 전세계 전체에서도 벌어진다고 쓴다. 한국 사회가 이해하거나 감당할 수 있는 범위를 초과하는 실재와 마주친 것은 2007년 말 등장한 이명박 정권이다. 류보선은 한국의 역사를 "아버지의 이름으로 상징적 규범을 지켜내려는 존재들과 그 상징적 규범을 내파하여 무시무시하면서도 매혹적인 실재를 보다 폭넓게 전유하려는 존재 간의 치열한 쟁투와 긴장"으로 서사화하며, 이 과정을 통해 한국 사회가 전유한 가치의 정점으로 1987년 민주화를 든다.(『유령들』, 110쪽) 거칠게 말하자면 2007년 이전까지 류보선이 발표한 대부분의 비평은 민주화가 그에게 제공한 민주주의의 가치를 존중하고 이를 보다 의미 있는 것으로 만들기 위한 사유, 민주주의를 훼손하고 타락시키는 권위주의의 위협과 자본주의의 유혹에 저항하는 쟁투를 그 자양으로 하고 있다고 할 수 있다. 류보선은 이렇게 고백한다.

그렇다. 민주화 사회였다. 수많은 하위주체들의 피와 땀과 양심과 지혜로 만들어낸 민주주의 사회였다. 물론 1997년 IMF로 대중의 공포 혹은 공포의 대중이 급격하게 늘었지만, 또 인터넷이라는 매체를 중심으로 자유로부터 도피하려는 집단적인 조짐이 없었던 것은 아니었지만, 그리고 눈 밝은 한 정치학자는 이미 오래전에 "나는 민주화 이후 한국 사회가 질적으로 나빠졌다고 본다"라고 경고한 적이 있지만, 그렇지만 하위주체들에 대한 배려를 무엇보다 핵심적인 과제로 하는 1987년의 민주화 이념이 스러질 기운이나 예후 같은 것은 없었다. 그런데 2007년 말, 그러니까 민주화 이후 꼭 이십 년 만에 한국 사회에는 오직 하나 경제 발전과 국토 개발만을 내세우는 60, 70년대의 국가독점 자본주의적 유령이 출몰하더니 쉽지 않게 정권을 잡아버렸다. 그리고 대중의 공포(혹은 공포의 대중)를 활용하여 강력하게 60, 70년대로의 회귀를 추진하고 있다. 이 유령을 본 후 좌우를 둘러보니 정말 제도상의 민주화만 있을 뿐, 1987년 당시의 정신이나 윤리, 그리고 열정은 어디에도 없다.(『유령들』, 110~111쪽)

"1987년의 민주화 이념이 스러질 기운이나 예후 같은 것은 없었다"라고 자인하는 맹목적 신념과 "1987년 당시의 정신이나 윤리, 그리고 열정은 어디에도 없다"라고 통절하게 고백하는 주체의 공허. 이 "공허와 맹목"은 이명박 정권의 등장이 그에게 깨닫게 해준 민주화의 실재이며, 상징적 규범을 세계의 전부라고 확신하며 텍스트를 읽고 쓴 자신의 비평에 대한 혹독한 자평이기도 하다. 실재와의 마주침이 익숙한 것을 낯설게 만들어 주체에게 불안과 공포만을 주는 것은 아니다. 주체는 "자신이 스스로를 귀속시켰던 현실원칙으로부터 놓여나는 순간, 자기 안에 있으리라고는 생각지도 못했던 과잉의 열정, 기억, 야성, 질서화되지 않은 혁명적 에네르기, 창조적 혹은 비창조적 흥분 같은 것도 같이 발견한다."(『유령들』, 108쪽) 그러므로 주체가 선택할 수 있는 것은 두 가지이다. 하나는 현실이라는 감옥을 인정하고 그 규율에 순응하는 것이고, 다른 하나는 실재의 외상적 개입이 가져온 공포를 견뎌내는 것, 즉 "외상적 마주침에 의해 개방된 공간을 주체의 우발적인/부적절한 상징화들/번역들로 채워 넣는 일뿐"이다.(『유령들』, 109쪽)

이 선택에 앞서 류보선은 공허와 맹목의 발생론적 기원을 통렬하게 반성해야 한다고, 1987년 민주화 이후 무슨 일이 있었는지, 이 시간의 경험에서 내면의 폐허를 극복한 진정한 행동의 모델을 찾았던 것은 아닌지, 보다 근원적인 성찰이 필요하다고 말하며 그 대상으로 김영하를 주목한다. 류보선은 김영하의 소설이 민주화 이후 한국 사회의 흐름과 예각적으로 상동성을 이루고 있다고 선택의 이유를 밝히지만 사실 이러한 판단은 김영하로 대표되는 1990년대 이후의 문학에서 나름의 의의와 가치를 읽어낸 류보선의 비평적 이력과 맺고 있는 상동성에 더 강하게 연관되어 있다. 류보선은 "20세기에 비극은 죽지 않고 모더니즘으로 변화하였다"[9]는 테리 이글턴의 전제를 참조하며 김영하 소설의 특징을 비극적 형식이라고 말한다. 그리고 비극적 형식에 대한 지젝의 세 가지 구분을 제시한다. 첫번째 도식은 "그는 모른다, 비록 그것을 행하고 있기는 하지만." 두번째 도식은 "그는 안다, 그러므로 그것을 행할 수 없다." 세번째 도식은 "그는 그가 무엇을 행하고 있는지 잘 안다, 그러나 그럼에도 불구하고 그것을 행한다"이다. 지젝은 "첫번째 도식이 전통적인 영웅에게, 두번째 도식이 근대 초기의 주인공에게 들어맞는 것이라면 마지막

9) 테리 이글턴, 『우리 시대의 비극론』, 이현석 옮김, 경성대학교 출판부, 2006, 364쪽.

도식은 근대 후기의—우리 시대의—주인공에게 잘 어울리는 것"이라고 말하며, 세번째 도식이 제기하는 앎과 행동의 대립적 양상을 냉소와 숭고의 방식으로 해석할 수 있다고 지적한다.[10] 류보선은 『호출』에 수록된 김영하의 초기 소설을 비극적 형식의 첫번째 도식에, 『엘리베이터에 낀 그 남자는 어떻게 되었나』, 『검은 꽃』 단계의 김영하 소설을 두번째 도식에, 『빛의 제국』과 『퀴즈쇼』는 세번째 도식에 도입하며 이를 설명한다. 보다 흥미로운 것은 이러한 설명이 김영하 소설의 의의를 명료하게 분석하는 양식화이거나 김영하 소설이 가지고 있는 해석적 다채로움을 제한하는 말 그대로 도식에 불과하다는 판단이 아니라 이것을 류보선의 내면과 비평에 대한 메타 서사로도 읽을 수 있다는 사실이다.

"그는 모른다, 비록 그것을 행하고 있기는 하지만"의 단계는 실재와의 외상적 마주침을 경험한 상태, 즉 "공허와 맹목"이라고 자신의 비평을 통렬하게 비판하는 단계에 속한다. 그리고 이후 주체가 선택할 수 있는 앎과 행동의 양상은 두 가지이다. 하나는 현실의 감옥에 스스로를 유폐시키며 더이상의 읽기도 쓰기도 행하지 않는 "그는 안다, 그러므로 그것을 행할 수 없다"의 방법. 다른 하나는 실재의 공포를 견디며 그것이 알려준 "과잉의 열정, 기억, 야성, 질서화되지 않은 혁명적 에네르기, 창조적 혹은 비창조적 흥분"의 '읽기'로 공허를 채우는 "그는 그가 무엇을 행하고 있는지 잘 안다, 그러나 그럼에도 불구하고 그것을 행한다"의 방법이다. 앞서 『한국문학의 유령들』이 대상으로 삼고 있는 텍스트의 범위가 한국 근현대문학사 전체에 걸쳐 있다고 지적한 바 있다. 이는 류보선이 실재의 공포 속에서 자신의 시간과 경험을 통째로 다시 읽고 있다는 사실의 확실한 방증이 아닐까 한다.

10) 슬라보이 지젝, 『전체주의가 어쨌다구?』, 한보희 옮김, 새물결, 2008, 31~32쪽.

류보선이 조우한 "유령들"은 사실 한마디로 정의하기 어려운 "과잉의 열정, 기억, 야성, 질서화되지 않은 혁명적 에네르기, 창조적 혹은 비창조적 흥분"의 읽기가 찾아낸 텍스트의 '침묵' 또는 스스로를 투영한 대상이라고 하는 편이 정확할 것이다. 류보선은 지젝의 『이데올로기의 숭고한 대상』을 읽은 이후 이 유령들과 만나게 되었으며, 이 유령들은 "상징적 죽음과 실제적인 죽음 사이"에 존재하는 인간 존재라고 분명하게 밝히고 있다.(『유령들』, 4쪽) 다시 말하자면 인간은 실재와의 외상적 마주침에 의하여 자신을 둘러싸고 있는 "기표의 네트워크 자체가 무화"될 때 상징적인 죽음을 경험하게 된다.[11] "유령들"은 상징적으로는 죽음을 맞았으나 실제적으로는 죽지 않고 힘겨운 육체를 최소한으로 유지하는 현존재들과 실제적으로는 죽었으나 상징적으로는 죽지 못한 실존들 모두를 포함하고 있다. 데리다의 표현을 빌리자면 시간의 어긋난 이음새에서, 동시적인 것들의 비동시성에서 출몰하는 유령들이 알려주는 바는 "다르게, 더 낫게 살기. 아니 더 낫게 살기가 아니라 더 정의롭게 살기. 그러나 그들과 함께" 살기이다.[12] 류보선이 신경숙의 『엄마를 부탁해』나 윤성희의 『구경꾼들』, 편혜영, 이기호, 김언수의 소설에서 유령들과 비존재들을 발견하고 이들을 애도하며 맥락화할 때 그것은 문학만이 할 수 있는 정의와 공생의 실천적 읽기가 되는 것이다.

민주주의의 폐허를 목도한 곳에서 민주주의의 가치를 탐구하고 실천하는 행위는 지젝의 표현을 쓰자면, "근대 후기의—우리 시대의—주인공에게 잘 어울리는 것"이다. 오해를 없애기 위해서 말하건대 근대 후기의 비극적 플롯의 주인공, 즉 우리 시대의 비극의 주인공은 비평가 자신

11) 슬라보이 지젝, 『이데올로기라는 숭고한 대상』, 이수련 옮김, 인간사랑, 2002, 230쪽.
12) 자크 데리다, 『마르크스의 유령들』, 진태원 옮김, 이제이북스, 2007, 12쪽.

이 아니다. 그것은 문학 그 자체라고 말하는 편이 옳다. 지금 여기의 문학은 이전 시대의 문학에 부여되었던 역사와 문화의 의미 있는 담론들을 생산하고 이를 개인들에게 전달하는 특별한 가치를 대부분 상실하였다. 문학이 자신의 변화한 처지를 알면서도 변함없이 문학에게 요구하는 행위를 행할 때, 이 앎과 행동의 불일치에 대한 평가는 냉소와 숭고 두 가지이다. 류보선이라면 "내가 하려는 일은 나뿐만 아니라 가까운 이들과 사랑하는 이들의 안락한 생활까지 파괴하는 참혹한 결과들을 가져오게 되리라. 그러나 그럼에도 불구하고 나는 그것을 행해야만 한다. 그것이 엄연한 윤리적 명령이기 때문이다"[13]라는 비극적 플롯의 주인공으로 문학을 위치시키는 일을 묵묵히 수행할 것이다. 그는 이것을 비평가에게 주어진 윤리적 소명으로 믿고 있기 때문이다.

## 4. 21st Century Schizoid Man[14]

'미메시스의 힘'과 '한국문학의 유령들'이라. 이것이 우리 시대의 문학에 던지는 "무엇이 문학인가, 어째서 문학인가"[15]라는 물음에 대한 서영채와 류보선의 대답이라는 것은 지금까지의 검토를 통해 얼마간 드러난 사실이다. 하지만 이것이 문학에 대한 해답인지는 솔직히 잘 모르겠다. 문학에 해답이 있을 수 없다는 말도 가능하다. 그것이 답안지를 뒷면에 감춘 상태로 존재하지 않는 이상 해답은 '오직' 주관 혹은 편견의 영역을 향해서만 그 문을 열고 있을 뿐이다. 벤야민은 "편견 없는 취미 판단에서 나온 정직한 비평은 흥미롭지 않으며 근본적으로 실체가 없다"고

---

13) 슬라보이 지젝, 같은 책, 32쪽.

14) 이 제목은 영국 밴드 킹 크림슨(King Crimson)이 1969년 발표한 앨범 〈In The Court Of The Crimson King〉에 수록된 A면 첫번째 노래에서 빌려왔다.

15) 황종연, 「책머리에」, 『탕아를 위한 비평』, 문학동네, 2012, 7쪽.

말한 바가 있다.[16] 이 말에 동의하며 개인적인 방식으로 글을 정리하고자 한다.

서영채는 개인의 미적 행위를 예술로 승화시키는 직관, 위협적인 합리성과 긴장된 불화를 지속하는 예술의 원동력을 '미메시스의 힘'에서 찾는다. 그는 미메시스를 "진짜 대상이 지니고 있는 복합적인 속성들, 더러는 모순적이고 역설적인 힘들, 근대적 이성의 영역에서 추방당한 힘들과 그 흐름을 포착해내는 일"이라고 설명한다.(『힘』, 127쪽) 하지만 미메시스는 플라톤과 아리스토텔레스에서 출발하는 용어의 유래가 알려주는 것처럼 기본적으로 모방이나 재현과 같은 예술의 본질을 지칭하는 의미를 가지고 있다. 아도르노에 의해 미메시스는 합리성과 자본주의가 지배하는 근대사회에서 예술의 생존을 가능하게 하는 문학성의 원천이자 예술적 창조력의 근원으로 주목받았지만 다른 말로 하면 그것은 모든 문학이 가져야 하는 자양이며 기본이라는 새로울 것 없는 의미만을 던져줄 뿐이다. "기본으로 돌아가자" "초심을 잃지 말자"는 말은 그것이 가진 심오한 의미만큼이나 무용하고 췌사적일 수 있다. 서영채 역시도 미메시스의 힘을 강조하는 자신의 주장이 가진 또다른 이해의 측면을 잘 알고 있는 듯하다. 그는 「속물 · 바보 · 광인 사이에서, 부사처럼」이라는 글에서 이렇게 말을 한다. "우리 시대, 입 달린 사람들에게 주어지는 옵션은 세 가지다. 현명한 속물과 착한 바보와 거룩한 광인. 성공하거나, 실패하거나, 좌절하거나. 명사와 형용사와 동사의 길."(『힘』, 18쪽) 그리고 여기에 부사로 표현되는 별도의 발화 방식을 추가한다. 부사는 "지배하고 규율하고 규제하는 힘, 질서를 만들어내는 힘, 맥락을 만들어내는 힘 사이"

16) 발터 벤야민, 「문학비평에 대하여」, 『서사 · 기억 · 비평의 자리』, 최성만 옮김, 길, 2012, 544쪽.

로 "사뿐사뿐 뛰어다"니고, "산들산들 날아다니고 건들건들 흘러다닌다." 서영채는 문장에서 있어도 그만이고 없어도 그만인 부사를 광대, 무당, 탕아의 언어이며, 미메시스적 힘의 산물이라고 고평한다. 부사가 가진 쓸모없음은 오히려 문학이 자본제 · 네이션 · 국가라는 삼각형의 외부에 위치할 수 있는 동력으로 작용한다고 그는 말한다.

하지만 과연 그럴까? 그가 빌려오고 있는 아도르노의 미메시스 이론을 보더라도 이는 가능하지 않아 보인다. 아도르노는 미메시스와 합리성이 만들어내는, 변증법이라고 부를 수 있는 상호 간의 긴장된 불화와 타협 없는 대립을 예술의 원동력이라고 설명하였다. 이 힘은 기본적으로 내부에서 벌어지는 변증법적인 충돌을 통해 발생한다. 서영채의 말처럼 부사는 개입하고 교란할 수 있지만 그 작용이 가능한 위치는 외부가 아니라 내부로 깊숙이 들어갈 때이다. 문학이 미메시스의 힘을 발산하기 위해서는 지배하고 질서를 만들고 맥락을 만들어내는 힘들 사이를 사뿐사뿐 뛰어다닐 것이 아니라 그 간극으로 몸을 던져 목숨을 건 충돌을 해야 한다.

이런 맥락에서 서영채의 글을 볼 때 그가 펼쳐내는 읽기의 기예는 '미메시스의 힘'을 주장할 때가 아니라 정치와 경제의 언어로 본질을 은폐한 대상을 '부정'의 시선으로 발견하고 이를 인문학적 언어로 해체할 때 더욱 빛을 발한다고 생각한다. 서영채의 시선이 자본주의가 전유한 불안, 가치, 신용과 같은 단어에 닿는 순간, TV 광고나 〈나는 가수다〉 같은 대중문화의 콘텐츠를 향하는 순간, 그것을 뒤덮고 있는 단단한 외양은 휘발되며 인간에 대한 이해와 열망으로 환원된다. 사이드의 표현을 다시 빌려오자면 서영채는 인간에 대한 오해와 오독을 비판적 검토의 대상으로 만드는, 우리 시대가 가진 믿을 만한 인문주의자이다.

류보선은 "당신은 항상 두 번 죽는다"라는 지젝의 말에 기대어 상징적 죽음과 실제적 죽음 사이에 존재하는 유령들과의 조우와 애도를 문학의 고유한 기능이라고 주장한다. 하지만 기억을 잘 더듬어보면 이런 진술은 지젝이 아닌 다른 사람의 글에서도 이미 읽은 적이 있다는 사실을 알게 될 것이다. 다른 누구도 아닌 류보선 자신에게서 말이다. 류보선은 첫 번째 평론집 『경이로운 차이들』의 「책머리에」에서 "권위주의적 담론이 만들어놓은 체계에 나를 맡기면서 얻은 통일성"에 집착하며 성급히 '문학의 죽음'을 선언하였고 "새롭게 나타나는 목소리들을 집요하게 '문학의 죽음'의 징후로 덮어씌웠다"고 고백한 바 있다. 그는 이때 문학과 함께 상징적 죽음을 맞았으며, 이미 오래전부터 유령의 방식으로 "차이들"과 "목소리들" 그리고 다른 "유령들"과 조우하며 살아왔던 것이다. 그는 〈식스 센스〉(1999)의 주인공 맬컴 크로(브루스 윌리스)처럼 자신이 유령인 것을 인지하지 못하는 삶을 반복하고 있었던 것이다. 이것이 그의 논리가 가진 역설이자 아이러니이다.

류보선은 어떤 글에서 라캉의 말을 사용해 "현명한 자는 길을 잃는다, 그러나 단순한 자는 진리를 구현한다"라는 테제를 펼친 적이 있다. 자신의 죽음을 인지하지 못하고 또 한번의 상징적 죽음을 뼈아프게 체험한 사람. 상징적 죽음과 실제적 죽음 사이에서 끝없이 읽고 또 읽으며 비평의 고통을 반복하는 자. 자신이 맴돌고 있다는 사실을 인지하지 못하는 자는 현인일까, 바보일까. 그는 길을 잃은 것일까, 아니면 진리를 구현하는 머나먼 순례의 길을 걸어가는 것일까. 유령이라는 그의 존재방식이 알려주는 것처럼 그는 그 간극 사이에 존재하고 있다고 말하는 편이 옳을 것이다.

그렇다면 그는 왜 자신의 죽음을 인지하지 못했을까, 라는 질문을 던질 수 있다. 다시 한번 〈식스 센스〉를 참조하자. 맬컴 크로는 아내에 대한 사랑이 너무 깊은 나머지 자신의 죽음을 인지하지 못한다. 대상에게 모든 사랑과 감각을 투사할 때 자아는 사라진다. 잘 알려진 것처럼 류보선의 평론은 "열렬함의 극치"[17]이며 그는 사랑에 몰입한 탕아처럼 텍스트에 어떤 찬사도 아끼지 않는다. 하지만 이 사랑은 비평가에게 있어 치명적이다. 벤야민은 "칭찬하는 일이 지닌 위험성은 비평가가 자신의 신용을 잃게 된다는 데 있다. 모든 칭찬은 전략적으로 볼 때 백지수표이다"라고 말하며 자아를 망각하게 하는 작품에 대한 지나친 애정을 경계한 바 있다.[18] 하지만 사랑과 탕진이야 말로 류보선 비평을 다른 어떤 글과도 다르게 만드는 원동력이 아니던가. "나는 그저 단 한 번이라도 좋으니 저 위대한 작품에게서 뿜어져나오는 그 찰나적인 섬광을 있는 그대로 느낀 그대로 표현하고 싶을 뿐이다. ……그렇게 해서 나에게 감동을 주었던 바로 그 작품들에 말 그대로 최대의 찬사와 헌사를 봉정하고, 그것으로 하여 다만 여럿 중의 하나였던 작품이 정말 빛나는 단 하나의 작품으로 거듭나는 경이를 만들고 싶다"고 말하는 순박한 열정이야 말로 류보선에 대해 동료들이 보내는 신뢰의 원천이 아니던가.(『목소리들』, 4쪽)

아도르노는 진보에도 봉사하고 반동에도 봉사하는 논리에 맞서며 사유를 포기하지 않으려는 지성의 상태가 외부에서 보기에는 "노이로제 증상을 보이는 것처럼 여겨지지만 사실 그러한 병적 상태를 유지하기 위해서는 초인적인 힘이 필요하다"고 쓴 바 있다.[19] 현실을 압도하는 실제적 위협 앞에서 중단 없는 부정의 자세를 유지하는 정신, 자신의 죽음마저 잊고 사랑을 위해 모든 것을 탕진하는 인간, 이는 분명 노이로제 증상을 넘어 정신분열증에 가까운 병적 상태이다. 주체에게 이것은 분명 고통이

17) 「24회 팔봉비평문학상 심사평」, 한국일보, 2013. 5. 7.

18) 발터 벤야민, 같은 글, 548쪽.

19) M. 호르크하이머·T. W. 아도르노, 『계몽의 변증법』, 김유동 외 옮김, 문예출판사, 1995, 326쪽.

겠지만 예술에게 이것은 무엇보다 소중한 거름이다. 미친 사람처럼 부정하고 사랑하라. 이것은 그들의 비평을 읽으며 문학을 사유하고 이젠 말석의 동료가 된 내가 그들에게 바칠 수 있는 유일한 헌사이다.

(2013)

# '여성'의 두 얼굴, 메두사와 바우보
—김민정론

## 1. 소녀는 어떻게 불안을 멈추고, 세상을 사랑하는 여자가 되었는가?

김민정의 두번째 시집 제목 '그녀가 처음, 느끼기 시작했다'에서 글을 시작해보자.[1] 문장 중간에 가지런하게 걸린 쉼표 때문에 수줍은 고백처럼 읽히는 이 구절을 그녀는 시집의 앞뒤 표지에 그리고 본문에 세 차례나 반복하고 있다. 반복은 강박이고, "강박은 광박"이라지만, "쏟아지는 조각 퍼즐로 버려지는 골판지" 같은 시인의 난감한 세계를 읽어내기 위해서는 그녀의 "강박"과 반복의 조각들을 찾아 그것들이 그려내는 희미한 조감도(鳥瞰圖)에 운을 맡기는 수밖에 없다.(「강박은 광박처럼」, 『그녀』) 김민정은 "그녀가(때론 "나는") 처음, 느끼기 시작했다"고 거듭 쓴다. 이 문장을 이해하기 위해서는 인위적으로 삽입된 쉼표의 자리와 그

1) 이 글이 대상으로 하는 김민정의 텍스트는 다음과 같다. 『날으는 고슴도치 아가씨』(열림원, 초판, 2005), 『그녀가 처음, 느끼기 시작했다』(문학과지성사, 2009). 인용할 경우 본문에 작품명만을 표기하도록 한다. 필요한 경우 텍스트명을 『아가씨』와 『그녀』로 약칭하고, 작품명과 병기하겠다.

것이 분할하고 있는 의미에 주목할 필요가 있다. "처음"은 시간이나 순서의 맨 앞을 의미하는 단어로 그것은 분명한 지각(知覺)을 내포하고 있다. "느끼다"는 육체를 통해 무언가를 감각(感覺)하는 행위이다. '첫사랑'이라고 한다면, '처음'이 '사랑'보다 앞에 위치하고 있지만, 그것은 항상 뒤늦은 깨달음이다. '처음'은 그 시간과 순서의 떨리는 의미를 확장하여 마치 그것이 통절한 감각인 것처럼 스스로를 위장하지만 이는 '사랑'이라는 육체를 경험하고 난 후에 오는 지각에 불과하다. 이 문장의 마지막에 적힌 "시작"을 시인의 근원(始)이자 본분(詩)을 '작(作)'하는 행위로 읽는다면 의미는 보다 분명해진다. '시(詩)'는 또는 '시(始)'는 시인의 예민한 육체를 통과한 세계 혹은 사물의 '느낌(感)'이 하나의 '인식(知)'으로 형성되기 전 그 찰나와 같은 간극에서 '깨닫는(覺)' 것이다. 이런 점에서 "김민정이 설정해둔 신체는 영혼의 지배를 받는 질료가 아니라, 정신이나 사물과 곁고 트는 개체"라고 지적하며, 이를 스피노자의 유물적 사유와 연결시킨 권혁웅의 지적은 경청할 필요가 있다.[2] 이 지각과 감각 사이에서 빠르게 스치고 지나가는 시적 깨달음의 순간을 포착하기 위해서는 뒤표지에 적어놓은 한 편의 시를 보는 편이 좋다.

> 어느 여름
> 예식장에서 밥을 먹고 나오는데
> 계단 위의 한 여자,
> 어깨너비로 다리 벌린 채 우뚝 서 있었다.
> 발목과 발목 사이에 걸쳐진 그것은
> 그러니까 팬티였다.

2) 권혁웅, 「스피노자의 칠판」, 『문학동네』 2010년 봄호, 288쪽.

나라면 추켜올렸을까,
아니면 벗어버렸을까.

더러운 팬티를 수치스러워하기보다
낡은 팬티를 구차해하기보다
고무줄의 약해진 탄성을 걱정하는 데서부터
시라는 것을

나는 처음, 느끼기 시작했다.

예식장을 가고, 밥을 먹고 나오는 일상의 한 모퉁이에서 시인은 "계단 위의 한 여자"를 본다. 아니 정확히 "다리 벌린 채 우뚝 서 있"는 여자의 "발목과 발목 사이에 걸쳐진 그것" "그러니까 팬티"를 본다. 여인의 두 발목이 딛고 있는 사회적 공통감각인 "수치"와 개인적 주체성과 의지의 감각인 "구차"의 경계에 팬티는 걸려 있다. 시인은 추켜올리려는 도덕적 행위와 벗어버리려는 주체적 행위의 수직적 움직임, 그 경계에서 머뭇거린다. 시는 그 짧은 머뭇거림에서 발생한다고 시인은 말한다. 그것은 "수치"와 "구차"라는 지각과 감각의 문제이기 이전에 예민한 육체가 감지하는 "탄성"의 문제이다. 시인은 육체를 통해 미세하게 느껴지는 "탄성을 걱정하는 데서부터/시라는 것을//나는 처음, 느끼기 시작했다"라고 적는다. 이는 일찍이 제임스 조이스가 에피파니(epiphany)의 순간과 문학자의 소명을 적어놓은 구절을 떠올리게 한다. "에피파니란 그에게 있어서 말씨나 몸짓의 비속성 혹은 마음 그 자체의 기억할 만한 국면에 있어서 갑작스러운 정신적 계시를 의미했다. 그는 대단히 주의깊게 이러한 에피파니들—그것들 자체가 가장 섬세하고 순간적이란 것을 알아차리면서—을 기록하는 것이 문학자의 임무임을 믿었다."[3] 『그녀가 처음, 느끼기 시작했다』를 읽어보면, "말씨나 몸짓의 비속성 혹은 마음 그 자체의 기억할 만한 국면"을 놓치지 않고 관찰하는 시인의 시선이, 그 갑작스러운 시적 깨달음의 순간과 그것들의 순간적인 현현을 섬세하게 기록하려는 문학자의 자세가 시집의 곳곳에서 발견된다는 것을, 특히 4부 「뛰는 여자 위에 나는 詩」에 수록된 대부분의 시들이 이러한 시적 현현의 순간을 주의깊게 기록하고 있다는 것을, 알 수 있을 것이다. 하지만 김민정이란 이름의 시인을 수식하던 '미래파'나 '뉴웨이브'라는 조어가 알려주던 새로운 감각의 충격, 『날으는 고슴도치 아가씨』에 담겨 있던 외설적이며, 폭력적이고, 때론 엽기에 가까운 시적 상상력 등을 기억하는 독자라면 "주의깊다"라는 설명에 적이 당황할 것이며, 아마도 이러한 시구의 연결을 보다 자연스러워 할 것이다. "어느 여름/예식장에서 밥을 먹고 나오는데/계단 위의 한 여자,/어깨너비로 다리 벌린 채 우뚝 서 있었다./발목과 발목 사이에 걸쳐진 그것은/그러니까 팬티였다." "너 하고 싶지? 네? 에이 하고 싶으면서 뭘. 아뇨, 나는 아냐. 순간 나는 하이힐 벗어 그녀의 양쪽 빰을 후려찍고 말았다. 거짓말! 분명 넌 하고 싶은 거야! 이런 씨발, 아니, 아니라잖아. 참다 못한 내가 그녀의 알주머니를 싹둑싹둑 가위질하자 김말이 속 당면처럼 빼곡히 들어찬 그녀들이 잘린 입 밖으로 일제히 폭소를 터뜨렸다."(「고등어 부인의 윙크」, 『아가씨』)

김민정의 시를 활용해 조합한 이 구절이 하나의 시처럼 읽히고, 그것이 김민정의 작품처럼 느껴진다면, 이 인위적인 봉합선의 흔적을 세밀하게 살피며, 이식된 시구와 그 원래의 시구를 비교해보는 것은 시인의 변

---

3) James Joyce, *Stephen Hero*, New Direction, 1963, p.211.

화를 가늠하기 위한 흥미로운 탐색의 실마리를 만들어낼 것이다. 그랬다. 과거 까칠한 '고슴도치 아가씨'의 사전엔 결코 '수치'와 '구차'와 같은 단어가 적혀 있지 않았다. 정확하게 말하자면 '수치'와 '구차'의 의미를 몰랐다는 것이 아니다. 오히려 성적 불안("생리"로 대표되는)에서 기인한 '수치'와 '구차'에 대한 강박증적인 감각으로 들끓었고, 이를 감추기 위해 스스로를 끔찍한 방법으로 자해하거나, 자신을 바라보려 하는 타인들에게 비속어를 남발하며 거칠게 말하거나, 과장된 폭력과 신체 절단의 도구들을 휘두르며 스스로를 격리시켰다. 『날으는 고슴도치 아가씨』의 세계가 거울로 가득한 다락방에 스스로를 격리시킨 생리중인 소녀가 느끼는 수치심과 불안, 어렴풋한 성적 자각이 악몽처럼 펼쳐지는 메르헨의 공간이라면, 『그녀가 처음, 느끼기 시작했다』는 어느덧 소녀에서 여인으로 성장한 시인의 인생기(人生記)이며, 유물론적 육체에 감지되고, 이를 기록하는 삶의 인상기(印象記)이다. 혹시 모를 오해를 위해 말하자면, 김민정의 시적 여정을 일반적인 '성숙'의 과정으로 인지해서는 안 된다. 소녀가 여인으로 성장했다고 이 신체적, 정신적 변화와 문학적 기록을 진일보의 맥락에서 이해하는 것은 도식적이고 저급한 사회학(사회진화론)이나 역사학에서 기인한 '변화'에 대한 이데올로기적 오류에 불과하다. 변화는 진화가 아니다. 누가 꽃과 잎을 놓고 아름다움의 우열을 말할 수 있단 말인가. 먼저, "월경 직전의 유방통처럼 피와 나만이 알아채는 떨림으로 밤이 몸을 뒤"트는 "나나"의 악몽으로 들어가보자.(「잠들어 거울 속에서 눈 뜬 검은 나나」, 『아가씨』)

### 2. 세계의 월경, 메두사의 비행

앞에서 말했듯이, 반복은 강박이다. 반복되는 강박증적인 이미지들은 일시적으로 자아를 진정시킬 수는 있지만, 결과적으로는 불안을 증대한다. 불안이 가득한 악몽과 동화적인 상상의 공간에서 펼쳐지는 가학과 피학의 유희는 시인의 영혼을 잠식하며, 신체를 조각낸다. 잘려진 신체의 조각만큼 시인의 자아는 분열되고, 자아의 파편들은 각자의 목소리를 쏟아내고 자신과의 수다에 골몰한다. 시인은 조각난 신체를 기워 다시금 부활하지만 그녀는 "이미죽은나"일 뿐이다. 이는 "눈알"과 "난자" "맞아죽은 개" "거북이", 자위하는 "고등어 부인" "두꺼비 왕자" "눈알 파는 소년" "얼굴을 잃어버린 오렌지들" 등이 혼재해 있는 "메르헨"의 세계에서 길을 잃지 않기 위한 최소한의 로드맵이며, 반복의 조각들로 맞춰낸 가설의 조감도이다. 이 로드맵을 따라가면 "짜다 푼 목도리의 털실같이 꼬불꼬불한 털을 발끝까지 내려뜨린 채 울고 있"는 "털북숭이 라푼젤"을 만날 수 있다.(「날으는 고슴도치 아가씨」) 자신을 끔찍하게 바라볼 거라 믿는 세상의 시선에서 스스로를 격리하고 '세계의 월경'과 같은 악몽의 공간을 창조해낸 소녀는 불신에 찬 눈으로 말한다. "증명할 수 있어." 그래, "증명해낼 수 있다니까."(「완전한 격리」)

계란이 터졌는데 안 닦이는 창문 속에 네가 서 있어

언제까지나 거기, 뒤집어쓴 팬티의 녹물로 흐느끼는

내 천사

은총의 고문으로 얼룩진 겹겹의 거울 속 빌어먹을 나야

—「내가 그린 기린 그림 기림」 전문

"털북숭이 라푼젤"의 자화상 같은 이 시는 시집의 맨 앞에서 독자들을 맞이한다. 화자는 수수께끼를 내듯 진술하고 있지만, 실은 이 시는 시인의 세계로 독자들을 인도하는 이정표이다. 화자는 "계란이 터졌"다고 말한다. 계란이란 알이며, 이는 난자(卵子)이다. 여기에 "나는 한 그루의 거대한 눈알나무, 밤마다 내 몸에서는 사랑스런 난자 대신 눈알들이 자라났다"라는 구절을 참조한다면, 눈알은 난자이며, 눈은 성기(음문)의 다른 이름이라는 사실을 알 수 있다.(「멀리 개 짖는 소리 들리더니」) 난자가 터졌다는 것은 실은 생리가 터졌다는 말이다. 그렇기에 "팬티의 녹물"은 월경의 혈흔이다. 화자는 모욕당한 천사처럼 "뒤집어쓴 팬티의 녹물로 흐느끼"고 있다. 여기서 화자가 성(性)에 대해 무지하고 고립된 삶을 살아가는 "라푼젤"이며, 강요된 순결 의식을 통해 욕망의 배면을 딛고 자라난 불결의 두려움에 사로잡힌 소녀라는 점은 중요하다. 그렇기에 그녀는 월경을 "은총"인 동시에 "고문"이라고 말한다. 하지만 화자의 자아에 대한 이해는 오해에 불과하다. "안 닦이는 창문"과 "얼룩진 겹겹의 거울"을 통한 화자의 인식은 자아를 타인으로 오인하게 한다. 이 창은 외부를 비추는 투명한 매개체가 아니라, 바라보는 이의 시선을 단절하거나 기껏해야 자아를 타인으로 왜곡하는 더러운 거울이다. 여기서 '시선'의 문제는 중요하다. '시선'은 '인식'이며, 필연적으로 '오인'을 생성한다. 이는 시집 전체를 부유하는 "눈알"로, "난자"로, "거울"로, 피 흘리는 음문(陰門)의 이미지로 반복되고 있다. 이를 보다 엄밀하게 이해하기 위해서는 철학적이며 문화사적인 우회로를 돌아야 한다.

눈은 인간의 감각을 지배하는 기관이다. 인간만이 '눈'을 통해 사유한다. 하지만 플라톤이 '이데아'를 설명하며 예로 든 동굴에 예속된 인간의 시선이 말해주는 것처럼, 인간이 어떤 대상을 인식할 때, 그것을 전체로서 인식한다는 것은 불가능하다. 인간의 '인식'은 알지 못하는 부분에 대한 배제와 인지한 부분을 전체로 규정하는 모순을 숙명적인 한계로 가지고 있으며 이는 인식에 내재하는 불안의 원인이 된다. 그렇기에 데리다는 모든 인식론은 "회의론"에 불과하며, 개념화를 전제로 하는 언어는 폭력적이라고 주장했다. 포스트모더니즘의 철학적 담론들이 알려주는 것처럼 인간의 이성과 인식을 의미하는 계몽의 빛은 보이는 대상을 타자화하며, 이를 욕망이나 지배의 대상으로 삼는 제국주의적 '시선'의 탐조등이었다. 이와 함께 지적하고 싶은 것은 고대국가들의 문화에서 눈과 성기가 동일한 상징적 의미로 사용되었다는 사실이다. 눈과 여성 성기의 상징이기도 한 달걀 모양의 물건은 동서양을 막론하고 풍요의 상징으로 사용되었으며, 프로이트는 「오이디푸스왕」을 해석하면서 근친상간에 대한 벌로 자신을 눈을 제거한 오이디푸스의 행동이 상징적 거세에 해당한다고 설명하였다.[4] 눈과 성기는 인간 신체의 부분이지만 때에 따라서는 인식과 욕망으로 상징되는 인간 전체를 의미하는 기관이기도 하다.

이러한 우회로를 통해 시집의 구절들을 바라본다면, 미약하지만 신뢰할 수 있는 이해의 지점이 도출된다. "너를 위해 두 눈알을 뽑는다 속 빈 바구니를 들고 눈 내리는 거리로 나선 눈알 팔이 소년이 오늘부터 너였으니까 눈알 사세요 눈알 사세요 눈알을 팔러 다니는 동안 눈알 팔이 소년은 뻥 뚫린 내 안구 속에 감시용 카메라를 설치해 둔다 눈꺼풀이 깜빡일 때마다 찰칵찰칵 나는 필름을 씹어 삼킨다"(「눈 내리는 거리에 눈알 파는 소년들이 들끓었다」), "눈을 뜨니까 난소 뚜껑이 벌어지고 코를 푸니까 피범벅인 태반이 뭉클 쏟아져 나오는걸요"(「날으는 고슴도치 아가씨」) "남자가 손에 쥔 것은 손잡이가 아니었다/배의 속 씨방처럼 까만 두 눈알을 감춘 제/性器였다" "음부 속의 음핵이 드디어 눈을 떴다……"(「검

4) 이에 대한 상세한 해설은 임철규, 『눈의 역사 눈의 미학』(한길사, 2004), 특히 3장 「눈과 성기」를 참조할 것.

은 나나의 꿈」) 등 시집 곳곳에는 눈알과 눈, 난자와 성기의 이미지들이 산재해 있다. 이러한 이미지들은 '인식' '회의' '맹목' '전체로 오인되는 부분' '부분으로 대변되는 전체' '거울' '지배' '폭력의 근원이며 가장 약한 폭력의 대상' '성기' 등으로 육체를 뒤척이며 시와 시 사이를 "팅요 팅요 퉁겨다"닌다. 시집의 주된 정조를 지배하고 있는 화자인 "라푼젤" "나나" "고슴도치 아가씨" 등은 이러한 눈과 성기의 이미지를 통해 표상되며, 이러한 방식으로 재현된 자아는 인식하는 동시에 회의하고, '전체로 오인되는 부분'과 '부분으로 대변되는 전체'의 공간을 강박적으로 반복하며 불안을 증대한다.

> 끝도 없이 페달을 감아대는 레이스 끝에 홈스트레치에 접어들자 관중석마다 빽빽이 들어차 있던 나들이 일제히 일어나 박수로 내 나침반을 겨냥한다 어서어서 속력을 더 내려, 너만 도착하면 완성된 퍼즐 속에서 우리들 되살아날 수 있을 거야
>
> —「날으는 고슴도치 아가씨」 부분

> 소녀는 거기 그렇게 똬리 튼 무한대의 두 눈동자 속에서 무한대로 분열하며 무한대로 숱 불어버린 털붓들의 등뼈로 물구나무선다.
>
> —「지렁이 날자 나 떨어졌다」 부분

화자의 또다른 이름인 "나나"는 '나는 나'라는 확신에 찬 자아 인식이 아니다. 그것은 자아란 '무수한 나'로 분열되는 '나 그리고 나 그리고……'의 조합에 불과하다는 것을 알려준다. 자아를 인식하는 과정이란 "끝도 없이 페달을 감아대는 레이스"와 같은 것이며, 인생이란 어렵게 도달한 종착점에서 자아의 퍼즐을 맞춰 완전한 나로 "되살아날 수 있

을 거"라는 헛된 가능성의 미망(迷妄)에 불과하다. 결국 "소녀"는 "무한대의 두 눈동자 속에서 무한대로 분열하며" 끝없이 전도된다. 자아는 "퍼즐조각처럼 갈가리 쪼개"지고(「나는 그곳에 서서 내 자신의 무덤을 판다」), "내가 날 잘라 구운 살점을 파스처럼 붙여준다"(「내가 날 잘라 굽고 있는 밤 풍경」).

태양이 피 흘리는 눈알처럼 재앙의 붉은 빛을 발하고, 세계는 역겨운 냄새와 욕망의 입김으로 진동한다. "털북숭이 라푼젤"의 "눈물은 흐르자마자 냄새나게 덩어리지는 冷"으로 변해버리고 이를 모욕하는 동시에 욕망하는 "淫父"와 이를 방조하며 조력하는 "淫母"는 그녀를 끌고 "시장"으로 간다. "라푼젤"은 이곳에서 끔찍한 폭력을 통해 동일한 방식으로 세계에 복수하는 거대한 음문으로 변신한다.

아빠가 나눠준 족집게로 오뚝이들 차례차례 내 머리칼을 뽑아댄다 나이스 풀러, 예 좋아요, 좋아 그치만 한 번에 딱 한 가닥씩이오 머리칼이 뽑혀 나가 입 벌어진 모공 속에다 엄마는 색색의 셀로판지로 깃대 단 이쑤시개를 꽂아 넣는다 쑥쑥 잘 크거라 내 나무야 엄마가 물 조리개로 물을 뿌려주자 나는 화살이었다가 우산이었다가 낚싯대였다가 장대높이뛰기용 장대로 키 자라는 한 마리의 거대한 고슴도치가 되어 뾰쭉뾰쭉한 털들을 비벼대기 시작한다 울울창창한 가시 숲에서 색색의 단풍이 물들어 나리자 여기저기 날아든 담뱃불로 지져진 내가 폭죽처럼 하늘을 향해 쏘여진다 색색의 꽃방석을 뒤집어쓴 채 나는 고슴도치 한 마리, 사방팔방 불붙은 가시를 발사한다 땀구멍마다 날아든 가시로 아빠는 밤송이가 되어가고 밤송이 브래지어와 밤송이 팬티를 주워 입은 엄마는 간지러움을 참다 못해 숨이 꼴깍 넘어간다 밀고 난 겨드랑이 털의 흔적처럼 까슬까슬한 오뚝이들의 정수리 위로 시뻘겋게 달궈진 철골 한 줄 선 굵게 내리꽂힌다 얼굴에 금이 간 핫도그들, 서둘러 몸에 박힌 프랑크 소시지를 먹어치우려 하지만 끝끝내 가시지 않을 탄내를 살집은 언제까지나 기억하고 있다

—「날으는 고슴도치 아가씨」 부분

'세계의 월경'이라고 부를 만한 그로테스크하며 묵시록적인 풍경 위로 날아오르는 "라푼젤"의 모습은 무수한 분열과 조합을 통해 탄생한 자아의 섬뜩한 폭력적 형상이다. "고슴도치"로 제시된 그 모습은 공교롭게도 그리스 신화 속에 등장하는 '순수 공포' 그 자체인 목 잘린 '메두사(Medusa)'의 이미지와 유사하다. '메두사'는 흔히 남성들의 거세공포 속에 존재하는 피 흘리는 이빨 달린 질(Vagina Dentata)의 가장 끔찍한 상상이며, "음문의 모양을 한 얼굴"[5]이다. 그것은 충혈된 눈의 폭력적 이미지이고, 모세혈관이 붉은 뱀처럼 똬리를 튼 부릅뜬 눈알이며, 생리혈을 뒤집어 쓴 벌어진 음문의 모습이다. 잘 알려진 것처럼 아름다운 여인이었던 메두사는 포세이돈과 사랑에 빠져 아테네의 신전에서 그와 동침을 한다. 이를 알게 된 아테네는 분노하며 그녀를 흉측한 모습으로 변하게 한다. 사랑이 저주가 되어버린 것이다. 그 누구도 접근할 수 없는 절대의 고립, 과거의 자아와 상처 입은 현재의 자아가 나누는 장광설에 가까운 분열적 대화, 자신을 바라보는 시선을 저주로 되갚아주는 끔찍한 폭력성, 괴물이 되어버린 자신에게 가장 가깝게 접근한 페르세우스에 의해 죽음을 맞이한 여인. 『날으는 고슴도치 아가씨』에서 무수하게 분열하는 동시에 재결합하는 자아의 최종적 이미지, 그것에서 느껴지는 불길한 공포의 형상은 분명히 메두사의 모습을 하고 있다.

5) 임철규, 같은 책, 75쪽에서 재인용.

### 3. 배설하며 창조하는 육체, 바우보

메두사만큼 잘 알려지지는 않았지만 음문의 얼굴을 가진 또다른 신화적 인물이 있다. 그녀의 이름은 바우보(Baubo)이다. 바우보는 딸 페르세포네를 잃은 후 상심에 빠져 식음을 전폐하며 비통해하는 풍요의 여신 데메테르를 위해 비속한 농담과 상스러운 몸짓의 춤으로 그녀를 웃게 만든 인물이다. 바우보는 슬픔에 잠긴 데메테르의 앞에서 치마를 걷어올리고 춤을 추며 다리를 활짝 벌린다. 바우보의 춤이 격렬해질수록 그녀의 음문은 이리저리 일그러지며 사람의 얼굴처럼 다양한 표정을 연출한다. 근대의 스트립쇼, 벨리 댄스, 캉캉 춤을 탄생시킨 바우보의 원초적 몸짓은 상심에 잠긴 여신에게 '얼굴의 모양을 한 음문'을 보여주며 갑작스러운 폭소를 자아낸다. 바우보의 음문은 데메테르가 잊어버렸던 풍요 능력을 되찾아주는 창조적 에너지의 원천이며, 그녀의 배설은 풍요와 성장을 위해 대지 위에 뿌려지는 탄생의 비료인 동시에 창조를 위한 모욕과 비속함의 형식이다. 앞에서 살펴본 『그녀가 처음, 느끼기 시작했다』의 뒤표지에 적힌 시를 다시 한번 읽어보자. 바우보의 의미를 기억하는 순간, 감춰져 있던 한 여자의 모습이 부각된다. 발목과 발목 사이에 팬티를 걸치고 "어깨너비로 다리 벌린 채 우뚝 서 있"는 여자의 당당한 모습을 통해 '나'는 시적 깨달음을 얻는다. "수치"와 "구차"의 지각과 감각을 아랑곳하지 않고 당당하게 서 있는 여자의 모습은 창조적 영감의 원천이 된다.

방 아랫목에 여자 둘이다
웃는데, 서로의 등짝을 때려가면서다
30분 거리 슈퍼에 가 투게더 한 통을 사서는
아이스크림에 숟가락 3개 꽂아올 때까지
웃는데, 서로의 허벅다리를 꼬집어가면서다

순간 나 터졌어 하며 일어서는 여자 아래
콧물인 줄 알고 문질렀을 때의 코피 같은 피다
너 아직도 하냐? 징글징글도 하다 야
한 여자가 흰 양말을 벗어 쓱쓱 방바닥을 닦으며
웃는데, 피 묻은 두 짝의 그것을 돌돌 말아가면서다
친구다

—「민정엄마 학이엄마」 전문

『날으는 고슴도치 아가씨』의 '생리'가 "은총의 고문"이었고, 순결과 불결의 자의식으로 팽창한 피 흘리는 '바기나 덴타타'의 무서운 형상이었다면, 『그녀가 처음, 느끼기 시작했다』의 생리는 우정의 자연스러움과 웃음의 연대감을 보여주는 유물론적 사건이다. 폐경에 가까운 두 여자는 서로 "등짝을 때려가면서" 웃고, 먹으며 "서로의 허벅다리를 꼬집어가면서" 또 웃는다. 그리곤 "코피 같은 피"를 흘리는 "징글징글"한 생리의 흔적을 "흰 양말" 닦으며 또 웃는다. 이 시에서의 폭력과 언어는 타인에 대한 모욕과 비하, 공격의 느낌을 주지 않는다. 오히려 그것은 따스하며, 천진난만하고, 다정하게 서로를 끌어 앉는다.

또다른 천진한 웃음이 터져나오는 「별의별」이라는 시를 보자. 이 시는 배설의 숙명을 안고 살아가는 인간이 필연적으로 느끼는 '수치'와 배설을 부끄럽게 생각하며 감추고 참아야 하는 '구차'의 사이에 존재한다. 화자는 "오줌이 마려워 절로 눈을" 뜬다. "어제 나는 똥을 참았"다. 그 이유는 내게 적대적인 감정을 가지고 있는 그녀가 사랑하는 그이처럼 문틈 너머로 '나'의 배변을 감시하고 있기 때문이다. "냄새를 들"키는 일은 "평생을 져야" 할 만큼 수치스러운 일이다. 이 구차함을 참아가며 '나'는 "똥을 밀어 올리고 오줌을 끌어 내리는 수축과 팽창의 피스톤 놀이"를 한다. "어린 날 나를 때린 소년의 눈"과 "얻어맞은 내 눈에서 무지개떡 색동"으로 "별"은 교차하며 빛난다. 시인의 놀라운 시선은 유물론의 상징인 배설물에서 관념론의 상징인 "별"을 도출해내는 아름다운 장면을 빚어낸다. "오줌을 누고 밑을 닦은 휴지에 빨간 고춧가루 한 점 하마터면 별인가, 콕 집을 만큼 반짝거렸습니다."

김민정은 『그녀가 처음, 느끼기 시작했다』에서 세상에 존재하는 수많은 바우보의 형상을 찾아낼 뿐만 아니라 그녀 자신도 차츰 그 모습으로 변화한다. 「陰毛라는 이름의 陰謀」에서 화자는 병원을 찾아 여의사 앞에서 "머리털 나 처음으로 돈 내고 다리 벌린"다. 화자의 하부를 투시하는 "진단용 초음파"를 통해 그녀의 음부는 "잘 익은 토마토의 속살이 비릿한 붉음으로 클로즈업"되고, 특이하게 뾰족한 자궁의 모양이 되고, "콘헤드의 아이 하나" 임신한 상상을 한다. 하지만 "내 아랫도리를 헤집"던 근엄한 의사는 웃지 않고 "코끝까지 밀려 내려온 안경테를 추켜올리며" 제모를 권한다. 얼마 후 고속도로 휴게소에서 '나'는 "여성 무모증 빈모증 수술"을 광고하는 스티커를 보고 "마르크스도 이런 불평등은 미처 예상치 못했을 거"라는 생각을 한다. 붉은 토마토에서 뾰족한 자궁으로, 콘헤드의 아이로, 근엄한 여의사의 얼굴로, 제모로, 무모와 빈모로, 연상되는 음문의 다양한 얼굴이 마지막 수염 성성한 마르크스의 얼굴로 이어지며 그의 입을 통해 음모의 불평등을 얘기하는 순간, 발생하는 폭발적인 웃음의 아찔한 힘은 단연 뛰어나다.

이런 웃음을 통해 김민정은 「젖이라는 이름의 좆」에서 "네게 좆이 있다면/내겐 젖이 있다/그러니 과시하지 마라/유치하다면/시작은 다 너로부터 비롯함일지니"라고 당당하게 선언한다. "유방암으로 한쪽 가슴을 도려냈"기에 쥐거나 빨거나 썰면 "공평"해지는 그로테스크한 유물론적 평등의 순간에 시인은 그렇게도 공격적이며, 폭력적으로 인식했던 "두

짝의 가슴"과 "두 쪽의 불알"을 향해 "어머 착해"라고 외친다.

"은총의 고문으로 얼룩진 겹겹의 거울 속"에서 흐느끼는 "털북숭이 라푼젤"은 "淫父"와 "淫母"의 손에 끌려 도량형의 교환가치로 자아를 절단하고 매매하는 시장에서 "거대한 고슴도치"로 변하고 복수의 비행을 시작한다. 이 비행이 끝난 후 "라푼젤"은 지상에 내려와 시인이 되어 과거의 기억과 일상의 거리를 걷는다. 시인은 "참견쟁이 명수들"이 되어 삶의 "한 구절 한 고비"를 노래 부르고, 바우보의 모습에서 시적 깨달음을 얻는다. 그녀는 비속하고 천박하다 말하는 배설과 생리(혈)에서 새로운 창조의 영감와 웃음을 발견하며, 자신의 치마를 걷어올리고 바우보의 춤을 춘다. 김민정의 천진하고 난만한 몸짓을 통해 피 흘리던 음문은 스스로의 모양을 변형시키며, 때에 따라서는 "잘 익은 토마토"의 "붉음으로 클로즈업"되고, 콘헤드를 임신한 뾰쪽한 자궁이 되기도 하며, 얼굴 가득 체모로 덮인 마르크스의 얼굴로 변모하며 놀라운 창조와 건강한 웃음을 만들어낸다.

> 구매 금액별로 상품권을 준다는 이벤트 행사장을 찾아 서둘러 매장을 빠져나가는 여승의 뒷내가 향이 아닌 샤넬 No.5임을 아는 순간 시인이랍시고 나도 어쭙잖은 어떤 메모 중에 놓이는데 저기 저 에스컬레이터를 타고 오르는 여승 뒤로 봉투에 봉투를 든 채 끊을 줄 모르는 수다처럼 줄을 잇는 여자들이라니…… 곰팡이 곰팡을 반성하지 않는 것처럼 졸렬과 수치가 그들 자신을 반성하지 않는 것처럼 김수영 아저씨, 그러고 보니 이미 44년 전 다 해먹고 토끼셨구나
>
> —「어떤 절망」 부분

"명랑한 슬픔"과 "겸손한 분노"의 자세를 시종일관 유지하며(「쪽파」),

유물론적 하부의 그로테스크한 형상화를 당당하게 시로 적던 시인이 시집의 마지막에 "어떤 절망"이라는 탄식을 뱉는다. 그 탄식이 머뭇거리는 곳은 김수영이 "이미 44년전 다 해먹고 토"낀 "반성"의 공간이다. 백화점 매장에서 자본을 향유하는 종교인과 그 "뒷내가 향이 아닌 샤넬 No.5임을 아는 순간" 시인의 육체는 시를 감지하고 글을 쓴다. 하지만 "끊을 줄 모르는 수다처럼 줄을 잇는 여자들"의 모습에서, 압도적인 자본과 욕망의 힘에서, 미약해 보이는 문학에 대한 절망에서, 자신의 시가 44년 전 김수영의 것과 그리 다르지 않음에서, 멈칫거리며 절망의 탄식을 내뱉는다. 하지만 바우보여, 절망하지 말지어다. 그대가 바라보고 있는 김수영은 "拙劣과 수치가 그들 자신을 반성하지 않는 것처럼/바람은 딴 데에서 오고/救援은 예기치 않은 순간에 오고/絶望은 끝까지 그 자신을 반성하지 않는다"[6]고 외치던, 스스로의 남근도 시를 위해서라면 거침없이 휘두르며 조롱하던 "거대한 뿌리"의 시인이 아니던가. 바우보여, 시의 몸짓을 멈추지 말아라. 너도, 나도, "救援은 예기치 않은 순간"에 반드시 온다는 말을 믿고 있지 않은가.

(2010)

---

6) 김수영, 「絶望」, 『金洙暎 全集 1 ― 詩』, 민음사, 1992, 247쪽.

# 아마도 아프니까
## —이제니 시의 실렙시스와 윤리에 대한 시론(試論)

### 1.

문학의 어떤 장르보다도 시에서 인간의 '윤리'를 질문하고, 그 답변을 찾으려는 행위는 동양과 서양에 있어 공통적이라고 지적될 수 있는 일반의 생각이다. 조선시대의 학자 이이는 본받을 만한 시들을 자신이 직접 고르고 엮어 편찬한 책의 서문에 "시가 비록 학자의 능사는 아니지만 역시 성정(性情)을 읊조리고 노래해서 청화(淸和)함을 퍼뜨리고 펴내어 가슴속의 찌꺼기와 더러움을 씻어내므로 또한 존양 성찰에 일조가 된다"고 쓰고 있다.[1) 매슈 아널드와 I. A. 리처즈 같은 영문학의 초기 연구자들에게 문학은 "어떤 아마추어적인 혹은 인상에 의존하는 작업을 이루는 것이 결코 아니었고, 인간 현존의 가장 기본적인 문제들 즉 사람이 된다는 것, 다른 사람들과 의미 있는 관계를 갖는다는 것, 가장 본질적 가치들의

1) "詩雖非學能事 役所以吟詠性情 宣暢淸和 以滌胸中之滓穢 則赤存省之一助". 李珥, 「精言妙選序」, 『栗谷全書』 卷十三(『栗谷全書』 1, 성균관대 대동문화연구원, 1971, 269쪽).

활력 있는 중심에 의거하여 산다는 것"을 성찰하는 특별한 대상이었으며, 그들이 이를 교육하기 위해 단연 강조한 장르는 시였다.[2)]

그러나 더이상 문학이 대중에게 나름의 효용과 의미를 가진 '성스러운 텍스트'가 아니라는 자본주의 시장의 뼈아픈 대차대조표와 밀레니엄 이후 철학과 사회학, 그리고 문학비평에서 속속 도착하고 있는 '인간'에 대한 보고서들은 이러한 일반의 생각이 이미 유통기한이 훨씬 지난 순진한 믿음이라는 것을 알려준다. 더 심각한 것은 '인간'이 더이상 신과 동물의 사이(間)에 존재하는 특별한 존재(人間)가 아니라는 사실을 이 보고서들이 공통으로 설파하고 있다는 점이다.[3)]

대표적인 주장은 '지금'의 인간을 '동물+속물'의 형태로 고찰한 김홍중의 글이다. 그는 1930년대 말 헤겔에 대한 강좌에서 유혈적 전쟁과 혁명의 변절을 통해 역사와 인간의 종언을 선언한 알렉상드르 코제브를 참조하며 의견을 개진한다. 코제브는 역사의 종언에 도달한 최후의 인간을 동물화한 아메리카적 인간과 속물(snob)의 방식으로 살아가는 일본적 인간으로 양분하여 제시하였다. 김홍중은 코제브의 예견이 한국 사회에도 적용될 수 있는 타당성과 설득력을 갖고 있다 주장하며 이를 다음과 같이 설명한다. "87년 대항쟁에서 정점에 이르렀던 진정성의 에토스는 90년대를 거쳐 1997년 IMF 체제의 성립 이후에 노골적으로 진행되는 신자유주의적 세계화 속에서 등장하는 새로운 삶의 태도, 즉 한편으로는 동물적(미국적)이면서 다른 한편으로 속물적(일본적)인 에토스에

---

2) 테리 이글턴, 『문학이론입문』, 김명환·정남영·장남수 옮김, 창비, 45쪽.

3) 이러한 보고서를 예시하는 것은 각주가 번다할 정도이다. 최근의 글들로는 이정은의 「지금 이곳에서 우리는 어떤 얼굴의 주체인가?—배제와 배려를 넘어서」(『문학동네』 2010년 여름호), 한보희의 「생명시대, 또는 죽음을 삼킨 생명의 잠과 꿈」(『문학동네』 2010년 겨울호) 등이 있다.

의해서 결정적으로 붕괴한 듯이 보인다. 이제 진정성의 에토스를 전경으로 하는 삶은 낡고, 효율적이지 않으며, 안쓰럽고, 심지어 역겨운 것으로 비춰진다. 남아 있는 유일한 진정성은 386세대적인 냉소와 멜랑콜리의 가면 뒤로 숨었다. 그리고 도래한 세계는 속물과 동물들의 세계, 몰렴(沒廉) 혹은 무치(無恥)의 에토스에 의해서 지배되는 세계이다."[4] 김홍중이 니체적 의미에서의 '최후의 인간'이 되어버린 작금의 인간, 철학도 종교도 예술도 없이 '동물+속물'로 살아가는 인간의 문화사회학적 증거로 지적하고 있는 것은 다름 아닌 2000년대 한국 시단의 '뜨거운 감자'였던 미래파이다. 그는 미래파를 "동물-오타쿠"로 지칭하며, 그들은 "성숙하지 않는 어린이의 환상적 유희 공간에서 발생하는 분방한 역할놀이"에 골몰할 뿐이고 "자신의 시가 여하한 정치적, 사회적, 역사적, 이념적 효과를 발휘할지 그렇지 않을지에 대하여 무관심하다"고 말한다. 그에 따르자면, 시인의 책무는 "시대를 명명하는 것도 아니며(바디우), 존재의 수호자가 되는 것도 아니다(하이데거). 그(미래파-인용자)는 그러한 부담들이 모두 사라진 곳에서, 그러한 책무가 여타의 다른 제도로 이전된 텅 빈 백색의 공간에서, 어쩌면 자신의 정체성을 확인하기 위해서, 어쩌면 순수한 놀이의 정신으로, 어쩌면 시쓰기의 본질에 대한 무사심한 탐구심으로, 그리고 어쩌면 블로그를 통하여 스스로를 표현하듯이 가벼운 기분으로, 또한 어쩌면 프라모델을 제작하는 진지하지만 사소한 열정으로 쓸 것이다."(「실재에의 열정에 대한 열정」, 411~412쪽)

시인이 김홍중의 표현처럼 "동물-오타쿠"이고 그들의 작업이 놀이의 열정이라면, 어떻게 미래파가 2000년대 시단의 문제적 사건이 된 것일

4) 김홍중, 「삶의 동물/속물화와 존재의 참을 수 없는 귀여움」, 『마음의 사회학』, 문학동네, 2009, 66쪽. 앞으로 이 책에서의 인용은 인용문 옆에 제목과 쪽수만을 간략하게 병기하겠다.

까? 김홍중은 이를 미래파의 시는 미래파 담론의 질료였고, 그 담론의 형식은 비평적 언술을 통해 형성되었다고 설명하며, 비평이 미래파 담론의 핵심에 있음을 지적하였다. 그리고 김홍중은 이를 "실재의 열정에 대한 열정"이라고 호칭한다. 즉 "실재의 열정이 더이상 유효한 미학적, 정치적 전략이 되기 힘든 시대에, 실재의 열정을 읽고 구성하고 활성화하려는 이러한 역설적인 열정을 우리는 '실재의 열정에 대한 열정'이라 부를 수 있을 것이다."(420쪽) 이러한 논의를 정리하며, 김홍중은 "이제 시는 그 자체의 미학과 서정성만으로는 그것의 사건적 성격을 충족시키지 못하며 비평이라는 담론과 결합할 때 비로소 하나의 문학사적 의의를 지닌 사건으로 발발하게 된다"고 설명한다. 그리고 그는 이를 "시의 종언이자 새로운 시의 시작을 증거하는 하나의 사건으로서 평가될 수 있"다고 쓴다.(425쪽)

미래파라는 문학적 사건의 핵심이 시보다는 비평에 있다고 지적한 사람은 비단 김홍중만이 아니다.[5] 하지만 김홍중의 논리에는 흥미로운 무엇이 '분명' 있다. 그것은 김홍중 스스로가 자신의 논리 속에서 무언가를 '망각'하며, '부인'하고 있다는 사실이다. 결론적으로 말하자면, 그것은 '속물'과 관련된 일련의 담론이다. 그는 한국 사회의 전반을 고찰하는 글에서 '지금'의 인간을 '동물+속물'로 정의하지만, 미래파의 시를 논하는 글에서는 시인을 '동물-오타쿠'로 정의하고 비평가를 "인텔리겐치아의 형상"으로 분리한다. 그의 논의에서 중요하게 사용하던, '속물'에 대한 진단과 평가가 여기에는 빠져 있는 것이다. 어쩌면 그가 '속물'이란 단어

5) 고봉준은 미래파의 시를 "감동, 성찰, 교훈, 재현이 사라져버린" "언어 그 자체의 자유로운 놀이, 목적 없는 활동으로서의 놀이"라고 지적하며, "'미래파'는 운동의 방식으로 전개된 집합성이 아니라 비평에 의한 담론의 구성물"이었다고 설명한다(고봉준, 「하나에서 둘, 둘에서 여럿으로」, 『유령들』, 천년의시작, 2010, 244쪽, 232쪽).

를 살짝 잊었는지 모른다고, 아니면 '속물'의 개념을 정확히 모르기 때문에 적용하고 있지 않다고 생각하는 것은 순진하다. 오히려 그는 '속물'에 대해 너무 많이 알고 있다. 그는 2000년대의 한국 사회를 "스놉이 선망되고, 모방되고, 그의 성공담이 모범으로 읽히고 그 삶의 형식이 훈련되는 사회"인 "스놉 지배 즉 스노보크라시의 사회"로 정의한다.(「스노비즘과 윤리」, 81쪽) 그는 이러한 사회에서 "스놉은 그야말로, 선택지가 아니라 생존의 필수 방법이 된다. 스놉이 되지 않으면, 스스로가 도구적 성찰성을 극대화하고, 윤리적 성찰성의 혼돈과 불안을 종식시켜, 직능성 수월성을 극대화시키지 않는다면, 생존할 수 없다는 절박한 현실 인식이 이 자아통치의 새로운 시스템 속에 숨어 있다"(81~82쪽)고 단언한다. 김홍중의 언급처럼 속물이 생존의 필수 방법이라면, 이미 사회 시스템의 모든 것이 속물의 논리에 지배를 받는 사회라면, 작품을 창작하고 감상하고 비평하는 일련의 문학 행위가 일본의 노가쿠(能樂)나 다도(茶道), 꽃꽂이(華道) 같은 형식적인 가치만을 추구하는 속물의 미학적 규칙 또는 키치와 구분되는 예술이라고 주장할 수 있는 근거는 존재하지 않는다. 바로 이 지점에서 김홍중의 망각과 부인의 메커니즘이 작동한다. 그는 진정성의 관계(예술)를 거의 그대로 모방할 수 있는 스노보크라시의 미로에서 문학을 구출하기 위해, 우리 모두가 속물이 되었다는, 예술은 하나의 형식적 가치이며, 키치에 불구하다는 비루한 현실을 망각(부인)한다. 아니 정확하게 말하자면 반만 망각하고 부인한다. 인간과 세계를 매개하는 예술가에서 '동물-오타쿠'로 전락한 시인들은 유희와 놀이만이 남아 있는 세속의 공간에 남겨두고 비평가에게만 지식인의 형상을 부여한다.[6] 그렇

6) 어떻게 이를 "위계적 신분 질서가 파괴되고 자유경쟁과 평등의 원리로 재구성되는 시민사회에서, 인정투쟁을 왜곡된 방식으로 이해하고 이를 실천하는 존재"(김홍중, 「스노비즘과 윤리」, 83쪽) 즉 비평하는 스놉과 창작하는 스놉의 인정투쟁이 아니라고 말할 수 있을까?

게 문학은 동물적인 창작과 인간적인 비평이 절반씩 결합된 켄타우로스의 형상을 하고 종언을 뛰어넘어 새로운 문학의 시작점으로 첫걸음을 내딛는다. 아마도 김홍중의 이러한 망각과 부인을 그의 용어를 사용해 '실재의 열정에 대한 열정'이라고 지칭할 수 있을 것이다. 그는 "실재의 열정에 의해 견인되던 20세기가 이제 종언을 고했다는 점"(416쪽)을 잘 알고 있지만 "실재의 열정을 읽고 구성하고 활성화"하려는 역설적인 열정을 멈추지 않는다. 그의 말처럼 "실재의 열정에 대한 열정은, 실재의 열정이 잦아들어간 환멸의 시대를 사는 지식인이 냉소와 허무에 빠지지 않고, 사라졌다고 생각되는 진정한 가치를 새로운 방식으로 갱신하고자 하는 의지이다."(420쪽) 그리고 이 의지는 '윤리'에 대한 열정이기도 하다. 그는 스노비즘의 반대편에 존재하는, 이를 혁파하고 대안적인 가능성을 열망하는 행위를 '윤리'라 지칭하며, 다음과 같이 말한다. "스노비즘이 현실태라면 윤리적 삶은 언제나, 영원히, 가능태로 머문다. 가능태에 비추어 현실태를 비판하는 것은 어리석은 일이다. 비판은 내재적이어야 한다. 윤리적 삶은 하나의 소실점이다. 도달되지 않는다. 스노비즘을 보는 눈이 '육안'이라면 윤리적 삶을 보는 것은 '망원경'을 통해서이다. 이 두 상이한 시계(視界)의 콘트라스트 속에서 우리는 최소한 스노비즘에 대한 생경함과 낯선 거리를 취할 수 있을 뿐이다."(83쪽) 이 콘트라스트의 의미는 눈으로 본 것을, 혹은 육안의 시계에 들어오는 광경을 잊고, 보지 않았다고 여기며, 저멀리 떨어진 가능성의 소실점을 지향하려는 태도이다. 이 태도를 김홍중은 '윤리'라 부른다.

## 2.

아마도 정신분석학에 관심을 가진 사람이라면, 김홍중이 '실재의 열정에 대한 열정'이라고 지칭하는 윤리적인 실천의 방식이 '페티시즘

(fetishism)'이라는 '신경증(neurosis)'의 형태와 유사하다는 사실을 인지할 수 있을 것이다. 프로이트는 페티시즘에 대해 이렇게 쓴다. "페티시는 단순한 페니스의 대체물이 아니라 페티시즘 환자의 어린 시절에 극히 중요한 역할을 수행했다가 나중에 상실되어버린 아주 특별하고 구체적인 페니스의 대체물이라는 것이다. (……) 페티시는 남자아이가 한때 그 존재를 믿었던 여성의 페니스, 혹은 어머니의 페니스의 대체물이다."[7] 이를 현실에 대한 인식의 부재나 의사소통 능력의 혼란과 같은 '정신병'으로 이해해서는 안 된다고 프로이트는 말한다. 아이는 성장하며 여성이란 '실재'와 접촉하며, 여성에겐 페니스가 없음을 지각한다. 하지만 그는 "그런 믿음을 계속 보유하기도 하면서, 한편으로는 포기하기도 한다." 이 이중적인 방향을 가진 심리적 기제, 이를 통해 기묘한 방향성을 갖는 심리적 운동은 현실의 '상실'보다는 현실의 '대체'를 목표하며, 이를 향해 작동되는 신경증의 형태로 나타난다. "즉, 뭔가 다른 어떤 것이 여성의 페니스 자리를 대신하는 대체물(代替物)로 정해져서, 이 대체물이 여성의 페니스로 향하던 관심과 흥미까지도 이어받게 된다. 그러나 이 대체물에 가해지는 관심의 정도는 그전보다 엄청나게 크다."[8] 페티시즘의 대체물은 여성의 페니스라는 가상되어진 형태에서 은유의 방식으로 찾아지는 것인 동시에, 환유의 형태(그것이 구체적 형상을 가지지 못한 가상의 형태이기 때문에)로도 발견된다. 페티시즘의 심리적 기제를 이해할 때 중요한 것은 그것이 "극히 중요한 역할을 수행했다가 나중에 상실되어버린 아주 특별하고 구체적인" 대상을 대체하려는 언어적 작용이라는 사실이다.

---

7) 지그문트 프로이트, 『프로이트 전집 9—성욕에 관한 세 편의 에세이』, 김정일 옮김, 열린책들, 1996, 28쪽. 번역을 일부 수정하였다.

8) 같은 책, 30쪽.

지젝은 이러한 페티시즘이 가진 망각과 부인의 태도에서 다소 급진적인 뜻밖의 결론을 도출한다. 지젝은 "물신주의적 태도가 모든 윤리적 자세의 핵심적 구성요소"라고 주장하며, 이를 프랑스 혁명에 대한 열광과 소련을 찬양한 서구 좌파가 보여준 "물신주의적 부인(fetishist disavowal)"[9]에서 찾는다.[10] 지젝은 칸트의 다음과 같은 문장을 인용하며 이를 설명한다. "충만한 영혼을 가진 사람들이 최근에 혁명을 일으켰다. 이 혁명이 실패하든 성공하든, 비참하고 잔혹한 사태는 늘어갈 것이다. 그럼에도 불구하고 그것은 모든 구경꾼들(혁명에 휘말리지 않은 자들)로 하여금 그들의 가슴속에 있는 열정이라고 할 수 있는 욕망에 따라 편을 들도록 하였다. 그런데 이 편들기를 밖으로 표현한다는 것은 그 자체가 위험한 것이기 때문에 이는 인간이 가지고 있는 도덕적 기질에 의해서만 촉발될 수 있는 것이다."[11] 아마도 현실의 혁명은, 거리를 가득 채운 시체들과 피비린내, 야수처럼 보이는 인간들의 정념이 충돌하는 끔찍한 현실이었을 것이다. 하지만 혁명의 의의는 그 거리에서 참혹한 현실을 목도한 사람에게 있지 않다. 오히려 이를 공감의 시선으로 바라보던, 위험을 무릅쓰고 가슴속의 열정을 표출하던, 인간의 도덕적 기질 외에는 어떠한 원인도 가지고 있지 않은 '혁명의 윤리', 영원에 속하는 혁명의 숭고한 이미지에 있다.

---

9) 지젝은 "물신주의적 부인(fetishist disavowal)"의 제스처를 "나는 안다, 하지만 내가 안다는 것을 알고 싶지 않다, 그러므로 나는 알지 못한다"라는 일련의 논리 전개로 설명한다.

10) 슬라보이 지젝, 『폭력이란 무엇인가』, 이현우 · 김희진 · 정일권 옮김, 난장이, 2011, 88~89쪽. 페티시즘과 윤리에 관해서는 최정우의 글 「페티시즘과 불가능성의 윤리-유물론적 윤리학의 서론을 위하여」(『사유의 악보』, 자음과모음, 2011)를 참조할 것.

11) Immanuel Kant, 'The Confict of faculties', in *Political Writings*, Cambridge: Cambridge University Press, 1991, p.182. 여기서는 슬라보이 지젝, 『폭력이란 무엇인가』(이현우 · 김희진 · 정일권 옮김, 난장이, 2011, 88쪽)에서 재인용하였다.

김홍중이 쓴 '실재의 열정에 대한 열정'이라는 역설적 표현이 내재하고 있는 것은 지젝이 "모든 윤리적 자세의 핵심적 구성요소"라고 지칭한 페티시즘적 망각과 부인의 태도이다. 지젝식으로 말하자면, 김홍중은 '나는 지금의 인간이 '동물+속물'이 되었다는 사실을, 예술도 철학도 놀이가 된 세상에 살고 있다는 것을 알고 있다. 하지만 나는 영원한 가능성의 세계에 도달하고자 하는 열망이 있다는 것을 믿는다'라는 윤리적 자세를 고수한다. 이것은 모든 인간이 '동물+속물'이 되어버린 탈정치적 생명 정치의 시대에 살지만, 이를 부정하면서 도달하고자 하는 문학적 윤리의 실천적 방식이다. 하지만 의문이 생기는 것을 막을 수는 없다. 과연, 이 윤리적 실천의 태도가 비평가에게서만 찾을 수 있는 무엇일까? 물론 김홍중은 미래파로 지칭되는 특수한 시적 경향에 대해서 말하고 있지만 이를 통해 도출하는 것은 시의 종언이라는 일반적 결론이다. 이는 미래파에 한국 시의 향후 방향을 가늠할 수 있는 증후의 자격을 부여할 때 가능해지는 논리이다. 이를 재검토할 수 있는 방법은 세 가지이다. 하나는 미래파를 다시 읽는 것이고, 다른 하나는 미래파의 외부로 배제되었던 시인들의 작품을 해석하는 것이며, 마지막은 미래파 현상 '이후'(물론 이 '이후'라는 단어가 문학이 지닌 불연속적이고 우연적인 성격의 주름을 평평하게 펼치며 이를 연속적이며 필연적으로 인식하게 만든다는 사실을 인정하지만 편의를 위해 어쩔 수 없이 이렇게 표현하겠다) 등단한 젊은 시인들의 작품을 살펴보는 것이다. 그들은 시집으로 출간된 미래파 작품의 세례를 받았고(받았다고 여겨지고), '실재의 열정에 대한 열정'이 담긴 비평문을 읽은(읽었다고 여겨지는) 첫번째 세대이다. 어느 것이 보다 의미를 가진다고 말하기는 어렵지만, 미래파를 논했던 다수의 비평들과 '서정시'라고 지칭된 일군의 시인들을 다룬 또다른 비평들을 염두에 둔다면 최근의 젊은 시인들에 대해 논하는 글이 생산적이라는 것은 부정하기 어려운 사실이다. 이 글은 최근 활발하게 작품을 발표하고 있는 젊은 시인들 중 이제니를 주목하며, 그녀의 시와 윤리의 관계를 고찰하기 위한 시론의 성격을 가지고 있다.

### 3.

이제니의 시는 옆면과 뒷면이 시선의 수혜를 받는 앞면에 종속되지 않는 피카소의 그림처럼 입체파적이다.[12] 그녀는 "발음하면 입안에 침이 고"이는 "분홍 설탕 코끼리"(「분홍 설탕 코끼리」)에 대해, 경쾌하고, 명랑한 어조로 말을 하는가 싶다가도, 어느새 울적해져서 내면의 저 바닥에서 "언제나 반음이 모자란 소리"를 내는 "녹슨 기타"(「녹슨 씨의 녹슨 기타」)처럼 거대한 비명을 내지른다. 어조나 이미지가 다채롭다는 말만은 아니다. 그녀의 언어는 엄격하게 명사로 구분된 존재의 질서를 흔든다. 인간은 역사를 시간의 단위로 서열화하듯이, 자신의 생물학적 시간을 사회가 요구하는 도덕적 사회적 이데올로기의 타임 테이블에 맞춰 생활한다. 인간은 자신의 개성과 우연적 심성의 표현보다는 연극배우처럼 부여된 배역에 적합한 언어와 행동을 취한다. 아마도 유교로 대표되는 동양의 정치적 이데올로기만큼 명사의 의미를 강조한 사상은 드물 것이다. 혼돈의 세계에 엄격한 질서를 부여하는 것이 공동체를 통치하는 기반임을 강조했던 공자의 사상은 "임금은 임금다워야 하며, 신하는 신하다워야 하며, 아비는 아비다워야 하며, 자식은 자식다워야 한다(君君, 臣臣, 父父, 子子.)"는 『논어』의 구절에 잘 나타나 있다. 이 존재가 존재다움을 규정하는, 명사가 동사를 선행하고 이를 제한하는 언어의 방식을, 그렇

12) 이제니, 『아마도 아프리카』, 창비, 2010. 이 글에서 이제니의 시를 인용할 때는 인용한 구절 옆에 시의 제목만을 적겠다.

기에 사유의 방식이며 인간의 규율이 되는 그것을 이제니는 그렇게 신뢰하지 않는다. 그녀의 놀라운 등단작 「페루」를 보자.

빨강 초록 보라 분홍 파랑 검정 한 줄 띄우고 다홍 청록 주황 보라. 모두가 양을 가지고 있는 건 아니다. 양은 없을 때만 있다. 양은 어떻게 웁니까. 메에 메에. 울음소리는 언제나 어리둥절하다. 머리를 두 줄로 가지런히 땋을 때마다 고산지대의 좁고 긴 들판이 떠오른다. 고산증. 희박한 공기. 깨어진 거울처럼 빛나는 라마의 두 눈. 나는 가만히 앉아서도 여행을 한다. 내 인식의 페이지는 언제나 나의 경험을 앞지른다. 페루 페루. 라마의 울음소리. 페루라고 입술을 달싹이면 내게 있었을지도 모를 고향이 생각난다. 고향이 생각날 때마다 페루가 떠오르지 않는다는 건 이상한 일이다. 아침마다 언니는 내 머리를 땋아주었지. 머리카락은 땋아도 땋아도 끝이 없었지. 저주는 반복되는 실패에서 피어난다. 적어도 꽃은 아름답다. 적어도 나는 그렇게 생각한다. 간신히 생각하고 간신히 말한다. 하지만 나는 영영 스스로 머리를 땋지는 못할 거야. 당신은 페루 사람입니까. 아니오. 당신은 미국사람입니까. 아니오. 당신은 한국 사람입니까. 아니오. 한국 사람은 아니지만 한국 사람입니다. 이상할 것도 없지만 역시 이상한 말이다. 히잉 히잉. 말이란 원래 그런 거지. 태초 이전부터 뜨거운 콧김을 내뿜으며 무의미하게 엉겨붙어버린 거지. 자신의 목을 끌어안고 미쳐버린 채로 죽는 거지. 그렇게 이미 죽은 채로 하염없이 미끄러지는 거지. 단 한번도 제대로 말해본 적이 없다는 사실이 안심된다. 우리는 서로가 누구인지 알지 못한다. 말하지 않는 방식으로 말하고 사랑하지 않는 방식으로 사랑한다.

—「페루」 부분

제일 먼저 눈에 띄는 것은 그녀가 사용하고 있는 실렙시스(syllepsis)라는 수사법이다. 실렙시스는 은유, 환유, 제유와 함께 빈번하게 사용되는 대표적인 수사법이지만 기이하게도 잘 인식되거나 거론되지 않는 수사법이다. 이는 동일한 단어를 이중으로, 즉 단어를 고유의 의미와 비유적 의미(경우에 따라서는 은유로, 또 환유로)로 동시에 사용하는 방식이다. 실렙시스가 잘 인지되지 않는 이유는 그것이 경우에 따라서는 한 단어만 명시적으로 등장하는 경우도, 아예 두 단어가 모두 사용되지 않는 경우도 있기 때문이다. 실렙시스는 수사법이지만 언어를 통한 인식의 방식을 설명하기도 한다. 명시적으로 분별되지 않는 실렙시스는 어떤 개념이 두 가지 다른 의미로 글 속에 암묵적으로 담겨 있는 순간을 가리킨다. 「페루」의 첫 행을 보라. 여기서 "보라"라는 단어는 명사로도 혹은 동사로도 읽을 수 있다. 그렇게 시작된 「페루」는 실렙시스의 향연이라고 할 만하다. "양"은 양(量)인 동시에 양(羊)이다. 그렇기에 "양은 없을 때만 있다. 양은 어떻게 웁니까"라는 기이한 문장의 연결이 가능해진다. "메에 메에" 하고 들리는 양의 울음소리는 머리를 어리둥절하게 하고, 혼란한 머리는 "두 줄로 가지런히 땋"아야 한다. 머리의 가르마는 "고산지대의 좁고 긴 들판"으로, "고산증"으로, 그리고 "페루"로 이어진다. 화자는 "나는 가만히 앉아서도 여행을 한다. 내 인식의 페이지는 언제나 나의 경험을 앞지른다"고 할 때 이 인식의 이동과 연결을 설명할 수 있는 것은 실렙시스뿐이다. 흥미로운 점은 동일한 단어라도 사용되는 경우와 문맥에 따라 약간의 격차가 생성된다는 사실이다. 실렙시스는 동일하게 표기되는 단어가 사실은 불투명한 우연과 개인의 인식과 상황에 깊게 뿌리박힌, 서로에 대한 몰이해와 격차를 인정하지 않고 쉽게 미루어 짐작하는 동음이의어에 불과하다는 사실을 알려준다. 그것은 "페루라고 입술을 달싹이면 내게 있었을지도 모를 고향이 생각"나지만, "고향이 생각날 때마다 페루가 떠오르지 않는" 것처럼 "이상한 일"이다. 남들과 같은 말을 할 수 없다는 건, 감정과 인식을 교환할 수 없다는 건, 그래서 타인과 소통할 수 없다는 건, 언어를 효과적인 기호처럼 주고받아야 하는 커뮤니케이션 사회에서 개인의 소외를 낳는 "저주"이다. "저주는 반복되는 실패에서 피어난다." 여기서 말하는 "반복되는 실패"란 언어의 발화이며, 시를 쓰는 행위이며, 사회화 과정이다. 화자는 세상의 아주 작은 일부만을 소통할 수 있을 뿐이다. "적어도 꽃은 아름답다. 적어도 나는 그렇게 생각한다. 간신히 생각하고 간신히 말한다." 하지만 스스로 자신의 머리를 땋을 수 없는 것처럼 사회는 타인과의 소통과 관계로 이루어진다. 세상은 화자에게 국적을 물으며 소속된 공동체와 질서를 질문한다. "당신은 한국 사람입니까." 화자는 "간신히" 자신이 "적어도" 그렇다고 생각하는 사실만을 말한다. "아니오. 한국 사람은 아니지만 한국 사람입니다." 이것이 "이상할 것도 없지만" "이상한 말"이 되는 이유는 명백하다. 지금의 사회를 구성하는 이데올로기는 은유가 예시하는 동일성의 방식에 기초하고 있다. 누구와 같은가 같지 않은가. 같은 민족, 같은 국가, 같은 계급, 같은 이익에 소속되어 있지 않다면 그는 적이다. 이와는 정반대의 사유도 있다. 에마뉘엘 레비나스는 보편성의 기초가 되는 동일성을 추구하는 대신, 타자성을 존중하자는 입장을 내세운다. 이는 타자를 포용이 가능한 인접한 '이웃'으로 개념화하는 환유의 방식이다. 하지만 지젝이 말하는 것처럼 타자란 매우 낯선 사고방식을 가진 사람이다. 어쩌면 이들과 진정한 대면을 한다는 것은 불가능에 가깝다. "이웃이란 본래 하나의 사물이고, 충격을 안겨주는 침입자이며, 우리와 다른 생활방식을 지니고 있어서 (……) 우리를 불안케 하는 자이고, 우리 생활방식의 균형을 깨뜨리는 자다. 그렇기 때문에, 이웃이 너무 가까워질 경우 우리는 이 거슬리는 침입자를 없애기 위해 공격적인 반응을 하게 될 수 있다."[13] 우리는 일반적으로 언어는 현실의 화해와 조정, 평화로운 공존을 가능케 하는 수단이라고 생각한다. 하지만 어떤 단어를 상징화하는 언어는 그 과정 자체에 폭력적인 무언가를 내재하고 있다. 언어는 그것이 가리키는 사물이 가진 다양한 의미를 제한하고, 단일한 속성으로 환원하며, 특정한 의미의 영역으로 삽입시킨다. 은유나 환유는 언어의 폭력성이 작동하는 방식이다. 그렇기에 말은, 이해는, 인간은 "태초 이전부터 뜨거운 콧김을 내뿜으며 무의미하게 엉겨붙어버린" 것이며, "자신의 목을 끌어안고 미쳐버린 채로 죽는" 것이며, "그렇게 죽은 채로 하염없이 미끄러지는" 것이다. 이에 비해 실렙시스는 언어의 계열이나 의미화의 특정한 방식에 고정되어 있지 않다. 실렙시스는 바로 앞에 적힌 단어를 망각하고 부인할 때 의미를 갖는다. 실렙시스는 두 단어가 만나는 순간의 우연성을 통해 두 단어가 가진 격차를 알려준다. 은유와 환유가 이해와 계열이라는 이름으로 자행되는 폭력적인 무엇을 가지고 있는 반면, 실렙시스는 같은 단어가 서로 다름을 강조하며 너무 가깝지도 그렇다고 너무 멀지도 않은 적절한 간격 속에 공존한다. 화자는 실렙시스의 사유를 통해 타자와 사물에 대해 접근하고 이를 "우리는 서로가 누구인지 알지 못한다"고 언급한다. 우리에게 필요한 것은 "말하지 않는 방식으로 말하고 사랑하지 않는 방식으로 사랑"하는 일이다.

"말하지 않는 방식으로 말하고 사랑하지 않는 방식으로 사랑한다." 이제니의 시를 가장 잘 설명해주는 말인 동시에 어쩌면 이해할 수 없는 아득한 소실점으로 돌려세우는 이 역설의 문장에서 우리는 시인의 어떤 '윤리'적 태도를 읽어낼 수 있지 않을까. 그것은 "극히 중요한 역할을 수행했다가 나중에 상실되어버린 아주 특별하고 구체적인" 대상을 대체하

13) 슬라보이 지젝, 같은 책, 98쪽.

려는 시인의 페티시즘적 부인의 제스처를 핵심적 구성요소로 하고 있다. 『아마도 아프리카』라는 시집 전체를 통해 이제니가 하고 있는 말은 이렇게 씌어질 수 있다. "나는 언어가 고정되어버린 세계의 질서에 오염되었으며, 그것이 누군가에게는 끔찍한 폭력이 되는, 사랑과 이해의 언어가 오해와 상처가 되는 세계에 살고 있다는 것을 알고 있다. 하지만 나는 언어와 사랑을 믿는다." 어쩌면 불가능할지도 모르는 소실점의 세계, "영원히 되찾을 수 없는 언어의 심연"에 도달하려는 시인의 "더듬거리는 중얼거림"(「별 시대의 아움」). 이것이야말로 김홍중이 '실재의 열정에 대한 열정'이라고 지칭했던, 불가능한 세계를 가능하게 만들려는 시인의 윤리적 태도가 아닐까. 이제니는 세상의 언어와 그 언어로 질문하고 대답하는 것이 "회색의 혀로, 회색의 목소리로" 상대방을 "오해라는 말로 이해"하는, "이해라는 말로 오해하는"(「그늘의 입」) 행위에 불과하다는 사실을 잘 알고 있다. 그렇기에 언어를 반성하고 사유하는 시인의 하루는 "시적인 문장을 찾으려 할 때마다 죄를 짓는 기분"의 연속이며, "속쓰림과 배고픔과 후회와 반성이 아코디언 주름처럼 펼쳐졌다 접히기를 반복"(「코다의 노래」)하는 나날이다. 하지만 시인은 "세계는 무의미하거나 부조리한 것이 아니다. 그냥 있는 것이다. 그냥 있는 것. 의심을 하려거든 너 자신의 눈을 의심하고 너의 귀를 씻어라"라고 말한다. 그러곤 "자신이 자신이 아닌 것처럼 생각하는 싸구려 발성법"(「별 시대의 아움」)으로 말하기 시작한다. "더듬거리는 중얼거림"이라고 말하는 "싸구려 발성법"은 『아마도 아프리카』에 가득 담긴 실렙시스이다. 실렙시스는 이미 사용된 단어의 망각과 부인을 통해서만 의미를 생성하는 수사법이다. 아마도 페티시즘의 심리적 기제를 형상화하는 언어의 활용이라고 할 수 있는 이제니의 실렙시스는 동일한 단어의 중복적 활용에서 유사한 발음을 가진 단어의 중복으로, 그리고 무엇이 중복인지 알 수 없을 정도로 깊게 감추어진 비밀스러운 속삭임으로 변화한다. 그것은 "보이지 않는 틈 속으로 한 발을 들이밀면 더이상 이전으로 돌아갈 수 없다. 어디선가 우는 소리가 들린다. 가슴속 모음이 가슴에서 눈으로, 눈에서 입으로, 입에서 울음으로 옮겨가는 일을 보는 일은 요롱요롱하다. 울지 말아요 울지 말아요. 당신만의 요롱이를 찾지 못했을 뿐 그건 당신 잘못이 아니잖아요. 내 잘못이 아니어도 요롱요롱 용서를 구하고 싶다"(「요롱이는 말한다」)와 같은 시구로 표현된다. 만약 이 문장이 읽힌다면, 당신은 언어의 "소수점 이하로 무한 질주하는 원주율의 아름다움"(「요롱이는 말한다」)을, 아득한 영원을 열망하며 바라보는 시인의 언어를, 느끼기 시작한 것이다. 나는 『아마도 아프리카』라는 시집의 제목을, 시의 이름을, 가슴이 먹먹한 이 문장을, 이 언어와 사랑의 묶음에 가득 담긴 실렙시스를 통해 그 주변의 언어들과 함께 이렇게 읽는다. "멀리 있는 것들의 이름을 마음속으로 부를 때. 나는 슬프다. 나는 위안이 필요하다. 아마도 아프니까, 아마도 아주 조금 아니 아주 많이." 그녀의 시선을 통해 아득한 희망을 더 많이 보고 싶다. 그렇다. 시는 필요하다.

(2011)

# 4부 /

# 이왕이면 책을 읽는 꿈으로

# 죽는 것은 잠드는 것, 아마 꿈을 꾸겠지[1)]

## —최제훈의 『퀴르발 남작의 성』 『일곱 개의 고양이 눈』[2)]

### 1. Stranger than fiction[3)]

마크 포스터 감독의 2006년 영화 〈Stranger than Fiction〉은 상사(相似)한 점 못지않게 상이(相異)한 부분도 많은 영화와 소설의 장르적 특성을 기발한 방식으로 혼용한 작품이다. 단조롭고 평범한 일상을 살아가던 국세청 직원 해럴드 크릭은 평소와 다를 바 없는 아침을 시작하다가 자신의 행동과 생각, 감정을 세세하게 설명하는 낯선 목소리(보이스 오브 내레이션)를 듣게 되고, 자신이 비극적 결말로 유명한 캐런 아이플이라는 소설가의 소설 속 주인공이 되어 운명적 사랑을 시작하지만 곧 죽게 된다는 사실을 알게 된다. 그는 어제까지는 현실을 살아가는 일상인이었지

1) 『햄릿』의 대사를 사용하였다.

2) 이 글에서 인용을 할 때는 번잡함을 피하기 위해 『퀴르발 남작의 성』은 『성』으로, 『일곱 개의 고양이 눈』은 『눈』으로 약칭하고, 그 옆에 쪽수를, 필요에 따라서는 작품명을 병기하겠다.

3) 마크 포스터 감독의 2006년 작품에서 제목을 따옴.

만, 오늘부터는 소설의 주인공이 되어, 작가의 스토리텔링에 따라 만사가 통제되는 기이한 삶을 경험하게 된다.

'Stranger than Fiction'이란 썩 잘 지어진 영화의 제목은 최제훈의 기발한 소설세계를 설명하는 데도 쓸모가 많은 문구이다. 진실과 거짓, 소설과 현실, 소설 안의 소설과 소설 밖의 소설이 서로 결합되고, 다시 해체되는 최제훈의 작품은 '소설보다 낯선' 것인 동시에 '허구보다 낯선' 현실과 허구보다 한술 더 뜬 진짜 허구 같은 상상과 스토리의 "한바탕 난장"(『성』, 19쪽)을 보여준다. 혹여 기존의 한국 소설을 비판적으로 바라보며, "이렇게 똑같은 이야기만 반복하면서 버티는 게 무슨 의미가 있을까?"라고 생각하던 독자가 있다면 최제훈의 소설은 분명 그를 단번에 매혹시키고 "이번에는 어떤 새로운 이야기가 펼쳐질까, 내심 기대하고 있는걸"(「여섯번째 꿈」, 『눈』, 11쪽)이라는 감탄을 자아내게 만들 것이다.

최제훈의 소설을 보다 흥미롭게 즐기기 위해서는 장편소설로도, 연작소설로도, 혹은 소설집으로도 읽을 수 있는 『일곱 개의 고양이 눈』에 수록된 「π」의 한 장면을 주의깊게 읽을 필요가 있다. 불면에 뒤척이는 번역가 M에게 술집에서 만나 기이한 동거를 하게 된 여인은 어쩌면 그의 인생보다 길지도 모른다는 주의와 함께 흥미로운 이야기를 들려준다. 여인의 이야기 속 주인공인 하루는 빈집에 들어가 집주인의 기억이 담긴 낡은 물건을 하나 훔치고, 그 대신 자신의 잡동사니 중 하나를 놓고 나오는 다소 괴팍한 성향의 도둑이다. 하루는 이러한 행위를 "선물"이라고 지칭하며, 이것이 어떤 사람에게는 "새로운 기억을 만들어낼"(「π」, 『눈』, 203쪽) 것이라고 생각한다. 하루는 우연히 만나 흥미를 갖게 된 안경사의 집에 침입해 카메라를 훔치고, 그 자신도 출처를 기억하지 못하는 모텔 열쇠를 놓고 나온다. 하지만 "새로운 기억"에 대한 기대와는 달리 안경사는 모텔 열쇠를 쥔 채 아파트에서 투신자살을 하게 되고, 하루는 그 이유를 알기 위해 열쇠에 인쇄된 "생강 모텔"이 있는 W읍으로 간다. 그곳에서 하루는 "왠지 자신의 처지를 암시하는 사인처럼 보이는" "Café 미로"의 간판을 보고 다가가지만, 네온 간판의 글자 하나가 불이 나간 상태임을 알게 된다. "Café 미로"라고 보았던 간판에 적힌 정확한 상호는 "Café 재미로"였다.(「π」, 『눈』, 233쪽) 이곳에서 하루는 실재에 대한 확신을 허구로 만드는 마술사 매직 박을 만나게 되고, 이후 꿈과 현실, 기억과 환각이 뒤엉킨 "무한히 팽창하는 우주"적 망상에서 자아를 망실하고 쓰러진다.

"재미로"로 혹은 "미로"로도 읽힐 수 있는 카페의 이름은 최제훈 소설의 인물들이 경험하게 되는 픽션 같은 현실, 현실 같은 픽션의 의미를 알려주는 적절한 용어이다. 최제훈 소설의 인물들은 "순전히 재미로" 자기 안에 또다른 자아를 만들거나(「그림자 박제」, 『성』, 126쪽), 순간적 질투로 인해 오래된 이성 친구의 미니홈피에 가짜 애인의 합성사진을 올리고(「그녀의 매듭」, 『성』), 대화의 공통된 화제를 만들기 위해 '마리아'란 인물을 가정해낸다.(「마리아, 그런데 말이야」, 『성』) 그들은 또한 지루한 일상에 작은 즐거움을 주기 위해 동호회의 모임에 참석하거나(「여섯번째 꿈」, 『눈』), 번역하는 소설의 단어나 내용을 아무도 모르게 조금씩 바꾼다.(「π」, 『눈』) 하지만 "재미로" 시작한 일로 인해 그들의 삶은 한 치 앞도 예측할 수 없는 "미로"가 되고, 죽음이나 살인 혹은 인생의 나락으로 떨어지는 파멸을 경험하게 된다. 그들은 "미로"에서 벗어나기 위해 몸부림치지만 그곳을 탈출할 출구는커녕 자신이 들어왔던 입구조차 발견하지 못한다. 최제훈의 소설은 간신히 찾은 출구가 다시 새로운 미로의 입구가 되는 "무한대로 뻗어나가지만 결코 반복되지 않는 파이처럼" "완성되는 순간 사라지고, 사라지는 순간 다시 시작되는 이야기"(「π」, 『눈』, 282쪽)이다. 현실과 이야기, 기억과 망상이 구분되지 않는 '미로(迷路)'에서 간신히 벗어났다고 여기는 순간 신생(新生)은 '다시 미로(再迷路)'가 된다.

현대 문학이론의 많은 성과들이 알려주는 것처럼 인간의 삶은 세상의 다양한 서사를 모델로 하고 있다. 인간은 스스로를 주체라고 여기며 자신이 이야기의 주인공이라고 확신하지만, 실제 주인공은 이야기이며 그는 서사의 한 역할을 수행하는 단순한 객체나 소모품에 불과하다는 사실을 인지하지는 못한다. 현대인은 안락한 의자에 앉아 대중문화가 제공하는 동화나 악몽 같은 이야기들을 안전하게 향락한다고 여기지만, 이야기는 생각보다 위험하다. 픽션이 현실의 모사품이라면, 현실은 분명 '픽션보다 낯선' 것임에 틀림없을 것이기 때문이다. 그런 의미에서 최제훈이 바라보는 인간의 삶이란 현실과 이야기가 기괴하게 연결되고 해체되는, 무엇이 진실인지 무엇이 허구인지 분간할 수 없는, 영원히 탈출이 지연되는 "폐쇄 미로"와 같다. 진실에 끝없이 접근하는 근삿값 파이(π)는 최제훈 픽션이 지향하는 또다른 의미의 근삿값이다.

> 폐쇄된 미로에 갇힌 사람은,
> 얼마나 헤매어야 그 미로가 폐쇄되어 있다는 걸 알게 될까?
> 그걸, 굳이 알아야 할 필요가 있을까?(「π」, 『눈』, 283쪽)

## 2. 초현실주의의 육체를 가진 소설

"Café 미로" 혹은 "Café 재미로". 당신이 어떤 간판에 관심을 갖고 최제훈의 책장을 펼쳤는지는 중요하지 않다. 그 두 가지 기대가 모두 충족될 수 있다는 점에서 그렇다. 등단작인 「퀴르발 남작의 성」은 최제훈의 소설로 들어가는 좋은 입구이다. 「퀴르발 남작의 성」은 각기 다른 글쓰기 형식과 화자를 가진 열두 개의 장편(掌篇)으로 구성된 단편이다. 이 짧은 이야기들은 러시아의 마트료시카 인형처럼 '퀴르발 남작의 성'이란 모체에서 하나씩 나온 것이지만, 그들의 관계는 친연(親緣)보다는 반영(反映)에 가깝다.

2006년 6월 9일 네이버 블로그에 게재된 컬트 소녀의 리뷰는 나카자와 사토시 감독이 〈도센 남작의 성〉을 촬영한 일본의 오카야마성과 에드워드 피셔 감독이 〈퀴르발 남작의 성〉의 배경이 된 노이슈반스타인성의 이미지를 비교하는 글이다. 2005년 6월 9일 MBC 뉴스데스크의 보도는 〈도센 남작의 성〉을 보고 모방범죄를 저지른 미국의 부부에 대해 언급하며, "대중문화를 둘러싼 모방범죄 책임론과 표현의 자유라는 해묵은 논쟁이 다시 이슈로 떠오르고 있"(30쪽)다는 사실과 이 영화가 인기몰이를 하고 있다는 아이러니한 상황을 전한다. 2004년 6월 9일 『키네마 준보』의 인터뷰에서 〈퀴르발 남작의 성〉을 리메이크한 나카자와 사토시는 미셸 페로의 결말을 다시 살렸다고 말하며, 『퀴르발 남작의 성』은 대공황을 자본주의의 "출구 없는 암흑"으로 인식했던 페로가 "체제를 유지하기 위해 끊임없이 욕망을 재생산"(18쪽)하는 자본주의를 비판적으로 형상화한 것이라고 지적한다. 2000년 6월 9일 인천 M대학교 인문학부 조민현이 쓴 리포트 「문학 속의 카니발리즘」은 페로의 소설을 인간 문화 속에 존재하는 식인 문화의 여러 형태 중 주술적 의미를 지닌 것으로 분석하며, 퀴르발 남작을 "자신의 의지로 악착같이 무한을 추구하는 욕망의 화신"(33쪽)으로 정의한다. 1993년 6월 9일 대학 강사 백정인은 '영화 속의 여성들'이란 과목을 강의하며 영화 〈퀴르발 남작의 성〉에 등장하는 카밀라 하퍼라는 여주인공을 "당시의 관습화된 호러 영화 속 여성상을 탈피"(12쪽)한 적극적인 서사의 주체로 설명한다. 1953년 6월 9일 『저널 아메리칸』의 제임스 허스트 기자는 〈퀴르발 남작의 성〉을 "독재자에 의해 폐쇄적으로 운영되는 공산주의 체제"(38쪽)에 대한 상징으로 분석하며, 이를 "호러 영화의 진화"(37쪽)라고 기사에 적는다. 1952년 6

월 9일 생애 처음으로 남자 주인공을 연기하게 된 신인배우 로버트 허드슨은 애인 엘리자베스와 대사 연습을 하다가 시나리오가 조금 수정되었다는 제작자 토마스 브라우닝의 전화를 받는다. 같은 날 영화배우 제시카 헤이워드는 신인 감독, 신인배우와 연기하는 조건으로 영화에 등장하는 "남편과 부인의 역할"(25쪽)을 바꿔줄 것을 제작자 브라우닝에게 요구한다. 1951년 6월 9일 제작자 브라우닝은 감독 피셔에게 TV와 매카시즘(McCarthyism) 때문에 위기에 몰린 영화판을 다시 한번 되살리기 위해서는 인상적인 몬스터 캐릭터가 필요하다고 말하며 퀴르발 남작을 "살을 발라먹는" "제2의 드라큘라"(35쪽)로 만들고, 식인에 대한 토론으로 끝나는 소설의 결말을 스펙터클한 호러 활극으로 만들 것을 지시한다. 1932년 6월 9일 작가 미셸 페로는 출판사 편집장에게 이번 소설이 할머니가 들려준 '겁 없는 장과 퀴르발 남작'이라는 이야기에서 모티프를 얻은 것이며, 자신의 무의식 속에서 퀴르발 남작이 자라났음을 고백한다. 편집장은 길어지는 대공황을 걱정하지만, 페로는 멋진 식사를 하며 공황은 곧 회복될 "자본주의의 특성"(14쪽)에 불과하다고 대수롭지 않게 말한다. 1897년 6월 9일 자네트 페로는 손주들에게 식인 거인 퀴르발 남작에게 잡혀갔지만 기지를 발휘해 남작의 가족을 몰살하고, 남작의 보물을 훔쳐 돌아온 장의 이야기를 들려준다. 1697년 6월 9일 르블랑 부부는 "애들을 데려다가 추잡한 짓"을 하고, "악마의 자식이라 애들을 잡아먹는다는"(44쪽) 소문이 도는 퀴르발 남작의 하녀로 딸 카트린느를 보내기 위해 남작의 성을 찾아간다.

「퀴르발 남작의 성」이라는 단편을 구성하고 있는 열두 개의 이야기—이 이야기들은 각기 다른 연도에 작성된 것으로 적혀 있지만, 날짜는 모두 6월 9일이다. 6과 9, 자세를 돌리는 것만으로도 서로 다른 것이 되어버리는 이 숫자들은 최제훈이 매혹당한 예술적 관념이 무엇인지 알려주는 이미지이다. 음악을 좋아하는 사람이라면 지미 헨드릭스의 〈If 6 was 9〉을 떠올리는 것도 유쾌할 것이다—는 짐작하고 있는 것처럼 '픽션'이다. '퀴르발 남작의 성'이란 모체에서 연유한 것이 틀림없는 소설, 영화, 동화, 기사, TV 보도, 강의, 대화, 전화통화, 인터뷰, 인터넷 리뷰, 리포트 등은 물론 그것과 관련된 인물도 모두 꾸며낸 것이다. 혹여 그중 하나라도 추론이 가능한 의미의 계보에 속하는 것이 있을까 찾아봐도 소용이 없다. 전부 '진짜' 거짓말이다. 픽션의 번역어가 아무리 허구('虛'와 '構'라는 모순적 개념의 조합에 주의하며 이 단어를 보자)라지만 이정도면 최제훈의 그것을 허풍이라고 불러도 과장은 아닐 것이다. 하지만 이러한 이야기들 전체를 의미 없는 거짓으로 치부하며, 여기서 얻을 수 있는 것은 고작 재미밖에 없다는 식으로 생각하는 것은, 시놉시스만 읽고 '저 영화 다 봤어'라고 여기는 것과 그리 다르지 않다. 픽션이란 개념이 담고 있는 중요한 의미는 우리가 살고 있는 세계의 질서화 내지는 구조화이며, 진실과 거짓을 어떻게 구분할 수 있는가에 대한 의문이 아니던가. 최제훈은 자신의 픽션에서 각기 다른 시대와 계급, 이데올로기의 차이에 내재하는 '담론'을 십분 활용하여 이야기들을 독자들이 거주하고 있는 경험의 세계에서 인지한 진리 가치(Truth Value)에 상응하는 것으로 읽히게 만든다. 흥미로운 것은 픽션에 담긴 진리 가치들이 축적되고 조합될수록 '퀴르발 남작의 성'이라는 대상에 대한 종합적 사고가 점점 어려워진다는 사실이다. 소설을 구성하는 이야기의 조각들은 "직소 퍼즐처럼 정확하게 들어맞"지만, 그것은 도저히 단일한 하나로 볼 수 없는 "기괴한 형태"(「쉿! 당신이 책장을 덮은 후……」, 『성』, 276쪽)와 같다. 이 조각들은 어느 것 하나가 해석의 절대적 지평으로 작용하지 않는다.

『퀴르발 남작의 성』의 작가 후기 역할을 하고 있는 「쉿! 당신이 책장을 덮은 후……」라는 글은 최제훈이 직접 작품 뒤에 부기한 '취급 주의'에 해당한다. 소설집에 등장하는 모든 인물들이 모여 즐기던 "쫑파티"는 사체의 조각이 발견되면서, 피해자의 신원과 가해자의 정체를 찾는 추리극으로 바뀐다. 의문의 변사체는 조각마다 각기 다른 피부색과 체모, 성적 특징을 가지고 있지만, 절단면들은 정확하게 들어맞는다. 게다가 "구석구석 뒤져보아도 머리와 성기는 끝내 발견되지 않았다."(277쪽) 성기가 없다면, 사체의 흉부가 여성의 가슴처럼 보인다고 해도, 이것을 비만 남성의 여성형 유방이 아니라고 딱 잘라 말할 수는 없는 노릇이 아닌가. 「퀴르발 남작의 성」에 등장하는 어떤 인물도 남작을 직접 대면하거나, 성 안으로 들어가보지 못했다는 사실, 『프랑켄슈타인』의 '괴물' 이야기가 실은 "전해들은 말의 연쇄, 일명 '카더라 통신'이라는 것"(「괴물을 위한 변명」, 『성』, 255쪽)은 의미 있게 읽어야 할 대목이다. 최제훈의 소설은 "살바도르 달리가 만취 상태에서 붓을 놀린 것 같은 초현실주의 육체"(276쪽)의 형상을 가지고 있다. 이를 즐기는 방법은 여기에 살을 보태고, 말을 덧대서 이것을 비율과 균형이 잘 맞는 고전주의적 형상으로 만드는 것이 아니라, 상이한 것들을 가공해 "직소 퍼즐"처럼 만들어내는 작가의 솜씨와 기괴한 형상을 통해 세상을 모사하는 작가적 태도를 보다 깊게 사유하는 일이다.

### 3. 허풍선이 남작의 모호함

허풍의 절창이라고 불러도 좋을 「괴물을 위한 변명」을 보면, 최제훈은 지금까지는 연습에 불과하다는 듯 메리 셸리의 소설 『프랑켄슈타인』을 자신의 세 치 혀 위에 놓고 "공중으로 띄우고, 상자에 처넣어 톱으로 자르고 칼로 쑤"(「π」, 『눈』, 234쪽)신다. 소설가임이 분명한 「괴물을 위한 변명」의 화자는 『프랑켄슈타인』에 대한 이론적 사유를 전개하며 견고해 보이는 소설의 구조와 이야기를 해체한다. 화자는 메리 셸리가 "수집한 실제 자료와 프랑켄슈타인 박사의 고백 사이에 벌어진 틈새"가 있다는 것을 주목하고, 이를 "풀리지 않는 의문점들이 차곡차곡 쌓여 만들어졌다는 상상의 성"(249쪽)이라 지칭한다. 화자는 실제 메리 셸리와 통화를 하며 의문을 해결하려 하지만, 그녀의 거부로 이마저 여의치 않자, 자신이 직접 인물의 몸을 빌려 소설 속으로 들어간다. 화자는 『프랑켄슈타인』에서 유일하게 살아남은 빅터 프랑켄슈타인의 동생 에르네스트를 늙은 월턴 선장과 만나게 한다. 에르네스트에 따르면, 빅터 프랑켄슈타인은 생명의 창조보다는 성기의 소거에 골몰한 "미치광이 살인마"(262쪽)이며, 월턴 선장은 북극 항로를 개척하려던 시도가 실패로 돌아가자 프랑켄슈타인의 사기극에 동조한 공범이다. 에르네스트는 선장에게 "시체를 꿰매어 만든 괴물 같은 건, 처음부터 존재하지도 않았"다고 외친다.(266쪽) 월턴 선장은 에르네스트에게 "내 이야기 위에, 다시 자네의 이야기를 겹쳐 써내려간 건가?"(267쪽)라고 반문하며, 자신은 괴물을 분명히 봤다고 중얼거린다. 의문은 해결되지 않고 다시 제자리로 돌아오지만, 이 과정이 헛된 것은 아니다. 소설 속 화자는 메리 셸리의 "상상의 성"을 의심하고, 이를 해체하는 사유를 전개하면서 자신도 "또다른 상상의 성"(268쪽)을 짓게 되었다고 고백하며, 이를 "소설 형태로 발표할 예정"(268~269쪽)이라고 말한다. 그가 설계하고 시공한 픽션의 성을, 최제훈의 입담을 인정하는 뜻에서 '허풍선이 남작의 성'이라고 호칭하는 것은 그리 무리한 일은 아닐 것이다. 18세기의 뮌히하우젠 남작이 허풍으로 점철된 모험담을 통해 귀족의 허위를 풍자했다면, 21세기 한국문학에 등장한 허풍선이 남작은 허구를 구조화하여 상식과 지식, 현실을 모호하게 만든다. 최제훈의 소설은 "미로"이며, "매듭"(「그녀의 매듭」, 『성』, 84쪽)이다. 참을성 있게 그것에 대해 사유하는 사람만이 "미로"와 "매듭"을 즐길 수 있다.

이러한 점을 인지하지 않아도, 분명 최제훈 소설은 재미있다. 기발한 발상과 쾌감마저 느껴지는 창의적 전개, 기존의 문학작품을 패러디하고 재단하는 숙련된 이야기꾼의 솜씨, 다양한 인물들의 목소리를 생생하게 담아내는 입담, 소설의 관습을 가지고 노는 유희의 방식 등은 독자들에게 쾌락에 가까운 예술 감상의 즐거움을 준다. 하지만 이를 최제훈 소설의 전부로 여긴다면, 이는 시체를 부검하는 검시관이 범인의 흔적이나 범행의 이유를 찾기보다는 사체의 육체적 완성도에만 눈길을 두는 것과 다르지 않다. 사유하는 자만이 찾을 수 있다. 생각을 멈추면 잠이 온다. "죽는 것은 잠드는 것, 그뿐. 잠들면 모든 것은 끝이다."(『햄릿』) 현실의 위안과 의미를 잠과 꿈에서밖에 찾을 수 없다면 그것은 죽은 것과 다를 바 없다. "자, 이야기를 계속해봐. 잠이 들지 않도록."(『눈』, 11쪽, 363쪽)

(2011)

# 우아하고 감상적인 살인의 리듬

—김언수의 『설계자들』[1)]

## 1.

김언수가 돌아왔다. 소설가란, 세계에 대해 감각하고 사유하는 무언가를 언어와 이야기로 적어내는 사람을 말하기도 하지만 출간을 통해 삶을 영위하는 일군의 직업인들을 지칭하는 것이기에 누군가의 신작에 대해 이렇게 환대를 하는 것은 호들갑을 떠는 말처럼 들릴 것이다. 하지만 김언수의 데뷔작 『캐비닛』(문학동네, 2006)을 읽어본 사람이라면, 그후 사년간의 긴 침묵을 지루하게 기다린 사람이라면, 인터넷에 연재된 그의 두번째 소설 『설계자들』(문학동네, 초판, 2010)에 대한 기대를 감추기 어려울 것이다. 한 문학평론가는 『캐비닛』이 출간된 직후 발표한 작품론의 첫 문장을 이렇게 시작했다. "또하나의 기괴한 소설이, 그것도 데리다적인 의미에서의 기괴한 소설이 탄생했다. 김언수의 장편소설 『캐비닛』이다. (……) 『캐비닛』의 기괴함이야말로 미래의 현전으로서의 기괴함이라

1) 이 책에서 인용할 때는 인용한 구절 옆에 쪽수를 병기하는 방식으로 간략하게 처리하겠다.

할 만하다. 앞질러 말하자면 『캐비닛』은 그것을 통해 오늘날의 규범성에 의해 가려졌던 무시무시하고도 매혹적인 실재들을 재현하는 한편, 그 실재들을 기반으로 오늘날의 규범성과는 단절된 혁신적 규범을 창조해낸 소설이다. 그러므로 이렇게 말해도 큰 무리는 아닐 듯하다. 『캐비닛』으로 인해 한국문학사를 혁신시킬 또하나의 변종을 갖게 되었다고."[2] 자본주의 한국의 『산해경』이라고 말해도 될 정도의 기발한 상상력, 소설의 시간을 떠나 현실의 시간으로 돌아가기 어려울 정도의 흡인력을 발휘하는 이야기의 끈끈한 힘, 인간적이라는 말의 뒷면에 담긴 폭력을 통해 멸종시킨 '인간'과 '사물'에 대한 애틋한 기억들이 담긴 『캐비닛』을 읽은 사람이라면 이러한 상찬을 과장으로 읽진 않았을 것이다. 앞에서 인용한 『캐비닛』 작품론의 마지막은 이러한 문장으로 끝난다. "문득 이 만만찮은 신인 김언수의 다음 작품을 보고 싶다." 그리고 사 년의 시간이 흘렀고, 김언수가 『설계자들』을 들고 돌아왔다. 드디어.

## 2.

『설계자들』은 킬러에 대한 이야기이다. 킬러는 대중문화에서 가장 사랑받는 소재 중 하나이다. 킬러는 유령, 흡혈귀, 외계인 등과 같은 존재이다. 이들을 주변에서 본 사람은 없거나, 있어도 극소수에 불과하지만, 이들에 대해 모르는 사람은 없다는 점에서 그렇다. 오히려 문제는 그들에 대해 너무 많이 알고 있다는 '과잉'에서 발생한다. 킬러라고 여겨지는 사람들의 전형적 외모와 취향, 삶의 자세 등등에 대한 이미지는 TV에, 영화에, 만화에, 심지어 게임에도 넘쳐난다. 그렇기에 이러한 소재를 다

2) 류보선, 「별종의 전복성, 혹은 전복적 별종—김언수 장편소설 『캐비닛』에 대한 단상」, 『문학동네』 2007년 봄호, 427~428쪽.

루는 작품은 독자들의 실제 경험이나 기억에 의존하는 것이 아니라 이들을 성공적으로 형상화한 특정 작품의 방식에 기인하거나 이것과 경쟁하며 작품의 생명력을 생성해간다. 보통 장르의 규칙 또는 관습이라고 불리는 이러한 방식에 때론 의존하며, 때론 저항하는 긴장감 넘치는 거리감, 이것이 장르적 서사에서는 가장 중요한 관건이다.

『설계자들』은 그런 점에서 대단히 성공적이다. '환대에 대하여'란 소제목이 붙은 1장의 첫 페이지부터 읽어보자. "노인이 마당으로 나왔다." 거두절미하고 시작되는 첫 문장의 다음 줄에 등장하는 "망원렌즈" "노리쇠" "실탄" 등의 단어는 독자들에게 등장인물의 정체와 그가 엎드려 있는 이 숲속이 어떤 곳인지를 단번에 알려준다. 서로 멀리 떨어진 인물들의 거리는 망원렌즈가 달린 "구식 드라구노프" 소총으로 인해 단번에 좁혀지고, 손가락 끝의 까닥거림만으로도 삶과 죽음의 경계가 나뉘기에 긴장은 높아간다. 그러나 킬러 래생(來生)의 시선은 조준하고 있는 피사체에서, 그의 움직임으로, 그리고 그가 바라보는 화단의 꽃들로 비켜간다. "코스모스, 백일홍, 감국…… 그러나 지금 보고 있는 꽃에 어울리는 이름은 생각나지 않는다. 왜 꽃 이름이 기억나지 않는 것일까? 래생은 양미간을 오므려 꽃 이름을 떠올리기 위해 애를 쓰다가 이내 머리를 흔들었다. 하긴 지금 꽃 이름 따위가 무슨 대순가."(8쪽) 장르적 관습에 익숙한 독자들이라면 꽃 이름 따위를 떠올리기 위해 애를 쓰는 킬러의 모습에 당황하며 래생의 마지막 말을 되풀이할 것이다. "지금 꽃 이름 따위가 무슨 대순가." 그러나 정확하게 이 지점에서 『설계자들』을 읽는 묘미가 생겨난다. 냉혹하게 타겟의 심장을 뚫고 지나가는 총알, 뒤따르는 추격과 손에 땀을 쥐게 하는 격투 등의 액션을 연상하는 독자의 관습적 독서와 이러한 기대를 미끄러지며 지나가는 킬러의 사색, 그리고 대상을 목가적으로 바라보는 시선의 반복적 진동에서 발생하는 이 긴장과 즐거움은 아마도 '리듬'이라는 말로 지칭하는 것이 좋을 것이다. 이것은 스펙터클한 액션 영화의 하드록(hard rock)처럼 몰아치는 격렬한 리듬과는 전혀 다른 왈츠의 4분의 3박자 같은 고전적이며 감상적이고 우아한 리듬이다.

> 산그늘이 빠르게 내려오고 있었다. 방아쇠를 당기려면 지금 당겨야 한다. 화단에 물을 다 주었으므로 노인은 이제 집 안으로 들어갈 것이다. 그러면 일이 어려워진다. 복잡하게 생각할 것 없다. 지금 당기자. 지금 당기고 내려가자!
>
> 노인은 웃고 있고 바람 빠진 축구공을 문 검정개는 달려오고 있다. 조준경 십자선 안에는 노인의 얼굴이 선명하게 들어와 있다. 이마에 깊은 주름이 세 개 있고, 오른쪽 눈썹 위에는 사마귀가 하나, 왼쪽 볼에는 검버섯이 있다. 래생은 곧 총알이 관통할 노인의 심장을 바라봤다. 노인이 입고 있는 흰색 스웨터는 공장에서 만든 것이 아니라 누군가가 손으로 직접 짠 것 같았다. 저 스웨터는 곧 피에 젖을 것이다.(10쪽)

어둠이 빠르게 내려오는 산의 늦은 오후와 집으로 들어가려는 타깃, 빨리 퇴근하고 싶은, 킬러라고 예외일 순 없는, 모든 직업인의 바람, 노인의 웃음과 검정개, 조준경 십자선, 그것이 보여주는 노인의 주름과 검버섯, 주름을 통해 관조하게 되는 삶의 애련, 총알이 관통할 심장, 누군가 노인을 위해 직접 만들어준 스웨터, 그 스웨터를 적실 피, 스웨터를 짜준 사람이 느낄 슬픔. 래생의 시선은 망원렌즈의 조준을 따라 총알이 관통할 피사체의 심장에서 그의 내면과 인생으로, 킬러의 냉정해야 할 직업정신에서 그의 감상적 일상으로 진동한다. 래생은 이유를 알 수 없는 마음에 지금은 때가 아니라고 생각하며 총을 내려놓고 잠이 든다. 하지만 그가 잠든 텐트로 노인이 찾아오고 래생은 노인의 호의를 거절하지 못하고 그의 집으로 간다. 오두막에선 청년을 맞이하는 노인의 따뜻한 환대가 펼쳐진다. 둘은 소박한 음식과 술을 마시며 서로의 고단한 인생에 대한 대화를 이어간다. 그들의 대화는 이런 식이다. 래생이 벽난로 안의 불빛을 바라보며, "불이 아름답군요"라고 말하면 노인은 "알고 보면 재가 더 아름답지"라고 화답한다. 모닥불 주변에서 위스키를 마시며 투박하지만 진솔하게 말을 섞는, 세상을 오래 살아온 지혜로운 늙은 목동과 이제 나름의 세계관을 만들어가는 정직한 청년 총잡이의 대화를 연상시키는 이 장면은 다소 길게 이어지며 이들 사이에서 형성되는 남자들만의 연대감을 보여준다. 킬러의 직분과 인간의 정리(情理) 사이를 진동하던 안단테(andante)의 리듬감은 이 장면에서 라르고(largo) 정도로 늦어지며, 인물이 나누는 대화의 결을 따라 풍부한 세상살이의 표정을 담아낸다. 노인의 집에서 편안하게 잠을 자고, 정갈한 아침을 먹고, 노인이 주는 따뜻한 삶은 감자를 받은 래생은 산 위의 텐트로 돌아와 마땅히 자신이 해야 할 일인 것처럼 노인의 가슴에 망원렌즈의 십자선을 놓고 방아쇠를 당긴다. "탕!" 자신의 근접한 죽음을 예비하고 있던 비범한 노인이 자신을 인도할 사자(死者)를 환대하듯, 자신이 경험한 차가운 논리의 사회로 입사(入社)한 후배를 은퇴하기 직전의 선배가 지도하듯, 모닥불의 따스한 시간은 지나가고 살인은 마침표처럼 찍힌다. 「환대에 대하여」를 비롯해 작품의 전체에 흐르는 이 감상적이고 우아한 리듬이야말로 『설계자들』에서 가장 빛을 발하는 문학적 성취이다.

### 3.

인간과 인간적 시간의 퇴적물인 문명을 바라보는 김언수의 시각은 『캐비닛』에서 "곰탕 뚝배기에 냉면을 담아오면 그것은 냉면이 아니다. 그것은 잘못 만들어진 곰탕일 뿐이다"란 문장으로 압축 제시된 바 있다. 러시아 형식주의자들의 '낯설게하기'를 능청스럽게 자신의 언어로 옮겨놓고 있는 이 구절은 『캐비닛』에 담긴 다양한 형태의 인간적 존재들에 대한 이야기와 공명하며 '인간' 그 자체에 대한 날카로운 비판의 메시지가 된다. 그것은 유럽 백인 남성의 문화를 '인간성'의 핵심으로 간주하며 다른 인종과 성별을 이에 대한 결여로 이해했던 폭력적 역사에 대한 반성이다. 『설계자들』에도 이와 비슷하게 책의 내용을 함축하고 있는 문장이 있다. 1979년 미국을 방문하고 돌아온 덩샤오핑(鄧小平)이 자본주의적 시장경제를 중국에 도입하며 주장했던 "검은 고양이든 흰 고양이든 쥐만 잘 잡으면 된다"는 말을 패러디한 "검은 고양이든 흰 고양이든 결국 하는 짓은 똑같았다"(81쪽)란 문장이 그것이다. 덩샤오핑의 함의를 통해 이해하자면, "그 무늬가 어떤 것이든 권력의 속성이란 본질적으로 동일"(81쪽)하다는 뜻이지만, 소설의 인물과 담론, 서사를 생각하면 그 의미는 인간과 인간 사회의 시스템으로 확장된다. 소설에 따르자면, 암살 사업이 실행에 옮겨지기 위해서는 세 부류의 사람이 필요하다. 누군가를 죽이고 싶어하는 사람, 살인을 설계하는 사람, 그리고 그 계획을 실행에 옮기는 사람이 바로 그들이다. 이들의 살의(殺意), 살계(殺計), 살인(殺人)이 합쳐져 암살은 완성된다. 누군가는 타인을 증오하며 살인을 꿈꾸고, 누군가는 타인의 끔찍한 꿈을 구체적 현실로 설계하고, 누군가는 알지도 못하는 익명의 타인을 감정 없이 살해한다. 살인을 하는 사람에게는 이유가 없고, 계획하는 사람에게는 고통이 없고, 살인을 꿈꾼 사람에게는 핏자국이 없다. 소설에서 돼지 곱창을 먹으며 래생과 미토가 나누는 인간 본질에 대한 대화가 말해주듯이 의뢰인이든, 설계자든, 살인자든 "결국 하는 짓은 똑같"다.

"나는 이 집 곱창을 먹을 때마다 신의 내장에 대해 생각을 해. 인간이 보지도 상상하지도 않는 신의 내장. 높고, 거룩하고, 성스러운 것 안에 감춰져 있는 더럽고, 냄새나고, 추악한 것들 말이지. 우아한 것들이 뒤에 감추고 있는 치사한 것들, 아름다운 것들이 뒤에 감추고 있는 추악한 것들. 우리가 진실이라고 믿는 것들 뒤에 복잡하게 얽혀 있는 거짓들. 하지만 사람들은 모든 살아 있는 것들에게 필연적으로 내장이 있다는 것을 애써 부인하려고 하지." 미토가 마치 설교를 하듯 말했다.

"이봐, 정신 차려. 이건 그저 돼지 내장이야." 래생이 시큰둥하게 말했다.

"인간의 장기와 가장 닮은 게 돼지 장기고 신은 자신의 형상으로 인간을 만들었다고 성경에 씌어 있으니까 결국 이 내장은 신의 내장을 닮았겠지."

미토가 신의 내장을 닮은 돼지 내장을 후후 불어 식힌 다음 입속에 집어넣었다.(292~293쪽)

김언수의 냉소적인 표현에 따르자면, 인간을 신의 성스러운 피조물로 생각하든 영장류에서 변이를 거듭한 속된 형태로 인지하든 간에 인간이 가진 본질이란 결국 "더럽고, 냄새나고, 추악한 것"이다. 하지만 김언수가 생각하는 인간존재의 아이러니는 "우리는 더럽고 역겹지만 자신이 발 디딘 땅을 결국 떠나지 못한다"(59쪽)는 점이다. 그것은 인간이 존재의 역겨움을 견디는 일이 그곳에서 벗어나 황량한 세계로 홀로 나아가는 두려움보다, 그 두려움이 필연적으로 동반하는 외로움보다 익숙하기 때문이다. 김언수의 『설계자들』에 서술된 살인자들과 설계자들의 모습에서 일종의 분개나 윤리적 반감을 느끼기보다 익숙하고 슬픈 동질감을 더 강하게 느끼는 이유는 그들이 바로 '우리'의 초상과 다름없기 때문이다. 그렇기에 소설의 주된 공간적 배경이 되는 범죄자들의 동네 '푸주'는, 그것으로 '푸줏간'과 같은 도축의 장소를 연상하든 '파주'라는 실재의 공간을 연상하든 간에, 인간 사회의 축소판처럼 읽히게 된다. "더럽고 냄새나고 가엾고 역겨운 곳" "쓸모없는 연민과 슬픔, 무한정 번식하는 무기력과 갈 곳 없는 울분이 늦가을의 낙엽처럼 이리저리 쓸려다니다 자멸하는 곳."(193쪽) 김언수가 설명하는 푸주의 정서와 분위기란 사실 『설계자들』에 등장하는 인물들의 세상살이, 자신이 살아가기 위해서 살아 있는 것들을 죽여야 하는 아이러니에서 감각하게 되는 애잔함이다.

아마 여기서 김언수의 사유가 멈췄다면 이 소설의 제목은 '설계자들'이 아니라 '살인자들'이 더 어울렸을 것이다. '설계', 인간 사회의 시스템을 연상하게 하는 이 단어에 주목할 필요가 있다. 인간은 모두 비루한 존재이고 살인의 충동을 운명적으로 내재한 카인의 후예들이다. 그러나 '살의'와 '살계' '살인'보다 문제적인 것은 이들을 매개하는 시스템이다. 분업화된 암살의 시스템은 죄를 삼분하여 결정적 죄의 가책에서 그들 모두를 자유롭게 만든다. 이는 총살형을 반복적으로 진행하는 집행자들(공무원, 군인 또는 경찰)의 정신적 고통을 상쇄하기 위해 실탄에 공포탄을 섞어주며 이를 통해 효율성을 얻어내는 근대 관료제의 시스템과 그리 다르지 않다. 하지만 이 시스템을 자본주의에 내재한 고유한 해악이라고 이해하는 것은 순진한 생각이다. 소설에 표현된 것처럼 암살은 독재 시절과 군부 시절에도 존재했었다. 자본주의는 이 시스템의 효율성이 발생시키는 이윤을 통해 시스템 자체의 폭발적인 성장을 추인한 것이다. 그렇기에 가정주부까지 남편의 살인 청부를 고민하며 거리를 배회하는 '푸주'는 "법에 의해, 정의에 의해, 윤리에 의해 제약을 받"지 않는 "가장 자본주의적인 시장"(194쪽)이라고 표현된다.

## 4.

소설의 후반부는 다소 느리게 진행되었던 전반부와는 달리 빠르게 서사가 펼쳐진다. 비즈니스적 암살을 지휘하며 너구리 영감과 대립하는 한자, 암살을 통해 부모를 잃고 동생마저 장애인이 되어버린 미토가 시스템 자체를 붕괴시키기 위해 구상하는 '설계', '추'와 '정안'을 살해한 전설적 킬러 이발사와 래생의 살점을 저미는 결투, 소설의 대미를 장식하는 래생과 한자의 목숨을 건 대결 등이 펼쳐지는 후반부는 대중 서사물의 급한 리듬감으로 전개된다. 아마도 장르적 서사를 기대하고 있는 독자라면 느리게 전개되는 전반보다는 속도감 있는 후반이 더욱 매혹적으로 다가올지도 모른다. 하지만 개인적으론 전반의 리듬감을 통해 후반의 서사들이 좀더 늘어난 분량으로 펼쳐졌다면 좋았을 거라는 아쉬움이 든다. 이는 특정한 서사 방식에 대한 선호를 말하는 것이 아니다. 후반부에 새롭게 등장한 미토는 중요한 역할에도 불구하고 자신의 능력을 발휘하지 못하고, '희수 영감' 같은 무게감 있는 캐릭터는 필요에 의해 한 장면만 나오고 서사에서 사라진다. 결말을 향해 달려가는 서사의 스피드는 작가 김언수가 『설계자들』의 완성도를 위해 반드시 삽입했어야 할 에피소드와 인물의 형상화를 생략하게 만들었다. 김언수가 『설계자들』의 전체적인 리듬을 느린 도입부에서 출발해 점점 빠른 박자로 결말을 향해 휘몰아가는 것으로 계획했다면, 그것의 화음은 후반부로 갈수록 종종 불협하고 있다고 말하고 싶다. 하지만 이러한 단점을 상쇄하고도 남을만한 장점을 『설계자들』은 분명 가지고 있다. 대중적 서사물에 익숙한 독자들의 시선을 멈추게 할 수 있는 소재를 통해 뚝심 있게 자본주의에 대한 비판적 인식을 전개하는 작가의 태도는 이후의 작품에 대한 기대를 갖게 하기에 충분하다. 특히 한 편의 단편소설로 읽어도 될 만큼의 완성도를 가진 1장 「환대에 대하여」와 인상적인 공장 장면이 담겨 있는 5장 「캔맥주를 마시다」에 흐르는 살인의 리듬만으로도 이 소설은 충분히 매혹적이다.

(2010)

# 한없이 투명에 가까운 자아
## —임영태의 『아홉번째 집 두번째 대문』[1)]

### 1.

중앙장편문학상의 1회 수상작으로 선정된 임영태의 『아홉번째 집 두번째 대문』(뿔, 2010)은 도시의 변두리를 산책하는 대필 작가의 일상과 환상을 다루고 있는 소설이다. 주인공인 '나'는 한때 출판사에서 일했던 경력을 통해 다른 사람들이 구술하거나 서툰 문장으로 적어간 그들의 인생이나 경험을 정돈된 글로 다듬어주는 속칭 '유령 작가'이다. 소설은 그의 담백하다못해 투명해 보이는 일상의 미세한 흐름을 따라 진행된다. 소설은 '나'의 사무실 겸 집이 위치한 연남동 주택 골목을 산책하며 바라보는 현재의 나날들과 죽은 아내와 진돗개 '태인' 그리고 자신의 과거에 대한 쓸쓸한 회상, 그에게 삶과 욕망을 대필하게 하는 의뢰인들과의 때론 애잔하며 때론 사무적인 에피소드가 전부이다. 별다른 것이 있다면, '나'의 눈에는 죽은 사람들의 모습이 보인다는 점이다. 하지만 작가는 죽은

1) 이 책에서 인용할 때는 인용한 구절 옆에 쪽수를 병기하는 방식으로 처리하겠다.

사람의 모습을 볼 수 있는 '나'의 특별한 능력을 통해 대중적 호기심을 자극할 만한 어떤 사건도 끌어내지 않는다. '나'는 "죽은 자에겐 욕망이 없다"(125쪽)고 말하지만, 유령을 활용해 독자의 감각적 요구에 화답할 욕망이 없는 것은 오히려 작가 임영태이다. 하지만 술잔에 술이 차고, 비고, 다시 차고, 술에 대해 회상하고, 새로운 술을 주문하는 것 같은 '나'의 단조로운 에피소드들을 따라 읽어가다보면 독자들은 다락방에서 발견한 어린 시절의 책들을 다시금 펼쳐 읽는 것과 같은 특별한 문학적 체험을 하게 된다. 쓸쓸한 현실의 흔적들과 사랑스러웠기에 더욱 애잔한 회상들이 아름답게 연결되며 만들어내는 삶의 의미와 마음의 오지(奧地)를 산책하는 고독한 타인에 대한 이해가 바로 그것이다. 이를 가능하게 하는 것은 인생의 희로애락이 풍성하게 담긴 다양한 에피소드들의 축적이 아니다. 『아홉번째 집 두번째 대문』 만의 특별함은 '나'의 과거와 현재 속에 흩뿌려져 있는 관계없어 보이는 사물이나 타인들이 자아의 내면에서 서로 연관(聯關)을 찾을 때 탄생한다. 그 순간은 소설에 이렇게 표현된다.

> 사방이 아주 고요하면 예민해지는 게 아니라 둔한 방심 상태가 된다. 그런 방심 상태가 되면 평소에는 보이지 않던 것들이 눈에 띈다. '존재'만 하던 것들이 슬며시 자기를 드러낸다. 의미라는 것도 그럴지 모른다. 절망이나 깊은 슬픔으로 모든 것이 무의미해지면, 현실적 의미들이 사라진 곳에서 다른 차원의 의미가 올라온다. 자각은 갑작스러워야 자각이다.(93쪽)

현재는 인지하는 순간 빠르게 과거로 사라진다. 시간을 표상하는 사물은 빠르게 축적되고 채 의미를 파악하기도 전에 시간이 흘러가는 저 먼 곳으로 퇴적된다. 시간의 흐름을 파악하려는 시도는 인간의 정신을 예민하게 만든다. 하지만 시간을 좇던 마음이 그 흐름을 벗어나면, 즉 "방심"의 상태가 되면 "평소에는 보이지 않던 것들이 눈에 띈다." 시간은 고정되고, 축적을 멈추게 하는 이 '관찰'의 순간에 간신히 '현존'하던 것들이 '의미'를 드러낸다. 역사적·사회적 의미의 인력에서 벗어나 일견 무의미해 보이는 사물들, 공존(共存)하지만 공생(共生)한다고 여겨지지 않던 타인들은 자아의 정신운동을 통해 서로서로 연결되고, 체험으로 "자각"된다. 시간의 파편들을 연결하는, "현실적 의미들이 사라진 곳에서 다른 차원의 의미"를 올라오게 하는 자아의 정신운동, 이것을 지칭하는 용어는 '연관'이다.

## 2.

그렇다, 바로 '연관'이다. 빌헬름 딜타이에 따르자면, 인간은 이 내적 정신의 운동을 통해 거대한 시간의 지층에서 의미를 지닌 인간의 시간, 즉 역사를 발굴한다. 위대한 시인이나 소설가는 인간 정신의 총합인 역사와 일견 무의미해 보이는 자연의 시간에서 개인의 시간을 추출해 그의 삶을 이루는 사건과 행동의 우연한 연결을 분명하게 함으로써 가치들을 되살려낸다. 우리는 위대한 예술가의 눈을 통해 인간적인 것들의 가치와 연관을 발견하게 되는 것이다. 『아홉번째 집 두번째 대문』을 읽을 때 느껴지는 문학적 감동의 핵심은 임영태라는 예술가의 눈이 아름답게 연결하는 삶과 의미의 관계이다. 임영태의 성취가 빛나는 대목은 신출내기 작가처럼 이러한 미적 기법을 마치 자기만 아는 비전(秘典)처럼 감추지 않고 그것을 활용한 성취가 그리 쉽지 않음을 알려주는 듯 소설을 완성해가는 대범한 장인(匠人)적 풍모에 있다. '나'는 자신의 인생을 소설로 만들어달라는 장자익 선생의 제안과 그의 돌연한 죽음 이후 스스로 재능이 없다고 포기한 소설에 대해 생각하며 '미행'이란 소재로 이백 자 원고지 천 장의 장편을 구상해본다. '나'는 어느 정도 필력만 있다면 "미행 대상들의 갖가지 다양한 행위들, 사소한 버릇들, 툭 튀어나오는 우연한 사건들, 그것들을 관찰하며, 스스로 조금씩 이끌리며, 그러나 거리를 유지하면서" 독자를 지루하지 않게 결말까지 이끌 수 있다고 생각한다. "문제는 마지막 장이다. 거기에선 무엇인가 나와주어야 한다. 그것은 앞의 구백 장에서 미리 준비되어야 한다. 역시 단순한 미행만 가지고는 안 된다. 삶이 섞여야 한다. 미행자와 미행 대상의 삶이 만나는 지점을 찾아야 한다. 각기 다른 인과관계가 우연을 거쳐 한 지점에서 만나고, 만나고 보니 우연은 다 필연이었다는 게 드러나야 한다."(83쪽) 자아와 타자의 만남, 소설과 독자의 삶이 섞이는 지점, 이것이 핵심이다.

『아홉번째 집 두번째 대문』의 결말을 위해 "준비"된 "앞의 구백 장"을 다시금 뒤적거리며, 다양해 보이는 행위, 사소하게 느껴지는 버릇, 우연한 것처럼 읽히는 사건들에 주목해보자. 소설의 주인공 '나'는 죽은 아내의 추억이 가득한 동네를 거의 벗어나지 않고 약간의 음식과 술로 연명하며 살아가는 것처럼 표현되어 있다. 어떤 특별한 인생의 목적이나 의미가 없어 보이는 '나'의 일상이 귀결될 유일한 미래는 아내를 따라 죽는 것이며, 때론 그것이 '나'의 삶을 가치 있게 하는 희망처럼 읽히기도 한다. 소설의 서두에서 '나'는 전국 도보여행을 통해 삶의 의미를 발견했다는 대필 의뢰인의 깨달음을 가치 없다는 듯 받아치며 "의미는 사무실 소파 아래에 뒹구는 막걸리 통에도 얼마든지 있다. 의미를 몰라 인생이 건조해지는 건 아니다"(12쪽)라고 냉소적으로 말한다. 하지만 이런 언급에도 불구하고 소설에서 '나'는 단지 "저 막걸리 통을 왜 치우지 않을까?"(99쪽) 잠시 생각할 뿐이고, 청소를 하다가도 "소파 아래의 막걸리 통은 잠깐 생각하다가 그대로 놔"(219쪽)둔다. 좀처럼 막걸리 통의 의미는 밝혀지지 않지만, 중요한 사물처럼 에피소드마다 등장하며 소설이 끝나기 바로 전까지 사무실 바닥을 뒹군다. 취미로 서각을 했던 아내가 유품으로 남긴 "아홉번째 집 두번째 대문"이라는 수수께끼 같은 문구가 적혀 있는 문패에 대해 '나'는 "아내가 의미 없는 말을 적어놓진 않았으리라는 생각에 해석해보려" "하지만 연관된 어떤 것"(93쪽)도 떠올리진 못한다. 이 해석되지 않는 상형문자 같은 문구는 의미 없어 보이는 사물, 우연한 사건과 함께 소설의 장면 장면을 뒹군다. 유령은 어떤가? 처음 사무실에서 죽은 사람을 본 후 '나'는 동네 곳곳에서 유령들을 만난다. '나'는 산 자와 죽은 자를 한눈에 구분할 수 있고, 이들의 돌출에도 당황하지 않을 만큼 익숙해졌고, 그들을 볼 수 있는 범위가 이 동네에 한정되어 있다는 것도 알게 된다. 심지어 죽은 사람과 대화도 하게 되고, 무엇이 그들을 떠돌게 하는가를 알게 된다. "산 자의 눈빛에는 자아가 깔린 욕망이 있다. 죽은 자는 다만 염원하고 소망한다. 간절히 무언가를 바라지만 그건 욕망이 아니라 다만 그리움이다."(125쪽) '나'는 유령의 현존을 추동하는 정염의 바탕에 간절한 그리움이 있다는 것을 알게 되고, 이를 통해 운명과 필연, 그리고 자신에 대한 존재론적 사유에 빠진다. "그래서 어쨌단 말인가?"(90쪽) '나'는 대답한다. "뭐 그렇다는 얘깁니다."(131쪽) 이런, 막걸리 통 같은. 역시, "문제는 마지막 장이다."

## 3.

"단순한 미행만 가지고는 안 된다. 삶이 섞여야 한다." 그렇다면, 이 소설에서 어떻게 사건과 사물은 삶과 섞이는가. 앞에서 자아의 내적 정신운동, 즉 '연관'이라고 말했다. 인식론의 기반 위에서 인간은 사물의 의미와 차이를 인식한다. 이것이 있어야 자본주의적 교환이 가능해진다. 하지만 인식론에 의문을 던지는 특정한 감정 상태나 존재의 기반을 흔드는 사건이 발생하면, 이 의미와 차이의 경계 위로 '연관'이 등장한다. 이것이 나타나면, 의미와 차이의 분명한 경계는 흐릿해지고, 하나의 의미나 사물은 기존에는 한 번도 관계되지 않았던 다른 사물이나 가치에 연결된다. 또는 연결 자체가 무의미해진다. 이런 점에서 '연관'은 '유령'과 같다. '유령'은 산 자도 죽은 자도 아니기에 삶과 죽음의 명확한 경계 위에서 살아간다. 그는 죽은 자가 아니기에 소멸할 수 없다. '유령'이 등장하는 순간 "시간은 이음매에서 어긋난다."(『햄릿』) 공간은 일그러지고, 관습적이며 사회적인 삶과 사물의 의미는 사라진다. 장자익 선생의 제안으로 인해 소설에 대해 고민하기 시작한 '나'는 단순한 필력으로 진행할 수 있는 한계는 결말 직전이며, 소설의 마지막에 "삶이 섞여야 한다" 생각한다.(83쪽) 그리고 몇 페이지가 채 넘어가기도 전에 '나'는 유령을 보기 시작하며(87쪽), "연관"(93쪽)에 대한 자각을 얻는다. '나'가 자신에게 던지는 삶의 의미와 존재론적 질문이 깊어지고, 자신의 과거와 현실의 사물이 연관을 찾으려는 시도가 잦아질수록 소설에 유령은 빈번하게 등장한다. '나'는 죽은 아내의 흔적이 가득한 집과 동네를 떠나지 못하는 자신에게는 삶의 활기를 불어넣어줄 그 어떤 목적이나 이유도 없다고 느끼며, 자신이 간절한 그리움으로 생이 머물렀던 자리를 떠나지 못하는 유령과 그리 다르지 않다고 판단한다. 데리다가 언급했던 것처럼, 산다는 것은 "자기 자신으로부터 배우는 것도 아니며, 삶으로부터 배우는 것도, 삶이 가르쳐주는 것도 아니다. 오직 타자로부터, 죽음을 통해서만 배울 수 있다." 타자의 죽음뿐만 아니라 자기 자신의 죽음, 삶과 죽음 사이, 죽음을 표상하는 흐릿한 환영과 같은 존재, 이 모든 것에서 사는 법을 배워야 한다. 사는 법을 배우는 것, 이것은 죽음과 마주하는 한에서만 의미를 지니며, 정의롭고, 윤리적이다.

소설의 서사가 진정한 자아의 발견과 존재에 대한 탐색으로 진행될수록 죽은 자들의 환영은 산 자보다 더 살아 있는 사람처럼 생생하게 현실의 공간을 활보하며, '나'와 만나고, 대화한다. '나'는 장자익 선생의 유령과 만난 후 어렴풋하게나마 쓰고 싶은 것을 떠올리며 소설을 시작한다. "나를 둘러싼 세계가 하는 말들을 내가 정확히 받아쓸 수만 있다면, 그것으로 내가 쓰는 글은 '내가 아는 세계'라는 한 의미가 된다. 그것이면 된다. 그리고, 하나를 제대로 말하면 사실은 모든 게 거기에 있다. 먼지와 햇빛과 행인은 서로 연결돼 있다. 하나를 쓸 수 있으면 다른 것도 말해진다. 먼지의 이야기는 햇빛의 이야기이다."(235쪽) 이러한 자각을 통해 '나'는 자아와 타자가 다르지 않음을, 삶과 죽음은 명확히 나뉘지 않고 삶은 죽음을 통해, 죽음은 삶을 통해 알아갈 수 있다는 것을 인식한다. 즉 "나는 곧 그일 것이다. 서로의 삶이 다르지 않음을 비로소 알게 되고, 그의 말은 나의 말이 되어, 나는 그의 목소리가 된다."(236쪽) 여기서 『아홉번째 집 두번째 대문』이 지닌 사소설(私小說)적인 동시에 예술가소설적인 경향은 아름답게 연결되며 놀라운 성취를 보여준다. '연관/유령'을 통한 '나'의 깨달음이 깊어질수록, 자아와 내면의 대화는 풍성해지고, 삶의 진실에 대한 탐구는 치열해진다. 이러한 자아의 완성을 향한 열정은 소설이라는 문학 장르에 대한 심오하고 다채로운 사유로 이어지며, 대필에서 자기만의 글쓰기로 나아가는 '나'의 작가적 성장과정과 일치된다. 소설이 결말로 진행될수록 '나'는 자아의 진실에 다가가고, 소설이란 근대적 장르가 가진 예술적 가치는 풍요로워지며, 『아홉번째 대문 두번째 집』이라는 소설은 완성된다.

## 4.

소설의 마지막 장으로 가기 전, '나'는 어두운 거리에서 장자익 선생의 유령을 만난다. 삶의 회한에 대해 묻는 '나'에게 장선생은 말한다. "따라와보시게."(256쪽) '나'는 장선생을 따라 소설의 에피소드가 담긴 공간을 거쳐, '나' 스스로 자신을 유폐시킨 연남동 주택 골목의 경계를 벗어나는 긴 산책을 하게 된다. 루소식으로 말하자면 '고독한 산책자의 몽상' 혹은 약간 변형하여 '고독한 몽상가의 산책'이라고 부를 수 있을 이 긴 대화의 과정에서 '나'는 유령을 통해 삶을, 사는 법을, "이해"(267쪽)하게 된다. 그리고 죽은 아내를 만나는 기적과 같은 마지막 장면이 시작된다. 사무실로 돌아온 '나'는 청소를 마치고 저녁을 준비하는 아내를 본다. 아무 일도 없다는 듯이, 통절한 고통의 시간은 사라졌다는 듯이 그들은 일상의 대화를 나눈다. 건강을 염려하고, 저녁을 먹고, 소파에 앉아 살냄새를 맡고, '나'는 눈물을 흘리며 아내를 안는다. 오래도록 인연이 머문 자리를 맴돌던 산 자와 죽은 자의 만남, 삶과 죽음의 변증법적 융합이라고 부를 수 있는 이 순간, 시간과 사물은 삶과 섞이고 "각기 다른 인과관계가 우연을 거쳐 한 지점에서 만나고, 만나고 보니 우연은 다 필연이었다는 게 드러"(83쪽)난다. 조금 길지만 이 지점은 인용할 가치가 있다.

> 바람이 불었다. 목련나무의 가지와 잎들이 후두두 흔들렸다. 수십 개의 나뭇잎들이 저마다의 몸짓과 표정으로 흔들리고 있었다. 나뭇잎의 미세한 떨림, 그 파동 하나하나가 내 몸에 날아들어왔다. 서서히 벅찬 감흥이 가슴에 차올랐다. 나뭇잎은 저마다 하나의 웃음이고, 뜀박질이고, 눈물이고, 기도였다. 나뭇잎 하나하나가 욕망이고 회한이었다. 살아오면서 문득 마주치곤 했으나 알 수 없었던 신비한 순간들이, 들판에 퍼져나가는 종소리처럼 나뭇잎들 하나하나에서 무수하게 솟구치고, 몰려오고, 날아다녔다.
>
> 아버지가 번쩍 손을 들었다. 어머니가 소녀처럼 까르르 웃었다. 태인이가 컹컹 짖었다. 운동 모자 집 창문에서 한 아이가 환히 웃었다. 축하해, 장선생이 말했다. 자세히 보니 장선생은 아버지 같았다.(288쪽)

"축하해." 장선생의 말처럼, 자아는 의미로 충만하고, 자연의 시간을 인간의 시간으로 변모시키는 예술(소설)은 삶과 연관의 고리를 찾았으며, 『아홉번째 집 두번째 대문』은 완성되었다. 소파 밑을 뒹굴던 막걸리 통은 기다리던 아내를 만나 사라지고, "장선생과 만났던 밤에 보았던 유기견"(290쪽)은 '태인'이의 환생이라는 의미와 함께 '몽'이라는 이름을 얻는다. '아홉번째 집 두번째 대문'이라는 문패는 현관에 걸린다. 스스로 만든 마음의 감옥에 살던 '나'는 내적인 연관을 깨닫는 동시에 자신의 삶이 외부로 열리는 것을 자각한다. 의미와 가치의 발견이 만들어내는 삶의 활기를 따라 "나는 파란불이 켜진 횡단보도"(291쪽)를 건넌다.

소설은 이렇게 끝난다. 삶은 의미를 찾고, 예술과 시간의 연관 고리는 둥글게 완성되었다. 그야말로 모든 것이 "파란불이 켜진 횡단보도" 같다. 마치 별을 보고 갈 길을 찾던 자아의 충만함을 변형한 것 같은 이 동화적 결말엔 왠지 모를 당혹스러움이 있다. '동화', 이 단어엔 이 소설을 읽으며 애써 생각하지 않으려 했던 감동의 배면(背面)을 바라보게 하는 힘이 있다. '나'와 진돗개 '태인'이. 집을 찾아 돌아오는 개, 주인의 목숨을 구하고 대신 죽는 개, 다시 살아나는 개. 이 익숙한 동물과 인간의 유대관계는 아이들을 위해 들려주던 오래된 민담과 설화에 등장하는 이야기에서 전형적으로 반복되었던 것이며, 애니메이션으로 제작되었던 유명한 동화 『플랜더스의 개』의 변형에 불과하다. 또한, 데우스엑스마키나(Deus Ex Machina)에 해당하는 죽은 장선생과의 긴 산책은 디킨스의 『크리스마스캐럴』에 등장하는 유령과 스크루지 영감의 여행과 그리 다르지 않다. 대부분의 동화가 그렇듯이 이 소설의 주인공도 자기만의 세상에서 살고 있으며, 살아갈 것이다. 죽은 아내의 유령만 있으면 언제까지나 행복하게.

빌헬름 딜타이가 더 설명한 바에 따르면, 인간은 전체를 위해 존재하는 한에서만 의미를 갖는다. 인간은 "체험, 타인에 대한 이해, 역사적 작용의 주체로서의 공통성에 대한 역사적 파악, 끝으로 객관 정신에 대한 이해-이 모든 것들의 공동작업을 통해 정신적 세계에 대한 앎"을 자각할 수 있다. 아쉽게도 『아홉번째 대문 두번째 집』의 '나'는 역사와 사회를 인식하지도, 인간을 개인으로 인정하지도 않는다. '인터넷'과 같은 연대를 짐작할 수 있는 사물만 없다면 이 소설의 배경은 모호해진다. '나'는 소설에서 "미국의 다국적 기업에 고용되었던 사람이 자기 일을 후회하며 쓴 고발적 경제 에세이"(18쪽)를 읽으며 단 한 번 사회에 눈을 돌린다. 거기에는 국가 간의 경제적 서열화를 영구적으로 만드는 자본주의의 착취와 부정, 선거 조작, 폭력 등이 담겨 있다. '나'는 생각한다. "이런 책 한 권이 세계의 비열한 구조를 바꿀 수 있을까? 모른다. 거기까지만 생각한다. 사람은 자기가 걸어 다니는 동네의 일만으로도 벅차다. 비열한 것은 세계가 아니라 개인들이다."(19쪽) 바로 "거기까지만" '나'는 생각한다. '나'가 찾은 자아의 의미도, 눈물을 흘리며 부둥켜안은 타인의 죽음도, 삶과 둥글게 연결되어 아름답게 빛나는 소설의 완성도, 바로 "거기까지만"이다. '나'는 자아를 찾아 오래도록 헤매지만 자족적인 의미의 획득에서 멈춘다. '나'를 개인(個人) 혹은 주체라고 부를 수는 없다. '나'는 한없이 투명에 가까운 자아에 불과하다. 속물이, 축생이, 시체가 당대를 대표하는 인간의 호칭이 된 시대에 도시의 변두리에서 발견한 임영태의 자아와 그가 들려주는 삶의 마법과 같은 이야기는 희소하기에 아름답고, 동화적이기에 더욱 서글프다. "서울은 슬픈 도시"(129쪽)다.

(2010)

# In Cold Water

## —정유정의 『7년의 밤』[1)]

### 1.

좋은 소설이 항상 그렇듯 『7년의 밤』(은행나무, 2011)도 흥미롭게 해석될 여지가 많다. 먼저 스릴러를 표방하는 이 소설의 중심 서사부터 보자. 『7년의 밤』은 "세령호의 재앙"이라고 불리는 2004년 9월 11일 밤부터 12일 새벽까지 있었던 사건이 발생하고 칠 년이란 시간이 흘러간 시점에서 시작된다. "세령호의 재앙"의 범인인 최현수에 대해 언론에 보도된 것은 이렇다. 최현수는 고교 유망주였으나 프로에서는 성공을 거두지 못하고 2군을 전전한 포수이자 "열두 살짜리 여자아이의 목을 비틀어 살해하고, 여자아이의 아버지를 몽치로 때려죽이고, 자기 아내마저 죽여 강에 내던지고, 댐 수문을 열어 경찰 넷과 한 마을 주민 절반을 수장시켜 버린 미치광이 살인마"(18쪽)이다. 최현수의 아들 서원은 살인마의 아들이라는 사실을 숨기고 세상에 편입하려 하지만 그가 정착한 곳에는 어김

1) 이 책에서 인용할 때는 인용한 구절 옆에 쪽수를 병기하는 방식으로 처리하겠다.

없이 세령호 사건에 대한 특집기사를 실은 "선데이매거진"의 복사본이 배포된다. 세상에 의해 "미치광이 살인마의 아들"이자 "그 광란의 밤에 멀쩡하게 살아남은 아이"(18쪽)라는 운명의 꼬리표가 붙은 서원은 자신을 떠미는 사회의 손에 밀려 지도에도 표시되지 않는 등대마을이란 곳으로 숨어들어 살아간다. 친척에게도 버림받은 서원을 거두어준 사람은 세령댐 보안 직원으로 최현수와 같이 근무했던 안승환이다. 대필로 생계를 이어가는 안승환은 서원을 작은형의 양자로 입양하여 등대마을에서 함께 살아간다.

세령호 사건으로부터 칠 년이 지난 2011년 12월 26일 서원에게 최현수의 사형 집행과 시신 인도를 알리는 전보가 오고 승환은 사라진다. 서원은 자신에게 배달된 상자에 담긴 승환의 소설을 통해 세령호 사건에 대한 "잔인한 진실"을 읽게 된다. 승환의 소설에는 오영제가 "교정"이란 이름으로 딸 세령과 아내 문하영에게 끔찍한 폭력을 행사한 사실과 "세령호의 재앙"이 있던 밤 서원을 납치 살해하려 한 장본인이라는 사실이 상세하게 적혀 있다. 서원은 영제가 세간에 알려진 것과는 달리 아직 살아 있으며 현수의 사형 집행일에 맞춰 승환과 자신을 죽이려는 계획을 짜고 있었다는 것을 알게 된다. 서원은 사라진 승환이 오영제에 의해 납치되었다는 것을 깨닫고 그와 대결한다. 결국 서원은 오영제가 서원의 엄마를 살해했다는 것을 자백받고, 승환과 합심해서 그를 잡아 경찰에 넘긴다. 소설은 사형이 집행된 최현수의 시신을 인도한 서원이 그를 화장하고 바다에 안치하는 것으로 끝난다.

『7년의 밤』을 읽은 많은 사람들이 인정했듯이 이 자체로도 독자를 사로잡기에 충분하다. 하지만 앞에서 말한 것처럼 『7년의 밤』은 잘 만들어진 스릴러로 읽는 것 말고도 다양하게 읽어낼 여지가 많다. 여기에는 중심 서사의 재미를 상회하는 또다른 흥미가 있다. 소설의 제목을 사용해 설명하자면, '7년'이라는 인간의 시간과 '밤'이라는 신 혹은 운명의 시간을 통한 읽기라고 할 수 있겠다.

## 2.

먼저 하나의 계보에 대한 얘기부터 해야 하겠다. 대학에서 문학의 정전을 학습하거나 문예창작학 등을 수강한 경험이 없는 정유정은 독서를 통해 만나게 된 영미의 작가들을 문학적 스승이라고 부른다. 정유정이 작성한 상상의 강의계획서 명단에 들어 있는 교수의 이름은 찰스 디킨스, 레이먼드 챈들러, 스티븐 킹, 켄 키지 등이다. 세계문학상 수상작인 정유정의 전작 『내 심장을 쏴라』(은행나무, 2009)는 켄 키지의 『뻐꾸기 둥지 위로 날아간 새』를 다시 쓰고 싶은 작가의 욕망을 담고 있다고 느껴질 만큼 켄 키지의 영향이 작품 전체에 흘러넘친다. 정유정은 어느 인터뷰에서 광주민중항쟁의 총성이 들려오던 밤, 공포를 잊기 위해 펼쳐든 책이 켄 키지의 『뻐꾸기 둥지 위로 날아간 새』였고, 그 밤의 두려움을 잊을 만큼 이 책에 몰두했다고 말했다.[2] 한국의 역사에 씻을 수 없는 상처를 남긴 그날 밤, 정유정은 문학이란 둥지를 찾아 날아가는 새가 되었던 것이다.

이쯤에서 한 명의 작가 이름을 더 언급해야 하겠다. 『7년의 밤』에는 소설가이자 세령댐 보안 직원인 안승환이 나온다. 소설을 위해 좋은 직장을 포기한 안승환에게 그의 아버지가 "네놈이 챈들러인지, 히틀러인지 하는 양놈처럼 될 재목이면 왜 아무도 나를 작가 애비로 대우하지 않"(56쪽)느냐 하며 호통을 치는 장면이 있다. 챈들러의 소설이 설명이 필요 없는 걸작이란 건 알지만, 여기에는 챈들러도, 히틀러(잘 알려지지 않았지만 그도

---

2) 「궁극의 이야기 꿈꾸는 천부적 이야기꾼」, 매일경제, 2011. 7. 12.

베스트셀러 작가이다. 『나의 투쟁』을 보라)도 아닌 다른 작가의 이름이 들어가야 한다.

한국에는 『티파니에서 아침을』의 작가로 유명한 트루먼 커포티가 바로 그 사람이다. 커포티의 이름은 정유정에 의해 언급되지 않았으니, 그녀의 과외 선생쯤 될까. 작중인물의 모습이나 전반적인 서사에서 모델이 되었을 선배 작가의 텍스트를 연상하고 찾는 것은 그것이 명백하지 않은 이상 작품 해석에 큰 도움이 되지 않는 일이지만, 흥미로운 것은 사실이다. 나는 안승환의 실제 모델이 트루먼 커포티라고 생각한다. "세령호의 재앙"에 대한 "잔인한 진실"을 기술하고 있는 안승환의 소설 속 소설 "세령호"는 커포티의 『인 콜드 블러드(In Cold Blood)』를 읽지 않고는 쓸 수 없는 작품이다. 설령 작가가 읽지 않았다고 해도 안승환은 분명 그 책을 읽었다. 세령호 사택 102호나 승환과 서원이 세 들어 사는 등대민박의 방 어딘가에는 커포티의 이 불길한 책이 꽂혀 있을 것이다.

『티파니에서 아침을』로 유명세를 얻은 작가 트루먼 커포티는 1959년 11월 아침 신문을 읽다가 캔자스 홀컴이라는 마을에서 일어난 일가족 살인 사건에 관한 짧은 기사에서 설명할 수 없는 강한 매혹을 느꼈다. 그는 직접 그 사건을 조사하기 위해 홀컴으로 가게 되고 이 사건과 직간접적으로 관련된 사람들을 만나 인터뷰를 행한다. 얼마 지나지 않아 범인들은 체포되고 커포티는 부정한 방법으로 교도소장을 매수해 이들과 직접 대면할 수 있는 기회를 얻게 된다. 커포티는 사형을 언도받고 절망과 공포에 빠진 죄수들에게 다가가 깊은 인간적 유대를 맺는다. 이를 통해 커포티는 그들의 과거와 사건이 발생한 날에 대한 생생한 증언을 듣게 된다.

커포티는 자신의 책이 시대의 걸작이 될 것을 직감하고 작업에 착수하지만 사형 집행일은 그의 더딘 작업보다 빠르게 다가온다. 책을 완성하기 위해 죄수들에게 들어야 할 말이 남았다고 판단한 커포티는 유능한 변호사를 선임하여 사형 집행일을 연기시킨다. 책을 거의 완성한 커포티는 그들이 사형당하는 것으로 책을 끝내려 하지만 형은 아직 집행되지 않았다. 출판사의 독촉에 초조하게 범인들의 사형을 기다리던 커포티는 한번 더 항소해달라는 범인들의 요청을 묵살하고 책의 결말이 실현되는 것을 묵묵히 지켜본다. 1965년 출간된 『인 콜드 블러드』는 놀라운 성공을 거두지만 이후 커포티는 새로운 책을 쓰지 못하고 퇴락의 길을 걷다가 1984년 8월 25일 로스앤젤레스에서 정맥염과 약물중독의 합병증 때문에 생긴 간질환으로 사망한다. 커포티는 어딘가에서 "책을 끝내는 일은 아이를 뒤뜰로 데려가서 총으로 쏴버리는 것과 같다"는 말을 하였다. 이것이 결말을 쓰는 작가의 단호함과 냉정함에 대한 비유겠지만, 커포티의 삶은 이를 단순한 수사로 읽을 수 없게 한다.

커포티의 『인 콜드 블러드』는 여러 가지 면에서 안승환의 "세령호"와 비교할 만하다. 사건의 당사자와 주변 인물들의 과거와 내면을 소설의 방식으로 기술하고 있다는 것, 죽은 인물들이 아직 살아 있던 마지막날에서 소설이 시작한다는 사실, 그리고 명백한 현실이 주어지기 전까지 소설의 결말을 쓰지 못했다는 점 등은 "세령호"를 커포티의 정신적 계보에 놓인 '인 콜드 워터(In Cold Water)'로 읽게 만든다. 승환이 쓰지 못한 마지막 장은 서원의 엄마 강은주의 죽음에 대한 진실이다. 승환은 최현수를 면회하며 오영제가 강은주를 살해한 것 같다고 말한다. "정황은 분명한데 단서를 못 찾겠어요. 정황만으로 쓸 수 있는 부분도 아니고."(507쪽) 승환이 쓴 미완성 소설을 읽은 서원은 강한 충격과 의문에 빠진다.

나는 그 엄청난 일을 저지른 남자의 아들이었다. 잊고 싶어도 잊을 수 없는 사실이었다. 잊을 틈 없이 대가를 치르며 살아왔으므로. 그렇게라도 살 수 있었던 건, 나 역시 미쳐버린 남자의 희생양이라 여겼기 때문이다. 아저씨의 소설은 이 비루한 삶의 명분마저 앗아갔다. 꼼짝없이 받아들이게 만들었다. 내 삶이 그 많은 목숨과 바꾼 것이라는 진실을.

왜 그랬을까. 아저씨는 왜 이 이야기를 썼을까. 이 잔인한 진실을 내게 알려야 했던 이유가 뭘까. 그것도 미완성인 채로. 원고는 '승환의 장'에서 끝나버렸다. 맥락상 뒷장에 어머니의 이야기가 와야 했다.

나는 아저씨의 노트북을 켰다. (……) 표제를 붙인 빈 페이지가 마지막에 붙어 있다는 것만 달랐다.

강은주

의문들이 들뛰었다. 아저씨는 왜 마지막 장을 쓰지 않았는지. 오영제는 그 재앙을 어떻게 빠져나갔는지. 어머니는 누구에게 살해돼 강에 던져진 것인지.(466~467쪽)

서원은 다섯 가지 의문을 갖는다. 첫째, "아저씨는 왜 이 이야기를 썼"는가. 둘째, "이 잔인한 진실을 내게 알려야 했던 이유가" 무엇인가. 셋째, "왜 마지막 장을 쓰지 않았는"가. 넷째, "오영제는 그 재앙을 어떻게 빠져나갔는"가. 다섯째, "어머니는 누구에게 살해돼 강에 던져진 것"인가. 소설은 서원의 질문 중 두번째와 네번째, 다섯번째에 대해서는 충분한 설명을 해준다. 서원에게 배송된 상자에 소설을 담아 보낸 사람은 승환이고, 소설에 대한 꼼꼼한 읽기를 통해 서원은 오영제의 성격과 그가 범죄를 계획하고 실행하는 방식을 알게 된다. 네번째와 다섯번째 의문은 오영제의 입을 통해 말해진다.

설명이 부족한 두 가지 의문 중 첫번째 "아저씨는 왜 이 소설을 썼을까"(279쪽)에 대해 살펴보자. 승환은 오영제가 체포된 후 서원에게 자신은 최현수가 세령을 살해하고 유기했다는 사실과 오영제가 끔찍한 일을 계획하고 있다는 것을 알고 있었다고 말하며 다음과 같이 고백한다. "그 때 내가 팀장님을 설득해서 자수를 하게 했다면 어땠을까, 아니면 신고를 하든가. 그랬다면 그런 비극은 일어나지 않았을 거야. 그런데 난 기다렸어."(501쪽) 승환이 기다린 것은 최현수라는 광인과 오영제라는 악인의 대결이 최종적으로 만들어낼 파국 그리고 이들에 대해 자신이 쓰고 있는 소설의 결말이다. 승환은 흥미진진한 이야기를 만들고자 하는 소설가의 욕망이 "세령호의 재앙"을 방관하게 했다는 사실에 깊은 자책감을 갖게 되고 더이상 새로운 이야기를 쓸 수 없게 된다. 하지만 서원은 "백지라는 우주에서 길을 잃은 작가의 고통"을 이해할 수 없고, 승환의 "죄책감이, 잠깐 함께 살았던 부자를 위해 그 기나긴 세월 동안 정성을 쏟을 이유가 되지 않는다"(502쪽)고 생각한다.

서원의 판단처럼 승환의 죄책감은 그가 보낸 세월의 고통을 훨씬 상회한다. 소설에서는 누구의 입을 통해서도 말해지지 않지만, 승환이 보낸 칠 년이라는 시간의 의미를 이해하기 위해서는 그가 '소설가'라는 사실을 인지할 필요가 있다. 이 중요한 인지는 세번째 의문인 승환은 "왜 마지막 장을 쓰지 않았는가"에 대한 해답을 준다. 소설을 관통하는 칠 년은 세령을 살해하고 깊은 광기에 빠진 최현수가 사형되기까지의 기간이며, 현수에게 세령을 잃은 영제가 자신의 죽음을 숨기며 끔찍한 복수를 계획하고 실행하는 데까지 걸린 시간이고, 살인자의 아들이라는 낙인이 주홍글씨처럼 찍힌 서원이 세상을 유배지처럼 떠돌던 세월이다. 그리고 어떠한 이야기도 상상하거나 적어내지 못하며 소설에 대한 조급증과 불면증에 시달린 승환의 밤이다. 승환의 쓸 수 있었던 유일한 글은 자기가 경험하고, 취재하고, 인터뷰한 세령호 사건에 대한 사실뿐이었다. 서사에 대한 흥미를 떨어지게 하는 말이지만, 승환은 얼마든지 서원에게 자신이 경험한 세령호 사건의 사실이나 오영제의 생존에 대한 것을 말해줄 수 있었다. 그는 "세령호"의 마지막을 쓸 수 없는 이유에 대해 "정황만으로 쓸 수 있는 부분도 아니고"라고 말한다. 이 작가적 엄밀함과 편집증에 가까운 집착이 말해주는 것은 그가 가진 '소설가'라는 정체성이며, 글쓰기에 대한 욕망이다.

커포티는 『인 콜드 블러드』의 결말을 쓰기 위해 육 년을 기다렸고, 그 마지막을 죽은 범인들의 피로 써낸다. 안승환은 "세령호"의 마지막 장을 쓰기 위해 칠 년을 기다리며 기어코 오영제의 입에서 짐작만 했던 범죄의 자백을 듣는다. 이를 무엇이라고 불러야 할까. 성공에 대한 추구, 소설에 대한 욕망. 커포티나 안승환의 모습에는 단순히 이렇게 말할 수 없게 하는 어떠한 극단적 집착과 숭고함이 있다. 정유정은 정신병원을 주무대로 하는 『내 심장을 쏴라』를 쓰기 위해 정신병원에서 환자들과 실제 생활을 하였고, 『7년의 밤』을 위해 소설에 등장하는 장면과 배경의 지식을 습득했다고 한다. 커포티에게 육 년이 무엇인지, 안승환에게 칠 년이 무엇인지, 정유정에게 소설의 집필보다 훨씬 긴 취재가 의미하는 것은 무엇인지 묻고 싶은가. 대답은 그들이 이야기에 사로잡힌 소설가라는 사실이다.

## 3.

『7년의 밤』이란 소설의 제목에서는 시간을 나타내는 두 가지 단어가 충돌하고 있다. '연(年)'은 인간의 시간이다. 이것은 수량적 시간이며, 세월을 무상하게 만드는 자연보다는 인간의 유한한 수명을 헤아리는 데 의미가 있는 시간의 단위이다. 인간은 시간을 특정한 단위로 분절한다. 그래야 시간을 셈할 수 있고, 이를 통해 인생이란 인간의 시간을 구분하고 계획할 수 있다. 누구나 매년 맞이하는 생일은 그가 태어난 시점에 대한 경축이 아니라, 그가 보낸 일 년이라는 시간에 대한 기억과 확인이다. 그리고 그 시간이 얼마 남지 않았다는 반성이다. '밤'은 수량과는 다르다. 이것은 자연의 시간이다. 태양의 주변을 도는 지구의 공전에 의해 '밤'은 만들어진다. 그러므로 이것은 인간의 힘으로는 제어할 수 없는 자연의 시간이며, 고대의 인간이 생각했듯이 신의 시간이다. 제목에 대해 다시 생각해보자. 이 소설은 '7년과 밤' '7년 그리고 밤'이 아니라 '7년의 밤'이다. 이는 세령호에 몇 년 동안 저장된 물이 열린 수문을 통해 뿜어지듯 칠 년이라는 시간이 하나의 밤으로 응축되고 있다는 것으로 해석될 수 있다. 이 '밤'이 의미하는 것은 무엇일까. 그것은 '운명'이다.

『7년의 밤』에는 인간의 힘으로는 어떻게 끊어버릴 수 없을 것 같은, 운명이라는 단어를 사용하는 것 외에는 설명할 방법이 없는 강렬한 힘이 있다. 이 소설에 등장하는 모든 인물은 자신에게 부여된 운명의 사슬에 묶여 있다. 최현수는 술만 먹으면 폭력을 행사하는 광인 "최상사"의 아들이며, 강은주는 가난과 수치를 물려준 술집 여인 "지니"의 딸이고, 승환은 강에서 시체를 건져내는 일을 하던 속칭 "악어"의 자식이다. 서원도 살인마의 아들이라는 세상의 시선에 묶인 몸이다. 그들은 자신에게 주어진 운명을 벗어나기 위해 안간힘을 쓰지만 어떠한 노력도 그들을 자유롭게 만들지 않는다. 오이디푸스의 운명을 연상시키는 "나는 내 아버지의 사형 집행인이었다"(6쪽)라는 소설의 첫 문장이 말해주고 있는 것처럼 그들은 운명이라는 밧줄에 목을 매고 살아가는 인간들이다. 이와는 반대인 오영제는 운명을 위대한 유산처럼 물려받은 인물이다. 그의 폭력과 잔인한 성품은 전제군주처럼 가족에 군림하던 아버지가 엄청난 재산과 함께 그에게 물려준 유산이다. 그는 그 힘을 아낌없이 쓰며 이를 통해 인생의 쾌락을 체감한다. 폭력의 규모가 거대하고 타인이 느끼는 고통이 클수록 그는 즐거워한다.

과거에서 현재로 그리고 미래로 흘러가는 시간의 흐름에, 한 치 앞도 내다볼 수 없는 어두운 시간 속에, 모든 인간은 놓여 있다. 인간이 인생에서 느끼는 행복과 불행은 시간에 대한 감각이다. 인간은 시간을 계획하고, 이것이 자신의 예상대로 움직이고 있다고 생각할 때 행복을 느끼며 이것이 한꺼번에 무너져내릴 때 불행을 감각한다. 최현수에게 행복은 "가족에게 세끼 밥을 먹이고, 아들을 키우고, 내키면 소주 한잔 할 수 있는 딱 지금만큼의 행운"(121쪽)이다. 은주가 생각하는 행복의 한고비에는 일산의 "33평 아파트"(86쪽)가 있다. 그녀는 이를 위해 사택이 있는 세령댐으로 가서 삼 년을 보낼 계획을 한다. 그러나 이들의 인간적 노력은 운명이 선사한 사건에 의해 끔찍한 파국을 맞이한다. 현수는 자신이 아버지에게 광기라는 운명을 물려받았지만, 이를 서원에게 다시 대물림하려 하지 않는다. 하지만 그가 물려준 것은 살인마의 자식이라는 보다 끔찍한 운명이다.

> 물론 자살도 생각했네. 매일, 매 순간. 실행하지 않은 건, 스스로 얻을 수 있는 구원이기 때문이었어. 종교를 거부한 것도 비슷한 이유고. 내겐 신이 나를 구원하지 못하게 할 자유가 있네. 내가 기다리는 건 구원이 아니라 운명이 나를 놓아주는 때야. 삶으로부터 온전히 자유로워지는 순간……(471쪽)

현수가 교도소에서 만난 영제를, 그토록 지키고자 했던 자식의 목숨을 노리는 악한을, 그 압도적 힘으로 살해하지 않고, 서원의 몫으로 남긴 이유는 운명의 사슬에서 서원을 해방시키기 위해서이다. 현수가 영제를 죽이면 살인자의 아들이라는 서원의 꼬리표에는 한 가지 범죄가 더 추가되고 그 운명은 더욱 공고해진다. 인간의 시간은 이야기로 기록되고, 죽음으로 완결된다. 인간에게 주어진 유한한 시간의 범위를 벗어나는 길은 두 가지이다. 글로 적어 시간의 풍화를 견디거나 아니면 종교를 통해 구원을 받거나. 현수는 이 두 가지 모두를 거부한다. 형 집행을 목도한 교도관은 서원에게 말한다. "유언은 없었습니다. 종교의식도 거절했고요."(514쪽) 현수의 모든 말은 승환을 통해 기록되고 서원에게 남겨졌다. 현수는 신의 용서를 바라지도 않고 이 모든 것을 자신만의 운명으로 끌어안고 그 사슬에 목을 매단다. 서원은 "왜소하고 앙상"(515쪽)한 아버지의 시신을 화장한 후 바다로 잠수한다. 바닷속에서 "눈보라"(519쪽)처럼 날리는 유골을 보며 아버지의 생을 긍정한다. 이 질긴 운명의 사실이 끊어졌다고 말할 순 없지만, 소설은 여기서 완결된다. 하나의 시간이 끝났다. 구원이 한 인간의 삶을 끌어안는 것이라면, 현수는 서원에 의해 구원받았다. 이제 서원의 시간이 그리고 운명이 새롭게 시작된다.

(2011)

# 싱크홀
## —정아은의 『잠실동 사람들』

### 1. 기억하지 않는 자들의 도시

서울은 과거의 풍경을 간직하지 않는 도시이다. 이곳은 마치 기억상실증에 걸린 사람이 그를 성장시킨 거리의 익숙함을 감각하지 못하는 것처럼 일정한 시간이 경과된 후 방문한 사람들에게 완전히 변화된 경관을 제공함으로써 그들을 어리둥절하게 만든다. 서울이 변화하는 방식은 지극히 자본주의적이며 문화적으로는 당대의 최신 유행을 그대로 따라간다. 그렇기 때문에 새로운 풍경 앞에서 어지러움을 느끼는 사람은 도시의 변화 속도보다 자신이 뒤떨어져 있음을, 자신이 아늑하다고 생각한 것이 지금을 살아가는 사람들에게는 가치 없는 것에 불과하다는 격세지감을 느끼지 않을 수 없다. 근대 이후 이러한 변화의 속도가 가장 급속한 것은 말할 것도 없이 변화에 저항하는 기억의 잔존물이 희소한 지역, 즉 자연이다. 자연은 전면적 개발을 통해 도시로 구축된다. 각지에서 모여든 사람들은 자신의 과거와 현재를 샅샅이 알고 있는 정든 이웃도, 보존해야 할 조상의 묘소도, 경외해야 할 공간의 성소도 없는 이 도시에서 자유롭게 욕망을 발현할 수 있었다. 유흥가는 주택을 신경쓰지 않고, 교회는 세속의 시장을 염두에 두지 않으며, 사창가는 아파트의 거실과 학교의 창문을 경계하지 않는 천박한 자본주의의 공간은 그렇게 건설되었다. 그곳이 바로 서울의 강남이다.

정아은의 장편소설 『잠실동 사람들』이 배경으로 하는 곳은 강남 3구 중 하나인 송파구의 잠실이다. 하지만 그 공간은 모든 세대의 사람들에게 동일한 모습으로 기억되진 않는다. 오래전 서울에 대한 기억을 간직하고 있는 사람들에게 잠실은 뽕나무밭과 갈대밭, 계절마다 찾아오는 수많은 철새들, 장마철이면 높은 지대에 지어진 몇몇 집들 외에는 모두 물에 잠기는 두 개의 섬으로 추억될 것이다. 하나는 조선시대 양잠을 장려하기 위해 심은 뽕나무와 잠실도회(蠶室都會)가 설치되었던 잠실도(蠶室島)이고, 다른 하나는 강이 범람하면 섬의 대부분이 잠기고 마을만 보인다고 하여 '물에 뜬 마을'이라고 불리던 부리도(浮里島)이다. 1970년 잠실 개발 사업을 통해 이 두 개의 섬은 매립이 되어 잠실동이 된다. 그리고 이 거대한 공간에 건축된 것이 잠실 주공아파트이다. 상전벽해가 한낱 고사성어가 아니라는 것을 증명이라도 하듯 뽕나무밭이 있던 섬은 이 개발을 통해 총 364동, 19,180가구, 인구 십만 명이 거주할 수 있는 거대한 주택단지로 변신하였다. 5층 규모의 저층 아파트에 전용면적 10평 내외의 이 집단주택은 1970~1980년대 산업화의 주역이었던 중산층의 보금자리 역할을 하였다. 그리고 2000년대 초반 잠실 재개발 사업은 이곳을 30층 이상의 고층 아파트 단지로 완전히 변모시켰다.

1970년대의 첫번째 잠실 개발이 섬의 경관과 원주민들을 모두 사라지게 만든 것처럼 두번째 잠실 재개발은 천정부지로 오른 집값을 통해 이곳에 살던 대부분의 사람들을 이 공간 밖으로 축출하였다. 『잠실동 사람들』에 등장하는 인물 중 유일한 "이 동네의 원주민"(243쪽)인 학습지 교사 차현진의 성장과 이주는 개발의 과정과 결과를 이해하는 데 유용하다. 현진의 부모는 서울역 근처의 판잣집에서 살다 철거 보상으로 잠실주공아파트 입주권을 받아 이곳으로 이주하였다. 비슷한 생활수준의 이웃들 속에서 나름 "평범하고 안정된 유년 시절"(243쪽)을 보냈다고 현진은 그 시절을 회상하지만 어머니의 암 발병과 함께 가세는 기울고 그녀의 가족은 집을 팔고 다른 곳을 떠돈다. 그후 결혼을 하고 십팔 년 만에 다시 찾은 잠실은 유년기의 추억이 어린 내밀한 장소가 아니었다. 현진은 "33층짜리 날씬한 건물들"(244쪽) 사이에서 자신이 살았던 집이 어느 위치에 있는지조차 찾아내지 못한다. 현진이 느끼는 기억상실에 가까운 현기증은 "억하심정"과 "억울"(245쪽)함으로 감각되고 이는 "돈이 뭘까? 정말 행복은 돈하고 상관없는 걸까? 부자는…… 어떤 사람이 되는 걸까?"(245쪽)라는 상식과 윤리의 혼돈을 초래한다. 그렇게 그녀는 "별것 아닌 일도 빈부 차 때문에 그럴 거라고 비약해서 생각"하는 "없이 사는 사람의 전형이 돼가는" 자신을 "혐오"(227쪽)하며 최소한의 존중마저 상실하고 있는 자신을 인식한다.

정아은의 『잠실동 사람들』은 서민들의 주거지였던 잠실주공아파트 단지가 철거되고 그 자리에 재건축된 고층 아파트에 살고 있는 사람들의 욕망을 파노라마식으로 묘사하는 소설이다. 『잠실동 사람들』은 특정한 인물이 주인공의 역할을 하며 하나의 사건을 중심으로 소설이 전개되지 않는다. 과거 박태원의 『천변풍경』이 그랬던 것처럼, 특정 공간에 머무는 사람들의 동선과 이곳에서 경험하는 사건을 중심으로 전개되고 있다는 점에서 이 소설은 '잠실'이라는 문제적 장소에 대한 관찰과 묘사를 통해 주제의 핵심을 탐색하고 있는 작품으로 이해된다. 주의깊게 보아야 할 것은 이 장소를 관찰하고 기록하는 정아은의 냉정한 시선이다. 작가는 욕망을 강조하기 위해 특정한 에피소드를 삽입하거나 평범한 사건에 파국적인 요소를 첨가하여 서사의 극단적 흥미를 추구하지 않는다. 다르게 말하자면 이 소설에는 흔히 찾을 수 있는 죽음도, 과도한 폭력도 없다. 초등학교 교사 김미하는 몇몇 학부모들이 충동질한 학생들의 등교 거부에 충격을 받고 음독자살을 시도하지만 그것은 비극적 결말에 이르지 않는다. 소설의 첫 페이지에 나오는 서영의 성매매 장면은 이 작품에 묘사된 유일한 섹스이며, 그마저도 인물의 수치심에 포커스가 맞춰져 있다. 이 소설의 인물들은 아이들의 교육에 대한 대화를 나누고, 대부분의 이동은 가벼운 소비와 아이들의 등하교에 맞춰져 있다. 매력적인 과외 교사가 이곳을 방문하지만 그에게 느끼는 성적 호기심은 심각한 불륜으로 연결되진 않는다. 아이들은 간혹 말썽을 피우지만 그것은 사춘기 아이들의 가벼운 반항을 넘어서지 않는다. 아이들의 질병도 꾀병이나, 통증이 오래가지 않는 두통에 그친다. 두 번 일어나는 교통사고도 경미한 접촉사고에 불과하다. 허인규의 비밀스러운 성매매도 아내에게 발각되지만 그것은 일상적인 말다툼 이상의 결과를 만들지 않는다. 그들은 안정적 주거공간을 찾은 한 무리의 동물처럼 그곳에서 짝짓기를 하고, 경제적 활동을 하며, 자식들을 기른다. 모든 것은 일상적이지만 문제가 없는 것은 아니다. 다르게 말하자면 그 일상이 문제이다.

조선시대의 여인들이 잠실에서 양잠을 하며 누에를 길렀던 것처럼 현재의 여인들은 잠실에서 자신의 아이들을 누에처럼 양육하고 있다. 그들은 부모의 재력과 시간을 갉아먹으며 성장한다. 영어와 수학 등의 집중적 지도를 통해 그들은 몇 번의 변태를 할 것이다. 그러곤 일류 대학이라는 자신만의 고치를 짓고, 나방이 되어 화려한 상류층의 불빛을 찾아 떠나갈 것이다. 물론 모든 개체의 성장이 안전한 것은 아니다. 누군가는 경쟁에 밀려 도태될 것이고, 누군가는 주변 환경에 적응하지 못하고 죽음을 맞을 것이다. 또한 누군가는 자신의 새끼들을 기르려는 다른 개체의 먹이가 되어 찢길 것이다. 멀리서 본 생태계는 목가적이지만 카메라를 가까이 접근시키면 그곳은 냉혹한 생존 법칙의 지배를 받는 끔찍한 장소로 변모한다. 정아은의 『잠실동 사람들』이 흥미로운 것은 좋은 다큐멘터리 작가가 그러듯이 최대한 대상에 밀접한 상태로, 자신의 감정을 절제하며 관찰하고 있기 때문이다.

### 2. "마음은 언제나 대치동에" 혹은 '잠실'의 정치경제학

정아은은 『잠실동 사람들』에서 '잠실동'이라는 행정구역명으로 소설의 배경이 되는 공간을 지칭하고 있지만, 등장인물들에게 '잠실'은 세 개의 고층 아파트 단지—엘스, 리센츠, 트리지움—를 한정적으로 말하고 있을 뿐이다. 그곳은 '동(洞)'이라고 지칭하기보다는 '성(城)'이라고 부르는 것이 좀더 적절할 것 같은 방식으로 존재하고 있다. 사설 경비와 일종의 바리케이드 역할을 하는 차단기, 그리고 하층민의 접근을 불허하는 높은 집값과 물가는 그곳을 외부 사람들의 출입이 용이하지 못한 곳으로 만든다. 지금도 고급 아파트 단지의 이름에 팰리스(palace)나 캐슬(castle)이란 단어가 흔히 사용되고 있다는 것은 아파트 단지가 주거의 근간인 동시에 구분과 배제의 공간 점유 방식으로 건축되고 있다는 사실을 명료하게 알려준다. 『잠실동 사람들』에 등장하는 대부분의 인물들은 리센츠에 살고 있거나, 리센츠에 출입하는 직업—가사 도우미, 원어민 강사, 학습지 교사, 과외 교사 등—을 갖고 있다. 그렇다면 그들은 왜 자신들의 주거공간을 제한하고 한정 지을까? 미국에서 살다 귀국할 예정인 다연은 자신의 신분과 아이들 교육에 적합한 주거지를 찾기 위해 해성 엄마 장유미를 만나 묻는다. "언니, 잠실이 왜 살기 좋아?"(138쪽) 유미는 이렇게 답한다.

> 글쎄. 일단 완전 평지에 새 아파트잖아? 서울 시내에도 평지에 이렇게 세대수 많은 단지가 세 개씩 몰려 있는 데는 여기밖에 없어. 백 퍼센트 지하 주차장이라 지상에 차가 안 다니는 것도 애들 키우는 입장에서는 큰 장점이고. 초·중·고 모두 단지 내에 있어서 애들 찻길 안 건너고 학교 다닐 수 있는 게 제일 크겠지? 단지 내 상가에 애들 병원, 어른 병원, 작은 마트 다 들어와 있고. 학원도 단지 내 상가에 그럭저럭 괜찮은 거 많고. 좀 욕심부리자면 대치동 학원들도 차로 금방이고. 또 뭐가 있지? 아, 2호선 라인이라 교통 좋은 거. 또…… 롯데월드, 한강공원, 석촌호수를 걸어서 갈 수 있다는 거. 뭐 이런 것들? 왜? 넌 이 동네 마음에 안 들어?(138쪽)

장유미의 대답은 평이하지만 여기에는 한국의 상류층으로 진입하려고 하는 중산층의 욕망과 구조화된 응집, 그리고 철저한 배제가 분명하게 담겨 있다. 유미는 단순하게 "세대수 많은 단지가 세 개씩 몰려 있"다고 말하지만 이 공간 안으로 진입하기 위해서는 특별한 경제적 조건이 필요하다. 강북의 불광동에서 아이들 교육을 위해 살던 집을 팔고 전세 대출을 받아 잠실 리센츠 "33평"(85쪽)으로 이사온 허인규는 자신의 집을 방문하며 아무렇지도 않게 "제철보다 살짝 이른 최고가의 과일을 골라 박스째 배달"(30쪽)시키는 이곳 여자들의 경제적 여유와 아내가 동의를 하지 않아 성적 욕망을 밖에서 해소하는 비용을 절약하지 못해 안타까워하는 자신의 신세를 비교하며 한탄한다. "이 여자들 남편들은 어떻게 살고 있을까? 나처럼 한 달에 벌어오는 돈이 오백만원이 안 되는 사람도 있을까?"(31쪽) 허인규의 가족이 무리하게 잠실로 이주한 까닭은 아내 박수정의 내면을 가득 채우고 있는 "거대한 상승 욕구"(88쪽) 때문이다. "비록 나는 주류에 끼어들지 못했지만 내 아이들은 주류로 살게 하리라. 주류 중에서도 가장 중심에 선 주류가 되게 하리라. 한 번뿐인 인생, 아이들이 세상의 부와 권력을 실컷 맛보게 해주고 싶었다. 집이 가난하다고, 촌년이라고 놀림당하는 설움을 자식들에겐 겪게 하고 싶지 않았다."(88쪽) "우리 지환이도 강남에서 살게 하고 싶다! 세련된 이미지와 멋진 학벌을 갖추어주고 싶다! 미래의 장차관이 될 인물들과 죽마고우로 지내게 해주고 싶다!"(89쪽) 박수정의 고백은 정도의 차이는 있지만 잠실을 주거지로 결정하고 옮겨와 자식들을 교육시키는 부모들의 은밀한 욕망을 솔직하게 말해주고 있다. 하지만 잠실이 그들의 최종적 목적지는 아니다. "마음은 언제나 대치동에 가 있었다"(89쪽)는 수정의 말처럼 그들에게 잠실은 지배계급의 신분과 공간으로 진입하기 위해서 그들이 스스로의 경제적 능력을 활용해 찾아낸 도약대와 같다.

장유미가 잠실을 살기 좋은 공간이라고 제시하는 두번째 이유는 이곳이 독립적 생활을 가능하게 하고 주변의 접근을 쉽게 허락하지 않는다는 점이다. 단지 안에 모든 위락시설과 교육시설이 갖춰져 있다는 것, "백퍼센트 지하 주차장"이라 이곳을 출입하는 모든 차량은 경비실을 통과해야 한다는 것, 그렇기 때문에 지상에서 아이들의 안전을 걱정하지 않아도 된다는 사실은 중요하다. 아이들이 "찻길 안 건너고 학교 다닐 수 있"다는 사실은 그들의 자식들에게 "빌라 사는 애들"(49쪽)이라고 부르는 하층민과 접촉할 수 있는 기회를 최대한 소거할 수 있다는 것과 그리 다르지 않다. 데이비드 하비는 도시화 과정을 진행시키는 자본축적에 대한 연구를 통해 이러한 거주분화와 사회구조의 연관을 이렇게 지적하였다.

> 자본주의 도시에서 거주 분화는 시장 능력을 획득하기 위해 필요한 희소자원에 대한 차별적 접근을 의미한다. 예를 들면 교육 기회에 대한—가족, 지리적 관계와 공동체, 교실과 대중매체로부터 나오는 경험

등 넓은 의미로 이해되는—차별적 접근은 시장 능력의 세대 간 전이를 촉진시키고 전형적으로 이동 기회의 제한을 가져온다. 이 기회들은 매우 구조화된 나머지 화이트칼라 노동력이 화이트칼라 근린관계로 재생산되고, 블루칼라 노동력은 블루칼라 근린관계로 재생산되어 구조화된다. 그 공동체는 재생산의 장소에 적합한 노동력이 재생산되는 재생산의 장소이다.[1)]

'맹모삼천지교(孟母三遷之敎)'라는 오래된 동양의 격언을 연상시키는, 엘리트는 엘리트 이웃 속에서, 육체노동자는 빈민 이웃 속에서 재생산된다는 하비의 지적은 재생산의 과정에 개입할 수 있는 다양한 요소를 고려하지 않은 단순화라는 비난을 받을 수는 있겠지만 그렇다고 가볍게 흘려들을 주장은 아니다. 오히려 한국처럼 엘리트와 기득권 위주의 중앙집중화된 구조를 가진 사회에서 하비의 주장은 무서울 정도로 공간분할의 핵심에 접근하고 있다. 모든 문화적·교육적·경제적 자원이 서울로, 서울에서도 강남으로 집중되어 있는 환경, 그리고 서열화된 대학의 졸업장이 엘리트임을 증명하고 그것이 기득권으로 가는 안정된 길이 되어주는 사회에서 학교 교육과 아이들의 성장은 대학 입시 경쟁이라는 하나의 제도에 집중될 수밖에 없는 것이다. 원어민 강사 지미 더글러스가 한국행 비행기를 타기 위해 "JFK공항"에 갔을 때 "한국에 대학 입학시험이 있는데, 비행기 도착 시간이 그 시험의 듣기 평가 시간대와 겹"치기 때문에 이륙 시간을 지연한다는 에피소드에서 "특별"(114쪽)함을 느낀 것은 이러한 사회의 구조적 속성에 대한 예민한 감지이다. 지미의 연인인 세미가 확인시켜준 것처럼 한국에서 대학 입시는 "어느 대학을 들어가느냐

1) 데이비드 하비, 『도시의 정치경제학』, 초의수 옮김, 한울, 1995, 156쪽.

가 인생의 반을, 아니 그 이상을 결정하"(123쪽)는 가장 중요한 "게임"이자 "경마"와 같다. 잠실이 살기 좋다는 말은 중산층 사람들의 내면에 깊게 박힌 욕망, 즉 "거대한 상승 욕구"와 이를 획득하기 위한 희소자원에 접근하기 용이하다는 것을 말해준다. 잠실이 멋이 없다고 답하는 다연의 말에 유미가 그녀를 순진한 바보처럼 느끼는 것은 너무나 당연하다. 한국인이라면 누구나 "마음은 언제나 대치동에" 가 있는 것이다.

### 3. 우리 시대의 쥘리앵 소렐

『잠실동 사람들』에 등장하는 많은 사람들 중에서 가장 흥미로운 인물은, 그 분량의 단출함에도 불구하고, 과외 교사인 김승필이다. 그는 지환의 영어 과외교사로 서사에 처음 등장하지만 그를 주목하게 만드는 것은 삼성동에서 태어나고 자란 도시빈민이라는 성장 내력과 "헐렁한 추리닝을 걸치고 편의점에 술을 사러 나가도 지나가던 여자가 돌아볼 정도로 눈에 띄는 그의 수려한 용모"(71쪽), 그리고 뛰어난 언어 감각으로 우리 시대의 라틴어인 영어를 독학으로 마스터했다는 사실이다.

마산에서 무작정 상경하여 공사장 인부로 살아가던 아버지가 추락사한 후 그의 어머니는 노는 땅에 무단으로 농사를 지으며 자식을 키운다. 자신이 어린 시절 살던 집터에 "L그룹 사옥이 들어서 있고 그 주위를 코엑스, 현대백화점, 인터콘티넨털 같은 고층건물들이 포위하듯 둘러싸고 있다"(67쪽)는 진술과 "삼성동 이곳저곳을 메뚜기처럼 옮겨다니며"(67쪽) 농사를 짓고 살았다는 술회는 김승필과 그의 가족을 지독하게 착하지만 세속의 이치에 너무나도 둔감한, 일종의 '고귀한 야만인(noble savages)'과 다를 바 없는 예외적인 존재들로 인지하게 한다. 승필은 "유명 대학의 지방 캠퍼스에서 영문학을 전공"(69쪽)하고 자신이 가진 뛰어난 언어 감각을 통해 어학연수 없이 영어를 마스터한다. 그러곤 이 재능을 토대로 출세하기 위해 통역 대학원 입학을 준비한다. 하지만 준비 과정에서 만난 소영이 임신을 하자 그는 당연한 순서라는 듯 결혼을 하고, 가정의 건사와 아내의 학업을 뒷받침하기 위해 학원강사가 된다. 하지만 통역 대학원 진학과 졸업에 성공한 아내는 구 년을 함께 살았던 승필과 이혼하고 두 달도 되지 않아 "모 재벌기업의 3세"이며 "여당 국회의원 보좌관"(69쪽)인 한 남자와 재혼을 한다. 술에 취해 시간을 탕진하던 승필에게 삶의 의욕을 불어넣은 것은 신문에서 본 전처의 웃는 얼굴이었다. "유럽 어느 나라의 공주라는 늙은 외국인 옆에서 화사하게 웃고 있는 소영의 얼굴을 본 순간 살아야겠다는, 그것도 아주 잘살아야겠다는 욕망이 훅 치고 올라왔다."(71쪽)

자신의 욕망을 인지한 김승필은 출세를 위해 필요한 처세술이 무엇인지 재빠르게 깨닫는다. 그는 "K대 영문학과 졸업, 대치동 W학원 출신, 초등 영어 경력 8년"(71~72쪽)이라고 자신의 경력을 위조한 전단을 만들어 붙인다. 그가 선택한 처세의 방식은 '위선'이다. 스탕달식으로 말하자면, "이 '위선'이라는 무서운 말에 도달하기까지 이 시골 청년은 오랜 영혼의 편력을 겪어온 것"[2)]이고 정아은식으로 말하자면 삼성동에서 농사지으며 살아온 이 강남 청년은 오랜 가난의 편력을 겪어온 것이다. 김승필은 그가 가진 언어적 재능과 "어딘가 강남 필이 나는"(86쪽) 매력적인 외모, 그리고 그를 강남 출신의 엘리트로 만들어준 위조된 경력을 바탕으로 소설의 서사가 전개되는 대부분의 공간에 어떠한 장애도 없이 진입한다. 심지어 지환 엄마 박수정의 은밀한 연정을 받는 지경에 이른다. 하지만 그의 성공은 거기까지이다. 그는 자신의 경력을 의심한 리센츠 여자들의 확인 절차를 통과하지 못하고 다시 그가 살고 있는 냄새나는

---

2) 스탕달, 『적과 흑』, 김붕구 옮김, 범우사, 1989, 36쪽.

지하 빌라로 추락한다.

김승필의 출세욕이 성공을 거두지 못했던 것은 그의 영어 실력이나 지도 방법이 부족했던 것은 아니다. 그의 경력이 위조라는 사실이 드러났음에도 그를 찾아와 지환을 계속 지도해달라고 부탁한 박수정의 제안은 이를 잘 알려준다. 그의 실패 원인은 그가 철저한 '위선'으로 자신을 변장할 줄 몰랐다는 것, 자신이 가진 용모가 얼마나 유용한 재능인지 알지 못했다는 것, 그리고 박수정이 보여준 연정의 표출을 전혀 눈치채지 못할 정도로 순진했다는 것에서 찾을 수 있다. 김승필은 지하 빌라로 자신을 찾아온 박수정의 제안을 거절할 만큼 고지식한 자존심의 소유자이기도 하다. 역설적으로 말하지만 그는 가난한데다가 착하기까지 하다.

김승필의 전략과 대조적으로 읽히는 것은 중앙집중적 구조를 가진 "특별"한 한국 사회에 성공적으로 정착하는 지미 더글러스의 처세이다. 영어를 모국어로 가진 "눈이 파란 백인"(116쪽)인 더글러스에게 한국은 그가 가진 인종적 특성이 그를 엘리트로 만들어주는 사회이기 때문이다. 또한 지미는 자신에게 접근하는 여자들의 은밀한 욕망을 빠르게 캐치하고 이를 적절하게 자신의 쾌락과 출세의 발판으로 삼을 수 있을 만큼 영악하다. 지방대학 출신이지만 영어 실력은 출중한 김승필이 몰락하고 리센츠에서 축출되는 것과는 달리, 지미 더글러스가 이 공간에 안정적으로 정착하는 것은 이 중앙집중화된 공간의 구조와 이 시대를 성공적으로 살아가는 사람이라면 누구나 가져야 할 '위선'이라는 처세술을 인식하지 않고서는 이해될 수 없다.

### 4. 타인의 냄새

"냄새는 기억과 욕망의 감각"이라는 루소의 지적은 날카롭고 흥미롭다. 역사적으로 볼 때 후각은 시각과 같은 다른 감각기관에 비해 열등하고 저열한 것으로 여겨졌다. 플라톤은 시각이나 청각이 이데아의 세계와 접촉할 수 있게 해주므로 '고상하다'고 여겼으며, 후각은 육체적 쾌락을 즐기는 사람에게나 중요하다고 말했다. 이성을 중시하는 로고스 중심주의 속에서 절대적으로 찬미된 것은 시각이었으며, 후각은 불확실한 심리적 상태나 육체의 순간적이고 즉흥적인 반응에 기인한 신뢰할 수 없는 감각으로 치부되었다. 후각이 보다 의미 있는 것으로 취급되기 시작한 것은 직관이나 감정을 창의의 원천으로 여겼던 낭만주의 시대의 문학부터이다. 예술적 표현들은 후각을 비롯한 인간의 감정과 감성을 자극하는 감각을 찬미하기 시작했다. 낭만주의자들에게 후각적 표현은 언어가 명확히 전달하기 어려운 감정이나 상태를 에둘러 말할 수 있게 해주는 중요한 문학적 수사였다.

흔히 사람들은 서로 다른 계급과 민족의 구성원을 냄새로 구분할 수 있다고 생각하지만 그것은 다른 사람들에 대한 혐오감이나 적대감의 표현일 뿐이다. 사람은 자기 자신의 체취를 잘 지각하지 못하며 자신이 속한 집단에서는 냄새가 나지 않는다고 간주하는 경향이 있다. 『잠실동 사람들』에서 인물들의 계급적 구분을 공간의 분할만큼 분명하게 알려주는 것은 바로 이 냄새이다. 후각은 인물들의 감정을 무엇보다 정확하게 표현하는 감각으로 사용된다. 허인규와 원조교제를 하는 이서영이 견딜 수 없는 것은 자신이 생존을 위해 육체를 매매하고 있다는 처참한 현실이 아니라 그의 입에서 나는 "구취"(7쪽)이다. 그녀가 이 악취를 참기 위해 동원하는 상상에서 허인규를 "물컹물컹한 살점이 덧입힌 벌레"로 취급하는 것은 흥미롭다. 이것은 허인규의 구역질 나는 냄새가 사실은 그의 입이 아닌 "돈을 매개로 만났지만 나름 배려하며 대했기 때문에 상호 친분이 생겼다고 생각하는"(13쪽) 가진 자들의 허위의식에서 기인하고 있음을, 그것이 사실은 강렬한 계급적 적대감에서 유발된 극도의 혐오감임을 알려주고 있기 때문이다. 하지만 이것은 이서영만의 감각은 아니다. 허인규 역시 그녀의 지하 빌라에서 나오자마자 크게 심호흡을 하며 악취에서 벗어난 사실에 감사한다. "저렇게 좁고 냄새나는 곳에 사람이 살다니."(16쪽) 허인규가 감각하는 악취는 그가 서사의 중간중간 이서영에 대한 애틋한 연민과 애욕을 고백하고 있지만 그것이 사실은 더 강렬한 성적 만족을 위해 동원하고 있는 '위선'이라는 사실을 알려준다.

김승필—그의 옆집에 살고 있는 사람은 이서영이다—이 이혼 후 거주하게 된 지하 빌라의 계단에서는 "쓰레기 냄새와 똥오줌 냄새가 코를 찔렀"(64쪽)고, 그의 집에서는 "늘 비릿한 냄새"(65쪽)와 김빠진 맥주 냄새가 지독하다. 이곳에서 김승필이 피우는 담배 냄새는 오히려 방향제와 같은 역할을 하기도 한다. 변비에 시달리는 학습지 교사 차현진이 소중한 "변의"를 느껴도 학생의 집 화장실을 사용하지 않는 이유 역시 냄새를 풍기고 싶지 않아서이다. 악취야말로 그녀의 계급적 처지에서 기인하는 나약함을 타인에게 명백하게 노출시키는 증거이기 때문이다. 이렇듯 『잠실동 사람들』에서 냄새는 어떤 공간에 진입하거나 어떤 사람과 접촉할 때 인물들이 제일 먼저 토로하는 솔직한 감각으로 제시된다. 그것은 계급적 구분이며, 타인에 대한 혐오와 적대감의 표현이다.

이와 반대로 좋은 향기 혹은 자신과 유사한 냄새는 안락감과 친밀감을 선사한다. 태민 엄마 심지현과 장유미, 박수정이 소비를 위해 찾아가는 스파나 고급 레스토랑, 카페에서 감각하는 향기는 그들에게 편안함과 즐거움을 준다. 그들은 자신의 집을 고급 레스토랑이나 카페처럼 꾸미고 치장하는 데 돈을 아끼지 않는다. 학생들의 등교 거부를 주도한 것으로 몰려 심리적 압박을 받게 된 장유미가 다시 안정감을 찾게 되는 것도 그녀의 아이에게서 풍기는 친밀한 냄새 때문이다. "해성을 안아 드는데, 깡마른 아이 몸에서 땀냄새 섞인 단내가 훅 끼쳐왔다. 순간 가슴 가득 애틋한 감정이 차올랐다. 아직 아기구나. 유미는 해성의 머리 깊숙이 코를 박고 냄새를 맡았다. 아직 아기구나. 아직 아기야."(427쪽) 그러나 더욱 중요한 것은 다른 사람의 냄새에서 불쾌감을 느끼거나 향기에서 친숙감을 느끼는 것이 아니라, 그 냄새를 견디며 살아가는 사람들의 모습에서 자신이 살고 있는 사회에 깊숙이 박힌 억압적 구조와 그런 사회를 용인하고 만든 인간에 대한 수치심을 깨닫는 것이다. 여기서 니체가 적어놓은 구절을 기억해보는 것은 중요하다.

> 오, 나의 벗들이여! 사물의 이치를 터득하고 있는 자는 말한다. 수치심, 수치심, 수치심, 그것이 바로 인류의 역사라고.
>
> 고결한 사람은 그 때문에 다른 사람이 수치심을 갖지 않도록 배려한다. 그들은 그들 자신에게 고통받고 있는 사람들 앞에서 수치심을 느낄 것을 명한다.
>
> 참으로 나는 연민의 정이란 것을 베풂으로써 행복을 느끼는, 자비로운 자들을 좋아하지 않는다. 그들은 너무나도 수치심을 모른다.[3)]

박수정은 지환의 교육을 부탁하기 위해 찾아간 김승필의 집에 들어서자마자 "숨이 막힐 것 같은 지독한 악취"(389쪽)를 맡는다. 그녀가 그 끔찍한 냄새를 참으며 김승필을 찾아온 이유는 표면적으로 지환의 영어 과외 때문이지만 사실은 그에게 "평생 잊지 못할 공개적이고 노골적인 망신"을 준 "자신에게 면죄부를 주고 싶"고 이를 통해 "타인에게 함부로 대했다는 죄책감을 희석시키고 싶었"(395쪽)기 때문이다. 하지만 그녀가 그의 집을 떠날 때 느낀 것은 "이 냄새나는 공간"에서 승필이 살아가

3) 프리드리히 니체, 『차라투스트라는 이렇게 말했다』, 정동호 옮김, 책세상, 2000, 141쪽.

고 있다는 안타까움과 "밝고 깨끗한 공간으로 돌아가게 되었다는 안도감"(397쪽)이다. 이는 그녀가 가진 저속함을 반성하는 수치심으로 돌아오고, 잠시나마 "감사하면서 살자. 이미 가진 것에 만족하고 베풀면서 살자"(397쪽)는 반성을 하게 만든다.

물론 이러한 반성은 박수정이 김승필에게 품고 있는 연정에서 기인한 순간적이며 즉흥적인 감정에 불과하다. 『잠실동 사람들』에 등장하는 대부분의 인물들은 흥미롭게도 서로의 기억 속에서 연결되는 '아는 사람들'이다. 서영은 승필의 옆집에 살며, 초등학교 교사 김미하의 오래전 제자이기도 하다. 또한 서영의 엄마는 수정과 유미의 집에서 가사 도우미 일을 하고 있다. 서영의 아버지는 미하의 어린 시절 친구이기도 하다. 시간과 공간의 겹침 속에서 대부분의 인물들은 관계를 맺고 있지만 그들은 서로를 '아는 사람'이라고 인지하지 못하며, 서로에게서 풍기는 냄새를 통해 적대감과 혐오감을 표출한다.

『잠실동 사람들』은 '지금 여기'의 시간과 공간을 배경으로 서술되고 있기에 2014년 말 언론에 지속적으로 보도된 "제2롯데월드 공사"로 인한 "싱크홀"(254쪽)을, 중요하게 취급하고 있진 않지만, 놓치지 않고 기록하고 있다. 하지만 정아은이 『잠실동 사람들』을 통해 독자들에게 제시하고 있는 것은, 이미 더 심각한 "싱크홀"이 이 시대를 살아가는 인간들의 가슴에 뚫려 있고, 그로 인해 우리의 삶이 되돌릴 수 없을 만큼 붕괴하였다는 사실이다.

(2015)

# 인간은 항상 자기가 사랑하는 것에 대해 말하는 데 실패한다[1)]

## —『내가 태어나서 가장 먼저 배운 말』

### 1.

'내가 태어나서 가장 먼저 배운 말'이란 서명으로 출간된 이 단편소설 모음집은 각각의 단편들이 담고 있는 서사적 다채로움과 사유의 즐거움을 별개로 하더라도 독자들에게 흥미롭게 읽힐 수 있는 몇 가지 이유를 가지고 있다. 그것은 '글을 쓴다는 것은?'이라는 질문이 던져졌고, 특정한 기준에 의해 소설가들이 선택되었으며, 그들의 답변이 단편소설의 형식으로 제출되었다는 점이다. 개별적인 작품을 읽기에 앞서 기획의 의도라고 할 수 있는 이러한 사실들을 좀더 살펴보자.

먼저 '질문'으로 시작해보자. '글을 쓴다는 것은?' 이것은 전혀 '새롭다', 라고 할 수 없는 질문이다. 이미 이에 대한 많은 답변이 도착해 있기 때

---

1) "인간은 항상 자기가 사랑하는 것에 대해 말하는 데 실패한다"라는 문장은 1980년 2월 말 불의의 교통사고로 세상을 떠난 롤랑 바르트가 죽기 전 마지막으로 작성한 스탕달에 대한 원고의 제목이다. 롤랑 바르트, 『롤랑 바르트, 마지막 강의』, 변광배 옮김, 민음사, 2015, 18쪽.

문이다. 잘 알려진 것처럼, 장 폴 사르트르의 『문학이란 무엇인가』(1948)의 첫 장은 「쓴다는 것은 무엇인가」이며, 롤랑 바르트의 『글쓰기의 영도』(1953)의 1부 또한 「글쓰기란 무엇인가?」라는 글로 시작한다. 어느 시대, 어느 장소에서 출간된 문학서적이나 잡지를 펼치더라도 이러한 질문을 토대로 하거나 이를 변주한 텍스트와 기획기사를 쉽게 찾을 수 있을 것이다. 이러한 점은 '글을 쓴다는 것은?'이라는 질문이 특정한 시기의 화제성에 고정되어 휘발되는 것이 아니라 역사를 살아가는 인간의 태도와 사유에 대한 보편적인 동시에 근원적인 물음이라는 사실을 반증한다고 할 수 있다. 아직도 인간의 특성을 통칭하는 단어로서 휴머니티(humanity)가 유용하다고 믿는다면 그것은 인간과 문자의 관계망(人-文-學, humanities) 속에서 '우리'가 존재했으며, 살아가야 한다는 사실을 신뢰하고 있다는 증거이리라. 다시 말하자면, '글을 쓴다는 것은?'이라는 질문은 좁게 보자면 집필 노동을 통해 타인과 관계를 맺고 있는 특정 직업군의 사람들이 가진 직분의 윤리와 방법에 대한 물음이지만, 그 울림을 확장시키자면 세계를 살아가는 근원적인 이유, 즉 '인간다움'에 대한 물음이라고 할 수 있다.

두번째 '선택'. 글을 쓰는 것이 '인간다움'의 증거라면 이 질문에 답할 수 있는 것은 비단 '작가'에 한정되지는 않을 것이다. 하지만 독자와 출판 시장의 시스템은 모든 사람들의 답변에 의미를 부여하거나 시간을 쏟진 않는다. 다르게 말하자면 이 질문에 대한 답변을 다수의 독자에게 읽힐 수 있거나 출판 시장의 부침에서 어떻게든 존속시킬 수 있는 사람이 '작가'라고 할 수 있을 것이다. 이 책을 위해 선택된 '작가'는 소설가, 그것도 1980년대 전후에 출생한 소설가들—한번 더 분류하자면 그들은 모두 '여성'이다—이다. 그들이 성장기를 보낸 1990년대와 이십대의 대부분을 보낸 2000년대는 정치적으로는 한국의 민주화에 대한 열망과 희망이 고조되고 곧이어 그것이 절망으로 뒤바뀐 시기이며, 경제적으로는 신자유주의로 표상되는 다국적 자본주의의 팽창을 경험하며 자신들이 국경 없는 공장을 유랑하는 '만국의 프롤레타리아트'에 불과하다는 냉혹한 현실을 체득한 시대이기도 하다. 그들은 문화적으로는 매스미디어가 제공하는 대중문화의 엄청난 세례를 받으며 자라났으며, 전 세계를 연결하는 디지털 네트워크의 탄생과 성장을 온전하게 경험한 첫번째 세대이기도 하다. 또한 이 시기는 해외여행과 유학, 근무 등의 대중화와 함께 국내로 이주한 외국인의 증가를 통해 한국이라는 공간 내부의 문화가 외부의 것과 혼재된 때이기도 하다.

이 책에 수록된 단편소설에 이러한 시대적 징후를 구체적으로 표상하는 인물과 사건이 다수 등장하는 것은 이들의 세대적 경험이 우리 시대의 '인간다움'을 사유하고 서사화하는 데 필수불가결하다는 증거이다. 『내가 태어나서 가장 먼저 배운 말』에 등장하는 인물들은 때로는 그들이 소속된 현재가 아니라 과거를 통해 그들의 내면을 설명하며, '지금 이곳'이 아닌 다른 곳으로의 여행이나 이동하는 서사를 통해 정처 없는 존재로 그들의 소속을 말하기도 한다. 그들은 모국어가 아닌 글로벌 공통어를 습득해야 하는 과정에 놓인 경제적 식민지인들이며, 타인의 손과 머리가 되어 자신의 문장을 돈으로 환전하는 지식 노동자이기도 하고, 경우에 따라서는 아버지의 손에 이끌려 매춘을 하는 치욕적 삶을 살아가는 인물이기도 하다. 몇몇 단편의 주인공들은 소설가란 직업을 가지고 있지만 그것은 그들의 삶을 의미 있게 만들어주기보다는 오히려 그 근원부터 흔들어대는 일종의 불필요한 윤리 감각과 다르지 않다. 이것은 우리 시대의 '인간다움'이라는 것이 어떠한 상태에 놓여 있는가에 대한 증명이라고 할 수 있다.

세번째 '단편소설'이라는 형식에 대해 말해보자. 앞에서도 짧게 지적했지만 '글을 쓴다는 것은 무엇인가?'라는 질문에 대한 많은 답변은 이미

보고된 바 있다. 하지만 사르트르와 바르트의 그것이 사유를 직접적으로 기술하는 비평적 언술의 방식이라면 소설가는 이를 인물과 사건이 있는 서사로 만들어야 한다는 점에서 이 둘은 극명하게 구분된다. 소설에 있어 기법상의 과제는 "모든 이론을 인간관계로 해소하는 것"이기 때문이다.[2] 물론 "그것은 소설인지 에세이인지 시인지 인문서인지 정체가 아주 모호한 글이 될 것"(279쪽)이라는 최진영의 언급처럼 소설가들의 작업이 노블(novel)의, 그리고 그것의 짧은 형태인 스토리(short story)의 기법적 원칙[3]을 엄격하게 지키는 방식을 고지식하게 따르고 있는 것은 아니다. 하지만 적어도 이 모든 답변에 담긴 분만한 사유의 미로에서 독서를 원만하게 진행시키는 최소한의 표식인 서사를 가지고 있기에 여기에는 소설적 글쓰기의 시작이라고 지칭할 수 있는 고뇌가 담겨 있다고 말할 수 있다.

그렇다면, '글을 쓴다는 것은?'이라는 질문이 소설가의 내면에 불러일으킨 사유는 어떻게 서사가 되고 소설로 완성되는가? 소설적 글쓰기의 시작이라고 할 수 있는 이 첫번째 '대변이'는 이렇게 이루어진다.

## 2.

최진영의 단편 「0」은 그 제목부터 흥미롭다. 일반적인 상식에 따르자면 숫자 '0'은 5세기경 어떤 인도인의 기발한 착상을 통해 발견된 일종의

---

2) 노스럽 프라이, 『비평의 해부』, 임철규 옮김, 한길사, 1982, 437쪽.

3) 노스럽 프라이는 어떠한 산문 작품도 두루뭉술하게 지칭할 수 있게 된 장편소설(novel)이라는 명칭보다는 산문 픽션(Prose Fiction)이 정확하며, 이를 '로맨스(romance)' '노블' '고백(confession)' '아나토미(anatomy)'라는 글쓰기의 혼합 형식으로 설명한다. 프라이는 산문 픽션에 대한 "소설 중심적인 견해는 프톨레마이오스(Ptolemaios)적 견해로서, 너무 지나치게 복잡하게 된 나머지 지금은 더이상 유효하지 않게 되었음이 분명하다"고 말한다. '소설'을 중심으로 산문을 사유하는 방식은 천동설과 다르지 않다고 표현하는 프라이의 견해는 좀더 경청할 필요가 있는 의견이다.

기호이다. 하지만 그것은 숫자이기 이전에 '없음'을 말하는 개념이기도 하다. 인간이 헤아릴 수 있는 처음을 '0'으로 이해하느냐 '1'로 이해하느냐는 완전히 다른 문제이다. 하나에서 둘로 진행되는 과정은 양적인 변환이지만, 없음에서 있음으로 전환되는 과정은 인식론의 문제를 포함하고 있기 때문이다. 제목인 '0'을 기호로 읽지 않고 이미지(일종의 상형문자)로 바라보면 최진영의 의미가 더욱 명확해진다. '0'은 마치 가능성의 세계를 그 안에 품고 있는 부화하지 않은 알처럼 보이기 때문이다. 최진영은 「0」을 시작하는 서두에 "글을 못 쓰고 있다"고 말하며, "하여 이제부터 쓰게 될 이 글은, 글이 정말 써지지 않는 상태에서 뭐가 되든지 일단 한번 써보자는 작정으로 쓰는 글임을 미리 밝힌다"(261쪽)고 쓰고 있다. 그렇다면 단단한 껍질 속에 담겨진 사유는 어떻게 문장이 되며, 글은 어떤 과정을 통해 '없음'에서 '있음'으로 탄생하는가. 그 줄탁동시(啐啄同時)의 과정을 최진영은 이렇게 기술하고 있다.

소설가인 '나'의 머릿속에 어느 날 하나의 문장이 들어온다. "그가 미워지자 무서워졌다"(274쪽)는 문장은 그 자체로는 주체나 어떤 인과나 대상도 지니고 있지 않은 언어의 우연한 조합이다. 소설가는 이 문장이 "지워지지 않"기에 "주문처럼 중얼중얼 읊으며 생각"(274쪽)한다. 문장은 사유로 전환되고, 소설가의 탐색은 온갖 도식적인 생각에서부터 흥미를 자아내는 색다른 상상을 지나쳐 결국엔 작가의 내면으로 돌아온다.

> 미워지자 무서워졌다는 것. 그건 어디에서 본 것도 들은 것도 아니었다. 그러니 그 문장의 정체를 아는 게 목적이라면 상상하거나 이야기를 꾸밀 필요가 없었다. 바로 내가 아주 잘 아는 감정이니까. 답은 내 안에 있으니까. 나는 미워지면 무서워지는 인간이니까. 홀로될까봐. 더 외로워질까봐. 몇 날 몇 달 물에 만 밥이나 간장에 비빈 밥으로 끼니

를 때우게 될까봐. 입과 귀를 닫고 살까봐. 문밖으로 나가지 않을까봐. (274쪽)

소설가의 기억과 사유를 담아내고 있는 육체는 입구로 들어온 미풍을 한번 휘감아 돌게 만들어 더욱 세차게 내뱉는 큰 골짜기처럼 작용한다. 문장은 사유가 되고, 사유는 소설가의 육체에서 메아리치며 감정—'나'의 육체를 채운 감정은 외로움과 분노, 우울, 고립에 대한 두려움 등이다—과 강렬하게 결합한다. 그리고 "끝없이 반복되는 돌림 노래"(275쪽) 같은 사유와 감정은 작가의 내면에서 온통 뒤섞이며 비로소 '서사'가 가능한 문장으로 탄생한다. 이제 문장은 구체적인 인물과 인과가 있는 "나는 그가 미워지기 시작했고 그래서 무서웠다"(275쪽)로 바뀐다. 그리고 이야기가 시작된다. 이렇게.

실은 어젯밤에도 그가 너무 미워서 한숨도 못 자다가, 새벽이 오자마자 말도 없이 그의 방에서 나와버렸다. 어슴푸레한 길에 발을 내딛고 아주 조금 걸었을 뿐인데 어느새 찬란한 아침이었다. 춥고 눈부시고 속이 쓰렸다. 나는 그새 후회만 했다. 나오지 말걸. 그냥 그의 곁에서 잠들걸. 그렇다고 돌아갈 수는 없었다. 돌아가서 내가 할 수 있는 말이란 '괜찮아'뿐이었다. 그 말을 하느니 차라리 아무 말도 안 하는 게 나았다. 하지만 한숨 자고 난 뒤 그의 말간 얼굴을 마주한다면 나는 분명 '괜찮아'라고 말할 거였다. 왜냐하면 너무 밉다는 것과 너무 좋다는 것은 반대 의미가 아니니까. 국어사전에는 어떻게 나오는지 모르겠지만 내 마음의 사전에 두 단어는 유의어에 가까우니까. 너무 좋으니까 밉고 그래서 무서우니까. 무서운 마음에 할 수 있는 말은 '괜찮아'뿐이니까. (275쪽)

여기서 끝이 아니고 인용을 하기엔 다소 많은 분량의 이야기로 문장은 연속되고 사유는 진행된다. 하지만 이야기가 된다고 그것이 하나의 '소설'로 완성되는 것은 아니다. 최진영의 표현에 따르자면, 이것은 "그날그날 있었던 일과 생겨난 마음을 어정쩡하게 과장하거나 어설프게 꾸며서 기록하는"(276쪽) 단순한 "일기"(277쪽)에 불과하다. 소설은 "진짜 거짓 이야기를 지어내"(276쪽)는 것이기 때문이다. 하지만 이 지점에서 이상한 일이 생긴다. "소설을 쓴답시고 가짜 인물과 사건을 지어내서 그것에 나의 감정만을 입힐 뿐인데도, 많은 경우 더 적나라하게 진짜 내가 드러났다."(277쪽) 최진영은 이상하다고 강조하고 있지만 이는 너무나도 자연스러운 소설적 글쓰기의 한 과정이다. 픽션 내에서 가공의 인물이 행한 행동은 오직 픽션 속에서만 존재하지만 그 행동을 추동한 감정은 우리가 살고 있는 경험세계에 분명히 존재하고 있는 것이기 때문이다. 다르게 말하자면 '진정성'이라고 부를 수 있는 소설가의 내면이 이 변이 과정 속에서 발생하는 것이다. 그리고 자신에게 되묻는 과정을 통해 서사는 소설가의 개인적 시간 속에서 정련되고, 문장은 진짜가 되며, 사유는 한층 깊어진다. 최진영은 이 '진정성'을 이렇게 쓴다. "그러면서 다시 생각해보는 나라는 인간. 입버릇처럼 말하는 인간다움. 의문. 의심. 나의 오해와 당신의 오해. 결코 메워지지 않을 우리 사이의 깊고 깊은 절벽. 그 빈 공간을 간간이 채우는 메아리. 잠시 울리고 사라지는 메아리."(277쪽) 메아리의 반향이 가라앉은 침묵 속에서 비로소 소설이 시작된다.

문장이 사유가 되고, 사유가 문장을 보다 견고하게 완성하고, 이야기가 시작된다. 이야기는 소설의 형식으로 가공되고 다시 소설가의 내면을 거친다. 진정성을 통해 비로소 소설이 시작된다고 해도 그것이 한 편의 완성된 작품이 되는 것은 아니다. 흔한 말로 시작이 반이지만 그것은 절반일 뿐, 온전한 하나가 되는 것은 다른 차원의 문제이기 때문이다. 최진영은

「0」에서 이를 존재하지 않는 한 권의 책을 찾는 과정으로 설명한다. 분명 어딘가에 있었다고 기억되는 그 책의 제목은 "The Earth, 아니 The other Earth…… Another Earth였나"(261쪽) 확실하지 않다. '나'가 이 책을 찾아 지인들을 만나지만 그들은 이 책의 제목을 "Their Earth"(265쪽)로, "To Another Us"나 "To Another Earth"(279쪽)로 기억하고 있다. 이 주체에서 타자(The Earth에서 The other Earth, Another Earth로)로, 단순한 공간에서 공간 내의 연대(The Earth에서 Their Earth로, 그리고 Us로)로 기억의 혼돈을 따라 변화하고 확장되어가는 말장난은 흥미롭다. 왜냐하면 애초에 이 책은 없었고, 그것은 최진영이 쓰려고 하는 '소설'의 지향점을 상징하기 때문이다. 존재하지 않는 책을 찾기 위해, 아니 자신의 손으로 쓰기 위해 소설가는 견고한 외로움의 골방에서 벗어나 세상으로 나아간다. "그러려면 우선 그를 만나야 한다. 만나기 위해 건물과 차와 사람 속에 뒤섞여야 한다. 무서워도 사랑해야 한다."(283쪽) 이렇게 '0'의 견고한 껍질에 균열이 생기기 시작한다. 문장이 사람들 사이에서 비틀거리는 첫 걸음을 내딛기 시작하고 '있다'.

### 3.

'글을 쓴다는 것은?' 이 주어도, 서술어도, 어떠한 인과도 없는 문장이 소설가들에게 던져졌고, 그것은 소설가들의 각기 다른 사유에서 발아해 한 편의 소설이 된다. 최진영의 「0」은 이 과정을 성공적으로 보여주는 작품이다. 그렇다면 그것은 어떠한 소설들로 완성이 되는가? 이 난만한 결과들에 대해서는 어떤 추측이나 유형화도 적절한 예상이 될 수 없을 것이다. 생명의 잉태와 성장, 출산에 대해서는 그 과정을 단계적으로 유형화할 수 있고 이를 체계적으로 설명할 수 있다. 하지만 태어난 생명의 모습, 성격 그리고 그들이 살아가는 다양하고 개별적인 인생을 어떠한 방식으로 체계화하고 이를 논리적으로 설명할 수 있단 말인가. 다만 여기서 할 수 있는 것은, 이 작품집에 담긴 단편들을 통해 희미하지만 간신히 눈에 보이는 윤곽선을 긋는 일뿐이리라.

김금희의 「조중균의 세계」는 허먼 멜빌의 '월스트리트 이야기'라는 부제가 붙은 「필경사 바틀비」의 '바틀비'를 연상시키는 조중균이라는 인물을 통해 자본주의의 능률과 이익의 세계에서 축출된 현대판 방외인의 삶을 아련하게 관조하고 있는 작품이다. 조중균과 인간적 유대를 맺는 대부분의 인물들이 경제적으로 불안정한 비정규직이라는 점에서 이 단편은 허먼 멜빌의 부제를 약간 변용해 '비정규직 이야기'나 '신자유주의 이야기'로 부르는 것도 가능할 것이다. 「조중균의 세계」는 천신만고 끝에 정규직의 세계로 진입하는 데 성공한 '나'에 의해 간신히 기억되는 "지나간 세계"(14쪽)와 그곳에서 머물러 있는 인간들에 대한 이야기이다. '나'는 출판사의 정규직 자리를 놓고 경쟁하는 '해란'을 통해 같은 사무실에서 근무하는 '조중균'에 대해 알게 된다. 조중균은 해란의 설명—"언니, 그분은 사무실에서 마치 유령, 유령처럼 보여요"(11쪽)—처럼 희미한 존재감을 가진 사람이다. 그것은 그가 특정한 직급도 없이 "교정 교열만 담당하"(11쪽)고 있는 '비정규직'이라는 사실에서 기인한다. 그러나 조중균 앞에 붙은 '비(非)'라는 수식어는 그가 자발적으로 선택한 '인간다움'의 증표이기도 하다. 그는 대학 시절 민주화를 열망하는 학생들을 조롱하는 역사 교수의 굴욕적인 시험에 순응하기를 거부하고, 조직의 융화라는 이름으로 강요되는 올바르지 않은 책무를 따르지 않음으로써 자신의 이름으로만 호명될 수 있는 하나의 세계를 만들어간다. "문장과 시와 드라마"(36쪽)가 있다고 말해지는 이 고유명의 세계는 마치 "나는 밥을 먹지 않았습니다"라는 조중균의 문장 옆에 "최대한 성의 있게 쓴 "김애자"라는 사인"(18쪽)이나 "나는 나태하지 않았습니다"라는 문장 옆에 적힌 "강해란"(25쪽)이란 이름으로만 호칭될 수 있는 작고 소중한 인간적 연대이다. 하지만 그것은 "간신히 기억"되는 "지나간 세계"이며, 이젠 자본주의의 권역 밖으로 축출된 가난하고 쓸쓸한 '비(非)—세계'이다. 김금희는 이 '비—인간'들에 대한 애잔한 서술을 통해 사라지고 있지만 잊어서는 안 되는 '인간다움'에 대한 이야기를 독자에게 전달하고 있다.

이와 유사한 주제의식을 공유하고 있는 단편으로는 김혜진의 「와와」를 꼽을 수 있다. 김금희의 「조중균의 세계」가 정규직과 비정규직이라는 새로운 계급 질서의 등장을 소재로 사용하여 인물을 구분하고 있다면 김혜진의 「와와」는 자본주의의 중심부와 주변부라는 국제질서의 재편을 통해 자신의 목가적 공간에서 축출된 이주민에 대한 애잔한 정서를 담아내고 있다. '나'와 '와와'는 영어회화 학원에서 만난 사이이다. '와와'에 대한 이야기를 시작하며 '나'는 그녀가 "베트남 사람"인지 "말레이시아 사람이었나, 아니, 미얀마 사람이었"(39쪽)는지 정확하게 기억하지 못하고 있음을 말하지만, 시종일관 '와와'를 향한 '나'의 시선은 동정적이다. 두 사람 모두 영어를 유창하게 말하지 못하기에 몇 개의 단어로 주고받을 수밖에 없는 서로에 대한 정보는 당연히 제한적이며 파편적일 수밖에 없다.

하지만 '나'는 자본주의 중심부에 살고 있는 사람이 보다 높은 정치적 자유를 가졌고, 보다 더 행복할 것이라고 편향적으로 생각하는 한국인의 표준적 정서를 가진 인물답게 '와와'에게 들은 몇 가지 단어를 통해 이를 신파적으로 조합하여 이해한다. 평소 저개발 국가 사람들의 가난을 다룬 다큐멘터리를 시청하며 이를 통해 글을 쓸 수 있는 자극과 동기를 얻을 수 있을 거라고 여겼던 '나'는 '와와'를 '세계의 비참'을 증언해줄 수 있는 증인으로 여기고 있었던 것이다. 하지만 '와와'는 재난과 고통에 대해 말하기보다는 자신의 삶에 보석처럼 박힌 추억만을 즐겁게 이야기할 뿐이다. 오히려 '와와'는 "서울 한가운데서"(46쪽) 천막 농성중인 일군의 사람들—마치 '세월호 유가족'처럼 느껴지는—을 보며 그들을 통해 이해한 한국인의 처연한 삶에 깊은 동정을 보낸다. '나'가 어떠한 자부를 통해 '와와'를 애잔하게 바라보고 있는지 정확하게 말할 수 없지만 '와와'의 시선 속에서는 '나'도 그리 다른 처지는 아니었던 것이다. 현재의 글로벌 자본주의 시장을 연상시키는 영어학원에서 낯선 외국어를 배워야 하는 이주민 '와와'를 '나'가 애처롭게 바라보고 있었다면, '와와' 역시 서툰 영어를 더듬거리는 정주민 '나'의 처지를 그리 행복하지 않은 상태로 이해하고 있었던 것이다. 마지막 장면에서 '와와'와 헤어지는 '나'는 카페에 홀로 남은 그녀가 자신을 향해 무슨 말을 하고 있는 것을 보며, "그건 도움을 청하는 말이었을까"(59쪽)라고 제멋대로 상상한다. 하지만 이는 '와와'가 '나'에게 보낸 응원과 동정일지도 모르는 마지막 인사에 대한 "추측과 억측"(60쪽)일 뿐이다. '나'는 그 자리를 황급히 떠나며 "목덜미를 타고 더운 기운이 얼굴로 번져왔다"(60쪽)고 말하며 이 순간 느낀 불편함과 수치심을 고백한다. 이는 모국어로밖에 발음할 수 없는 작은 세계와 강제적으로 결별하는 이주민이 사실은 자기 자신임을 순간적으로 감지한 '나'의 곤혹스러운 감정을 잘 알려주는 장면이다.

김금희와 김혜진의 단편이 특정한 인물에 대한 관찰의 기록이라면, 윤해서의 「커서 블링크(Cursor Blink)」와 이주란의 「몇 개의 선」은 글쓰기 또는 글을 쓰며 살아가는 삶의 기원을 한 명의 인물에게 응축하고, 그를 현실과 환상, 기억과 망각의 중첩 속에서 탐색하는 형식을 가지고 있다. 윤해서의 단편 제목인 「커서 블링크」는 커서—커서는 라틴어로 '달리는 것, 달리는 사람'이라는 뜻을 가지고 있다. 이 라틴어 어원은 「커서 블링크」의 장 제목으로도 사용되었다—의 깜박거림이란 의미를 가지고 있다. 이 점멸하는 무채색의 기호는 백지처럼 텅 빈 모니터 위에 언어의 흔적을 새기며 달려가고 싶은 작가의 욕망을 상징하는 동시에 좀처럼 달려가지 못하는 아니 영원히 멈춰 서서 어떤 문장도 완성할 수 없을 것 같은 작가의 절망을 나타내고 있다. '나'는 이 욕망과 절망을 "거부할 수 없는 아침"(121쪽)에 커서가 안내해주는 환상의 공간으로 여행을 떠난다. 그곳은 어디라고 특정할 수 없는, 이곳이 아닌 다른 곳이며, '문학수'라는 초등학교 동창의 삶을 기억하는 과거와 대화하는 현재와 엿보는 미래가 미묘하게 연결된 일종의 웜 홀(worm hole)이다. 이 어지러운 여행과 조우의 과정을 통해 "나는 순식간에 내가 살았던 모든 시간을 동시에 살고 있는 기분"(163쪽)을 느끼며, 그것이 글쓰기의 기원이자 모든 것을 처음으로 되돌리는 일종의 종말임을 체득한다.

이주란의 「몇 개의 선」에 등장하는 '나'는 소설을 쓰고 있는 작가 지망생이며, 항상 마스크를 쓰고 다닐 정도로 세상과 격리된 삶을 살아가는 은둔형 외톨이이다. '나'는 "외출하지 않는 인간"(189쪽)이 된 핑계를 성형외과에서 받은 "인중 수술"의 부작용으로 설명하지만 사실은 좀더 내밀한 이유를 가지고 있다. "우리는 단 하나의 계절만을 함께했고 그것은 이미 십 년도 더 된 일이라 거의 모든 기억이 흐릿했다. 나는 이 년 전부터 시간을 들여 그 봄의 기억들을 노트에 옮겨 적었다."(174쪽) '나'는 함께 대학을 다녔으나 스물다섯 살에 죽은 대학 동기의 짧은 삶에 대한 일종의 죄책감과 그보다 "칠 년"이나 더 살았다는 수치심을 깊게 지니고 있다. 그리고 이것은 '나'가 글을 쓰게 하는 원초적 기억이기도 하다. 대학 동기가 일종의 취미처럼 봐주고 다녔던 "손금"이나, 그가 "선 몇 개"로 '나'를 그린 미완성의 초상화, 죽은 후에도 '나'의 "뇌리에서 지워지지 않고 있"(181쪽)는 그와의 시간을 기록한 흐릿한 기록 등은 인간의 삶과 그가 맞이할 운명을 대략적으로나마 설명해주는 '몇 개의 선' 들이다. 이주란이 이 단편을 통해 알려주는 것은 이 미약한 선의 윤곽과 교차가 사실은 우리가 인생이라고 부르는 쓸쓸한 소일(消日)이라는 점이다.

함께 수록된 다른 작가들의 단편들도 각기 다른 소재를 통해 글쓰기(소설쓰기)라는 하나의 주제를 변주하고 있다. 백수린의 「길 위의 친구들」과 조수경의 「유리」는 소설가가 된 '나'가 성장의 비밀스러운 추억을 공유하고 있는 친구와 만나며 그들이 애써 외면하려 했던 하나의 장면—거기에 글쓰기의 비밀이 농밀하게 담겨 있는—을 다시 마주치는 과정을 담고 있다. 박민정의 「아름답고 착하게」는 일본 고전 무협영화인 〈아들을 동반한 검객〉처럼 홀로 키우는 아이를 데리고 자서전 대필 작업을 진행하는 한 지식인의 모습을 통해 '쓴다'라는 행위가 시장에서 환금(換金)되는 사정과 삶의 쓰디'쓴' 기록으로 전환되는 과정을 살피고 있다. 최정화의 「지극히 내성적인 살인의 경우」는 빈방을 소설가의 작업실로 빌려준 시골 여인이 우연한 기회로 엿보게 된 창작과정에 서서히 간섭하며 깨닫게 된 내면의 날카로운 변화를 탐색하고 있다. 황현진의 「내가 태어나서 가장 먼저 배운 말」은 장애와 폭력, 매춘이라는 소재를 통해 살아가는 것이 치욕이자 수치인 소녀의 성장을 하드보일드한 시선으로 다루고 있는 단편이다.

### 4.

앞에서도 언급한 바 있듯이 최진영은 글쓰는 사람의 내면으로 들어온 사유의 반향에 대해, 자질구레한 일기를 끄적거리는 '나'를 작가로 탄생하게 만드는 '진정성'에 대해 말하기 위해 다음과 같은 문장과 단어를 사용하였다. "그러면서 다시 생각해보는 나라는 인간. 입버릇처럼 말하는 인간다움. 의문. 의심. 나의 오해와 당신의 오해. 결코 메워지지 않을 우리 사이의 깊고 깊은 절벽. 그 빈 공간을 간간이 채우는 메아리. 잠시 울리고 사라지는 메아리."(278쪽) 인용한 문장과 단어들 사이에 찍힌 마침

표는 마치 여덟 개의 섬이 별도로 존재하고 있음을 알리는 지도의 표식과도 같고, 서로 마주보고 서 있는 두 개의 거울처럼 끝없이 서로를 반영하며 아득한 간극 속에 모든 것을 담아내는 마주침 같기도 하다. 또한 그것은 건너뛰어 하나의 징검다리로 만들고 싶은 단단한 구두점으로도 읽힌다. 최진영이 언어로 표현한 진정성의 주름들은 『내가 태어나서 가장 먼저 배운 말』에 수록된 작품들을 읽어나가고 주제를 발견함에 있어 긴요하게 사용될 수 있는 틀을 제공한다.

다소 거칠게 살펴본 것처럼 김금희, 김혜진, 이주란, 윤해서, 조수경, 백수린, 최정화, 황현진, 박민정, 최진영의 단편은 삶의 어떤 단계에서 돌발적으로 발생한 변화, 지금까지의 인생과 전혀 다른 과정을 살아갈 수밖에 없다는 사실을 통절하게 깨닫게 하는 잊을 수 없는 만남, 나름 안정적이라고 느꼈던 일상을 뒤흔드는 동요 등을 중요한 소재로 사용하고 있다. 이 단절의 지점은 모든 소설가가 공통으로 증언하고 있는 것처럼 그들의 글쓰기가 시작되는 기원인 동시에 그들의 문장이 단련되는 진정성의 작업장이며, 인간다움에 대한 사유가 그 끝을 알 수 없이 회귀를 반복하는 일종의 링반데룽(ringwanderung)이다. 롤랑 바르트는 이 지점을 단테를 인용해 "삶의 중간"이라고 지칭하여 이를 통해 강렬한 "글쓰기-의지"가 발현된다고 쓴다.

따라서 변화가 중요합니다. 다시 말해 삶의 중간에서 발생한 동요에 어떤 내용을 부여하는 것, 즉 어떤 관점에서 삶—새로운 삶의(de Vita Nova)—프로그램을 부여하는 것이 중요합니다. 그런데 글을 쓰는 사람, 글쓰기를 선택한 사람, 다시 말해 글쓰기의 쾌락, 글쓰기의 행복을 경험한 사람에게는(거의 첫번째 쾌락처럼) 새로운 글쓰기의 발견 말고

는 다른 새로운 삶이 (내가 보기에는) 없을 것입니다.[4]

흥미로운 것은 이 새로운 삶을 살고자 하는 "글쓰기-의지"는 결코 작가의 욕망을 충족시킬 수 있는 하나의 소설이나 텍스트로 완성되지 못한다는 사실이다. 이 책에 수록된 소설가들의 단편이 이별이라는 방식을 통해 만남을 사후적으로 기록하고 있거나, 사라지는 것들에 대한 애잔한 회상이나 이를 어떻게 해서든 붙잡으려는 욕망을 담아내고 있는 것은 결코 우연이 아니다. 글쓰기에 대한 의지는 마치 컴퓨터의 커서처럼 충족될 수 없는 욕망을 향해 달리는, 영원한 추구이기 때문이다. 그것은 중단되는 것이지 끝나는 것이 아니다. 롤랑 바르트의 표현처럼, "인간은 항상 자기가 사랑하는 것에 대해 말하는 데 실패한다……" 여기에 한마디 말을 첨언하자면, 문학이 가치 있는 것은 그것이 역사와는 달리 '실패'를 통해 삶을 말하고 있기 때문이다.

(2015)

4) 롤랑 바르트, 같은 책, 31쪽.

## |발표지면|

1부 꿈꾸기 위해서는 눈을 감을 것이 아니라 읽어야 한다

소설의 얼룩—김애란의 『바깥은 여름』 『현대문학』 2017년 10월호

도서관의 미친 소설가들 『현대문학』 2019년 5월호

노인을 위한 문학은 아직 젊다 『현대문학』 2018년 8월호

헤테로토피아의 설계자들 혹은 희망적 괴물—오한기와 정지돈의 단편소설에 대하여 『문학동네』 2015년 여름호

'괴물'과 공모한 인간들의 불안—나홍진의 〈추격자〉를 읽는다 『문학선』 2009년 가을호

2부 한낱의 인간

유랑하는 인간, 세계의 개인—김영하의 『검은 꽃』 김영하 장편소설 『검은 꽃』(문학동네, 2014)

근대 세계 체제의 알레고리 혹은 가능성의 비극—강영숙의 『리나』를 읽는다 세계일보 2009. 1. 1.

역사의 폐허를 재현하는 실재의 시선—편혜영과 백가흠의 소설 문화일보 2009. 1. 1.

페스트 시대의 소설—김애란, 윤이형, 강영숙의 소설에 대하여 『문학선』 2011년 가을호

키치적 구원과 구원 없는 삶 『문예중앙』 2011년 가을호

누구에게는 모든 것인 우연 또는 시적 상상력의 소설—조현론 『문학동네』 2011년 겨울호

3부 Dies Irae

분노의 날 『문예중앙』 2012년 봄호

폭력의 미래 혹은 문학의 진화 『문학과사회』 2012년 봄호(발표 당시 제목 「문학의 미래 혹은 문학의 진화」)

죽음이 말하지 못한 것, 문학이 말하는 것—박성원과 김유진의 소설 『자음과 모음』 2009년 가을호

비평을 통해, 그리고 인간을 향해—서영채, 류보선의 비평에 대하여 『문학동네』 2013년 여름호

'여성'의 두 얼굴, 메두사와 바우보—김민정론 『시와세계』 2010년 여름호

아마도 아프니까—이제니 시의 실렙시스와 윤리에 대한 시론(試論) 『시와반시』 2011년 여름호

4부 이왕이면 책을 읽는 꿈으로

죽는 것은 잠드는 것, 아마 꿈을 꾸겠지—최제훈의 『퀴르발 남작의 성』 『일곱 개의 고양이 눈』 『불교문예』 2011년 봄호

우아하고 감상적인 살인의 리듬—김언수의 『설계자들』 『불교문예』 2010년 겨울호

한없이 투명에 가까운 자아—임영태의 『아홉번째 집 두번째 대문』 『불교문예』 2010년 여름호

In Cold Water—정유정의 『7년의 밤』 『불교문예』 2011년 가을호

싱크홀—정아은의 『잠실동 사람들』 정아은 장편소설 『잠실동 사람들』(한겨레출판사, 2015)

인간은 항상 자기가 사랑하는 것에 대해 말하는 데 실패한다—『내가 태어나서 가장 먼저 배운 말 』 최진영 외, 『내가 태어나서 가장 먼저 배운 말』(한겨레출판사, 2015)

문학동네 평론집
얼룩을 가리는 손


초판 인쇄 2021년 10월 19일
초판 발행 2021년 10월 29일

지은이 서희원
책임편집 김봉곤 | 편집 이경록 김영옥
디자인 김마리 유현아 | 마케팅 정민호 이숙재 우상욱 정경주
홍보 김희숙 함유지 김현지 이소정 이미희
제작 강신은 김동욱 임현식 | 제작처 상지사

펴낸곳 (주)문학동네 | 펴낸이 염현숙
출판등록 1993년 10월 22일 제406-2003-000045호
주소 10881 경기도 파주시 회동길 210
전자우편 editor@munhak.com
대표전화 031) 955-8888 | 팩스 031) 955-8855
문의전화 031) 955-3578(마케팅) 031) 955-2660(편집)
문학동네카페 http://cafe.naver.com/mhdn | 트위터 @munhakdongne
북클럽문학동네 http://bookclubmunhak.com

ISBN 978-89-546-8310-4 03810

* 이 책은 2014년도 대산문화재단 대산창작기금을 받아 출판되었습니다.

잘못된 책은 구입하신 서점에서 교환해드립니다.
기타 교환 문의: 031) 955-2661, 3580

www.munhak.com